押入れの三上君

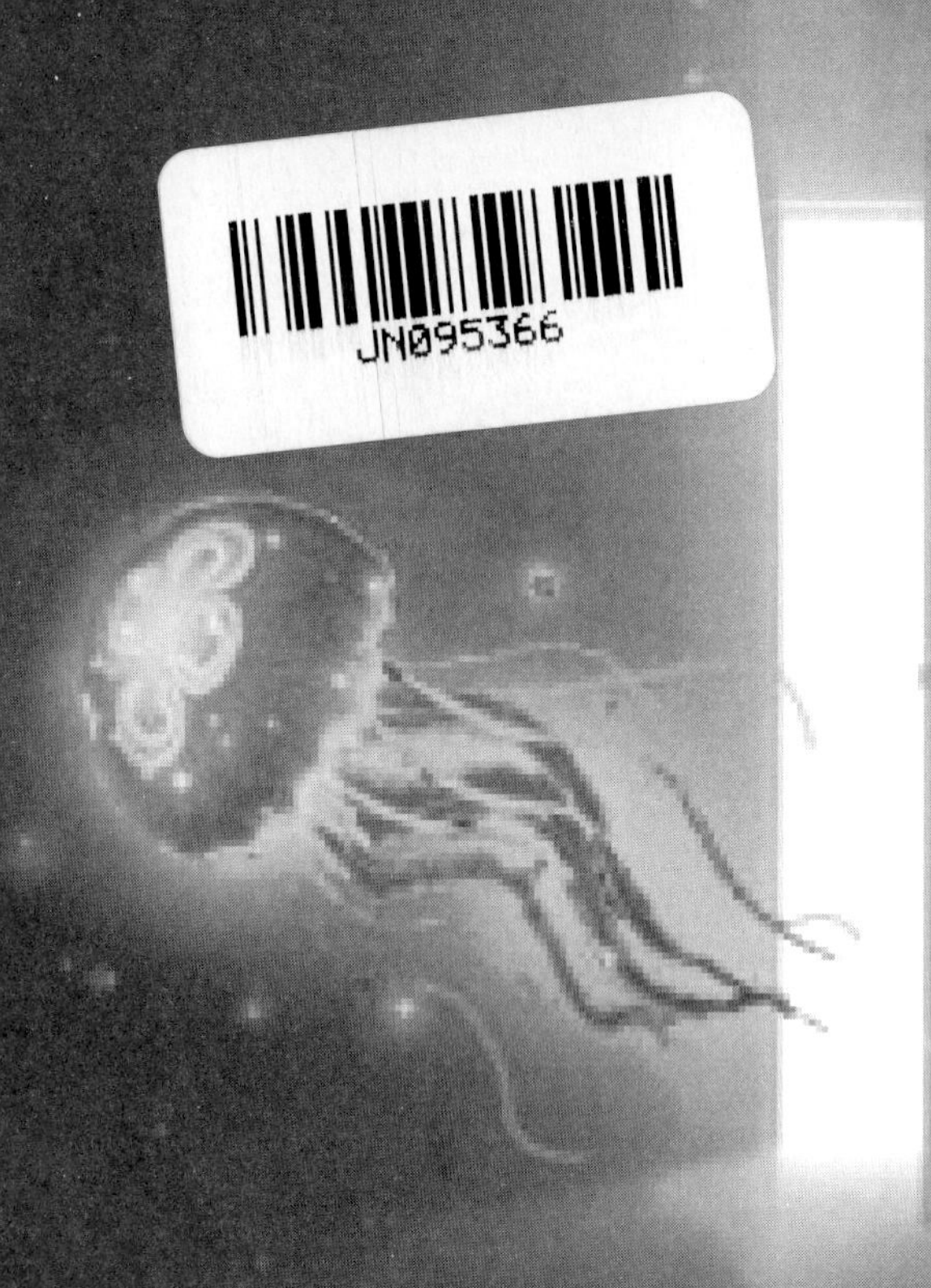

千島 千鶴

目次

第一章　居候は何者？

1．その朝

「なんじゃ～っ！　こりゃあ？」

布団を上げようと押入れのふすまを開け、俺、三上友城（みかみともき）は六畳間の反対側まで吹っ飛んだ。

三ヶ月ぶりに万年床を上げようとしてのことである。

中に、そこにあるはずのないものがある。いや、押入れの中じゃなくたって、こんなもの見たことはない。およそ、普通の生活をしている人間が目にするものじゃない……はずだ。

「なんなんだよ？　これ……」

もう一度聞いてみる。誰もいない部屋に。

ずっとニートだった。一年前に失業してから三ヶ月間、失業保険をもらいながらんとなく次の職を探した。まだ三十前だ。資格も特別なスキルもないけれど、なんとかなるだろう。

その考えが甘かったことに気づいたのが半年前。応募した会社からはことごとく不採用の通知。ハローワークに通う足取りは日に日に重くなり、今度こそはとエントリーした会社から「残念ですが……」という連絡が届いた時は、自分の存在自体を否定された気がして、そのまま布団を被ってふて寝した。

それからは、なんとなく近くのコンビニでバイトしたり、臨時の郵便配達をしたりして食い繋いできたけれど、だんだん人と話すのがおっくうになり、外に出るのが怖くなり……。

部屋からほとんど出なくなって三ヶ月。収入がないので、貯金は家賃と高熱費と食事代で、瞬く間に消えていった。

借りていたマンションの家賃が払えなくなり、やっすい木造アパートに引っ越した。失業したことは親には内緒にしてたんで、実家を頼ることもできなかった。

夜は電気を節約するため明かりをつけず、もちろんテレビも見ない。ＮＨＫの受信料？　はあ？　ってなわけで、もちろん戸別訪問には断じて居留守を使った。新聞も取ってない。だから、今世界が、社会がどうなってるかなんてわからない。というより、どうでもいい。

そうやってまた二ケ月。万年床の上でほとんど動かずに生活していた。

そうこうするうち、どこからか、俺が会社をクビになって引き籠もっていることが親にバレた。ひと通りもめた後、親父がキレて一件落着。肩を怒らせたその背中を見送ってから、静かにまたひと月が過ぎていった。

親にはとうに見放されていたが、結婚して近くに住んでた姉貴が時々差し入れをしてくれたので、なんとか死なずにこれた。それでも――。

「あんた、ほんとにやる気あんのっ⁉」

昨日、とうとう姉貴の堪忍袋の緒が切れてしまった。

「いつまでもだらだら生きてるつもりなら、もう差し入れはしないから！　さっさと野たれ死ぬなりなんなり、好きにしなさいよ！」

暴言を叩きつけて、彼女は部屋を出ていった。

それから半日。自分なりに反省し、自分なりに考え、そして、自分なりに結論を出した。

「死ぬか」

そう思って身の回りを見回してみて、初めて気がついた。自分のいる部屋の惨状に。

死ぬにしても、発見された時にこの状態では、なんとも恥ずかしい。

いや、死んでしまうんだからどーでもいーだろ。

でも、家族がかわいそう……かも。

かわいそうなら、しゃんとして生きろ。

いや、そんな気力、もうねーし。

じゃあ、せめて少しは片付けて、きれいにしてから死ぬ方法を考えようと、三ヶ月敷きっぱなしの湿った布団を上げようとし、ずっと開かずの扉だった押入れのふすまを開けたところで——。

冒頭に戻る。

俺は、飛び退った場所からじりじりと押入れに近寄っていった。そこから目を離さずに。

卵、があった。白くて大きな。よく言われるけど、「ラグビーボールくらい」の大きさの。こんな場所に卵なんかあるはずないから、卵じゃないのかもしれない。でも、よく似てる。

「夢だろ」

俺はさっさと結論づけると、ふすまをぴしゃんと閉めた。

五ヶ月も籠もってたせいで、脳みそ溶けたかも。俺はたった今上げようとしたばかりのせんべい布団に、もう一度もぐりこんで目を閉じた。目が覚めたら正気に戻っているかもしれない。希望を持て。

三十分後。

（気になる）

気になってちっとも眠れなかった。眠れないのは寝過ぎだからだという理由は、とりあえず置いておく。

布団の上で天井を見上げた。古ぼけたアパートの天井は板張りで、木目がところどころ顔みたいに見える。見慣れた模様だ。

「さて、どうすっかな」

つぶやいてから、天井に向かって両腕を伸ばした。外に出ず、運動もしないので、細くてなまっちろい腕だ。でも、指は結構長くてきれいだ。自分で言うのもなんだけど。そういえば、昔ピアノを習ってたっけ。小学五年で軽くオクターブに指が届いたのがちょっと自慢だった。そうか、自慢できるものがあったんだ、あの頃は。

今はどうだ。半年間負け続けてこのざまだ。自慢できるものなんて何もない。

俺は腕を下ろした。

(そろそろいいだろ)

夢は終わりだ。目はしゃっきり覚めている。さっさとことを済ませなければ。

おもむろに立ち上がり、スウェットのズボンを引き上げた。最近食欲がなくてずいぶん痩せたんで、ゴムが緩くてすぐ下がってしまうのだ。

(ま、どうでもいいけど)

押入れを見る。何も変わったところはない。じゃあ、たぶん大丈夫だろう。あれはもう見えないはずだ。確信を持ってふすまを開けた。

（！！！）

いた。いたいたいたいた。ただし、卵ではない。卵は……孵化していた。人間……のようなものに。

開けたふすまの向こう、押入れの上段には、身長五十センチほどの子供が立っていた。

ただし人の子と違うのは、皮膚の色が真っ白だったことと、目がアマガエルみたいに真緑なことくらいか。

面白いことに、卵から出てきたくせに、そいつにはへそがあった。そこからへその緒みたいなのが伸びて、そいつの足元でぱっくり割れている卵の殻に繋がっている。

頭髪は銀色で、ほっそい糸が絡まってるみたいにもしゃもしゃで、風もないのに微かにそよいでいた。

性別はわからなかった。少なくとも、自分にあるモノはその子供にはなかったけど。

子供は俺を見ると、嬉しそうに手を伸ばしてきた。

「友城、やっと会えた！」

「……は？」

そいつが日本語をしゃべったのも驚きだが、おまけに自分の名前を呼ばれたのには、正直うすら寒さを覚えた。こいつは俺の知り合いか？　それとも、俺を知ってる誰かの生まれ変わりなのか？　じいちゃんとか、昔飼ってたインコとか。

いやいやいや、そんなバカなこと。

でも、バカなことは現に今、目の前で起こってるじゃないか。

俺は、現実に向き合うことにした。今まで向き合ってこれなかった現実とは、ずいぶん毛色が違ってるけど。

どうせ死ぬつもりだったんだ。その前に、ちっとばかり面白いことがあったっていいじゃないか。多少まずいことになったって、ま、死んじまえばチャラなんだからさ。

とりあえず、挨拶だけはしておこう。そう思って、俺は謎の子供に話しかけた。

「どうも。で、おまえ、なんで俺のこと知ってるの？　おまえ……何？」

「なに？」

子供は、かわいらしく首を傾げた。こういう仕草は人間っぽい。大丈夫だ、怖くない。

「オレはポプリ」

「ポプリ？　おまえの名前か？」

名前を聞いたわけじゃないんだけど。俺の質問に、ポプリは首を傾げただけだった。

まあ、いいか。

「オーケイ。じゃあポプリ、おまえはなんでここにいたんだ？」

押入れを指差して聞く。こういうのって、言葉だけじゃなく、ジェスチャーなんかも交えた方がわかりやすいんじゃないかと思って。

「なんで？　だって、ここはオレの住処だもん」

「はあ？　ここを借りてるのは俺、俺だよ。三上友城。おまえじゃないだろ」

こんな子供が部屋を乗っ取るわけないのに、なぜだか俺は、ムキになって主張してしまった。

ポプリがちょっと悲しそうな顔をした。待て、なんだその顔。同情を引く気か？

「ここはずっと前から、オレたちの住んでる場所だよ」

そう言うと、ポプリはぴょんと押入れから飛び降りた。へその緒がぴよ～んと伸びてちょん切れ、くるくる丸まって腹の上に収まった。卵の殻はどうなったのかと押入れを見ると、それはきれいさっぱり消えていた。

さて、同じ場所に立ってみると、ポプリの身長は俺の膝くらいまでしかなかった。彼（?）は小さな手で俺の足に掴まると、こっちを見上げてにっこり笑った。おお、かなり人間っぽい。

「それでね、オレ、ずっと待ってたんだ。友城にポプリが見えるようになるのを」

「待ってた?」

ポプリはまた、嬉しそうに顔いっぱいで笑った。目がカエル色でなかったら、ただのかわいい幼児だ。俺は、自分の中の母性愛（父性愛じゃない、なぜか）がビンビン刺激されるのを感じてしまった。

「うん。オレがちゃんと成長したら、友城にも見えるようになるから」

よくわからない。なんで俺を待ってたんだ?　だいいち、なんで卵だったんだ?

「ところでさ、ひどい部屋だね、ここ」

ポプリはぐるりと回りを見回してから、おもむろに感想を述べてくれた。おまえには関係ないだろ。

「ずっとあの中で、友城の部屋ってどんなかなあって想像してたのに、ひどいよ、友城」

「そんなこと言われても……」

ようするに、このチビはずっとここの住人で、なぜだか、成長して俺に会えるのを心待ちにしていた、ということか。

「とにかく、はやく片付けようよ」

チビ助は生意気にそう言うと、畳の上に散らかり放題のゴミを集め始めた。まるで、家事の手伝いをするっていう妖精みたいだ。もしかしてこいつ、ほんとに妖精……じゃないよな、さすがに。

閑話休題。

ポプリが手伝ってくれたおかげで、部屋の中は、まあまあ見れる程度にまでは回復した。もともとそうきれいな部屋ではなかったんだから、ここまで片付けば上々だろう。

さて。変なものが登場してくれたおかげで、俺の自殺計画は棚上げになってしまった。まあ、少々遅れたからといってたいして差はないが。

ポプリと俺は、畳が見えるようになった部屋の真中にちゃぶ台を置き、お茶なんか飲んでる。これは、昨日姉貴が、暴言と一緒に残してってくれたものだ。まだガスは止められてないので、とりあえずお湯を沸かして、茶など淹れてみたってわけだが……。

「ポプリ、ずっとここに住んでたって言うけど、俺、おまえなんか見たことないんだけど」

俺の質問に、カエル色の瞳を上げて奴が答えた。

「だって見えないもん。小さ過ぎて」

普通に返事を返してくるのが不思議だ。日本語には不自由しないのか。なら、ここで生まれ育ったってのも頷ける。頷くとこじゃないとは思うが。

「いつからいるんだ？」

人間のサイズだと、たぶん一歳児くらいだ。一歳にしちゃ口が回るけど。

俺の質問に、ポプリはう～んと唸った。

「説明はむずかしい。でも、この家ができた時には、もうここにいたと思う」

「ってことは……三十年以上？　どう見ても幼児だけどな、おまえ」

「オレたちは繰り返すからね」

ポプリが謎の言葉を吐いた。

「ポプリ、さっきからオレたちって言ってるけど、おまえ以外に誰かいるのか?」

するとするは子供はまた、う〜んと言って考え込んだ。

「話すと長くなるし、友城にはわかってもらえないと思う」

「それ、どういう意味だよ。俺がバカってことか?」

ムッとして聞くと、ポプリは困ったような顔でこっちを見た。まるで、頭の悪い生徒にどうやってわからせようかと悩んでる先生みたいだ。

「まあ、そのうちわかるから」

ポプリはまたもや謎の言葉を吐くと、頼りなげに微笑んだ。


俺たちの出会いは、そんなふうだった。

その日、俺は久しぶりに外出し、ポプリのために、幼児用の服と靴、食べ物、牛乳なんかを買ってきた。

子供服なんてどこで買うのかわかんなくて途方に暮れたけど、量販店に行ってみたら案外簡単に手に入った。おかげで大散財だ。俺は侘しくなった財布の中を見て溜息を吐いたが、なぜか、さして気にならなかった。

電子レンジなんかないのでチンもできない。コンビニで温めてもらった弁当や、やわらかそうな菓子パンなんかをポプリの前に並べてみたが、彼は特に好き嫌いもないのか、俺と同じものを普通に食した。とうてい幼児に与えるようなものじゃないのだろうけど、そんなの知るか。身体は小さいけれど、いっぱしの口をきくところからすると、結構歳がいってるのかもしれないし。

ポプリは、俺のことをいろいろ知りたがった。この部屋に入る前にはどこに住んでたのかとか、今まで何をしてたのか、とか。

「友城は、ずっと人間だったんだよね？」

「はあ？」

こいつ、何言ってる。俺のことも、おまえみたいな半妖怪（にしちゃ、かわいいけど）だと思ってるのか？

このおかしな質問は、きっと語彙が少ないがためのつたなさなんだろう。俺はそう結論付けて、ポプリの質問をスルーした。

(明日から、また職探しすっかな)

目の前で茶を啜る子供のつむじを眺めながら、気がつくと、自分がそんなことを考えているのに驚いた。ついでに呆れた。子持ちになって命が惜しくなったか、俺。

待て待て待て。そんなことより、こいつどうするんだ？

もしも、だ。こいつがこのアパートの住人に見つかったら、奴らはどうするだろう？警察を呼ぶ？　新種の生物発見！　とかってマスコミに売る？　それとも、動画を取ってSNSに上げちゃったりするんだろうか？

(そんなの、ヤダ)

唐突に、まるで、自分の体内で聞こえたような声がした。

(オレは見せ物じゃないもん)

今度ははっきりと聞こえた。耳からではなく、内臓を伝わって。

俺はポプリを見た。お腹が満たされたせいなのか、眠たそうに緑の目がとろんとしている。

(まさか、こいつがテレパシーでも使ったんじゃないよな？)

ふと浮かんだ考えを笑い飛ばそうとしたところで、それはまた聞こえた。

(でも、オレのことが見えるとしたら、たぶん……)

俺はもう一度ポプリを見た。片付けの疲れが出たのか、小さな頭をぐらぐらさせて船を漕いでいる。時計を見ると、そろそろ九時だ。子供は寝る時間なのかもしれない。

俺は、一枚三百円也のTシャツをポプリの身体から引っぺがすと、買ってきた子供用パジャマを苦労して着せた。上げたばかりの布団をまた敷き直し、ポプリを寝かせてから、自分も隣に横になった。

ポプリに背中を向けて身体をまるめると、すぐに小さくて温かなものが貼り付いてきた。

「暑い、離れろよ」

文句を言ったが、返事はない。俺の背中は急にしんとしてしまった。代わりに、温かなものがゆっくり動いているのが伝わってくる。背中にかかる圧力が、強くなったり弱くなったりしている。息をしているのだ。

(生きてるんだ……)

そんなことを考えると、急に胸が熱くなってきた。

「ポプリ?」

首をひねって振り返ってみたが、貼り付いている顔を見ることはできなかった。しかたなく、俺は子供をしょったまま目をつぶった。

二人分の呼吸音を聞きながら、俺はやがて、夢の中へと滑り込んでいった。

2．子持ち宣言

翌朝。

背中のものが消えていた。

すっきりしたのも束の間。急に不安に駆られて、俺は布団の上にがばと起き上がった。

急いで回りを見回してみる。昨日の出来事はやっぱり夢だったのかと考え始めた時。

ふと背後を見ると、一人の少年が座っていた。

「おはよ、友城」

目が合うと、少年はにこっと笑った。ふいに、たまらなく懐かしい思いが胸に溢れてきて、俺はうろたえた。

「おまえ……ポプリ？」

少年の面影は、確かに、昨日忽然とこの部屋に現れた子供のものだ。けれど、今その姿は、昨日よりずっと人の子らしくなっている。

まず、アマガエル色だった瞳はだいぶ色が薄くなり、なんとか違和感なく見られるくらいになっていた。おかげで、格段に人らしくなったのだろう。それから皮膚。これも、チョークのような真っ白から、ほんのり血の気を滲ませた肌色になっている。

最後に髪の毛。銀色の糸が絡まっているみたいだったそれは、全体に黄味を帯びてきて小さな頭を覆い、くるんとカールした房が三本、額の上で揺れていた。

ついでに付け加えると、ポプリはかなりの美少年だった。昨日も確かにかわいらしかったけど、どうしても人とはかけ離れたところに目がいってしまって、ついつい、目の端で盗み見ちゃうようなとこがあったんだ。

(やっぱり、どっかで見たことあるような……)

さっきから、そこはかとない懐かしさが纏わりついて離れない。俺、前にこいつに会ったことあるんだろうか?

「そうだよ。思い出さない?」

やっぱテレパシー？　俺の心の声が聞こえたみたいに、小首を傾げてポプリが聞いた。

「いや……なんかおまえ、昨日と違ってるな……って」

　もごもご答えると、ポプリは「ああ」といって自分の身体を見回した。

「成長したみたいだね」

「成長……するのか？」

　早過ぎやしないか。昨日までは一歳児だったのに、今朝はもう、十歳くらいの男の子って。

　だけど、こいつは人間じゃないんだ。同じ基準で考えちゃダメだ。

「友城」

「あ？」

「オレね、もっと大きくなるよ。急いで大きくなる。大きくなって、早く友城に追いつく」

「え……？」

　どこかで聞いたことがあるセリフだった。

　どこか遠い記憶の彼方で、誰かが俺に、笑いながら手を振っていた。それはいつの頃だったろう？　いったいどこでだったろう？

ただひとつ憶えているのは、その時の自分の感情だ。手を振っている誰かに向けた、吐き出せない、苦しい思いだ。

その時のあの感情が、今の言葉で鮮やかに甦ってきた。

「ポプリ……おまえって何者？」

昨日も聞いたけど、ちゃんとした答えはもらってない。

「だから、ポプリだってば」

ポプリは、昨日と同じ答えをくれただけだ。

「おまえの名前を聞いてんじゃないよ」

怒ったわけじゃないのに、つい言葉がきつくなってしまった。ポプリは悲しそうに俯いた。

「友城は、ほんとになんにも憶えてないの？」

顔を上げると、ポプリは潤んだ薄緑の瞳で俺を見た。へえ、こいつ泣けるんだ。

「なんの話かわかんない。俺はおまえを初めて見るし、おまえみたいな生き物に出会ったのも初めてだ。まあ、おまえが生き物なのかもわかんないけどな」

突き放すみたいに答えたら、ポプリは、なんとも言えない悲しそうな顔で黙ってしまった。その顔を見たとたん、俺の胸に苦い後悔が湧き上がった。

あ、まただ。この感覚、記憶にある。どういうことだ？　さっきから、何かが俺の記憶の扉を開けようとノックしてくる。いったいこれ、なんなんだ？

俺の冷たい返事に、ポプリは大粒の涙をぽろぽろとこぼし始めた。

「わわっ！　泣くな、別におまえをいじめたいわけじゃないんだから。だいいち、俺だってどうしていいかわかんないんだぞ。失業して、家族にも見捨てられて、落ち込んで引き籠もって……おまけに、おまえみたいなわけのわかんないもんが突然現れて……」

少しは同情して欲しい。この状況で、もう一人食い扶持が増えるってどういうこと？

まあ、こいつが何食って生きてるかは知らないけど。

ポプリは、大きな目をめいっぱい開いて俺を見た。こうして見ると、ほんとにかわいらしい。まるで、よくできた人形みたいだ。

緑の瞳は透き通ってビー玉みたいだし、白目は濁りひとつない。髪の毛よりちょっと色の濃いまつ毛は、信じられないくらい長くてくるんと上を向いてる。小さな鼻は、ちょっとつまんでみたくなるような……っていうか、こいつを作った誰かが、ほんとにちょっとつまんでこしらえました、って感じだ。ぷっくりしたピンク色の唇は、上唇がハート型をしてる。バレンタインのチョコみたいで、見てると、なんだかつまみ食いをしてみたくなる。

そこまで考えて、はっと我に返った。

(やばい、何見蕩れてんだ、俺)

慌てて目を逸らすと、ポプリが小さな手を伸ばして俺の腕を掴んだ。

「友城が思い出してくれないと、オレ、また卵に戻んないとなんない」

「は?」

これは何かの罰ゲームか? いつまでもだらけて引き籠もってる俺に、天の神様から鉄槌が下ったのか?

(子育てっていう?)

ここで普通の男なら、過去に付き合った女と子供の顔を比べてみるのかもしれない。けど、恥ずかしながら俺は、生まれてから二十八年間、女と付き合った経験がない。

だから、そのへんは安心だ。

（って、安心してる場合かよっ！）

俺は無理矢理自分を現実に引き戻すと、目の前の、人形のような人間の子供のような、たぶん生きてるらしいものをじっと観察してみた。

（もしかしたら、これは現実じゃないのかも。そうだ。そう考える方が現実的だ。俺は、実は死んだんだ。死のうって、昨日ちゃんと考えたじゃないか。どうやったのかはぜんぜん憶えてないけど、きっと計画は成功したんだ。だから、こんなおかしなものが見えるんだ。まあ、死んでもまだこの汚いアパートにいるってとこは、ちょっと受け入れ難いけど）

そんなことを考えてたら、目の前でまた変化が起こった。ポプリが大きくなったのだ。十センチほど、背が伸びた気がする。

そういえば、昨日買ってやったジャージはどうした？　今こいつが着てるのは、俺のＴシャツだ。だぶだぶなので、まるでワンピースみたいになってるけど。

「ポプリ」

俺は子供の両肩を掴むと、今までになく真剣に質問した。

「おまえ、ほっとくとどこまで成長するんだ？」

冗談じゃない。この成長速度に合わせて着る物を買い替えるなんて無理だ。できっこない。

いや、そういうことじゃなくて。マジにこいつ、これからどうしたらいい？
①警察に届ける。迷子として。
②保健所に届ける。野良……なんだろう？　として。
③どっかの研究所に引き渡す。こいつが何ものかを、専門家に調べてもらう。
④病院へ行く。どっちかっていうと、俺の方を診てもらうために。
そこまで考えて、閃いた。

「姉貴！」

昨日の今日だ。話はしづらい。けど、もう他に頼るところがない。こんな難問、自分一人で解決するのは無理だ。でもあの人なら、二人の子供を育ててるという、実績と経験がある。何かいいアイディアをくれるかもしれない。

そう考えると、いくぶん勇気が湧いてきた（なんの勇気だ？）。

俺はポプリに「ちょっと待ってろよ」と言い聞かせると、小銭しか入っていない財布と部屋の鍵を掴み、玄関でサンダルをつっかけた。

「いいか、誰か来ても居留守を使え。ぜったい出るんじゃないぞ」

不安げな顔でこっちを見ているポプリにもう一度念を押すと、俺の言ったことがわかったのかわからないのかわからない子供を残して部屋を出た。

ドアにしっかり鍵をかけてから、慎重に左右を見回す。何こそ泥みたいなことやってんだと自分にツッコミたかったが、今、ご近所から目をつけられるのはまずい。仮に謎の子供が普通の人間の子だったとしても、独身ニートの男の部屋にそんなものがいるとわかったら、間違いなく変態の誘拐魔だと思われる。ただでさえ胡散臭い住人なのに、誘拐の嫌疑なんかかけられた日には、目も当てらんない。

そんなことをあれこれ考えながら、俺はぼろアパートの錆びついた階段を、カンカンと下りた。

目指すは、通りを挟んで向かいにあるコンビニ。そこの前にある公衆電話。固定電話は引いてないし、金欠でスマホも解約してる。電話をかけるには、わざわざ公衆電話のお世話にならなきゃなんない。なんともしがない身分なのだ。

俺は、すっかりご無沙汰してる緑色の箱の前に立って受話器を上げ、くたびれた財布から出した十円玉を一個放り込んで、姉貴の携帯番号をプッシュした。

呼び出し音が鳴る間、いったいなんと話を切り出そうか思い悩んだ。まずは謝る。平身低頭して、心を入れ替えますと自分の決意を表明する。それから……。

「もしもし？」

ゆっくり考えてる暇はなかった。七コール目で、姉貴の訝しげな声が聞こえた。無理もない。公衆電話からじゃ、誰がかけてきたのかわからないからな。

「もしもし……」

弟です。あんたのしょーもない弟が、性懲りもなく、また助けを求めて電話をいたしました……。

こそこそ声で切り出すと、「友城なの？」と、割にとっつきやすい声が応答してくれた。それに勇気づけられて、俺は計画しておいた通り、まず謝罪の言葉を述べた。

「あ、姉貴……昨日はごめん」

沈黙。怖い……怖いです。

「何？　今さら」

姉貴の声は冷たかったけれど、まだ、弟を完全に見放してはいない雰囲気があった。

俺は、なけなしの勇気を振り絞った。

「ねーちゃん！　助けてっ！」

自分でもびっくりした。まさか、いきなり泣きつくなんて想定外だった。姉貴は弟のただならぬ様子に何かを感じたのか、突き放すような言い方は引っ込めて、静かに俺の名を呼んだ。

「友城。落ち着きなさい」

「あ、姉貴……」

「焦んなくっていいから、ゆっくりしゃべんなさい。いったい何があったの？」

さすが姉貴。何も言わずとも、弟の危機を察してくれてるようだ。それとも何か？

昨日自分が投げつけた暴言で、俺が自殺するとでも思ったとか？

「姉貴、すぐこっち来て。変なもんがいるんだ。俺、もうどうしていいか……」

またちょこっと沈黙。無理もない、か。

「変なもんって……虫かなんか？」

何を隠そう、俺は虫の類が大の苦手だ。ゴ○ブリ（発音すると出そうなので控える）なんて、絶滅してくれたらどんなにいいかと思う。それなのにあのゴミ溜めに住んでたっていうのも……なんだが。

「ちがうちがう！　もっと大きいもの！」

幼児か、俺。ポプリだってもっとまともにしゃべるぞ。

俺は、落ち着こうと大きく息を吸い込んだ。

「子供が……」

「はあっ⁉」

姉貴の声が、いきなり険悪な色を帯びた。声に色はないけどな。

「あんたっ！　ニートの分際で何やってんの！　子供って、いったい誰の子よ！」

そのお怒りごもっとも。でも、違います。そういう話じゃありません。

「待てって。俺の子じゃないって。なんか……知らない子供がいるんだよ、昨日から部屋に」

「……」

あ、また沈黙。やばい、やっぱまずったかも。俺、ぜったい頭狂ったと思われた。

「迷子……ってこと？」

ようやく先方が口をきいてくれた。彼女にしてみれば、受け入れられるぎりぎりのところで手を打ったんだろうな。

「ちがう」

「違う？　じゃあ、誰かが置いてったたってこと？」

「ちがう」

「友城、あんたの言ってること、さっぱりわかんないんだけど」

ごもっとも。俺だってさっぱりわかりません。

「とにかく、いっぺんこっち来てくれない？　俺の頭がおかしくなったんじゃなかったら、あれがなんなのか、ねーちゃんが見て教えてくれない？」

甘ったれな弟全開で姉貴にすがった。かっこ悪いとか、そんなこともう言ってらんないし。

「教えてって……わけもわかんないのに、そんなの約束できないわよ」

声に揺らぎがあった。迷ってる証拠だ。よし、もうひと押し。

「俺……ねーちゃんしか頼る相手いないんだよ……」

涙声になった。わざとじゃない。ほんとに泣きたい気分だったんだから。実は俺、もうボロボロなのかも。

「しょーがないわねえ。佳奈が幼稚園から帰るまでよ？　ちょっと顔見たら帰るからね？」

（やった！）

「ねーちゃん、恩に着る！」

受話器を置き、俺は電話に手を合わせた。

三十分後。約束通り、姉貴はやってきてくれた。いい姉を持って幸せな弟だよな、俺。

だけど――。

「あんた……この子、どっから連れてきたの？」

ポプリを一目見るなり、姉貴が発した第一声がそれだった。

「あんたの子じゃないってのはよくわかったわ。似ても似つかないもの。ってことは、さらってきたの？　それとも拾ってきたの？」

そりゃないでしょう、姉貴。

俺は、昨日こいつがこの部屋に出現した経緯を姉貴に話した。信じてくれるとはとても思えなかったけど、とりあえず、ありのままを説明した。

当然ながら、彼女は眉間に皺を寄せて、俺とポプリを見比べながら考え込んでいる。

ポプリはといえば、姉貴が登場しても少しも驚いたりせず、まるでこの家の主みたいに出迎えると、ませた口振りで「ポプリです。こんにちは」と言い、にっこり笑った。

この笑顔が効いたらしい。姉貴はポプリをじっと見たが、ひとまず受け入れることにしたのか、こちらも笑顔で「こんにちは」と返すと、子供の目線までしゃがみこんだ。

「はじめまして、ポプリちゃん。あたしはこいつの姉の妙子（たえこ）です。よろしくね」

なんて、俺のことを親指で差して言う。俺の扱いは邪険なまんまだ。

ポプリは姉貴をじっと見つめると、またおかしな発言をした。

「妙ちゃん、おっきくなったね」

「え……？」

姉貴が固まった。わかるよ、ねーちゃん。こんなガキに、大きくなったねなんて、田舎のばーちゃんみたいなセリフは言われたくないだろう。いやでも、こいつの顔は大まじめだ。

「あなた、あたしを知ってるの？」

姉貴が目をぱちくりさせて聞くと
「友城のねーちゃんの妙ちゃん」

落ち着き払ってポプリが答える。

「それは、さっきあたしが自己紹介したから……」

そこまで言って、姉貴はふと言葉を切り、じいっとポプリを凝視した。

「友城。なんかこの子、見たことある気がするんだけど……」

「え。姉貴も？」

姉弟で顔を見合わせた。それから同時に首を傾げる。どっちの頭の中でも、共通の知り合いを検索中だ。けど、俺たちの知り合いにこんな外人の子なんかいない。

「ポプリ君、おうちは？　おとうさんとおかあさんはどこにいるの？」

とりあえずひとりぼっちでいる子に確認すべきことを、姉貴はポプリに聞いていた。

するとポプリは、不思議そうに彼女を見返して答えた。

「うちはここだよ。とうさんもかあさんも、ポプリにはいないよ」

「かわいそうに。きっと捨て子なんだ、この子」

本人の目の前で、姉貴はとんでもないことを言った。

「ちがうよ。ポプリは卵からでてきたの。卵で、あそこにいたの」

ポプリが押入れを指差して言ったけど、姉貴は聞いちゃいなかった。

「友城。この子の頭、ちょっとおかしいのかも。どうする？　いったん交番へ届けて、保護してもらった方がいいと思うよ」

真剣な顔でそう言った姉貴の顔が、次の瞬間強張った。その視線の先にはポプリが立ってる。

たから。

俺も同じものを目撃したけど、姉貴ほどは驚かないで済んだ。なんせ免疫ができてたから。

「なに……この子」

「この子……おっきくなってる……」

そう、ポプリはまた成長していた。俺たちがちょっと目を離した隙に。

ただいまの身長はちょうど百三十センチくらいか。それと、顔つきが変わった。ちょっと成長の遅い中学生に見える。どうやら、子供時代から思春期に入りかけてるらしい。

「ポプリちゃん、かわい過ぎ〜！」

突然、姉貴が悲鳴みたいな声を上げた。見ると、ポプリから姉貴に向かって、薄ピンクの光が放射されてる。なんだ？　あれ。

「ポプリちゃん、おばちゃんちの子にならない？」

「ねーちゃん、何言ってんだよ！」

こいつ、ポプリの光線にもろにやられたらしい。正常な判断力は完全にぶっ飛んでるな。

「ねーちゃん、落ち着け。こいつ、人間じゃないんだぞ。なんだかわかんない生物なんだぞ？　もしかしたら宇宙人かもしんねーんだぞ？」

ついさっきまで、交番に連れてけとか言ってたくせに。

「だって、どうせなんだかわかんないんでしょ？　迷子だって届けるわけにもいかないじゃない」

「ポプリは迷ってないよ」

突然割って入った声に姉貴と俺が振り向くと、ポプリが怒ったような顔で俺たちを見ていた。

「ポプリは迷子じゃない、捨て子でもないよ。オレは、友城に見えるようになるまで大きくなるのを、あそこでずっと待ってただけだよ！」

そう言って、ポプリは押入れをまっすぐに指差した。

「あそこって……押入れの中で？　いったいいつから？」

ねーちゃんが首を傾げた。俺も傾げる。こんなとこに卵が入ってたなんて、ぜんぜん知らなかった。引き籠もる前はちゃんと布団を出し入れしてたんだから、この中は毎日目にしてたけど、おかしなものなんかなんにもなかった。

「友城がオレを忘れちゃってから」

寂しそうに言うポプリに、俺は断固として反論した。

「忘れるも何も、俺は昨日初めて、おまえに会ったんだぞ？　おかしなこと言うなよ」

怒ったわけじゃない。断じてない。なのにポプリは、きれいな薄緑の目から、キラキラ光る涙をぼろぼろこぼして泣き出した。

「なんで友城は憶えてないの？　オレはずっと友城のこと見てたのに」

ここで、とポプリは押入れを開けてみせた。

そこには俺のせんべい布団が入ってるはずだった。けれど俺と姉貴が見たのは、まったく違う光景だった。

「ここ……」

俺たちは絶句した。たぶん、心の中はシンクロしてたに違いない。だってそこにあったのは、俺と姉貴が通ってた中学校の正面玄関だったから。

ずらっとならんだ靴箱はあの時のままだ。いや、今見てるのは、あの当時の光景なのかもしれないけど。

床に敷かれたすのこは、長年生徒たちに踏まれ続けて縁(へり)がすっかりすり減ってる。よく靴下に引っかかった、板のささくれもちゃんとあった。

「なんで……？」

すぐ隣で、姉貴の溜息みたいな声が聞こえた。俺も同じだった。なんで？　って言いたい。

なんで今さら、こんなもの見せるんだ？　ポプリ。

その場所は、ただ懐かしいだけじゃない。つらい思い出を一緒に連れてくるのに。やっと忘れかけていたのに。

「友城にまた会えて、オレは嬉しかった。だけど、友城も妙ちゃんも、オレのこと忘れちゃってるんだ」

「ポプリ……」

ポプリの目からは、透き通った液体がとめどなく流れ続けている。これって、やっぱり涙なんだろうか？

ポプリは俺たちの目の前で、ひょいっと押入れの中に飛び込んだ。二段目だぞ？　まるで体重なんかないみたい……いや、重力になんかまるで縛られてないみたいだった。

「ポプリ！　どこ行くんだ！」

奴の後を追って、俺も押入れに飛び込んだ。ポプリみたいにふわり、というわけにはいかなかったけど。

「ちょっと友城！　あんたどこ行く気？」

後ろで姉貴が叫んだけど、俺は振り返らなかった。来たければ一緒に来ればいい。でも、姉貴は追ってこなかった。きっと現実世界にしがらみがあるからだ。子供とか、旦那とか。

ポプリは靴箱の林を抜けて、踊るように校舎の中へと入っていく。俺も奴の後を追って、校舎の廊下を進んだ。裸足でぺたぺたと。

リノリウムの床は冷たかった。そういえば、校舎の中もひんやりしてる。冬に入りかけの頃のような匂いがした。

ちょっと後ろを振り返って見ると、そこは普通に学校の玄関で、靴箱の向こうには前庭が見えた。いつもはそこに先生たちの車が停まってたんだけど、今は何もない。駐車場はからっぽだった。

俺はまた前を向いた。ポプリの背中が小さく見える。ずいぶん遠くまで行っちゃったな。

（あれ……？）

心の中にぽちゃんと波が立った。魚が跳ねたみたいな。小石が投げられたみたいな。

（なんだろ？　この感じ……）

懐かしいような、思い出しちゃいけないような……。もどかしい感覚に、俺は一瞬足を止めた。

廊下の端っこでポプリが立ち止まった。振り返ってこっちを見てる。俺が追いつくのを待ってるみたいだ。

このまま奴についてったら、いったいどこまで連れてかれるんだろう？　それに今いるこの場所は、現在なんだろうか、それとも、俺たちがまだチューボーだった頃の……？

（俺たち？）

当然のように浮かんだ言葉に、俺はびくりとなった。俺たちって……俺と、誰のことだろう？

俺はポプリを見た。もうかなり小さくなってる。あのまま行ったら、その先は行き止まりだ。いや、非常口だ。

「ポプリ！」

俺は叫んだ。

違う、気づいたら呼んでいたんだ。必死で。その名前を。

「〇〇〇！」

ポプリが振り返って、にこっと笑った。

そして非常口のドアを開け、表に飛び出した。

俺も後を追って走った。非常口を飛び出すと――その先には何もなかった。

第二章　大切なもの

１．君がいる場所

朝の教室は嫌いじゃない。生徒たちのおしゃべりでざわつく部屋の中は、ホームルームが始まるまでの十数分間、まるで、チューニングの合ってないラジオみたいだ。

「ねえねえ、ノート見せて」

「おまえ、また宿題やってないのかよ」

「きのうの○○見た？　マジ笑ったわ」

「やだ、あんなもん見てんの？　信じらんな〜い」

「げ、体操着忘れてる。どーしよ、おまえ上だけ貸してよ」

「え？　やだよ、臭くなるじゃん」

「あ、オレ貸そうか？　一着百円」

「何、おまえ予備の体操着持ってんの？　マジで？」

俺は彼らの会話には入らない。話を振られたら返事はするけど。それより、気になってしかたないことがあるんだ。それに集中しなきゃなんないんで、みんなと話してる余裕なんてないいんだよな。

気になること。いや、気になる……あいつ。

俺の視線の先にいるのは――あいつ。橋野雪里。女みたいな名前だけど、れっきとした男だ。でもその容姿は、クラスのどの女子より可憐で可愛らしい。

小柄でほっそりした身体は、十二歳という微妙な年齢のせいか、まだ性別が定まっていない幼生（妖精じゃない）みたいだった。実は俺、その掴みどころのないところにやられんだ。そう、入学式で初めて奴を目にした時から。

入学式。体育館の中、緊張と退屈の狭間で突っ立ってた俺は、とっくに切らした集中力を回収する術もなく、集まった黒い頭の上に、あてどなく視線を彷徨わせていた。

俺はそんなに背が高くなかったので、背の順に並んだ生徒の中ほどにいた。この位置から首を動かさずに見渡せるのは、自分より身長の低い連中ばかりだ。

男子は紺色の詰襟で、立襟と前立てに白いラインが入ったデザイン、女子は同じ色のボレロにプリーツスカート、襟元には臙脂のリボンという、ちょっとダサめの制服を着せられた生徒たちが並んでる様は、なんだか蟻の軍隊が招集されたみたいで、正直俺はうんざりしてた。

校長のなが〜い訓示に、あくびを噛み殺しながらうろついてた俺の視線は、ふと、一人の生徒の上で急停止した。そして、そのまま動けなくなってしまった。

（なんだ、あいつ……）

最初、女子が男子の制服を着てるのかと思った。

（まさか、そんなはずないだろ。ってことは……あいつ、男？）

視線の先に立っていた生徒は、前から三番目くらいのところにいた。まっすぐに壇上の校長を見つめ、おとなしく話に耳を傾けている。俺のいる位置からはそんなに遠くなかったので、その横顔ははっきりと拝むことができた。

そいつは、周囲の生徒たちから浮き上がって見えるほど、他の十二歳たちとは違っていた。月とすっぽんというたとえを、俺はその時、人生で初めて実感した。

透き通るほど白い肌は、頬の辺りだけほんわりピンク色で、なんだか恥ずかしがってるみたいに見える。小さくつまんだような鼻と、その下には、やけに赤くてぷっくりした唇が、半開きでくっついてる。きれいな二重の大きな目は、信じられないほど長いまつ毛に縁取られていて、持ち主が時々瞬きしなかったら、きっと、等身大の人形が立ってるんだって勘違いしてたろう。

丸くて小さな頭には、周囲から浮くほど色素の薄い巻き毛が、ふんわり被せてあった。触ってみたくなるようなそれは、天井近くの窓から射し込む陽の光に、毛先が金色に透けている。

その姿は、光の階段で地上に下りてきた天使そのものだった。あの制服さえなければ。

(何……あいつ……)

それが、雪里を初めて見た時の純粋な感想だった。誰？　じゃなくて、何？　だ。それほど、雪里は特別だった。その衝撃に、俺は立っているのもやっとなくらい、へろへろなってしまった。

そう、彼はまるで、透明な光の卵に守られた、妖精の子供みたいだったんだ。

こんなたとえは赤面ものだけど、敢えて断言する。その時、確かに雪里は俺にとって、この世に出現した奇跡そのものだったんだ。

その奇跡が同じクラスにいるなんて……！

入学式が終わって、それぞれのクラスに分かれて教室に入っていった時。俺は、神様ってほんとにいるんじゃないかって、本気で思った。

だって……あの天使がそこにいたんだぜ？

だって……天使って、神様のお使いなんだろ？　神様が、地上に遣わしてくれたものなんだよね？

バカでかわいそうな人間のために。いや、俺のために――？

おきまりの自己紹介タイムで、俺は初めて天使の声を聞いた。予想通りの、高くて透き通った、ハンドベルを振ったみたいな声だった（ああ……俺ってロマンチスト）。

「はじめまして。橋野雪里です。小学校までは札幌にいたので、東京にはまだ慣れてません。みなさん、よろしくお願いします」

そう挨拶して小さな頭を下げると、金茶色の巻き毛がふわっと舞い上がり、教室にどよめきと溜息が広がった。

「か〜わいいぜ、ゆ・き・りちゃん！」

「札幌だって。だから真っ白？」

「雪里なんて、雪の子みた〜い。ぴったり！」

あまり柄のよくない男子の囃し立てる声と、女子たちの羨望の囁きに取り囲まれて、かわいそうに俺の天使は、真っ赤になって立ち尽くしてしまった。

それを見ると、俺はなんだか無性に腹が立ってきた。なんてんだろ？　大事にしてたものを汚されたみたいな？　とにかく、嫌な気分がむくむく湧き上がって来て、気がつくと怒鳴ってた。不機嫌全開のぶーたれ顔で。

「るせーよ！　さっさと次にいけよ！」

瞬間、教室の中がしんとなった。

(やばい。やっちまった……)

思った時には遅かった。ドスの効いた俺の声は、守ってやりたかった対象を、よけいに怖がらせる結果となってしまったらしい。

天使の眼(まなこ)からきらきら光るものがこぼれ落ちて来たかと思うと、雪里は黙って俯いてしまった。まるで自分が怒鳴られたみたいに。

俺にしたって、チューボーなりたての、たかだか十二年しか生きてないガキだ。自分の不用意な一言が引き起こしたこの状況に、どうやって収拾をつけていいかなんてわかるわけない。

唯一俺にできたことといったら、ぶーたれ顔を固定したまま、そっぽを向いて沈黙することだけだった。

(最悪……)

というわけで、入学初日は、天国と地獄が一緒に肩を組んでやってきた、そんな一日だった。

その日から、俺の目は四六時中、橋野雪里の姿を追うようになっていった。

理由なんてわからない。てか、考えてもなかった。ただ見てたかったんだ。あの、誰にも似ていない、この世でただ一人の俺の天使を。

最初の印象を裏切って、雪里はあっという間にクラスの連中に馴染んでしまった。俺なんかより、よっぽど社交的な奴だったんだ。初日に奴に冷やかしを浴びせたアホ男子どもとも、普通に会話を弾ませてる。

それが、俺は気に食わなかった。おまえ、なんであんな奴らとそんなに仲良くしてんだよ。おまえをバカにした奴らじゃないかって、ずっとモヤモヤしてた。

そういうわけで、俺は思いとは裏腹に、雪里とは距離を置くハメになってしまった。ほんとは近くに行きたいのに。ほんとは、もっとしゃべりたいのに。

何か話さなくちゃならない時でも、俺はひどくつっけんどんで、理由もなく仏頂面で、あいつの顔の斜め向こうを見ながら話した。そんなもんだから、あっちも、なるべく俺には近づかないようにしてたみたいだ。

初めのうちは雪里を褒めちぎってた女子たちも、じきに見慣れてしまったのか、だんだん彼を遠巻きにするのをやめて、普通に近寄ってくようになった。

雪里も屈託なく彼女たちに接してたから、見えない垣根はさっさと消えて、いつの間にか女子の間では、雪里は珍しい生き物から、ちょっときれいなクラスメイトへと移行していった。

ついでに言うと、雪里は女子にかわいがられてはいたけど、モテてはいなかった。きっと、男として見てはもらえてなかったんだろう。かわいいペットってとこか。

俺はといえば、生来の目つきの悪さと人付き合いの悪さが相乗効果を発揮して、クラスの中では浮きまくってた。そもそも、同い年のガキの集団に混じること自体拒否してたんだから、自業自得だけど。まあ、その頃からちょっとしたコミュ障だったんだろうな。今思うと。

だから雪里がいなかったら、学校なんてただの退屈な強制収容所だった。授業はつまらない、クラスメイトには馴染めない。そんな俺が大人しくあそこに通ってたのは、ただ、雪里の姿を拝みたかったからだ。その声を聞きたかったからだ。もっと言うと、同じ空気を吸いたかったからだ。

授業中は黒板にも先公にも目もくれず、ひたすら、斜め三列前に座ってる雪里を眺めて過ごした。そういう意味じゃ、至福の時間だったわけだ。

紺色の制服を着た細っこい背中、カラーに隠れたきゃしゃな首。鉛筆を持つ小さな手。入学式の時からだいぶ伸びたくるくるの髪は、ブドウの房みたいに雪里の額の上に垂れかかっている。それを、あいつは時々うるさそうに頭を振って追い払うんだけど、その仕草をこっそり盗み見るたび、俺の胸はキュンッて絞られる発作を起こし、毎度死ぬ寸前になるんだ。

「はい、じゃあ次……三上、続き読んで」

いつもの通り三列前の背中に見蕩れてると、いきなり、教壇の上からお声がかかった。

「へ？」

思わず間の抜けた声が出てしまった。なんせ、たった今まで雪里に全神経を集中させてたんだ。何が次なんだか、さっぱりわからん。

「二十八ページの続きからだ。はい、さっさと読む！」

「え？　えっと……」

確か今は、英語の時間だったはず。二十八ページ？

俺は机の上の教科書に目を落とした。二十八、二十八……やばい、指が滑ってうまくめくれない。いったいどこ読めって言うんだよ？

焦ってページをめくってると、さっきまで見つめてた対象が、突然くるりと振り返った。俺の心拍数が、いきなり十倍くらいに跳ね上がる（ホントに十倍なら死んでるけど）。

雪里は自分の教科書を持ち上げると、開いてるページを見せてくれた。左ページの上半分に、イラストが入ってるのが見えた。俺は慌ててそのイラストを探した。

(ない……)

それらしきものが見当たらない。仕方なく、俺は取り敢えずイラスト入りのページを探して開くと、そこに印刷された横文字を発音した。

「ア……アイ、アイライク、ジス……ジスフォト、アンド……」

そこまで読んだところで、教室中にさざ波みたいな笑いが起きた。それがだんだん大きくなって、ひたひたと俺のところまで押し寄せてきた。

(え？　え？　何かやらかしたのか？　俺。確かに発音は最悪だけど、これくらいの奴ならざらにいるだろ。文章も間違ってないし。いったい何がそんなにおかしいんだ？)

俺は回りの連中の机の上を、ひとつひとつ確認した。ノート、教科書、副教材、ペンケース……あ、あれれ？　みんなの机の上にあるもの、俺のとなんか違ってないか？

「三上ぃ、いつまで寝ぼけてるんだ？　英語の授業はとっくに終わってるぞ。おまえ、いいかげん俺の顔も憶えてくれよな？」

壇上から、まだ若い教師が苦笑しながら俺を見下ろして言った。あれ……こいつ確か……。

(げ、社会科? いつ四限目に変わってたの?)

ありえない……何やってんだ、俺! いくら雪里に見蕩れてたからって……。いや、ちょっと待て! おい雪里、おまえ、わざと違う教科書見せたのか? なんで?

腹が立つと同時に、悲しくなった。結局、こいつも他の奴らと同じなのか? 群れに入れない羊はいじめても構わないって、自分が群れちゃったらそう思うのか? あのくだらいない連中と同じになっちゃったのか? なあ雪里!

教師の発言に、クラス中がげらげら笑いだしていた。俺は真っ赤になって唇を噛みしめ、悔しさに身体が震えてくるのを必死で堪えてた。

そりゃ、ぼうっとしてたのは俺が悪いけど、何も教師先導でクラス中の笑いものにすることないだろう。おまけに雪里まで……。

俺は思い切り奴を睨んだ。あいつはびくっとして俺を見返し、それから悲しそうに俯いた。そんな顔したってダメだぞ。おまえは俺をバカにしたんだからな!

と思ったが。よく思い出してみたら、雪里は最初から、俺を笑ったりなんかしてなかった。ただ、困ったようにこっちを見てはいたけど。そう考え直して、もう一度奴の机の上を見る。

「あ」

雪里の机に載ってる教科書。あれ、英語の教科書じゃない。ちゃんと社会科の教科書だ。つまり、あいつは意地悪をしたわけじゃなくって、ちゃんと社会の教科書を見せてくれてたんだ。それを、俺が勝手に英語の教科書だって勘違いしただけらしい。

真実に気づいたとたん、猛烈な後悔が襲ってきた。いたたまれなくなってもう一度雪里を見たけど、奴はもう、俺の方を見てなかった。机に広げた教科書に目を落としたまま、両手を机の上で組んで微動だにしない。引きかけていた笑い声のさざ波からも遠く距離を置いて、まるで静かに祈ってるみたいに見えた。

(雪里……)

俺が勘違いして睨みつけたのを、怒ってるんだろうか。それとも、また怯えさせちゃった?

どうしよう。ただでさえ遠い存在なのに、これでもっと、あいつは遠くへ逃げちゃうだろう。もう二度と、俺なんかに親切にしてはくれないだろう。

俺の気分は果てしなく沈んでいき、その後の授業なんか、ちっとも頭に入ってこなかった。

教科書の一件以来、雪里は俺に近寄ってこなくなった。もともとたいして接点があったわけじゃないけど、たまに口をきくことくらいはあったのに。

もうだめだ。俺、きっとあいつに嫌われた。

せっかく同じクラスになれたのに。もしかしたら、友達になれたかもしれないのに。

なのに俺ときたら、その貴重なチャンスを自ら棒に振ってしまったんだ!

2. 彦星、川を渡る

あんなことがあってから、俺は、できれば奴の前から姿を消してしまいたかった。と思う反面、毎日学校に行けばそこに雪里がいる幸せを、このまま維持していたくもあった。

そんな青春の矛盾を抱えながら、俺は……俺たちは、二年生になった。

俺らの通ってた公立中学校は、三年間クラス替えがない。だから俺と雪里は、進級しても同じクラスだった。

うちの学校では、二年になるとちょっと変わった行事がある。

修学旅行の予行演習というわけじゃないけれど、二年全員で、週末の土日に校舎に泊まる、つまり、学校で一泊二日の集団生活をするっていう、なんともめんどくさい行事だ。

それは春の終わり、寒くもなければ暑くもない、お泊まりごっこにはうってつけの季節に行われた。

この行事のポイントは、二日間だけクラスの垣根が取っ払われて、二年全員、ごちゃごちゃになっていいってとこだった。もちろん、寝泊まりする教室は男女別になるんだけれど、その他はみ〜んな一緒。みんなで食事を作ったり、ゲームをしたり、ちょっとした演芸会じみたものをやったり。そんな時は、誰でも自由に、好きな仲間とグループを作っていいことになっていた。

思うに、クラス替えがない代わりに、そうやって一度だけ、他のクラスの生徒たちと交流しましょうということらしい。

まあそういうのって、俺みたいな一匹オオカミには、はなはだ迷惑な話だったんだけどさ。

けど、神様ってのはわかんないもんで、時たま気まぐれを起こすらしい。一度は見放した羊を、どういうわけだか知らないけど、また谷底からひっぱり上げてくれちゃったりするんだ。

そう、その羊が俺。はぐれオオカミを気取ってたのに、実はただの羊だったんだよな。

マジ笑える。メエメエ。

それが起きたのは一日目の夜だった。夜というより夜中だ。

お泊まりナイトに参加した生徒たちは、くじ引きでシャッフルされて、四つの教室に分かれて寝ることになった。男子が二組。女子が二組。

俺は比較的仲の良かった、同じクラスの数人と一緒になった。結局、同じクラス同士じゃ意味ないんだけど。

そして雪里は、もう一つの教室の方にいた。

俺、どんだけそっちに行きたかったか。けど、教科書間違い事件以来、俺と雪里の仲はなんとなくギクシャクしたものになってたから、別の組で正解なのかも。

俺たちは、めいめい持ってきた寝袋にミノムシよろしく収まって、ごろごろしながらおしゃべりに興じていた。

俺は雪里のことが気になってしかたなかったけど、とりあえず近場にいる奴らと、学年でベストテンに入る女子は誰かなんてのを、真剣に選ぶ振りをしてた。

本当は、女子のことなんかどうでもよかった。どんなにかわいいって言われてる子も、雪里ほどかわいくなんかないって思ってたから。

だって、雪里は特別なんだもの。顔だけじゃない。あの鈴が鳴るみたいな声だって、真っ白ですべすべの肌だって、体重なんかないみたいに見える、メリハリのない細い身体だって、ガラス玉みたいに透き通った茶色の瞳だって。そしてそして——美術の教科書に載ってた、あの背中に羽のある小さな子供とそっくりな、ふわふわの髪の毛だって。


いいかげん、しゃべるのもだるくなってきた頃。タイミングよく、教師が消灯を告げに来た。ここから先明かりがついてるのが見つかったら、見回りの教師に注意される。ルールを守って生活することで、社会性を身につけさせようって魂胆なんだろう。

昼間の活動に体力を使い果たしていた生徒たちの大半は、消灯後すぐに寝息をたて始めた。俺も、無理して騒いだりしゃべったりしたのに疲れ果ててたんで、暗くなったと同時に、ほっとして目をつぶった。

何時間くらい寝てただろう？　ふと、誰かに呼ばれたような気がして目が覚めた。

辺りはまだ真っ暗だ。目が慣れてくると、床に雑魚寝してる生徒たちの影があちこちに盛り上がりを作って、ときどきもぞもぞ動いてたりするのが見えた。

耳を澄ましてみたけれど、特に気になる音も声も聞こえなかった。

「夢……か」

俺は目を閉じて寝直そうとしたけれど、床が冷たかったせいなのか、なんだか急にもよおしてきた。

「ち、めんどくせ」

そのまま寝てしまおうと思ったけど、一度気がついてしまったそれは、だんだん無視できなくなってきた。

学校でおねしょなんて、末代までの恥ってもんだ。仕方なく俺は寝袋から這い出ると、あちこち転がってるヤローどもの間を縫って教室の外へ出た。非常灯のおかげで、誰かを踏んづけるなんてへまもしないで済んだ。

トイレは廊下の端っこにある。俺の寝てる教室は反対側の端だったから、結構歩かなきゃなんない。教室にはみんなが寝てるってわかってても、暗い廊下を一人で歩くってのは、ちょっと足がすくんだ。

先生たちも寝てるのか、廊下には人っこ一人いない。できれば見回りが来てくれないかな、なんてチキンなこと考えながら、俺は足早にトイレへと向かった。

(ん?)

今、何か聞こえなかったか?

俺は足を止めた。そして耳を澄ます。小さな、囁き声みたいなのが聞こえた気がした。

(トイレに先客がいるのか?)

真夜中に一人で学校のトイレに入るのは怖い。それはもうハンパなく。だからきっと、連れションしに来た奴らがいるんだろう。その時、俺はそう考えた。でも……。

「やめてってば!」

今度ははっきりと聞こえた。その声が。

(雪里?)

それに続いて何人かの忍び笑いが聞こえてきた時――俺はもう何も考えず、トイレに向かってダッシュしてた。

「おいっ!」

勢いよくトイレのドアを開けると、洗面台の前にだんごになってた男子生徒が三人、びっくりした顔で振り返った。

「おまえら……何してんだよ」

自分でも驚くほどドスのきいた声が出た。それがどろどろとトイレの床に流れていくと、固まってただんごが解体されて、中から雪里が現れた。

「三上……」

俺の顔を見るなり、雪里は逃げるように顔を背けた。でも、俺は見てしまった。雪里の口が血だらけだったのを。

その瞬間、俺は頭の中が真っ白になった。

「橋野……その顔どうした……」

そこまで言ってから気がついた。あれは血じゃない。だって、雪里のほっぺたにも、同じ色で渦巻模様が描かれてたから。そして、彼の脇に立ってる男の手に、擦り減ったクレヨンみたいな口紅があるのを見てしまったから。つまりこいつらは、雪里の顔に口紅で落書きをしてやがったんだ。

三人の中で一番ガタイのいい奴が、あろうことか、片手で雪里の髪の毛を摑んでいる。反対の手が水道の蛇口を握っているところから察するに、雪里は、こいつに頭から水をかけられたんだろう。あの天使の巻き毛から滴がボタボタ垂れ落ちて、顔やジャージの上着をびしょびしょに濡らしてた。

真っ白になってた俺の頭に全身から血液が集中し、脳天を突き破った。

「おまえら……橋野に何してやがる」

三人を睨みつけながら一歩踏み込むと、雪里を囲んでた生徒らは互いに顔を見合わせ、最後に俺の方を見た。その隙に奴らを突き飛ばして駆け寄ってきた雪里を、俺は無意識に自分の後ろに隠した。

「やっはは~。三上、そんな怖い顔すんなよ。ちょっとからかってただけなんだから」

「こいつが化粧してみたいっていうからさ、きれいにしてやってただけじゃん」

三人がへらへら笑いながら言い訳すると、突然鋭い声が飛んだ。

「そんなこと言ってないよ！」

びっくりして振り返ると、雪里が顔を真っ赤にして三人を睨みつけてた。

「おまえらが勝手にやったんじゃないか！　俺は嫌だって言ったのに！」

「橋野……」

なんてかっこいいんだ、雪里。握り締めた小さな拳はぶるぶる震えてるけど、それはおまえの怒りであって、決して怖がってるわけじゃないって、俺はちゃんとわかってるぞ。

自分よりデカい男たち相手に、一歩も引かない雪里。その姿はまるで、人間どもを裁くため、天界から降臨した大天使みたいだった。俺はその雄姿にしばし目を奪われていたけど、ようやく我に返って三人に向き合った。

「おい。橋野の言ってること、ほんとなのか？」

すごもうとしたんだけど、さっきの雪里には及びもつかなかった。それでも悪党三人は、一言も発しないまま俺たちの脇をすり抜けると、尻尾を巻いて逃げていった。

俺は開けっ放しになったトイレのドアを睨みつけたまま、奴らの足音が完全に聞こえなくなるまでその場に立ち尽くしていた。

辺りにようやく静けさが戻ってきた時。背後でどさっという音が聞こえて、振り返ると、雪里が糸の切れた操り人形みたいに床にへたり込んでた。

「おい、大丈夫か」

慌てて手を伸ばして引き上げようとしたら、「一人で立てる」というぶっきらぼうな声と共に、差し伸べた手が振り払われた。想定外のリアクションにショックで動けなくなってると、雪里は取って付けたみたいに「ありがと」とつぶやいてから、ゆっくりと立ち上がり、そのまままり悪そうに向こうを向いてしまった。

俺は途方に暮れた。こいつの声が聞こえたもんだから、つい頭に血が昇ってここまで来ちゃったけど……正直、今すぐ逃げ出したい気分だった。

悶々とする俺を無視して、雪里は顔を背けたまま、ゆっくりと洗面台の方へと歩いていく。その背中に、俺は思い切って声をかけてみた。

「橋野。なあ、ちょっとその顔見せてみろよ」

「やだ」

案の定、ぶすっと即答された。

「何怒ってるんだよ」

思わずムッとしてわざと顔を覗き込もうとしたら、雪里は身体を反転させて向こうを向いてしまった。それならと反対側に回ってみたら、今度は逃げるように身体を捩って、またあっちを向いてしまう。ぐるぐる追いかけっこをしてるうち、俺はちょっとイラついてきた。

「なんで逃げるんだよ」

「逃げてない」

「じゃあ見せろよ」

「やだって！」

俺は溜息をついた。作戦変更だ。

「じゃあさ、聞いてもいい？」

しばらく沈黙があってから、「何」と、また怒ったような声が返ってきた。でも、ほんとは怒ってるんじゃないってのは、なんとなくわかった。雪里はバツが悪かったんだ。ああ見えて人一倍プライドの高い奴だから、自分がいじめられてる現場なんか、ぜったい見られたくなかったんだろう。

でも、俺はほっとけなかった。何があったか確かめたかった。だからまた半歩回り込んで、首を伸ばしてみた。すると、雪里の背中がびくっと震えた。もう半歩進むと、俺から逃げるように、細い身体が少し移動した。

「なんで隠すんだよ。それ、おまえが自分でやったんじゃないんだろ？」

そう聞いたら、

「あったりまえじゃん！」

と、すごい剣幕で怒鳴られた。あいつらを怒鳴った時の声なんかとは、比べものにならないくらいの迫力だった。

それで、やっと俺は気がついた。見ちゃだめなんだって。見たら、雪里を辱めることになるんだって。

「ごめん」

俺が謝ると、雪里は何も言わずに蛇口を捻って、ばしゃばしゃと顔を洗い始めた。

無視されたのにまたもや傷ついた俺は、顔に塗りたくられた口紅を落とそうとして悪戦苦闘するあいつをしばらく眺めてたけど、とうとう我慢できなくなって口を出した。

「橋野。口紅って、水で洗ったって落ちないんだぞ」

そう教えてくれたのはかーちゃんだ。昔、ねーちゃんが化粧台の中身でいたずらしてて、白いブラウスにべったり口紅をくっつけちゃったのを、なんかの薬剤で落としながら言ってたんだ。

「え？」

雪里の手が止まる。ついうっかりって感じで顔を上げ、こっちを見て……ごめん、思わず吹き出しちゃった。

「やっぱ笑うんじゃん！」

むっとした顔で、雪里が俺を睨んだ。けど、その顔で睨まれてもな。

俺は、さっき無視された仕返しをしたくなって、雪里の隣まで行くと言ってやった。

「せっかくだから、落とす前にちょっと鏡見てみろ。なかなか見ものだぞ、そのツラ」

「やだ！　ぜったいに、や・だ！」

嫌がる雪里を無理矢理鏡の方に向かせようとしたら、奴は思い切り俺の腕に噛みついてきた。

「いてっ！　何すんだよ！」

「やだって言ってるのに！」

「だってかわいいじゃん、ほら」

　俺はもう一度雪里の頭を掴むと、鏡の中の奴と対面させようとした……が、あっち側の雪里と目が合ったとたん、フリーズしてしまった。

　雪里の顔から滴る水が、なんだか涙みたいに見えたんだ。ほっぺたの上で擦られた口紅の赤い色は、まるで、見えない傷口から滲む血みたいだった。俺はたちまち、自分のしたことを猛烈に後悔した。これじゃ、あいつらとまるっきりおんなじじゃないか。雪里を助ける振りして、こいつを笑いものにしようとしたんだから。

　俺は鏡に映った雪里から目を逸らすと、押さえ付けていた小さな頭を解放してやった。それから「行こうぜ」と言って回れ右をし、そそくさとトイレを出た。雪里が後を追ってきたのがわかったけど、振り返れなかった。

　とにかく、あの顔と濡れた服をなんとかしなくちゃ。早くしないと、雪里が風邪をひいちゃうかもしれない。さて、どうしたもんだろう？　暗い廊下を雪里と一列になって歩きながら、俺は必死で考えた。

教室に戻ればタオルはある。けど、みんながいる場所へは行きたくなかったし、雪里はよけいにそうだろう。くそ、なんてことしてくれたんだよ、あいつら。

こういう時は大人に頼るのが一番いいんだろうけど、その考えは、なぜか頭に浮かばなかった。とにかく、自分たちだけでなんとかしなくちゃって、それしか考えつかなかった。

その時。まるで雷に打たれたみたいに閃いた場所に、俺は小さく叫んだ。

「調理実習室！」

俺は有無を言わせず雪里の手を引っ掴むと、階段を駆け降り、一階の調理実習室へ飛び込んだ。

よし、ここだったら、必要な物がなんでも揃ってるぞ。タオルでも食器用洗剤でも、手洗い用の石鹸だってある。おまけにお湯も出る。こいつの顔をきれいにするには、ここっきゃない！　俺は心の中でガッツポーズを取ると、雪里を調理台の脇にある流しの前に引っ張っていった。

食器用洗剤の威力はなかなかだった。ほっぺたと唇にへばりついてた赤い色は、お湯と洗剤をつけてくるくるしたら、あっという間に落ちてしまった。雪里の顔は、まだちょっと赤い色が残ってるものの、それが結構かわいいってくらいにまで回復した。

次の問題は、濡れた髪とジャージだ。俺は食器棚の引き出しから二、三枚のタオルを拝借すると、雪里の頭をごしごし拭いてやった。

小さな頭が、俺の手の中でボールみたいにぐるぐる動く。その感触になぜだかぞくぞくしてきて、得体の知れない恐怖に襲われた俺は、慌てて感覚を遮断した。

次は、濡れたジャージの番だ。

「おまえ、これ着てろ」

頭にタオルを巻きつけた雪里に、俺は自分の着てたジャージの上着を脱いで渡した。雪里がきょとんとして俺を見る。くそ、かわいいぞ。

「三上は?」

首を傾げながら聞いてくるとこなんか、まるで小鳥みたいだ。

「俺は暑いからいい」

目を逸らしながら答えたけど、あいつの視線が俺の横顔に張りついてるのがわかって、ほんとに体温が二度くらい上がった気がした。

「う、嘘じゃねーぞ。おまえこそ、風邪なんかひくなよ」

やっとそれだけ言うと、俺はそこらへんを適当に片付け、また雪里の手を引っ張って、調理実習室を出た。失敬したタオルについては……まあ、明日の朝先公に自首するさ。元はといえば、原因はあいつらなんだ。その辺うまく説明すれば、情状酌量の余地ありってことになるかもしれないし。

そんなことを考えながら廊下を歩いてると、後ろからか細い声が呼んだ。

「三上、どこまでいくの?」

「え?」

やっば。それを考えてなかった。ほんと、これからどうすんだよ、俺。いや、俺たち。行く手には非常口のランプが灯った鉄の扉。そこから先は学校の裏手に出る。つまり、この建物の行き止まりだ。

振り返ると、雪里の瞳がもの言いたげにこっちを見てた。その時、俺は気がついた。

こいつの運命は俺の手の中にあるんだと。こいつには今、俺より他に頼る奴がいないんだと。

そのことに気がついたとたん、俺は自分が今何をすべきか、はっきりわかった。

「橋野、おまえはどうしたい？　このまま教室に戻って寝るか？　それとも……」

雪里の意思を確認すると、奴はふるふると首を振った。その拍子に、頭に巻いたタオルがほどけて顔に被さる。それをイラついた手つきでむしり取ると、雪里は俺を見てきっぱりと言った。

「ぜったい、やだ。教室には戻らない」

期待通りの答えに心底ほっとしたってことを、ここで白状しておく。

「だよな」

「じゃあ、行こうぜ」

俺が言いたかったことを雪里の口から言ってもらったおかげで、俺はなんの躊躇もなく、奴の手を引いてまっすぐに非常口を目指した。

重い鉄のドアを二人で押し開けると、夜の空気が火照った顔にさあっと当たって、なんだか、別世界が俺たちを迎えてくれてるような気がした。

と、雪里がぶるっと身体を震わせた。

「寒い？」

やっぱり戻って寝た方がよかったかと心配になって聞くと、雪里は「ううん」と首を横に振った。

「平気。寒くない」

「じゃあ、行くか」

言うと、雪里が大きく頷いた。

そうして、俺たちはまるで未知なる国への冒険に旅立つみたいに、胸をわくわくさせながら裏庭へ降り立ち、三本の大きな楠木の根元まで歩いていった。

この楠木は学校の設立時にここに植えられたとかで、校歌にも登場する、この学校のシンボル的存在だ。地面を掴むように広がってる根っこが天然のベンチみたいになってて、俺たちは並んでそこへ腰を下ろすと、どちらからともなく身を寄せ合った。

「寒くない？」

俺の上着を奪ってしまったのを気にしてか、雪里が聞いてきた。

「暑いって言ったじゃん！」

空元気を出して答えたものの、直後にちょっぴり後悔した。雪里に上着を貸したことをじゃない。もっとましな言い方ができなかったのかって。もうちょっと、大人っぽく……っていうか、カッコよく。

悶々としてると、雪里がいきなり自分の身体を俺に押しつけてきた。

「おい、暑いってば」

文句を言ったのに聞こえない振りしてるのか、雪里は何も言わずにくっついたままだ。密着した身体はやけに熱くて、それが呼吸に合わせて、くっついたり離れたりする。

ああ、こいつちゃんと生きてるんだなって、変なところに感動してしまった。

雪里の濡れた髪が、俺のほっぺたをくすぐってくる。それが無性に嬉しくて、俺はできるだけ動かないよう、じっと息を潜めてた。

（なんだか、恋人どうしみたい……）

うっかりそんなこと考えたらまた体温が上がりそうになって、俺は慌てて邪念を振り払った。

横を盗み見る。暗くてほとんど見えないけど、すぐ近くにあの赤い小さな唇があるんだと思うと、心臓が断りもなくどんどん速くなってくる。その唇から規則正しく漏れ出る暖かい息が俺の首筋にかかって、冗談じゃなく本気で暑い。やめろ、雪里。ちょっと離れろ。いや、離れるな。どっちだ、俺！

パニックを起こした俺は、完全に理性をふっ飛ばしてた。結果……気がつくと、暗闇の中でキスしてた。雪里の、あの唇に。

「！……」

声にならない声を上げて、雪里がぱっと身体を離した。俺も反射的に身を引いたけど、後悔の大波がドドドドッと押し寄せてきて、高ぶった俺の気持ちは、あっという間に沖まで押し流されていった。

「ごめん……」

即座に謝ったけど、返事はない。ああ神様、もしそこにいるんだったら、今すぐ一分前、いえ、十秒前でいいから、時間を戻してください！

俺は瀕死状態で、ただただ待った。雪里の言葉を。彼のお許しを。

「三上」

たっぷり一分は待ったろうか？　暗闇の中から、静かな声が俺を呼んだ。はっとして隣を見たけど、その後はなんの言葉ももらえなかった。ただ雪里の呼吸音だけが、びっくりするほどはっきりと聞こえた。それにシンクロするように、俺の心臓もどくんどくんと波打ってる。

「三上は、俺のこと嫌いなんじゃなかったの？」

「え？」

想定外のお言葉に、一瞬何を言われたのかわからなかった。いや、言葉の意味はわかったんだけど……あのさ、雪里。俺、ちょっと期待していい？

「嫌いな奴に、あ、あんなことするかよ、バカ」

バカはないだろうって思ったけど、仕方ない。勝手に口から出ちゃったんだもん。

また悶々となってると、雪里がいきなりぐいっとひっついてきた。さっきみたいな、なんとなくって感じじゃなくて、はっきりと意思を持って。それからあいつは、自分から俺にキスをくれた。かわいらしい、ほんのちょっとつまみ食いするみたいな。そして言ったんだ。

「俺も三上が好き。ずっと好きだったんだ」

「ずっと……って……マジ？」

ほんっとに俺ときたら。もちっとましな答え方ないのかよって思った。でも、仕方ないよな。何せ、初めての経験だったんだ。キスも、告られるのも。頭蓋骨の中身がすっかり蒸発して、すっからかんになってたんだから。

「三上って、いっつも俺のこと睨んでたじゃん。だから俺、ずっと嫌われてるんだって思ってた」

「え、いや、それは……」

そんなふうに思われてたのか。俺はただ、おまえに見蕩れてただけなのに。目が離せなかっただけなのに。それなのに「睨んでた」なんて、俺、よっぽど目つき悪かったのかな。

「んなわけないだろ」

またぞろ、ぶっきらぼうな言い方しかできなかった。ほんとは、もっと気のきいたセリフを言いたかったのに。

「俺だって……ずっと好きだったよ」

今の気持ちの全部を込めて、俺は言った。

隣で小さく「うん」っていう声が聞こえると、俺の回りをたちまち金色の天使たちが取り囲んで、光り輝きながら乱舞し始めた。

こうして俺たちは、互いの思いを確かめ合うことができた。夜と、楠木の根っこの助けを借りて。

ああ、それを言うなら、雪里にいたずらした奴らにも感謝しなくちゃな。あれがなかったら、俺と雪里はいつまでも遠目に互いの姿を眺めながら、河の両岸をどこまでも歩いてただけだったろうから。

翌朝。楠木の根元で身を寄せ合ったまま目を覚ました俺たちは、全身虫に食われてさんざんな状態だったけど、とってもとっても幸せだった。

だから、勝手に調理実習室のタオルを失敬したことや、規則を破って校舎の外で夜明かししたことなんかにてんこ盛りのお説教をもらっても、そんなのへでもなかった。それに、あの三人組の悪事を先生たちにばらしてやったんで、お説教の集中砲火はそっちにも分散してくれた。ざまみろ。

もちろん、あの晩のことは二人だけの秘密だ。お互い、誰にも、友達にも親にも兄弟にも、永遠にしゃべらないって約束した。

だからあの夜あったことは、俺たちの胸の中だけに存在してる、大事な記念写真みたいなもんなんだ。

その日以来、俺と雪里はお互いを下の名前で呼び合うようになり、おおっぴらに仲良くなった。もともと人気者で友達も多かった雪里と親密になったことで、必然的に俺もその仲間に加わることになり、結果、俺にも結構な数のダチができた。

というわけで、雪里というお日様の光を浴びて、俺の学園生活はとても楽しいものになっていった。

第三章　ところで、現実は奇なり

１．再就職だって

「起きて友城！　いつまで寝てるの！」

よく知った声が呼んでる。起きろって？　なんで？　俺、会社クビになったんだぜ？

無職なんだぜ？　なんで朝っぱらから起きなきゃ……。

「起きろ～っ！」

脇腹に容赦なく蹴りが入って、俺はがばと飛び起きた。何が起きたのかわからず、きょろきょろと回りを見回す。

「あれ……ここ、どこ？」

「いつまでも寝ぼけてんじゃないわよ、このボケっ！　危ないと思って見にきてみたら、このザマなんだから。もうっ！」

たった今まで寝てた布団の脇で、お姉さまが仁王立ちして俺を睨んでいる。わけがわからん。

「危ないって？　それよりなんで姉貴がここにいるの？」

どうやら、ここはいつもの自分のアパートだ。カーテンが開け放たれた窓からは、朝日がさんさんと射し込んでくる。眩しい。目が痛い。

「姉貴、もうちょっとカーテン閉めてよ」

眩しさに目を細めながらの訴えは、即座に却下された。

「何言ってるの。これ閉めたら、あんたまた寝ちゃうでしょーが！　さっさと起きて仕度なさい！」

「仕度って？」

「この、ボケ〜っ!!」

ぼけたつもりはないのだけれど、最後の一言がお姉さまの逆鱗に触れたらしい。さっきの倍増しの怒声が、寝起きの耳を貫いた。

「やっと再就職が決まったってのに、また棒に振る気か？　おまえは！」

どうやらこれは、姉貴なりの愛情表現らしいというのはわかったが、解せないことが一つある。

「再就職？　……ってなんのこと？」

　今度は、頭のてっぺんに枕が叩きつけられた。

「友城っ！　あんた正気なの？　寝てる間に頭でも打った？　しっかりしなさいよ！」

　愛の言葉と共に、今度は平手で頬を連打される。さすがにこれは尋常じゃないぞ。

　俺は片手ではっしと姉貴の手を掴むと、じーっとその目を覗き込んだ。嘘を言ってるようではない。

「わりぃ。姉貴。俺、ほんとに頭打ったのかも。現状がさっぱり把握できてません。説明してもらえる？」

「はあ？」

　姉貴の呆れ顔が物語っている。どうやら俺、ホントにボケてるらしい。

　その顔がみるみる「心配」に変わってきて……姉貴はぺたんと畳に座り込むと、俺の顔をじっと見つめてきた。

「あんた、電話してきたじゃない、一週間前。再就職先が決まったって、嬉しそうに」

「はい？」

「あんたのことだから、初日から遅刻なんかして、せっかくの就職をフイにしたら大変だと思って来てみたら……このありさまなんだもの。おまけに、自分が就職したのも忘れて寝てるって、どういうことよ？」

「……と、言われましても……」

さっぱり憶えがない。

確かに、リストラされてからしばらくの間、就職活動をした。でも軒並み断られ続けて、すっかりふてて、ニート生活にどっぷり浸かってた。それをつい先日、あなた様にど突かれて、愛想尽かされて、見棄てられて……違いましたっけ？

首を傾げていると、姉貴はふう～っと長い溜息を漏らした。

「病院に行くんなら、その時は付き添ってあげるから。でも、今はとにかく、仕事行く準備しなさい。朝食は用意したげるわよ。ああもう、まさか、ほんとにこうなるとは思わなかったけど、早めに来といてよかったわ」

半分自分を納得させるように言うと、姉貴は台所に立っていった。

のろのろと起き上がり、布団を畳む。それを仕舞おうと押入れのふすまに手をかけた時。

何かが、電流のように身体中を駆け抜けた。

（あ。あれれ？？？）

とたん、頭がしゃっきりしてくる。姉貴が言ってた再就職のことも、くっきり思い出せた。

姉貴に匙を投げられてから、俺はさすがに心を入れ替えて、ニートの城と化していた部屋を片付け、片付けるにつれ心の整理もついてきて、もう一度就職活動を、今度こそまじめに、気合を入れてやり直すことにしたんだった。

気合の違いが応募先に伝わったのかなんなのか、俺は一発目の志望先から、みごと採用通知をもらった。今までの苦難が嘘のようにあっさりと。

それが十日前。その喜びを、一番世話になった姉貴に伝えたのが一週間前。そして今日が、めでたい初出勤の日なのだ。

（それを一晩で忘れるなんて……）

姉貴が起こしにきてくれなかったら、また同じ轍を踏むところだった。この人には、もう足を向けて寝れません。

俺は感謝してもしきれない思いを胸に、姉上が作ってくれた朝食をおいしくいただいてエネルギーを補給すると、先日クリーニングに出しておいたスーツに袖を通した。

面接の時にも思ったけど、久々に男の戦闘服に身を包むと、がぜんやる気が湧いてくるから不思議だ。量販店の吊るしだけど、捨て難し、スーツの威力。

俺は姉貴に手を振って、アパートを後にした。

2. 新天地

朝っぱらから遠出（といっても都内だけど）するなんて、何ヶ月ぶりだろう。新調した革靴が固くてちょっと足が痛いけど、職が得られた喜びの前にはなんてことない。

（どひゃ〜っ！　山手線って、こんなに混んでたっけか？）

などと、ラッシュひとつにもいちいち感動を覚えてしまう俺って……。

（ああ、生きてるんだなあ……）

思わず胸に手を置くと、俺の心臓は確かにとくとく動いてた。規則正しく。

人混みはもっと怖いかと思ってたけど、なんのなんの。みんなと同じ、俺も仕事に行くんです〜っていう喜びの方が勝ってた。

そして、俺の新天地は丸の内。丸の内、なんだぜ？

この街もずいぶん変わった。なんか、きれいなビルが増えた？　どれもみ〜んな四角くて区別がつかない。道に迷っちまいそうだ。

（……と、ここだっけ？）

この間面接に来たばっかなのに、危うく新しい職場の入ったビルを見落とすとこだった。危ない、危ない。

俺は、新しく塗装が施されたばかりのそのビルに入ると、まっすぐに二階へと上がった。エレベーターなんか使わずに、自分の足で。そう、それくらいエネルギーに溢れてたんだ、俺の身体は。

「藤ノ木（ふじのき）・吉村（よしむら）国際特許事務所」

シンプルな文字で名前が出ている自動ドアを潜ると、受付カウンターにはもう人が座ってた。面接の時にいたのとは別の女の子だ。ちょっと緊張するな。

「いらっしゃいませ」

受付嬢は恭しく頭を下げてから、その物腰とは裏腹の断固とした口調で聞いてきた。

「お客様、お約束はいただいておりますか？」

はい、もちろん。何を隠そう、本日からこちらでお世話になるんですから。

俺が名前と用件を告げると、受付嬢は「ああ」という顔になって、俺に行くべき部屋を教えてくれた。

そっちへ向かって歩いてたら、向こうから若い（たぶん俺よりちょっと上くらいかな）男がにこやかに俺の方に近寄ってくると、目の前で立ち止まり、

「おはようございます。三上さんですね？　ようこそ。僕は弁理士の樋口です。お会いできて光栄です」

なんて言いながら、右手を差し出してきた。なんか、アメリカのテレビドラマみたいだ。

俺も慌てて右手を差し出すと、彼の手が柔らかくそれを握ってから、秒で離れていった。あれ？　握手って、こうするんだったっけ？

あれもこれも初体験で戸惑ってるうちに、俺は樋口とかいう弁理士に、俺のアパートくらいある部屋まで連れていかれた。

そこで、所長の藤ノ木先生から集まった所員に紹介され、俺は簡単な自己紹介をしてから「よろしくお願いします」と、神妙に頭を下げた。

苦手な時間は、わずか五分程度で終了した。中途採用の新人にかまけてる時間なん

かないんだろう。顔見せが終わると、集まってた所員は、樋口を残して皆さっさと持ち場に散っていった。

「三上君、前の職場でも知財部だったんだって？」

二人になると、樋口がさっきとは打って変わった砕けた口調で話しかけてきた。確かに俺は前の会社で、特許や商標、意匠なんかの出願をやってる部署にいた。だから、そういう業務に慣れてはいる。けど、一企業が自分の会社のことだけやってるのと、お客さんから委託されてやる仕事とでは、いろいろと……たぶん、ぜんぜん違うんだろうな、きっと。

そんなことを考えながら

「あ、はい。一応」

と、おずおず答えると、

「何、一応って」

樋口が言って苦笑した。その笑顔を見て俺は、ああこいつは勝ち組なんだって、わかってしまった。

後で知ったんだけど、樋口は三十二歳で、大学在学中に弁理士の資格を取ってる秀才だった。そんな奴から見たら、俺みたいな自信のない態度は、さぞかし滑稽に見えたんだろう。

「あの会社はうちの顧客じゃないけど、どうして君はここへ来たの？」

デリカシーのないセリフが、容赦なく俺を狙い撃ちしてくる。

好きで来たんじゃありません。あの会社は俺にとって、やっと入れた憧れのメーカーだったんです。夢のある職場だったんです。でも社長が夢を追い過ぎて経営が傾き、あっという間にリストラされたんです！

とは言えないので、日本人的曖昧な笑みを浮かべてごまかす。どうせ人事の担当者は知ってることだ。いずれ、こいつの耳にだって入るんだろう。いや、もう入ってるかも。

「じゃあ、仕事の内容は概ね把握してるんだよね？」

念を押された。その辺はまあ。一応、六年もいましたしね。まさか、後輩に出し抜かれて自分が放り出されるとは、思ってもみませんでした。ほんとに。

密かにそんなことを考えてたら、切なくなってきた。いかん、過去は棄ててしまえ、俺。ここが俺の新天地なんだ。これから頑張ればいいんだ。

目を上げると樋口のにこやかな笑顔と鉢合わせしてしまい、思わず冷や汗が出た。もしかして俺、結構期待されてたりするんだろうか？

ここには、ホームページの求人欄を見て応募した。ほとんど冷やかしのつもりだったのに、まさか面接に呼ばれるなんて思ってもみなかった。その先はとんとん拍子で話が進み、めでたく就職が決まったってわけ。

パートナーは藤ノ木先生と吉村先生の二人だけど、他に弁理士七十人、弁護士六人を抱えてるこの事務所、メインの顧客はそうそうたる大企業揃いだ。だからこんな都心の一等地で、ビルの数フロアを借りたりできるんだろうな。ってことは、よほどのことがない限り、経営は安泰……ってことだよな？

「三上君の部署はこっちね」

樋口に案内されて入った部屋には十人ほどの職員がいて、めいめいパソコンに向かってたり、書類に目を通したりしていた。

「みなさん、早いんですね」

さっき大部屋で挨拶した時も、始業前からデスクに向かってる人たちがいっぱいいた。それが皆俺のために、作業を中断して集まってきてくれたのだ。なんだか、前いた職場とはずいぶん雰囲気が違ってて、ちょっとびっくりした。前のとこでは、朝礼とかあったから。

今朝姉貴に叩き起こされてなかったらどうなってたかと思うと、背筋に冷や汗が伝った。

そんなことを考えてたら、樋口はさらに驚くようなことを教えてくれた。

「まあ、みんなわりとマイペースだからね。営業時間なんか無視して仕事してる人もいるけど。毎朝始発で来る人とかね」

「始発って……どこから来てるんですか、その方は」

「荻窪」

困ったような笑顔で樋口が答える。なんかいろいろありそうだ。これ以上は聞かないでおこう。

ところで、樋口は俺のいる部署のリーダーだった。つまり俺の上司。あまり歳が変わらないのに、なんか複雑だ。ただ、頭よさそうなだけじゃなくって、ひどく感じのいい奴（上司に奴呼ばわりもないけど）だったんで、ひとまずは安心した。

仕事は忙しかった。即戦力として採用されてるから、新人といえども容赦なく仕事が振られる。先輩たちから簡単な指示をもらっただけで、あとは自分でやれとばかりに放置される。これは結構大変だった。

というわけで、初日はあっという間に過ぎてしまった。

午後五時。

早朝出勤してくる職員がいるかと思えば、夕方近くに姿を見せておもむろに席につくと、三々五々帰宅していく同僚を横目に、仕事に没頭している不思議な人もいる。実に面白い職場だ。

俺が一通りデスクの上を片付けてから、座ったまま首と肩をぐるぐる回していると、いつの間に寄ってきたのか、樋口がすぐ後ろに立っていた。

「三上君、お疲れ様。初日から結構大変だったでしょう？　どうだった？　感想は」

俺は椅子をぐるっと回して樋口を見上げると、「大変でした」と素直に認めた。

「よかったら、駅まで一緒に行かない？」

慣れ慣れしく肩に手を置いて、樋口が誘ってきた。本当はいいかげん一人になりたかったけど、そこは我慢だ。何せ初日だし、樋口は俺の上司なんだし。逆らったって、いいことはきっとない。

俺は上着を取って立ち上がると、まだ仕事してるみんなに挨拶して、樋口と一緒にオフィスを出た。

一階までは階段を使うつもりだったのに、樋口は当然のようにエレベーターに乗った。狭いところに二人で閉じ込められるのはちょっと抵抗があったけど、嫌とは言えない。俺は黙って従った。

ドアの横に立った樋口から一歩下がって、俺はこっそり彼を観察した。

背は高くない。けど、一七二センチの俺よりは、ちょっとだけ目線が上にある。迷いなくエレベーターに乗ったりする割には、すっきり締まった体型だ。上等そうなスーツを纏ってすっと立つ姿を眺めながら、もしかしたらこいつ、着やせするタイプなのかもしれないなどと思ったりした。

一日中オフィスに閉じ籠もってるせいなのか、色白の横顔にはシミも吹き出物もなく、見たところ、髭もあまり生えなさそうだ。

肌に対比して真っ黒な髪の毛は、一筋の乱れもなくきっちり七三に分けられてる。滑らかな額の上の眉毛も真っ黒で、整えているんだろうか、やけに細かった。

階数ボタンを押す指はやっぱり白くて細長く、形のいい爪がよく手入れされている。

要するに、樋口は見た目にも隙のない男で、ついでに言うと、その隙の無さは飽くなき努力の末に手に入れたもの……のように、俺の目には映った。つまり、彼は結構な努力家だってことだ。

「君は、なんでうちに応募してきたの？」

俺に観察されてることなど知る由もなく、樋口がいきなり振り向いて聞いてきたので、ふいを突かれた俺の視線は、隠れ場所を探して右往左往した。

とっさに返事ができないでいると、何を勘違いしたのか、彼は
「あー、あまり根掘り葉掘り聞かない方がよかったかな」

などと困ったように笑った。あ、その笑顔もとってもステキです、先輩。

「まあいいや、おいおい聞かせてよ。あ、よかったら今度、一緒に飲みにいかない？　最近この辺、結構いい店がたくさんできたんだよね」

やけに饒舌な男をぽかんと眺めてるうち、エレベーターがチンと鳴って一階に着いた。

ロビーに吐き出された俺たちは、広々したフロアをエントランスに向かって歩きながら、おもむろにおしゃべりを再開した。

「実はさ、君が入ってくれてちょっとほっとしてるんだよね。あのオフィス、見ての通り女性ばっかりでしょう？　男といえば、その……所長か、あまり馬が合わない奴しかいないし。同じ年頃の話し相手が欲しかったんだよね。よかったらせいぜい仲良くしてよ。これからよろしくね、三上君」

そう言って樋口は、今朝と同じように右手を差し出してきた。

「よろしくね」か。なんだか妙な気分だ。これからお友達になりましょうねと、脅迫されてるような気がする。

それでも仕方なく差し出された手を握ると、樋口は嬉しそうにそれを握り返し、朝とは反対に、なかなか放してくれなかった。

「あの……」

「あ、ごめん」

困り果てて声をかけると、彼ははっとしたよう目を瞬いて、慌てて手を放してくれた。ほっとして解放された右手を下ろすと、奴の視線がそれを追って動いた。なんなんだ？　この人。オフィスで見た時と、ちょっと感じが違ってる気がするんだけど。

混乱する俺を置いて、樋口は意気揚々と歩いていく。結構足が速い。俺はといえば、数ヶ月間ほとんど出歩かなかったせいか、彼に歩調を合わせるだけで息が上がってしまった。

それに気づかれまいと必死で足を動かしてやっと駅に着き、樋口が「じゃあ僕はこっちだから」と、俺とは反対のホームへと去って行った時には、正直心底ほっとした。

（ああ……明日から結構しんどいかも）

もともと、人間関係はあまり得意な方じゃない。特に、樋口みたいにぐいぐい押してくるタイプは苦手だ。

けど、やっと手に入れた職なのだ。これしきのことで凹んでるわけにはいかない。

だいいち、あんなに心配してくれた姉貴に、申し訳が立たないじゃないか。

俺は、今朝起こしにきてくれた姉貴に心の中で手を合わせながら、ホームに入ってきた電車に乗り込んだ。

3. 不思議ちゃん

「ただ～いまあ」

誰もいない（はずの）部屋のドアを開けながら、一人芝居のように自分の帰宅を告げると、何かが玄関まですっ飛んできた。

「おか～えり～！　どうだった？　友城、あたらしい仕事は」

「げ、ポプリ。おまえまだいたのか？」

今の今までその存在を忘れ果てていた正体不明のそれは、やっぱりまだ部屋にいた。

確か今朝は、その姿はどこにも見えなかった。姉貴しかここにいなかった。そして目が覚めた俺の頭からは、なぜか、こいつのことはきれいさっぱり消えていたんだ。

「ねえねえ友城。妙ちゃんが、お掃除してご飯作ってってくれたよ？　早く手洗っておいでよ。一緒に食べよ」

嬉しそうに言うポプリの背後を見ると、確かに部屋の中は、今朝出て来た時と比べて格段にきれいになっている。年代物のちゃぶ台の上には、きれいにラップのかかった皿や茶碗が並べられていた。

部屋に上がると、ポプリが後を追ってきた。俺は、並んだ料理とポプリを交互に眺めてから、ある疑問を口にした。

「おまえの分は？　姉貴、おまえの食事は作ってかなかったのかよ」

姉貴は、この前こいつに会ってる。俺に同居人がいるって知ってるはずなのに、どうしてポプリの分の飯がないんだ？

「妙ちゃんには、もうオレが見えないから」

悲しげに答えて、ポプリが俺を見上げた。

「どうして？　だっておまえ、この間はちゃんと姉貴としゃべってたろう？　確か姉貴、おまえのこと『か〜わいい』とか言って、ハート飛ばしてなかったか？」

「そうだけど……」

ポプリは言って、しんみりと目を伏せた。

なんだなんだ、いったい。まったくわけがわからん。わからんといえば、こいつだってその筆頭だけど。

「妙ちゃん、あの時オレと来なかったでしょ？　だから、彼女は橋を渡れなかったんだ」

「橋？　どこの橋だ？」

謎かけみたいな会話は勘弁してくれ。ただでさえ疲れてるのに。

イラッとしたのが顔に出てしまったのか、ポプリは「ごめんね」と言うと萎れてしまった。

「なんで謝るんだよ？　まるで俺がいじめてるみたいじゃないか。ただ聞いてるだけだろう？　なあ、なんで姉貴にはおまえが見えなくなっちまったのか、教えてくれよ、ポプリ」

名前を呼ぶと、ポプリはちょっと嬉しそうに笑った。それからすっと腕を上げると、押入れの方を指差して言った。

「あそこ。あの中が、オレのいる場所と友城を繋ぐ橋なの。一度一緒に渡った友城はオレと繋がることができたけど、妙ちゃんは来なかったから、もう橋を渡るチャンスは二度とないの。だから妙ちゃんにとってオレは、最初からいないことになったの。側にいても、オレを感じることはできないの」

「あの中？」

確かに、ポプリを追って押入れの中に飛び込んだ記憶があるような、ないような……。

俺が曖昧な顔をして突っ立っていると、ポプリが俺の手を取って言った。

「友城、もう一回一緒に行ってみる？」

そうして、俺を押入れの前まで引っぱってくると、ふすまの取っ手に手をかけた。

ポプリがふすまを引くと、押入れの中からざあっと突風が吹いてきて、俺は思わず目を瞑った。

次に目を開けた時——俺たちは、またあの場所にいた。

第四章　学園・楽園

仲良くなった俺と雪里は、日を追うごとに親密になっていった。でも、それは必然だったのかもしれない。俺は最初っから雪里しか見てなかったし、あいつにとって俺は、窮地を救ってくれたヒーローだったんだから。

雪里はあの晩のことを、結構自慢げにみんなに吹聴してた。いかに俺がタイミングよく、いかに勇敢に、自分を救い出してくれたかを。もちろん、楠木のベンチでのことは、二人だけの秘密だったけど。

おかげで俺は、クラスどころか、学年中の有名人になってしまった。正直、あいつらの報復がちょっと怖かったけど、なぜかそんなことは一度もなく、俺と雪里は楽しく学園生活を謳歌した。

「謳歌」。まさにそんな言葉がぴったりだった。雪里が、いつも俺の一番近くにいてくれる毎日は。

仲間うちでも、俺たちは特別だった。別に、あの晩キスしてたのがばれたとか、そういうわけじゃない。俺のやましい心の内が衆人の知るところとなってしまったとか、そういうわけじゃない。

ただ、俺たちの仲良しっぷりは傍で見てても微笑ましくて、邪魔なんかできなかったらしい。これは、その時つるんでた一人に後で聞いた話だけど。

「相手が橋野じゃなかったら、おまえなんかとっくにボコボコにされてんぞ」

そう言って、そいつは俺にパンチを繰り出すマネをしてみせた。

「どういう意味だよ？」

「だからさ。仮におまえがサッチにべったりひっついてたりしてみろ。学年中の男、敵に回すぞ」

サッチというのは、学年で一番かわいいと人気の女子だ。本名は忘れたけど。

「ふうん。じゃあ、なんで橋野ならOKなの？　男だから？」

俺が聞くと、そいつは大まじめに答えた。

「違う。橋野が橋野だからだよ」

「意味わかんねー」

俺は呆れてみせたけど、本当は誰よりもわかってた。雪里は特別な存在なんだって。単なるアイドルでも、かわいいペットでもなく、強いて言えば学園の「神様」。誰も彼を支配したり、傷つけたりなんかできない。そんなことをしようもんなら、バチが当たるんだ。だからみんな、そっとあいつを見守るだけしかできないんだ。

じゃあ、いつも雪里にくっついてる俺は、いったいなんなんだろう？　番犬？

ああ、そうだ。あいつについて、一つだけびっくりしたことがあった。

ある日、いつものように仲良しグループでたむろしてた放課後。何がきっかけでそんな話になったのか忘れたけど、みんなで自分の干支を教えっこしてた時だ。同学年なんだから、二つに一つっきゃないんだけど、早く生まれた方が「えらい」みたいな雰囲気になって、バカなガキどもはおおいに盛り上がってた。

「俺、うさぎちゃん」

「げ、かわいくね〜」

「なんだよ」

「俺、三月生まれだから辰だな」

「へー、かっこいいじゃん」

「雪里は？」

なんとなく、雪里は卯年だって誰もが勝手に考えてた。かわいいイメージがぴったりだって。

「あ、俺寅」

一瞬、場がしんとなった。

「……え？」

「雪里、今なんてった？」

俺は、こいつのことで自分が知らないことなんかないってこっそり自負してたから、かなりショックを受けた。よろける心を必死で支えながら聞き返すと、雪里は、あっけらかんとしてもう一度言った。

「俺、寅年なの」

「え〜っ！　おまえ、年上だったの？」

まったく同じセリフがシンクロした。逆にびっくりして、雪里が目を瞬く。

「あれ……知らなかった?」

隠してたわけじゃないらしい。だったら、先公が言い忘れたのか。とにかく、俺たちにとってその事実は、まさに晴天のへきれきだった。

「俺さ、小学生の時ちょっと病気して、一年休んでたんだ。で、東京にいい先生がいるからって、中学からこっちに引っ越してきたのね。今は、おばあちゃんとおじいちゃんちに、かあさんと弟と居候してるの」

「そうだったんだ……」

誰も、雪里の家庭事情なんて知らなかった。知ろうとも思ってなかった。

「とうちゃんは?」

バカの一人が即座に聞いた。俺ははっとして雪里の顔を見る。今の話の流れだと、そこらへんはそっとしておくべきじゃないか?

けど、それは俺の杞憂に終わってくれた。

「札幌の家に一人で残ってる。もともと、仕事であまり家にはいないし。一年の半分くらいは現場だから」

「現場？」

　また一斉に聞き返す。

「俺のオヤジね、建設現場で現場監督やってるの。だから、全国の工事現場に行って、会社が請け負った仕事がちゃんとできてるか、監督してるんだって」

「へえ……」

　知らない大人の、知らない世界。俺たちは、わかったような、わかってないような相槌を打った。

「全国って、たとえば？」

「内地が多いかな」

「ナイチ？」

　全員が首を傾げると、雪里が「あ」という顔をした。

「ごめん、知らないよね。本州のこと、あっちではそう呼ぶんだ」

「ふうん」

「ときどき、マレーシアとかにも行ってる」

「マレーシア⁉」

教室に、だみ声がユニゾンで響き渡った。

「ダムとか空港とか作ってるんだって。詳しくは知らないけど、すごいなあって思う。俺のオヤジ」

俺たちはみな、うんうんと何度も頷いた。よくわかんないけど、雪里がそう言うんならすごいことなんだろう、きっと。

「あ……でさ、おまえ……病気なの？」

雪里のとうちゃんの話題で盛り上がってたら、うっかり忘れるところだった。俺が聞くと、雪里はちょっと首を傾げて考えてた。その仕草が小動物みたいでものすごくかわいくて、はからずも俺は、しばしうっとり見蕩れてしまった。

「うん……でも、手術したからもう大丈夫」

「手術！」

またもやカラスの大合唱が沸き起こった。だから、その後雪里が付け足した「たぶん」

というつぶやきは、俺以外の誰も気づかなかったに違いない。

「手術」。健康そのもの、成長期真っただ中の俺たちにとって、それは遠い世界の隅っこに存在する、聞き慣れない単語だった。雪里はいったいなんの病気だったんだろう？無理矢理聞き出そうとした奴もいたけど、雪里は曖昧に笑ったまま答えなかった。

俺は、雪里の真っ白な横顔を見た。こんなに色が白いのは、もしかしたら病気だったせいなのかもしれない。

水泳授業の時目にした、雪里の白過ぎる胸やお腹を思い出す。あのきれいな皮膚のどこかをメスが切り裂いていったのかと思うと、俺は思わず叫び出しそうになった。だけど、あの時見た雪里の身体には、どこにも傷なんかなかった。それとも、痕が残らないよう、医者がきれいにしてくれたんだろうか？

その話を聞いてから、俺の胸には不安という名のもやもやが生まれてしまった。

（大丈夫。雪里はもう治ったんだ）

彼の家族が、なぜ父親だけ札幌に残してこっちへ来たのか、あの時ちゃんと聞いたはずなのに、俺は勝手に、楽観的見解を自分の脳に刷り込もうとした。彼につきまとう灰色の影を、見えないことにしていたんだ。

そうそう、雪里の家族にも会った。かあちゃん、弟、じいちゃんにばあちゃん。

その人たちは、大きな平屋の日本家屋に一緒に住んでて、俺は最初、その家がちょっと怖かった。

クラスメイトと遊びに行った時のことだ。

「雪里、トイレ貸して」

「うん。縁側の端っこだから」

ゲームに夢中になってた他の奴らを残して部屋を出た俺は、教えられた縁側を歩きながら、すぐに一人で来たことを後悔した。

トイレそのものは現代的な作りになってたものの、その場所はなんだか家の「鬼門」みたいで、近づくにつれて足がすくんだ。別に何も出なかったけど。

それに反して、家の人たちはみんな明るくて、いい人たちだった。俺らみたいな子供が大挙して押しかけてっても嫌な顔ひとつせず、いつも笑顔で迎えてくれた。

後で考えたんだけど、彼らは雪里に、できるだけ幸せな時間をあげたかったんだと思う。

そういえば、あの家の誰一人として、雪里と似てる顔がいなかった。

小学生の弟はわんぱくな悪ガキで、家の中や広い庭をどかどか駆けずり回っては、ばーちゃんに叱られてた。よく日に焼けた、健康そのものの子供だ。

いつも優しい笑顔のかーちゃんは、この弟とそっくりだった。ちょっと男前な感じ？

ばあちゃんもじいちゃんも、どっちかって言うとこっちの系統だ。髪も黒くて硬そうで、雪里みたいに、外国人と見間違えてしまうようなことはぜったいにない。

「おまえってさ、誰に似たの？」

二人きりの時、俺はこっそり雪里に聞いてみた。万が一ヘヴィーな現実を知らされてしまったとしても、俺だけなら大丈夫。誰かに言いふらすなんてことは、死んだってしないから。

「ああ」

俺の質問に、雪里はなんでもないって顔して答えた。

「俺ね、弟と父親が違うの」

「そう……なんだ」

ほら見ろ、地雷を踏んじまったじゃないか。たちまち居心地悪くなって、俺はソッコー謝罪した。

「ごめん。変なこと聞いて」

「なんで謝るの？」

不思議そうに俺を見る雪里の目は、限りなく優しい。なんでだろう？　俺は泣きたくなってきた。

「ほんとの父親はさ、オレが生まれる前に病気で死んじゃったんだって」

「そうだったんだ……」

なんて返したらいいのかわからなくて、俺の言葉は尻すぼみになってしまった。雪里も黙っちゃったんで、俺はいたたまれなくなって話題を変えた。

「あのさ、おまえのほんとのとうちゃんって……外国人？」

バカバカ、俺！　そんなこと聞くもんじゃないだろ。また地雷踏んじゃったらどうすんだよ？

でも、ほんとはずっと聞きたかったんだ。だって雪里は、カラスに育てられた白鳥みたいに見えたんだもの。あ、カラスなんて言ってごめん、雪里のかあちゃんたち。

それでも雪里は、やっぱりなんでもないことのように答えた。

「ちがうよ、日本人」

「だっておまえ、あんま日本人っぽくないし……」

調子に乗って口走ってしまった俺に、雪里は、本当の父親だって人の写真を見せてくれた。雪里自身も会ったことがないその人は、まだとても若くて、おまけに雪里と瓜二つだった。

「すげ。双子みたいじゃん」

素直に感動していると、雪里は俺の脇から写真を覗いて「うん」と頷いた。雪里の柔らかな巻き毛が、俺のほっぺたをそよそよとくすぐってくる。たちまち上昇した体温に気づかれないよう、俺はそっと身体を離した。

「俺もさ、なんで俺だけこんな顔してるのって、かあさんに聞いたことあるんだ。そしたら、新潟とか北海道とかにはわりといる顔だよって言われた。大昔、ユーラシア大陸から渡ってきた人たちの子孫が、時々ご先祖そっくりに生まれてくることがあるんだって」

「それ、マジ？」

雪里の小さくまとまった顔を横目で見ながら、俺はまだ信じられなくて尋ねた。

「日本人ってさ、ほんとはすっごい混血なんだって。かあさんととうさんは、スキー場のロッジで初めて逢って、お互い一目惚れして結婚したんだって。俺、しょっちゅう聞かされた」

なんてロマンチック。俺は柄にもなくうっとりしてしまった。ついでに、俺と雪里の馴れ初めなんかも思い出してたりして。まあ、スキー場ではなく、学校のトイレが発端ってのはいただけないけど。

こっそりとそんな思い出を反芻しつつ、俺は雪里の体温に、ほんわり酔っぱらってた。

2. 秘密基地

雪里は生き物が大好きだった。

家には、おっきな雑種の犬と、主みたいな茶トラの猫がいて、どっちも、俺たちといい勝負の年齢だったらしい。だとしたら、相当な年寄りだ。

でも、あいつが一番興味を持ってたのは海の生物だ。それも、深海に住んでるグロテスクな奴。およそ顔と似合わないものが好きなんだよな、あいつ。

雪里の部屋にはそんな生き物の図鑑がたくさんあって、俺たちはよく二人でそれを広げて眺めながら、何時間も過ごした。

「ねえ友城、知ってる？　クラゲの仲間にはさ、死なない種族がいるんだよ」

「うっそだー」

「嘘じゃないもん」

自分の言ったことが即座に否定されたのにむっとして、雪里は畳の上に広げてあった図鑑の一冊を取るとページをめくった。

「これ」

「これ？」

「うん」

雪里が広げてみせたページには、「クラゲの一生」というタイトルがついていて、その下には、傘を広げて漂う半透明の生き物のアップ、たくさんのヒゲのようなものが生えた小さくて丸い何か、ずんぐりしたイソギンチャクみたいなもの、そこから少し離れたところに散らばってる触手のある歯車形のもの、そして、おなじみの白くて透明なクラゲの、全部で五枚のカラー写真が載っていた。

「ちょっとキモイな」

俺が率直な感想を述べると、雪里は

「なんで？　きれいじゃん」

と、すぐさま反論してきた。

それから彼は、五枚の写真を順に指差しながら、クラゲの一生について解説してくれた。

「これは、卵を持ったメスのクラゲ」

最初の写真には、おなじみの白い半透明の生き物が、ゆらりと傘を広げていた。どれが卵なのか、いまいちわからない。

「こっちが、親から離れた子供」

次に見せられたのは、ヒゲのようなものを何本も水中に漂わせている何か。

「何？　これ」

「ポリプ」

「ポプリ？」

聞き返すと、「違う！」と叱られた。

「ポ・リ・プ！　これが、だんだん成長してこっちになるの」

雪里の細い指先が差し示したものは、なんともグロい形の生き物だった。さっきのほよほよしたものが重なって、十段腹の芋虫みたいになってる。

「この先から、エフィラっていう幼生が別れてくんだ」

その説明の後、この十段腹のくびれから、ちっこい花みたいなのがたくさん生まれていく写真を見せられた。確かに神秘的だけど……う～ん、やっぱちょとキモい。この系統、俺はダメだわ。

クラゲの写真よりも、その上に置かれた雪里の指先に目が行ってしまう。桜貝みたいな爪はクラゲなんかよりよっぽどきれいだと、ついついそんなことを考えてたら、雪里に「聞いてる？」と睨まれてしまった。

はいはい聞いてますよ、と適当に返事をしたらさらに睨まれたけど、雪里はクラゲにかける情熱を持て余してるらしく、解説はまだまだ続いた。

「このエフィラがね、クラゲに成長するの」

最後に見せられた写真は、最初のものとほぼ一緒だ。それが海中いっぱいに広がってる。まさにクラゲ天国。

昆虫の変態は知ってるけど、海の生き物もこんなに形を変えるんだ。俺がへぇ～ってな感じで写真に見入ってると、雪里がすかさず解説してきた。

「でね、ベニクラゲって種類のクラゲはね、ここからがすごいの。年取るとね、さっきのポリプに戻って、もう一度やり直すの」

「やり直す？」

「ポリプに戻ったとこから、この状態になって（と、雪里の指が十段腹の芋虫を指した）、またエフィラが生まれて、大人のクラゲになって、また一生が終わりかけると……」

「ポプリに戻んだろ？」

先回りして言うと、雪里が「ポリプだって！」とまた鋭く訂正してきた。

「変な奴ら」

ぼそっと本音を漏らすと、雪里は不満そうに俺を見た。

「でも、すごくない？　何度でも生まれ変わるんだよ？　こんな生き物って、他にいないでしょ？」

雪里の目がキラキラしてる。でも、やっぱ俺は、クラゲよりおまえがいいよ、雪里。

「俺ね、将来は生物学者になりたいんだ」

キラキラの瞳のまま、雪里は言った。

「へえ。すごいじゃん」

　俺はといえば、自分の将来なんて考えてみたこともなかった。だから、せっかく雪里が俺に夢を教えてくれたのに、こんな気の抜けた返事しかできなかった。悔しいけど。

「それでね、このクラゲを研究するんだ」

「不老不死の薬でも作んの？」

　なんとはなしに口にしたセリフに、雪里の薄茶色した瞳の瞳孔が、さっと開いてまた縮んだ。

「不老不死なんじゃないよ」

　反論してくる声は、なぜか恐いくらい静かだった。

「年は取るけど、また若返ってやり直すんだ。何回も。でも殺したら死んじゃうから、不死なわけゃない」

「おまえ、さっき死なないって言ったじゃん」

　言葉尻を掴んで突っ込んでやると、雪里は口を尖らせながらも、しっかり言い返してきた。

「俺の言い方が悪かったよ。年取って死ぬことがないだけで、傷つけたら死んじゃうの」

「なるほどねえ」

わかったようなわからないような。いいかげんに相槌を打ってみせると、雪里は小さく溜息を吐いて、広げた図鑑をパタリと閉じた。

「ま、いいや。とにかく、俺は頑張って勉強するから。それで、ちゃんと生物学者になるから」

どうやったら学者になれるのかなんて、その時の俺はたいしてわかっちゃいなかった。だけど、雪里にはちゃんとした将来の夢があって、それに向かってまっすぐに進もうとしてるんだってことだけは、わかった。

大人になってからのことなんて何も考えてなかった俺は、なんだか雪里に置いてかれたような気がした。しっかりと自分の将来について語れる奴が羨ましかったし、尊敬もした。俺の中でかわいいばかりだった雪里が、その瞬間から、俺よりずっと高い所に、すいっと上がってしまった気がした。

その日以来、なんだか侘しいような哀しいような、胸を掻きむしりたくなるような感情が、ちょっとずつ俺の中に溜まっていった。

第五章　ポプリ

1・稀なる出来事

（あ……）

はっとして顔を上げた。たった今までどこかにトリップしてたような、奇妙な感覚に戸惑う。脳内の残像を追い払おうと、俺は無意識に頭を振った。

目の前には、文字がびっしり表示されたパソコンのディスプレイ。両手の下には白いキーボードが、俺の操作を待ってスタンバってる。

つまり俺、この格好で寝落ちしてたってこと？　真っ昼間、仕事の真っ最中に？

（なんか……夢見てた？）

さっきまで見ていた気がする映像は、とっくに記憶の密林に紛れ込んでしまって、とうてい後を追えそうもない。何か、ひどく懐かしい……というか、甘酸っぱいものが胸の中に残ってる。なんだろう？　この感覚。

いずれにしても、寝ぼけた頭は直ちに叩き起こして、仕事を再開せねば。新しい職場で、緊張するどころか寝ちまうなんて、どういう神経してんだよ？　俺。

改めて頭をびゅんっと一振りすると、背後から「三上君、大丈夫？」という、おなじみの声が聞こえた。

振り返って声の方を見ると、樋口がコーヒーの入った紙コップを手にして立っていた。

「どうぞ」

高そうなカフスが付いたシャツの腕が伸びてきて、俺のデスクにいい香りの漂う紙コップが置かれる。

「あ、どうも」

礼を言ってからふと考える。果たして、このまま安易にいただいてしまってもいいものだろうか？

「あの……樋口さんは？」

横に立った男の手元に目をやったが、もう紙コップはなかった。

「僕はさっき下で飲んできた。これは君の。すごく眠そうだったからさ」

「すみません……」

見られてたのか。いったいいつから船を漕いでたんだろう？　やばいぞ。しっかりしろよ、俺。まだ入所してひと月足らずじゃないか。

「謝らなくってもいいよ。特許明細書って、読んでると眠くなっちゃうもんね」

樋口が笑いながら、俺の肩をポンポンと叩いた。もうだいぶ慣れたけど、こいつのスキンシップ攻撃には時々閉口する。外国暮らしが長かったとか？　理由はよくわからないが、何かっていうと触ってくるんだよな。

「すみません、お気遣いいただいて。頑張ります」

「頑張ります」なんて、ここ数年使ったことなかったセリフだ。前の職場では、「頑張ってるに決まってんじゃん！」と、無理難題を押し付けてくる上司に、心の中で悪態を吐いてたから。それが態度に滲み出てたんだろうか？　リストラ対象になった原因は、もしかしてその辺にあったのかも。

「でさ、今度の金曜なんかどう？」

「へ？」

しまった。今となっては詮無いことに気を取られてたら、樋口の言葉を聞き逃してしまった。

「はは、まだ眠い？」

聞いてなかったのがバレバレだったみたいだ。樋口が、苦笑しながらこっちを見てる。

「すみません……これ飲んで目ぇ覚ましますんで」

もらったコーヒーを持ち上げながら謝ると、樋口が少し残念そうな顔をした。なんでだろう？

「じゃあ、目が覚めた頃また聞きにくるよ」

そう言い残すと、樋口は外国映画のワンシーンみたいに、カッコよく片手を上げて去っていった。

「ふう」

溜息を隠すためにカップに口をつけたところで、隣の席の笹谷(ささや)さんが、椅子を滑らせて近づいてくると囁いた。

「三上さん、えらく気に入られてるね」

「え？」

思いもよらない発言に驚いて振り向くと、彼女は定番のカーディガンに苺のブローチをつけた胸を、ずいっと俺の方に寄せてきた。

苺が似合うにはちょっと……いえ、だいぶお年を召してらっしゃるように見える彼女は、入所してもう二十年というベテランだ。姉ちゃんより年上の女の人って、正直どう接していいかわからない。どうしても怯えたような反応をしてしまうらしく、毎度、切なそうな目で見られてしまう。

今も、俺が無意識に数センチ彼女から離れると、クレヨンで描いたみたいな眉毛がかたんと下がった。

「ま、わからなくもないけど。三上さん、イケメンだもの」

「はあっ⁉」

今度は、椅子ごと一メートルほど床を滑ってしまった。まわりの所員が一斉に顔を上げてこちらを見たけど、またすぐに下を向いてしまう。ここの人たちって、興味のないことにはよけいなエネルギーを使わない主義らしい。

「ど……どういう意味ですかっ！」

前代未聞の評価に、俺の顔は真っ赤……いやいや、蒼白になってるかも。一メートルの距離から率直な疑問をぶつけると、笹谷さんは不思議そうにこっちを見た。

「どうって……言われるでしょ？　三上さん」

「な、何を……何をですか！」

「だから、イケメンだって」

「う、うわぁ～っ!!」

もう一度床を蹴って叫ぶと、俺は椅子ごとくるっと回って、また元の位置に戻った。

凛とした声が、フロアの向こうからかかった。やばい、部長だ。

「そこ、静かに」

「すみませんでしたっ」

立ち上がって頭を下げると、どっと汗が噴き出した。

力尽きて椅子に沈み込むと、隣から「どうしたのよ」と声がかかった。どうしたもこうしたも、原因はあんたでしょうが！　とは言えず、口から出たのは、またも「すみません」という情けないセリフだった。

「慣れないこと言われたもんで、びっくりしてしまいまして」

ぼそぼそと言い訳すると、笹谷さんが「そうなの？」と首を傾げた。

「あたしとしちゃ、当然のこと言っただけなんだけど。そんなに驚かれるなんて、こっちこそびっくりだわ」

「すみません……」

萎れて謝る俺に向かって、彼女は「あははは」と豪快に笑ってみせた。

「三上さんって、面白いね」

そう言って、じいっとこちらを見つめてくる。

「樋口さんの気持ちも、わからないでもないけど」

「え？」

思わず、笹谷さんの顔を見返してしまった。俺の視線にロックオンされると、丸い目がびっくりしたように見開かれてから、瞳が左右に忙しなく揺れた。

彼女は俺から目を逸らすと、何度か瞬きしてから言った。

「ま、いいわ。そのうちわかるから」

「はあ?」

　本日何個めかの疑問符は、あっさり避(よ)けられて床に落ちた。それを椅子のキャスターで踏んづけて、笹谷さんは自分の仕事に戻っていった。

2．同居人脱皮す？

謎の多い一日だったが、本日の業務はつつがなく終了した。

（はあ～、やっぱまだ疲れるわ）

心の中でぼやきながら、俺は帰り仕度を始めた。

仕事の内容は前にやってたのと大差ないので、特に困るようなことはないのだが。

やっぱりネックは人間関係だ。俺の不得意分野でもある。

俺は周囲に目を走らせ、樋口の姿が見えないのを確認すると、

「お先に失礼しまーす」

と小声で挨拶しながら、こそこそと事務所を出た。

職場があるビルの一階には、飲食店や高級紳士服店、宝飾店などが入っていて、昼間は結構賑わっているけれど、何せ閉店時間が早いもんで、五時を回れば、開いてい

るのは大手コーヒーチェーンの店舗くらいだ。

(夕飯どうすっかな……)

照明の落ちたショーウィンドウの前を通り過ぎながら、俺はもっぱら、しみったれた日常の些事に気を取られていた。

姉貴の夕飯が待っていたのは初日の一晩だけで、その後はもちろん、自分の面倒は自分で見ろとばかりに放置されている。

「あいつ、何か食べたいものとかあるかな?」

ふと、奇妙な同居人のことを思い出す。目の前にその姿がない時は、薄情にも俺は、あいつの存在をほぼ完全に忘れてる。家に帰って部屋のドアを開け、そこに、ちょこんと立って俺を迎えてくれる姿を見て初めて、ポプリのことを思い出すのだ。まるで、そうなるよう、誰かにプログラミングされてるみたいに。

味気ない男の一人暮らしも、あの可愛らしい生き物(なのか?)がそこにいるだけで、ずいぶんと賑やかになった。

実際、ポプリはよくしゃべる。俺が家に帰ると、子犬みたいに嬉しそうにまとわりついて、どこにでもついて回る。そんなふうに歓迎されれば、誰だって嬉しくなるじゃないか。

俺も何かとあいつをかまってやるうち、最近じゃ、風呂にまで入れてやるようになった。最初は、生きてるんだか幻なんだかわからない代物が、果たして風呂に入る必要があるのか迷ったけど。でも、俺がシャワーを使おうと風呂場に行くと、あいつも一緒に中までついてくるから、当然のように、ポプリも身体を洗う習慣がついたんだ。

「あれ？　おまえ……」

二日前。いつも着せてるだぶだぶのスウェットを脱がせてみて、驚いた。

「おまえさ、この間までこんなのなかったよな？」

俺は素っ裸で立ってるポプリの、へそのちょっと下の方を、遠慮しながら指差して聞いた。

（性分化してる？）

卵生まれのこいつに、へそがあるのを見た時も驚いたけど。今度のは、びっくりしたというよりほっとした？

だって、考えてもみてくれ。人間そっくりのくせに、男女を区別する器官がついてないつるりとした身体って、まるでキューピー人形みたいで、すごく違和感があるんだよ。あったらあったで落ち着かないけど、ないともっと不気味に感じるのって、おかしなもんだよな。

まあ、それが生えて（？）きたおかげで、ポプリはまた、一段と人間っぽくなった。もちろん、滑らか過ぎる皮膚に体毛がどこにもないのとか、食べたものがどこへ消えてしまうのか不明だとか、謎の部分はまだいろいろあるけど。

けど、一緒に風呂に入るにあたり、ちゃんとこれがついてるかついてないかでは、見てる方の気分には、雲泥の差があるんだよな、実際。

ほっとした理由がもう一つある。ポプリの外見が、男の子っぽくなってきてくれたことだ。もし、これが女の子に成長しちゃったらって想像すると、俺はぜったい、ねーちゃん呼びつけてこいつを押しつけ、さっさと逃げ出してるだろう。あ、でももう、あの人にはこいつが見えないんだっけか。

「おまえ、男だったの？」

風呂に入れてやりながら尋ねると、ポプリが泡まみれの自分をぐるりと見て言った。

「だって、友城はその方がいいでしょ？」

「はあ？」

毎度、意味がわからんことを言う奴だけど。俺が呆れて返事をしないでいると、奴は不服そうに俺を見上げて言った。

「友城がそう思ったんじゃない」

「俺が？」

俺が？　俺が？　俺が？　俺が・が・が・が・がががががが……。

頭蓋骨の中で、小さな俺が逃げ道を探して駆けずりまわってる。逃げ道？　逃げ道ってなんだ？

俺の目は、すべすべした肌を晒して立つポプリに釘付けになった。

シミも毛もない陶磁器みたいな身体は、十三、四歳くらいまでに成長してから、ここのところ変化はない。さっき発見したアレ以外は。

俺の手が勝手に伸びて、そっとそれに触っていた。そこもまだ小さくて、つるっとして、色もお腹と変わらない。まるで、神様が作るのを忘れてたのに気がついて、慌てて付け足したみたいだった。

「友城?」

ポプリが俺を呼んだ。はっと我に返ると、ポプリが泡だらけのまま、じっと俺を見てた。

慌てて手を離すと、俺はシャワーヘッドを摑んでポプリの頭からお湯をかけ、奴から目を逸らしながら湯船の中に追いやった。

「友城?」

もう一回呼ばれたけど、返事はしてやらなかった。って言うか、できなかった。

「あとは一人でできるだろ。俺は先に上がってるから」

突っぱねるみたいにそう言うと、俺はポプリから目を逸らしたまま風呂を出た。

後ろからあいつが追ってきそうで、俺は風呂場のドアをぴしゃんと閉めると、大急ぎで服を着た。

ドアの向こうは静かだった。おとなしく湯船に浸かってるんだろうか? それとも、まさか溺れてるなんてことはないよな?

パシャン！

何かが水の中に落ちるような音が聞こえた。

「ポプリ……？」

にわかに不安が湧き上がってくる。俺が理由もなく急に冷たくしたから、あいつ、拗ねて湯船に沈んだとか？

耳を澄ましてみたけれど、もう音は聞こえない。湯船から上がる音も、シャワーを使う音もしない。

「ポプリ」

曇りガラスに顔を近づけて呼んでみた。答えはない。

「ポプリ！　大丈夫かっ？」

巨大化した不安に背中を押されて、俺は勢いよくドアを開けた。


ピチョン……。額に水滴が落ちてきて、俺は目を開けた。気がつくと、俺は一人、湯船の中で両腕を広げて天井を見上げてた。

ポプリは、どこにもいなかった。

第六章　積み重ねていく日々

１・樋口さん

その日、俺は朝から調子が出なかった。

夕べ、風呂の中で寝落ちするという失態をやらかしてしまったもんで、どうやら風邪をひいちゃったらしい。慣れない職場で、よっぽど疲れてたんだろうか？　目覚めた時には湯船のお湯はすっかり冷めてて、寒いったらありゃしなかった。

「いかんいかん。勤めたばっかで病欠なんて、ぜえったいにいかん！」

自分を叱咤激励して熱いシャワーを全身に浴び、取り敢えず体温を上げてから、大急ぎで身体を拭いて布団にもぐり込んだのだが。朝起きた時には喉がひりひりし、おまけにちょっと熱っぽかった。

薬なんて常備してなかったもんで、通勤途中にドラッグストアに寄って、風邪薬とのど飴、マスクを買い込む。デスクの前に落ち着いてからコーヒーで風邪薬を喉に流し込んでたら、予想通り、例の男が心配そうな顔を前面に押し出して寄ってきた。

「あれ？　三上君風邪？」

「ずびばぜん、じょっと寝冷えじだみだいで。ずるるっ」

水っ洟を啜りながら答えると、樋口はぷっと吹き出した。

「大丈夫？　つらかったら無理しないでいいんだよ？」

「いえ、だいじょーぶでず。みなざんにうづざないよう、ごれじどぎまずがら」

そう言って、俺がマスクを付けながら樋口の方を向いたとたん、堪え切れなくなったように、樋口が腹を抱えて笑い出した。人の顔見てそんなに笑うなんて、そりゃないでしょう……と言いたかったが、声ががらがらでしゃべるのが億劫だったもんで、俺は沈黙を選んだ。

「ごめん、ごめん、笑ったりして。いやでも、君ってほんと面白いよねえ、三上君」

目尻に残った涙を指先で拭いながら、樋口はやっぱり、俺の背中をばんばん叩いた。

寄ってくるたびに身体のどこかに触られるのは、だいぶ慣れたとは言え、やっぱちょっと引く。俺としちゃ、そんなに仲良くしてくれなくてもいいんだけどね、樋口さん。

「ところでさ、例のあれなんだけど」

隣席の噂大好きおばさ……失礼、笹谷女史はまだ出勤してきてない。それを見計らって来たんだろうけど、樋口が俺の肩にさりげなく手を置き、周囲を見回してから顔を寄せてきて囁いた。

「あれ？」

俺もさりげなく顔を遠ざける。あなたに風邪をうつしたくないんですって素振りで、ちょっと咳なんかしながら。

「やだな、忘れたの？　ほら、今度二人で飲み会やりましょうよって話」

そんな話ありましたっけ？　っていうか、二人って何。それ、飲み会って言わないでしょ、樋口さん。

俺は思い切り首を傾げてみせた。ほんとは憶えてるっていうか……こいつが、なぜか俺を誘いたがってるってのには気がついてる。めんどくさそうなんで、忘れた振りしてのらくらかわしてきたんだけど。そろそろあれか、腹決めないとダメか。

「いばはぶりでずよ。ごんなだいぢょうでざげなんで」

＊注釈　今は無理ですよ。こんな体調で酒なんて

涙目で樋口を見上げて訴えたら、なんとも切なそうな瞳で見返された。いやもう、そーいう顔されても……よけい行きたくなくなるんですけど。

「わかってる、わかってるって。だから早く治してよ。でも三上君、しょっちゅう言ってないと忘れちゃうでしょ？」

「……」

ばればれか。それとも、本気で忘れたと思ってくれてるのか。どっちだ？

俺は樋口のシュッとして男前な顔を見上げ、三秒ほど思案してから意を決した。

「わがりばじだ。ばやぐなおじまず」

それを聞くと、樋口がほっとしたようににこっと笑った。なかなかの笑顔だ。きっとこんな顔を見せられたら、樋口ファン（いるんだ、これが）の女の子たちは、みんなキュンってなるんだろうなあ。

だが残念ながら、俺に樋口のスマイルビームは効かない。かっこいいなとは思うけど、なんだか、いかにも作ってますって感じがいけ好かない。あ、言っちゃった。そうだ、

俺、こいつの何が居心地悪いって、何やっても、それこそペン一本持ち上げる仕草まで、計算し尽くされてるみたいな感じがして嫌なんだ。

俺の胸がキュンってなるのって……そう考えようとしとたん、正体不明の感情が、怒涛のようにこっちめがけて押し寄せてきた。俺は大急ぎで感覚の壺に蓋をすると、ガムテープでぐるぐる巻きにし、ついでにビニール袋に入れて、胸の奥の奈落に蹴り落とした。


そんなこんなで、その三日後には、俺は樋口と並んで居酒屋のカウンターに腰かけてた。週末の午後七時。客の入りはまだぼちぼちといったところだ。

（ところで、なんで居酒屋なんだよ？）

お絞りで手を拭きながら（さすがに顔は拭いてない）、さっそくメニューを眺めている隣の男に、俺は心の中でぶーたれてた。

相手は樋口だぞ。どこまでも隙のない、スタイリッシュな若き弁理士。オフィス内の全女子の羨望のまなざしを独り占めしてる、今を時めく……まあ、いい。

その男がまさかの居酒屋だと？　オヤジの定番、赤ちょうちんの暖簾を潜るこいつの背中を呆然と眺めながら、俺は正直落胆していた。

「こういう狭い店ってさ、なんかいいよね。横に並んで座るのって、向かい合わせで座るのより親しさが増すんだってさ。仲良くなりたかったら、隣に座ること……だって」

「はあ。それってもしかして、樋口さんの説なんじゃないですか？」

居酒屋のカウンターに肩がくっつきそうな近さで並んで座り、俺はさっそく連射が始まった樋口のうんちくを、耳半分（なんじゃそれ？）で聞いてた。

「まあまあ。細かいことは気にしないで、今夜は飲もうよ。それにしても嬉しいなあ。やっとこうして、三上君とサシで酒を酌み交わせるなんてさ」

なぜだか、樋口は妙に上機嫌だ。だいたいサシじゃないでしょ、横にいるんだから。

俺の気持ちなんか無視して、樋口はビールのなみなみ注がれたジョッキを上げると、勝手に俺のにチンと当てて、「乾杯」と嬉しそうに笑った。いったい何に乾杯なんだよ？

一人で盛り上がってる男がなんとなく癪にさわって、俺はちょっと皮肉ってやりたくなった。

「樋口さん、なんで俺なんか誘ってくれたんですか？　どうせなら、取り巻きの子たちとパーッと遊んだ方が楽しいでしょうに」

しまった。また顔を出しやがった、このネガティブキャラ。何度これで失敗したかわかんないのに、性懲りもなくまた俺の邪魔をするつもりか？

心の中で舌打ちしてると、樋口の潤んだような瞳が、じっとこちらに向けられた。例の、意味不明で切なげなまなざしだ。いったいなんなんだよ。

「三上君さ、それ本気で言ってる？」

「へ？」

「ずるいよ、君」

「は？」

まだ最初の一杯を空にしただけなのに、もう酔っぱらってるみたいにとろんとした目で、樋口が俺に訴えかける。

「ホントはわかってるくせに、わざと外してくるなんてさ。君、相当手練れなんじゃない？」

「樋口さん、何言っててんすか」

猛禽類に狙われた野ウサギの気分で聞き返すと、樋口はじっと俺の瞳を覗き込んでから、ふっと笑って離れていった。

「ま、いっか。とにかく、今日はこうして付き合ってくれてるんだし」

「？？？」

首を傾げる俺から視線を外すと、樋口は「さ、飲も飲も」と、二杯目のビールを空け、メニューを広げて次の酒を物色し始めた。

居酒屋で一時間ほど、樋口のうんちくと、ちょこっとだけ愚痴の相手をして、さて解放されるかと思いきや——。

「ねえ、実は僕の叔母がやってる店が麻布にあるんだけどさ、これからそこ行かない？」

「えっ……いやでも俺、入ったばっかでそんなに金ないし……」

こいつ相手に、そんなしょぼくれたセリフを吐くのは悔しいが。麻布だと？　どんな店だか知らんが、きっとお高いに違いない。この職にありつくまで、貯金を切り崩して暮らしてたんだ。これからは、なるべく質素倹約に努めたいのに。

「え？　何言ってるの、三上君。今日はぜえ〜んぶ僕の奢りよ。決まってるじゃない、こっちが誘ったんだから」

「え？　え？　でも、さすがにそれは……ちゃんと、自分の分は自分で払いますよ、俺」

二人で「え」のキャチボールをしてるうち、樋口の目がちょっと険しくなってきた。

「ダメ。そしたら君、ここで帰っちゃうつもりでしょ？」

「ぐっ……」

やっぱり頭のいい奴には敵わない。逃げ道を塞がれた俺に、断る選択枝は最初からなかったのだ。

「じゃ、じゃあ、いずれ出世払いということで……」

しょぼんとして頷くと、「そうこなくっちゃ。せいぜい頑張ってね」と、背中をばかばか叩かれた。いつになく、負けた感が胸に沁みた瞬間だった。

2. 迫りくる危機の予感

樋口の叔母さんがやってるという麻布の店は、小洒落た小料理屋だった。おっと、ここにも暖簾が下がってる。こいつ、よっぽどこういうのが好きなんだな。

「あらゆうちゃん、いらっしゃい。一週間ぶりかしらね。あらあら、お隣のお連れさんは見ない顔だわねえ?」

この店の女将、つーかオーナー? でもって樋口の叔母さんって人が、店に入るなり、にこにこしながら迎えてくれた。樋口にはぜんぜん似てない、小柄で小太りの女性だ。でもって驚いたのが、俺たちと大差ない年齢に見えるってこと。叔母さんって言うから、ほんとにおばさんが出てくるかと思ったのに。

「秋子(あきこ)さん、こちら新人の三上君。うちの有望株。三上君、この人が叔母の秋子さん。この店のオーナー兼社長。一見飲み屋の女将だけどね」

「実際、飲み屋の女将でしょうが。ねえ、そちらの旦那さん?」

そう言って、樋口の叔母さん……秋子さんは、ころころと笑った。鈴を転がすように笑うって、こういうのを言うんだろうな。

「例の席、空いてる?」

樋口が何やら秋子さんに耳打ちしてる。それにうんうんと頷くと、彼女は俺を見てにっこり微笑んだ。

「今晩はゆうちゃんとお友達のために、特別なお座敷を用意してありますからね。ゆっくりしてらしてくださいね」

なんだか不穏なものを感じて背筋がざわめいた。いやにニコニコ顔の樋口も不気味だ。帰りたい。帰りたいけど、いつの間にか樋口の腕ががっちり俺の腕に巻きついてて、どうも、脱出は不可能らしかった。

3. 個室で差し向かいは避けよう

「でね、俺はずーっと、所長のそういうとこ、嫌いなのよ。でも我慢してるの。わかるでしょ？　三上く〜ん」

個室になってる奥の座敷に連れ込まれ（？）てから、樋口の愚痴とうんちくはひどくなった。こいつ、ほんとはこういうキャラだったのか？

愚痴とうんちくが交互に繰り返されるにつれ酔いが回ってきたのか、奴の呂律が怪しくなってきた。

「そいでね、俺もいつか独立してさあ、自分の看板出したいわけよお。『樋口・三上特許事務所』ってさあ」

「ちょ……ちょっと待ってください、樋口さん。なんで俺の名前が入ってるんすか。俺、弁理士の資格なんてないですよ？」

酔っ払いのごたくなんか放っておけと心の声が忠告してくるが、俺は無視して反論した。勝手に同意したと思われても困る。所長の耳に入ったらどうしてくれるんだ。反逆者じゃないか。

「資格ぅ？　そんなの、取ればいいだけの話でしょうが。なんなら、俺が合格法伝授してあげるよ？　手取り足取り」

「いや、そういうことじゃなくって……ちょっと樋口さん、手！　手放してください！」

ぬっと伸びてきた指の長い手が、座卓の上に置いていた俺の手首をがしっと掴んだ。こいつ、見た目に反してバカ力だ。

「や～だ～。こうやって捕まえとかないと、三上君、またふらふらどっか行っちゃいそうだも～ん」

またってなんだ、またって。それを言うならあんたの絡みも、またかよ～っていうほどしつこいんですけど！

俺は捕虜になった手を諦めると

「樋口さん、ちょっと飲み過ぎじゃないですか？」

と、至極まともな忠告などしてみた。こういう場合、相手が酔っ払えば酔っ払うほど、こっちは冷静になってくるんだよな。こいつ、素面同然の俺の前で醜態晒してるって、わかってるのか？

いつものクールな男からは想像もつかない姿を目の当たりにして、俺の頭はどんどん冴えていった。それにつれ、目の前の男への同情心なんかも湧いてきたりして。きっとこいつ、いつもすごく無理してるんだ。あの、見事なまでに完璧な男を演出するために。

「うん、そう。ちょっと飲み過ぎたわ。だから俺、今日は何するかわかんないかも〜」

そう言いながらも、樋口は手酌で猪口に日本酒をなみなみ注ぐと、ひゅるっと一息に飲み干した。

「おら、君も」

そう言って俺の方へ徳利を差し出す。

「いや、俺はもう。樋口さんも、もうそのへんでやめといた方がいいんじゃないですか？帰れなくなりますよ」

そう、そろそろ終電がなくなる。俺はちらりと視線を動かして、伸びてきた樋口の右手首に嵌った、高そうなオメガの文字盤を盗み見た。樋口は左利きでもないのに、腕時計は右手にしてる。前に、邪魔じゃないのかと聞いてみたら、左のカフスを外してそっちの手首を見せてくれた。そこにはパチンコ玉みたいな銀色の玉を繋いだ数珠(ブレスレットと訂正されたが)が現れたので、ちょっとびっくりしてしまった。

「これがあるから、時計と一緒にすると邪魔なの」

「じゃあ、数珠を右手にすれば?」

「それじゃ効果が薄れるからダメ。これはね、ただのブレスレットじゃないんだよ。この石が出す波動が、全身の血行をよくするんだ。だから、心臓に近い方じゃなきゃダメなの」

「……」

得意げにパチンコ玉の数珠を見せつけてから、樋口は大事そうにそれを袖口の下に仕舞った。こいつ、ほんとに弁理士試験受かってんの???

「君も欲しい? 三上君」

その問いに、俺はすぐさま、首をぶんぶん横に振った。

「仕事はかどるよ？」

もう一度、ぶんぶん。

「僕の言うこと、信じられない？」

最後の、ぶんぶん。

ここで樋口が所長に呼ばれたので、その話は中断され、その後放置されたままになっている。

まさか職場で営業されるとは思ってもみなかったので、樋口に対する俺の評価は、このあたりから大きく蛇行を始めたのだ。

その、いわば要注意人物と、小料理屋の奥座敷で向かい合って酒を酌み交わし、あげくの果てに、べろんべろんに酔っぱらわれて絡まれて——俺ってほんと、バッカじゃないの？

それでも、今夜はこいつのペースに流されるわけにはいかない。そう思って、俺は鋼の意思で樋口の手を自分からひっぺがすと、宣言した。

「樋口さんがまだ飲んでたいんなら、いいです、俺は一人で先帰りますんで。終電逃してタクシーなんて、ぜったいやですから。すんません、じゃあお先に」

言って立ち上がろうとすると、「えっ」という、やけに正気じみた声が樋口の口から漏れた。

「待ってよ。冗談でしょ？　話はこれからなのに」

まだしゃべる気か。ところでこいつ、さっきまでとろりんとしてた目が、妙に冴えわたって見えるぞ。まさか、酔っ払いは演技だったのか？

「終電なんて気にしなくっていいからさあ。俺がタクシーで送ってあげるから」

「マジすか？」

ついうっかり、甘言に乗りそうになった。いや、乗ったつもりはさらさらないんだが、相手はそう取ったらしい。

「マジマジ～。だからほら、飲んで飲んで」

嬉しそうに、樋口の手が徳利の首を掴んで持ち上げる。俺は仕方なく、これが最後と、差し出された徳利の口の下に猪口を持っていった。なみなみ注がれた酒を一息で干すと、うまい考えが浮かんだ。

（そうだ、こいつをここで潰してしまおう）

体質なのか、俺はひ弱そうな身体つきのわりに酒に強い。体内に入れたアルコールはどこへ消えてしまうのか、いくら飲んでも酔わない。酔えないのだ。ほわっとした気分にはなるけど。

だから、樋口がほんとに酔っ払ってるんなら、もっと飲ませて動けなくしてやればいいのだ。そこでタクシーを呼んで、秋子さんにこいつの自宅を聞き出す。自宅前でこいつを放り出したら、後はそのタクシーで自分のアパートへ戻る。で、翌日領収書を見せて樋口にタクシー代を請求する……のはダメか、やっぱり。

いくら払ってやると言われたからって、前後不覚だった上司に後から金をせびるなんてこと、やっぱ俺にはできない。

座卓に手をついて頭を振っていると、「どうしたの？」と声がかかった。顔を上げると、そこには、酔ってなお抜け目ない男の、固い意志を宿した二つの目が待ち構えていた。

「だーめーだからねー。いけないこと考えてたって、俺にはすぐわかっちゃうんだから〜」

どきっ！

「今、俺のこと置いて帰っちゃおうって思ってたでしょ？」

「え？　あ、いや、そんなこと……」

当たらずとも遠からず。背中に冷たいものが伝うのを感じながら、俺は言うべき言葉を探して右往左往した。

「それじゃあ、帰ろうか？」

「は？」

予想外の急展開に俺が目を丸くしていると、樋口はよろりと立ち上がり、覚束ない足取りで座敷を出て「秋子さあん」と、女将さんを呼んだ。

「はいはいはい。もうお帰り？」

まるで待っていたかのように、すぐさま姿を現した樋口の叔母さんは、甥の姿を見ると「あら」と、目を丸くした。

「珍しいこと。ゆうちゃんがこんなになるなんて。よっぽど気の置けないお友達なのねえ？　三上さん」

「そうなんですか？　自分も驚いてるんですが。仕事中の樋口さんって、まったく隙がなくて、いかにも有能な弁理士って感じで近寄り難いから。こんなになっちゃうなんて想像もしてなかったです」

そう言うと、秋子さんはちょっと寂しそうな、妙にしんみりした口調になって、こんなことを教えてくれた。

「ゆうちゃんちね、ひいお爺さんの代からずっと弁護士さんなの。だからゆうちゃんも、否応なしに弁護士目指すよう、小さな頃から言われてたの。でも、やっぱり親の言いなりは嫌だからって、弁理士の資格取っちゃってね……」

「秋子さん！　よけいなことしゃべんないでよ！」

酔っ払いが、どろんとした目で秋子さんを睨んでいる。限りなく本気に見えて、俺はおたおたした。

「すみません、お勘定を……」

奢りと言われたが、この状態では支払えまい。立ち上がったはいいが、足元があやふやな樋口の身体をうんしょと支え、俺は秋子さんにそう頼んだのだが。

「い〜って言ってんでしょ！」

　思いの外しっかりした樋口の声に阻止されてしまった。

「でも……」

「いいんですよ、ここはゆうちゃんのつけにしときますから。いつものことなの。気にしないで甘えちゃってくださいな」

　秋子さんまでが、にこにこしながらそんなことを言う。後が怖いから折半が安心安全なのにと思ったものの、ここは敵地。おまけに、二対一では勝ち目はない。

「わかりました。では、お言葉に甘えて。あ、とっても美味しかったですよ、お料理もお酒も。ごちそうさまでした」

　まんざら社交辞令でもない。ほんとに美味しかった。連れがこいつじゃなかったら、きっと百倍素晴らしい夜だったろうに（溜息）。

（でも……ま、こいつのお陰で来れたんだし）

　思い直して微笑みながら会釈すると、なぜだか、秋子さんの頬がほんのり桜色に染まった。めったにお目にかからない珍現象に一瞬気を呑まれていると、彼女はすぐに営業スマイルを浮かべてこう言った。

「タクシー呼びますから、待っててくださいね」

「あ、いや、自分で拾いますから……」

言いかけると、樋口の足が素早く俺の脛を蹴った。

「ッテ！　何すんですか、樋口さん！」

この酔っ払いが！　と思って睨みつけようと顔を見たら……やっぱこいつ、タヌキだ、キツネだ。なんだよその目、完全素面じゃねーか！

その限りなくマジな目がじぃっと俺の顔を睨んで、いつもより半オクターブは低い声が釘を刺してくる。

「だめ。よけいなことしちゃ」

というわけで、その後、俺は樋口の思うままに操られることになるのだった……。

4. 罠？ それとも悩み相談？

「樋口さん、うちどこなんですか」

秋子さんが呼んでくれたタクシーに乗り込んでから、また酔っ払いに戻ってしまった男に向かって聞くと、

「ああ、大丈夫。聞いてますから」

と、運転手が答えてくれた。さすが秋子さん、抜かりはない。

隣の男は……と見ると、いつもの樋口からは想像もできない、だらしない格好でシートに伸びている。偶然なのか故意なのか知らないが（たぶん後者だろう）、その頭は遠慮なく俺の肩に乗ってきて、時々ぐらんっと揺れては肩から外れ、その都度彼は目を覚まし（た振りをして）、「ああ、ごめん」などと、しゃあしゃあと謝っては、またすぐに肩の上に戻ってしまう。

人間の頭って結構重いんだ。それに熱い。ついでに言うと、持ち主それぞれの匂いがある。それを知ったのはいつだったか……もうずいぶん遠い昔のような気がするけど。

その時のことを思い出そうとすると、いつものように頭に霞がかかってしまう。まるで、誰かに「あなたはこんなもの見てはいけません」と注意され、さっと覆いをかけられてしまったみたいに。

樋口に寄りかかられ、重たいわ、うっとおしいわで辟易していると、時々、太ももに奴の手が当たってくるのに気づいてしまった。やだやだ、早くこいつんちに着かないかなあ、もう。

苦行に耐えながらウィンドウの外に目を向けると、なんとなく見覚えのある街並みが見えてきて首を傾げる。

「すいません。あの、ここどの辺りですか?」

嫌な予感がして運転手に声をかけると、寝ていたはずの樋口がむくりと起き出してきて、運転席の方に身を乗り出し、

「あ、そこ、あの電柱を左に曲がってください」

などと、歯切れのいい口調で指示を出した。こいつ……やっぱタヌキじゃねーか！

タクシーが止まったのは、予想通り俺のアパートの前だった。

「送ってくれてありがとうございました。じゃあ、おやすみなさい」

奢りと言われたからには、タクシー代なんか払う気はない。さっさと降りて逃げようとしたが……樋口の手が、むんずと俺の腕を掴んだ。

「あ。俺もここで降りる」

なんですって！　冗談は車の中までにしてくださいね。俺は澄まして樋口の手を引き剥がそうとしたが、これがどうして、すっぽんみたいに食いついて離れない。

「樋口さん！　あなたのうちはここじゃないでしょ！　あ、運転手さん、この人の家、知ってますよね？」

秋子さんが手配したのだ。抜かりのあるはずがない。けれど、俺の言葉に運転手は首を振った。

「女将さんにはここまでって言われて、料金いただいてますが」

え……っ！　まさか、嘘でしょ？　秋子さんまでグルだったの？

「と、いうわけだから。ほら、早く降りてよ、三上君」

当然のように言うと、樋口は「どうもお疲れ様でした～」などと、エラそうに運転手に手を振っている。その男に押し出されるようにして俺は車を降り、次いで樋口（＝悪魔）も繋がって降りてきた。

「なんであなたまで一緒に降りるんですか！　ちゃんと自分ちに帰って寝てくださいよ！」

降りたとたんしなだれかかってきた樋口の身体を押しやりながら、俺は最後の抵抗を試みた。

冗談じゃない。週末くらい、一人で（実際にはポプリがいるけど）ゆっくり過ごしたい。職場の上司が一緒だなんて、断固拒否だ！

「てか、なんで樋口さんが俺んち知ってるんすか！」

「細かいことはいいからいいから。早く中入ろうよ～。眠いよお～、俺」

「だから、あのタクシーでそのまま帰ればよかったじゃないですか！」

俺たちを下ろすとさっさと行ってしまったタクシーのテールランプは、もうとっくに闇に紛れてる。別の車を探すには、表通りまで戻らなくちゃならない。さて、どうすっかな？

なんて考えてると、樋口が耳元に口を寄せてきて、甘えた声を出した。

「それがダメなんだよね～、俺んち、門限九時なんだもん。もう入れてもらえないの～」

嘘つけ。どこの世界に、三十過ぎた男に九時の門限があるってんだよ！

「だって樋口さん、いつも九時過ぎまで残業してんじゃないですか！　冗談言わないでくださいよ。ほら、ちゃんと自分の足で立つ！」

上司を叱咤しながらも、俺はずるずると、樋口の仕掛けた罠の中に引きずり込まれるのを感じていた。

と、突然樋口が地面にうずくまり、うえっ、うえっとえずき始めた。

「ごめん、気持ち悪い……」

「え？　え！　ちょっと待って樋口さん、具合悪いんなら早く言ってくれないと……もう、しょうがないな。ちょっと休むだけですよ。落ち着いたら帰ってくださいね？」

恐る恐る樋口の背中に手を伸ばしてさすってやりながら、俺はとうとう腹を括った。

よろよろしながら、樋口の身体を支えて二階までの階段を登り、自分の部屋のドアの前までたどりつくと、俺は大きく深呼吸をしてドアを開けた。

「おっかえり〜っ！　と・も・き〜！」

「げ」

部屋の奥から、ポプリが転がり出てきた。ほんと、主人の帰宅に尻尾をぶんぶん振る子犬そのものだ。いつもだったら、両腕を広げてその小さな身体を受け止め、ぎゅうっと抱きしめてやるんだけど。

「ただいま。え〜っと……」

肩に人一人担いで戻ってきた俺を見ると、ポプリは玄関先で急ブレーキをかけて立ち止まり、眉間に薄く縦皺を寄せて俺たちを見た。若いから、深い皺なんてできないんだ。

「友城。それ誰？」

不審そうな目と声が、俺を責める。二人の城に部外者を連れてきた罪は大きいのだと、俺はその時はっきり悟った。だが、時既に遅し。後悔先に立たず。

「ごめん、ポプリ。この人職場の先輩なんだけど……飲み過ぎて具合悪くなっちゃったらしいんだ。休ませてやってもいい？」

そもそも居候はこいつの方なのに、俺が許しを乞うというのも変な話だが。でもやっぱり、ポプリの怒ったような、傷ついたような顔を前にすると、俺はそう言わざるを得なかった。

「友城、その人とお酒飲んでたの？」

今ではすっかり見慣れた薄緑色の瞳が、俺の心の中を探るように見つめてくる。これに耐えるのは結構しんどかった。

「ごめんな。どうしても断れなくってさ」

しどろもどろに言い訳する俺を、ポプリはいったいどう思っただろう？　いきなりプイッと半回転すると

「いいよ。入ってもらって」

と、ぶっきらぼうに言い捨てて部屋に戻ってしまった。

「ポプリ、恩に着る！　今度、おまえの好きなイチゴのショートケーキ買ってきてやる

からな」

　まるで、嫁さんの機嫌を取る朝帰りの旦那みたいな気分で、俺は小さな背中に手を合わせた。と、

「三上君、誰としゃべってるの？」

　いつの間にか顔を上げてた樋口が、部屋の中を覗きながら首を傾げている。そうか！　ポプリのことは俺にしか見えないのか。

「あ、いえ、なんでもないっす。ほら、誰もいない部屋だと殺風景っつーか、つい一人でしゃべっちゃうんですよね～えへへ」

　慌ててごまかしたけど、うまくいったかどうか不安だ。

　どういうわけか知らないけれど、ポプリの存在は俺にしか感知できないらしい。俺が不在の時に不審な物音がするとか、知らない人が部屋にいるのが見えたとか、そんな苦情は、今のところご近所からいただいていない。大家から何か言われたこともない。

　ひとまず胸を撫で下ろした俺の目の先で、ポプリが恨めし気なまなざしで押入れの中に入るのが見えた。ほんっとごめんな、ポプリ。

押入れに向かって心の中で頭を下げてると、樋口が憐れむように俺を見た。

「ああ、一人二役やるわけね？　俺の知り合いにもいるよ〜、そういう癖のある奴。かわいそうに三上君、寂しいんだねえ？　独り寝の部屋に帰るのが」

（おいおい、勝手に解釈して勝手に納得するんじゃねーよ！）

うんうんと一人頷く男を、俺は無言で睨みつけた。

「ところで樋口さん、具合悪いんじゃなかったんですか？　吐くんならトイレに行って……」

本当に酔っぱらってるのか芝居してるのかわからない男に、一応気を遣って言ってみると、樋口は、今それを思い出しましたというように胃の辺りに手を置き、「収まったみたい」などと、しゃあしゃあと言いやがった。やっぱ芝居かよっ！

「でも疲れちゃったあ。三上君もでしょ？　さ、中入って休も、休も」

誰の家だよっ！　とツッコみたいのをぐっと堪え、俺ははなはだ不本意ながら、樋口を部屋に上げてやった。

「へえ、結構片付いてるんだあ」

部屋に上がるなり元気を回復した男は、勝手に中をうろうろし、あちこち見て回っている。もとより六畳一間の狭い部屋なんで、見るとこなんざそうはないが。

「ちゃんと掃除も行き届いてるし。三上君、ひょとして彼女とかいる？」

まるで嫁いびりのネタを探す姑よろしく、本棚の上だの窓の桟だのに指を這わせて、埃が残ってないかチェックなんかしてる。こいつ、ぜったいモテないぞ。いや、外面（そとづら）に釣られて寄ってきたとしても、この正体見たらぜったい引く。どんなズボラな女だって。

「あっ！　樋口さん、そこはだめっ！」

放し飼いにしてたら、樋口が押入れのふすまに手をかけようとしたので、俺は慌てて阻止した。

「そんなとこ勝手に開けないでください！」

間一髪。他人には見えないとはいえ、押入れの中で、ポプリがまた卵になってたりしたらどーする！　卵型の時は可視化してるかもしれないじゃないか！

冷や汗かきながら押入れを死守していると、樋口が胡乱げに目を細めた。

「なになに？　ここ、見られちゃ困るようなもんが入ってるの？　もしかして女の子とか？」

「そんなもんいるわけないでしょうが！　だいいち、他人の家に来て勝手にそんなとこ開けるもんじゃないですよ！　お母さんに教わらなったんですか？」

　女の子じゃないけど何かは入ってる（はずの）押入れの前に立ち塞がって、俺は断固抗議した。けど、「お母さん」の一言が飛び出したとたん、なぜか樋口の勢いはしゅるしゅると萎んでしまった。もしかして、母親ってこいつの鬼門なのか？

「悪かったよ。ごめんね、勝手なことして。つい嬉しくってさ。三上君の部屋に上げてもらえて……」

（は？）

　やっぱり、まだまだ気は抜けない。抜いてはいけない。だいいち、ここまでついてきたこいつの目的が、まだわかってないのだ。油断大敵。

　とにかく、夜ももうだいぶ更けている。いくら明日が休みだからって、飲み屋の続きで騒がれちゃ困る。なら、ここはもう寝てしまうに限るだろう。こいつを泊めるのはははだ不本意だが、かと言って、このまま放り出すのも人としてどうか？

「樋口さん、どうでもいいけどもう寝ませんか？　疲れたでしょ？　お互いに」

最後の一語を強調して言ってやったが、樋口は気づいていないようだ。気づいてても無視するんだろうけど。それどころか
「えっ？　泊まってっていいの？　さっきは帰れって言ったじゃない」

なんて、目を輝かせて聞いてくる。そんな嬉しそうな顔されてもな。

けど、どうしよう。泊まっていい素振りを見せちゃったけど、うちには布団は一組しかない。いつもはポプリを抱き枕にして一緒に寝てるんだけど、まさかこいつとは……。

（ぜったい、やだ！）

あれれ？　今、心の中で声がシンクロしなかったか？　でも、いったい誰と？

俺は首を傾げてしばし耳を澄ませてみたけど、もう何も聞こえなかった。

いくらなんでも、客を畳の上に直に寝かせるわけにもいかない。なら俺は、押入れの中にでも入って寝るか。もしかしたら、ポプリが待っててくれてるかもしれないし。

そんなこんなをあれこれと考えながら、俺は風呂場の脱衣かごにバスタオルとフェイスタオルを用意し、（すごくやだったけど）俺のパジャマもその上に出しておいた。

「樋口さん、風呂こっちです」

「あ、ありがとう～」

風呂場に案内してやると、さっきまで吐き気に苦しんでいたはずの男は、うきうきとついてきた。

「パジャマ、悪いけど俺の使ってください。ちょっと小さいかもしれないけど、たぶん大丈夫でしょ」

「うれしいなあ。三上君とお揃いのパジャマかあ」

（お揃いじゃなくて、俺のですから！）

勝手に浮かれてる男に心の中でツッコミを入れると、早く一人になりたくてさっさと回れ右をしたところで、むんずと腕を掴まれた。

「なんですかっ！」

ついつい声に棘が混じってしまう。いやもう、棘だらけかも。

そんな俺の気持ちなど露知らず、樋口は猫なで声で言いやがった。

「三上君も一緒に入ろ？」

「はあっ⁉」

ふうっと吐き出された息に耳孔をくすぐられ、全身に鳥肌が立つ。俺は
「布団敷いときますから、さっさと入ってください！」

というセリフを投げつけると、一目散に逃げ出した。

「はあ……やっと離れてくれたわ。もう疲れた」

このまま先に寝ちゃおうかな？　擦り切れまくった心には、今、たまらなく布団が恋しい。あの独特の匂いに包まれて、何も考えず、何も感じず、泥のように眠ってしまいたい。

のろのろと押入れのふすまを開ける。もしかしてポプリがどこかに潜んでるんじゃないかと期待したが、重ねた布団を下ろしてみても、その姿はどこにも見えなかった。

（あいつ、どこ行ったんだろ？）

もしかしたら、ポプリは俺がいない間、どこか違う世界に戻ってるのかもしれない。

あいつって、ほんとは何者なんだろう？　いつもうまいことはぐらかされて、ちゃんと教えてもらったことないけど。人間そっくりの宇宙人かもしれないし、タイムマシンでやってきた未来人かもしんないし。

そう考える側から、さっき顔を見たばかりなのに、猛烈にあいつに会いたくなってきた。柔らかくて温かい身体を抱きしめて、いい匂いのする髪の毛に鼻をくすぐられながら一緒に夢の中に沈んでいく、あの至福の時間が恋しかった。それが今夜は、あんな奴（ここで俺は、風呂場の方を睨んだ）なんかに奪われるなんて。

元はと言えば、樋口の口車にまんまと乗せられてしまった自分が悪いのだ。けど俺は、誰かにこの怒りをぶつけたくてしかたなかった。

乱暴に布団を敷き、その上に枕をぽんと放ると、ついに限界が来て、俺は布団の上にぶっ倒れた。溜まってた疲れが怒涛のように身体から流れ出し、布団に吸い込まれていく。ああ、こうやって人は、朝になると元気を取り戻すんだなあ、などと妙な納得をしてしまう。

（お布団さん、ありがとう……）

そこまで考えたところで、意識が飛んだ。

なんだか、顔のまわりがうっとおしい。羽音のしない蚊が飛び回ってるみたいな感じだ。時々しゅっと風が吹いてきて、前髪が額の上で浮き上がる感じがする。窓、開けてたっけ？

「んん〜っ」

あんまりうっとおしくて思い切り手で払ったら、「わっ！」という声と共に、何かが離れていった。

「樋口さん！　あんた何やってんですか！」

ぱっちり開いた目の前には、もうちょっとで鼻がくっつきそうなくらいのとこに、樋口の顔のどアップがあった。

「ん〜？　三上君、いい匂いだなあって思って」

鼻先を俺の肩先にスリスリしながら、樋口がしれっと答える。

「やめてください！　俺、まだ風呂入ってないんですから！」

むしろ、いい匂いをさせているのはこいつの方だ。しっかりシャンプーまでしてる。

その香りが、一瞬風呂上りのポプリの匂いと重なって、思わず頭がくらりとした。

「じゃあ、早く入っておいでよ。ちゃんと起きて待っててあげるから」

「いえ。どうぞご遠慮なく、お先にお休みくださいませ」

そう言うと、俺は目をぱちくりさせる男を押しやって風呂場へ駆け込んだ。

熱いシャワーが気持ちいい。嫌なものが、全部洗い流されてく気がする。

嫌なもの……まず、ドアの向こうにいる男。あいつの相手をするだけで、俺は毎回、百は年取りそうな気がする。

嫌なもの……そんな奴に流されしまう俺自身。優柔不断で他力本願。今まで自分のことを自分で決めたことなんて、いったい何回あったろう？　なんとか就職できてニートは脱出したものの、俺の中の「負け犬感」は未だ拭えていない。

(いつからだろう？　俺が、ここまで厭世的になっちゃったのって)

そりゃ俺にだって、夢だの希望だのが、初めからなかったわけじゃない。だけど、そんなものをいくら持ってたって、なんの役にも立たないって知ってしまってから、俺は夢を見るのをやめたんだ。いや、そうじゃない。失うのが怖くなったんだ。

シャワーに打たれながら、いつの間にか物思いに沈んでいた。もしかしたら、涙なんか流してたかも。でも、そんなもんどうでもいい。お湯に紛れて排水口に流れてしまえば、後はいつもの、空っぽの自分が残るだけだ。

(空っぽ……って？　じゃあ、空になる前の俺には、何か持ってるものがあったっていうのか？)

(〇〇〇)

誰かの名前を、俺の心が無言で呼んだ。胸がほわっとあったかくなって、何かが顔を覗かせようとした。

手を伸ばしてそれを掬い上げようとするけれど、それはいつも、ぎりぎりのところで姿を見せてくれない。長い長い間、俺を苦しめ、温めてきてくれたそれ。その姿がはっきり見えた時——俺の人生は変わるんだろうか？

物思いに沈んでたのと水音のせいで、ちっとも気づかなかった。シャワーを止めて顔を上げた俺は、風呂場のすりガラスに押しつけられた顔を発見してぎょっとなった。続いて、拳固でガラスをガンガン叩きながら、樋口が何か叫んでるのが聞こえた。

「三上君！　三上君！　生きてる？」

　風呂にもゆっくり入らせてもらえないのか。俺は溜息を吐くと、ガラスの向こうに怒鳴り返した。

「なんですかっ!?」

　すると、人影がぴたりと動きを止めた。

「あんまり出てこないから、中で倒れてるんじゃないかって心配になってさ。大丈夫？気分悪くない？　なんなら助けにいこうか？」

　さっきよりはだいぶ穏やかな声が、本当に心配そうに聞いてくる。

「結構です！　大丈夫ですから、部屋の方に行っててください！」

　ちょっときつく言い過ぎたかな？　でも、黙ってるとこのまま風呂場の前で待ってそうで、怖かったんだもの。ああ、ほんとに具合が悪くなりそうだ。泊めるなんて言わなきゃよかった。明日になったら、今度こそ即刻叩き出そう。

　生乾きの髪をバスタオルでがしがし拭きながら部屋に戻ると、淡い期待は外れ、樋口はしっかり起きていた。しかも、スマホでゲームなんかやってる。初めて来た他人の家で、ここまでくつろげるってたいした度胸だ。

「あ、三上君、お帰り～。早くこっちおいでよ」

俺の姿を見つけると樋口はスマホを放り出して、座ってる（俺の）布団をポンポンと叩いた。

「いえ。髪が乾くまでこっちにいます」

俺はなるべく樋口から距離を取ろうと、窓際まで行ってさらにゴシゴシ頭を拭き続けた。あいつ、まさか一緒に寝ようとか言い出さないよな？

樋口から目を逸らして延々とタオルドライを続ける俺に、奴の視線がずぶずぶ刺さってくる。ガン見されてるのが痛いくらいわかって、とてもじゃないけど顔を上げられない。

「三上君さあ、もしかして俺のこと怖がってる？」

ふいに、タオルの向こうから、樋口の声が飛んできた。いや、歩いてきた。のんびりと。

「いえっ、べつに」

しどろもどろにならないよう最短で答えると、ふっと息の漏れる音が聞こえた。

「俺はさ……正直、信じられないくらい嬉しいんだ」

まるで独り言みたいなつぶやきに、思わず手が止まる。そのままじっと息を詰めていると、樋口はそれまでとは打って変わって、穏やかに言葉を紡いでいった。

「前にも言ったけど……あの職場ってさ、女の園でしょ？　何言っても多勢に無勢で、肩身が狭いんだよねえ。男っていったら、藤ノ木所長や吉村先生みたいな、ず〜っと年上のおじさん連中か、話の合わない奴らかで……俺みたいなペーペーは居場所がないっていうかさ」

「ペーペーなんですか？　樋口さんが？」

思わず顔を上げて聞いてしまった。それを言ったら、俺はどうなるんだって思いながら。

「そりゃそうよ〜。なんとか弁理士試験には受かったけどさ、それだけじゃね。俺じゃなきゃダメっていう仕事したいんだよ、俺。自分のお客が欲しいの」

切実な言葉は、たぶん本心だろう。俺の前ではいつもへらへらしてて、何考えてるかわかんないような奴だけど、実は結構まじめなのかも。そりゃそうだよな。でなきゃあんな難しい試験、受かるわけがない。

「そういえば樋口さん、自分の事務所持ちたいって言ってましたよね？」

　君も一緒にって誘われたんだった。あの時は悪い冗談だと受け流してたけど、案外本気だったのかもしれない。

「あはは、憶えてたんだ。あれさ、所長には内緒だからね？」

「そりゃもちろん」

　なんだ？　この雰囲気。なんか、いつもの空気と違わないか？　なんかこう……樋口がかわいく思えるっていうか……。

「俺んちってさ、ひい爺さんの代から弁護士やってるの。だから俺も、当然跡継ぐもんだって思われてたんだよね」

　それは秋子さんに聞いてる。なら、なんでこいつは、今の事務所で働いてるんだろう？跡継ぐってことは、当然、父親が事務所持ってるってことじゃないのか？

　そんなことを考えてたら、樋口がぽつぽつと打ち明け始めた。

「親父さ、昔パートナーに独立されて、お客を根こそぎ持ってかれちゃったんだよ。俺がガキの頃だけど」

「へえ……それは大変だったんですね」

それ以上何を言っていいかわからなくて黙ってると、樋口が俯けてた顔を上げた。

なんだか、目が赤くなってる。

「その話が業界で噂になっちゃってさ。それも、原因は親父が不当な報酬を要求してたからってことになって。そっから先、新しいお客もなかなかつかなくなっちゃったんだ」

ずいぶんと話が重くなってきた。どうしよう、これ以上聞きたくない。でも、ここは自分ちだし、逃げ場はない。寝てしまおうと思っても、布団は樋口に占領されてるし。

(でも)

俺は思い直した。ここはやっぱり、聞いてやるべきなんだろう。後輩としての義務からだけじゃなくて、人として。きっと、こいつは寂しかったんだ。重い過去を背負って、おまけに、それを気楽に愚痴る相手もいなくって。

「でもね、そこは親父も法律の専門家だからさ。正々堂々戦って、ちゃんと、名誉と信頼と顧客を回復したんだ。そこは俺も尊敬してる。だけど……」

まだあるのか？　俺が思わず身構えると、奴はしゃあしゃあと言ってのけた。

「その自信が強過ぎてね。息子にも同じ能力を要求してくるのよ。兄貴はさっさと逃げちゃうし、取り残された俺は、人身御供に甘んじるしかなくなっちゃったってわけ。ね？俺ってかわいそうだと思わない？　三上君」

「そう……ですね。なんつーか、俺なんかには想像もつかない世界ですけど」

当たり障りのなさそうな返事を返すと、樋口は何を思ったか、ふふふっと、気味の悪い笑い声を漏らした。

「俺さ、君のエントリーシート見た時、やった！　って思ったんだよね」

いきなり話が方向転換したぞ……って、ちょっと待て。見たのか？　俺のエントリーシート。人事担当でもないあんたが？

しんみりしかけたところで、また樋口に対する不信感が復活してきた。いったい、こいつの言葉はどこまで信じていいんだか。いやいやいや。注意するに越したことはない。だって……。

「そいでさ、次に所長が履歴書見せてくれた時はもう」

「なんで樋口さんがそんなもん見れるんですかっ⁉」

さすがに看過できなくなって問い質すと、しれっと返されてしまった。

「だって俺の下に就くんだよ？　見て当然でしょ？」

そういうものなのか？　よくわからないけど、こいつに言われるとすんなり納得してしまう。俺はしかたなく、出かかった非難の言葉を引っ込めた。

「でね」

樋口は言いたくてたまらないって顔で、目を輝かせながらこっちを見た。

「で？」

「写真見て、一発で所長にＯＫ出しちゃった」

「はあっ？」

樋口の回りを、薄い羽をつけたハートが舞い踊っているように見えるのはなぜだ。

「写真で採用決めてるんですか！　あの事務所」

まさかと思うが聞いてしまう。ところがやっこさん、天井を見上げて「う～ん」と唸った。おいおい、そこはきっぱり否定すべきだろ。

「時と場合によるかな。じゃなくて、所長の気分しだい？　あの人、自分と合うか合わないか、顔見たらわかるんだって。事務員クラスならあまり気にしないけど、上に来そうなのは、そうやって心理眼でチェックするらしいよ」

「なんすか！　それ。ていうか、俺なんか、上目指してるようには見えないでしょ！」

何息巻いてるんだ、俺。

「でも君、法学部出じゃん？　一応気にしてるんじゃないかなあ……っていうより、気にしてるのは俺なの」

そう言った樋口のほっぺたが、何やらはにかんだように緩んだのは気のせいか？　気のせいだよな？

「めんどくさいから、単刀直入に言っちゃうね？」

い……言わなくていい、言わなくていいです！

「一目惚れしちゃったんだよね～」

(わあっ!!)

という悲鳴は、かろうじて出さずに耐えた。うっすらと感じてはいたんだ。こいつの、しつこいくらいに押しつけがましい親切には、何か裏があるんじゃないかって。別に、俺のことをどう思おうと勝手だけど、俺がそれに応えられるかどうかは、こっちの問題だ。

「三上君ってさ、女の子苦手でしょ」

「……」

否定できない自分が恨めしい。でも、ほんとのことなんだから仕方ない。確かに俺は、若い女と、妙に親しげに近寄ってくる女は苦手だ。というか、怖い。姉ちゃんがいるくせにって言われたこともあるけど、あれは別物なんだ、別の生き物なんだ。俺の中では。

「実は俺も」

ぼそりと、仕方ないから言っとく、みたいな感じで樋口が口にした言葉は、俺への挑戦状っていうより……最後通告みたいに聞こえた。

あなたにはもう逃げ場はありませんよ。後ろに下がれは崖にまっさかさま。こちらに手を伸ばせば、わたしがその手を握って引っ張ってあげましょう。さあ、どうしますか？

こういう場面での対応に、俺は慣れてない。ていうか、未経験だ。いったいどうすべきなのか、さっぱりわからない。そうだよ、俺は結構なコミュ障なんだ。一対一で対峙するのはそろそろ限界だ。大声でわめきちらして、今すぐどこかへ逃げ出してしまいたい。

だけど、身体は言うことをきいてくれない。追い詰められると、いつだってこうなる。口をきくこともできなければ、頷くことも、かぶりを振ることもできなくなって、その場で硬直してしまうんだ。

「おまえはお地蔵さんか！」

「はいとか、いいえとかも言えないのか！」

よく親父に怒鳴られたっけ。恨めしげに見返す目が、かわいげがないとか言われて。

そんなにかわいくないいんなら、いっそ捨ててくれって言いたかった。言えなかったけど。

そんな俺がちょっとだけ変わったのは……変われたのは、あいつがいてくれたからだ。

（あいつ？　……って誰だっけ？）

「三上君」

しまった、油断してた。つい自分の中に籠もってたら、いつの間にか、樋口がすぐ目の前に立ってた。

「俺と二人でさ、いつかでっかいお客取ろうよ。実は今、狙ってるとこがあるんだよね。三上君と一緒だったら、うまくいきそうな気がするんだ」

「そんな根拠のないこと言われても……」

非力ながら俺なりの抵抗を試みるも、あっさりかわされてしまった。

「根拠ならあるよ？」

（どこに？）

樋口の顔がぐっと近づいてきた。ほんのちょっとだけ高い位置から俺を見つめてくる瞳は、勝利を確信してるみたいにキラキラしてる。

「ど、どんな根拠があるっていうんですか！」

声が裏返ってしまった。それをどう取ったのか、奴はいつものキザったらしい仕草で、

あろうことか、腰に腕を回してきやがった。そのまま俺の身体を自分の方に引き寄せながら、

「だって、俺たち一緒だから」

とろんとした瞳から発せられた光線が、舐めるように俺の身体を一周する。まるで、見えない蛇に羽交い絞めにされた気分だった。

「な……何が、何が一緒なんですか！」

それじゃダメだろう俺！　そんなヤワな抵抗じゃ、「イヤよイヤよも好きのうち」なんて、いいように解釈されちまうだけだろうが！

「二人で、男だけの事務所作んない？　あ、別にハーレムにしようってんじゃないよ？その方が気楽だからさ。大丈夫、俺には君だけだから。心配しないで」

「そんな心配するわけないでしょ！　って、なんで話がそっち行っちゃってるんですか！」

必死で抗議するも、樋口は不思議そうに首を傾げるばかりで、ちっともわかってくれる気がなさそうだ。

「照れなくったっていいんだよ？　ちゃんとわかってるからさ」

「な……何が何がっ⁉」

　聞いてしまったけど、答えは聞きたくない。答えてくれなくていい！

「何がって。だって三上君、ホントは俺のこと嫌いじゃないでしょ？　だって、ちょっと休むだけとか言っておきながら、ちゃんと泊めてくれるし。風呂にも入れてくれて、布団まで敷いてくれてるし」

　まだ泊めてません！　なんなら、今から叩き出してあげましょうか？

「風呂貸すなんて、普通でしょうが。男同士なんだし。布団は……樋口さんが使ってください。俺は……俺は、どっか別のとこで寝ますから」

　断固として言ったつもりが、不覚にも声が震えていた。それに耳聡く気づいた樋口が、勝ち誇ったようにふっと笑った。

「この部屋の、他にどこで寝るっていうの？」

　部屋の中をぐるっと見回しながら言われ、ぐっと言葉に詰まる。

「かわいいなあ、そういう怯えた顔。もっと困らせてあげたくなっちゃうな」

樋口の腕にぐっと力が込もり、二人の身体がさらに密着した。驚愕のあまり動けなくなった俺の前に、樋口の顔が近づいてくる。やばい……これは何か？　このまま無抵抗だと、俺、こいつに奪われちゃうのか？　く……くちび……。

(ぜったい、ダメ〜〜〜ッ!!)

また、内なる叫びと誰かの悲鳴が共鳴した。次いで、ビリビリと全身に痺れが走ったかと思うと――

押入れのふすまがさっと開いて、中から目も眩むような光の洪水が溢れ出てきた。

5. 少年の夢

「な、なになになに？」

うろたえる樋口の腕が緩んだ隙に、俺の身体は光に包まれてふわっと浮き上がったかと思うと、ものすごい勢いで押入れの中に吸い込まれてしまった。

「三上君！」

背後で樋口の叫び声が聞こえたが、それはあっという間に遥か彼方へ飛び去っていった。

いや、そうじゃない。飛んでいたのは俺の方だ。ふと下を見ると、山やら川やら畑やらが、ぐんぐん流されていくのが見えた。

違う。俺自身が、高速でその上空をかっ飛んでいるんだ。すごい。まるでハヤブサになった気分だ。

びゅんびゅんと、風が顔にぶち当たる。痛いけど爽快だ。ちっとも怖くなんかないし。俺は腕（それとも翼か？）を広げて滑空を楽しんだ。下界には人工の建物が増えてきた。町の上空に入ったんだろうか？

ちょっと身体を傾けて舵を切り、ゆるくカーブを描きながら高度を下げていく。そんなことも自由自在にできるのが、たまらなく嬉しかった。

そうだ。自分の力だけで自由に空を飛ぶのが、子供の頃の夢じゃなかったっけ？　機械の力を借りずに己の肉体一つで、鳥と同じように飛べるようになることが。

「見続けていれば、いつか、夢は夢じゃなくなるんだよ」

誰かの声が、励ますように耳元で聞こえた。それとも、胸の中で？

ぐんぐん地上が迫って来る。眼下に人間どもの営みが見える。うねうねと続く道路の上を、繋がって移動してる甲虫みたいな自動車。あちこちに点在してる、もっさりした緑の塊。あれは雑木林だろうか？　民家の四角い屋根が、チロルチョコみたいでかわいい。背の高いコンクリートの建物は、俺に届こうと首を伸ばしてるみたいだ。

学校？　が見えた。どこかで見たような校舎の並びだ。長方形のプールに湛えられた水が、太陽の光を反射して眩しいくらいにきらめいてる。
生徒たちはどこだろう？　プールサイドに人影は見えないけど。
あの水に飛び込んだら、気持ちいいだろうな。
そう思ったとたん、俺の身体は、まっすぐにプール目指して急降下してた。

第七章　雪里の秘密

１・忘れられない夏にしよう

バッシャン！

おっきな水音がして、頭に開いた穴という穴に、勢いよく水が浸入してきた。鼻の穴、耳の穴、口の……おっと、これは穴って言わないか。

自分の身体が、ぶくぶくと泡を大量生産しながらプールの底に沈んでいくのを、俺はまるで他人事みたいに感じながら眺めてた。

「友城！」

水面の向こうから呼ぶ声が聞こえる。プールサイドを走る細い足が、ちらっと見えた気がした。

はは、あいつあんなに焦って。面白いから、もっと驚かせてやろう。

そう思いついて、俺は肺の中から残りの空気を押し出すと、足をばたつかせてゆっくりとプールの底に沈んだ。

一、二、三、四……。

心の中でゆっくりとカウントする。だんだん息が苦しくなってきたけど、ぎりぎりまで我慢しよう。

十二、十三、十四、十五……いかん、もう限界だ！

ヒラメみたいに張り付いてたプールの底から急浮上する。頭の中が白くなりかけたところで、水面から顔が出た。

「プッハーッ！」

ああ、空気ってこんなにうまかったっけ？　肺いっぱいに酸素を吸い込むと、俺はバタ足でプールサイドまで泳ぎ着いた。

「友城！」

泣きそうな顔して雪里が駆け寄ってくる。本気で、俺が溺れたと思ったんだろう。ごめんな、脅かして。

俺はプールサイドに両手をかけ、一気に身体を引き上げようとした――が。

「あ……あれれ？」

肺から空気を抜き過ぎたせいだろうか？　身体に力が入らない。

俺の身体は、また水のなかにぽしゃんと落ちてしまった。

雪里が叫んで、手を伸ばしてくる。無理だよ、雪里。そんな細っこい腕じゃ、おまえまでいっしょに溺れちゃうだろ。

「友城！　つかまって！」

俺はもう一度水に沈むと、プールの底を両足で思い切り蹴ってジャンプした。

跳び上がった勢いでプールサイドに這い上がろうとしたところを、雪里が腕をつかんでひっぱり上げてくれた。

「友城！　大丈夫？」

ぜんぜん大丈夫だっだけど、心配そうに覗き込んでくる顔がかわいくて、俺はそのまま苦しそうにゼイゼイ言いながら、雪里の身体を抱きしめた。その勢いで、俺たちはシーソーみたいに大きく揺れて、気がついたら俺は、プールサイドに仰向けに倒れた雪里の上に、釣り上げられた魚みたいに乗っかってた。

「友城……！」

これは、どういう意味の「友城」だろう？　驚いた？　それとも心配してる？　きっと、どっちもだ。

俺は力尽きて動けない振りをして、しばらく雪里を抱きしめたまま、太陽に焼かれたプールサイドに突っ伏してた。

どれくらいそうしてたろう？　たぶん、ほんの二、三十秒だ。その間互いの皮膚を通して、二つの心臓の音が、どん、どん、どん、どど、どど、どど……と、だんだん速くなってくのを、俺は不思議な気持ちで聞いていた。

「友城、重いよ」

雪里に抗議されて、渋々身体を持ち上げる。ほんとは、まだまだ重なっていたかったんだけど。両腕をタイルについて伸ばすと、雪里が真っ赤な顔でこっちを見てた。

「おまえ、顔赤い」

ほっぺたを突きながら言ってやると、「友城だって！」と言い返された。そうなのか？　やたら暑いのは、真夏の昼下がりだからだって思ってたんだけど。

俺は身体を反転させると、ごろんと雪里の隣に寝そべった。太陽はほぼ真上にあって、地上のすべてを焼き尽くそうと頑張ってる。眩しくて、俺は目を瞑った。

身体の脇に広げた手の先に、雪里の指が触れる。俺は無意識にそれを掴むと、ぎゅっと握った。雪里もおずおず握り返してくる。すごく、すごく嬉しかった。

俺たちは手をつないでプールサイドに寝そべったまま、太陽に料理されるに任せていた。

八月のどまんなか。校則違反を承知でこっそり忍び込んだ学校のプールは、俺たち二人だけのものだった。

泳ぎに行こうと言い出したのは俺だ。それも、誰もいない学校に忍び込んで、水を張ったままだったプールを独り占め（正確には二人占め？）しようって。

「やばいよ。見つかったらどうすんだよ」

最初、雪里は乗り気じゃなかった。だけど俺は怯まなかった。学校のプールじゃなきゃダメな理由を並べたてて、しつこく説得した。

「だってさ、プール開放日は人がいっぱいじゃん。誰かの頭蹴とばして泳ぐなんて、俺、ぜったいいやだもん」

おんなじ理由で、遊園地のプールや海も論外だ。だから最初から計画には入れてない。そんな人口過密のとこでなんか、思い切り泳いだり潜ったりできないじゃん。だいいちそういう場所って、漏れなく大人がいるじゃないか。

本音を言うと、俺は雪里を独り占めしたかったんだ。雪里と俺だけの世界で、思いっきり水遊びをしたかったんだ。

そうだな。もし俺が大人で億万長者だったら、南の国の無人島なんか買い取って、雪里と二人だけで浜辺を走ったり、好きなだけ海で泳いだりするのに。

だけど、俺は子供だ。お金持ちでもない。

だからここを選んだ。こんな近くに、しかもタダで使える格好の場所を思いついた時は、正直、「俺って天才じゃない？」って自画自賛したもんだ。

「いつかさ」

指に絡めた雪里の手を弄びながら、俺はほとんど独り言みたいにつぶやいた。

「いつか？」

もちろん雪里は、ちゃんとそれを拾ってくれる。拾って、俺に投げ返してくれる。

「一緒に船に乗って、無人島とか行きたいな。おまえと」

「船?」

「うん」

俺は指に力を籠めた。胸に秘めた願いが届くように。

「ヨットみたいな小さいやつ。二人で操縦して、俺たちの島を見つけにいくんだ」

俺の提案に、雪里がちょっと考えてから言った。

「ヨットか。じゃあ、操縦する訓練しないと。免許とかもいるんでしょ?」

「おまえ、現実的過ぎ!」

ロマンぶち壊しの発言に、さっきまでの甘い気分がたちまち胸から抜けてしまった。

雪里は、時折ひどくまともなことを言って、俺の夢を骨抜きにしてくれる。だけど構わない。他の奴だったらムカつくだろうけど、こいつには何を言われても腹が立たない。今度だって、俺はこう思っただけだ。

(おう! なら、免許でもなんでも取ってやろうじゃないか。そいで、おまえを俺のヨットに載せて、世界一周してやるよ!)

これぞ男のロマンだ。いや……ただの、子供の戯言だったんだろうけど。でも、俺はめいっぱい、幸せな気分に浸ってた。あの声が降ってくるまでは。

「おまえらーっ！　そこで何やってる⁉」

怒鳴り声にぎょっとして起き上がると、体育の鬼教師佐々木が、血相を変えてこっちに走ってくるところだった。白のポロシャツに白いコッパンと、授業の時と同じ格好をしてる。

一瞬逃げようかと思ったけど、俺も雪里も走るのはあまり速くない。対して佐々木は、陸上部顧問というだけあって、かつては、インカレ陸上優勝歴もあるという猛者だ。敵うはずもない。

俺と雪里は腹を括り、大人しく佐々木の大目玉を食らう覚悟をした。そして文字通りこっぴどく絞られ、おまけにしっかり親に連絡がいき、よって家に帰ってからも、じっくり油を搾られる始末となった。

「あいつ、どうしてるかな……？」

その晩俺は、自分の部屋の窓から雪里の家がある方角を眺め、見えるはずのないその姿を想像して、少し泣いた。かわいそうに、雪里は悪くない。言い出しっぺは俺なんだから。あいつは嫌だって言ってたのに、俺が無理やり付き合わせたんだ。あいつを独り占めしたいばっかりに。

その事件の後、俺は雪里に会うことができなくなった。電話をかけてもいつも留守だって言われるし、あいつからの連絡もない。

痺れを切らして家まで様子を見に行くと、出迎えてくれたのは雪里のばあちゃんだけだった。

「ちょっと具合が悪くてね」

ばあちゃんは、なんだかちょっとそわそわした感じでそう言うと、後は「ごめんなさいね」と言っただけで、それ以上何も教えてくれなかった。もちろん、雪里にも会わせてもらえないまま、俺はとぼとぼと家に帰った。

「雪里ちゃん、病気が再発したのかもしれないって」

それから数日経って、どこで聞いてきたのか、姉貴が、俺も知らないことを知ったかぶりして教えてくれたので、俺はすっかり不機嫌になってしまった。

高校生になってた姉貴は、その頃は何かにつけて大人ぶってて、家に遊びに来た雪里のことも、いつも少し子供扱いしてた。もちろん一緒になんか遊ばなかった。その代わりかあちゃんが留守の時なんかは、お菓子やジュースを出してくれたりして、結構面倒見てくれたけど。

(雪里って、ほんとは俺より年上なんだから。あんたとそんなに変わらないんだけど)

って、俺はいつも不満に思ってた。だけど、雪里本人はそんなこと気にしてないふうで、いつも「妙ちゃん、妙ちゃん」なんて懐いてた。

「再発したって、どういうこと? あいつの病気、治ってたんじゃないの?」

俺が詰め寄ると、姉貴は困ったように、隣にいたかあちゃんの顔を盗み見た。その不審な行動に俺の不安は一気に膨み、ついでに、姉貴とかあちゃんに対する不信感も拡大した。

「なんだよ、二人とも! 変な顔してないで教えろよ!」

なぜだか無性にイライラして、俺は八つ当たりするみたいに怒鳴ってた。

「友城。あんた、雪里ちゃんがなんの病気だか知ってる?」

なんで現在形で聞いてくんだよ、かーちゃん！

「知らない……だって、もう治ってるって聞いてたし……」

声が震えてしまった。だってあいつ、とっても元気そうだったし。体育の授業だって普通に受けてたし。

「そうでしょうね……」

つぶやくと、かあちゃんは目を逸らした。姉貴の視線は、俺とかあちゃんの間を行ったり来たりしてる。

「雪里の病気って何？　かーちゃんたち、知ってるの？」

俺が迫ると、

「あんたが不用意なこと言うから」

って言って、かあちゃんは姉貴の膝をぺちっと叩いた。それから仕方なさそうに溜息を吐くと、説明してくれた。

「親御さんからは、病気のことは伏せておいて欲しいって、学校を通じて言われてたんだけど……こうなったからは、もう言ってもいいかもしれないね」

不穏な空気が、部屋の中にじわじわと充満し始める。だんだん恐怖が膨れ上がってきて、俺は今すぐ外に飛び出していきたい衝動に駆られた——けど、我慢した。

雪里のことを知りたかったから。

雪里を助けたかったから。

そう、俺は、遠くであいつが呼んでるような気がしてしかたなかったんだ。どこかに閉じ込められてて、助けを求めて叫んでるような気が。

2. そして季節は巡る

二学期になった。

雪里とは連絡が取れないまま、俺は重い心を引きずって学校へ行った。

わずかな期待を込めて教室のドアを開け、中に入ってみたけれど、あいつの姿はどこにもなかった。

俺は空っぽの雪里の席までゆくと、そっと机の上を指先でなぞってみた。あいつの気配を感じたくて。

でも、当然そんなものはなんにも感じ取れなくて、それはやっぱり、ただの合板に過ぎなかった。ただ、表面にところどころ残ってるカッターで傷つけられた跡や、消えなくなったマジックインキの赤い色が、わずかに一学期の思い出を湛えていた。

ホームルームの始まりを告げる予鈴が鳴って、生徒たちが三々五々自分の席に着き始めた時。教室の扉が開いて、入ってきた担任教師の後から現れたのは——雪里だった。その姿を見るなり、俺の心臓は肋骨を突き破りそうな勢いで飛び上がった。

「雪里……！」

ざわつく教室の中、俺の目はその姿に釘づけになっていた。雪里は俺を見ると、「おはよう」と、口の形だけで挨拶してきた。

（雪里……ずいぶん小さくなった？）

全体に一回り縮んで見えるほど、彼は痩せてしまっていた。中学生だ。成長することはあっても、小さくなんてならない。でも今目の前にいる雪里は、最後にプールで会った時より顔が小さく、もともと大きな目は、さらに大きくなっていた。制服の下にあるはずの身体は、どこにそれがあるのか、まったくわからなかった。

「席についていいよ」という担任の言葉に、雪里が「はい」と小さな声で答える。クラスでただ一人、まだ声変わりしていないその声は、相変わらず天から降ってきたみたいに高く澄んでいたけれど、見た目と同じに、どこか力がなかった。

雪里は床の上を滑るみたいに、ほとんど音も立てずに自分の席まで歩くと、やっぱり静かに椅子を引いて、ゆっくりと腰を下ろした。なんだか、ひどくけだるげに見える。俺の目がじっと自分の動きを追っているのに気づくと、あいつはこっちを見て緩く笑ってくれた。

「えー、注目！」

担任教師がパンっと手を叩くと、ざわざわしていた生徒たちが、皆一斉に前を向いた。それを確認してから、担任は教卓に手を付いて声を上げた。

「今朝は、みんなに報告があります。実はさっき、橋野君のお母さんが職員室にいらっしゃいました。橋野君と一緒に」

みんなの首がぐるっと回って、教室の中程に座ってる雪里の方を見た。子供らしい好奇心と、友人を心配する気持ちが混ざり合った視線に、雪里は無防備に晒された。俺は、まるで自分がその視線の真中にいるみたいにいたたまれなくなった。

「みんなも知っている通り、橋野君は札幌にいた頃、ちょっとした病気をして入院していました。その時の先生がこっちに来ているというので、東京に引っ越してきたんですが、その医者が言うところによると……」

「先生」

担任のまどろっこしい話の途中で、突然、雪里が片手をあげて教師の言葉を止めた。

「その先は自分で説明します」

弱々しいながらも凛とした声で、雪里ははっきりとそう言った。それからちらっと俺の方を見、軽く頷いてみせた。その様子がなんだかものすごくかっこよくて、雪里が「男」に見えた。あの雪里が。

「みなさん、実は僕の頭の中には、おできのようなものがあります。『脳腫瘍』というんだそうです」

そこまで言うと、雪里は一息ついた。「脳腫瘍」の一言に、教室中にざわめきが起こる。

「それで」

ちょっと俯いていた顔を上げて、雪里がまた言葉を発すると、教室内はまたしんとなった。

「それで、一度札幌で手術を受けて腫瘍を取ったんですが、それがこの夏、また出てきちゃったみたいなんです」

（出てきちゃったって……そんな軽く言うなよ！）

俺は心の中で抗議の声を上げたけど、表向きはみんなと同じに、黙って彼の話に耳を傾けていた。

「だから、もう一回手術することになりました。しばらく学校には来られません。だけど、必ず元気になって帰ってきます。だから……みんな、僕のことを忘れないでください」

雪里が、教室の全員に向かって頭を下げた。前にいる奴、左右にいる奴、後ろに座ってる奴。みんなに。

そして、最後にまっすぐ俺の方を見ると、にこって笑ってくれた。八月、プールサイドで見たのと同じ笑顔だ。

（雪里……）

思わず鼻の奥がツンとなった。けど、涙はこぼさなかった。だって、一番つらいはずの雪里本人が、こんなにきれいな笑顔を見せてくれてるんだ。俺が泣くわけにいかないじゃないか。

ただ、回りからは洟を啜る音が聞こえてきた。特に女子の中には、既にしくしく泣いてる奴もいる。

雪里が腰を下ろすと、教室全体から拍手と激励の声が湧き上がって、なんだか、嬉しいことがあったんじゃないかと勘違いしそうになった。

だけど……だけど俺は、手なんか叩けなかった。声も出せなかった。それくらいショックだったんだ。

一限目の授業が終わると、雪里はみんなに囲まれて見えなくなってしまった。俺は、誰よりもあいつの側に行きたかったのに。だからちょっと拗ねて、遠くからそれを眺めてたんだ。

(雪里って、あんなにみんなに好かれてたんだな)

今さらながらそんなことを考えて感心してると、生徒たちの頭の間から、雪里がこっちに目配せしてきた。その頃俺と雪里の間には、言葉なんかなくったたって気持ちを通わせる、テレパシーみたいな絆ができていた。

だから俺には、奴が何を言いたいのかすぐにわかった。俺は微かに頷くと、もう、やきもきしながら雪里を取り巻くクラスメイトたちの方を見るのをやめてしまった。

見なくたって、俺と雪里は心の中で会話してたんだ。言葉を使わない会話を。

昼休みになると雪里が帰り支度を始めたので、またみんながざわつきだした。

「橋野、帰っちゃうのかよ」

「橋野君、明日は来る？」

「雪里～、ノート見せてやるからな。無理すんなよ」

自分にかけられる言葉のひとつひとつにいちいち頷きながら、雪里は立ち上がりざまこっちを見た。俺が一回頷くと、彼は目だけで頬笑んでから、そのまま教室を出ていった。

当然ながら、教室中の連中が一斉に彼を玄関まで追って行った。俺はその光景を黙って見送ってから、ゆっくりと腰を上げた。

靴箱の前で、雪里が皆に手を振って学校を後にするのが見え、それを確認するなり俺は、上履きのまま裏口へ猛ダッシュした。

「雪里！」

学校の裏手には用水路があって、その土手の草むらに、予想通り雪里はいた。忘れられた古タイヤの上に腰かけて、俺を待っていてくれた。

「遅いよ、友城」

あまり大きくはない声で言うと、雪里は嬉しそうに笑って自分の腰かけたタイヤを手で叩き、隣に座れと合図する。俺は土手を駆け下りると、滑るように彼の横に腰を下ろした。廃タイヤのソファは、それで満員になってしまった。

「かあさんが待ってるんだ」

申し訳なさそうに、雪里がまず断った。そう長くはこうしていられない、という意味だ。俺は、言いようがないほど悲しい気持ちに押し潰されそうになって、思わず雪里を抱きしめ、どきりとした。

(雪里……ほんとに細くなっちゃった……)

現実を突きつけられ、俺の涙腺が突如決壊した。涙と鼻水が同時に溢れ出てきて、俺は慌てて奴の身体を離した。その制服を汚さないように。

そんな俺を見て、雪里がくすりと笑った。おまえ、笑ってる場合じゃないだろと言いたかったけど、俺もつられて、涙と鼻水でぐしゃぐしゃになった顔に泣き笑いを浮かべた。

　痩せてしまってても、やっぱり雪里はきれいで、世界一かわいかった。薄茶の瞳に優しい笑みを湛えて、雪里は言った。

「ごめんね」

「なんで謝んだよ！」

　ここは怒るべきとこじゃないんだろうけど、俺は運命に抗議する代わりに、雪里に当たり散らしてしまった。

「友城と一緒にいられる時間が減っちゃった」

　ぽつんとこぼした言葉は、きらきら輝きながら俺の膝の上に落ちてきた。

「だって、またすぐ戻ってくるんだろう？　あ俺、見舞いに行くから。おまえの好きなもん持ってさ。なあ、好きなもん言って？」

　雪里の好きなものってなんだったっけ？　考え始めたとたん、そいつらが行列を作って頭の中を行進し始めた。いったい何を選べばいいかわからない。ああ、深海生物の図鑑、新しいの持ってってやろうかな。それとも生きたクラゲは……ダメだろうな、やっぱり。

「友城」

　名前を呼んでから、雪里の瞳がまっすぐに俺を見た。微笑んでるけど笑ってはいない、不思議な感じの目だった。

「え？　何」

　何を欲しいって言ってくれるのか、俺はちょっと緊張して待った。すると、雪里がもう一度俺の名前を呼んだ。

「友城」

「うん、何？」

　なんとなく場の雰囲気が変わった。っていうか……雪里が、いつもの何倍も大人に見えてきた。

「ばか、何回言わせんだよ。友城が俺の好きなものだって言ったの！」

　むすっとしながら上目使いで睨んでくる瞳の色が、ちょっと変化した。動揺してる時の目だ。

「ゆき……」

「だから、友城は一人で来て。みんなと一緒でもいいけど、一人でも来て」

雪里がこんなふうにねだるのは珍しい。いつも誰かの希望を優先して、自分のことはあまり主張したりしないのに。

「うん……うんうん、わかった。一人で行く。みんなとも行く」

何度も頷いて約束すると、雪里が声を上げて笑った。逆に俺は、また泣きそうになった。

「それから、夏休みは会えなくて……連絡もしなくってごめん」

「だから！　そんなこと、おまえが謝ることじゃないじゃん！　おまえ、病気だったんだから。しょうがないじゃん！」

俺が躍起になって反論すると、雪里は少し困ったような顔をした。あ、こっちこそゴメン。おまえを責めるつもりじゃないんだよ。

でも、きっと雪里はわかってる。俺の気持ちも、俺の焦りも。奴は長いまつげを伏せてちょっと考えてから、あの日、何があったのか教えてくれた。

「プールに無断で忍び込んで怒られてからさ……バチが当たったのかな？　その晩倒れ

ちゃって」

「倒れたっ⁉」

　俺が叫ぶと、雪里は申し訳なさそうに頷いた。

「すぐ救急車で運ばれて、そのまま入院になったんだ。俺は、倒れたのも救急車に乗ったのも、ぜんぜん憶えてないんだけどね。救急車に乗ったのなんて初体験だったからさ、せっかくのチャンスだったのに惜しいことしたなあって思って」

「何バカ言ってんだよ！」

　俺は半分本気で腹を立てながら、雪里の脇腹をそっと小突いた。

「なあ、やっぱプールに行ったのがまずかったんじゃないのか？　俺が誘わなかったら……」

「違うよ」

　言いかけたセリフは、雪里の強い一言であえなく地面に落下した。びっくりした羽虫が、足元の草むらからぱっと飛び出す。

「友城のせいじゃない。あの時にはもう、腫瘍はだいぶ大きくなってたんだ」

「雪里……」

　重い現実を、まるでなんでもないことのようにあっさり口にした雪里に、俺はかける言葉を失ってしまった。

「だからさ」

　雪里の瞳は、しっかり俺を捕まえて放さない。たぶん、永遠に。

「だから友城、約束して。俺と一緒におんなじ高校に行こうって。で、もしできたら、大学も一緒のとこに行きたい」

「冗談。おまえ、俺より遥かに頭いいじゃん。同じ大学なんて無理、ぜったい」

　将来は生物学者になりたいと言っていた雪里は、確かに一生懸命勉強してた。特に理数系が得意で、平凡な成績しか取れない俺から見たら、神様くらい上の方にいた。そんな奴と同じ大学なんて……無理だ、ぜったい。

「友城、諦めんの早過ぎ！　大丈夫だよ。俺が入院してる間に頑張れば、追いつくって」

　ハンディつけてやるってことか。そこまで言われれば、俺だって多少は奮起する。

「お……おう、わかった。じゃあとにかく、高校は頑張る。頑張るからさ……一緒に高校生になろ。そいで……」

しゃべっているうちに、ある思いがぽかりと浮かんで、俺は慌てた。なんだよ俺、こんな時にそんなこと思いつくなよ。

「そいで？」

雪里が、期待の籠もった目で俺を見た。怖い、この瞳。吸い込まれたら、もう出てこられなくなりそう。でも……でも言わなきゃ。今こそ言わなきゃ、男じゃないぞ、俺！

「雪里、俺と付き合って」

なんだこれ。ムードぶち壊しじゃないか。ほら見ろ、雪里が不思議そうに首を傾げてる。

「だって、俺たちもう付き合ってるよ？」

「そ、それはそうだけど……そうじゃなくって、その……え〜っと……彼女になって……って言うのも変だし。わわっ！　怒んなよ。何も俺、おまえのこと女扱いしたいんじゃないいんだからさ」

雪里の顔がみるみる険しくなってきたんで、慌てて訂正したけど……俺の言いたかったこと、思ってたことの本質は、きっともうばれてる。そうだよ、雪里。俺、初めておまえを見た時、一目惚れしちゃったんだから。友達なんかじゃ足りない。俺、おまえの恋人になりたい。

恋なんてしたことないから、どんなものかわからないけど。でも、身体の奥の方から、マグマみたいな感情が突き上げて来るんだ。おまえを誰にも渡したくないって。俺だけが、おまえの特別になりたいんだって。

(でも、それだけじゃないだろう)

身体の奥に生まれた何かが、そう言って唸ってる。グルルルル……グルルルって。

俺は、あの夏の太陽の下で、俺だけが見た雪里の白い胸に、キスしてみたかった。胸だけじゃない。雪里の全身に触れてみたい。日の光に赤く透けてた薄い耳たぶを、そっと噛んでみたい。小さなお尻を撫でてみたい。それから、それから……。

その先は、とても想像できなかった。想像してはいけない聖域なんだと思った。だって、俺も雪里もまだ子供だ。きっと、まだ若過ぎる。もうちょっと待てって、神様に言われてる気がする。

「友城。高校生になったらさ、俺として」

「は?」

いかん、ついアホ全開で聞き返してしまった。雪里の眉間に、険しい縦皺が現れる。

「し……して……してって……」

汗が吹き出てきた。なんか暑いな、ここ。いや、暑いのは場所のせいじゃないのはわかってるけど……けど、まさかそんな言葉、雪里の口から聞くなんて。似合わなねー
だろ、ぜんっぜん!

興奮マックスの脳内で猛烈に反論してると、雪里が小首を傾げて困った顔をした。

「あ、意味わかんなかった?」

そうだ、忘れてた。こいつ、実は年上なんだった。つい見た目に騙されてしまいがちだけど、来年十六になるんだった。十代の一歳違いは大きい。雪里の中身が俺よりずっと大人でも、ちっとも不思議じゃないんだ。

「ごめん。てっきりわかってるかと思ってた。いいよ、高校入ったら俺が教えてあげるから。俺、今はこんなにチビだけど、手術して病気が治ったら、ちゃんと大きくなって、友城に追い付くからさ。だから待っててくれる?」

「くれる？　って……」

もう何がなんだかわからない。いろんなことがいっぺんに起き過ぎて、俺の処理能力が追いつかないいんだけど。

今朝、雪里が脳腫瘍で入院するって聞いた時、俺は底なし沼にどぼんと落ちた。

そして今。思い描ける限り最高の約束をもらった俺は、泥沼の底からトビウオみたいに跳ね上がり、勢い余って雪里の唇に着地した。

「んんっ……！」

口を塞がれたら、息が苦しくなるってのを忘れてた。そっと胸を押されて我に返ると、雪里が苦笑しながら俺を見上げてた。

「今の、ＯＫってことでいいんだよね？」

目の渕をほんのり赤く染めて聞いてくる雪里は、最高にかわいかった。俺も真っ赤だったと思うけど、そんなこと構っちゃいられなかった。ただ、夢中で何度も頷いた。ちゃんと俺の気持ちが伝わるように。この約束を、二人がきっと守れるように。

「ありがと」

そう言って笑った雪里は、俺よりずっと大人びて見えた。

「あ……もう行かなきゃ」

思い出したように突然タイヤから立ち上がると、雪里は土手の上を見上げた。そこには、奴のかあちゃんが白い日傘を差して、じっと俺たちの方を見てた。やべっ！　もしかして、さっきの見られてた？

「もう行くわよ」とかなんとか、日傘の下から声が聞こえた。雪里は「じゃあまたね」と言い残すと、土手を登って、母親の日傘の下に入ってしまった。

雪里のかあちゃんは俺に一礼すると、息子を守るみたいにその背中に手を置き、くるりと向きを変えた。間もなく親子の姿は、土手の向こうへ消えていった。

第八章　樋口さんとポプリ

Ⅰ・人生の二日酔い

樋口の魔の手からからくも逃れた俺は、気がついたら押入れの中で寝ていた。いや、正確には、目を開けたら押入れの中にいたってだけで、果たして眠ってたのかどうかはよくわからない。どっかで、何かしてたような気もするんだけど……夢見てたのかな?

傍らにはいつ戻ってきたのか、ポプリが俺にぴったりくっついて、すやすやと気持ちよさそうに寝息を立てている。密着した身体が愛おしくて、俺はしばらく、その温かい身体を撫でていた。

「あれ……?　三上君?」

閉じたふすまの向こうから、誰かの声が聞こえた。

「三上く～ん。いったいどこ行っちゃったんだろう?」

樋口だ。まだいたのか。俺はすっかり忘れていた奴の存在を思い出して、一気にブルーグレーな気分になった。

俺はポプリを起こさないようにそっと身体を離すと、覚悟を決めて静かにふすまを開けた。

「あーっ、三上君!」

嬉しそうな樋口の顔が、明るい陽射しをしょって目の前に現れる。どうやら、世界はすっかり朝になっているようだ。いや待て。もしかしたらこの明るさは、もう昼近いかも。

「やだなあ、君。そんなとこで寝てたの? おーはよー!」

ウキウキと寄ってきた樋口に中を覗かれないよう、俺はうっかりを装って、奴を蹴飛ばしながら押入れから飛び降りた。急いで後ろ手にふすまを閉めると、にわか作りの愛想笑いを顔に張り付けて言った。

「お、おはようございます。樋口さんはちゃんと眠れました? 夕べは、なんだかすごく酔っ払ってたみたいですけど」

「そうだっけ？　あれくらいじゃ酔わないんだけどなあ。あ、俺、三上君に何か変なことしたりした？」

なるほど。夕べの出来事は、忘れた振りしてすべて下水に流しちまおうという魂胆か。

「はい、わりと。憶えてます？　樋口さん」

恨めし気に上目遣いで聞いてやるも、

「え～？　なんだっけかなあ……」

なんて、ほっぺたに手を当ててすっとぼけてみせる樋口は、もうオスカーもんだ。

「いえ、もういいです。俺も忘れます。日も変わったことですし、頭を切り替えましょう。で、朝ご飯食べたら帰ってくださいね？」

こうなったらやけだ。ここは職場じゃない。先輩も後輩も、上司も部下もないんだ。だいたい、ここは俺の部屋なんだし。

「え～、もう帰っちゃうの？」

「いえ、帰るのはあなた！」

樋口がしなを作って近寄ってきたので、俺は一歩退いた。すぐ背中にはポプリの眠ってる押入れ。なるべくなら、このまま静かに寝かせておいてやりたい。

「あれ。そういえば樋口さん……いやにすっきりしてますけど」

改めて間近でその顔を見ると、酒の余韻など跡形もなく、いつもの男前がそこにいた。髭もきれいに当たってるし、髪の毛には寝癖一つない。さすがのミスターパーフェクト（笹谷さん弁）ぶりである。

「ああ。朝起きたらさっさと身だしなみ整えないと、気持ち悪いんだよね、俺」

それで、他人んちの髭剃りとか整髪料とか使って整えたってわけか。たいした度胸だ。

「三上君、朝ご飯作ってくれるの？」

俺の思いになど毛ほども気づいてない様子で、樋口が期待に満ちた顔で聞いてくる。

「はあ。冷蔵庫の残り物ですけど」

時計を見るともうすぐ十一時だ。朝食兼昼食ってとこか。

「樋口さん、嫌いなものあります？」

好きなものを聞くわけにもいかない。何せ、材料とレパートリーに限りがあるのだ、消去法でいく。すると樋口は、指を折って列挙し始めた。

「え～っと……牛乳とトマトとピーマンはＮＧ！　あと、煮魚も嫌い」

朝ご飯に煮魚はないだろう。にしても、結構お子ちゃまな舌だな。

「ご飯炊いてる暇はないんで、パンになっちゃいますけど」

「いいよ！」

嬉しそうに即答された。そんな顔されてもな。スーパーで最安値の食パンっきゃないんですけど。

ふと、ポプリも、あの安くて妙にふわふわした食パンが大好きなのを思い出した。ふわふわが消えちゃうからってトーストはせず、マーガリンも塗らないまま口いっぱい頬張って、飲み込めなくなったのを慌てて牛乳で流し込むとこなんか、めっちゃかわいいんだ。

あいつとも一緒に飯食いたい。強烈にそう思った。どうせ樋口には見えないんだ。ちょっと多めに用意して、俺が食っちまったことにしとけばいいや。

思いついたら即行動。俺らしくもないけど、ことあいつのこととなると、ついつい世話を焼きたくなる今日この頃なのだ。

「樋口さん、ちょっとお願いがあるんですけど」

ポプリに声をかけるんだったら、差し当たって、こいつにはどっかへ行ってってもらわないと。

「なになに？」

俺が呼ぶと、樋口は尻尾を振りながらいそいそと寄ってきた。

「コーヒー飲みますよね？　ペーパーフィルターを切らしちゃってるんですけど、下のコンビニで買ってきてもらえます？　俺、その間に飯の用意しときますんで」

「下のコンビニ？」

樋口が不思議そうに首を傾げる。きっと、このアパートの一階にコンビニがあるのかと思ったんだろう。あるわけないだろ！　こんな木造のボロ家に。

「いいよ、別にコーヒーが飲めなくても」

機嫌よく樋口が答える。なんだとっ？　おい、家主（じゃないけど）の言うことを聞いてさっさと行けよ！

「いや、俺が飲みたいんで。ほら、寝起きの一杯って、いい一日のスタートには重要でしょ？」

蹴りを入れたいのをぐっと堪え、ＣＭのキャッチコピーみたいなセリフを言ってみる。クサイのは承知だ。けどなんとしても、こいつを一旦、この部屋から追い出さなきゃなんないんだ。ポプリに事情を説明して、一緒に朝飯食うか聞かないと。夕べはいきなり他人を連れてきちゃって、俺とのまったりタイムを一方的に奪っちゃったんだから。

「お願いしますよ、先輩。その間俺、樋口さんのために、おいしい飯作って待ってますから」

仕方ない。やりたくもないが、樋口を落とす（おい！　この言葉はマズイだろ）には、この手っきゃないだろう。俺は新婚の奥さんよろしく、かわいく（キモッ！）お願いポーズを取ってみせた。

「う～ん……」

迷ってる迷ってる。よし！　もう一押し。

「買ってきてくれるんなら、ついでに樋口さんの好きなものも、一緒に買っていいですよ……って、あ、失礼しました！」

冷や汗が噴き出た。何エラそうなこと言ってんだ、俺。相手は先輩だぞ、上司だぞ、弁理士だぞ！

ところが樋口は、気を悪くするどころか笑い出した。

「いやはや、やっぱ面白いわ、君。いいよ、お使い行ってきてあげる。何と言っても、三上君のお願いだもんね」

ニコニコしながら言うと、樋口は自分の財布を持って出かけようとした。

「あ、金なら俺が……」

言いかけた時にはもう、樋口は玄関のドアを閉めて出ていったところだった。こういうところは、感心するほど素早い。

カンカンと、軽快なリズムでアパートの外階段を下りて行く樋口の後ろ姿を見送ると、俺はダッシュで部屋に戻った。

「ポプリ！」

ふすまを開けて中を覗くと、ポプリはびっくりした顔でこっちを見た。

「よかった。まだいたんだな」

ほっとして腕を伸ばすと、ポプリも両腕を伸ばして抱きついてきた。そのまま畳に降ろしてやると、彼は眉をひそめて部屋の中をきょろきょろ見回した。

「あの人、帰ったの？」

「あ……いやまだ。けど、飯食わせたら追い出すから。でさ、おまえ腹減ったろ？　一緒に朝飯食おうぜ」

「あの人、また来るの？」

そう聞いてから、落ち着かないのか、ポプリは俺の腕をぎゅうっと掴んできた。こういうとこ、たまんなくかわいい。

思わず、小さな身体を抱きすくめてキスした。でも、残念ながら今はここまでだ。樋口の奴、きっとテキパキと用を済ませて戻ってくるに違いない。その前に、ポプリに事情を説明（言い訳？）しないと。

「あの人、職場の上司でさ。夕べ遅くなって帰れなくなったんで、うちに泊めたんだ。ごめんな、おまえに断りもなく連れてきて」

「職場？　上司？」

あ、こんな単語、こいつはまだ知らないか。

「俺が働いてるとこのえらい人（なのか？）だよ。でさ、起きてすぐ追い出すのもかわいそうだから、朝食だけ食ってってもらうことにしたんだ。食べたら帰ってもらうから」

「ふうん」

必死で説明したけど、ポプリはあんまり納得してないみたいだった。

「あの人さ、夜中に一人で泣いてたよ」

「え？」

俺の話はまるで無視して、ポプリがびっくりするようなことを言った。

「泣いてたって……おまえ見てたの？　いったいどこにいたんだよ」

「友城たちの横にいたよ。ずっと見てた」

「そうなのか？　ぜんぜん見えなかったけど」

「見えなくしてたから」

そんなことができるのか。いや、でもちょっと待てよ。確か夕べは、こいつを押入れに押し込んで――違うか。こいつが自分で隠れたんだっけか？　それから樋口を風呂に入れて、その後俺も入って……。

（げ）

キスされそうになったんだった。それから、なんかすごい光が見えて……後は思い出せない。でもまあ、身体は無事みたいだから、何事もなかったんだろう。それで布団は樋口に譲って、俺は押入れでこいつを抱いて寝てた……ってことか？　これで正解？

心の疑問に答えて欲しくてポプリを見ると、薄緑の瞳が無言で見返してきた。

「あの人、友城の布団の上でしばらく嬉しそうにごろごろしてたけど」

なんだとっ!?　そんな気色悪いことしやがったのかよ、あいつ。追い出したら布団干さなきゃ。

「なんでなのかな？　それから急に泣き出して、そのまま泣きながら眠っちゃったの」

「……」

「ごめんなさい、ごめんなさいって言ってて」

「……ごめんなさい？」

どういうことだろう？　そもそも、樋口が泣くなんて信じられないけど。「ごめんなさい」って？　いったい誰に謝ってたんだろ？

　夕べ邪険に扱ったことが、ひどく申し訳なく思えてきた。もしかしたらあいつ、どっか病んでるのかも。普段は隠してるけど、ほんとは、心の中傷だらけだったりして。

「かわいそうだったけど、俺にはどうしようもないから黙って見てた。あの人にとって俺は、存在しないことになってるから」

「そうか……」

　どうしよう。樋口が戻ってきたら、どういう顔すればいいのかわからない。もちろん、あいつはいつもの調子で話しかけてくるんだろうけど。それがもし無理してやってるんだとしたら、痛過ぎる。

　悩んでる暇はない。食事の仕度をしなくては。一緒に食べることにポプリの異存はなかったので、俺は大急ぎで、二人と半人分の朝ご飯を作り始めた。

　樋口が寝ていた布団を上げ、ローテーブル（つまりちゃぶ台）を出して皿とか箸とかセットしていく。ポプリの分の食器を出すわけにもいかないので、彼には俺の皿から取ってもらうことにした。

食卓の準備をする間、ポプリはいやに楽しそうだった。いつも二人だけだから、お客がいるのが嬉しいのかも。

ちゃぶ台の上には、いい感じに焼いたソーセージとスクランブルエッグ、ゆでたブロッコリーのマヨネーズがけ、そして、いつものふわふわ食パンなどが所狭しと並んだが、相変わらずシンプル過ぎるメニューだ。

ジャムかはちみつくらいあればよかったかなと考えていると、ドアががちゃがちゃいう音がして、

「た～だいまあ」

という、ハイテンションな声が聞こえた。

「あ、おかえりなさい。ありました？　ペーパー」

慌てて玄関に迎えに出ると、樋口が両手にコンビニの袋を下げて、ニコニコしながら入ってきた。コーヒーフィルター頼んだだけなのに、何買ってきたんだ？　この人。

「いや～、コンビニなんて久々でさ。楽しかった～」

ずさりと袋二つを床に下ろし、呆れるほど嬉しそうな顔で樋口が報告する。久々なのか、コンビニ。めったに行かないのか。

「ドリップコーヒーまであるんだねえ？　結構美味しかったよお。これでもいいんじゃないかって思っちゃったよ」

そうか。コンビニコーヒー初めてなのか。で、ちゃっかり飲んできたわけね？　よかったね、社会勉強できて。

「それで、何こんなに買ってきたんすか」

そんなに購買欲をそそるようなものがあったろうかと首を傾げつつ、樋口の買い物の成果を確認する。

袋の中には……入ってる入ってる。頼んでもないのに、菓子やら酒のつまみやら、なぜだか健康ドリンクやら。

「ちょっと樋口さん！　これなんすか！」

俺は菓子袋の陰にちらりと見えたものを掘り出すと、樋口の前に突き出して追及した。

「なんで歯ブラシとお泊りセットが入ってるんですか！」

今夜も泊まるつもりなのか。いや、もっと恐ろしいことか？

「いや～、今朝は君の借りちゃったけど、毎回じゃ悪いからさ。自分の分は自分で用意しとこうかなって」

さらりと恐ろしいことを言った男の、ゆで卵みたいなほっぺたを抓りたくなった。

「毎回って……これからも泊まりにくるつもりなんですか？　うちは旅館じゃないですから！」

厳しく言ってやったつもりなのに、樋口はへらへら笑いながら言いやがった。

「え～、じゃあホテル？」

「バカ言ってないで！」

とは言ったものの、返して来いとも言えない。もう来るなとは……この顔を見てると、もっと言えない。言えなくなってしまう。なんでだろう？　こいつがこんなに嬉しそうだから？　ポプリが、こいつが泣いてたって言ったから？

俺がどうしていいのかわからず困惑してると、ポプリがつと寄ってきて袋の中を覗いた。

「あー、お菓子いっぱあい♪」

嬉しそうにはしゃぐ様は、どこか樋口に似ている。似るな！　ポプリ、おまえはずっと俺の天使でいてくれ！

(あれ？)

またた。突然奇妙な既視感に襲われて、俺は固まった。

(天使？　俺、こいつのことそんなふうに思ったことあったっけ？)

確かに、可憐な容姿は天使っぽいというか……背中に羽でも生えてそうだけど。

そういやこいつ、近頃さっぱり成長しないな。最初の頃の勢いはどこへいっちまったんだろう？　まあ、あのままどんどんでかくなられても困るわけだが。

「あ、ねえねえ、甘いのとしょっぱいの、半分ずつあるよ」

ほら、と促されて買い物の中身を見てみると……ほんとだ。ポテチにポップコーン、サラダせんべいに……菓子じゃないけど裂きイカもある。で、もう片方の袋には、あるあるある……かの有名なクリーム入りチョコクッキー、バタービスケット、ロールケーキにシュークリーム、それと、普段ならぜったい自分では買わない高級（コンビニの中では）チョコレートなどなどが、ざくざく出てきた。

（いったいこれ、誰が食べるんだよ？）

財布を渡さないでよかった。これ全部支払ってたら、今月は赤字だ。いや、破産かも。

「樋口さん、なんだってこんなにたくさん買ったんですか？」

追求しようとして顔を上げると樋口がいない。見回すと、いつの間に移動したのか、既にちゃぶ台の前に正座してた。

「三上く〜ん、すごいね、これみんな君が作ったの？」

「俺意外の誰が作るって言うんですか！」

思わず怒鳴り返してしまってからはっとなる。いかん、こいつといると、どうもこっちのテンションまで上がりっぱなしだ。

「ねえ、早くコーヒー淹れてよ。せっかくの料理が冷めちゃうよ。あ、パン焼いていい？」

相変わらず楽しそうに、樋口が催促してくる。俺は溜息を吐くと、ポリ袋二つを下げて台所まで運んだ。

「おいポプリ、食パン取ってくれ」

くっついてきた子供もどきに役割分担してやると、「はいは～い！」と返事も軽く、食器棚の中から一斤百円也の食パンを取ってきてくれた。かわいい奴。

俺は袋からパンを二枚取り出して、オーブントースターに放り込んだ。

「おまえは、俺と半分ずつな」

一度に三枚は入らないので、最初はポプリと半分こだ。頃合を見計らって、二枚目を焼けばいい。

「樋口さん、コーヒー淹れられます？」

ちゃぶ台の前にちょこんと座っている先輩に声をかけると、樋口は人差し指で自分の鼻先を指差して、力いっぱい目を見開いた。あれ？ こっちもちょっとかわいいかも。

樋口とポプリに手伝わせて食卓を整えると、俺たち三人は仲良く朝食……いや、おしゃれに言うと、ブランチを楽しんだ。そう、楽しかった。思いのほか。悔しいけど。

食後にもう一杯ずつコーヒーを淹れて一息吐いていると、樋口がしみじみとした口調で、おかしなことを言った。

「あ～俺、すっかり二日酔いだわ」

「あれ、そうなんですか？　ちっとも気がつかなかった。なんか胃薬とか飲みます？」

さりげなく二日酔いだったのか。樋口らしい。

薬箱を漁ってこようかと立ち上がりかけると、樋口が手を振って否定した。

「ちがうちがう。お酒じゃなくって、三上君に酔っぱらってるの」

「はあ？」

心なしか頬を染めながら恥ずかしいことを口にした男に、開いた口が塞がらない。ここは、なんて言って切り返せばいいんだろう。

「だってさ、昨日からず～っと君のこと独り占めしてるんだもん。もう俺、完全に酔っぱらっちゃたよお」

コーヒーで酔ったわけではないだろうが、俺で酔うってどういうことよ？

「三上君、ほんとに優しいんだもん。俺今、ものすご～く幸せなの」

「あ、そうなんですか……それはよかったっす」

そんな緩んだ顔で言われても、なんて答えたらいいかわからない。ああこの人、こんな伸びきった顔もするんだ……などと考えてたら、ポプリに脇腹を突つかれた。

「何」

「夕べも、おんなじこと言ってた」

「は？」

「夕べもこの人、同じことぶつぶつ言いながら、ひとりで泣いてたの」

「……」

もう、ほんとに勘弁してほしい。そんなふうに言われても、俺、受け止めきれない。

悶々としていると、「さ、そろそろお暇するかな」と爽やかに言って、樋口が立ち上がった。

「え？　帰るんですか？」

俺は飲みかけのコーヒーを急いでちゃぶ台に置くと、樋口の後から立ち上がった。

「うん。これ以上君のお休みの邪魔して、嫌われるのはやだからね。潔く帰るよ。いろいろ世話かけちゃってごめんね。でもほんと、久々に楽しかったよ。ありがとう」

「あ……いえ」

こいつに礼なんて言われるとは。ほら見ろ、心臓がいきなり速足になっちゃったじゃないか。居心地わる～。

「でさ、また来ていい？」

やっぱりそうくるか。予想の範囲だったからさして驚かないけど。でも、そんな目で言われると返答に窮する。願わくばもうこれっきりにして欲しいが、お泊りセットを見てしまったからには、無下に断るわけにもいかないじゃないか。

「あ、はい。どうぞ……」

などと、曖昧に肯定してしまった俺ってどうなのよ？　いったい。

俺とポプリに玄関口で見送られ、樋口は上機嫌のまま帰っていった。心なしかその背に、昨日まではなかった羽が……見えたような気がした。

2. 約束

　樋口の姿が角を曲がって見えなくなってから、俺たちは部屋に戻った。

「なんか……複雑な気分」

　ちゃぶ台の上に残された二人分のコーヒーカップと、きれいに食べ尽くされた数枚の皿を見ながらつぶやくと、ポプリが「なんで？」とつぶらな瞳で見上げてきた。

「なんでって。あの人、また来るって言ってたじゃん。おまえ、嫌なんじゃない？」

「どうして？　面白い人だったじゃない。それに、結構いい人だよ。友城のこと、すっごく好きってわかるし」

「おまえはそれでいいのか？　なんとも思わないの？」

　おかしなことを聞いてしまった。これって、ポプリが俺を好きだってのを前提としてるわけだろ？　俺が他の人と仲良くしてたらやきもち焼いてくれるって、思ってるってことだろ。

「う～ん」

　ポプリが珍しく考え込んでいる。いつも思うんだけど、このなんだかわからない生き物（なのかも不明だが）には、人間と同じ感情があるらしい。いや、まったく人間そのものだ。こいつの存在に慣れ過ぎて忘れてたけど、そろそろ、何者なのか教えてもらってもいいんじゃないだろうか？

「友城に人間の友達ができるのは、いいことだって思う」

　あ、そう。ニートだったもんな、俺。心配してくれてるんだ。

「でも、あの人がオレと入れ替わっちゃったら……悲しい……と思う」

「入れ替わるわけないだろっ！」

　一瞬、ポプリの皮を被った樋口が目の前に現れて、俺は思い切り否定した。いや、その逆だって、同じくらいキモイけど。

「違うって！」

　俺の脳内映像が見えたのか、ポプリが怒ったように叫んだ。

「友城の心の中で、オレの居場所があの人に取られちゃったら悲しいって言ったの」

「んなこと、あるわけないだろ」

樋口がポプリの代わりになるなんて考えられない。こいつは俺の特別なんだ。誰とも交代できないんだ。

「そう……かな」

「なんだよ、自信なさそうに。おまえ、俺のこと信用できないの？」

「そうじゃないけど……」

恋人同士の痴話げんかっぽくなってきたところで、ポプリが黙り込んでしまった。どうしたんだろう？　こいつ、いったい何を心配してるんだ？

「友城。なんでオレがここにいられるか、わかる？」

「え？」

そういえば、なんでだろう？　それって、こいつの正体とコミコミで謎なんだった。

「わかんない」

正直に答えると、ポプリが微かに溜息らしきものを漏らした。こんなこと、めったにないのに。

「なあ、もうそろそろ教えてくれてもいいんじゃないか？　ポプリ。おまえがいったいなんなのか、なんで俺の前に現れたのか」

　当然の疑問を口にしただけなのに、ポプリの両目にたちまち涙が溢れてきて、俺は慌てた。

「な、なんで泣くんだよ？　聞いちゃいけないことだったのか？　俺、何か地雷踏んじゃったりしたのか？」

「まだダメなの？　まだ思い出してくれないの？　友城」

「だからなんなんだよ！　って泣くなよ、もう。ほら、チーン」

　ぽろぽろとこぼれ落ちる滴は虹色に輝いてて、とってもきれいだった。

　できればそのまま眺めていたかったけど、そうもいかない。俺は手近にあったティッシュを塊で掴み取ると、ポプリのほっぺたに押しつけて涙を吸い取ってから、最後に、小さな鼻をティッシュごとつまんでチンさせた。

「おまえ、泣いてると一段とかわいいよなあ」

思わず抱きしめて頬っぺたにキスすると、ポプリがくすぐったそうに首をすくめて、きゃっきゃっと笑い出した。

（泣いたり笑ったり、忙しい奴だな）

小さくて熱い身体を抱きしめながら、なぜか心が満たされていくのに、俺は気づいた。ちょっと前まで、俺の生活圏には誰もいなかった。俺が入れたくなかったからだ。自分から外に出ることもなかったから、この不思議な子供（敢えてそう呼ぼう）が唐突に現れるまでは、昨日も今日も明日も明後日も、みんな同じ毎日だった。

でも、こいつがここに来てから、俺は外の世界に漕ぎ出すことができた。仕事も見つかったし、姉貴以外の人間と話す機会も増えた。それどころか、特定の友人らしきものまでできた。

（友人？）

たった今心に浮かんだ単語に、自分で驚く。おまけに、あんなに迷惑だって思ってたのに、いざ帰ってしまうと、樋口がいなくなったこの部屋が、妙にすかすかした感じがするなんて。

ポプリは、俺に人間の友達ができるのはいいことだって言ってくれた。俺の中で自分の居場所が変わらないなら、樋口を友人として迎えても構わないって。

（ポプリ……）

俺の身体に蝉みたいにしがみついてる子供の小さな頭を撫でながら、ずっと遠くの方に何かが立ち現れるのを、俺は朧げに感じていた。

「友城が……」

胸のあたりでくぐもった声がして、ポプリが顔を上げた。まっすぐに見つめてくる薄緑の瞳にもう涙はなく、澄んだ泉のように透明で目が離せない。そして、泉の底に映った俺の顔は、びっくりするほど真剣だった。

「何」

聞き返した声がつい引き攣ってしまったのは、緊張してるせいなのか？

「友城が思い出してくれたら、きっとオレは、また変化するんだと思う」

おかしなことを言う。そして、とっても不安になるようなことを。

「きっとって、どういう意味だよ。もしかしておまえ、自分で自分のこと、わからないのか？」

「……」

返事がない。ってことは図星か。あ、もしかしたらこいつも、何がなんだかわからないまま、この部屋に現れちゃったってこと？　じゃあやっぱ、未来人か宇宙人か異世界人ってオチなのか？

「教えてもらったことしかわからない」

また謎のセリフを吐く。この宇宙人が。

「教えてもらったって……何を？　誰から？」

「今は……言えない」

「なんだよ、それ！」

怒るつもりなんかないのに、つい怒鳴ってしまった。腕の中の身体がびくりと震えて、俺は激しく後悔した。

なぜだろう。さっき見えた何かが、ゆっくりと近づいてきてる気がする。それが俺をだんだん不安にしているんだ、きっと。

「友城」

いつになく真剣な調子で、ポプリが俺の名前を呼んだ。

「なんだ」

「友城。これからどんなことがあっても、オレのこと、今と同じに大事に思っててくれる？」

「何言ってんだよ、おまえ」

「思っててくれる？」

やばい。薄い靄みたいだった不安が、どんどん大きくなってくる。

「あ……あったりまえだろっ！ってか、どんなことがあってもって、どういう意味だよ？ おまえ……どっか行っちゃう気なのか？」

だから、なんでこいつに当たるんだよ、俺！ 見ろ、また泣き出しそうな顔になっちゃったじゃないか。

「オレは……自分では決められないんだ。だから、友城に約束して欲しいんだ」

「わかった、いいよ」

「順番逆でしょ。『何を？』って聞いてから、いいか悪いか決めるんじゃないの？」

やけに冷静に、ポプリが聞き返してきた。さっきまで泣き出しそうな顔してたくせに。

「俺はおまえの頼みだったら、なんでもきいてやる」

疑わしそうな目で見返されたけど、俺も負けじと、ポプリの瞳を見つめ返した。相変わらずきれいな目だな。宝物にしたいくらいだ。いや、目だけじゃなくって、こいつまるごと宝物だけどな。

変な俺。なんだかわからないものを宝物にしたいだなんて。でもさ、この気持ちって、子供の頃によくあったよな。どうでもいいがらくたを後生大事に集めてみたりさ。もちろん、ポプリはがらくたなんかじゃないけど。

「オレの成長、止まったでしょ」

何の頼みかと思いきや、ぜんぜん予測してなかったことを言われた。

「え？　あ、ああ、そうみたいだな。最初は、すごい勢いででかくなってたのにな。あのままいったら、すぐ俺を追い越して、爺さんになっちまうなって思ってたよ」

「……」

あ、あれ？　何その顔。ここ、笑うとこなんですけど？

「オレはぜったい、友城には追いつけないの」

「なんで？　確かおまえ、前に、すぐ俺に追いつくから、とか言ってなかった？」

「よく憶えてるね」

「ああ、まあ。このまま追いつかれて、それで追い越されたら困るなあ～って……ちょっと……思ったから」

途中からしどろもどろになってしまった。だって、ポプリが怖い顔で睨んでるんだ。

なんで？　俺、怒らせるようなこと言ったか？

「もうちょっとしたら、オレに『あの時』が来る。それまで友城が今のままだったら」

「なんだよ、謎かけみたいな言い方しやがって。みんな俺に丸投げか？　俺のせいで、おまえの未来が決まっちゃうって言うのか？」

なんだか腹が立ってきた。俺は何も知らないのに、こいつははっきり教えてくれない。

それなのに、俺のせいでそんな悲しそうな顔をするのか？　ずるいぞ、ポプリ。

「オレは……今のままだったら、人間じゃない」

「知ってるよ、そんなの。じゃあ、なんなんだよ？　そのうち人間になるっていうのか？　呪いが解けたら？　それとも、誰かが魔法の言葉を言ったら？」

はっとした顔で、ポプリが俺を見た。なになになに、また図星？

「言葉かどうかわからない。でも、変化を呼び覚ますきっかけがいるんだって、言われた」

「だから、誰にだよ！」

思わず怒鳴ってた。そりゃ怒鳴りたくもなるだろ。思わせぶりなことばかり言っておいて、肝心なことは何も教えてくれない。そのくせ、これからのことを俺の責任にしようとする。いったいこいつ、俺に何をさせたいわけ？

「おまえさ。自分のことは何も教えてくれないくせに、俺に頼み事だけするって、どういうつもり？」

「友城は、オレの頼みならなんでもきくって言ってくれた」

ぼそりと返され、ぐっと言葉に詰まる。そういや、言った。ちょっと意味違うけど。

「一つだけ。一つ約束してくれるだけでいいんだ」

「だから、何を？」

「オレが……、オレがもし人間になって、友城の前にもう一度現れたら……そうしたら、またオレを選んでくれる？」

「は？」

　意味がわからん。こいつ、将来人間になるのか？　「選ぶ」ってどういうこと？

「おまえ、やっぱどっか行っちゃうつもりなんじゃないの？」

　不安が膨らんでくる。こいつと過ごす不思議でささやかな幸せの日々は、期間限定ってことなのか？　でもって、有効期限は間近に迫ってるのか？

「だから、オレにはわからないんだって。オレだって、ずっと友城の側にいたいよ。でも今のままじゃ、友城はいつか歳を取って、ここから出てっちゃう。せっかくオレがこっちに来たのに、今度は、友城がいなくなっちゃうことになる」

「はあ？　おまえ、言ってることが支離滅裂だぞ」

　そもそも、自分は人じゃないと本人が言っているのだ。人でないものに、人の常識で物を言えという方が間違ってるんだろうが。

「やっぱり無理だよね」

寂しそうにつぶやいて、ポプリが俯いてしまった。違う、そんな顔させたいんじゃない。俺はただ、知りたいだけなんだ。

「なあポプリ。俺たちって、前にどこかで会ってる？」

ポプリがはっと顔を上げた。薄緑の瞳が、きらきらしながら俺を見る。

「思い出した？」

「……いや。すまん、なんとなくそんな気がしただけ」

その返事にまたちょっとだけ萎れてから、思い直したのか、ポプリはもう一度、まっすぐに俺を見て言った。

「ううん。それだけで今は十分。もうちょっとだけ……待ってもらえるかもしれないから」

そう言って、彼はなぜか天井を見上げた。何かいるのかと俺も同じ場所を見たけど、ところどころ人の顔に見える木目が浮いた、古びた天井があるばかりだった。

3．期限付きの日常

「三上さん、樋口さんとなんかあった？」

　樋口がアパートに泊まっていった翌週の月曜。朝からちらちらこちらを見ていた笹谷女史が、昼休みに突入したとたん、そそくさと近寄ってきて囁いた。

「は？　なんのことですか」

　樋口と個人的に付き合いがあるなどとは、職場の中では知られたくない。別に相手が樋口でなくとも、そういう噂は立てたくないものだ。男女でないだけまだしもだが、笹谷さんは、樋口の性癖を疑っている節がある。いや、この言い方はよくないな。樋口に失礼だ。

「だってほら、あの人、朝から超機嫌いいじゃない？　おまけに、三上さんに向ける視線がほわっとしてるっていうかあ」

「誤解です」

きっぱりと言ってやった。こういうのは最初が肝心だ。変に気を持たせるような言い回しをしたりしたら、それこそ一生つきまとわれてしまう。

「そーなのお？　つまんないなあ」

「何がですか！」

うっかり過剰に反応してしまって、冷や汗が出る。あぶない、あぶない。

「あのミスターパーフェクトがさあ、手もなく落とされるとこ、見たかったんだけどなあ」

「だから、落とすとか落とされるとかって、いったいなんなんですか！」

つい、息巻いて抗議してしまった。笹谷女史の瞳に期待の色が浮かぶ。しまったと心の中で舌打ちしているところへ、タイミング悪く、当の樋口が足取り軽くやってきた。

「み～かみ君、仕事の区切りついた？　お昼一緒に行かない？」

「あ、はい。え～っと……」

俺はうろたえ気味に、笹谷さんの方に視線を向けた。先輩を差し置いて、樋口と二人で食事に出るというのはいかがなものかというのもあったが、何より、笹谷さんの興味津々の視線が痛かった。困っていると、樋口があっさり解決してくれた。

「あ、よかったら、笹谷さんもご一緒にどうですか？」

「えっ？」

びっくりしたのは笹谷女史だ。まさか、ミスターパーフェクトから昼ごはんのお誘いがかかるとは、思ってもみなかったらしい。それはそうだろう。樋口は今まで、あまり事務員とは親しくしてなかったから。俺が見てきた限りでは。

それが、一晩でこの変わりよう。俺のせいかどうかはさておき、確かに金曜の夜から土曜の間に、樋口という人間の中で何かが変化した——というより、脱皮したように見えた。後輩の分際で失礼な言い方かもしれないが、何年も地中にもぐってた幼虫が、ある日地上に出てみたら、思ってもみなかった広い世界が広がってて、おまけに自分には羽が生えてて、それでちょっと飛んでみたら、空がこんなに高かったのかとびっくりして、思わずミンミン鳴いてしまいました——みたいな？

「いいんですか？　わたしなんかがご一緒したら、お二人のお邪魔じゃないですか？」

笹谷さん、普段の調子はどこへやら。なんだか妙に乙女っぽく、遠慮なんかしてる。

その様子に俺が笑いを噛み殺していると、樋口がこっちを振り返った。

「とんでもない。君も構わないよね？　三上君」

朗らかに尋ねられ、俺はもちろん、強く頷いた。

「人気のお蕎麦屋さんが近くにオープンしたの知ってます？　結構並ぶみたいだけど。笹谷さん、お蕎麦好き？」

「はいっ！　もう大好きです！　あのお店、この間テレビでも紹介されてましたよね？」

なぜか会話が盛り上がってる二人の後を、俺は大人しくついていくばかりだった。


「ごめんね、今日は。せっかく、二人でお昼行けると思ったんだけどさ。笹谷さんと目が合っちゃったら、思わず誘ってたんだよね」

午後七時。俺と樋口は、並んで飲み屋のカウンターに腰かけ、出てきたばかりの焼き鳥を半分こしながら、熱燗を酌み交わしてた。

どうも樋口は、見た目に似合わずこういう店が好きらしい。前に自分で言ってた通り、連れとの距離が近くなるのがいいんだろうか。

俺は……いいんだか悪いんだか、まだ答えが出せないままだけど。

「気にしないでください。笹谷さんも喜んでたし。樋口さん、たまにはみんなと飲みにいったりしたら？」

週末以来、俺の樋口に対する言葉遣いは、少し緩んできてる。職場ではちゃんとわきまえて敬語を使うけど、オフになると、自然にタメ口もどきになっている。相手も別になんとも言わないので、ずっとこのままだ。

「そうかなあ。俺は好きな人とじゃないと、食事したり酒飲んだりはしたくないんだけど。まあ、世間には付き合いってもんがあるからね。三上君が出席するんなら、行ってもいいよ？」

「それって、俺は好きな部類に入ってるってことですか？」

ちょっと緊張しながら確かめてみる。いや、今さら確かめるまでもないのだが。

「うん、もちろん！」

やはり、嬉しそうに即答された。

「そんな遠回しに言わないで、はっきり聞いてよ。俺を好きなんですかって」

「ちょっと！　場所をわきまえて発言してくださいよ。こんな、誰が聞いてるかわかんないようなとこで」

慌てふためいて注意すると、「えー」という、不満げな声が返ってきた。

「いーじゃない。別に誰も聞いちゃいないよ。ねえ、ちゃんと聞いてよ。でないと、大声出しちゃうよ？　三上く……」

本気でボリューム上げやがったので、急いでその口を両手で塞いだら、今度は「ぐるじー」とでかい声で呻くので、もう観念するしかなかった。

「わかりましたよ！　聞けばいいんでしょ、聞けば」

「うんうん」

手を放してやると、嬉しそうに何度も頷く。その姿がガキそのもので、俺はなんだか、心臓の端っこをきゅっと抓られた気がした。

「樋口さん、ちょっと耳貸して」

形のいい耳を軽く引っ張って自分の方に寄せると、俺は小声で囁いた。

「樋口さん、俺のこと好きなの？」

驚いたことに、言い終わらないうちに、樋口の顔がゆでだこみたいに真っ赤になった。耳朶なんか、まさに明太子だ。

「ど、どうしたんですか」

過剰演出だったろうか？　予想外の初心な反応にどうしていいかわからなくなってると、樋口がいきなり「お勘定！」と叫んで立ち上がった。

「ひ、樋口さん、俺まだ焼き鳥食べてない……ねえちょっと、どうしちゃったんですか!?」

入店早々、料理も酒も放り出して帰ってゆく客に目を丸くする店員に、樋口は「ごめんね、急用思い出しちゃった」と言い訳しながら表へ出た。

「樋口さん、急用って？　何かやり残してる仕事、思い出したんですか？」

心配になってきて聞くと、樋口は「ちがう、ちがう」と答えながらも、ずんずん表通り目指して歩いてく。ものすごい勢いだ。

「樋口さん、ちょっと待って。もう少しゆっくり歩いてくれませんか？」

　ニート生活が長かったせいか、それでなくても体力が人並以下の俺は、コンパスの長い樋口についていくのがやっとで、とうとう途中で音を上げてしまった。

「ん？　あ、ごめんね」

　前方の男がぴたりと足を止め、くるりと振り返る。ゆでだこは、なんとか金太郎くらいまでに落ち着いていた。

「いったいどうしちゃったんですか？」

　息を切らせながら追いつくと、焼き鳥と熱燗に未練たらたらの俺は、ちょっと拗ねて尋ねた。速足のせいで、いつもはきれいにセットされている樋口の前髪が、少し乱れて額にかかってる。それがちょっと色っぽいだなんて、なぜだか思ってしまった自分に驚く。

「だって。あんなふうに耳元で囁いたりするから……」

　気まずそうに下を向く男は、果たして、俺の知ってる樋口なんだろうか？

「え？　だって、樋口さんが聞いてくれって言うから」

「わーっ、言わなくていい！　恥ずかしいから言わないで！　言われたら死ぬ！」

あ、またゆでだこになった。恥ずかしいって？　恥ずかしがってるのか？　この男が。クールでスマートで、仕事はノーミスのミスターパーフェクトが？

珍しいものを見てしまった。立ち止まったまま、しばらく目の前の男を眺めていると
「な、何見てるんだ！」

とお叱りを受けた。ほほ～、面白い。こいつでも、真っ赤になって恥じ入ることがあろうとは。

俺は、ちょっと勝ちを取ったような気分になった。弱味を握って強請る趣味はないけれど、こいつの弱点を把握しておいて損はない。

「で？　これからどうするんですか？　どっか他の店入ります？」

「……」

この男より優位でいられる状況を満喫しながら聞いてみたのだが、返事がない。

「樋口さん？」

「……っていい？」

なんか、ものすごく小さな声が聞こえた。ノミの囁きというか、ミミズの呻き声と

いうか。

「え、なんすか？　聞こえないんすけど」

俺の言葉遣いがさらに緩んできた。親しくなってくるにつれて、俺の口は敬語を忘れてしまうらしい。

「君んちに……行ってもいい？」

「ああ……」

やっぱそういう流れか。表通りまで来た時、怪しいと思ったんだ。このゆでだこ状態のまま、プライドの高い男が衆目に晒される公共交通機関を使うはずがない。もちろん、どっか別の店に入るわけも。

「いいっすよ」

ほんの五秒ほど考えてから、俺は頷いた。ポプリの存在は気になるけど、あいつは、俺に友人ができるのはいいことだって言ってくれた。先に部屋へ入って予め断っておけば、たぶん許してくれるだろう。

「ほんとっ⁉」

俺の一言に、樋口の瞳に星が瞬いた。なんてわかりやすい。

「ええ、まあ。その方が、ゆっくり話ができるでしょ」

「ほんっとに⁉」

しつこい。俺の気が変わらないうちに、さっさと来いよ。

なるべくなんでもないって顔で言ったつもりなんだけど、なんだか、俺の方まで暑くなってきちゃった。

当然のように、樋口はタクシーを拾った。ここから俺のアパートまで、結構な料金のはずなんだけど。まあいいや、どうせこいつが払うんだ。

そう高を括って、俺は特に反論もせず、樋口と一緒に車に乗り込んだ。降りる時、一応財布を出す仕草だけはしたけど。

タクシーのドアが開くなり外に出ると、俺は支払い中の樋口に「ちょっと部屋片付けてくるんで、下で待っててくれますか」と言い残し、アパートの階段を駆け上がった。

「ポプリ！」

鍵を差すのももどかしく、ドアを開けて部屋の中へ駆け込むと、どこかにいるはずの相棒に声をかける。すると、奥の方から「はあい」という、かわいらしい声が答えた。

この声を聞くたび、俺の中はふわっとあったかくなる。「友城、おかえり〜！」と、笑顔満開で飛びつかれる時の嬉しさ。ペットや小さな子供と暮らしてると、きっとこんな感じなんだろうな。だからって、結婚して女房子供がいて——なんて生活、俺には想像もできないけど。それとこれとは別なんだ。だいいちポプリは、俺の子供でもペットでもない。

俺は駆け寄ってきた小さな身体を抱き留めると、大急ぎで説明した。

「ポプリ。実は、またあいつが来てるんだけど……部屋に入れても構わないか？」

なんで俺が、居候のこいつに許可を得なきゃなんないんだ。理不尽な現状にまたぞろ不満が頭をもたげてきたけど、俺は、こいつに嫌な思いをさせたくないんだ。だから、もしこいつがノーと言ったら、即刻引き返して、樋口を別の場所へ連れていく。前言を覆すことになるけど知ったことか。ただ、追い返さない代わりに一緒にはいてやるけど。

「あいつ」と聞いたとたん、案の定、ポプリがはっとした顔をした。だけどそれはほんの一瞬で、すぐににこっと笑うと、「うん、いいよ」と、あっさり承知してくれた。

ポプリ、おまえって、ほんといい奴だな。

「また来ると思ってたもん。あの人」

「そうか」

「オレ、一緒にいてもいいよね？」

「何言ってんだよ、そんなのあたりまえだろ！　おまえの方が先に住んでるんだから。それに、どうせあいつには、おまえのこと見えないんだし。それとも、いつかは見えるようになるのか？　あいつにも」

「わかんない」

それだけ言うと、殊勝にもポプリは、ちゃぶ台の回りを片付け始めた。ちゃぶ台の上には、彼が見ていたんだろう、俺が子供の頃から大事に持ってる図鑑が一冊、広げられていた。そこには、深海の不気味な生き物たちの写真がうじゃうじゃ載ってるんだ。

「おまえ、こんなの好きなの？　ってか、字、読めるのかよ」

ちょっとびっくりして聞いてしまった。字が読めるなら、今度漫画でも買ってきてやろうかな。一人で退屈だろうから。

「読めるよ。これ、面白い写真がいっぱいあるね。なんか、オレみたいなのもいるし」

「おまえみたいなの？」

　俺は図鑑を覗き込んだ。この気味悪い生き物たちの、どれがこいつに似てるってい
うんだ？　首を傾げていると、

「三上く～ん、もう片付け済んだ？　入ってもいい？」

　という樋口の声が玄関から聞こえて、俺は、彼を待たせていたことを思い出した。

「あ、はいはい！　大丈夫です、入ってください。お待たせしてすみません」

　樋口を迎えに駆け出しぎわ、ちらりと部屋の中を振り返ると、ちゃぶ台の前にちょ
こんと正座したポプリが、笑いながら手を振っていた。ＯＫらしい。

「どうぞ。ご存じの通り何もありませんけど」

　樋口を部屋に通しながら、ポプリに小声で「サンキュ」と言うと、樋口に「え、何？」

と聞きとがめられた。

「あ、いや、なんでも……」

愛想笑いを浮かべながら首を振ると
「三上君ってさ、独り言多いよね。この間来た時も思ったけど」

なんて、冷や汗もんの感想をいただいた。

「は、はあ、そうですか？　自分では気がつかなかったけど。じゃあ、不気味だったでしょ？」

シラを切って答えると、樋口が「う〜ん」と唸ってから答えた。

「三上君だから、気持ち悪くなんかないよ」

無邪気にあからさまな好意をぶつけられ、焦ったのは俺の方だ。おい樋口、さっきまでの恥じらいはどこ行ったんだよ？

どう反応していいかわからなくて、俺は話題を変えることにした。

「樋口さん、俺んち今、アルコールが何もないんすけど。酒とか買ってきます？」

つまみになりそうなものなら腐るほどある。週末に樋口が買い漁ってきたのが、ほぼそのまま。

「ビールでもいいよ？」

俺の言葉をどう取ったのか、首を傾げながら樋口が言った。

「ビールも発泡酒も在庫ないんで。なら、また下のコンビニで……」

言いかけると、「じゃあ、一緒にいこ！」といきなり腕を掴まれた。と、視界の隅で、ポプリが慌てて立ち上がるのが見えた。そのままこっちに駆け寄ってくると、どんっと樋口に体当たりする。そして奴と俺の間に無理矢理自分をねじ込み、身体を張って俺と樋口が密着するのを阻止してきた。二人の大人に挟まれて、愛らしい顔がまるで福笑いだ。

「ねえ三上君……この部屋、なんかいない？」

さすがに異変を感じたのか、樋口が怪訝な顔をして聞いてきた。俺は慌ててポプリに目配せすると
「や、やだなあ、気持ち悪いこと言わないでくださいよ、樋口さん」

などと、すっとぼけてみせた。

「このアパート、古いけど幽霊なんか出ませんよ。樋口さん、きっと疲れてるんですよ。ちゃんと寝てます？」

「幽霊」と言われて、ポプリがむくれた顔をした。膨らんだほっぺたがかわいくて思わず吹き出すと、「あ、ほらまた」と樋口に指摘される。

「三上君、ほんとは何か見えてるんじゃないの？　笑ってるってことは、怖くないものの？」

「え？　俺、笑ってました？」

何を言われようが、ここはシラを切り通すに限る。俺は素知らぬ振りで樋口の腕を引っ張ると、

「そんなことより、早く買い物行きましょうよ。俺、お腹空いちゃって」

とせっついた。そういや、焼き鳥を食いっぱぐれたんだった。焼き鳥、食べたいな。商店街まで足を伸ばせば、焼き鳥屋があるんだけど。

なんて考えながら玄関で靴を履いてると、ひっついてたポプリが

「オレも行く」

と、断固とした顔で宣言した。

「へ？」

あ、しまった。また「独り言」言っちまった。見ろ、早速樋口が反応したじゃないか。

「何、どうかした？」

「あ、いやなんでも。ちょっと靴に砂利が入ってたみたいで。樋口さん、すいませんけど先に行っててくれます？　俺、靴履き替えてから行きますんで」

樋口がまた、怪訝そうに眉間に皺を寄せた。

「なら待ってるよ？」

「あーいや、それと……、ちょっとトイレにも行きたくなって……」

「？？？」

不審げな視線がつらい。お願い、素直に言うこと聞いて。

必死の願いが届いたのか、奴は急に愁眉を開いた。

「そうだね、そういうことなら一人になりたいよね」

何を勘違いしたんだか納得したように頷くと、樋口は「じゃあ、先に行ってるから」と、いともあっさり解放してくれた。まずはひと安心だ。俺は奴の足音が聞こえなくなるのを確認すると、ポプリを振り返った。

「ポプリ」

「はあい？」

ちょっとだけ説教しようと思ったのに。ダメだ、出鼻を挫かれた。このかわいさ、もしかして最強の武器かも。

「頼む、あいつの前でむやみに話しかけないでくれ。怪しまれるから」

「友城は返事しなくてもいいよ？」

小首を傾げながら答えるとこなんか、やっぱ無敵だ。つい、はいそうですね、って相槌を打ちそうになる。

「そうもいかないだろ。質問されたら、どうやって返事するんだよ」

「こっち見てくれたらわかる」

「は？　テレパス？」

笑おうとしたところで思い留まる。待て待て。こいつは人間じゃないんだ。人にはない能力があるのかもしれない。

「ほんとか？」

「もちろん」

そんなにこやかに返されたら、もう何も言えないじゃないか。俺はそれ以上追求するのは諦め、樋口を追って表へ出た。一緒に行きたいって言ってたポプリは、なぜかついてこなかった。

＊＊＊

ところで、ポプリの言ったことは本当だった。樋口の前でポプリと会話したい時、想いを込めてポプリを見ると、あいつは必ず、俺の言いたいことを正確にわかってくれた。

むしろ、あいつの言うことが理解できないのは俺の方だ。今でも時々、奴は例の謎かけみたいなことを言っては、俺を当惑させる。そして俺がわかってくれないと知ると、そのたびに困ったような、呆れたような、諦めたような、なんとも言えない表情をするんだ。

それが、このところ深刻さを増してきたように感じるのは気のせいだろうか？

樋口はと言えば、今ではすっかり俺の部屋の常連になってる。まだ合鍵まで渡す気にはならないけど、何かにつけて頻繁に訪ねてくる。つまり、俺たちは結構仲良しになったってことだ。

近寄り難いエリートのイメージが強かった樋口だが、親しく付き合ううちに、意外に気の置けない、いい奴だってわかってきた。

面白いことに、ポプリも彼に慣れてきたようで、樋口が泊まってく晩なんかは、俺と彼の間に挟まって、三人川の字になって眠る。これって、完全に家族の図だよな。ポプリが子供。なら俺と樋口、どっちがお母さんで、どっちがお父さんだろ？　いやいかん、おかしな絵面が浮かんできそうだ。

部屋に泊めてやってはいるものの、俺は別に、樋口に身体を許した（うわっ！　なんだこの言い方！）わけじゃない。そこんとこははっきりさせとこうと思って、二度目に彼が部屋に来た時、俺はきっぱりこう宣言した。「あなたは、尊敬するただのお友達です」って。

それを聞いた時の樋口ったら、こっちが慌てるほど萎れてしまったけど、そこは、さすが樋口だ。秒で立ち直ると、「三上君の一番の友達になれるんなら、今はそれで満足だよ」なんて、頬の辺りをぴくつかせながら言ってくれたもんで、俺の方が恐縮してしまった。それどころか、うっかりほだされそうになったのを白状しておく。

そんな俺たちを、ポプリはいつも間近で見てた。ちょっと切なそうな顔して。でも、奴がいるおかげで、俺の行動にしっかりブレーキがかかってたのも事実だけど。

俺が樋口にキスされそうになると、ポプリはすっ飛んで来て、小さな両手で、力いっぱい樋口の顔を押しのけてくれる。寝てる時に抱きつかれそうになると、自ら緩衝材になって、樋口の接触から俺を守ってくれるのだ。

「ねえ、やっぱり何かいるよ?」

俺へのアプローチに失敗するたび、樋口は不思議そうに辺りを見回して言うのだが、そのたびに俺は

「そうですねえ。ここかなり古いから、もしかしたら出るのかもしれませんねえ」

などと、以前に言ったセリフも忘れ、ぼやけた返事でお茶を濁した。

ただし、「出る」のは本当だよな。そう思いながらポプリを見ると、あいつも決まってこっちを見てる。なんだか、飼い主の言うことがちゃんとわかってる犬みたいだ。

4. 波紋

そんなふうに、俺の日常は流れていった。仕事も順調だった。樋口は頼れる上司だったし、俺と付き合いだしてからは、他の職員たちとも積極的に馴染もうとするようになっていた。それについては笹谷さんから再三追及されたけど、俺は、プライベートについては頑としてしゃべらなかった。だって、樋口をネタにされるのは嫌だから。そう、今ではそれくらいには、奴のことを考えるようになっていたらしい。俺は。

そんな穏やかな日常が、すっかり普通のものになっていたある日。

「樋口君、ちょっと」

樋口が所長に呼ばれた。なんてことないオフィスでの一コマだったので、俺は別に気にも留めなかった。デスクの上には片付けなきゃならない書類が山積みだったし、電話やメールも途切れなく来てたし。だから、彼が所長とどこかへ姿を消したのにも、ぜんぜん気がつかなかった。

その日は午後から会議があり、その後、樋口と一緒にクライアントを訪問することになっていた俺は、出かける時間を確認しようと奴を探したのだが、どこにも姿が見えなかった。

「ねえ笹谷さん、樋口さんどこ行ったか知りません？　四時に、ひかり産業さんとこに二人で行く予定なんですけど」

事情通の隣人に声をかけてみると、彼女も「あら」と言って、部屋の中をきょろきょろ見回した。

「そういえば、午前中に所長に呼ばれてから見てないわねえ。どこ行ったのかしら」

樋口が黙って予定を変更したりするはずがない。所長と一緒ということは、何か重要な案件なんだろうか？　俺が詮索するようなことじゃないとはわかっているけど、なぜかそわそわする。この感覚、いったいなんだろう？　ポプリじゃないんだから、何か念じてきてるわけでもないだろうし。

落ち着かない感覚は、その後もずっと俺を捕えて放さなかった。

（会議にも来なかったし……いったいどうしちゃったんだよ？）

もうそろそろオフィスを出なきゃ、約束の時間に間に合わない。俺がパニックを起こしかけた時、デスクの電話が鳴った。ディスプレイの表示は樋口の携帯番号。俺はすぐさま受話器を上げた。

「樋口さん！　あなた今、どこにいるんですかっ！」

つい、噛みつかんばかりに怒鳴ってしまった。笹谷さんばかりか、周囲のみんながびっくりしてこっちを見てる。でも、それどころじゃない。とにかく、もう時間がないんだから。

「ごめんねえ、三上君。話が長引いちゃってさ。あ、所長はもうそっち向かってるから」

樋口の呑気そうな声に、俺の怒りが沸点に達した。

「ごめんねじゃないでしょう！　樋口さん、あなた、四時のアポイント憶えてますか？　いったいどうするつもり……」

「それなんだけど」

俺の怒りに被せるように、のんびりした声が答えた。

「なくなったんだ」

「はあっ？」

またもや辺り構わぬ大声で聞き返すと、上着の裾がつんつん引っ張られた。見ると、笹谷さんが眉間に皺を寄せて首を横に振っている。静かにしろという意味なんだろう。

それとも、上司に楯突くなってこと？

「いやさ、話せば長くなるんで、電話じゃ無理。まあ、所長が戻ったらなんかわかるんじゃない」

「わかるんじゃないって……」

言いかけたところで、俺の耳に樋口の長い溜息が届いた。

「樋口さん？　どうかしたんですか？」

いつもの彼らしくない。というより、公に見せてる樋口じゃない。俺の部屋にいる時だけ時々見せる、無防備な樋口だ。わざわざ今、電話口でそんな溜息を聞かせるなんて、まるで、俺にSOSを出してるみたいじゃないか。

「なんかあったんですか？」

ボリュームを最小に落として聞くと、しーっという息の音が聞こえてきた。つまり、職場の人間には知られたくないってことなんだろう。

「じゃあ、あと三十分くらいで戻るから」

淡々と告げてから、樋口の声は電話の向こうに消えた。入れ代わりに、腹の奥から不安と心配と、それから、なんだかよくわからない感情が煙みたいに湧き上がってきて、俺は受話器を握ったまま、どしりと椅子に落下した。

「樋口さん、どうかしたの？」

急に重たくなってしまった俺に向かって、笹谷さんが心配そうに聞いてきた。

「わからないです。ただ、ひかり産業への訪問はなくなったって……」

ぼんやり答えると、笹谷さんが目を剥いた。

「何それ。どういうこと？」

「さあ……？　俺にもわかんないです」

笹谷さんも納得がいかないらしく、もう一度確認しようと俺の方に身を乗り出してきたところで

「はいはい、仕事に戻ってね〜」

と、樋口と同じく弁理士の課長が手を叩いた。彼女は笹谷さんよりずっと若くて、入所も数年後だけど、やっぱり資格があると待遇には雲泥の差が出るらしく、ただいま出世街道驀進中だ。近々、アメリカに修行に出るとか出ないとか。彼女が帰って来た時、果たして俺は、まだここにいられるのだろうか？

いまだそんなふうに、何事も後ろ向きに考えてしまう俺は、たぶんずっとこのままだ。働くところと住むところとがあって、生きるだけの食べ物が調達できればいいや——なんて考えるの自体、負け組の思考なんだろうけど。

でも、樋口は違う。彼には、上昇気流を捕まえたら、行けるところまで昇ってやろうっていう気概がある。俺はそんなもん持ってないから、陰で応援するだけだ。人生の階段ってやつを、どこまでも登っていって欲しいって。

だから、さっきの電話が……電話口の奴の様子が、気になってしょうがないんだ。あんな歯切れの悪い樋口なんて、見たことないから。

それからきっかり三十分後、樋口は事務所に戻ってきた。こういうところは律義というか、言ったことはきっちり守る。

でも、どういうわけだか、先に帰ってきてるはずの所長はまだ戻ってない。事務所に入ってくるなり、所長のデスクが空っぽなのを見た樋口が、またこっそり溜息をついたのに気がついたのは、たぶん俺だけだ。

それからかれこれ二時間後。帰り仕度を始めた樋口がロッカールームに向かうのを見て、俺は急いで後を追った。

そこで、自分のロッカーに背中を預け、ぼんやり天井を見上げている奴を見つけた時。一瞬、ここまで追ってきてしまったことを後悔した……けど遅かった。

気配に気づいてこちらに顔を向けた樋口が、「君か」とつぶやいた。そのまま言葉を忘れてしまったようにぼうっと突っ立ったまま、動こうとしない。

そっと近寄っていくと、樋口はなぜか怯むような様子を見せてから、すぐに諦めたように弱々しく笑って、俺が側まで来るのを待っててくれた。

「樋口さん、所長となんかあったんですか?」

遠慮がちに尋ねてみたけど、答えがもらえる自信はない。だってほら、また笑顔で隠そうとするんだもの、この人は。

「別に何も。何かあったみたいに見える？」

見えるに決まってるでしょ！　って言ってやりたかったけど、何も言えなかった。

それほど憔悴して見えたんだ、奴は。きっと、とてつもなく嫌なことがあったけど、そんなことを下っ端の俺なんかに愚痴るのはプライドが許さない——そんな心境なんだろう。

「なんだか、とっても疲れてるように見えますけど」

恐る恐る口に出してみたけど、樋口の表情は変わらなかった。隠すのがうまいのか、それとも、表情を変える元気もなくなってるのか。

やっぱりそっとしておいた方がいいだろうかと思ったけど、俺には「ああ、そうですか、じゃあ」なんて、あっさり引き下がることなんかできなかった。それくらいには、この人は俺の心の中に入り込んでたってことだ。

「そっか」

それだけ言うと、樋口はまた、はあ〜っと長い溜息を吐いた。今度のは、ＳＯＳっていうよりも、どうしようもなく漏れてしまった、心の汚水みたいに感じられた。

「樋口さん。俺の前では無理しなくっていいですよ。嫌なことあったんなら、吐き出しちゃってくださいよ。俺でよければ、なんでも聞きますから」

「なんでも？」

聞き返した樋口の瞳が、きらりと光った。思わずやべって思ったけど、俺も男だ。引き下がる気はない……たぶん。

「はい」

きっぱり返すと、俺は樋口の目を見返した。そうだ、怯むな、俺。後ろなんか見るんじゃない。

「三上君、ちょっと」

手招きされて、樋口の方へ近寄る。警戒心から、二歩分くらい距離を取っておいた。まあ、これくらいなら恐くない、うん。

そうやってロッカーの前に立つ男のすぐ前まで来ると、俺の動きをじっと目で追っていた樋口が、突然動いた。その素速さといったら、カメレオンの捕食並みだ。

「ひっ……！」

悲鳴を上げたんだか、樋口を呼んだんだかわからないまま、俺はあえなく捕獲された。捕らえた獲物をがっちり摑むと、樋口は顔を寄せてきた。食おうってわけじゃないだろうけど、ある意味おんなじか。いや、ちょっと待て！　タンマ！　待てってば……！

心の叫びとは裏腹に、俺はまったく声を出せなかった。そんな暇もなく、樋口に腰と後頭部をがっちりホールドされ、俺はキスされてた。それも、舌を差し入れてのディープキス。

「んん～っ！」

ここにポプリはいない。俺を守ってくれるものは何もない。自力でなんとかしなければならない。拒否の表明のつもりで呻いてみたけど、樋口は耳がなくなっちまったのか、まったく反応してくれない。どうしよう？　どうしたらいい？

「んんっ、ん～っ！」

再び必死の抵抗を試みたが、樋口の力は想像以上に強かった。一方、俺の筋肉量はたぶん人並み以下だ。おまけに日頃鍛えているわけでもないから、カメレオンの舌から逃れる術はない。残念ながら。

でも——。

(なんだ？　これ)

角度を変えては何度も吸いついてくる樋口の口に食われているうち、なんだかおかしな感覚に纏わりつかれてきた。末端の神経がふわふわしたものに絡みつかれて、ふわふわ共同体に組み込まれていく。指の先から、俺という実体がゆるゆると解けていくみたいだ。

なんかすっごく気持ちいい。口の中に他人の舌があるのに、別に嫌じゃない。むしろ、捕まえてくださいって気分だ。

俺は樋口に誘われるまま、自分の舌を差し出した。それが巧みに絡み取られ、弄ぶみたいに甘噛みされると、もう腰が抜けそうになって、自分から樋口の背に両腕を回して縋りついた。

続きをねだろうと樋口の顔を見上げたその時。こちらに向かってカツカツと近づいてくる複数の靴音が、一瞬で俺たちを引き離した。

　腰に回ってた手が素早く解けたかと思うと、俺の胸を強く押しやった。天国から一転下界に突き落とされ、半ば呆然としながら態勢を立て直してると、三人の男たちががやがやとロッカールームに入ってきた。

「あ〜、つっかれた〜、なんなんだよ、あれ」

「まったくだよ。せっかく大口の客掴めたと思ってたのに、今さらなかったことにしろなんてな。見積もり出して、やっと稟議通ったって返事くれた矢先にさ、いきなり手のひら返してくるって、どういうことだよ。あ……、樋口さん、お疲れさまっす」

　おしゃべりに夢中で先客がいるのに気がつかなかったのか、俺と樋口を見た三人が、戸惑ったように目を泳がせた。

「お疲れさま」

　動揺を隠せないでいる彼らに向かって樋口は軽く会釈を返すと、コートとビジネスバッグを取り、三人の間を割るようにしてロッカールームを出ていった。一度も俺の方は見ずに。

「お疲れさまでした～」

一人取り残された俺は、恨めしさを込めて、去っていく背中を見送るしかなかった。

樋口にもらった熱がまだ身体の中に籠もったままの俺は、この三人と同じ部屋にいるのがどうにも耐えられなくて、急いで自分の荷物を取って出ていこうとした――が。

「おい、ちょっと待てよ」

男たちの一人に腕を掴まれ、動きを阻止された。こいつは俺より一年早く入所した奴だけど、ここは五番目の職場なんだと、なぜだか自慢げに吹聴してた。ほぼ同い年だから、およそ一年半に一度の割で転職していたことになる。ってことは、もうすぐここも辞めるんだろうな。最近やけに頻繁に、職場の悪口を言ってるみたいだし。

その男が、間違っても友好的とは言えない目つきで俺を見据えると言った。

「おまえ、樋口と仲いいよな。何か聞いてない？」

「なんのことですか？」

いきなりそんなふうに聞かれても、こっちはなんのことやらさっぱりわからない。

正直に聞き返すと、露骨に嫌な顔をされた。

「とぼけんなよ。なあ、なんか聞いてるんだろう？　ひかり産業の話」

「え？」

ひかり産業といえば、今日樋口と訪ねることになってた会社だ。なぜだかドタキャンになったけど、その話だろうか？

「え？　じゃねえよ。ほんとに知らないのか？」

「さっき樋口の奴、逃げるみたいに出てったじゃないか。その話してたんじゃないのかよ」

「いっつも樋口とつるんでるくせに、何も聞いてないの？」

なんなんだ、こいつら。俺は悪意の籠もった三重唱を聞くうちに、だんだん気分が悪くなってきた。

「だから、何のことかって聞いてるじゃないですか。もったいつけてないで教えてくださいよ、先輩」

最後の一言をわざとらしく付け加えてやると、三人は顔を見合わせ、納得したように頷き合った。

「なんだ。ほんとに何も聞いてないんだな」

「まあ、その程度の仲ってことか」

「あのさ、樋口の奴、たぶんこれだよ」

さっきとは別の一人が、手刀で自分の首を切る仕草をしてみせたので、俺はぎょっとなった。

「『これ』って……樋口さん、クビになるってことですか？ いったいどうして？」

うっかり声が震えそうになる。そんなことになってるのか？ さっき目にした樋口のぼんやりした顔は、それが原因だったのか？ それなら腑に落ちる。らしくない樋口の態度や、何度も漏らしてた溜息も。

でも——。

俺は認めなくなかった。そんな理不尽なこと。だって彼がいなくなったら……。

「でも今あの人に辞められたら、この事務所困るんじゃないですか？」

当然の疑問だ。だからそのまま口にしたんだけど、なんのことはない、本当は、一番困るのはこの俺なんだ。

「あいつくらいの弁理士だったら、他にいくらでもいるよ。なのに、いっつも気取って俺たちを見下しててさ。前から気に食わなかったんだよな」

ここまで樋口をこき下ろすってことは、「いっつもつるんでる」この俺も、漏れなく気に食わない対象なんだろう。まあ、どうでもいいけど。

「でも、ひかり産業との契約が破談になったことと樋口さんと、どういう関係があるんですか？　なんで、あの人がクビになんなきゃいけないんですか？」

思わず勢い込んで聞いてしまった。その態度が、俺が樋口サイドの人間だっていう証拠だと思ったんだろう。三人は、また顔を見合わせて頷き合った。

「三上君も不安になるよな、そりゃ。就職したばっかりなのに、いきなり派閥争いのバ引いちゃったんだから」

派閥争い？　そんなものがあったのか、ここ。まあ、上の方でくっついたり離れたりってのは、よくあるみたいだけど。この業界。

「待ってくださいよ。俺、ほんとに意味わかんないんですけど。派閥争いってなんですか？」

俺がさらに問い詰めると、互いに目と目を見交わしながら、三人の男どもは沈黙した。新参者の俺にどこまでしゃべっていいものか、迷ってるってとこなんだろう。

よし、脱出するなら今だ。

「これ以上質問がないんでしたら、もう帰ってもいいですか？」

それだけ言うと、俺は返事も待たずに鞄とコートを小脇に抱え、三人の横をすり抜けてロッカールームを後にした。

丸の内の街並みを地下鉄の駅に向かって走る。樋口が使っている駅のホームに降りてみたけど、奴の姿はどこにもなかった。

(やっぱ、間に合わなかったか……)

すっかり上がってしまった息を整えながら考えた。この先取るべき行動を。

本当は、樋口がどこかで待っていてくれるんじゃないかって期待してたんだ。俺に言いたいことがあるだろうし、奴には特別に思われてるって自負があったから。

でも、それは甘い考えだった。きっと樋口だって、今は誰とも顔を合わせたくないだろう。もしあいつらが言ってたことが本当なら、樋口は遠からぬ将来、あの事務所を辞めていくんだろうから。

で、その時。俺はいったいどうする？

気がつくと、俺は自宅に向かう電車の中にいた。心が留守になってても、身体は無意識に、ルーティーンに従って動いてたってことか。

駅に着いてからアパートまでの道すがら、ちょっと食料品なんか買って帰る。もし万が一、いや、百万分の一でも樋口が訪ねてくる可能性があるなら、ちゃんと飯くらい食べさせてやれるように。

もしかして部屋の前で待っててくれないかな……なんて思ったけど、見事に外された。寂れた木造アパートの周辺にも、それらしき人影は見当たらなかった。

落胆しながら（してたのかよ？　俺）階段を登り部屋の鍵を開けていると、ドアの向こうからぱたぱたと軽い足音が近づいてきた。一瞬はっとしたけど、樋口ではないと思い直す。俺がいないのに奴が中に入れるはずもなく、ましてや、あんな座敷犬みたいな足音を立ててるはずがない。

「ただいまあ」

「おっかえり～！」

ドアを開けたとたん、笑顔全開のポプリが飛びついてくる。俺がどんなに萎れていても、こいつは変わらず待っててくれる。

その温かくて小さな身体にしがみつかれた瞬間、不覚にも俺は、声を詰まらせてしまった。

「ポプリ……」

くっついてきた身体をすがりつくみたいに抱きしめると、俺はふわふわの髪の毛に顔を埋めた。こうしてると、無数についた心の引っ掻き傷が、いつも魔法みたいに消えてなくなるんだ。

だけどなんでだろう？　今日はどうしてだか、それがうまくいかない。ポプリの魔法は、期待通りに機能してくれない。

せめてこうしているうちは痛みが和らいでくれないかと、俺は玄関先でポプリを抱きしめたまま、延々と立ち尽くしていた。

「友城、会社でなんかあったの？」

やっと解放してやると、ポプリが心配そうに見上げてくる。俺は無言で首を振ると、彼の手を引いて部屋に上がった。

上がったものの、そのままちゃぶ台の前にポプリを抱いて座り込み、俺はまた動けなくなってしまった。

「ねえねえ、どうしたの？　友城がそんなふうにいつもと違うと、オレまで調子が狂っちゃうよ？」

しばらくしてかわいい声で訴えられ、ようやく正気が戻ってくる。俺はポプリの薄緑色の瞳を見つめると、溜まってた思いを溜息にして吐き出した。

「ちょっとな……なあポプリ、俺が帰って来るまでに、誰か訪ねて来なかったか？」

それとなく探りを入れようとしたんだけど、ポプリはすべてお見通しだった。

「誰かって？　樋口さんなら来なかったよ」

樋口という名前を耳にしたとたん、俺は耳まで赤くなった。なんでこのタイミングで？

「あ、赤くなってる。友城、樋口さんのこと好きなんだ？」

「え？　いや違うよ、そうじゃなくて……いや、そうじゃなくもないけど……」

なんでも見透かしてしまうガラスの瞳の前では、嘘やごまかしはたちまち蒸発してしまう。だから、ほんとのこと以外言えないんだ。それを言えないなら——黙ってるしかない。

俺の脳内では、帰り際のロッカールームでの出来事……特に、樋口との、その……なんだ、キ、キスシーンが、まるで映画でも観てるみたいに再生された。とてもじゃないけど、これをポプリに説明するなんて無理だわ。

「いいよ、別に言い訳しなくたって。見てたらわかるもん、オレにだって」

「み……見てたらって、何を？　どこで？」

あそこでの出来事を彼が知るはずもないのに、ポプリの一言で俺はパニックを起こしかけてしまった。これじゃ、なんかあったって自分から白状してるようなもんじゃないか。それともなんだ？　こいつは、幽体離脱して俺たちの様子を見に来てたかもしれないっていうのか？

人間じゃないのと一緒にいると、時々困る。俺は人間の基準しか知らないから。ポプリが本当は何を見てるのか、何を知ってるのか、人間でしかない俺に、わかるわけもない。

「友城」

ポプリの目がいつになく真剣になった。もしかして、怒ってるんだろうか？　俺が、こいつ以外の誰かのことを考えてたから。

ところがこいつは、全く予測してなかったことを口にした。

「友城。もうそろそろだ。もうじき、オレたちを繋いでる糸が足りなくなる」

「足りなくなる？　ってか、糸って何？　おまえの言ってること、時々マジわかんない」

ざらついてた気分を逆撫でされたみたいで、ついムッとなって言ってしまった。

「糸の長さがもうぎりぎりなんだ。これ以上伸ばしたら切れちゃうんだよ」

「だから糸ってなんなんだよ？　おまえ、変な比喩使うの好きだよな。いいかげん意地悪してないで、こっちにもわかるよう説明してくれよ」

そうだよ。こんな気分の時に、謎かけ問答なんかやる余裕、ないんだけど俺。

「意地悪なんて……オレだって、詳しいことはわかんないんだもん。ただ、声が聞こえるんだ。おまえの糸はもうすぐ無くなるって」

俺は頭を抱えた。ポプリに悪気はないのはわかってる。だけど、意味不明のセリフで訴えられたって、なんて答えればいいいか、わかるわけないじゃないか。

「ポプリ、じゃあ教えてくれよ。俺にどうして欲しいのか」

聞き方を変えてみることにした。わからないなりにも、なんとかできる方法があるなら知りたい。俺にできることなら、すべてやってやるから。

そうだ、俺は恐れてるんだ。ポプリを失うことを。樋口と離れ離れになることを。

「友城」

ポプリが、縋りつくような目で俺を見た。

「なんだ？」

「友城。たとえば、オレが急にいなくなっても驚かないで」

「え？　な、何言ってんだよ、おまえ」

自分でもびっくりするほど動揺してしまった。こっそり心配してたことを、ド直球で投げつけられたんだから。だいたいおまえ勝手だよな。突然現れておいて、こっちがやっと慣れてきたと思ったら、今度は急にいなくなるって、どういうことだよ？　いったい。

「オレ、自分ではどうしようもないんだよ。ここに来たのだって、本当はどうしてなのかわかんないんだから。でも、すっごく友城のところに来たかったのは、ほんとだよ」

「え。おまえ、俺のこと知ってたの？」

　素朴な疑問を口にしただけなのに、それだけのはずなのに、ポプリの顔がみるみる歪んでいく。何？　ポプリ。俺、おまえを苦しめるようなことしたのか？　いや、してるのか？

「友城がそれをオレに聞かなくてもよくなったら……きっと、オレたちは次のステージに行けるんだと思う」

「また、わけのわからないことを。なんなの？　ステージって。俺って、おまえが誰かとやってるゲームのキャラってこと？　で、その誰かが、しょっちゅうおまえに指示を出してくるっての？　そいつさ、きっと神様か何かだろ？　違う？　あ、やっぱそうなんだ？」

　ポプリがはっとした顔になったので、俺は得意になってまくしたてた。

たぶん、樋口のことでイライラしてたんだと思う。罪のないポプリをいじめて、その「神様」に意趣返しをしたかったのかも。

「知らない。でも、神様じゃない。誰なのか、なんなのかはわかんないけど。ただ、オレがここに来れるようにしてくれた人だ」

「人……なのかよ」

「人みたいに見えた、ってことだよ」

「ごめん。やっぱおまえの言うこと、ついてけないわ」

とうとう、俺はポプリを冷たく突き放してしまった。

「もういい」

そう言うと、俺はポプリを放して立ち上がった。

「友城、どっか行くの?」

すかさず追ってくる声さえ煩わしい。

「別に。着替えするだけだよ。いちいち聞くな」

そんな言い方はないだろう。ポプリは何も悪くない。単に、俺のイライラのとばっちりを受けてるだけだ。

だけど今の俺には、自分の態度を修正する心の余裕がなかった。一緒に立ち上がろうとしたポプリを振り払うと、俺は洗面所に駆け込み、仕切りのカーテンを閉めてしまった。完全に拒絶の意思表示だ。かわいそうなポプリ。せっかく待ち人が帰って来たのに、夕飯にもありつけず、一人放置されるなんて。

イライラを洗い流そうと、じゃぶじゃぶ顔を洗ってみる。でも洗い流すことができたのは、洗面台に屈んだとたん溢れてきた涙だった。

（おいおいおい、俺。なんで泣くんだよ？　泣きたいのは俺じゃないだろ？）

自分を叱りつけながら、両手で掬った水を乱暴に顔にぶっかける。そのままバチバチと顔を叩いてみたけれど、心に付着した何かは、ちっとも落ちてくれなかった。

洗面所から出ると、俺を追ってくるポプリの視線を無視しながら、むっつりしたまま着替えを済ませた。

空腹だろうポプリを放っておくわけにもいかず、俺は気の進まないままキッチンに立とうとして、さっき買い物してきたものを玄関に置きっぱなしにしてたのを思い出した。取りにいこうと、のろのろと足を向けたその時。

ピンポーン。

ドアチャイムが鳴った。

動きが止まった俺を、視界の隅でポプリがじっと見ている。誰が訪ねて来たかなんて、あいつはとっくにわかってるだろう。

俺にもわかった。ほっとしたのと戸惑いが、いっしょくたになって襲ってきたけど、迷ったりはしなかった。

レジ袋をまたいでドアミラーを覗く。そこには、予想していた人物が、きょろきょろしながら所在なさげに立っていた。

「樋口さん、今までどこほっつき歩いてたんですか」

大きくドアを開けて客人を招き入れながら、俺は嬉しさとこそばゆい気持ちをごまかすため、わざとぞんざいに聞いていた。

「ここの下で、ずっと君が帰ってくるのを待ってたんだ」

バツが悪そうに言ってから、樋口がちょっと笑った。はからずも、俺の胸がキュンッてなった。

お邪魔します、と言いながら樋口が部屋に上がってくる。中を覗くように首を伸ばしたのは、誰かいないか確かめたんだろう。

いるにはいるが彼には見えないポプリが、なんとも複雑な表情でこっちを見てた。

「いいか？」

俺が口パクで聞くと、ポプリが頷いた。その様子を見ていた樋口が首を傾げたのを見て見ぬふりをし、俺は客人をちゃぶ台の前に座らせた。

「樋口さん、夕飯まだでしょ？　簡単なもんになっちゃうけど、作ったら一緒に食べますよね？」

このお誘いに、樋口の顔がぱっと明るくなった。かなり親しくなったとはいえ、まだ完全に受け入れられてるわけじゃないと、きっと思ってるんだろう。申し訳ない気持ちにはなったけど、仕方ない。ポプリがいる限り、そう簡単に全面開城するわけにはいかないんだ。あの子供にどうしてそこまで操を立ててるんだか、自分でもわかんないけど。

「もちろん！　三上君の手料理？　何作ってくれるの？」

　うきうきしながら聞いてくる男を
「ないしょ。樋口さんは座っててください」

　と畳の上に繋ぎ留めてから、俺はポプリを手招いた。

「ポプリ」

「なに？」

　さっきの今だ。身勝手な奴だと思われるだろうが、構うもんか。これで仲直りできるかもしれないし。

「手伝ってくれるか」

「うん、いいよ」

　なんていい奴なんだ。俺の仕打ちを忘れたわけじゃないだろうが、けなげな子供は二つ返事で頷くと、俺についてキッチンまで来てくれた。

　ポプリが食事の仕度を手伝っている間、樋口の目には何がどう見えてるのか、俺は知りたくなった。その上で、こいつがここにいるってことを、俺は今日、きちんと樋口に伝えようと思う。そうでないと、いつまでもポプリの存在を隠しておかなきゃならない。それはいいかげん疲れてきたし、ポプリは樋口を知ってるのに、奴がこいつを知らないままなのは不公平だろう。見えなくてもいいから、いるってことを知ってもらえたら。それで、できれば樋口にも、ポプリを受け入れてもらえたら……それが一番嬉しいんだけど、俺。

「ポプリ、冷蔵庫から肉取って」

「ポプリ、大きい皿出して」

「ポプリ、茶碗と箸、テーブルに並べて」

俺が次々に繰り出す指令を、ポプリはその都度「はい！」と歯切れのいい返事と共にこなしていく。ついさっき冷たくあしらわれたことなんか、きれいさっぱり忘れてしまったみたいだ。それとも何か？　俺に頼まれごとされたのが嬉しくて、全部チャラにしてくれるってことか？　いやいや、そんな都合のいいこと……。

それはさておき、俺は樋口の反応が気になった。作業をしながらそれとなく後ろを振り返ってみると、そのたびに、こっちをじっと見てる奴と目が合ってしまう。決まり悪かったけど、べつだん不思議そうな様子はない。

ポプリが小さな手で食器をちゃぶ台に並べてる間も、確かにそれを目撃しているはずなのに、不思議そうな様子もないし、びっくりした顔もしない。いたって普通、いつも通りだ。

「樋口さん」

食事の準備が整い、俺とポプリが樋口の向かいに座った時。ついに俺は、自分から聞いてみることにした。

「今、目の前に何が見えてます？」

「は？」

わけがわからんといった顔で、樋口が俺を見た。この反応は予測の範囲だ。問題はこの次だ。

「今、樋口さんの前に見えてるもの、俺に教えてくれませんか？」

「三上君？」

せっかくの温かい料理を前にしてお預けを食わされた上、何おかしなことを言い出すんだと思っただろう。樋口は当惑顔で首を傾げた。

「何って……君と、君の作ってくれた夕食と、それから……」

「それから？」

「流しの惨状」

「ちょっと！」

こいつ、いったいどこ見てるんだ。小姑みたいに、細かいとこに目えつけやがって！

予想外のご意見に俺が反応できないでいると、樋口がおかしそうに付け足した。

「三上君、料理は片付けながらするもんだよ。料理が出来上がった時には、キッチンはすっかり片付いてるのが理想なんだって、秋子さんがいつも言ってる。まあ、俺はできないけどね。そんな魔術師みたいなこと」

そう言って肩をすくめて見せたところは、確かにいつもの樋口だ。変わったとこなんかどこにもない。いやそうじゃなくて、おかしなものに遭遇してしまった人間の反応じゃない。

「樋口さん、それ以外は何もありませんか？」

「ん？　見えるものを全部言えっていうんならリストアップしてもいいけど、せっかくの料理が冷めちゃうよ？」

　間違いない。やっぱり樋口には、ポプリは見えてないんだ。けど、彼が料理を運んでたとこは、いったいどう見えてたんだろう？

　そこで俺は、質問の方法を変えてみた。

「ちゃぶ台に料理を並べたのは誰でした？」

「？？？　ほんと、変なことばっかり言うね、今夜は。君以外いないじゃない」

「……」

　俺は黙ってポプリを見た。こいつは、この結果を最初からわかってたんだろう。苦笑いしながら首を振ると、

「友城、もういいでしょ？　ごはん食べようよ。冷めちゃうよ」

　と、俺にしか聞こえない声でそう言った。

「わかった。食べよう」

　俺が頷くと、樋口が目をぱちくりさせて「うん、そうだね、食べよう」

と言って箸を取った。

「いっただきまーす」

待ちかねていたように、ポプリも箸を取る。ちゃぶ台に並べられた食器は二人分だ。俺はまだ何にも触ってない。だから樋口の目には、箸と茶碗が勝手に動いてるように見えてるはずなんだけど。でも、やっぱり彼は、何事もないように食事をしてる。どういうフィルターがかかってるのかわからないけど、樋口の目にポプリの動作は、俺の動きとしか映ってないらしい。それとも、非現実的なことを認識するのを拒否した脳が、勝手に辻褄を合わせているんだろうか？

どちらにしても、樋口にとってポプリはいないのだ。いくら俺が注意を引こうとしてみても、彼とポプリは平行線の上、決して同じ世界には立てないのだ。

いったい俺は、樋口に何を期待してたんだろう？　ここにもう一人いるってことを知ってもらって、そして、どうして欲しかったんだろう？

わからなくなった。ポプリの存在を樋口と共有できないってことは、俺にとってどういうことなんだろう？

俺は、できれば樋口にもポプリの存在を知ってもらって、認めてもらって、そして、俺やポプリと同じ世界を共有してもらいたいって思ってるんだ。

でも、なんで今さらそんなことを考えるんだろう？　ポプリがいてくれたおかげで、俺は樋口の接触をなんとかかわしてこられたんじゃないか。危ない場面が何度もあったけど、そのたびにポプリが見えないクッションになって、俺を守ってくれてたんじゃないか。

それなのに、自らジョーカーを手放そうとするのはなぜなんだ？

たとえば、樋口にポプリの姿が見えるようになったとしたら、俺に対する奴の態度が変わったりするんだろうか？

最近そんなことばかり考えるようになってる俺に、きっとポプリは気づいてる。だから、さっきみたいなおかしなことを言い出したのかもしれない。

俺とポプリの関係が、そして樋口と俺の関係が、少しずつ変化してきてる。このところ、それがはっきりと感じ取れるようになって、正直、俺は戸惑っていた。

もともと、変化を好む性格じゃない。昔から臆病だった。人生平和に波風立てず、安穏に爺さんになり、できればそのまま終末を迎えたいもんだと、ガキの頃から考えてた。

そんなところが、未来に夢なんか持ってる奴からしたら、冷めてるようにも、人生ナメてるようにも見えたんだろう。俺に積極的に近づこうとする奴は、年を追うごとに減っていった。つまり俺は、自分から他人を遠ざけてたわけだ。

人が近寄るってことは、とかく波風が立つってことだ。それを避けようと取った行動は、望み通り、俺から人を取り除いてくれた。その代償の孤独なんて、ものの数でもなかった。

ずっとそう思って生きてきた——はずなんだけど。

「三上君、どうしたの？」

「友城、手が止まってるよ」

「え……？」

いかん、またトリップしてたみたいだ。

俺は箸を右手に、ご飯茶碗を左手に持ったまま、しばし銅像と化してたらしい。ポプリと樋口から同時に名前を呼ばれ、慌てて現実に戻ってきた。

「あ、ごめん。何?」

二人を交互に見ながらあたおたと返事をした俺を、樋口が不思議そうに見た。ポプリはといえば、なんだか不安そうな顔をしてる。

「どうしちゃったの? 食べてる途中で急に固まっちゃってさ。今夜の君、やっぱりちょっと変だよ?」

樋口が心配してくれてるらしい。それがなんだか嬉しくて、胸の中に温かい塊がぽわっと生まれた。小一時間前は、あんなに冷たくなってたのに。

「樋口さん……昼間のことなんですけど」

俺は頭の中のごたごたに蓋をすると、まず、一番知りたかったことを解決しようと決めた。

「え? 何?」

樋口が口をもぐもぐさせながら顔を上げる。なんだかハムスターみたいでかわいい。

「あの、その……ロッカールームで……」

「ああ」

樋口は納得したように頷くと、ちょっと頬を赤らめた。

「ごめんね。いきなりあんなことして。三上君ってばとってもかわいくってさ。思わず……」

不意打ちを食らって赤くなったのは俺の方だ。ポプリが、湿った目でじっと俺たちを見てる。

「あ、いやいやいや！　違うんです、そのことじゃなくって」

慌てて否定すると、樋口がさも残念そうな顔になって聞いた。

「なんだ、違うの？」

「違います！　あ、あれはひとまず置いといて。あの三人ですよ！」

「あの三人？」

不思議そうに首を傾げる樋口の首根っこを、俺は思わず引っ掴んでやりたくなった。

「俺たちの後からロッカールームに入ってきた奴らですよ！　あいつら、あなたがいなくなってから、さんざん俺にひどいこと吹き込んで……」

しゃべってるうちに、いきなり鼻の奥がツンとなった。

「ひどいこと？」

「あいつら……樋口さんが所長に見限られて、ク、クビにされるって……」

「へ？」

　樋口の間抜けな反応に、今度こそ俺はブチ切れた。

「いったいどういうことなんですかっ！　ひかり産業とのアポはなくなる、所長は帰ってこない、樋口さんはロッカーの前で黄昏れてる、そんでもって、あいつらはおかしなこと言ってくる……。俺……俺、心配で心配で、もう胸が張り裂けそうだったんですから！」

　あ、あれ？　何わめいてるんだ？　俺。こんなこと言う予定じゃなかったはずなのに。

「ごめんね」

　ぽつりと、樋口が謝った。取り乱した俺を見て、すごく申し訳なさそうに。たった一言だったのに、その言葉はまっすぐに俺の心に飛び込んできて、奥の奥まで突き進んだ。俺の一番大切なものが仕舞ってある場所の、ぎりぎり一歩手前まで。

「心配してくれてたんだね。嬉しいよ、三上君」

にっこり笑って、樋口が手を伸ばしてくる。箸を握ったままの右手を取られ、そのまま樋口の唇まで連れていかれた。

柔らかな感触が手の甲に触れてから、そっと右手が解放された。そのまま捕らわれていたいなんて不埒な考えが頭を掠め、俺は慌ててそれを追い払った。ポプリの薄緑の瞳が、一部始終をじっと見つめていた。

「だけど……そうか、あいつら、そんなふうに思ってたのか」

「あいつら」のところをちょっと小馬鹿にしたように発音して、樋口はおかしそうに唇の端を吊り上げた。

「そんなふうにって……違うんですか？」

期待と不安がごちゃまぜになって、喉の辺りにせり上がってくる。俺が息を詰めて待っていると、樋口があっさり否定した。

「なんで所長が俺を首にするのさ？　それって、あいつらの希望ってだけでしょ」

「そう……なんですか？」

俺は、「あいつくらいの弁理士だったら、他にいくらでもいるよ」と言った男のセリフを思い出していた。それを鵜呑みにした俺も俺だけど、樋口のこの自信は、いったい何を根拠にしてるんだろう？

「そうなんだよ」

にっこり笑ったその顔は、でも、逆に俺を不安にさせた。

「じゃあ……じゃあ、樋口さんは、なんであんな寂しそうな顔して立ってたんですか？」

思わず口にしちゃったけど、「寂しそう」なんて、失礼だったろうか？　俺今、この人の心に土足で踏み込もうとしてるんだろうか？。

でも……でも、あんな切なそうな顔を見せておいて、おまけにいきなり唇まで奪っておいて、なんにもないなんて言わせない。

「ああ」

樋口が、何かに思い当たったようにふっと笑った。

「ちょっと、やなことがあってさ」

「嫌なこと？　所長との間に……ですか？」

立ち入ったことは聞かない方がいいだろうかと思いつつ、口は勝手にしゃべっていた。

「う～ん……まあね」

「俺が聞かない方がいいことなんですか？」

遠慮がちに樋口を見ると、わりとさばさばした返事が返ってきた。

「いや、別にかまわないけど。でも、楽しい話じゃないよ？」

「楽しかったら、あなた、あんな顔してないでしょう！」

また息巻いてしまった。樋口が一瞬驚いた顔をして、それから、なんとも形容しがたい目で俺を見た。

「三上君さ」

「はい」

名前を呼ばれて、思わず居住まいを正す。先生にお説教を食らう前の、小学生みたいに。

「君、俺のこと好き？」

「は？」

直球かよ。あんまり素直に聞かれたんで、一瞬、何言われたのかわかんなかった。

「好き?」

でも樋口は、いつになく真剣な目でまた聞いてきた。

「いや、その……。好きか嫌いかって聞かれたら、前者の方……だと思いますけど」

「思う?」

なんだよ、その顔。こんな答えじゃご不満ですかい? でも、思わなきゃ好きも嫌いもないいから、答えとしては間違ってないぞ。

「だいたい、嫌いな人を部屋に呼んだりしないでしょうが」

ちょっと補足してみた。案の定、樋口の顔が少し綻んだ。

「嫌いな人とはキスだってしないよね?」

「なっ……!」

くそ、そう来るか。なら、俺だって負けてない。

「あ、あれは樋口さんが無理矢理……」

「無理矢理? でも、嫌だったら拒否すればいいでしょ?」

確かに拒否はしませんでしたね。俺の答えなんかとっくにわかってるって澄ました顔は、完全に勝者のそれだ。

「いや、だからあれは、びっくりし過ぎて逃げられなかったっていうか……」

「逃げたかったの？」

悔しいけど、口ではこいつに勝てない。こうなったら逃げるが勝ちだ。

「あの、樋口さん。この話題はもう……」

さっきからポプリが、事の成り行きをじいっと見守ってる。ものすごい圧迫感。こいつの前でこんな話をするのは、なんだか審判にかけられてるみたいで苦しい。耐えられない。

「三上君。ここ、大事なとこだから。ちゃんと聞かせて」

「そう言われても……」

「好き？」

今夜の樋口はいつになく頑なだ。今までは、俺がお茶を濁しても残念そうな顔をするだけで、わりにあっさり引き下がってくれたのに。

だから俺は怖くなるのだ。ここで白黒つけてしまったら、この先、ポプリとの関係も変化してしまいそうで。いやそれより、ポプリが消えてしまうんじゃないかって。

（ああ、もう！　なんで今日に限って、こうめんどくさいことばっかりまとまって来るんだよ！）

　ポプリが言ってた。糸の長さがぎりぎりまできてるって。これ以上伸ばそうとしたら切れちゃうんだって。切れちまったらおまえ、俺の前からいなくなっちゃうのか？そして、その糸が切れるか切れないかは、俺がこれから樋口に言う一言で、決まってしまうんじゃないだろうか？

「す……好きですよ、そりゃ。あったりまえじゃないですか。だって、樋口さんは俺の大事な先輩だし上司だし……まあ、今のとこ、唯一の友達？　だし」

　これでどうだ！　とばかりに、やっとの思いで口にした答えは、残念ながら、樋口を満足させるようなものではなかったらしい。

「先輩とか友達とか、そういうのはどうでもいいんだけどなあ」

「よくない！　よくないですよ！　友情は大事でしょ、樋口さん」

　気がつくと、いつの間にか、樋口がずいぶん近くまでにじり寄ってきてた。ここは我が家だ。職場のロッカー前じゃない。ポプリだって側にいる。大丈夫、大丈夫だ。

俺は流されない、流されない、流さ……れ……。

樋口の顔が、ドアップで目の前に広がっている。俺は離れようと畳の上をいざったが、引いた分だけ敵は近づいてくる。

「じゃあ、友情は今ここまでにして、これから捨ててくれる？」

「近過ぎ！　樋口さん、顔近過ぎます！」

今度は畳を蹴って、後ろ向きに滑った。立ち上がって逃げればいいんだろうけど、なぜか、そんなこと思いつきもしなかった。それとも、腰が抜けたって言うべきか？

ほとんどキッチンの板の間まで後退した俺の腕を、樋口ががっちり掴んで言った。

「逃げないの」

「いや、でも……」

その時。俺の視線が、息を詰めて成り行きを見守ってるポプリを捕らえた。お願いポプリ、助けて！

「友城！」

俺の心の叫びが届いたのか、ポプリが秒で駆け寄ってくると、力いっぱい樋口を押しのけ、俺を守るみたいににしがみついてきた。

「ポプリ！　ごめん、俺……」

小さな救世主に救われた俺は、もうちょっとで嗚咽を漏らしそうになってしまった。

と、次の瞬間。まるで時間切れで魔法が解けたみたいに、樋口の勢いがするるっと消えた。

「三上君……君、何してるの？」

「え？」

樋口を見ると、さっきまでの猛禽類みたいな目はどこへやら、まるで怪奇現象に遭遇したみたいにうろたえている。

「なんで一人でうずくまってるの？　それに、今誰かに謝ってなかった？」

「え？　あの……」

俺もうろたえた。ここは一体、なんて答えればいいんだ？　今夜こそ、樋口にポプリの存在を知ってもらおうって思ってたのに、いざ彼が何かに感づいたとわかると、どうしてこんなに動揺してしまうんだろう？

「ねえ、やっぱり何かいるんじゃない？」

俺が黙っていると、樋口が核心に迫る発言をした。その「何か」を探すように、視線が部屋の中をうろうろ彷徨ってる。

「三上君には見えてるの？　さっきから誰かとしゃべってるよね？」

どうしよう。ここはちゃんと説明すべきじゃないだろうか？　そのつもりで、さっきは樋口を試すようなことをしてみたんだから。

けど、いざとなると、やっぱり戸惑いが顔を出す。いくら俺が説明したって、見えも聞こえもしないものを信じろっていうのは、どだい無理があるんじゃないか？　下手をすれば、俺の頭がおかしいってことで決着がついてしまうかもしれない。そうしたら、樋口の好意どころか信頼まで失って、果ては、また職場を追われないとも限らないのだ。慎重に、慎重に。

「どうも君って、独り言が多いなあって思ってたんだけど。ほんとは誰かいるの？　君には見えてるの？」

「樋口さん……」

「俺が君に近寄ろうとするとさ、どうも何かが邪魔してくるような気がしてしょうがなかったんだよね。それって、幽霊？　じゃないよね。だって、ぜんぜん嫌な感じしないもの」

「嫌な感じするもんなんですか？　幽霊って」

そう聞きながらちらっとポプリを見ると、勢いよくかぶりを振った。こいつは幽霊じゃないらしい。少なくとも。

「知らないよ。遭遇したことないからね。それより、もう一回試してみていい？」

言うが早いか、樋口の顔が近づいてきた。ポプリが悲鳴を上げてそれを押しのける。と、

「わっ！」

控えめな悲鳴を上げて、樋口が自分の唇に手を当てた。

「何か……触った」

「友城に触っちゃダメ！」

「ポプリ！」

同時に三人分の声が上がったけど、樋口にはポプリの声は聞こえなかったはずだ。

見ろ、目ぇ剥いてるぞ。

「三上君、今なんて言ったの？」

「え～っと……」

「触るなって言った？」

「え？」

樋口が、神妙な顔つきで周囲を見回しながら聞く。びっくりしたのは俺の方だ。今のポプリの声、聞こえたのか？

「お、俺は言ってません！」

とりあえず否定する。そんなことこの人に言うはずないってことだけは、断言しておきたかったから。

「じゃあ空耳？」

「さあ？」

「でも、確かに何かが触ったよ？　こう、なんか柔らかくて小さいもの。赤ちゃんの手みたいな？」

当たらずとも遠からず。そこまで感知できるようになったんなら、樋口にポプリが見えるようになるのも、時間の問題かもしれない。

「三上君。幽霊じゃないなら、何がいるのか教えてよ。君には見えてるんでしょ？　その……ポプリとかいう名前の何かが」

恐るべし、樋口。そっちもちゃんと聞こえてたのか。

「食事の前に変なことばかり聞いてきたのってさ。俺にその何かが見えるのかどうか、試してたんじゃない？」

「あの……その……」

俺がしどろもどろになるのとは反対に、樋口は落ち着きを取り戻してきた。職場にいる時の、シュッとした「ミスターパーエクト」が現れてくる。

「驚かないから教えて？　だって、君に見えてるのに俺には見えないなんて悔しいもの。せめて、どんな奴がそこにいるのか教えてよ」

助けを求めてポプリを見ると、今度は何度も頷いてる。ならば、迷う必要はないだろう。

俺は樋口に向き直ると、

「見た目十二、三歳の男の子がいるんです。彼が言うには、人間じゃないそうです」

と、なるべく客観的に説明した。

「男の子?」

予想外だったんだろうか? 樋口はしばらくぽかんとしてから、改めて聞いた。

「その子がポプリ?」

「そうです」

「へえ」

それからきょろきょろ辺りを見回すと、樋口は「ポプリさん、初めまして」などと間の抜けた挨拶をし、あらぬ方向にぺこりと頭を下げた。

「あ、違います。ポプリはこっち。それから、初対面じゃないですから」

俺が訂正すると。樋口がぱちりと瞬きした。

「そうなの?」

「そうだよ!」

ポプリが返事をしたけれど、これは聞こえなかったようだ。相変わらずレーダーで探るみたいに首を振りながら、部屋の隅々を見渡している。

「ねえ、ポプリ君ってどんな子？　三上君、絵、描いてよ」

今度は何を言い出すかと思ったら、この人。

「絵……ですか」

自慢じゃないが絵心はゼロだ。小学生の頃、夏休みの宿題で近所の犬をスケッチしたら、完成した俺の絵を見た担任に、これはゴキブリかと聞かれて落ち込んだ経験を持つ強者だ。人の子（に見える）の似顔絵なんか、絶対に無理だ。

それでも、どうしてもとせがまれ、学生時代に使ってたレポート用紙を引っ張り出すと、ボールペンを走らせ、なんとかポプリの姿を写し取ってみた。

「う～ん……」

「ちょっと、これひどくない？」

俺の作品を目にするや、樋口とポプリが、同時に眉間に皺を寄せた。

レポート用紙の上には、ひょろひょろの線で描かれたマッシュルームが、頭にブロッコリーを載せ、よろけそうな格好で立っている。

「これ……人？」

「これ、俺？」

ご不満なのはわかりますがね、お二方。俺にはこれで精いっぱいなんでございますよ。丸顔の上に天パの髪が被さってるのを表現したつもりなんだが。自分でも、失敗作なのはわかってる。そこは大目に見てくれ。

「まあ、もっとずっと人間っぽくって、かわいらしいですけどね」

ポプリの名誉のため、付け加えておいた。

「それから、瞳の色は薄緑色で、とってもきれいなんです」

「へえ」

ポプリの嬉しそうな顔に反して、樋口が微妙な表情になった。

「外国人？」

「いや、人じゃないんで」

「ああ、そうだったね。でも、白人の子みたいなの？」

「う～ん……」

ポプリの見た目は、中途半端なハーフってとこだ。っていうか、よくできた人形が動いてるみたいでもある。

突然、俺は猛烈に、樋口にポプリを見せてやりたくなった。いや、紹介したくなった。

「なあ、ポプリ、おまえも樋口さんに挨拶しろよ」

粘着テープで俺に固定されてるみたいな子供に声をかけてみる。すると彼は、いきなり立ち上がって樋口の側まで来ると、思い切り髪の毛を引っ張った。

「い、痛てっ！　何これ、どうなってるの？」

これは感じるんだ。俺は感心しながら
「こいつがやったんです」

とポプリを指差した。見えないだろうけど。

相変わらず的外れな方向を見ながら、樋口が頭を擦る。

「ひどい挨拶だな」

「ポプリ、だめじゃないかあんなことしたら。髪の毛抜けるぞ」

俺が軽く叱ってやると、樋口が「そこ？」と言いながらまたきょろきょろした。

「まあ、いいや。ポプリ君、見えなくって残念だけど、君には僕が見えてるんだよね？」

樋口が何やら改まった様子で言うと、ポプリが「あったりまえじゃん！」と怒鳴り返した。

聞こえない声に耳を澄ますように数秒待ってから、樋口は続けた。

「じゃあ聞いて。俺……いや僕は、三上君が大好きなんだ。それはもう知ってるよね？」

「ちょっと、樋口さん！」

何を言い出すんだ、こいつ。慌てて止めようとしたら、恐い顔で制止された。見ろ、ポプリの顔が険しくなってきたじゃないか。

「君も三上君のことが好きなんだよね？　だから一緒にいるんでしょう？」

見えないもの相手に、樋口が真剣に語りかけている。なんだか異様な光景だ。

「僕には君が見えないし、声も聞こえないけど、君の気持ちは感じてるよ」

そうなのか？

「だから、君にお願いがあるんだ」

「お願い？」

俺とポプリが同時に聞いた。もちろん、樋口には俺の声しか聞こえなかったろうけど。

「僕が三上君と結婚するのを、認めてくれないかな？」

「はあっ？」

何言い出すんだ、こいつ。頭大丈夫か？　よりによって、ポプリの前でそんなこと……いや、ポプリに聞いてるのか。

「けっこん……」

ポプリはと見ると、唖然として口をぱくぱくさせてる。これはこれでかわいいんだけど、今の問題はそこじゃない。

「僕は他の誰かと結婚させられるくらいなら、今ここで、玉砕覚悟で告白する」

「樋口さん、あんた何言って……」

驚きのあまり、俺がひたすらあたおたしてると、奴はかつて見たこともない真剣な顔で、俺の両手を取ると言った。

「三上君、僕は君が好きです。今まで逢った誰よりも、君のことが大好きです。大切に思ってます。君がもし……もしも、ほんのちょっとでも、僕と同じ気持ちでいてくれるなら……僕にチャンスをくれませんか?」

それから樋口は、恭しく俺の手に口づけた。まるで、おとぎ話の騎士がお姫さまにするみたいに。

「ひひひ、樋口さん! 気は確かですか! あんた、自分が何言ってるのかわかってます?」

キスされた手を大急ぎで回収すると、俺は真っ赤になって問い質した。

「わかってるに決まってるでしょ。三上君、これは冗談でもお芝居でもないよ。俺、こんなに真剣になったのって初めてなんだ。だからほら、心臓がこんなにどくどくいってる」

そう言うなり、樋口はもう一度俺の手を取ると、有無を言わさず自分の胸に押し当てた。ほんどだ。クールな表情からは想像もできなかったけど、今彼の心臓は、バラバラ一歩手前までばくばくいってる。かわいそうなくらい。

「ほんとだあ」

ポプリも俺の手の横に耳をくっつけると、樋口の鼓動に耳を澄ませた。

「この人、もうちょっとで死にそうだよ」

なんてひそひそ声で教えてくれたけど、普通にしゃべって大丈夫なんだぞ。

「いや、これぐらいじゃ健康な人間は死んだりしないよ。けど、おまえどう思う？」

「どうって？　聞かれてるのは友城でしょ？」

「そうだけど……。でも、おまえの気持ちも考えないと。だっておまえ、俺がこいつと仲良くすると邪魔するじゃないか」

「だって、友城が困ってるから」

「それだけ？　おまえが嫌だからなんじゃなくて？」

「そりゃ、嬉しくはないけど。でも、もしこのまま状況が変わらなかったら……言ったでしょ？　もう糸が切れそうなんだって」

「だからなんなんだよ、糸って。それとこれと、どういう関係があるんだ？」

俺たちが揉めていると、「お～い」と声がかかった。しまった、すっかり樋口のことを忘れていた。

「もしかして、二人で相談ごと？　ひどいよ、俺だけ蚊帳の外なんて」

顔を向けると、樋口が口をへの字にしてこっちを見てた。せっかく一大決心して告ってくれたのに、かわいそうなことをしてしまった。

「すいません、こいつがわかんないこと言い出すもんで」

俺が謝ると、樋口はさらに困った顔になった。

「三上君は、やっぱりポプリ君の気持ちを尊重したいんだね？」

「あ、いや。そうじゃなくて……そうでもあるけど」

言いかけると、ポプリに袖を引かれた。

「なんだよ」

「一週間あげる」

「一週間？」

ポプリが唇を引き結んで頷いた。薄緑色の目の上に、涙の膜が張っている。それをこぼさないように、彼は瞬きするのを必死で堪えていた。なんでだ？　なんで泣くんだよ、ポプリ。

「友城に一週間あげる。そこまでが限界だ」

「限界ってなんのだよ？　例の糸が足りないとかって話か」

「そうだよ」

「三上君、彼はなんて言ってるの？」

　樋口が窺うように聞いてきたけど、俺にだってわからない。俺は黙って首を振った。

「一週間くれるって、その間俺は何をすればいいんだ？」

　心の真中に、灰色の絵具がぽとりと落ちた。楽しかったはずのポプリとの暮らしが、砂の中に吸い込まれていくような恐怖を感じた。

「俺がなんだったのか思い出して。それだけでいい。あそこで交わした約束はそれだけだったから。友城の中に、どれだけ俺が残ってるかが分かれ目なんだって。そう言われた」

「だから！　そんなわけわかんないこと、誰が言ったんだよ？　おまえ、自分で自分がなんなのかわかんないんだろ？　だったら、俺が知るはずないじゃないか。いいかげんに、その変な謎かけやめろよ！　人をおちょくって面白いのか？」

　つい、声を荒げてしまった。これはまずい。これはきっと、ポプリの焦りが伝染してるんだ。わけのわからない謎をかけられたのは、俺じゃなくてポプリなんだ。それも、自分でなんとかできることじゃなくって、鍵を握ってるのは俺なんだ。

俺はポプリを突き放すと、何も言わずに玄関に向かった。一つも解決策にはならないけど、とにかく、一人になって頭を冷やしたかったんだ。

「どこいくの、友城！」

「どこ行くんだい？　三上君！」

二人分の声が疑問符をしょって追いかけてきたけど、俺は肩を揺すってそれを振り払い、三和土に脱ぎ棄ててあったサンダルに足を突っ込むと、返事もせずに表へ飛び出した。

「友城！」

「三上君！」

ドアを開けたと同時に二人が叫ぶ。そんなでかい声出すなよ、近所迷惑だろ。「うるさい隣人」のレッテルを貼られたら困るんだけど。

二人とも、人の心をさんざんひっ掻き回した挙句に、大声で名前を呼ぶのはやめてくれ。いたたまれないこっちの身にもなってみろ。

俺はプリプリしながら階段を駆け下り、アパートに背を向けると闇雲に歩き出した。

でも、本当に腹が立ってるのは、たぶんそのことじゃない。イライラの原因がどこにあるかなんて、実はとっくにわかってた。

俺は、二人から選択を迫られたのに動転したんだ。今まで、のらりくらりと美味しいとこだけもらうっていう、中途半端な関係に慣れちまってたから。あわよくばこのままずっと、宙ぶらりんのブランコを揺すっていたいなんて、虫のいいこと考えてた。だからきっと、バチが当たったんだ。

思えば俺は、三十年弱の人生の中で、決断というものが大の苦手だった。決断なんか大嫌いだ。だから、何かの節目にそれが迫ってくるのに気がつくと、早々に目を瞑ってしゃがみこんでしまう。思考停止してやり過ごそうと、心が勝手にダンゴ虫になっちまう。

そんなんじゃだめだってのは、わかってる。わかってるけど……怖い。自分で決断を下す決心がつかない。間違えてしまった時のことを考えると、怖くてたまらない。

(いったいいつから、こんなチキンになっちまったんだろう？　俺)

それを知るには、過去の自分をスキャンしてみることだ。あまり好きな作業じゃないけど、今こそそれをしなければならない気がする。どうしても。

だから一人になりたかった。あの部屋にいたら、どうしたって二人に思考を引っ掻き回されてしまうから。

夜の住宅街。ぽつぽつ灯る街灯の下を、サンダルを引きずりながら歩くくたびれた男になんか、すれ違う誰も気に留めない。なぜって、彼らの人生では、俺はメインキャストじゃないから。この一瞬しか登場しない、役名もセリフもない、ただのエキストラだから。

それでいい。それでいいんだ。俺になんか、注意を払わないでくれ。通りすがりの電信柱とでも、思っててくれたらいい。それでいい。

だけどあの二人には、ちょっとばかり深入りし過ぎた気がする。ほっとけばよかったんだ。いくら構ってきたからって、俺がそれに応える義務なんてないんだから。そうすれば、こんなふうに、胸の中につむじ風が起こることもなかったろうから。

あいつらのせいだ。あいつらの。いや……やっぱ俺のせい？　また俺が悪かったのか？

（また？　またってなんだ？）

そこまで考えたところで、ふと足が止まる。おかしい。こんな道、近所にあったっけ？めちゃくちゃに歩き回ったせいで、迷子になっちゃったのか？

まあ、迷ったところで十分も歩いてない。戻ろうと思えばすぐ戻れるさ。そう思って、またしばらくうろついていたんだが……。

なぜか、回りの景色に見覚えがあった。アパートの近所じゃなく、別のどこかで見たことがある。なんだか、ひどく懐かしい感じ。

ブロック塀の穴から鼻先だけ覗かせてる間抜けな犬。もうちょっと行くと、左手に蔦に埋もれた古い家が……あ、ほらほら、見えてきた。幽霊屋敷って呼んで、みんなでおっかながってたっけ。

その家の角を右へ曲がると、幼稚園があるんだ。チビたちが、いつもキャーキャーうるさかった。

あ、あの信号を渡ったとこにあるのは、美味いって評判の焼き鳥屋。子供だけでは買いにいかせてもらえなかったのは、当時、昼間っから酔っ払いが溜まってる店だったからだろうか？

それを横目で眺めながら、道路に引かれた白線の上をたどっていくと――俺たちの中学がある。

（ほらあった！　わあ、懐かしいなあ）

両腕を広げて迎えてくれてる校門の中へ、俺は、迷うことなく入って行った。

第九章 「お帰り」のあとさき

1．横たわるライオン

俺は玄関を入ると、いつもの通り、真っ先に雪里の靴箱を覗きに行った。そこに、白い上履きが昨日の夕方と同じまんま鎮座してるのを確かめると、ちょっとがっかりするのと同時に、少しほっとした。

(雪里はまだ病院なんだ。一人で、のうしゅようと戦ってるんだ。ここにこれがあるうちは、俺の勇者は、まだ戦いの真っ最中なんだ)

(でも、もし上履きがなかったら……)

そのことは考えたくなかった。答えは二つに一つ。元気になって登校してきたか。もう上履きがいらなくなってしまったか。

俺は毎朝同じことを繰り返しては、雪里がいないことに耐えていた。

教室に入ると、そこでもまた、彼の不在を思い知らされた。

雪里が入院してから、彼の机の上には一冊のノートが置かれている。確かクラス委員の女子が発案したんだったか、入院中の雪里に毎日一人ずつ、何か言葉を書き留めようということになったんだ。

「おかえり橋野君」と、表紙にでかでかと書かれたそのノートは、雪里が復活する日を待ちながら、みんなの書き込みで少しずつ埋まっていった。

正直、俺は乗り気じゃなかった。雪里を励ますんなら、直接会って言葉をかけたかったし、手を握るなり、肩を抱くなりしたかったから。もちろん、言葉をかける以上のことは人前ではできないから、みんなで見舞いに行った時は、当たり障りのない会話をして、欲求不満を抱えながら帰るだけだったんだけど。

ところで、実際に俺たちが奴の見舞いに行けたのは、手術が終わってだいぶ経ってからだった。あまり待たされたんで、俺は心配で、心臓が潰れるんじゃないかと思った。手術がうまくいかなかったんじゃないのか？　あいつは、もうこのまま帰ってこないんじゃないのか？　って。

縁起でもない想像は浮かぶ側から頭から叩き出していたけれど、不安はいつも隣にあった。それを言うなら、俺なんかより雪里本人の方が、よっぽど不安なんだろうけど。

(雪里、がんばれ)

(雪里、のうしゅようなんかに負けるなよ)

俺は毎日、心の中で奴を励まし、自分を奮い立たせた。

そんなある日。

「雪里ちゃん、集中治療室から出られたそうだよ」

かあちゃんが、いい知らせがあると言って俺にそう教えてくれたのは、雪里が入院してから三週間を過ぎた辺りだった。

またしても自分より先に大人たちがその情報を掴んでいたことに、少なからず不愉快な気分になりながらも、俺の心には久々に薄日が射した。

「見舞いに行ってもいいの?」

できるならクラスメイトに抜け駆けて、真っ先に会いにいきたかった。

「大丈夫みたいだよ。ただ、大勢で押しかけたり、長居したりするのはダメだからね」

「そんなん、わかってる」

ぶすりと返すと、かあちゃんはちょっと顔をしかめたけれど、俺の気持ちはわかってくれてたみたいで、それ以上細かいことは言わなかった。

＊＊＊

「友城！　来てくれたんだ」

恐る恐る病室を覗いた俺に気づくと、雪里は読んでいた本を投げ出して手を振ってきた。全開の笑顔が、手術がうまくいったんだと俺に教えてくれた。

「やあ……気分どうだ？」

お見舞いなんて、なんか気恥ずかしかった。かあちゃんに持たされた菓子折りを後手に隠すと、俺はきょろきょろしながら病室に足を踏み入れた。その様子を見た雪里が、おかしそうに笑って言った。

「怖がらなくってもいいよ。病気がうつったりしないから」

「んなこと思ってねーよ」

こんな状況で友達と顔を合わせるのなんか初めてなもんで、俺はすっかりテンパってた。パジャマ姿で病院のベッドの上にいる雪里を見るのは、なんだかいけないことをしてるような気がして、俺は俯いたままベッドの側まで近づくと、「これ」と言って、菓子折りの入った紙袋を差し出した。

「食べれる？」

「うん、食欲はあるんだよ。ちょっと前までは、吐き気がひどくて食べれなかったんだけどさ」

にこにこしながら菓子折りを受け取ると、雪里が包装紙を目にして歓声を上げた。

「わあっ！　ドンナ・ガゼッタのクリームサンドだ！　これ、なかなか食べさせてもらえなかったんだよね〜、ありがとね、友城」

その反応にひとまずほっとする。かあちゃん、ナイスチョイス！

さっそくべりべりと包装紙を引っぺがし、紙箱に行儀よく並んだ菓子に嬉しそうな目を向けると、雪里は一つを取って俺に差し出した。

「あ、俺はいい。おまえのお見舞いなんだから、おまえ食えよ」

慌てて遠慮すると、不満げな顔が俺を睨んだ。

「一緒じゃないとやなの」

そう言うなり、雪里は個包装の袋を破ってクリームサンドを裸にすると、俺の口の前に突き出した。

「齧って」

ここで逆らっても仕方ないので、俺は言われるままに口を開け、バターの匂いのするそれを一口齧った。

俺がクリームサンドを齧り取ると、雪里はにっこり笑って、残りを自分の口にぱくりとくわえた。

「おいしい」

リスみたいにもぐもぐしながらクリームサンドを食べてしまうと、口の端にくっついた菓子のくずを舌先でぺろりと舐め取り、雪里は満足げに微笑んだ。こちらを見た瞳がもの言いたげで、俺は思わずどきりとした。

「雪里」

意味もなく名前を呼び、少しだけ身体を寄せようとしたその時。

「あら、来てくれてたの？　久しぶりね、友城君」

背後からかかった声に俺は飛び上がった。振り返ると、雪里のかあちゃんが、畳んだ洗濯物を持って病室へ入ってくるところだった。

「あ、はい、どうも。ご無沙汰してます」

この人がここにいて当然なのに、俺はわけもなくドギマギしてしまった。ついさっき胸に浮かんだ感情を彼女に気づかれてしまいそうで、ひどく居心地が悪かった。

「雪里、下着と新しいタオル、ここに置いとくからね」

「うん。ありがと」

雪里のかあちゃんは、日常の一コマみたいなありきたりのセリフを息子にかけただけだったし、雪里もあたりまえの返事をしただけなんだけど——それだけなのに、なぜか俺の心臓は、いきなり駆け足を始めた。なんだか、ひどく生々しいものを見せつけられた気がして。

どうしてそんな気分になったのかはわからない。けど俺はその時、雪里のかあちゃんにさえ、俺たちのいる空間に入ってきて欲しくなかったんだ。俺は雪里と、完全に二人っきりでいたかったんだ。

でも、ここは病室だ。そんなことは叶うべくもない。

俺はなんとなく愛想笑いを浮かべ、なんとなく当たり障りのない会話をした。奴のかあちゃんは学校のことを聞きたがったし、雪里はと言えば、クラスの奴らがどうしてるかなんて、いっそどうでもいいことばっか口にした。ほんとはもっと別のことをしゃべりたかったのに、病院の中っていう制約と、かあちゃんっていう漬物石みたいな存在が、俺たちの邪魔をしてたってわけだ。

「今度は、クラスのみんなも一緒に来てね」

最後にそんな言葉で釘を刺されると、俺は病室を追い出された。

もちろんこれは俺の勝手な感想で、別に、雪里のかあちゃんに意地悪をされたわけじゃない。それはわかってる。わかってるけど……。

煮え切らない思いを抱えたまま、俺は項垂れて家路についた。

初回のショックから、その後俺は、なるべく誰かと連れだって見舞いに行った。

結局、雪里が望んでたのとは違う結果になってしまったけど、仕方ないのは二人ともわかってた。

だって、俺たちは子供だ。いくら気持ちの持ち合わせが溢れるほどあるからって、まだまだ自分たちの自由にはできないんだ。大人の目の届くところでは。

だから、雪里には早く帰ってきて欲しかった。あの白くて四角い場所を出て、俺たちの住む世界へ。

最初に見舞いに行ってからしばらくして、雪里は「リハビリ」ってやつを開始した。

ずっと寝たままだったので筋肉が落ちてしまってるから、それを元に戻さなきゃなないんだって。

「筋肉って減るもんなのか？」

成長期まっただ中の十三歳には、想像もつかないことだった。

「うん。俺もびっくりしたんだけどさ、ベッドから降りようとしたら、足がちゃんと立ってくれないんだよ。足首がこう、ふにゃ～ってなってさ。よろけてこけそうになっちゃった」

「危ないじゃねーか！」

思わず本気出して怒ったら、雪里が笑った。

「おなじこと、看護婦さんとかあさんにも言われた。でも、自分の足だよ？　まさか言うこときかないなんて、思わないじゃん？」

「あれ？　でもおまえ、小学生の時も入院してたんじゃ……」

言いかけてはっとなる。何度も病院の世話になってるってことを、わざわざ再確認させる必要もないじゃねーか。バカかよ、俺！

けど雪里は、俺の不用意な言葉を気にするふうでもなく、「だって、あの時はチビだったからさ。あんまし憶えてないんだよね」なんて明るく答えてくれた。

「筋肉がなくなるって、歩けなくなるだけ？」

そそくさと話題を変えた俺に、雪里は「見て」と言って掛布団をめくると、右足のパジャマの裾をたくし上げてみせた。

そんなことしてくれなくていいのに。でも、逃げる隙も与えられなかった俺の目は、雪里の限りなく細くなってしまった足に、否応なく釘づけになった。

(マジかよ……)

ただでさえか細かったその足は、今では鉛筆みたいにカリカリで、筋肉なんかどこにあるのかわからない。

俺は思わず目を背けそうになったけど、かろうじて思い留まった。一番これを見たくないのは、雪里本人だろう。俺が目を逸らしてどうする。

「ほっせー足。ますますかわいくなったんじゃね?」

笑い飛ばすわけにもいかないし、なんとか明るい方に持ってこうとそんなふうに言ってみたけど、まったくもってうまくいかなかった。

「かわいくなんかないよ。ってか友城、いつまでも俺のこと、子供扱いしないでよね。こう見えて俺、友城よか年上なんだし」

「ごめん……」

「早く病気治して、一生懸命リハビリして、高校行く頃になったら、俺、きっと友城よりでかくなってるよ」

「何それ。マジありえねー」

「ありえるって！」

どこまで本気なのかわからなかったけど、細い指を握りしめて拳固を作ると、雪里は俺の胸をこつんと叩いた。そのあまりの衝撃のなさに、俺は足元がぐらつくほどびっくりして……それから怖くなった。

(病気するって、こんなに変わっちゃうんだ……)

恐怖心をごまかすため、俺は大袈裟に「いってえ！」と叫んで胸を押さえ、うずくまってみせた。

胸が痛んだのは本当だ。ただし、骨と肉に守られた身体のずっと奥の、ものすごく柔らかいところだったけれど。

それから、また二ヶ月ほどが過ぎた。

俺と他のクラスメイトは、授業のノートやプリントを持って、定期的に雪里を見舞いに行った。

俺はと言えば、見舞うなんて言葉は使いたくなくて、ただただ、あいつの顔を見たくて、声を聞きたくて、病室に通ってたんだけど。

雪里はリハビリの甲斐あってか、だんだん元のあいつに戻っていった。日に当たらないせいで、その顔はいつにも増して白かったけど、頬には血色が戻ってきて、一時はなくなってた髪の毛も、春の花壇みたいにふわふわした新芽（じゃないけど）が生えてきてて、俺の大好きなくるくるの髪が復活するのも、きっと時間の問題だ。

「おまえ、いつ戻ってこれるの？」

雪里と特に仲がよかった数人と、見舞いに行った時のこと。そのうちの一人が何気なく尋ねた。

彼にしてみれば、他意なんてなかったんだろう。けどその質問に、雪里はすぐには答えなかった。答えられなかったんだと思う。

「うん……頑張ってはいるんだけどね。なかなか体力が戻んなくってさ」

小さな声で答えた雪里。きっと自分だって、一日も早く退院して、元の生活に戻りたいんだ。そんなのあたりまえじゃないか。だから毎日、つらい思いしてリハビリやってるんだ。思うように動かせない自分の身体に雪里が涙を堪えてるのを、俺は何度も、リハビリ室の外から見てる。

入ってくるなと言われてたから中には入らなかったけど、奴の必死な姿に、俺は両手を握り締め、こっそり声援を送ったもんだ。

「立て、雪里！　おまえは勇者だ、ぜったい負けない、最強の戦士なんだ！」

その頃クラスメイトの間では、雪里の進級のことがたびたび話題になった。もちろん、本人のいないとこで。

「あいつってさ、一年遅れてるんだろ？　このままだとまた出席日数足りなくて、もう一回、二年やんなくちゃならなくなるんじゃねえの？」

「え～、それかわいそう！　でも、橋野君ってかわいいし、声変わりもしてないから、永遠に二年生でもいいかも～」

「なんだよ、それ。橋野がかわいそうじゃん」

「あ、でもでも。橋野ってさ、頭いいから、出席日数なんか関係なく進級できるんじゃない？」

「そうそう。せっかくノート持ってってやったのにさあ、あいつ、そこはもう自分でやったからいいとかって言いやがんの。嫌味かよ！　って感じだよな」

　みんなが好き勝手なことを言って盛り上がってるのを聞き流しながら、俺はぼんやり考えごとに耽っていた。

（もし、雪里がまた留年したら……一緒に高校に通えるのは、二年間に減っちゃうのか）

　だいたい、同じ高校に行けるかだって怪しい自分の成績はさておき、俺の心を占めていたのは、いつだって、どれだけあいつと一緒に過ごせるのか、何年、何十年、あの笑顔を側で眺めていられるのかってことだけだった。もちろん何十年も経てば、いくら無敵の童顔だって、いつかはおっさんになってしまうんだってことは、端から考えてなかった。

　つまり、俺は一生……死ぬまで、あいつを独占したかったんだ。

2. 勇者の帰還

悶々と過ごした日々も、いつかは終点にたどり着くもんだ。

年が明けた一月七日。三学期が始まる日だ。正月に雪里に会えなった俺は、なんとなく不完全燃焼気味の感情を持て余していた。だから、新年の清々しさもさして感じられないまま、ほとんど惰性で登校したんだ。

そしたら——。

（あれ？）

いつものように雪里の靴箱を覗いてみた俺は、そこに上履きがないのを発見した。

（雪里……来てるのか？）

去年最後に会ったのは、クリスマスイブだ。みんなで買ったプレゼントを持って、結構な大人数で押しかけたんだった。この企画、女子どもが異常に乗り気だったのに驚いた。あいつ、そんなに女子に人気あったのかって、ちょっと妬けた。雪里に妬いたんじゃなくて、そんなふうに、あけすけに好意を表現できる女どもに。

でもその時は、いつ頃退院できるのかは聞かなかった。あいつ自身、「早く家に帰りたいよ～」なんてぼやいてたんだから。

（じゃあ……？）

心臓が、不安と期待の間でどっくんどっくん揺れ出した。

俺は急いで自分の上履きをつっかけると、すれ違う先公やダチどもにろくすっぽ挨拶もせず、教室へと猛ダッシュした。

（いた……！　雪里！）

自分の席に座り、先に登校してたクラスメイトに囲まれてるその姿を目にしたとたん。ずっと心に被さってた灰色の雲が、あっという間にどこかへ吹き飛ばされてしまった。

「雪里！」

それ以上は言葉が出なかった。でも、そんなのはどうでもいいんだ。

「雪里！　来てたんだ」

俺が駆け寄ると、まるで、馬に乗って登場した将軍に道を開ける民衆みたいに、雪里を取り巻いてた奴ら全員、さっと脇に避けてくれた。くれたんだ、きっと。

俺は、俺の心の勇者の前まで来ると、恭しく跪く代わりに、ただただ、口をパクパクさせてた。間抜けな将軍は、感激のあまり、口もきけなくなってたってわけだ。

「ただいま、友城」

雪里が、立ち上がって俺に手を伸ばす。そう、この手にキスしていいのは、それを許されてるのは俺だけだ。

俺は伸ばされた手を両手でそっと握ると、「おかえり」と一言言ったまま、後は言葉が出なかった。

手の中の雪里の一部は、小さくて薄くて細かったけど、ほんのりあったかかった。

雪里が生きてる証拠だ。

俺は、ほっとすると同時に力が抜けて、がくんと床に膝をついてしまった。

「友城！」

「三上君！」

「おい三上、大丈夫かよ？」

雪里じゃなくて、健康そのものの俺がよろけたもんで、みんな仰天してめいめい声をかけてくれたけど、俺はそれどころじゃなかった。

俺に合わせてしゃがみ込んだ雪里が、俺の頭を抱きしめてくれる。よせ、こんなとこで。みんな見てるじゃないか。そう思ったけど、俺は口がきけなくなってたもんで、ただ、雪里にしがみついて震えてた。

「いつ退院したんだよ？　なんで教えてくれなかったんだよ！」

やっと口を突いて出てきたのは、ねぎらいの言葉じゃなくて、雪里への恨み言ばかりだった。でも、そこはやっぱり俺の雪里だ。言葉の中に隠した俺の本心を、ちゃんと汲んでくれていた。

「ごめんね。友城にいっぱい喜んでもらいたくってさ。嬉しいことは、ちょっとずつよりいっぺんにまとまって来た方がいいでしょ？」

「何バカ言ってんだよ……！」

文句たらたらの俺の頭を、雪里が優しく撫でてくれる。まるでかあちゃんみたいに。

「それにさ、いつ退院するのか教えちゃったら、みんなまた、歓迎会とかやってくれようとするんじゃないかって思って。それ、すっごく恥ずかしいから。ぜったい、やだから」

「そだな……」

クリスマスプレゼントを持って、みんなでお見舞いに行った時のことを思い出した。病室に仰々しく入場していった時の、雪里の微妙な笑顔。あれ、恥ずかしかったのか。

「三上～、いいかげん橋野から離れろよ～」

「雪里はおまえだけのもんじゃないぞ～」

「そーだよ、友城、ずるいよ、俺たちだって話したいんだからよー」

いつまでもくっついてたら周囲からブーイングが起きて、俺は慌てて雪里を放した。

雪里の手のひらが、名残惜し気に俺の頭から離れていった。

3. 峠の途中

それからの雪里は、学校に来たり来なかったりした。すっかりよくなったから退院できたんだとばっかり思ってた俺は、少なからずがっかりしたけど。

それでも、日々少しずつ雪里の身体がふっくらし、髪の毛も、元通りのくるくるが復活してくるのを目にすると、胸の上にずしりと乗ってた氷の塊は、少しずつ溶けて小さくなっていった。

「俺さ、留年しなくてもいいみたい」

ある日の放課後。今では、まるでボディガードみたいに雪里を家まで送ってくのが日課になってた俺は、まだスタスタ歩くのはしんどそうな奴の歩調に合わせて、ちっとも身長の伸びない雪里の隣を、いつもの六割くらいのスピードで歩いていた。

「ほんとかっ？　じゃあ、四月からまた一緒のクラスなんだな？」

三年間クラス替えのない俺たちの学校では、一度同じクラスに振り分けられた者同士は、卒業するまでずっと一緒だ。

もしかしたら、こいつを置いて三年にならなきゃならないんだろうかと鬱々としてた俺には、その知らせは神のお告げみたいに思えた。

「うん。一応、学力テストみたいなのは受けなきゃなんないみたいだけど」

「そんなん、おまえだったら楽勝だろーが！」

すっかり有頂天になった俺の声は、浮かれ過ぎて裏返ってしまった。声変わり真っ最中の頃みたいに。

「だからさ、友城。高校も一緒に、おんなじとこ行こうね？」

念を押してくる雪里の声が、わずかばかり不安そうに聞こえたのは、俺の成績を心配してのことなんだろう。確かに、胸を張って同意するにはちょっと自信が足りない……と言うか、相当学力不足だったのではあるが。

「だいじょーぶだって。友城の勉強は俺が見てやるから」

兄貴風を吹かせて雪里が請け合ってくれたけど、情けないことに変わりはないよな。

「あ、そうだ！　友城にやるもんがあったんだ」

　ちょうど、雪里んちの前までたどり着いた時だ。気落ちしかけてた俺を励まそうとしてくれたのか、それとも、別にそんなご大層なことを考えてたわけじゃなかったのか。唐突に叫ぶと、雪里は俺を門前に残して、パタパタと家の中に消えた。

　そして、一分も経たずに戻ってきた奴の手には、見慣れたあの本があった。

「これ」

　雪里は俺に向かって、表紙に『深海の生物』と赤い字で印刷された図鑑を差し出した。何百ぺんもページが繰られたそれはずいぶんよれよれだったけど、持ち主の愛情をたっぷり注がれてきたおかげで、まだまだお役に立てますぞ、と俺の方に鼻を突き出していた。

「何？」

　わけがわからず聞き返すと、雪里はちょっと不満げにほっぺたを膨らませた。

「友城、前にこれ欲しいって言ってたじゃん」

「そう……だっけ？」

記憶にない。だいいち、そこに盛りだくさん載ってる写真はどれも俺にはエグ過ぎて、欲しいなんて思うはずないのだ。

それでも、何かの拍子に欲しそうな素振りを見せたのかもしれない。ちょっとした同調も、それを好きな奴にとっては、「仲間発見！」って感じで心に焼きついてしまうんだろう。

俺は差し出された本に手を伸ばすと

「じゃあ……もらっとく。サンキューな」

と、ちょっと引き攣った笑顔でそれを受け取った。

「けど、いいのか？　これ、すごく大事にしてたやつじゃん」

「だから友城にあげるんだよ。ちゃんと大切にしてよ？」

「また見たくなったら言えよな。すぐ返してやるから」

「大丈夫だよ。そこに載ってる写真も記事も、もう全部頭ン中に入ってるから」

「……マジかよ」

にこやかにすごいことを言う友人を、俺は驚きと羨望の目で見つめた。

これなら心配いらないだろう。こいつ、案外簡単に進級できるかもしれない。いやそれどころか、高校も大学も、望むところに入り放題だ。

なんだか気分が明るくなってきた。本当言うと、雪里の進級より、自分の進学の心配をしといた方がいいんだろうけど。

まあとにかく、あと一年ちょっとはこいつと一緒にいられる。また同じクラスで、一緒にいろんなことができる。

そう考えたら、俺たちの前途は雲一つない快晴に思えてきて、俺はもらった図鑑を胸に抱くと、スキップしながら家に帰った。

4・天に昇る城郭

三学期の最終日が来た。東京にも珍しく雪が降り、九時を過ぎた頃から積もり始めた。

学年最後の成績表をもらうためと校長先生の訓示を聞くため、それから、クラスメイトにしばしの別れを言うために、生徒たちは学校に集まった。

俺たちのクラスは、全員ちゃんと出席していた。もちろん雪里も。

「ウス。冷えるな」

相棒に声をかけて、隣の席に腰を下ろす。そこは俺の席じゃないけど、いいのだ。主が来たらどけばいいだけの話。俺がいつもそうやって雪里の隣にいたがることは、もうクラス全員が知ってることだし、文句も言われない。雪里が病気なこともあるんだろうけど、俺たちはそんなふうに、いつも特別扱いだった。

「やっと春休みだね」

雪里も俺を見て、にこりと笑った。大丈夫、元気そうだ。

毎朝教室で奴の顔を見て、その日の体調をそれとなく観察するのが、雪里が学校に戻ってきてからの、俺の日課になっていた。

そうやって注意深く見ていると、彼が少しずつ元気になってきてるのがわかって嬉しかった。

もう大丈夫。もう完全に、こいつはこっちに戻ってきた。俺たちの場所に。時々病院には行かなきゃならないのかもしれないけど、もう二度と、雪里はあの白くて独特の匂いのする部屋に、閉じ込められることはないんだ。

俺は自分に言い聞かせるみたいに、何度も心の中で復唱した。

今日を乗り切れば、明日から春休み。短いけれど、宿題もない。解放された二週間が始まるのだ。受験を控えてるわけでもない俺たち二年は、まだまだ気楽なもんだ。

「雪里、春休みどうすんの」

俺だけじゃなくいろんな奴から、雪里は同じ質問を浴びせられていた。みんな不安なんだ。しばらく目を離したら、このクラスメイトは、また来なくなっちゃうんじゃないかって。

「う～ん、やりたいことはいっぱいあるんだけど……」

「まだリハビリやるの？」

「もう入院しなくていいんだろ？」

（おい、おまえら！　少しは雪里の気持ちも考えろよ！）

勝手気ままに質問責めにするクラスメイトを横目に、俺は無言で、雪里だけを見つめていた。

その顔にちょっとでも不快の色が浮かんだら、すぐさま、奴を傍若無人な猿の群れから救い出してやるつもりで。

けれど、雪里は終始にこにこして、そのめんどくさい時間をやり過ごしてた。じゃない、楽しんでたのかも。こんなどうでもいいような会話にも、もしかしたら飢えてたのかもしれない。

帰り際。俺はいつものように雪里を送っていこうと、靴を履き替えて玄関で待っていた。あいつは進級に関する話があるとかで、担任に呼ばれて職員室に行ってた。

雪はかなりひどくなっていた。前庭の植え込みはこんもりとした雪の塊と化している。生徒たちの付けた無数の足跡が、玄関口から校門に向かって行進しているのを、俺は見るともなしにぼんやり眺めていた。

雪里はなかなか来なかった。だんだん身体が冷えてきて、こんなことなら教室で待ってればよかったな、などど後悔し始めた頃。

「友城、おまたせー」

やっと待ち人が来た。職員室は結構あったかかったのか、ほぼ屋外の玄関まで出てきた雪里のほっぺたは、食べごろの桃みたいにほんのりピンク色だった。

「寒かったでしょ。ごめんね」

そう言って、雪里が身体をくっつけてきた。予想もしてなかったスキンシップに、俺の体温は急上昇。おかげで寒さなんか吹っ飛んだ。

おまけにこいつったら、

「友城の手、冷たいね」

とかなんとか言いながら、大胆にも、ポケットの中に突っ込んでた俺の手をぎゅっと握ってきたもんだから、寒いどころか、汗が吹き出てきた。

「話、済んだのか」

動揺を隠すため、わざとぶっきらぼうに尋ねる。雪里はポケットの中で俺の手を握ったまま、小さく「うん」と答えた。

「じゃあ、帰るか」

出発の宣言をしてポケットから手を出そうとすると、雪里が思わぬ力でそれを引き留めてきた。

「待って。ちょっと付き合って欲しいとこがあるんだけど」

こっちを見上げた奴の瞳が、いつになく真剣に、何かを訴えようとしてる。

「何?」

「こっち」

俺の質問には答えず、雪里は今来たばかりの廊下の方へ、回れ右した。

「おい、帰るんじゃないのかよ」

せっかく三学期が終わったのに。早く休みに飛び込みたいのに。

俺は雪里の不可解な行動が不満だったけど、逆らう気は毛頭ないので、大人しくついていった。

連れてこられたのは理科準備室。実験に使う道具や、動物のはく製や、人体模型やらが雑然と置かれている部屋だ。正直俺は苦手だけど、雪里は、案外こういうのが好きなのだ。

「おい、勝手に入ったらヤバくね？　特におまえは、見つかったらマズイだろ」

せっかく進級できそうなのに、問題を起こしたりしたら一発アウトだ。それはやめてくれ、雪里。

「ちょっとだけだから。すっごくきれいなんだ」

「何がだよ」

はく製にされた鳥の目が怖い。こっちを敵だと感知して威嚇してる目だ。

もっと怖いのは人体模型。皮膚をむかれた等身大の人型は、全身を覆う筋肉が毒々しいくらい赤くて、同じようにまぶたを剥ぎ取られてむき出しになった目玉は、恨めしそうにこっちを見てる。これなら、まだ隣に立ってる骸骨の方が、かわいげがあると言えなくもない……いや、やっぱ怖いわ！

「雪里～何を見たいんだよ。早く出ようよ、こんなとこ」

　暖房の切れた室内は冷えきっていたし、天井で黄ばんだ色を放つ蛍光灯は、ここが特別な場所なんだって思い知らせてくれる。臆病だと思われるのは心外だけど、どうしても長居はしたくない場所だ。

「ほら友城、こっち来て」

　先を歩いていた雪里が、振り返って俺を手招きした。そっちは確か、ホルマリン漬けの寄生虫やら、飼育中の昆虫が入ったケースやらがずらりと並んでる、俺の最も苦手とするスペースだ。できれば近づきたくない。

「雪里～、俺、そいつら苦手なんだよ。近寄りたくないんだけど」

　情けないのはわかってるけど、どうしても足が嫌がって動きたがらない。なのに雪里は、そんな俺の嘆願をきれいさっぱり無視すると、一番奥にちんまり置かれている四角いガラスケースの中を、熱心に覗き始めた。

　仕方なくそっちに行ってみる。奴が見ていたガラスケースは、三十センチ四方くらいの小さな水槽だった。中には、たこ焼きより少し小さい透明なものが、うじゃうじゃ泳いでる。たこ焼きの中心には、漏れなく梅干しみたいな赤いものが入ってた。これはいったいなんだ？

「かわいいでしょ？　これが不死のクラゲだよ」

隣に立った俺の方を見ると、雪里が満面の笑顔で説明してくれた。

かわいいか？　こんなもん。だいたい、小さくて同じ形のものがいっぱい集まってるのって、どうにも気持ち悪いんだよな——とは、この嬉しそうな顔の前では言えないけど。

もう一度水槽の中に目を遣ってみたが……なるほど、かわいくはないが、面白いかもしれない。クラゲなんて、本物が生きて動いてるのを見るのは初めてだ。

「あの赤いのって、内臓かなんか？」

「うん、消化器」

「胃袋ってこと？　デカすぎじゃね？」

人間でこのサイズなら、どんだけ食べれば満腹になるんだろう？

「まあ、クラゲって、胃袋が泳いでるみたいなもんだからね」

雪里が笑う。その目は、水の中で気ままに泳いでる小さな生き物に貼り付いたままだ。

「正確には、泳いでるんじゃなくて漂ってるんだけどさ」

なんだか俺は、この小さくて変な生き物に嫉妬を覚えた。こいつが、雪里を校舎の中に引き留めてるんだ。俺は早く一緒に帰りたいのに。

「けどさ、誰が面倒みんの？　明日から休みなのに」

当然の疑問をぶつけてみる。その言葉の裏には「こんなもん飼ってどーすんだよ」という、ちょっと意地悪な気持ちがあったのかもしれない。なのに、雪里ときたら
「島田先生が毎日見にくるって言ってた。ほらあの先生、ウサギの飼育係もやってるでしょ？　好きなんだってさ。生き物飼うの」

なんて、用意周到に教えてくれた。

「ふうん」

どうせなら、犬かなんか、感情のはっきりわかる動物にすりゃいいのに。まあ、学校で犬は飼わないだろうけど。

「ほんとは、新学期になったらみんなにお披露目する予定だったんだって。でも、俺がクラゲ好きなの知ってて、この間、こっそり先に見せてもらったんだ」

「そーなんだ」

(そーなのかよ。俺の知らないとこで、島田とそんな秘密、共有してたのかよ)

俺の嫉妬の矛先は、クラゲから島田っていう先公の方に移ってた。どうってことない、ただのメガネ教師だ。いつもくたびれたジャンパーをワイシャツの上に羽織ってて、あいつが背広を着てたのなんか、入学式と卒業式の二回しか見たことない。

俺が頭の中でさんざん島田の悪口を吐き散らしてると、雪里が突然顔を上げた。

「ちょっと待ってて」

言うなり、いきなり俺の側から離れる（離れないでくれよ！）と、入口のところまで行って、止める間もなく照明のスイッチを押した。

カチッという音と共に、部屋全体が暗闇に落ちた。ただクラゲの入った水槽の中だけが、ぼんやりと青白い光を放ってる。

「ねえほら、幻想的できれいでしょ？」

雪里が上履きをパタパタいわせて駆け戻ってくると、わくわくした様子で言った。

「おい、走っていいのかよ」

病み上がりなのに。そう言おうとしたけれど、言葉は喉の辺りでつっかえたまま、出てこなかった。

雪里に指差されて水槽に戻した視線は、そのまま動けなくなってしまった。

水槽の中で何の意思もなく四方八方にプカプカ漂っている半透明のものは、なるほど、それを気味悪いと思う俺の目さえも釘付けにするほど、不思議な魅力を持っていた。

「これが死なないクラゲか……」

隣に戻ってきた雪里の細っこい身体に腕を回して引き寄せると、雪里は柔らかな髪がすっかり再生した頭を、こつんと俺の肩に乗せてきた。特徴のある匂いが俺の鼻孔をくすぐって、思わず身体の一部が反応しそうになった俺は、瞬間的に息を止めた。

「死なないわけじゃないけど。歳取ってもまた若返って、ずーっとそれを繰り返すの」

「見たことあんの?」

半身半疑で聞くと、肩の上の頭がぐらぐら揺れて否定した。

「島田先生に見たいって言ったら、じゃあ学校で飼ってみようかって言ってくれたの。だから新学期からは、クラゲの世話が、俺たちの新しい仕事になるんだよ」

嬉しそうにしゃべる雪里を前にして、俺はすべての不満や反論を、心に封じ込めるしかなかった。

ほんとは、クラゲの世話なんて面倒だ。ウサギ小屋の当番だって嫌なのに。けどまあ、こいつの嬉しそうな顔が見れるんだったら、よしとするか。

俺と雪里は、それぞれ別の思いを胸に、ぼんやり光る水槽の中を眺めてた。

どれくらいそうしてただろう？　突如非常ベルの音が闇を切り裂き、俺たちは我に返った。

「な、何？」

「火事か？」

予想もしてなかった事態に、俺たちは顔を見合わせた。非常ベルなんて、避難訓練の時に聞いたことがあるものの、本物が鳴ってるのなんか初めて聞く。

「ヤバそうだな。さっさとここ出ようぜ」

俺は雪里を促して出口に向かい、電気のスイッチを入れた。

非常ベルは止む気配もなく、いよいよ激しく喚き立てている。聞いてるこっちの神経もどんどん逆立ってきて、もう我慢の限界だ。一刻も早く脱出するぞ！

と、思ったんだけど——。

「あ、あれ？」

開かない。スライド式のドアに手をかけたまま、俺は固まった。

内側の鍵は外してあるのに、なぜか、ドアはびくともしなかった。表から錠前でもかけてしまったように。

「どうしたの？　友城」

雪里が不安そうに聞いてくる。

「ドアが……開かない……」

俺の言葉に、ついさっきまで幸せそうだった雪里の顔は、みるみる恐怖に覆われていった。一緒に手をかけて開けようとしたけど、結果は同じだった。

「誰か！　誰かいませんか！」

俺たちは拳でドアをドンドン叩き、声の限り叫んだ。けれど、どっちもベルの音に掻き消されて、外の誰かに届くとは思えなかった。だいいち、校舎に残ってる人がいるとしても、一般教室から離れたこんなとこで叫んでたって、聞こえる確率はかなり低い。

ドアは何度引いても叩いても、最後には蹴りを入れてみても、ちっとも開く気配はなかった。そうこうするうち、どこからともなくきな臭い匂いが漂ってきた。

「やっぱ、ほんとに火事？」

雪里の怯えた目が訴える。そうじゃないって言って欲しいと。

でもこの匂いは明らかに、校舎のどこかが焼けてるんだとしか思えない。

「やばいやばいやばい……そうだ雪里、窓から逃げよう！」

俺が叫ぶと、雪里も頷いた。俺たちはドアを諦めて、暗幕のかかった窓に駆け寄ったところで、動きを止めた。思い出した。ここは二階なんだった。

それでもなんとかならないかと、窓を開けて下を見る。

（無理だ……）

絶望が俺を鷲摑みにした。期待していた足場になりそうなものも、飛び降りた時にクッションになってくれそうな植え込みも、窓の下には何もなかった。見えるのは、うっすらと雪の積もった地面と、側溝の蓋。二階とはいえ、飛び降りて無事でいられるとは思えない。ましてや、雪里は病み上がりだ。とても、そんなリスクの高いことはさせられない。

（どうしよう……）

頭の中は思考停止寸前だった。でもその時。

「友城！」

雪里の鋭い声に、すくんでいた脳がまた動き出した。

「友城、カーテン！　カーテンでロープ作って降りよう！」

こんな状況でも、雪里はやっぱり勇者だった。その冷静な判断に、俺が反対する理由なんかない。俺たちは窓にかかってた暗幕に飛びつくと、二人分の体重をかけて引っ張った。

耳障りな悲鳴を上げながら、暗幕が俺たちの上に落ちてきた。けど、これでロープなんか作ってる暇、あるんだろうか？

怯みそうになる俺を、「友城、ハサミ！　ハサミ探してきて！」という雪里の声が叱咤した。

「え、ハサミ？　そんなもんここにあったっけ？」

俺はうろたえて部屋の中を見回した。気が動転してて、目の焦点が合わない。

「引き出し！　テーブルの引き出しの中にあるはずだから！」

またも雪里にどやしつけられ、俺はよろけながら部屋の真ん中にあるでかいテーブルにたどり着くと、手近の引き出しを開けた。

「ない……」

そこに入っていたのは、薬品の名前が書かれた箱と、空のシャーレを並べたプラスチックのトレイだけだった。

いや、気落ちしてる場合か。俺は勇気を奮い起こし、次々に引き出しを開けていった。

「あった！」

五番目に開けた引き出しに目的のブツを発見した時。俺は嬉しさのあまり、恐怖も忘れて叫んでた。

「あったぞ雪里、ハサミ！」

　獲物を手に雄たけびを上げながら窓際に駆け戻ると、それを受け取った雪里が、広げてあった暗幕を容赦なく引き裂いていった。

　厚手のびろうどの生地が、たちまち細長い布切れに変わっていく。俺はそれを捻りながら結んで、ロープを作っていった。二人の共同作業で、にわか作りのロープはどんどん長くなっていった。

　そうこうしている間にも、焦げ臭い匂いはだんだん強くなってきて、とうとう、ドアの隙間から煙が侵入し始めた。

「友城！　早く！」

　鋭い声に、俺は顔を上げた。雪里が窓際にあったロッカーの取っ手に、カーテンで作ったロープの端を括りつけていた。

「おい、そんなとこで大丈夫かよ」

　ロッカーが倒れたら。重みで取っ手が壊れてしまったら。そんな不安が頭をもたげたけれど、遠くから近づいてくるサイレンの音が、迷ってる暇はないと背中を押した。

もう、相当な量の煙が部屋に充満していた。息をすると喉がひりつく。とにかく、早くここから脱出しないと。

俺と雪里は力を合わせ、即席ロープの端を窓の外に放り投げた。下を覗くと、ロープは地面より二メートルくらい上で揺れていた。大丈夫、そのくらいならなんとか飛び降りられる。

「雪里、先降りろ」

俺はカーテンロープの結び目を引っ張って強度を確認してから、相棒に言った。

「友城が先に降りて」

言われると思った。俺はかぶりを振ると、雪里の肩を掴んで正面から顔を見た。そこに見えたのは、飛び降りることへの恐怖じゃなくて、俺と離れることへの恐れだった。

俺は奴の手に無理矢理ロープを握らせると、背中を押して窓の方へ押しやった。

「おまえの方が軽いから先行け。俺が先に降りてロープが切れちまったら、シャレになんねーだろ」

「でも……」

ドアの向こうから、パチパチと木が爆ぜるような音が聞こえ出した。火元がどこなのか知らないけど、かなりヤバい状況だ。俺は雪里が窓枠に登ってロープを握ったのを確認すると、

「早く行けよ！」

と、その背をドンと突き飛ばした。

「友城っ……！」

俺を呼ぶ悲鳴が、窓の向こうに消えた。

俺は下を覗いてみた。雪里がロープの先にぶら下がって揺れている。地面に足が届いてないから、飛び降りるのが怖いんだろうか？

一階の窓からも、もくもくと煙が出ていた。雪里が一瞬そっちを見てから、上を見上げた。

「ばかっ！　何やってんだよ、早く飛び降りろっ！」

叫んだとたん、派手に咽せてしまった。もう校舎の外にも、盛大に煙が渦巻いてる。

その間からオレンジ色の炎が、時々べろみたいに覗くのが見えてぞっとした。

「友城！」

上を見上げたまま雪里が叫ぶ。と、その鼻先で、一階の窓ガラスがすごい音を立てて割れた。

「きゃあっ！」

雪里は、悲鳴を上げてロープから手を放した。幸い無事着地したみたいだけど、一階にも火が回ってるってことは、もう下も安全じゃなくなりつつあるってことだ。

地面に降りた雪里が、立ちすくんだまま俺を見上げた。あのバカ、俺が降りるのを待ってるつもりだろうか？　その顔に火の粉が舞い落ちている。

「雪里！　何やってんだ、さっさと逃げろ！」

(でも)

の形に雪里の口が動いたけど、声は聞こえなかった。と次の瞬間、どんっという爆発音がして、一階の窓から炎が噴き出した。

「雪里ーっ！」

俺の目の前で、雪里の上にガラスのかけらがばらばらと降り注いだ。雪里が、腕で頭を庇って地面にうずくまる。違う、立っていられなくなったんだ。

「雪里！」

叫びながら、俺はロープを掴んで飛び降りた。何かがひっくり返る音が頭の上で聞こえたかと思うと、掴んでいたロープがいきなり緩んで、俺の身体は勢いよく地面に落下した。

「って……！」

足首が変な格好に捻じれたけど、構ってる暇はなかった。俺はうずくまってる雪里に飛びつくと、その腕を肩に抱え上げて校舎から離れようと必死で駆けた。

「雪里、大丈夫か」

足がうまく動かない。緊張してるせいか足首の痛みはほとんど感じなかったけど、まるで夢の中で走ってるみたいに、身体が言うことをきかない。おまけに、声を出そうとすると喉の奥が切り裂かれるみたいに痛かった。

雪里も喉を痛めたんだろうか。声を出さずに頷いただけだった。顔をしかめてかなりしんどそうだ。どっか怪我してるんじゃないだろうな？

前方に渡り廊下が見えた。さっきまでいた本校舎と図書室なんかがある別館を繋いでる通路だけど、そこを通過すれば正門までもうすぐだ。

けれど、その通路にも今や真っ黒い煙が充満してて、とてもじゃないけど通れそうもない。俺と雪里は、そこを迂回して裏庭に回った。前に、同級生にいたずらされた雪里と一緒に一夜を明かした場所だ。そこまで行けば、フェンスの穴から外へ出られるだろう、そう考えたんだ。

校舎の周囲が騒がしい。サイレンの音がものすごかった。きっと、消防車が何台も来てるんだろう。

けど、そんなものに構ってる余裕はなかった。今の俺たちに必要なのは、そんな音が聞こえてこない場所。煙も火も見えない静かな場所。雪里が苦しまないで済む場所だ。

肩にかかる重みが、だんだん大きくなってきた。雪里はもう、自分で自分を支えていられなくなってるみたいだ。

俺の方も、どんどん足が動かなくなってきてる。このままだと、フェンスまでたどりつく前に二人とも倒れてしまう。

放水が始まっていた。だけど、水を呑み込んだ校舎はますますひどい煙を吐き出すばかりで、まるで火に餌をやってるようなもんだった。

「雪里、大丈夫か？　まだ歩けるか？」

肩越しに声をかけたけど、返事はなかった。もう、声を出す元気も残ってないってことか。

「おーい、人がいるぞ！」

煙の向こうで大人の声がした。

「子供だ！　生徒か？」

「こっちだ！　応援頼む！」

声が近づいてくる。助かるのか？

「お～い、そっちはダメだ！　戻ってこい！」

姿の見えない誰かが叫んだ。ダメって？　こっちに行けば、裏の土手に抜けられるのに。もうちょっとなのに。

俺は顔を上げた。そこで初めて知った。

いつの間にか、フェンスの穴はきれいに修繕されていた。抜け出せる場所なんてどこにもない。おまけにフェンスの上には、今まではなかった有刺鉄線まで張られてる。

「出られない……」

そう思ったとたん、両足から力が抜けた。そのまま地面にしゃがみ込むと背中の上に雪里が落ちてきて、二人で重なったまま動けなくなった。もう、どうしたらいいかわからない。頭が考えるのを嫌がって、次の逃げ道も思いつかない。雪里、雪里、なんとか言ってくれよ。俺たち、どうしたらいいのか教えてくれよ……。

「おーい、こっちだ！」

遠くなりかけた意識を、さっきの声が引き戻した。ずいぶん近くまで来てるのか、近づいてくる足音も聞こえる。

「歩けるか？」

間近で声がしたのと同時に、強い力で身体が持ち上げられ、誰かの肩に片腕がかけられた。俺はさっきの雪里みたいに、引きずられながらなんとか足を運んだ。

「君！　しっかりしろ！」

もう一人の大人が、うずくまってる雪里を抱き起こしながら声をかけていた。反応がないとわかると、そのまま掬い上げるようにして力の抜けた雪里を抱き上げ、俺たちの後に続いた。

さっき回避してきた渡り廊下に向かって、二人の消防士は突き進んだ。俺が怯むと、「大丈夫だ。煙がひどいけど、口と鼻を押さえてて」と言われ、その通りにして目を瞑る。もう従うしかなかった。きっと一瞬だ。一瞬で向こうへ、校舎の外へ出られる。

消防士に抱きかかえられたまま、俺は煙の中へ突っ込んだ。

渡り廊下の床は、びっくりするほど熱かった。このチャンスを逃してたら、きっと通れなくなってただろう。消防士の肩に体重のほとんどを預けた状態で、俺は煙の外へ出た。

校門が見えた。赤い車がすし詰めになって止まってる。近くには、放水してる消防士や、野次馬を押しやっている警官が見えた。俺たちが出てくると、野次馬の中から拍手が沸き起こった。いつだったかテレビで見た光景の中に自分がいるのが、なんだか不思議な気がした。

「雪里！　雪里は？」

安全圏に出たとたん、後ろにいた二人のことが気になり、振り返った。

雪里を抱いた消防士は、今まさに、渡り廊下を通過しようとするところだった。なぜあんなに遅れたんだろう？　すぐ後ろから来てたはずなのに。

「雪里～～っ！」

俺が呼ぶと、雪里が微かに顔を上げてこっちを見た……ような気がした。

「急げ！」

俺を肩から下ろした消防士が、仲間に向かって叫んだその時。

また爆発音がして、渡り廊下の天井が崩れ落ちた。

俺の目の前で、雪里と彼を抱えた消防士は、煙と炎に呑まれて見えなくなった。

5. 天から地へ

そこから先は、よく憶えていない。俺を助けてくれた消防士は、俺を別の大人に預けると、また炎の中に駆け戻っていった。その背中に向かって、「雪里！ 雪里！」と叫びながら自分も追いかけようとしたけど、強い力で引き戻され、そのまま救急車に詰め込まれ、病院へ運ばれてしまった。

救急車の中でも、救急病院に運ばれてからも、俺はずっと雪里の名前を呼んでた。叫んでた。あまり騒ぐので、最後には鎮静剤を打たれて強制的に眠らされてしまった。というのは、後になってかあちゃんから聞かされた話だ。

俺たちの学校は全焼した。校舎を建て直すため、その後の一年間、生徒たちは全員、近隣の中学に振り分けられて授業を受けることになった。三年間一緒に学ぶはずだったクラスメイトたちは、ばらばらになってしまった。

出火の原因は、終業式の後、校内に残ってこっそりタバコを吸っていた生徒たちの、火の不始末だった。また、使った教室が俺と雪里がクラゲを眺めていたあの理科準備室のすぐ下、調理実習室だったので、置いてあったボンベに引火して爆発し、被害を大きくしてしまったらしい。

理科準備室のドアに鍵がかかっていた理由はといえば、見回りに来た教師が、部屋の中をちょっと覗いてみただけで誰もいないと判断し、外から鍵と錠をかけてしまったんだとか。その教師は、その後辞めていった……というか、学校自体なくなってしまったんだから、どこへ行ったのかは知らない。親たちが話してたところによると、過失致死には問われなかったものの、遠方へ引っ越していったとか。職務怠慢のせいで結果的に生徒を閉じ込め、逃げるのを遅らせる原因を作ってしまったのだから、東京にはいづらくなったんだろう。

あの火事で亡くなったのは、雪里と、彼を助けようとした消防士の二人だけだった。雪里の遺体は、焼けてほとんど残らなかったという。そして俺は、この世で唯一無二の宝を、永遠に失ってしまったのだ。

終業式の後だったこともあり、校内には生徒がほとんどいなかったのが幸いしたと報道されたけど、そんなこと関係ない。雪里の命は雪里だけのもので、それが消えた時点で、そこまで伸びてきた彼の人生も、ぷっつり途切れてしまったんだ。雪里が何人もいるわけじゃないんだから、何人死のうが生き残ろうが、俺の雪里がいなくなった事実は変わらない。俺があいつを守れなかったことも。

その日から俺は、あいつと一緒に、俺自身の人生も失くしてしまったんだ。

火事による外傷は腕と喉にちょっと火傷を負ったくらいで、これは少し通院しただけで、痕も残らず完治した。挫いた足は、幸い骨は折れていなかったので、しばらく湿布して動かさないでいたら、若い身体はあっという間に回復してしまった。

けれど、心に負った傷は少しもよくならないばかりか、日を追うごとに、年月が経つほどに、傷口を覆うかさぶたが厚くなり、硬くなっていった。

俺は、雪里の葬儀には出なかった。精神的に不安定だったこともあるけれど、あいつが死んだなんて信じたくなかったから。あいつが木の箱に入って白い布を掛けられてるのなんか、絶対に見たくなかったんだ。

雪里がいたことで保たれてた人間関係は、すべて自分から断ち切ってしまった。もう、彼らと会って話すことなんか、何もなかったから。

俺は、雪里の家族に謝りに行きたかった。あの日、俺が雪里を説得してさっさと帰っていたら。そしたら、あいつは今もあの家で、家族と一緒に暮らしていられたのに。

でも、そう思えば思うほど、俺の足は雪里の家から遠のいていった。とてもじゃないけど、まともに彼らの顔を見る勇気なんてなかったんだ。

そうこうするうち、雪里の家族が札幌に引っ越していったという話を、ねえちゃんから聞いた。もともとは雪里の病気を治すため、優秀な先生がいる東京に越してきたのだ。その彼がいなくなってしまった今、家族がここに留まる理由はなくなってしまったわけだ。

そして俺は、彼らに謝る機会を完全に失ってしまった。

雪里。せっかく手術がうまくいって、学校に戻れたのに。一緒に三年生になって、一緒に同じ高校に通おうって約束したのに。

雪里の家族は息子の骨を札幌に持ち帰って、一族が眠ってるお墓に埋葬したという。

だから俺は、あいつの墓参りにも行ってない。もっとも、死んだなんて認めてしまうようなことは、端からするつもりはなかったんだけど。

結局、俺の手元には、雪里が最後にくれたあの図鑑だけが残った。

思えば、あれは何かの予知……雪里の予感だったのかもしれない。

それからずっと、俺はどこに引っ越しても、あの本だけは捨てずに、一緒に持っていってる。好きでもないクラゲやタコの写真が載ってるその本には、雪里の魂のかけらが挟まってるような気がしたから。

でも、決して中を開けて見ることはしなかった。できなかった。

(雪里……)

生きる目的が消えてしまった俺は、なぜだか一心腐乱に勉強し始めた。どうせ遊び相手もいなかったし、勉強してるといろいろ考える必要がなかったからだが、おかげで雪里と行くはずだった高校には楽勝で入学し、大学も、親が期待する以上のところに一発合格。ただ、あいつと違って、進んだのは文系の学部だったけど。

空っぽの俺は、空っぽのまま大学を卒業し、外側だけ人の形をして就職。けど、世人間は甘くなかった。数年後、会社の経営が傾き出した時。まっ先に放り出されたのは、人の形だけして中身は空っぽの、この俺だったんだ。

今度こそ俺は、行き場を無くして立ちすくんでしまった。

第十章　再会

１・灰色世界

上も下も、右も左もないところにいた。

足の裏がどこにも触ってない。なのに俺は、てくてく歩いていた。

ここ、どこなんだ？　なんで俺しかいないんだ？

歩くってのは、どこかへ向かうか、どこかから離れるかするものだ。なのに、何も見えない灰色の中で、ただ二本の足を交互に動かしてることに、何か意義があるんだろうか？

心臓が、身体の中心でふわふわ浮いてる感じがする。胃袋も、肺も腸も、内臓が全部身体の真中に集まって、他の部分は透明なゼリーになってしまってた。

骨もないのに、俺は足を動かし続けた。骨がないから、なんだかぐにゃぐにゃした動きだ。

それでもぜんぜん気にならなかった。なぜって、俺にはもう、脳みそなんてなくなってたから。考える必要がなくなってたから。

ふわり　ふわり　ふわり

俺の足が、灰色の空間で意味もなく動き続ける。

ああ、そうだった。もう、「意味」なんて意味がないんだった。

俺は何ものでもない。意思もなく漂ってるぐにゃぐにゃだ。

あれ？　これ、何かに似てる。なんだっけ……？

「クラゲ」

ああ、そうだ、あのぷよぷよだ。あいつがかわいいって言ってた、変な生き物。そうか、あれになったのか、俺。

まあいい。あいつがかわいがってくれるなら。あいつが好きだって思ってくれるなら、なんでもいい。

あいつが……あれ？　あいつって誰だっけ？

俺今、誰のことを思い浮かべた？

脳みそがないから、考えることができない。思いついたことは、浮かんだ側からさらさらと流れていってしまう。少しも留まっていてくれない。

ぐにゃ　ぐにゃ　ぐにゃ　ぐにゃ

俺だったものは、灰色の中を漂い続けた。

「……き……と……き……」

何か聞こえた。いや、耳なんてないから、きっとこれは音じゃない。でも、ゼリーの中心がひくりと反応したから、何か別の波動なのかもしれない。

「と……も……」

知ってる何かのかけらを、ゼリーの俺が感知した。この灰色のどこかに。

「とも……き……」

ゼリーがぷるぷる震えだした。これは知ってる。よく知ってるものだ。よく知ってるって……？　なんだろう？　なんだかいい気持ちだ。

「ともき！　こっち、こっちだよ！」

今度ははっきりと、俺だったものの名前を呼ぶ声が——き・こ・え・た。

ないはずの目が、灰色の中に奇妙なものが出現するのを見た。

(ブロッコリーを頭に載せたマッシュルーム？)

そうだ、これは俺が生み出したやつだ。おかしな格好だけど、ちょっとかわいいじゃないか。

おや？　こいつ、いっちょまえに目なんかあるぞ。それも、とびっきりきれいな薄緑の目だ。

「ともき！　やっとここまで来れたんだね！」

嬉しそうに、ブロッコリー頭が近づいてくる。

「ポプリ！」

俺はぐにゃぐにゃくねくね足を動かして、そのかわいらしいものに近づこうと頑張った。

　なんでポプリがこんなところにいるんだろう？　ああ、そうか。ここはあいつの世界なんだな。こんなところから、あいつは俺の部屋に来てくれてたんだ。

　なら、もしかしたら俺は、ポプリと同じになれたのか？　いいな、それ。どうせ、人間界にさして未練なんかない。こっちに来ちゃったって別にかまわない。それにこいつがいるんなら、ここだってきっと楽しい。脳みそもないくせに、「楽しい」なんて思うのも変だけど。

「友城！」

　ポプリは灰色の中を泳ぐようにして、あっという間に俺のところまで来た。あれ？　こいつ、こんな姿でも俺だってわかるのか？

「よかったあ友城、もう来れないかと思ったよ」

　さっきまで身体の中で聞こえてた気がした声が、今度ははっきり耳から聞こえた。

　気がつくと、俺の身体は人間に戻ってた。

「ポプリ。なあ、ここってどこなの？」

人間の形を取り戻した俺は、やり慣れた動作で……つまり、首を巡らせて回りを見回した。灰色とポプリと自分以外、何もないのは変わらないけど、やっぱり馴染んだ身体があるって便利だ。

「実は、オレにもよくわからない」

ところが残念なことに、ポプリは前と同じ答えしかくれなかった。いや、答えはくれてない。

「またかよ」

がっかりしてかわいいい顔をちょっと睨むと、ポプリはすまなそうに言った。

「オレさ、気がついたらここにいたんだ。友城のいる世界だと、ざっと十五年前かなあ」

「十五年前？」

なんだろう？　心臓に、爪で引っかかれたみたいな鋭い痛みが走った。

「なんで十五年前？」

尋ねると、ポプリはなんとも言えない悲しそうな顔で俺を見た。

「友城、いいかげん気づきなよ」

「へ？」

　ポプリが、じっと俺を見つめたまま顔を近づけてきた。薄緑色の瞳には、人の姿をした俺自身が映ってる。

「オレ知ってるよ。友城は、ほんとは何もかも憶えてるんだって。そうだよね、忘れられるわけがないもんね」

「ポプリ……おまえ、何言ってるんだ？」

「ねえ友城。十五年前、何があった？　君は何を見た？」

「え？　何があったって……見たって……何を？」

　とたんに、ポプリの目が吊り上がった。あれ、本気で怒ってる？　こいつの怒った顔って、かわいいけど怖い。垂れ下がったスプリングみたいな前髪の間から、薄緑のビー玉がこっちを見つめてる。そんなふうに見るなよ。心の中まで見透かされそうで、ぞわぞわする。

「友城！　逃げてばっかいないで向き合ってよ！」

　とうとう、ポプリが爆発した。うへえ、おっかない。でもさポプリ、これじゃあまた、同じことの繰り返しだろ？

「おまえこそ、ちゃんと言ってくれたらいいだろ。俺に何を思い出して欲しいのか。ほんとにわかんないんだからさ。ヒントの一つくらいくれたっていーじゃん！」

俺は負けじと怒鳴り返したけど、すぐに後悔した。ダメだ、これじゃいつもと同じだ。ちっとも前に進めない。

「ヒントなら今あげたでしょ」

泣き出すかと思いきや、ポプリは冷静に即答した。

「え？　もしかして、十五年前……っての？」

恐る恐る聞き返すと、ポプリが大きく頷いた。

「友城が思い出してくれたら、オレは……オレと友城は、その先に進めるんだ。そしたらオレは友城に、もっとたくさんのことを教えてあげられる。だけど、今はまだダメだ。だから、友城に頑張ってほしいんだ」

必死で訴えるポプリは、真剣そのものだ。今までこいつを子供扱いしてたけど、今のこいつは、まるで何千年も未来からやって来た、俺たちの原始的な思考や行動なんか、とっくにお見通しの未来人みたいに見える。

そうなのか？　ポプリ。おまえがほんとに未来から来たんだとしたら、おまえ、俺に何を伝えに来たんだ？

「もし俺が思い出せなかったら……おまえはどうなるんだ？」

それを知るのは怖いけど。そういえば、一週間だけ待つとかって言ってたよな。あ……それで俺、頭が混乱して、部屋を飛び出てきちまったんだっけ。

「消える」

また即答。心臓が、凍った手で撫でられたみたいにぎゅっとすくんだ。

「消える？　いなくなるってこと？　もう俺の前には現れないってこと？」

わけのわからない焦りが背中を這い上り、全身の毛がしゅわしゅわ躍った。

「な、なんだよ。だいたいおまえ、勝手なんだよ。俺の部屋にいきなり卵なんかで登場してさ。勝手に孵化して、勝手に居座って。そいでもって、俺が何かを思い出さないと消えるとか言って。全部俺のせいかよ？　なんで俺が、得体の知れないおまえなんかに責任持たなきゃなんないんだよ！」

しまった。また怒鳴ってしまった。ごめん、ポプリ。おまえだってわかんないんだよな。正体不明の誰かさんに謎の使命をしょわされて、こっちに来たんだって言ってたもんな。

「オレさ」

困ったように俯いてたポプリが、突然顔を上げた。もう怒ってはいなかった。悲しそうでもなかった。未来人にも見えなかった。そこにいるのは、ひと月余り俺の部屋で一緒に暮らしてきた、摩訶不思議な相棒だった。

考えてみれば、こいつが現れたおかげで、八方塞がりだった俺の人生に風穴が開いたんじゃなかったか。家族にさえ見放されてた俺が、それこそ卵の中に閉じ籠もって耳を塞ぎ、目を瞑り、感情を死滅させようと（いや、ほんとに死のうと思ったりしたんだった）してた俺が、ここまでまっとうに社会復帰できたのは、すべてこいつが登場してからだ。感謝こそすれ、腹を立てるなんてばちあたりなことしたら、また元の木阿弥、三十路を目前にしてニートに逆戻り……なんてことになるんじゃないのか？

（け。おとぎ話じゃあるまいし）

鼻で笑おうとしてみたけど、できなかった。だいいち、こいつの存在自体が現実離れしてるんだ。それにこの場所。場所と呼べるかどうかもわかんないここに、俺がこうしているってこと自体、もう常識から一万光年も離れてるじゃないか。

「オレさ」

同じ言葉を、もう一度ポプリが口にした。この声。このしゃべり方。なんとなく懐かしい。どっかでいつも聞いてたような……。

「オレ、ここから出たいんだ」

「出たいって？　だってポプリ、ここ、おまえがいた世界なんじゃないのか？」

びっくりして聞き返すと、ポプリは小さな頭を振って否定した。

あれ？　この仕草にも見覚えがあるような。俺の部屋で見たんじゃない。それに、こいつのでもない。他の誰かの仕草だ。いったい誰の？

俺がもどかしい既視感に悶えていると、ポプリがきっぱりと言った。

「違う。オレだってこんなとこにずっといたくなんかない。ここ、誰もいないんだもの。一人で寂しいんだもの」

ぐさり。心臓のど真ん中に、太い杭が打ち込まれた。重い痛みが、身体中にじわじわと拡散していく。何これ。しんどい。

「じゃあ、これからは俺が一緒にいてやるよ。それなら寂しくないだろう？」

そうだ、そうしよう。そうすればいいんだ。

うまい考えだと思ったのに、ポプリはきっぱりと首を振った。

「だめ。友城は、そんなに長くはここに留まれない。だって、まだ生きてるから。今だけ、ちょっと友城を借りてきてるんだ。もうすぐ、元いたところに返さなきゃなんないんだから」

「おい、人を物みたいに言うなよ。俺はまだ生きてるって……ならポプリ、おまえは死んでるのか？」

生き物なのかもわからない相手に、生きてるの死んでるのと聞くのもおかしな話だよな。そう思った側から、また何かが……火の点いた木切れみたいなものが、びゅんっと身体の真ん中を通過して行った。

（熱ッ……！）

木切れが突き抜けた場所が焼けるように熱くなって、俺は思わず胸を押さえた。皮膚と肋骨の向こうで、心臓がどっくん、どっくん波打ってる。

「オレは……この形のオレは、生きても死んでもいないよ。だってオレ、ずっとここにいるんだもの。友城には、オレがあっちの世界にいるように見えたかもしれないけど。ほんとはね、オレは友城のいる世界には行けないんだ。一緒にいるみたいに思わせてただけなんだ」

初めて、ポプリがひとつだけ謎を解いてくれた。けど、俺はますますわからなくなった。

「なんで？　おまえがここの住人だったとしてさ、なんだって俺のとこに来たわけ？じゃなくて、俺にだけ見えるようにしたわけ？」

俺だけじゃないよな。最初はねえちゃんにも見えてたし、最近は、樋口も何かを感じてるみたいだし。

「オレが……友城を好きだから」

蚊の羽音よりひそやかに答えてから、ポプリのほっぺたがみるみる赤くなった。わ、恥じ入るってあるわけ？　この未確認生物にも？

そんなポプリの顔を見てたら、俺にも変化が起こった。焼け焦げて穴が開いた場所がふわりと柔らかいものに包まれて、痛いのも熱いのもどこかへ消えてしまった。それどころか、とっても気持ちいい。ポプリ、これっておまえの魔法なの？

「好きだからって……なんで？　だっておまえ、俺に会ったことなんか……」

「あるのか？」と言おうとしたとたん、口が固まった。違う。そうじゃない。俺は知ってる。そう、知ってるんだ！

「友城」

ポプリが期待の籠もった目で、じっとこちらを見つめてる。そうだ、この目。確かに見覚えがある。俺を好きだって言ってくれた……俺もおまえが大好きだった……。

「雪里！」

卵の殻が割れ、名前が飛び出してきた。いったいどうして、今の今まで忘れてたんだろう？

そうだ、雪里だ。ポプリがそっくりなのは。一目見ればわかるのに、こんなに一緒にいたのに、なんで気がつかなかったんだろう？

こいつが側にいる時の、ふわふわしたあったかい気持ち。これって、雪里といる時にいつも感じてた、あの感覚だ。

「雪里！　おまえ、雪里なんだろう？」

思わず抱きしめようとしたら、雪里みたいなポプリ、でなきゃポプリみたいな雪里は、すっと離れてしまった。

「なんで？　雪里、会いたかったよ！　いったい今までどうしてたんだ？　なんでこんなとこにいるんだ？」

でもこの時の俺は、すべてを思い出してたわけではなかったんだ。ただ、目の前に懐かしい姿があるのが嬉しくて、肝心なところは忘れたままだったんだ。

「オレは雪里じゃない」

悲しそうに、でもきっぱりと、ポプリは言った。

「嘘だ。だって同じ顔じゃないか。髪の毛だって、身体つきだって、雪里とまったく同じじゃないか」

俺は力一杯否定した。そうしなければ、今すぐこいつが目の前から消えちゃうような気がして、不安だったから。

「同じゃないよ。ほら、よく見て、友城」

そう言って雪里……いやポプリは、自分の前髪を手で上げてみせた。薄緑の、ガラス玉みたいな瞳が露わになる。

「この目、色が違うでしょ。友城の知ってる人のと」

「……でも……」

薬を飲んでたせいで色が変わったんじゃないのか、とか。実はカラコンなんだよな、それ、とか。

いろいろ反論を考えてみたけど、こいつの主張に勝てる気がしなかった。確かに、この目は人間のものじゃない。仮にアメリカやヨーロッパとかで探したとしても、同じ瞳は見つからないだろう。それほど、ポプリの瞳は不思議だった。

じっと見てると、その中に宇宙があるような気がする。星が生まれ続けてるみたいに、何かがいつも揺らめいてる。でも、よく確かめようとして近づくと、ポプリはぱちんと瞬きして、一瞬でそれを消してしまうんだ。

「それじゃあ、おまえはいったいなんなんだよ。ちゃんと思い出したんだから、もう教えてくれてもいいだろ」

抗議すると、ポプリが諦めたみたいに溜息を吐いた。灰色の空気が微かに揺れる。

「オレは、あの古い家の天井板に、昔から棲んでたものからできてる」

「古い家？　ってどの家？」

また謎かけになるのを恐れて、俺はなるべく具体的に質問した。

「オレの……じゃなくて、雪里のばあちゃんち。友城、一人でトイレに行くの怖がってたでしょう？」

あれ？　今、「おれ」って言ったじゃないか。やっぱおまえ、雪里なんだろ？　ポプリ。

「ああ……うん、正直、なんか出そうだったもんな、あそこ」

不本意ながらも素直に認めると、雪里、もといポプリがくすりと笑った。

「あの家は、特別な木から作られてたんだ。特別って、人間から見てじゃなくて、こっち側の世界から見てって意味だけど」

「こっち側？」

俺は、灰色の空間を見回して聞いた。

「ほんと言うと、オレもよくわかんない。だってオレ、半分半分だから」

「ポプリ、おまえの言ってることぜんぜんわかんねーんだけど」

むくれて言うと、妙に大人びた表情で「だろうね」と返された。

「特別な木には、住人がいろいろいた。もちろん、友城のいる世界のじゃないよ。そしてその中には、こっちとあっちを繋げる管になってるのがいてさ」

「ますますわかんない」

「いいから、とにかく聞いて。その住人はね、特別な木と人の魂をくっつけて、こっちの世界に、その魂の持ち主そっくりの形を作ることができるんだ」

「……」

ここで相槌を打つべきかどうか、俺は考え込んだ。こんな話、この状況じゃなかったら、とっくに背中を向けてる。

「そしてね、友城の住んでるアパートにも、あの古い家と同じ木が使われてたんだ」

「はあ、そうなの。で?」

「ばあちゃんは昔、死んだじいちゃんがよく廊下を歩いてるのを見るって言ってた。じいちゃん以外にも、昔の格好をした人たちが、時々廊下を歩いてたって。友城が感じたのはそれだったんだよ」

「ただの幽霊話かよ！」

なんか腹が立ってきた。そんな話を聞きたいんじゃない。俺は、たった一言、おまえが雪里だって言って欲しいだけなんだよ！

だけどポプリは黙って首を振ると、静かに続けた。

「幽霊じゃない。ちゃんと身体はあるんだ。ただし……」

「あっちの世界のなんだろ」

と、俺は自分が今いる場所を忘れて言った。でも、ポプリは訂正しなかった。ちゃんとわかってるって顔で、ちょっと微笑んだだけだった。

「だから、今友城が見てるのは、人間の身体を持った雪里じゃない。雪里そっくりの形をしたそれ――つまり、木に棲んでた何かなんだ」

「へえっ。じゃあそいつは、人の言葉がしゃべれるってわけだ？　妖怪のくせに」

話についていけなさ過ぎて、思わずそんな皮肉が口を突いて出た。ポプリはひどく悲しそうに俺を見た。

「入れ物は妖怪なのかもしれないけど、オレの意識は……心は、雪里のものだ。記憶もね。だからオレ、雪里だった時の、友城を大好きだった気持ち、今でも忘れてない。ちゃんとここに持ってる」

そう言って、ポプリは自分の左胸をそっと手で押さえた。

「それから、友城が雪里のオレを大好きだったってことも」

「今だって大好きだよ」

ちょっと視線を外して言うと、ポプリが弱々しく微笑んだ。

「ありがとう、友城」

「それで雪里、いやポプリ、おまえこれからどうなるんだ？　さっき、俺が何も思い出さないままだったら消えるって言ってたよな？　でも俺、ちゃんと思い出しただろう？だから、もう消えなくていいんだよな？」

俺は、このままポプリといたかった。たとえ妖怪だとしても、中身が雪里ならそれでいい。一緒にあの部屋で暮らしていけたらいい。

「まだ、肝心のところを忘れたまんまだよ。だから俺、自分がこれからどうなるのかわからない。そこまでは教えてもらってないから」

「教えてもらうって……誰に？　おまえ、前にもそんな謎めいたこと言ってたよな。つまりそれ、あっちの世界の住人とかって奴のこと？」

俺の質問に、ポプリは首を振って否定した。

「違う。どこの誰でもない。俺にもわからない。けど、俺にチャンスをくれるって言ってくれたんだ」

「なんのチャンスだよ？」

ポプリが沈黙した。これは、俺がまだ思い出せないでいる何かと関係があるのか？

「友城。前にも言ったけど、もう時間がないんだ。友城が答えてくれなかったら、やっぱり俺は、このまま消えちゃう気がする。せっかく、もう一度幼生に戻れるチャンスをもらったけど……でも、もういいや。こうやって、友城と話せたから。少しの間だったけど、昔みたいに仲良くしてもらえたから。もう大人しく、向こう側へ行くことにするよ」

「え？　え？　なんだよ、ポプリ！　勝手に決めるなよ！　向こう側って、いったいどこへ行くつもりだよ！」

いなくなる。この愛すべき存在がなくなる。そりゃ、最初見た時は仰天したけど、慣れてみると、いつの間にか必要不可欠になってたこいつ。仕事から帰ると子犬みたいに飛びついてきて、猫みたいに甘えてくる。ちょっとわがままで、でも、ものすごく優しくて……ダメだ、ぜったいにダメだ！

「ポプリ！　どこにも行くなよ！　どっかへ行くなら、俺も連れてけよ！　おまえの行くとこなら、どこへだって、俺行くから」

「どこへだってって……友城、死ぬつもり？」

冷たいビー玉みたいな瞳が、光線を放って俺の目を射抜いた。とたん、さっと覆いが外れたかと思うと、今まで隠されていた記憶が、くっきりと目の前に現れた。

「雪里……おまえ……」

ポプリの回りに、炎が揺らめき出した。それがだんだん大きくなり、激しく燃え盛り、その身体を真っ黒に焼き尽くしていった。

「雪里〜っ！」

叫んだと同時に口から侵入してきた空気はものすごく熱く、たちまち喉が焼け付いた。

（雪里！　雪里！）

俺の悲鳴は声にならず、灰色だった視界はオレンジ色に染め上がり、その向こうで、

ポプリが灰になって散っていった。

第十一章　境界の頂

Ⅰ・老人

気がつくと、その人の前に自分は正座していた。

座っているのはごつごつした剥き出しの岩場で、正座した足は痛かったけれど、立つことはできなかった。座っていなければならないと、なぜだかわかっていたから。

その人は、黄色い布を袈裟懸けに纏った格好で頭髪はなく、僧侶のように見えた。文字のようなものが書かれた手元の巻物に落とした目は落ち窪み、頬の肉は削げ、渋紙のような皮膚が頭蓋骨に貼り付いて、まるでミイラのようだった

けれどミイラと違っているのは、その痩せさらばえた身体から発せられる、生きている人間以上の威圧感と存在感だ。この岩場よりも確固とした、「意思」のような何か。

だからだろうか、動けないのは。老人から出ている力のようなものに縛りつけられて、自分は身動きができなかった。

それなのに、少しも恐怖を感じなかった。むしろ、とても静かな気持ちだった。こんなに心が平静でいられたことなど、今までなかったような気がする。

老人が巻物から顔を上げてこちらを見た。眼孔は暗く、眼球はなかった。なのに、はっきりと「見られている」のがわかる。こちらも瞳のない真っ暗な目を見返しながら、心の中は、やはり凪いだ湖のように穏やかだった。

「橋野雪里、だな」

身体の中で声がした。目の前の老人が発したものだと、すぐにわかった。

「はい、そうです」

肯定すると老人は一度頷き、また、声なき声で語りかけてきた。

「だが、それは前の世界での呼び名に過ぎない。ここで、おまえはそれを棄てる」

今度は、肯定も否定もできなかった。凪いだ湖面に、微かに波が立った。

「そして、すべての感情もまた、ここに置いてゆかねばならない」

今度は、もっと大きく波が立った。それに気づいた老人がゆっくりと右手を上げ、それから下を指差した。

指差された方を見ると、そこには深い谷がどこまでも続いていて、自分のいるこの場所は、切り立った峰の頂なのだとわかった。気が遠くなるほど高い峰だった。

頭上には灰色の雲が渦を巻き、果てしなく続いている。

もう一度目を落とす。視界に入った谷は底知れず、木々もなく、鳥の一羽も飛んではいなかった。

「置いていったら……その感情はどうなるんですか?」

それは自分にとってかけがえのない、手放すなんてありえないものだと、なぜだかはっきりわかっていた。もし、老人の言葉に従ってそれをここに置いていったら――きっと、この谷底に捨てられてしまう。そして、果てしなく落ちていってしまうに違いない。

自分の予測を、老人の次の言葉が証明した。

「二度と、おまえには戻らない」

やっぱり。それなら答えは一つだ。

「それは嫌です。僕は、僕の感情を手放したくありません」

　自分の返答に、老人の暗い眼孔がじっとこちらを見据えた。感情のない、すべてを呑み込んでしまうブラックホールのような目だ。

「棄てなければ、おまえは二度とここから動けなくなるぞ。何千万年、何億年経って、おまえのいた世界がなくなってしまおうとも、おまえはここにいなければならないのだぞ」

「それも嫌です」

　きっぱりと答える。なぜか、恐怖のひとかけらも感じなかった。それよりも、この感情を失うことの方が怖かった。

（友城……友城のことは、地球が太陽に食われてなくなったって、宇宙が消えてしまったって忘れたくない。忘れられるわけがないもの）

目を閉じれば、最後に隣にあったそのぬくもりが、まだここにあるようにさえ感じる。もうちょっとしたら、この想いをいっそう高めて、もっと深く繋がるつもりでいたのに。

（友城、ごめんね。約束が守れなくて）

　大好きな人の面影を心に念じると、本当に傍にいるような気がした。だめだ、こんなに大切なもの、底なしの谷なんかに捨てるわけにはいかない。

「どうしても嫌なのか?」

　再び声が語りかけた。さっきよりずっと人間らしい声だった。

「どうしても、です」

　老人の暗く穿たれた眼孔に、突如灰色の眼球が現れた。人の及びもつかない知識と知恵と、そして慈愛のようなものが、その瞳の中に浮かんでいた。

「子供よ」

　老人が、衣の懐に手を入れて何かを取り出した。それは、きっちりと糸の巻かれた糸巻きだった。

「ここに来なさい」

　老人は手招きし、それから一筋の青い糸を糸巻きから繰り出した。

「右の足をお出し」

　右足は自分の利き足だ。それをそっと老人の前に差し出すと、目にも留まらぬ速さで、青い糸が足首に巻き付けられた。

「それは時間の糸だ」

老人が続ける。

「時間の……糸？」

聞き返すと、老人がゆっくりと瞬きをした。再びまぶたの向こうから現れた眼球は、今度は金色に輝いていた。

「その糸を巻いたまま、おまえをもう一度、元いた世界に戻してやろう。ただし、おまえの肉体はもう灰になっている。代わりの器を与えるが、それは、その糸が伸びる長さまでしか存在できない。それが一杯に伸びきるまでにおまえの想いが叶ったのなら、もう一度、人間の身体をやろう。もし、叶わなかった時は――」

「時は？」

「おまえはたちまち仮の器を失い、前の世界から消滅する。おまえの想い人の心からも消える」

「友城が俺を忘れちゃうってこと？」

それには、老人は答えてくれなかった。ただ一言「行け」と言うと、金色の目から強い光が放たれ、雪里は底のない谷に突き落とされていた。

＊＊＊

目を開けると、灰色の空間で丸くなって漂っていた。

そこは卵の内側のような、狭くて丸い空間だった。

漂いながら、ぼんやりと思い出していた。自分が、「橋野雪里」と呼ばれていたことを。

その名前を持っていた自分自身のことを。

(戻って……きたんだ)

そう思った。足首を探ると、確かに細い糸が巻きついている。そうか、あの老人の言ったことは実行されたんだ。

身体の中心で、心臓が鼓動を打っている。まるで、人として生きていた頃のように。

どんな姿で戻ってきたんだろう？　元の世界の、いったいどこに帰ってきたんだろう？

考えるだけで胸が躍った。「考える」ことも、「胸をときめかせる」ことも、以前と同じようにできる。

嬉しい、嬉しい、嬉しい。

友城、友城、友城！

心が繰り返し叫んでいる。

嬉しい、嬉しい、嬉しい、友城、友城、友城、早く、早く、早く！

早く、おまえに会いたい――！

第十二章　目の前にいる人

Ⅰ・消滅

光が射し込んできて、眩しくて目が覚めた。

「あ……」

ぼやけた視界に、細長い光の筋が見える。どこか遠くで、誰かが自分を呼んでいた。それがだんだん近づいてきたかと思うと——光の筋は、一気に大きく広がった。

「三上君！　こんなところにいたんだ」

聞き慣れた声が、すぐ近くで聞こえた。誰だっけ？　まぶたをこすり、何度か瞬きをしていたら、やっと視界がはっきりしてきた。

「樋口さん……どうしてそこに？」

横になってた身体を起こすと、頭が天井にぶつかった。そこで初めて、自分が押入れの中にいることに気づいた。身体中がきしきし痛い。どうやら、ここで眠ってしまってたらしい。でも、いったいなんだってこんなとこで……？

「どうしてじゃないよ！　それはこっちが聞きたいよ！」

俺も聞きたい。何がどうなってるのか。

よっこいしょっと押入れから出ると、樋口が俺をがっしと抱きしめ、ぎゅうぎゅう力を込めてきた。

「ぐえっ、ひぐじざん、ぐるじい……ぐるじいですって」

抱きしめてくる両腕から、合わさった胸から、肩に乗った頭から、滔々と樋口の愛情が流れ込んでくる。本当に心配してくれてたんだ。大切に思われてるんだ。

こんなふうに他人に思われたことがない俺は、どうしたらいいかわからなかった。でも、どうしていいかわからないほど、すごくすごく幸せな気持ちになっていた。

「あれ……三上君、君泣いてるの？　どうして？」

強制ハグから解放されて顔を上げると、樋口が急におろおろしだした。

「え？　別に俺、泣いてなんか……」

と言おうとしたら、俺の下まぶたを樋口の指がすいと撫でた。

「だってほら」

濡れた指先を見せられたら、否定のしようがない。なんだこれ。泣きながら押入れで眠ってたなんて、叱られたガキかよ、俺。

「悲しい夢でも見てたの？　君が出てったきり、いつまで待っても戻ってこないんで、外まで探しに行ったんだよ？　でも、どこにも見つからなくって。諦めて帰ってきたら、玄関にサンダルがあったからさ。まさかと思って押入れを開けてみたら……いったい、いつ帰ってきてたの？」

そうなんだ？　俺が勝手に飛び出してったのに、探し回ってくれてたんだ？

「俺……俺、ぜんぜん憶えてないんです。けど、なんだかとっても悲しい夢を見てたような気がして……」

夢……だったんだろうか？　目を開ける直前までそこにあったはずの何かは、現実世界に戻ってきたとたん、砂が流れるように形を失い、元がどんな姿だったかなんて、とてもじゃないけど思い出せなかった。

「そうなの？　どんな夢？　俺が聞いてあげたら、少しは悲しくなくなるかな？」

小さな子供を慈しむように、樋口が俺の頭を撫でながら、優しく優しく囁いてくる。

俺がずっと守ってきた心の土手が、ゆるゆる崩れて泥に返り、そのまま緩やかに流されていった。涙という川になって。

「わかりません……でも……」

聞いて欲しい。初めてそう思った。ずっと、心の底に封印してきた出来事。あの子に対する想い。家族にだって話すことのできなかった、取り返しのつかない後悔。

「話してよ。俺、三上君が悲しむのは見たくない。つらいことがあるんなら、俺が半分持ってあげるから」

「ひ、樋口さん……」

今日の俺、いったいどうしちゃったんだろう？　心が際限なくほつれていく。初めて、他人にこんなに優しくされたからなのか？

「三上君、三上君」

樋口が俺の頭を撫でながら、何度も名前を呼んでくれる。それを聞いていると、自分の居場所はここなんだと、ここにいていいんだと、信じることができる気がする。

しばらくして、樋口の手が止まった。頭を滑っていた手が今度は俺の顎にかかり、黒目がちな瞳がじっと見つめてきた。

ものを言いたげなまなざしに、なんだかいたたまれなくなる。俺が目を逸らすと、「三上君」とまた呼ばれた。

俺の名前を呼んだ口がゆっくり近づいてきて、唇に優しくキスされた。何度も、そっとついばむみたいに。

「樋口さん、もう……、もういいです」

恥ずかしくて顔を逸らすと、樋口は意外にあっさり解放してくれた。

「ほんと？　ほんとにもう大丈夫？　落ち着いた？」

心配そうに聞いてくる言葉つきには、いつもの強引さがぜんぜんない。俺の気持ちを傷つけないよう、ものすごく気を遣ってくれてるのがわかる。

「はい。もう大丈夫です。ごめんなさい、心配かけて……」

かっこ悪過ぎて顔が上げられない。下を向いたまま何度も頷くと、樋口がふっと笑う気配がした。

「三上君ってさ……ほんと、ほっとけない。どうしていいかわかんないくらい、かわいい」

「やめてください。かわいいなんて、大人の男に言うセリフじゃないでしょ」

顔から火を噴きそうなくらい恥ずかしかったけど、その何十倍も嬉しかった。溢れ出てくる感情をごまかそうとして言い返してみたけど、そんなものこの人には通用しないんだ。すべて見通してるようなまなざしが、まっすぐに俺を見つめてくる。ちょっと待って。そんなに見つめないで。

樋口はかいがいしくちゃぶ台の前に座布団を敷き、俺の手を取って座らせてくれた。

「なんか飲む?」と聞かれたので、取り敢えず水をもらって一気飲みしたら、だいぶ気分が落ち着いてきた。

「喉渇いてる? もっと何か持ってこようか?」

改めて聞かれて気がついた。そういえば喉がからからだ。それに、叫び過ぎた後みたいにヒリヒリする。叫ぶ? もしかして俺、夢の中で叫んでたのか?

俺の返事も待たずに、樋口が「コーヒー淹れるね」と言って、キッチンに立っていった。その背中を眺めながら、俺はぼんやりと、夢で見た光景を思い起こしていた。

（夢にしちゃ、やたらリアルだったよな……）

上も下もない、左も右も同じ灰色の世界。クラゲみたいにぷよぷよの自分の身体。どこからか現れた、ブロッコリーを頭に載せたマッシュルーム。ビー玉みたいな薄緑の目。それから、それから……

「ポプリ！」

唐突に、同居人のことを思い出した。そうだ、あいつ確か、おかしなことを言ってたっけ。もう一つ、俺がまだ思い出してないことがあるって。

「ポプリ！　ポプリ、どこだ？」

そういえば、あいつの姿が見えない。樋口がいるから隠れてるってわけでもない気がする。

不安がもくもくと湧きあがり、身体の内側を黒く埋め尽くしていく。いても立ってもいられなくなって、俺は、小さな姿を求めて部屋中探し回った。

「ポプリ！　ポプリ！　いないのか？　どこ行ったんだよ！」

俺の様子に驚いた樋口が、慌ててキッチンから戻ってきた。

「三上君？　どうしたの？」

「ポプリが……あいつが消えちゃったんです！」

　答えるのももどかしく、俺は、洗面所、風呂場、トイレを覗いて回った。もちろん押入れの中だって、布団を下ろして入念に調べた。

けれどどこにも、あの愛らしい姿は見つからなかった。

「ポプリ！」

　最後にベランダに面した窓を開け、物干しから床まで舐めるように視線を這わせてみたけれど、やっぱりポプリはいなかった。

「ポプリ……ほんとに消えちゃったのかよ」

　俺がちゃんと全部思い出さなかったから、誰かとの約束通り、あっちの世界に連れ戻されちゃったのか？

　全身から力が抜けて、俺はその場にへたり込んでしまった。もう動けない。動きたくない。俺のせいで、あのかわいい生き物は連れ去られてしまったんだ。俺がもっとまじめに、あいつの話を聞いてやっていたら。もっと早く、あいつの正体に気づいてやっていたら。

床に沈み込みかけていたら、背中から、ふわりと温かいものが覆い被さってきた。

「あ……」

樋口が、背後からそっと抱きしめてくれていた。力なんかひとつもこもっていないのに、不思議と、しっかり繋ぎ止められてる気がする。

「三上君、ポプリ君がいないんだね？」

自分には見えないのにそんなふうに尋ねてくれる、樋口の気持ちが嬉しかった。俺は子供みたいに何度も頷き、それからくるりと身体を反転させると、自分から樋口にしがみついて訴えた。

「ポプリは……ポプリは、俺の親友の魂を持ってたんです。あいつ、俺に何かを伝えようとしてここに来たんです。なのに……なのに俺、ちゃんとわかってやれなかった……」

「そうだったんだ。君の親友は、君に何かを伝えるために、ポプリ君の姿を借りてここに現れたんだね？」

樋口が俺の言葉を繰り返した。そして尋ねた。

「それで、君の親友は今どこにいるの？　何をしているの？　君は、その人に会いにいきたいんだね？」

きっと、樋口は気がついてたんだろう。その親友が、もうこの世にはいないってことに。本人ですら、今この時点まで忘れ果てていた事実に。

「会いたい……会いたいけど、雪里はもういないんです。中学二年の終わり、火事で……」

すらすら答えながらはっとなる。そうだった、雪里は死んだんだった。十五年前のあの火事で、学校と一緒に焼けて、いなくなったんだった。

「三上君」

抱きしめてくる腕に、ぎゅっと力がこもった。

「つらいことがあったんだね、三上君」

優しい樋口。あったかい言葉。だから、俺は素直になれた。

「でも……でも、俺がもっと強く止めてたら……あの時学校になんか残ってないで、早く帰ろうって言ってたら……」

「うん、うん」

樋口の手が、宥めるように俺の背中を撫でる。それに促されるように、俺は、十五年間胸に仕舞い込み、忘れた振りをしてたものすべて、吐き出し始めていた。

「雪里が俺にクラゲを見せようとして、一緒に理科準備室に行って……きれいだからって、部屋を真っ暗にして水槽を眺めてて……」

「そうなんだ」

俺の脈絡のない話を遮りもせず、樋口はただ相槌を打ってくれる。

「そしたら急に非常ベルが鳴りだして、下の部屋から火が出て……逃げようとしたけど、部屋に鍵がかかってて出られなくて……」

そこまでしゃべったところで、樋口の手が止まった。自分もそこにいて、一緒に閉じ込められてしまったのに気づいたみたいに。

「それは怖かったね。でも、なんで鍵がかかってたの？　君たちはそこから出られたの？」

息を吹き返した手が、また優しく背中を行き来し始める。それに励まされるように、俺は淡々と話し続けた。

「カーテンでロープを作ろうってあいつが言って……必死でカーテンを引き裂いて、長くして、それを窓から垂らして……」

「二階にいたんじゃなかったんだ？」

俺は頷いた。

「理科準備室は二階にあったんです。だからカーテンでロープを作って、雪里の方が軽いから先に下ろして、俺も後から降りて……」

なんて手際の悪い説明だろう。それでも樋口は、俺のまどろっこしい話に一切口を挟むことなく、根気強く耳を傾けてくれた。

「けど、下にも逃げるとこがなくて。そしたら、やっと消防の人が助けに来てくれて」

「よかった」

溜息のようなつぶやきが聞こえた。樋口のほんとの思いだってわかって、俺はまた泣きそうになった。

「助けは二人来てくれて。俺は、一人と一緒に先に逃げて……けど、雪里は病気した後だったから自分で歩けなくて、消防士の人に抱えられて後から来たんだけど……」

そこまでしゃべったところで、あの時の記憶が、映像や音や匂いが、大波みたいに俺を呑み込んだ。

「三上君！」

もう一言もしゃべれなかった。すごい悪寒がして、身体中が勝手にぶるぶる震え出した。寒いのにいっぱい汗が出て、ぽたぽたと畳の上に落ちる。

「三上君、もういいよ。もう思い出さなくっていいから。怖い思いをしたんだね？　でも、もう大丈夫だよ。君はここにいて、俺が一緒にいるから。火事なんてないよ、だから、もう怖くないいんだよ」

優しい言葉は、でも、返って俺に思い出させた。最後に見たあの光景を。

「そうじゃない、そうじゃないんです！　火が怖いんじゃなくって、雪里が……雪里が火に……雪里が……！」

そこまで叫んだところで、世界が落ちた。

＊＊＊

ひんやりした感触に意識が戻った。

ごっくん。

口の中に入ってきた水を無意識に呑み込むと、それが食道を通って胃に下りていくのを感じる。それはじわじわと身体じゅうに染み渡り、指の先まで広がった。全身に力が戻ってくる。

「ん……？」

目を開けると、真っ先に飛び込んできたのは、視界に収まりきらない樋口の顔。このシチュエーションっていったい……？

口移しで水を飲ませてもらったんだってわかるまで、実に五、六秒もかかってしまった。

やばい、何か言わなきゃ。それとも、逃げるべき？　いやでも、それじゃあんまり失礼じゃあ……せっかく看病してくれてたのに。

(看病？)

急速に頭が冴え渡り、俺はがばと飛び起きた。樋口のびっくりした顔が、慌てて離れていく。

(げ)

覚醒した目で見たものは——畳に座った樋口の膝の上に、お姫様抱っこされてる自分自身の姿だった。

「あ、あの、あのあのあの……」

おまけに口から出たのは、なんとも情けない「あの」の連呼。しかっかりしろよ、俺！

「気がついた？」

なのに樋口といったら、それこそ王子様かよってくらい優しい目で俺を見るんだもの。もう、どうしていいかわかんない。

どうやら俺は、数分間魂が飛んでたらしい。気を失ってたとも言うが。こんな無防備な姿、たとえちょっとの間でも樋口の前に晒してたなんて、一生の不覚だ。いや、どうせなら「一笑」って書いてくれ。

「すいません、お世話かけちゃって」

謝って起き上がろうとしたら、背中を支えてくれた。ほんっと、何から何まで優しくされ過ぎて、逆に今すぐ逃げ出したくなる。

今までの俺だったら、迷わず奴の手を振り払って立ち上がってたろう。だけどそれをしなかったのは、たぶん俺も成長したからだ。素直に人の好意を受け入れることができるようになったからだ。

「こっちこそごめんね。きっと、君のトラウマに無理やり触っちゃったんだね。俺、三上君がこんなにいっぱい抱えてたなんて、ぜんぜん知らなかった。気がつかなくて、ほんとにごめん」

そう言って、樋口が深く頭を下げた。違う。そうじゃない。まったく逆だ。樋口さんは、俺を穴の中から引き上げてくれたんだ。ちゃんと思い出して現実と向き合うよう、俺の目を覚まさせてくれたんだ。

「謝んないでください」

俺は無意識に右手を上げて、樋口の頬に触れた。男の割に滑らかな肌。髭の剃り跡もほとんど感じない。その肌をそっと撫でて、俺は繰り返した。

「謝んないでください。樋口さんは何も悪くない」

「でも」

樋口が、困ったように瞳を泳がせた。そりゃそうだろう。何せ、目の前で意識飛ばしてひっくり返られたんだ。気にするなって言う方が無理だ。でも——。

「俺……俺、樋口さんに聞いて欲しいことがあるんです」

そうだ、今こそ俺は、向き合わなきゃならない。十五年もの間、見て見ぬ振りしてきた大切なものに。

「さっきの続き?」

遠慮がちに尋ねる顔には、まだたっぷり心配が盛られてる。それでも俺は話したかった。吐き出してしまいたかった。そしてその相手は、この人じゃないとだめなんだ。

また一つ、俺は曲がり角を曲がったんだ。

2．告解

「俺、樋口さんに聞いて欲しいことがあるんです」

　樋口の端整な顔を眺めながら、改めて、この人はこんなに優しい面立ちだったのかと感心しながら、俺はもう一度言った。

「とっても大事なことなんです。今までずっと心の奥に引っかかってて、どうしても出てこなかったんだけど……ほんとは、ずっと自分で閉じ込めてたんです。見ないようにしてたんです」

「そうなんだ」

　樋口がゆっくり相槌を打った。

「でもそれじゃいけないって、最近気づきかけてて。それで、さっきあの夢を見てから、はっきりとわかったんです」

あれは夢？　いや、きっと違う。ポプリが、雪里の意思が俺に見せた、雪里の意識が今いる世界だ。夢なんかじゃない。

「でもって、自分の中に隠してたもの全部、誰かに話さなきゃならないって思って」

「話さなきゃ」という言葉が、頭の中で「放さなきゃ」に変換された。そうだ、手放すんだ。自分を解放してやるんだ。

「うんうん」

樋口は決して俺を遮らない。時々頷きながら、黙って聞いていてくれる。だから俺は、安心して先に行けそうな気がした。

「それで、その相手は樋口さんじゃなきゃいけないって……思ったんです」

見つめてくる目がいっそう優しくなった。

「嬉しいよ」

「俺……俺ね」

甘えるみたいな口調に自分でびっくりする。身体中の血が逆流しそうになった。

「ご、ごめんなさい」

真っ赤になって謝ると、樋口は笑いながら言った。

「気にしないで。でも、ちょっと態勢を変えようか」

言われて気がつく。今の俺と樋口さん、ものすごく近い。まるで、ディズニー映画の中で見つめ合う王子とお姫様だ。

「は、はい、ごめんなさい。気づかなくって」

もう血が逆流どころか、頭のてっぺんから噴き出しそうだ。慌てて身体を離しながら、俺は畳の上に正座して謝った。

「なんか飲む？　さっき淹れかけたコーヒー、冷めちゃったから淹れなおそうか？」

笑いながら樋口が言った。

「は……はい。できたら、うんと濃いやつを」

「了解」

そう言って立ち上がると、樋口は俺の肩に手を置き、ポンポンと軽く叩いてからキッチンへ向かった。

「よろしく……お願いします」

その背中にかけた声は、薬缶に水を満たす音にかき消されてしまった。

(何やってんだか、俺)

自分ながら、呆れてものが言えない。でも、なんだか気分はすっきりしてた。長年の胃もたれが治ったみたいに。

落ち着いたところで、もう一度部屋の中を見渡してみた。畳の上、ちゃぶ台の下、樋口が立ってるキッチンの、分別用ごみ箱の陰。最後に、思い切り首をのけぞらせて天上に目を凝らした。

でも。部屋のどこにも、ポプリの姿はおろか、気配すら感じることはできなかった。

(ポプリ、いったいどこ行っちゃったんだよ? 俺、ちゃんと最後まで思い出したろ? ほんとは思い出したくなんかなかったのに。なのに消えるのか? 間に合わなかったのか?)

ポプリが雪里じゃなくてもいい。あいつが死んでしまったことは、もう認める。だからポプリ、せめておまえだけでも、ここにいてくれるわけにはいかないのか? それって、都合のいいことなのか?

（なあポプリ……返事してくれよ）

ポプリは言ってた。もう時間がないんだと。糸が切れてしまいそうなんだと。

だけどおまえ、一週間くれるって言ったよな。それまでに気づいてくれって。

（それってつまり、おまえが雪里だってことを、俺に思い出して欲しかったんだよな？

身体は変わっちゃったかもしれないけど、ポプリの中身は雪里だって、気づいて欲しかったんだろう？　そして、人間の雪里は十五年前にもう死んじゃってるんだってことを、俺にちゃんと認めさせたかったんだよな？）

期限までに俺が思い出せなかったら自分は消えてしまうんだと、ポプリは言った。

じゃあもっと早く思い出してたら、ポプリは、雪里はどうなってたんだろう？

ドクン、と心臓が大きく波打った。

まさか。でも……もしかしたら……

（バカな）

俺は頭を振って、たった今浮かんだ考えを振り払おうとした。

（でも）

まるでありえないってわけでもないかも。だって、ポプリの存在自体がありえないんだから。だったら――

（生き返れるのか？　雪里）

そんなことあるはずない。死んだ人間が生き返るなんてできない。だいいち、雪里の身体は焼けてしまったんだから。もう、どこにもないんだから。

（じゃあ、ポプリが人間になれたら？）

消滅してしまった身体の代わりに、あいつが言ってた、古い木に住んでる何かが本物の人間になって、それを器として、雪里の魂がくっついたら？

（悪い考えじゃない。まるでＳＦみたいだけど、ずっと未来には、そんなこともできるようになるかもしれないじゃないか。人工の身体に死んだ人の意識と記憶を転送できたら、きっとそれは、その人が甦ったのと同じことにならないか？）

そこまで考えて、また思い出してしまった。

（だめだ……ポプリも消えちゃったんだ）

それはつまり、あいつの希望が叶えられなかったという証拠なんじゃないか。

頭の中で、希望と絶望が白い木馬と黒い木馬になって、上がったり下がったりしながら、いつまでもぐるぐる回ってた。

コトン。

目の前のちゃぶ台に、湯気を立てたマグカップが静かに置かれた。

我に返ると、樋口が自分のカップを両手で持ち、心配そうに俺を見下ろしてた。

「あ。ありがとうございます」

「ミルクたっぷりにして、お砂糖もちょっと入れてみたんだけど……飲めそう？」

言いながら、樋口が俺の隣に胡坐をかいた。奴のコーヒーはブラックらしかった。

「はい、ありがとうございます。今は、ちょっと甘い方が嬉しいかも」

カップに口をつけると、ほのかに甘い香りがした。一口啜ると、濃厚なクリームが舌に残る。いつもなら口にしない甘い飲み物は、カチカチになってた俺の心を、コーヒーに落とした角砂糖みたいに溶かしていった。

しばらく黙って味わってると、そっと肩を引き寄せられた。素直に身を預けてみると、なんとも言えない安心感に包まれて、巣籠もりしてるみたいな気分になった。

樋口は何も言わない。時々コーヒーを啜りながら、ただじっと、待ってくれている。たとえ、俺がこのまま口を開かなかったとしても、きっと何も言わないだろう。

でも、俺は話すって決めていた。もうこれ以上、自分をごまかしながら先延ばしするのはやめるんだ。

「樋口さん」

やっと口を開くと、樋口は黙って俺の頭に唇をつけた。待ってたよ、と言われた気がした。

「俺……俺ね。中学の時、すっごくすっごく好きな人がいたんです」

「そうなんだ」

「さっき話した、雪里って同級生がそいつなんだけど……初めてあいつを見た時、もう目が離せなくなるくらい衝撃的で」

「そうなんだ。きっと、とても魅力的な子だったんだね？」

俺は、黙って大きく頷いた。

「でも、あいつが人を惹きつける理由は外見だけじゃなくって……なんていうか、とっても強いんです。男らしいんです」

いつの間にか現在形でしゃべってたのに、俺はぜんぜん気づかなかった。俺を好きだって言ってくれてる樋口の前で、雪里のことを夢中で褒めちぎってたのにも。

それから俺は何時間もかけて、思い出す限り、雪里のことを樋口に話してきかせた。

出会い、いじめられてる雪里を助けたのがきっかけで親しくなったこと、雪里を通して、それまで作れなかった友達がたくさんできたこと。

それから、雪里が生き物、特に深海生物が大好きだったこと。将来は生物学者になりたがってたこと。病気のこと。その治療のために、札幌から東京に越してきたこと。

そうやって、雪里との思い出をどんどん吐き出していくうちに、俺の中にはあの頃の気持ちが、感覚が、当時そのままに戻ってきた。いったいこいつら、今までどこに隠れてたんだろう？　どれもみんな、雪里が今ここにいるんじゃないかって勘違いするほどリアルで、俺は思わず、隣に座ってる男の顔を確認してしまった。

「前に、樋口さんがここで見てた図鑑、あれ、あいつにもらったんです」

「ああ、そうだったんだ」

今度もまた、樋口は静かに相槌を打っただけだった。だから俺は、安心して先を続けることができた。

「樋口さん、死なないクラゲがいるって知ってます？」

「ああ、うん。ベニクラゲのことでしょう？　成体からまた幼生に戻って、一生を繰り返すって言う」

さすが樋口。ちゃんと知ってた。

「あいつ、そのクラゲにとっても興味があったみたいで。大人になったら研究したいって言ってたんです」

「あの若返りの仕組みを解明して、医学や美容に生かせないかって言われてるよね」

「そうなんです。きっとあいつ、自分が大きな病気したから、そういうのに人一倍敏感に反応したんじゃないかなって……今になって思うんですけど」

肩にかかる手に、少しだけ力がこもった。

「そうなのかもしれないね」

樋口にしてみれば、何気ない同意だったのかもしれない。でもこの一言で、俺の頭の中に、一瞬強い光が閃いた。

(もし、あのクラゲに雪里の心が移せたら。そしたらあいつは、永遠に生きられたんだろうか?)

もしかして……もしかしたら……あいつは、そんな研究をやりたかったんじゃないだろうか?

いやそれどころか、実はどこかでその実験が成功してて、ポプリはやっぱり、雪里になるために作られたんじゃあ?

(それはないだろ)

冷静な俺の一部が、現実的な答えを突き付けてくる。

(そんなことができたら、世界中に人が溢れちまう。だいいち、なんで雪里なんだよ)

(だよな)

(でも……)

「三上君、どうしたの? 続きを話してくれないの?」

穏やかな声に、俺の意識は現実世界に戻ってきた。雪里じゃなく、樋口のいる世界に。

俺は慌てて頭を振ると、妄想を追い出した。

「あ、すみません……っと、どこまで話したんでしたっけ？」

「雪里君に図鑑をもらったとこまで」

そうだった。あれが雪里にもらった、最初で最後のプレゼントだった。

「そうでした」

そろそろ、話は佳境に差しかかってる。ほんと言うと、ここから先は話すのがつらい。けど、話すって決めたんだ。だから立ち止まったりしない。

俺は大きく息を吸うと、ゆっくり吐き出しながら気持ちを整えた。

「一学年の終わりでした。終業式の後、雪里に誘われて、理科準備室にベニクラゲを見にいったんです。雪里が好きだって言ったら、担当の先生が学校で飼えるようにしてくれたんだって、あいつ、すっごく嬉しそうに教えてくれて」

ただでさえよく光る、透き通った瞳をいっそうきらきらさせて、うっとりとクラゲに見入ってたあいつ。俺の雪里。俺の方は、クラゲなんかより、雪里を盗み見るのに夢中だった。暗い教室に二人きり。俺の心臓はどんどん駆け足になって、ばたばた走りまわるその音が雪里に聞こえちゃいそうで、だからまたドキドキして。あのままだったら、火事なんか起きなくても、俺は自分で発火して燃え尽きてたかもしれない。

あの事件に話が近づくにつれて、俺の身体は勝手にぶるぶる震え出した。口もうまく回らなくなって、まるで、目の前で焼け落ちていく校舎を呆然と見つめてた時そっくりの症状になってきた。

「お、俺の……俺の見てる前で、ドンッてすごい音がして……目の前で……ゆき、雪里が、雪里が……あいつの上に崩れた天井が……焼けた天井が落ちてきて……あいつと、助けてくれた消防士が……」

話すうちに、あの恐ろしい光景が目の前にまざまざと甦ってきた。メラメラ燃えるオレンジ色の炎の中に、雪里と消防士が包まれた時。俺の両目から、ぶわっと涙が溢れ出た。

「三上君！」

樋口が俺の名前を呼ぶと、ぎゅっと胸に抱きしめてくれた。まるで、猛り狂う炎から俺を守るみたいに。

「俺……俺、あいつを置いて先に逃げちゃった……だから……だから、後になった雪里が間に合わなくって、落ちてきた天上に潰されちゃって……」

「違うよ、それは違う。そんな時は、誰だって自分しか守れないんだよ。それで精一杯なんだ。でもそれでいいんだ。君が先に逃げられたのは、ただの偶然なんだ。君のせいなんかじゃないんだよ」

「でも……でも、もし雪里が先だったら、生きてたのはあいつだったんです。俺が雪里を殺しちゃったんです！」

俺はまるで、がんぜない子供みたいに詮無いことを喚き散らしながら、両の拳で樋口の胸をがんがん叩いた。

それでも樋口は少しも動じず、静かに拳の連打を受け止めながら、「君は悪くないよ」と繰り返し、優しく俺の背中を擦ってくれていた。

結局俺は、途中で泣き疲れて最後まで話せなかった。雪里の死を受け止められず、葬式にも出なかったし、墓参りにも一度も行ってないことを、言い訳がましく、何度も繰り返ししゃべり続けた。

　その後しばらく心療内科に通ってたことや、事件がきっかけで、コミュニケーション障害が再発したこと、会社をリストラされ、再就職にも失敗してニートになったこと。ポプリが現れてから徐々にいろいろなことがうまく回りだしたことなどを、たどたどしくしゃべっていたんだけど、ふいに眠気に襲われて、樋口の腕の中で寝落ちしてしまった——らしい。後で教えてもらったところによると。

　本当は、ちゃんと言いたかったのに。この人に伝えたかったのに。

「今度は、あなたが側にいてください」

って。

第十三章　樋口さんの宝箱

Ⅰ・眠り姫

目の前で友城が眠っている。ほっぺたに涙の跡をつけて。

自分の過去のことを話したいと言うから、しゃべらせた。本当は、まだ危うい気がしたんだけれど。

友城がトラウマを抱えてるっていうのは、なんとなく知ってた。と言うより、見てたらわかった。細い綱の上を、ゆらゆら揺れながら必死でバランスを取って歩いている様は、見ていて痛々しかった。

彼の過去にいったい何があったのか。重たそうに抱えているものがなんなのか――ずっと知りたかった。

「友城」

そっと名前を呼んで、指先で涙の跡をたどってみる。そうしたら、彼の見てきたものが見えるんじゃないかと思って。彼が愛した少年を、自分も感じられるんじゃないかと思って。

「雪里、か」

きれいな名前だ。雪国生まれだからつけられたんだろうその名前から、今はもう、この世にいない男の子の姿を想像してみる。けれど、友城のつたない説明から浮かんだそれは、やっぱり、ブロッコリーを頭に載せ、細い足でちょこんと立つ、まあるいマッシュルームだった。

正直、ちょと妬ける。友城をこんなふうにしてしまったのは、そのマッシュルームだから。

もし今彼が生きていたら、いったい自分たちはどうなっていただろう？　友城はやっぱり、その子を選ぶんだろうか？

いや、そもそも彼が生きていたら、友城はここにはいないだろう。彼の時間は、今とはぜんぜん違う方向に流れていただろうから。

散々泣いて喚いて、エネルギーを使い果たして電池切れになってしまった寝顔を見ていると、今までに感じたことのない充足感に満たされる。

この、身体は大人だけれど心は中学生のままの彼は、今、どんな夢の中にいるのだろう？　涙の跡を残した頬は、微かに緩んで、微笑んでいるようにも見える。

「その雪里って子といるのかい？　友城」

それでも構わない。彼が幸せなら。そして、目覚めた時にその子がいないとわかって、もしまた友城が苦しむのなら。その苦しみを、今度は自分が肩代わりしてやろう。それが友城に届かないように、どこかへ隠してしまおう。少なくとも、彼がもう痛みを感じなくなれるまで。

「う……ん」

友城が身じろぎした。その拍子にずり落ちてしまったかけ布団を、もう一度肩までかけてやる。すると彼は、巣穴に潜り込むみたいに、ごそごそと布団の中に入っていってしまった。

「友城」

起こさないよう、もう一度そっと呼んでみる。もし聞こえてたら、ちょっと恥ずかしい。まだ、「三上君」という呼び名から卒業してはいないのだ。いつかそう呼べる日が来るまでは、本人の耳には届かないよう、こっそり囁くだけにしよう。

眠っている友城の隣に、そっともぐり込んでみた。背中から身体を包み込むと、幸せな気持ちがふつふつと湧いてくる。かけ布団なんかいらないくらい、あったかい。

狭くて古いこの部屋は、自分にとって、自宅にいるよりずっと快適で、遥かに落ち着く場所だ。自分が頻繁にここを訪れるのは、好きな人がいるからという理由だけではない。ここにいると、なぜかとても安心できるからだ。受け入れられている気がするからだ。

気持ちよさそうな寝息を聞きながら、ふと考える。もしかしたらポプリとやらがまた戻ってきていて、すぐ横で、俺たちを見てるのかもしれないな。俺にはわからないけど。

「友城」

薄い背中に顔を埋めて、そっと呼びかけてみた。よく眠っているから、もちろん返事なんかない。でも、それでいい。今はまだ、こうしてくっついているだけで十分だ。

そして朝になったら——彼との距離は、またちょっと縮まっているだろうか？

（ほんとは、俺の方が話を聞いて欲しかったんだけどね）

昼間あったことを思い出すと、思わず苦笑が漏れてしまった。本当に、いろいろ、たくさんあった一日だった。

（明日君が目を覚ましたら、最初になんて言おうか？）

そんなことを考えるのが楽しみになるなんて、ちょっと前の自分には想像もつかなかった。

（ポプリの魔法は、俺にも効いたのかもな）

落ちかけてくるまぶたの裏で、そんな思いが過った。緑の瞳を持ったマッシュルームが、ととと……っと、目の前を駆けていった。

第十四章　ゆっくりと、一緒に

１．橋を渡って

なんだか、ものすごく暑くて目が覚めた。

見慣れた部屋の中はまだ暗くて、薄いカーテンを透かして、表の駐車場の灯りが射し込んでる。たぶん、夜明けまでには数時間あるだろう。

（寝なくちゃ）

もう一度丸まって目を閉じようとしたところで、異変に気づいた。

（なんだこれ？　重いんだけど……って、え？　なになに？　ちょっとこれ何！）

「じぐぢ……ざん……！」

さっきまで昏睡状態だった喉から出たのは、潰されたカエルの悲鳴みたいな声だった。おまけに、覚醒した頭で確認した己の状態は、先の例えに一致せずとも酷似していた。

うつ伏せになった俺の背中に、死体みたいに脱力した樋口が貼りついてる。ちょっと揺すったくらいじゃびくともしない、見事な爆睡っぷりだ。

「げえっ。胸が潰れる……息ができない……お、起きて……起きてくださあい、樋口さん！」

潰れたカエルの声で訴えるも、そんなもん、こいつの耳には届きそうもない。俺は甲羅を背負った亀よろしく、両手両足をじたばたさせてもがいたけれど、なんの成果も上がらなかった。

（樋口さんって、見た目より結構重い……かも）

成人男性を背中に乗せたことなんかないから比較はできないけど、これは想像以上に苦しい。今すぐなんとかせねば。

（そうか。かけ布団があるから、よけい重いし暑いのか）

やっとその事実に気づいたが、気づいたところで対策はない。ないが、早くなんとかしなければ、暑さと苦しさでじき死ぬ。

「ぐじぎぎぎ……」

我ながら珍妙な音声を発して全身の力を大集結させせ、一気に爆発させて……みた。

ぷすん。

まあ、文字にしたらこんなとこだろう。でも、なんとか体勢を覆すことに成功し、背中から剥がれた甲羅は、隣に仰向けにひっくり返った。

俺はかけ布団を払いのけて脱出すると、たった今ひっぺがしたばかりの男を見下ろした。

寝間着代わりにしてる浴衣(樋口はいつもこれで寝る。パジャマは嫌いなんだそうで、俺の部屋に泊まるようになってから、自分で三種類くらい持ってきてた)がはだけて、胸が半分くらい露わになってる。

実は、こいつの裸はまだ見たことがない。一緒に風呂に入ろうとか何度も誘われたけど、ことごとく断ってきた。大人になってからの俺は、スキンシップを伴う人付き合いを極力避けてきたので、そういうのは苦手なのだ。まあ……他の理由も、ないでもないけど。

大の字で寝くたれてても、やっぱり樋口はいい男だった。

デスクワークばかりのくせに、腹には適当についた筋肉が薄く割れてて、もちろん贅肉なんかない。浴衣からはみ出た腕や足も、すらりと伸びてて羨ましいくらいだ。呼吸のたびに上下する胸にぜんぜん毛が生えてないのに、なぜだか俺はほっとした。

こいつの寝顔なんか、まともに拝むのは初めてだけど……

(なんか、かわいいじゃん。無防備で)

そんなふうに思ってしまったのが悪かったのか？　急に、もっとよくその顔を見てみたくなった。

そおっと近寄り、真上から見下ろす。わ、ほとんど左右対称だ、この顔。きれいな卵形の顔の真ん中に、すっと通った鼻筋が、細い峰を作っている。両脇に均等に配置された切れ長の目は、緩く弦を張った弓のようにしなってて、黒くてまっすぐな睫毛に縁取られてる。

唇に目を移す。少し小さめのそれは、いつもなんかつけてるのかなって思うほど、赤いんだ。これが昼間、俺の口に吸いついてきたんだと思うと、身体中の血が沸騰しそうになった。

少しだけ開いた唇から覗く前歯が、なんだかウサギみたいでかわいい。

（も一回、触っていーすか？）

　半開きの唇に顔を寄せて、お願いしてみる。声に出してなんて、ましてやこいつの目が開いてる時になんて、死んだって言えないセリフ。胸の奥から飛び出した、本当の気持ち。

　俺は人差し指を伸ばして、赤い肉にちょこっと触ってみた。今のとこはこれで精一杯かな、なんて思いながら。

（やわっ！）

　ふわっと沈んでからまた押し返してくる感触に、慌てて指を離す。

（うそっ……女の子みたいじゃん）

　なんて思わず感動してしまったが、訂正する。女の子の唇になんて、触ったことはない。一度も。

　しばらく息を殺して観察してたけど、樋口の反応はなかった。相変わらず爆睡中だ。こいつ、大物かも。

　胸の中に、どこからともなくもやもやが発生してきた。こんな葛藤に悩まされるのは十五年振りだ。

（いやいや、これは雪里じゃないんだ。似ても似つかないおっさんだぞ。や……おっさんは、まだちょっとかわいそうか）

ぐるぐる考えてるうち、自然と頭が下がってきた。思考と行動は、きっと別々に作動するんだ……などと、感心している場合ではない。気づいた時には、俺の唇は、樋口のそれにぴたっと貼りついてた。

（……っ！）

謀られた！　こいつ蜘蛛かよっ⁉

樋口の唇にキスしたとたん、布団の上で脱力してた（はずの）両腕がガバッと持ち上がり、バネ仕掛けの罠のごとく、がしっと俺を捕まえた。

「う……ううっ」

今目を覚ましたのか、それとももとっくに起きてたのか？　俺が近づいてくるのを虎視眈々と狙ってた樋口の腕にがっちりホールドされ、まんまと捕まった獲物は、捕食者にいいように食われていた。

ままごとみたいな俺のとは、雲泥の差がある樋口のキス。なんでこんなに器用なんだよ？　さっきまで爆睡してたはずの奴の舌は、今、縦横無尽に俺の口中を蹂躙しまくり、俺は追い詰められた子ウサギよろしく、巣穴の奥で震えていた。

けど、震えてたのは怖かったからばかりじゃない。得体の知れない情動が身体の奥から突き上げてきて、俺はもうちょっとで、大気圏間外に飛び出しそうだったんだ。

「樋口さん……いつから起きてたん……うっ！」

息継ぎなのか、ちょっと口が離れた隙にしゃべろうとしたら、あっという間に阻止されてしまった。いったい、いつまで続ける気なんだよ！

「王子様のキスで目が覚めちゃったんだよね〜」

やっと解放されると、ぱっちりと目を開けた樋口が、にっと笑って言った。実に愉快そうで、なんか腹立つ。

「ず、ずいぶんごついお姫様ですね！」

精一杯言い返してやったのに、こいつときたら、

「え〜、ひどおい。せっかく眠ってる振りしててあげたのに。じゃあ、言っちゃおっか

な～。三上君、俺のことずっと見てたでしょ？」

なんて、ものの見事に打ち返してきやがった。やっぱり、こいつには敵わないかも。

「み、見てませんよ！」

「嘘、見てた。で、我慢できなくなって、指伸ばしてきたんでしょ」

くそ、なけなしの反撃だったのに。見ろ、俺今、蒸発一歩手前だぞ。こいつ、実は薄目開けてたのか？　それとも、目瞑ってても見えるのか？

何か言い返さなくちゃ。でないと、このままいいように解釈されて、いいように……

ん？

「ひ、ひひ樋口さん！　あんた、どこ触ってんですか！」

あれこれ考えてる間に、行動的な奴の手は、俺の尻を撫で始めた。待て、それはダメだ。昼間と違って、今は非常に薄着なんだ。あんたの手の感触が、そのまま伝わってくるじゃないか！

俺は必死に身を捩って抗った。そしてすぐに後悔した。さっきから股間に当たってた硬いものが、俺がもがいた拍子に、ぐんって感じで大きくなりやがった。

そんな露骨に主張されると、もううろたえるしかない。そしてもっとうろたえたのは、自分のも一緒に反応してたってことだ。

「三上君、俺のこと好き?」

自分のそれを押し付けるみたいに樋口が俺を強く引き寄せると、耳元に囁いた。全身の毛穴が一斉に縮みあがる。

「ねえ、これって重要なことなんだって言ったでしょ?」

「わ……忘れました!」

きつく目を瞑って首を振ったけど、こんなの、まるで樋口にしがみついていやいやしてる、甘えっ子みたいじゃないか!

「忘れないでよ。君に返事もらわないと、俺、困ったことになっちゃうんだからさ」

そんなことを訴えながらも、樋口の手は、俺の身体をあちこちをまさぐってくる。困ってるのはこっちだっつーの!

「なんで……なんでそうなるんですか!」

理不尽な言い分に言い返そうとしたら、思わず「あ!」という裏声が出てしまった。

樋口の指先が、俺の胸の尖りをいきなりくいって摘まんだからだけど、ここって、こんなふうに感じるとこだったの？

「気持ちいい？」

楽し気に言いながら、樋口は俺の答えなんか聞かずに、いつまでもそこを丹念にいじり回す。

「ちょ、やめ……やだって、やめて、樋口さん……ああっ！」

釣り上げられた魚みたいにピチッて跳ねたのが、自分だなんて信じられない。信じたくない。

俺の反応に、樋口が嬉しそうに言った。

「嫌いじゃないよね。もし嫌だったら、こんなになってないもんね。それに、そんなにしがみついてくるってことは、やっぱり好きなんでしょ？　俺のこと」

もういいや、白状する。嫌いなんかじゃない。俺はこいつのこと、かなり好きだ。先輩としてじゃなくって、友達としてでもなくって。

雪里に感じてた気持ちと似てる。けど、あんな淡雪みたいな想いじゃなくって、もっと、こう……えい、もうっ！

俺は樋口の唇に、噛みつくみたいに挑みかかった。言葉なんかじゃ説明できない。だって、こんなになるのは人生で初めてだったから。

さしもの樋口も想定外だったらしく、一瞬、奴の動きが止まった。

やっと解放してやると、樋口がまぬけな顔で俺を見た。ざまあみろ。俺にだって、これくらいのことはできるんだぞ。

「三上……君？」

真っ赤な顔で、ゼイゼイしながら言うにはちょっと無理があるけど、まあいい。今はこれが精一杯だ。だけどこれが俺の、ほんとの気持ちなんだ。

「いちいち言わせるなんて野暮ってもんでしょ、樋口さん？」

(そうだよ。俺は今、猛烈にあんたが欲しいんだ。自分のものにしたいんだ。心も身体も、全部、俺専用だって信じさせて欲しいんだよ。いいか、俺をこんなにしたのはあんたなんだからな。ちゃんと責任取れよ。でないと……)

そんなセリフは、もちろん声になんか出せない。だから思ってること全部を両目に込めて、目の前の男を睨んだ。きっと、ものすごく滑稽な顔だったに違いない。だけど、樋口はちゃんとわかってくれた。

今度は樋口からキスされた。俺へのお返しみたいに、丁寧に、優しく。口の中に入ってきた舌が、握手するみたいに伸びてきて、俺も恐る恐るそれに応える。

まともにキスしたのなんて、この人が初めてだ。だから正直怖かった。この先やってくることに、ちゃんと自分が対応できるのか。おかしな反応しちゃったりしないか。いやむしろ、これ以上反応できなくって、この人をがっかりさせちゃったりしないか。

心配が身体を硬直させてしまったんだろうか？　樋口が動きを止めて俺を見下ろし、「怖い？」と聞いてきた。やっぱり、初めてってわかっちゃうんだろうか？　やだ、いい歳して超恥ずかしい。

「すみません……あの、俺……俺、したことないんです。その……」

やっとの思いで告白すると、樋口がちょっと首を傾げた。

「男と寝たことないってこと？　それなら俺もだよ。君が初めてだ」

「え……」

衝撃の事実発覚！　ほんとか？　なら、このいかにも遊び慣れてるみたいな技と態度は、今までは女に対してだけ発揮されてたってこと？　だってあんた、前に、女は苦手って言ってなかったっけ？

「ごめんね、脅かして。だから俺にとっても、三上君が初体験の相手なんだ。緊張して死にそうだけど、大丈夫。腹上死なんてしないから。だってもったいないでしょ？」

いや、緊張してるってのは嘘でしょ、そんな涼しい顔して。でも……あれ？　ほんとだ、こいつの心臓、ものすごくドコドコいってる。え？　これって、俺のせいってこと？

相手も緊張してるとわかると、こっちはなんだか落ち着いてくるから不思議だ。俺は樋口の胸に手を置くと、その力強い動きを手のひらに感じながら正直に白状した。

「俺……、男どころか女だって知りません。正真正銘、樋口さんが初めてなんです」

やっぱり恥ずかしい。でもこの告白は、逆に奴のハートを打ち抜いたらしい。

「すっごく嬉しい」

しばらく俺の顔をまじまじ見つめてから、樋口はそう言ってぎゅっと抱きしめてきた。

「じゃあ、うんと優しくするね？」

なんて、こっぱずかしいセリフまでくっつけて。

＊＊＊

「はあっ、はあ、ああ……あんっ！」

薄暗い部屋に、自分の声とは思いたくもない喘ぎ声が絶え間なく聞こえる。耳を塞ぎたかったけれど、両手首をしっかり掴まれていてそんなことはできなかった。

俺の身体は文字通り一糸纏わぬ素っ裸。それを、やっぱり全裸の樋口の身体がのしかかって押さえ込んでいる。

樋口の唇が、ゆっくりと全身を這っていく。最初は首筋、脇の下、胸。胸の尖りはひときわ丁寧に舐められたり甘噛みされたりして、そのたびに、俺の口からは信じられない嬌声が漏れた。

すっかり赤く腫れあがったそれをやっと放してくれた唇は、まっすぐに下へ下りてゆく。俺の腹が、次に来る快感を期待して大きく波打った。

樋口の手が両手首から外れ、今度は腰骨の辺りを撫でさする。へそを舐り、そしてもっと下の方まで頭が移動していった。

「ああっ！」

ずっと樋口の身体の下で押し潰され、苦しい思いをしてた俺のものが、そっと唇をつけられただけで勢いよく上を向いた。そこで樋口はいきなり顔を上げ、動くのをやめた。

「樋口……さん？」

放置された俺のものは悲しそうに涙を流し、当惑して樋口を見上げたところで、楽しげな顔と目が合う。

「やめて欲しくない？」

意地悪な口は、俺の答えなんかわかってるのに、そんな言葉を聞かせて面白がってる。

俺が必死で頷くと、しばらくその様子をじっと眺めてから
「じゃあ、何して欲しいか教えて」

などと、クソ意地悪く言ってくる。どこにも触ってもらえない間、俺の欲望は出口を求めて、身体じゅうをぐるぐる駆け巡った。

「言いたくない……です」

そっぽを向いて答えると、「あ、そう」という返事と共に、樋口の重みが離れていく。俺は慌てて奴の腕を掴んだ。

「いっちゃやだ」

子供みたいに訴えると、樋口の口元に淡い笑みが浮かんだ。

「友城はわがままだな。言いたくないんだったら、俺はどうしてあげたらいいのかわかんないでしょ」

「友城」と初めて下の名前を呼び捨てにされ、どきりとする。樋口の中で「三上君」から昇格した俺が小躍りした。

「もう一回触って」

どうだ、友城は勇気を奮ったぞ。

ちょっとだけ得意になって樋口を見上げたけど……。

「あ、そう。一回でいいんだね？」

相変わらず動こうとしないまま、樋口がすっとぼけてまた聞いてきた。こいつ、なかなかいい根性してるな。

「ちがう、そうじゃなくって……もっと、もっといっぱい……」

口調がすっかり幼児になってる。どうしたんだ、俺。突然赤ちゃん返りか？

「どこに触って欲しいの？」

相変わらず微動だにしないまま、樋口がまた意地悪く聞いてきた。俺は摑んでた奴の手を、放置されたまま涙をこぼしてるものに持ってくると、そっと握らせた。嬉しそうに、それがふるっと震えた。

「どんなふうに触って欲しいの？　友城、自分でやってみせて」

今度はそう言うと、樋口は俺の手の下からするりと自分の手を抜いてしまった。

「え……」

恨めしくて見下ろしてくる男前を睨んだけど、奴はまったく動じやしない。ただ、じっと待ってる。俺がどうするか。

しかたなく、自分で自分を慰めてみせた。意地の悪い男の目の前で。恥ずかしくて目は開けていられなかったから、きつくまぶたを閉じて必死で行為に没頭した。きっと、つたないやり方を笑われてる。男も女もこの歳になるまで知らないなんて、こいつには信じられないだろう。

嫌われたくない。子供っぽ過ぎて相手にできないなんて思われたくない。だから必死で自慰を続けた。樋口がもういいって言ってくれるまで。そしてそれは、永遠にも思えるくらい長かった。

ふいに手を取られた。自分の手からも見放されて、また俺が寂しそうに涙をこぼすと、いきなり生温かくて柔らかなものが、その涙を拭い去ってくれた。

けれど、泣き止むどころか、それはますますボロボロ涙を垂れ流し、嬉し気に身を震わせ出した。

「あ……樋口さ……そこ、もっと……ああっ！」

樋口の舌は、俺のつたない手技なんか及びもつかない巧みな動きで、どんどん俺を追い上げてくる。

裏筋を下から舐め上げ、先端を舌先でつっ突き、喉の奥まで銜えてしごいてくる。そうしながら両手で二つの袋を握られ、緩急をつけて揉まれ、俺はもう声も出せなくなっていた。

「友城、気持ちいい?」

俺が気絶しかけてると、樋口が頭を上げて聞いた。とろんと潤んだ瞳が色っぽい。そう思ったら、

「友城、すごく色っぽい」

おんなじことを言われてどきりとする。なんだか、二人の間に思いの環状線ができてるみたいな感じだ。今、樋口と同じことを感じてるってわかる。そして俺の感じてることも、この人の中にちゃんと流れて伝わってるんだって。

こんな余裕のない状態なのに、俺の心はどこかですごく安心してた。身体の中心に感情の重石みたいなものがあって、それさえそこにあれば、どんなにめちゃくちゃに

なっても大丈夫。そんな気がした。きっと樋口も同じなんだろう。額に汗を滲ませてるのに、どこか涼しい風に吹かれてるような、不思議な表情をしてる。

「あ……あん！　ひ、樋口さん、樋口さん」

バカみたいに、俺に乗ってる男の名前を連呼した。でも、なんだか物足りない。なんだか違う。もっと……、もっと近づきたい。

（樋口さん、俺もあんたの名前を呼びたい。呼んでもいい？）

そうだ、あんたが友城って俺を呼んでくれたみたいに。俺もあんたを……

（あれ？）

そう言えば、こいつの下の名前ってなんだったっけ？　思い出せない。前に名刺をもらったし、知ってるはずなんだけど。こんな切羽詰まった状況だからなのか、普段苗字でしか呼んでないから憶えてないのか。

どうしよう？　今、名前聞いてもいいかな？

嵐の真っただ中で迷子になりかけてたら、樋口が口を開いた。

「友城。俺のことも佑亮って呼んで」

やっぱり環状線は繋がってた。俺の思いを掬い取るように、答えはちゃんとこの人がくれた。

「ゆう…すけ…」

「もっと」

佑亮の手が、いきなり俺をぎゅっと握り締めた。俺は悲鳴を上げて身体をのけぞらせると、樋口の髪をクシャクシャに掻き回しながらしながら叫んだ。

「佑亮！　佑亮！　佑亮！」

とたんに樋口、いや佑亮の動きが激しくなった。途中からは、手に代わって口で攻め立ててくる。耐性のない俺はあっという間に昇り詰め、奴の口の中に射精してしまった。

あんまりあっけなくて申し訳なかったけど、こればっかりはどうしようもない。俺は息を弾ませながら、布団の上でまぐろみたいに伸びてしまった。

「友城、すっごいかわいい」

佑亮が満足そうに俺を見下ろしてから、ご褒美みたいに、顔のあちこちに軽いキスを置いていく。自分はまだいってないのに。

「ごめ……ごめんなさい。俺ばっかり……」

佑亮を放って、自分だけ先にいっちゃうってどうよ？　己の未熟さを見せつけられた気がして、俺はいたたまれなかった。

「なんで謝るの？」

なのに佑亮は、汗で濡れた俺の髪を優しく指で梳きながら言った。

「だって……だって、ひぐ、佑亮はまだ……」

もごもご答えてたら、ふっと笑われた。

「何言ってるの、友城。これで終わりなんかじゃないよ。これからが本番なんだからね」

目の奥に不敵な光を宿らせた佑亮が怖い。え？　これから本番って……じゃあ、さっきのは前菜だったたってこと？

俺の体力は、既に満タンから八割方減ってる気がする。相変わらずのヘタレっぷりだ。でもまあ……こいつが満足できてないんなら、もうちょっと付き合ってやってもいいか。

そう考えてる側から、「そろそろいい？」と囁かれた。答える間もなく、佑亮の手が後ろに回ってくる。

本能的に恐怖を感じて腰を捩ると、「動かないで」という声が耳元で聞こえ、あやしい動きをする佑亮の指が、あらぬ場所を触り始めた。俺が反射的に身を硬くしたところで、佑亮の動きが一瞬止まった。

「ぎゃっ！」

いきなり指を突っ込まれそうになって、俺は悲鳴を上げた。すっかりすくんでしまったそこは、いくら佑亮の指が宥めようとも、しっかり門を閉ざしたまま、決して開こうとはしなかった。

「やっぱり無理か」

ふうっと息を吐いて、佑亮が顔を上げる。名残惜し気にいつまでもうろうろしていた指は、やがて諦めたように引き下がっていった。

ほっとして詰めていた息を吐き出すと、

「ごめんね。痛かった？」

という、優しい声が落ちてきた。さっきまで別のところをいじってた指が、慰めるように俺の頬をついと滑った。

　そこで初めて気がついた。自分のほっぺたが涙に濡れてたことに。なんだよこれ。今すぐ穴掘って潜り込みたいわ。

「ごめんなさい、最後までできなくって」

　また、佑亮を置いてけぼりにしてしまった。申し訳なくって不甲斐なくって、別の涙が溢れてくる。それをシーツに押しつけて拭いながら、俺はただただ、謝るしかなかった。

「謝んないでよ。無理なことしようとしたのは俺なんだからさ」

「でも……でも佑亮、まだ気持ちよくなれてないでしょ？」

　泣きながら言うと、「かわいい」と抱きしめられた。

「俺のことなんか気にしなくていいよ。もう十分、友城のかわいいとこ見せてもらったから」

　いたずらっぽく言われて顔が火を噴く。あのさ、佑亮。俺って、三十間近の、れっきとした男なんですけど？

「あ、でもさ。もしよかったら、もうちょっと付き合ってくれる？」

そう言いながら佑亮の手が下半身に伸びてきたんで、反射的に身を固くしたら
「もう痛いことはしないから」

と笑われた。

それから佑亮は、ぼうっとしてる俺の手を掴むと、自分のものと俺のものを一緒に握らせた。

（わ、佑亮だ！）

そんなことを考えてたら、彼の手が俺の手の上に被さってきて、二人で一緒に、お互いを握り締めることになっていた。

「いい？」

佑亮の柔らかな声と共に、二人の合わさったものが一緒に刺激される。それは、さっきの一方的な行為と違って、すごく安心感があって……同時に、今まで感じたこともない快感を俺にくれた。これなら大丈夫。怖くない。もっと一緒にしたい。俺自身で、直に佑亮を感じていたい。一緒に昇り詰めたい。

「あ……ああ、佑亮、佑亮！」

俺はまたその名前を連呼した。だって、何回呼んでも足りないんだ。何度でも呼びたいんだ。

「友城、友城」

耳元では、佑亮が俺の名前を呼んでる。それからふいに黙ったかと思うと、突然獣に変身し、丈夫な歯で俺の耳朶を齧り、頬っぺたを齧り、唇を齧り出した。結構痛かったけど、もうどうでもいい。下半身の方から昇ってくる渦に巻き込まれて、俺はそろそろ正気を失いかけてたから。

(佑亮、佑亮、大好き……！)

言葉になっては出てこなかった思いも、じきに襲ってきた爆風に吹き飛ばされて、跡形もなく消えていった。

俺の腕の中には、汗ばんで重くなった、大切な人の身体が残されていた。

2. 動き出す時間

それから俺たちは、昼近くまで一緒にうとうとしたり、片方が起きてる時は相手の寝顔を見つめたり、時々キスしたりして、だらだら過ごした。

ひどく長いような、それでいてあっという間に過ぎてしまったような、不思議な一日だった。今日が土曜でよかったと、ぐったりした身体をもてあましながら、夢見心地にそう思った。

「そういえば樋口さん」

彼の腕に頭を預けてその顔を眺めてた時。ふと、聞きたいことがあったのを思い出して声をかけたら、「佑亮」と訂正された。

「佑亮」

「はい、何?」

嬉しそうに返されて、こそばゆくなる。これって、いわゆる恋人モード？

「今さらなんですけど、夕べ、俺に何か話があったんじゃないですか？」

あれ？　ちゃんと名前を呼んだのに不機嫌だ。なんで？

「友城。こんな時に敬語はやめようよ」

ああ、そういうこと。結構細かいな。

「ごめん……まだ慣れなくって」

しおらしく謝ると、「なら、おいおいね」と頭を抱き寄せられ、キスされた。ほんと、なかなか慣れそうもない。こういうの。

「あれね、どうでもよくなっちゃった」

佑亮が俺の頭から腕を外すと、それを自分の頭の下で組んで天井を見上げ、さばさばと言った。

「え、なんで？」

だって、あんなつらそうな顔してたじゃないか。自分のことにかまけてて、今頃言うのもなんだけど。

「だって、友城がこうして、ここにいてくれるから」

「？？？　意味がわかりません」

率直な疑問を呈すると、佑亮がふっと息を吐いた。いらなくなった言葉を捨ててしまったみたいに。

「所長が、今の事務所辞めるって言い出してさ」

「はあっ？」

甘いムードから、一気に下界に引きずり下ろされた。不穏な予感が、ひたひたと忍び寄ってくる。

「やっぱり、意味がわかりません」

それしか言えなかった。だいいち、あの事務所は所長のもんだろう。パートナーの吉村先生はいるけれど、所長はあくまで藤ノ木先生だ。それがやめるって、まさか……

「あの……それって、事務所畳むってこと？」

まさかとは思うが、そのまさかってこともありえる。ちゃんと聞いておかなきゃ。

また失業なんて、まっぴらごめんだ。

「あ、あのね……やめるって言うのはそっちじゃなくって、辞職の方」

「もっとわかんないっす！」

　気が動転した勢いで、ガバッと起き上がってしまった。なのに佑亮は、相変わらずのんびりと寝そべったまま、俺を見上げて言った。

「あの人さ、吉村先生と合わなかったんだよ。ずっと」

「はあ」

　こと話題が仕事のことになると、佑亮はたちまち天高く飛んでいってしまう。中途採用で資格もなくって、なんの売りもない俺なんかより、遥か高いところまで。

「でね」

　こっちの気なんか知る由もない佑亮は、すっかり起き上がってた俺の腕を引くと、もう一度自分の隣に横にならせた。

「相手と馬が合わないなら、普通だったら、吉村先生を追い出しちゃうよね？」

「そ……そうなの？」

「まあこの業界、そういうのは日常茶飯事なんだけど」

そう言ってから、佑亮は俺の額にかかってた前髪を、愛しそうに指でかきあげてくれた。

「藤ノ木先生さ、もう新しい事務所開く気まんまんで、場所の確保も始めてるんだって」

「あの……樋口、いや佑亮がそれを知ってるってことは、もしかして……」

「うん。俺、誘われてるんだ」

「佑亮！　そっちに行っちゃうの？」

今まで立ってた床が、いきなり消えてしまった気がした。足の下には大波が逆巻いてるっていうのに、一人であそこに残んなきゃなんないのか？　俺。

いやいやいやいや。いい大人なんだから、佑亮一人いなくなったからって、死ぬわけじゃない。仕事にも慣れてきたし、所員の人たちとも、そこそこ仲良くやってる。大丈夫だ。けど……そこに佑亮がいるのといないのとでは、雲泥の差だ。こんな関係になっちゃったってこともあるけど。

「でも、条件があるって言われてさ」

動揺を隠せないでいる俺に、佑亮がすまなそうな目を向けて言った。

「条件？」

佑亮の顔がわずかに曇った。あ、これだ。ロッカールームで見たの。これより、もうちょっとバージョンアップしたやつだったけど。

「うん。所長が紹介するお嬢さんと結婚しろって」

「結婚！」

今度こそ、横っ面を殴られた気がした。でも、痛かったのは胸だ。心臓がぎゅっと絞られたみたいな痛みに、俺は思わず顔を歪めた。

「結婚……するの？　佑亮」

だんだん声が小さくなって、同時に気持ちも萎縮してくる。じゃあ……じゃあ佑亮、今のこれはどういうことなんだよ？　俺、遊ばれただけなのか？

いきなり涙が溢れてきて、自分でもびっくりした。女の子じゃあるまいし、ちょっと一晩遊ばれたからって、泣くほどのもんじゃないだろ？

でも、佑亮の方がもっと驚いたらしい。慌てて起き上がると、ティッシュで頬の涙を拭ってくれ、おろおろしながら「どうしたの？　何が悲しいの？　ごめんね、ごめんね」などど謝り出したもんだから、こっちがおかしくなっきて、いつの間にか涙は止まってしまった。

佑亮は俺の顔をきれいにすると、しげしげと眺めて言った。

「嬉しいよ。俺が結婚するの、そんなに嫌なんだね？」

「結婚……するんですか？　その人と」

思いっきり睨んでやった。こんな真剣な話してるのに、からかわれるのは腹が立つ。

「するわけないでしょ」

「え？」

呆れた顔で即答され、よけいムカついた。拳で胸をどついてやると、「いでっ」と呻き声が上がる。ざまあみろ。

「けど、何度断っても納得してくれなくてさ。もしいい人がいるんなら、紹介しろって。自分がその相手を認めたら、諦めてやるからって。ほんと、勝手なんだから。あの人」

でっかい溜息が、俺の前髪を吹き飛ばした。

「好きな人はいるけど、付き合ってはいない。向こうが俺をどう思ってるかもわからない。そんな状況じゃ、効率よくあの人を説得するのは至難の業でさ」

「効率よく……ですか」

「俺、必死でモーションかけてたのにさ。君ってば、いっつもけんもほろろだったでしょ？」

恨めしそうに言ってるけど、その顔、笑いそうになるの我慢してるでしょ、佑亮。

「でも、もう大丈夫だから。俺、ちゃんと所長に断るよ。付き合ってる人がいますからって」

「それって……所長に俺のこと、佑亮の恋人だって紹介するってこと？」

さすがにそれは無理だ。俺の覚悟がぜんぜんできてない。笹谷さんなんか、きっと目を輝かせちゃうんだろうけど。

「ううん、婚約者ですって。あ、やっぱり連れ合いにしようかな？　ああそれとも、わかりやすく奥さんがいい？」

「いーわけないでしょーがっ!!」

俺は奴のほっぺたに、思いっきりビンタを喰らわせた。もちろん、後で平身低頭して謝ったけど。

「なんだよ。友城は俺と付き合いたくないの？　じゃあ、夕べのあれはなんだったのさ？　かわいそうな俺に同情してくれたわけ？」

ひっぱたかれた頬っぺたを押さえながら、佑亮が泣きまねをした。

「違うって。佑亮といっしょになるのが嫌だってんじゃないってば。けど、奥さんとかないでしょって言いたかった……ああ、拗ねないでよ、もう！」

ぶちゅ。

への字になった口にキスしてやった。俺としちゃ、最大級本気の、現時点で最高に大人のキス。

それでもそんなもん、お返しにもらった佑亮のに比べたら、やっぱりまだまだお子ちゃま仕様だったけど、な。

＊＊＊

佑亮が所長になんて説明したのか知らないけど、その後、結婚のケの字も話題に上らなかった。所長もいなくならなかった。うちの事務所は、相変わらず「藤ノ木・吉村国際特許事務所」のまんまだ。

ひかり産業のことはどうなったかというと、佑亮曰く「鳶に油揚げさらわれた」んだそうだ。つまり、他の事務所に取られたってこと。先方が、仕事を頼むのをうちにしようかそっちにしようか迷ってたところに、所長がパートナーの吉村先生と別れて独立するって噂が漏洩してしまったらしく、それならうちの事務所には頼まない方がいいと、敬遠されてしまったらしい。漏らしたのは当の所長だというから、なんと言うか……しっかりしてくれよ、藤ノ木先生！

結局、すべては元の鞘に収まった。所長も佑亮も、いつも通り忙しく働いてる。俺も、失業しないで済んでほっとした。

「所長、諦めたみたいですね」

　ある日、一緒に昼飯を食いながら佑亮に聞いてみた。

「そうだね。いろいろと」

「そうだ、結婚話はなんて言って断ったんですか?」

「あはは、あれね」

　そっと耳打ちされた種明かしに、気が抜けてしまった。向こうから断られたんだと。

「あっちもね、親が勝手に話を進めちゃって閉口してたみたいだよ。実はちゃんと彼氏がいたんだってさ」

「藤ノ木所長、なんかさんざんでしたね」

「そうだね。ま、せいぜい俺たちで慰めてあげようよ。仕事で頑張ってさ」

「そうですね」

　俺は晴れて恋人になった男の顔を、テーブル越しにしげしげと眺めた。相変わらずいい男だ。

　佑亮は前にも増して頻繁に、俺んちに入り浸ってる。文字通りほぼ同棲状態だ。自宅は家族と一緒なんで、俺の部屋にいる方が、遥かに居心地がいいんだと。まあ、狭いながらも楽しい我が家ってとこか。

職場でいろいろ詮索されては困るんで、出勤と退社のタイミングには気を使う。でも佑亮は、いずれ二人の関係を、ちゃんとみんなに打ち明けたいって言ってる。俺の方の心の準備がまだできてないんで、今は留保してくれてるんだけど。ただ笹谷さんだけは、目敏くなんか気づいてるみたいだ。でも、そこは彼女もいい大人なんで、あることないこと、やたら言いふらしたりなんかしない。彼女、なぜか俺には好意的なんだよな。

ところで、あの晩以来、ポプリは姿を消したままだ。

俺が一人の時だったら出てきてくれるかと思って、あいつの好きな食べ物を用意して待ってみたりしたけれど、いくら待っても、現れる気配もなかった。

（もう、出てきてくんないのかな？）

食べてもらえないまま冷めていくちゃぶ台の上の料理を見つめながら、俺は、ふわふわの髪の毛と薄緑の目をした、愛らしい姿を思い浮かべてた。

（俺が佑亮とできちゃったから怒ってんのか？　あいつとおまえとは違うぞ、ポプリ）

「なんで？　どこがどう違うのっ!?」

そんなふうに抗議する、かわいい声が聞こえてこないかと耳を澄ませてみたけれど、部屋の中はしんと静まり返ったままだった。

（俺、こんな寂しいとこに、ずっと一人でいたのか）

ポプリが現れ、佑亮と半同棲し――思えば俺を取り巻く環境は、ここ数ヶ月で激変した。それもこれも、ポプリがここに来てからだ。あいつが、この部屋に沈んでた俺を掬い上げてくれたんだ。

（違う、雪里だ）

姿形はポプリでも、あいつの中身は雪里なんだ。雪里が俺を心配して、あの世に行く途中で、引き返してきてくれたんだ。

（だったら、俺はもう大丈夫だよ、雪里）

そう考える側から、こんなふうに思うのは雪里への裏切りじゃないかと、もう一人の自分が反論する。

(雪里、佑亮じゃだめか？　あいつがいるから、もうポプリの姿で出てきてくれなくなったのか？)

思えば、ポプリの言ってた謎のセリフは、いまだ謎のままだ。あれからとっくに一週間過ぎてるんだから、なんらかの答えが出たのかもしれない。

もう姿を見せなくなったってことは、やっぱりだめだったんだろうか？　雪里は、あの灰色世界から出ることができなかったんだろうか？　それとも、またどこかへ連れていかれちゃったのか？　俺たちがいる世界とは反対側の、どこかへ。

第十五章　畳まれた思いの色は

Ｉ・アルバム

「ねーちゃん、俺の中学の卒業アルバムって、まだ家にあるかな？」

　とある週末。俺は久々に、姉貴に電話してみた。何かと気を遣ってくれたし、いっぱい迷惑も心配もかけたし。やっと人並みの生活ができるようになったんだから、この人にはちゃんと報告しておかなくちゃ。改まってお礼なんて恥ずかしいけど。でも、ほんの端くれでもいいから、今の気持ちを伝えたかった。今さらだけどさ。

　だけど、本当の目的は別にあった。この間、ふと思ったんだ。俺、あの火事以来、雪里を思い出すようなことからずっと逃げてた。もらった図鑑だけは、形見だと思って側に置いてるけど、それも、普段は本棚の奥に隠したまんまだ。

　あいつの写ってる写真はみんな、かあちゃんに頼んで、俺の目の届かない所に仕舞ってもらった。自分じゃとてもできなかったから。本当は捨てて欲しかったんだけど、それじゃあんまりだって、かあちゃんとねえちゃんに言われて、結局捨てずにおいた。

　火事で焼けた校舎はきれいさっぱりなくなってしまったから、却ってすっきりした。中途半端に残ってたりしたら、雪里のことを思い出してしまうから。まあ、見にいこうなんて思わなかったけど。

(雪里って、ほんとはどんな顔してたっけ?)

　ポプリは雪里にそっくりだって、あいつが消えた晩に気がついた。でも、それって本当だろうか?

　ポプリの中身は雪里の心だって言われたから、ポプリと雪里がそっくりだって、勝手に思い込んでるだけなんじゃないか?　もし今、昔のあいつの写真を見たら。もっと頭が現実を直視したら。

(ポプリって、寂しさのどん底にいた俺が、一番好きだった雪里の姿を頭の中で再生して、さも見えてるみたいに、脳に錯覚させてただけなんだ、きっと)

　そういうふうに、自然に自分を納得させることができるんじゃないか。そう考えたんだ。

だから、佑亮と心を通わせるようになって、共に過ごす時間が増えてきた今。ポプリは俺にとって、もう必要なくなったんじゃないのか？　だから消えてしまったんじゃ？　卵から出てきた得体の知れない子供の存在を説明しようとするよりも、そんなふうに考える方が現実的なんじゃないか。

（もういいかげん、幻想とは手を切るんだ）

そう決意した。勇気を振り絞って。

「そりゃ、どっかにあるんじゃない？　何よ、どうしたの？　今頃卒業アルバムなんて。あんた、あんなもの見たくないって言って、もらってきてから一回も開いてないじゃない」

その通りです、姉貴。だってあの当時は、とてもそんなもの見る勇気、なかったんだもの。

校舎は焼けてしまったけど、俺たちの中学がなくなったわけじゃない。だから、卒業アルバムもちゃんとあった。ただし、最後の一年分が欠けてるだけで。

結局卒業できなかった雪里の写真は、クラスの集合写真には載らなかったけど、一、二年の学校行事を写した写真のどれかには、きっと写ってるはずだ。

「あんた……もしかして、雪里君の写真見たくなったんじゃない？　やっと気持ちの整理がついたってこと？」

　さすが姉貴。すべてお見通しだ。

「だったら、他の写真も見に帰ったらいいじゃない。おかあさん、捨ててはないはずだよ？」

「だって俺……勘当された身ですから」

　しんみりと答えたら、けたたましい笑い声が返ってきた。

「え〜、なになに？　あんた、ほんとにそう思ってたの？」

「え。だって、親父にも『俺の息子だとは思わん！』って……」

　電話の向こうの笑い声が、いっそう大きくなる。何がそんなにおもしろいんですか、ねーちゃん。

「あんたってほんと……律義って言うか、正直、ばか」

「ばかって。ひどいよ、ねーちゃん」

あんまりじゃないですか。俺、親父にもう帰ってくんなって言われて、かあちゃんからもそっぽ向かれた時、ほんとーに悲しかったんですからね。絶望したんですからね？

（そーだよ。だから、死んじまおうなんて考えたんじゃんか）

ああ、そう言えば……そう決心した晩、ポプリが現れたんだった。まるで見計らったみたいに。

「あれは言葉のあやよ。あんたがあんまり不甲斐ないから、おとうさんも奮い立たせてやろうって思ったんじゃない。とんだお門違いだったけど」

そうです。見当違いも甚だしいです、親父。おかげであんた、一人息子を失うとこだったんですよ？

と言っても、あの時俺がどれほど真剣に死ぬ気だったのかは、定かではないが。まあ、今はこうして元気に、そして、そこそこ幸せに生きてるわけなんだけど。

「だから、一回顔出しに行きなさいよ。あんた一人で行きにくいってんなら、しょーがないわね、あたしが一緒についてってあげるわよ」

つまりねーちゃんは、自分も子連れで実家に帰りたいってことなんだろう。楽できるもんな。飯作んなくってていいし。

「うん……じゃあ、そうしてみっかな」

控えめに同意してみたものの、内心ではもろ手を挙げて喜んでる自分がいた。そうなんだ。親のことだって、いつまでも逃げっぱなしじゃだめなんだ。ずっとわかってたけど、なんとなく、きっかけが掴めなかっただけなんだよな。

そうか。こうやって一つ一つ、人との関わりを修復して結び直していくのって、出だしはすごく大変だけど、一つ飛びえてみると、案外、次のハードルって低く見えてくるもんなんだな。

てことは、佑亮にも感謝しなくちゃ。あの人に、日の当たる場所を歩くことを思い出させてもらったんだから。まあ二人の関係は、あまり日の目に晒したくはないけどさ、今のとこ。

てなわけで、俺はほぼ一年半ぶりに、実家の敷居を跨いだ。よく考えてみると、なんだ、まだ二年も経ってないのか。追い出されるみたいにこの家を出たのって、もう何十年も前みたいな気がするけど。あ、俺まだ、そんなに生きてないんだった。

親父もかあちゃんも、最初は、どんな顔して息子を迎えたらいいのか戸惑ってるみたいだったけど、そこはやっぱり親子。叩き出したりせずにちゃんと家に上げてくれ、あったかいごはんも食べさせてくれた。あ、もちろん、姉貴と子供も一緒だったけどな。

今日俺が行くってのは、実は俺が電話するより先に、姉貴から根回ししてあったらしい。どうりで、思ってたよりスムーズに事が運んだわけだ。持つべきものはできた姉だな、ほんと。

「あんたが言ってた卒業アルバムと写真、これなんだけど。みんな持ってく？」

夕食が終わってひと段落すると、かあちゃんが、どっからかみかん箱より一回りくらい小さい段ボール箱を抱えて現れた。げ、そんなにたくさんあったんだ。

「雪里ちゃんが写ってるのねえ……あんた、自分で探してみる？　もう見ても大丈夫なの？」

その言葉に、自分がずいぶんと周囲に気を遣わせてきたんだと知って、改めて申し訳なく思った。なのに、自分のことしか考えてなくて、ごめんな、かあちゃん、親父。

「あ、あたしも見た～い！　雪里ちゃんって、すっごくかわいかったのよねえ？」

あれ？　姉貴ってば、そんなふうに思ってたんだ？　俺たちにはいっつも大人ぶって、先輩風吹かせてのに。あれって、照れ隠しだったのか？

ドキドキしながら段ボール箱を開けてみると、そこには十五年前に封印されたアルバムが数冊、きちんと整理されて収まってた。きっと、こんなことしてくれたのはかあちゃんだろう。いつかこんな日が来るってわかってて、いつでも見られるようにしてくれたんだ。

そして、卒業アルバムは箱の一番下にあった。

姉貴の言った通り、俺は卒業式から帰ってすぐ、それをかあちゃんに、「いらないから捨てて」って言って渡したんだった。せっかく卒業した中学の卒業アルバムを、そんなふうに息子から手渡されて、かあちゃん、どんな気持ちだったろう？　今さらだけど、ごめんって言いたい。ほんとにごめん。こんなバカ息子で。

「わっ！　これでしょ？　雪里ちゃん。やっぱ、か～わい～い！　っていうより、すんごい美少年だねえ？」

真っ先にアルバムに手を伸ばし、勝手にページを繰ってきゃっきゃ言ってる姉貴の脇から、俺は首を伸ばしてそっと覗き込んでみた。

(いた。雪里!)

ああ、これ。憶えてる。初めての課外授業。まあ、遠足みたいなもんだったけど。自然に触れて観察しましょうとかって、高尾山に登った時のだ。だから、みんな私服だ。たぶん照れてたんだと思うけど、心なしか不機嫌そうな顔でカメラから目線を外してる俺の横で、緑色のパーカーを来た雪里が、両手でVサインを作って、満面の笑顔を浮かべてる。

おなじみのくるくる頭に、小さくて丸い顔。指先でつまんだような鼻。口紅を塗ったみたいな赤い唇。この時はまだ、病気は完治してなかったはずだけど、今を力いっぱい楽しんでいるような、正真正銘楽しそうな笑顔だ。

(雪里……)

ポプリはどんな顔してたろう? こうして、現実に生きてた雪里の写真を目の当たりにすると、今度は、あの不可思議な存在の外見が思い出せない。

（あ、でも。この髪はおんなじだ。ブロッコリー頭）

少しずつ、居候の少年の面影が、アルバムの中の雪里と重なっていく。瞳の色こそ違え、二人の少年は双子みたいに瓜二つだった。

（やっぱ雪里、おまえがポプリの身体に乗って、俺んとこに来てたのか？）

だんだん胸が詰まってきて、アルバムをめくる指先が震えてくる。そんな俺にはお構いなしに、姉貴とかあちゃんは雀みたいにぺちゃくちゃしゃべりながら、それぞれ、アルバムを広げて見せ合ってる。

「あ、これこれ。友城があぜ道から足滑らせた時！　まだ田植えしてない田んぼに落っこちて、あんたってば全身泥だらけになったんだよねえ」

何がそんなに嬉しいのか、かあちゃんとねえちゃんが大笑いしてる。そんな日もありましたっけ。二人の狂騒をよそに、俺はひたすら雪里の写ってる写真を探した。

あいつと一緒にいたのは二年にも満たなかったから、当然、そんなにたくさん写真は残ってない。カメラ付き携帯なんてなかったし、写真を撮ってくれるのはいつも大人だったから、勢い、なんかの行事の時に撮られたスナップ写真が大半だ。

中でも俺の目を引き付けたのは、近所の夏祭りの時の一枚だった。何をやっていたのかはもう憶えてないけど、浴衣を着た雪里（すんごく似合ってた）が、駆け出しながらこっちを振り返って……やっぱり笑ってる写真。俺を呼んでたのかもしれないし、ふざけて俺から逃げてるとこかもしれない。どっちにしても、とにかく力いっぱい笑ってる。

雪里の写真は、どれもこれも笑顔だった。たまに、何かに神経を集中させてるような、真剣そのものの顔もあったけど。

（あいつって、こんなによく笑ってたっけ？）

でも――祭りの夜の一枚は、なぜだか俺を寂しい気持ちにさせた。こう言ってよければ、雪里が駆けていく先は、もうこの世じゃないみたいに思えたんだ。

「雪里……」

ポタリ。写真の上に水滴が落ちた。慌ててそれを手で拭うと、また一滴、ポタリ。

（わわっ、なんだなんだ、これ。やめろよ、雪里の写真が濡れちゃうじゃないか！）

俺はアルバムを向こうへ押しやると、急いでトイレに駆け込んだ。

冗談じゃない。死んだ友達の写真を見て泣き出したなんて、あとあと、どんだけあいつらのネタにされるかわかったもんじゃない。

けれど、俺が無理やり涙を呑み込んで戻ってきた時。テーブルの上のアルバムはすっかり段ボールの中に戻されてて、ねえちゃんもかあちゃんも、親父までが、神妙な顔して、わざとらしくお茶なんか啜ってた。

俺が入っていくと、まず姉貴が謝った。

「ごめんね、友城。まだ、ちっとも大丈夫なんかじゃなかったんだね」

「何が」

「だから、その……」

むっつりと答えた俺の態度は、みんなを委縮させてしまったらしい。姉貴は困ったように口をつぐむと、子供に向かって「ちょっとおんも行こうか」なんて、取って付けたように言って立ち上がった。

「こっちこそごめん」

その背中に、俺は慌てて声をかけた。このまんまじゃ、いつも通りで終わっちゃいそうで。

「かあちゃん、写真、整理してとっといてくれてありがと。もらって帰っていい?」

こんなしおらしい息子なんか目にしたこともないかあちゃんは、ひたすら目を丸くしてたけど、俺は構わず、今度は親父に向かって、ちょっと引き攣った笑顔を向けた。

「いろいろ心配かけてごめん。俺、今はなんとかまともにやってるから。また時々、顔見に来るわ」

目を合わせるのは気恥ずかしかったんで、親父の耳の辺りに視線を向けたんだけど……。

(親父……白髪増えたな)

そんなことに気づいて、また寂しくなってしまった。

そう、俺も成長する(したのか?)けど、その分、親は年をとっていくんだ。そんなあたりまえのことに、一年半振りに実家に帰って気づいた。つくづく俺って、自分のことしか考えてなかったんだな。

段ボール一箱分のアルバムは結構重かった。持てないほどじゃないけど、これを抱えて電車に乗ったら顰蹙もんだよな。

しかたなく、大通りに出てタクシーを拾うことにした。引き籠もってた時ほどじゃないけど、日頃の運動不足がこんな時身に沁みる。佑亮くらい筋肉がついてたら、もうちょっと軽々運べるんだろうけど。

そんなことを考えて溜息を吐きかけた時。段ボール箱を足元に置いてぼけっと突っ立ってる俺の前に、一台の車がすっと寄ってきて止まった。

「何、その大荷物」

聞き慣れた声と共に、見慣れた男前がサイドウィンドウから顔を出す。

「佑亮！」

予想外の場所で、予想外の人と出っくわすって。それも、逢えたらいいのにって思ってた、まさにその時に。

これを幸運と呼ばないなら、素直に幸せって言えはいいんだろうか？

「何してるの？　こんなとこで」

今日は出かけるって言ってあるから、アパートには来ないはずなのに。それとも、どこかへ出かける途中か、その帰りなんだろうか？　それにしたって、佑亮の家はこっちじゃない。まるでかけ離れた場所にあるのに。

「ん？　友城を待ってた」

涼しい顔してイケメンが答える。まさか、いくらなんでもそれは嘘でしょ。

「だって、どうしてここで？」

「実家に行くって言ってたじゃない」

「言ったけど……」

詳しい住所まで教えてたっけか？　てか、この時間にここを俺が通るかどうかなんて、わかんないじゃないか。そう聞いたら
「うん。だから待ってた。うまいこと逢えたら、友城をさらってどっかへドライブしようと思って」

なんて、あっさり返された。待ってたって、あなた……。

「あの……いったい、どれくらい待ってたの？」

聞くのも恐ろしかったけど、興味はある。こいつが、俺のことどれだけ考えてくれ

てるのか、ちょっと確かめたくなったんだ。やな奴かも、俺。

「う〜ん……三時間くらい？」

「三時間！」

驚くより呆れてしまった。逢えるかどうかもわかんない奴を待って（ていうより張って？）三時間も待ってたって？　嘘だろ？　ありえないだろ！

「うん。同じ所に車停めとくわけにもいかないから、この近所をぐるぐる回りながら。あと一時間待って逢えなかったら、友城の部屋に行ってようって思った」

ちょっと。そんなにあっさり言わないでくださいよ。

「なら、電話くれるとか、部屋に直行するとかしてくれればよかったのに」

佑亮って、頭いいくせに、時々ひどくバカなことをする。そうだよ、合鍵だって持ってるんだから、さっさとアパートに行ってればよかったのに。

待っててくれたのは嬉しかったけど、ついついそんなふうに思ってしまった。そしたら

「だって、友城が家族と水入らずのとこ、邪魔したくなかったんだもん。一人部屋で待っ

てるのも寂しいしさ。それに、写真持って帰りたいって言ってたでしょ？　もし重たかったら、友城、大変だろうなあって……」

最後まで聞くことなく、俺の両腕は佑亮の頭を抱きしめてた。誰かに見られてるかもとか、そんなことはどうでもよかった。ただただ嬉しい気持ちが溢れてきて、それを今すぐ丸ごと、この能天気な男にあげたくなったんだ。

「と、友城？　どしたの？」

腕の中に囲い込んだ頭から、もごもごいう声が聞こえた。それまでもが、愛しくてたまらない。

「ありがとう佑亮。すっごく嬉しい」

素直に気持ちを伝えることが何より大切なんだって、今日やっとわかったから、俺はちゃんと佑亮に伝える。佑亮がくれる思いが嬉しいって。

「あ……なんか幸せ、俺」

解放された佑亮が、放心したようにつぶやいた。その、めったに見られない間抜け面の、ぽかりと開いた口に素早く口づけると、俺はさっさとドアを開けて聞いた。

「これ、載せていい？」

佑亮の返事も待たず、足元に置いてあった段ボール箱をバックシートにどかりと置き、自分は助手席に滑り込む。あっけに取られて反応が鈍っている男の膝にそっと手を乗せ、耳元に顔を寄せて囁いた。

「このまままっすぐ帰る？　それともどっか行く？」

本音をばらすと、この上がった気分のまま、佑亮とちょっとイチャイチャしたくなってきたんだ。二人きりでいたいだけなら、あの部屋でもいいわけだけど、ちょっと……な。

「友城、今夜はどうしちゃったの？」

パクパクしてた口が、やっと意味のある音を吐き出した。こいつにこんな顔させてやれたなんて、なんだか一本取ってやったようで気分がいい。

「別に。ただ、佑亮のことが大好きって、再確認しただけ」

「友城！」

今度は、こっちが襲われる番だった。俺はシートに押し付けられ、むちゃくちゃにキスされた。

やっと俺を解放してから、実にさっぱりした顔になって、佑亮は言った。

「友城、海見に行こう」

なんでこの流れで海？　って思ったけど、佑亮となら、どこへだって行く。ちょっと、昔流行ったたっていうトレンディドラマのノリみたいで面白そうだし。

「いいよ、行こう」

秒で同意すると、佑亮はにっと笑ってもう一つキスをくれ、身体を起こしてハンドルを握った。右足がアクセルを踏み込むと、夜の街に光の川が流れ出す。

俺は、隣の男の肩にそっと頭を乗せ、火照った頬を夜風に吹かれて目を閉じた。

2．海

海ってどこの海かと思ったら、東京湾だった。まあ、距離と時間から考えると妥当だよな。勝手に、波打ち際の砂浜を二人でそぞろ歩く図を想像してた俺は、拍子抜けしちゃったけど。

けど、夜の湾岸エリアってきれいなんだよ。ロマンチックなんだ。初めて実物見たけど。遠くに七色の風車（じゃなくて観覧車？）が光ってて、レインボーブリッジは名前の通り虹色の橋だったし、海の上にも点々と明かりが灯ってる。つくづく都会の海だよな、なんて感慨に耽ってたら、隣に立ってた佑亮の手が指に絡まってきた。そこそこ暗いけど、そこそこ人はいる。こっちを見たら、男二人が手を繋いでるのは一目瞭然だ。

（でも、いいや）

佑亮と一緒だと、なんでもそんなふうに思えてしまう。佑亮が側にいてくれれば大丈夫。そんな根拠もない安心を、なぜかこの人は与えてくれる。不安が消えてしまう。

「寒くない？」

おおっ！　こういうシーンでの常套句が、隣の男の口から飛び出した。感動した俺はちょっと身体を寄せると、「佑亮は？」なんて甘えた声を出してみた。

「う～ん、思ったより暑いかな」

なんだよっ！　じゃあ、くっつくのやめましょうか？

ちょっとだけぷんぷんして身体を離そうとしたら、繋いでないほうの手が肩に回って、抱きすくめられた。沈下しかけてた心臓が頭蓋骨まで跳ね上がる。

「ちょっと……佑亮、あっちに人が……」

押し返そうとしたら、負けじと強く抱き寄せられた。

「いいじゃん。あっちもカップルだし、こっちなんか見てないよ」

「そ……そうなの？」

まさか、こんなとこでキスされちゃったりしないよね？　いや別に、したかったらしてくれても構わないけど……う～ん、やっぱ、さすがにそれは無理！

　なんて考えてるうちに、佑亮はさっと俺の身体を放すと、今度は手を繋いだまま、ずんずん歩き出した。

「ゆ……佑亮？」

　あれ、怒ってる？　俺、何か気に障るようなことしちゃったのか？　でも、だったらこの手は何？　さっきよりずっと力んで俺の手のひらに食い込んでくる、この指はどういう意味？

「佑亮、ちょっと待っ……」

　いいかけてはっとなる。ちょっと前を行く佑亮の顔、なんか赤くないか？　暗くてよく見えないけど、あ、やっぱり赤い。真っ赤じゃん。

「友城」

　怒ったような声が聞こえた。

「はい」

「今夜、帰んなくてもいい？」

「はい？」

うっかり間抜けな反応をしてしまった。ほら見ろ、膨れっ面が振り返ったぞ。

「一緒に、どっかに泊まってこう」

「え」

何これ？　この流れ、やっぱトレンディドラマじゃん！

「あの荷物、今日中に持って帰んなきゃだめか？」

「い、いえ。別にそんなことないけど」

「じゃあ、行こう」

そのまま手を引かれて、車に戻った。佑亮はどこかに心当たりがあるらしく、ハンドルを握って車を発進させると、迷わず夜の街を疾走する。やがて、とあるシティホテルの前で止まると、「友城、先に降りてて」と、俺一人を外へ追いやった。

わけもわからず放り出され、エントランスの前で呆然と突っ立ってる俺の目の前で、佑亮と彼の愛車は、地下の駐車場へと吸い込まれて行った。

数分経って戻ってきた佑亮に連れられてチェックインし、あれよあれよというまに、俺は夜景のきれいな部屋の中にいた。

「ここ、残業帰りによく利用してたんだ」

何も聞いてないのに勝手に説明されると、言い訳みたいに聞こえるよ、佑亮。

「うち、みんな寝るの早いから、夜中に帰ると風呂にも入れないんだよね。うるさいって怒られてさ」

同情を引いてるつもりなのか、憐れっぽい声を出す男はちょっと滑稽だ。だから、からかいたくなってしまった。

「へえ。で、誰と泊まってたの？」

あ、しまった。ちょっと調子に乗り過ぎたかも。怒った顔がつかつかと近づいてきて、人差し指で鼻先を押しつぶされた。

「どの口が、そんなかわいくないこと言うのかな？」

「ご、ごめん」

「悪い子にはお仕置きだな」

あっという間に抱きすくめられて、気がついた時にはベッドの上に放り出されてた。

すごい早業。

「佑亮……」

「何？　もう謝罪は受付けないよ」

「だって……」

「後悔しても遅いからね」

「そうじゃなくって……」

「しゃべるな」

　唇が塞がれて、文字通りしゃべれなくなった。佑亮も、もう何も言わない。言わないけど、荒々しく前歯の城門を割って侵入してきた舌が、主の気持ちをうるさいほど伝えてくるから、言葉なんて必要ない。邪魔だ。

　俺は両腕を佑亮の首に回してしがみつくと、暴れまわる舌を捕らえて応戦した。

　そのうち、二人の間にある布地が邪魔に思えてきて、片手で佑亮のシャツをずり上げて素肌に直に触ろうとしてたら、いきなり身体を起こされた。

　佑亮の器用な指先が、丁寧なのにすごい速さで俺の上着を脱がせ、シャツのボタンを外し、下に着てたTシャツをたくし上げた。万歳しながらシャツを脱がせてもらったら、今度は俺の番だ。

焦ってて、指がうまく動かない。悔しくて舌打ちしちまったら、くすりと笑われた。

「いいよ、自分でやるから」

冷静な声で言われ、むすっとして手を下ろした。

佑亮は、着ていたジャケットから腕を抜いてベッドの下に放り投げ、見せつけるみたいに、俺の目の前でわざとゆっくりとシャツのボタンを外してく。素肌に服を着るのが嫌いな几帳面な男は、今日もきっちりアンダーシャツを着てたけど、薄くついたきれいな筋肉は布越しからでもちゃんとわかって、持ち主が呼吸するたび、腕を上げ下ろしするたびに連携して動く。まるでそれ自体が生きてるみたいで、俺はごくりとつばを飲み込んだ。

上半身だけ裸になって、もう一度身体を重ねた。正直、それ以上待てなかったんだ。

「ゆ、佑亮……んんっ！」

好きだ好きだ好きだ——そう言う代わりに、俺は必死で佑亮の唇を貪った。最近、やっと少しうまくなったと褒められた、持てる技術のありったけを投入して。

胸から脇腹、腹へと這いまわってた手が、突然気分が変わったみたいにまっすぐに俺の中心に下りてきて、ぎゅうっと握られる。だんだん上がってきてた息が瞬時に止まりそうになった。

「友城、すごく熱くなってる」

そう耳元で囁かれながら、佑亮の手が強く、緩く俺を絞り上げる。止まりかけた呼吸は、今度はどんどん忙しなく追い立てられた。

さりげなく促されて自分から両膝を立て、腰を浮かせる。佑亮の巧みな手があっと言う間に俺の下半身からスラックスも下着も取り去ってしまって、俺は無防備な体勢を、彼の眼前に晒すことになった。

この姿勢、飼い主に腹を見せて寝そべる犬みたいなもんだ。

すべてを佑亮に明け渡す——忠実に、彼の言いつけ通りに、彼の欲する通りに動く。だって、佑亮は俺のご主人様だから。

まず、肝心な場所の周辺をもったいつけて撫でまわされた。その間も、佑亮の口は俺の身体中を噛んだり舐めたりしながらじらしてくる。

胸の尖りはよりゆっくりと丁寧にかわいがってくれるおかげで、痛いくらいに立ち上がってる。きっと、真っ赤になってるんだろうな。

「ここ、気持ちいい？」

やっと、足の間ですっかり上を向いているものに指がかかった。でもすぐに握ってきたりせず、指先がスケートをするみたいに、表面の皮膚をごくごく軽く滑っていく。

もどかしくて腰を揺らすとぴしゃりと尻を叩かれた。

「大人しくしてなさい」

子供を叱る大人の口調で命令されると、びくりとしたけど、俺は我慢する。せり上がってくる快感に、どうしても腰が動きそうになるのを、足の指にぎゅっと力を籠めて、佑亮の命令に従う。

「ね……ねえ、もうちゃんと触って？」

いつまで待ってもちゃんとした愛撫がもらえなくて、とうとう自分からねだった。

そんな哀願が聞こえたんだか聞こえなかったんだか、佑亮の指は相変わらずさわさわと、俺の上を移動し続けた。

「ちゃんとって？」

耳の穴にそんなセリフを注ぎ込んでから、佑亮は俺の耳朶をチューインガムみたいに噛んだ。

「もっとちゃんと……もっと力入れて……ああっ！」

訴えてる途中で、いきなり力を込めて握られた。悲鳴を上げて身体を捩ると、楽しそうな声がお腹の辺りで聞こえた。

「どうしたの？　友城の言った通りにしてあげたのに」

そうこうするうち、佑亮の手にどんどん力が入ってくる。

「痛い、痛いって！　佑亮、もっと優しくしてよ」

今度は、さっきと反対の懇願をしてしまう。どうしたんだよ佑亮、いつもはちょうどよくかわいがってくれるのに。

「なんか、いじめたくなって」

まじめな声でそう言われて、思わず身がすくんだ。佑亮が俺を傷つけるわけないってわかってるのに。

「なんで……なんで？」

俺、なんかあんたを怒らせるようなことしましたか？　やっぱ、東京湾を眺めてた時感じた不安は、本物だったの？

「なんで？」

佑亮は一言つぶやくと、俺の反応を確かめるみたいに、しばらく沈黙した。結構広い部屋の天井は高くて、そこに俺の不安が漂ってく。これじゃまるで、ほんとにいじめられてるみたいだ。

手を伸ばして佑亮のに触ってみた。ちゃんと固くなってる。だったら、俺にがっかりしちゃったわけじゃないんだね？

「嫉妬……かもしれない」

皮膚の熱さからは程遠い声で答えてから、佑亮は甘えるみたいに、また俺の乳首に吸いついた。

「しっ……と……って誰に？　あ！」

だんだんまともにしゃべれなくなる。答えを待つ間、俺の頭はシーツの上で激しく左右に振れた。もう答えなんかどうでもいいや。答えなくっていいから、このどうしようもない熱を早く解放させて。

「写真」

「え？」

「写真、後で見せて」

「え……え？」

なんのこと？　なんでそういう答えになるの？　ああ、そうか。もしかして佑亮、雪里に嫉妬してるの？

そう思った瞬間、俺の形がちょっとだけ変化した。それに敏感に気づいた佑亮の指が、今度こそ押しつぶすつもりかっていう力で俺を握ってきた。

「ぎゃっ！　やだ佑亮、痛い！　マジ痛いって！　放して、放してよ！」

いやいやしながら半泣きになった俺を、佑亮がじっと見下ろした。手の力は抜いてくれたけど、まだそこから離れていない。つまり、俺のそれは人質状態だってことだ。

「他の男のことなんか考えるな」

見下ろしてくる目が、怖いくらい真剣だった。そんなつもりはなかったけど、こんなことしてる最中に、雪里のことを思い出した俺が悪かったのかも。今日、実家に昔のアルバムを取りに行くって話はしてあったし、もしかして、その時からずっともやもやしてたわけ？

そう考えたら、子供っぽいやきもちを焼く男が、ものすごく愛おしくなった。俺は両手で佑亮の顔を挟むと、「ばか」って囁いてキスしてやった。

十五年も前に死んじゃった中学生に嫉妬するなんて、ほんとばかだよな、佑亮。そんなに頭いいのに、なんでちゃんと使わないんだよ？

「写真は見せるけど、佑亮こそ、俺のことだけ考えてよ」

ちょっと睨んでやると、叱られた犬みたいにしょぼんとなってしまった。こいつがこんなにかわいいなんて、きっと、俺以外の誰も知らないんだろうな。知られたくなんかないけど。俺の佑亮は、俺だけのものであって欲しいから。

「だからほら、もうここに来て」

俺は囁きながら、佑亮の手を自分の後ろに導いた。初めて佑亮と寝てから二ヶ月あまり。今では、そこはすっかり彼専用になってて、ちゃんと佑亮の形も熱も覚えてしまった。だから彼が来れば、すぐに喜んで自分から門を開ける。入ってきた彼を、しっかり捕まえて中へ導き入れる。それが最高に気持ちよくて嬉しいんだって、佑亮が教えてくれた時。正直俺、試験に受かったみたいに舞い上がっちゃったんだぜ？　まだ教えてないけどさ。

佑亮が（しっかり用意してきてたのかよ！）ゼリーを絡ませた指をそっと閉じた口に差し入れてくる。冷たい指先はすんなり俺の中に入ってきて、首を振りながら奥へと進む。ひんやりした感触と、腸壁にかかる圧力が気持ちよくて、俺は両手で佑亮にしがみついた。

「あ……気持ちいい……」

酸素の足りない魚みたいに口をぱくぱくさせて首をのけぞらせると。捕食者がそこに歯を立てた。

「あ……あ、佑亮、佑亮……！」

首を甘噛みされながら、できればしっかり歯型をつけて欲しいと、俺はぼやけた頭で考えてた。

いつもは人目を気にして、佑亮は、服に隠れる場所以外には痕を残してくれない。本当は、それを見て自分が彼のものなんだって確認するのが好きなのに。本当は、みんなにもそれを見せつけてやりたいのに。

佑亮が指を抜いた。やっと来てくれる。そう思ったら、彼のための場所が、呼吸するみたいにハクハク震えた。ゆっくりと慎重に入ってきた彼を、そこは飢えた獣みたいに銜え込む。

「友城……きっつ」

眉間に縦皺を寄せて佑亮がつぶやく。額から滴り落ちた汗が、俺の胸を濡らした。俺は腕を伸ばして佑亮の背中にしがみつき、両足をその腰に絡ませてしっかり捕まえた。大好きな男が逃げられないように。ちゃんと一緒に、一番高いところまで行けるように。

「あ……気持ちいい……佑亮、もっと来て。もっと近くまで来て」

俺のものは勝手にどんどん膨らんで、もうすぐ爆発しそうだ。だめだ、もうちょっと頑張るんだ。

必死で快感を制御しようとしてたら、膨らんだ根本をきゅっと掴まれた。佑亮も一緒にいくんだ。

「ぎゃっ！」

図らずもムードぶち壊しの声が飛び出したけど、構ってられない。

「ゆ……佑亮、苦し、早く、早く……！」

「もうちょっと待ってろ」

見上げた顔も、かなり苦しそうだ。佑亮の腰の動きが激しくなり、二つの身体がぶつかる音が部屋中に響く。揺さぶられる俺の背中でシーツがぐちゃぐちゃになり、ベッドが悲鳴を上げた。

擦られ続けたそこが熱くて我慢できなくなってきた時。

「くっ……！」

眉間の皺をいっそう深めて、佑亮が動きを止めた。俺の体内に熱がぶわりと広がり、やがてじわじわと外へ浸み出してきたのと同時に軛が外れ、俺も自分のマグマを吐き出した。

ゆっくりと落ちてくる身体を受け止める。ぬちゃりと腹の上に着地したそれは、まだ大きく波打ってて、肩口に沈んだ頭からは汗の匂いがした。

俺は、そのぐちゃぐちゃの肉の塊が愛しくて愛しくて（なんでだろう？　こんなに濡れてて、気持ち悪いはずなのに）、これを胸に抱いたまま、化石になってしまいたいとさえ感じてた。

3. 告知

翌朝。チェックアウトした後また少しドライブし、昼食を食べてから、二人してアパートに帰った。

郵便受けを覗くと、チラシやＤＭに混じって茶封筒が一通入ってた。表書きに俺の名前。差出人はアパートの管理会社だ。

「何？　手紙？」

俺が封筒を見つめて首を傾げてると、佑亮が覗き込んできて聞いた。

「うん。不動産屋から」

「引っ越しでもするの？」

わずかに不安そうな声が尋ねる。

「いや。この会社、ここの管理もやってるから。でも、何の用事だろ」

まさか家賃の値上げ？　築四十年は越えてるこのボロ家、今さら値上げなんかしたら、店子全員出てくんじゃね？

不安に立ち向かうべく、わざと心の中に皮肉をまき散らしてみたけど、さして効果は上がらなかった。

「とにかく、部屋に上がろ」

アルバムの入った段ボールを抱えた佑亮と俺は外階段を登り、部屋に入った。相変わらずポプリの気配はない。今では習慣になってしまったけど、俺は部屋に入るとすぐ、全神経をそばだてて部屋の中をスキャンする。どこかに、あの子供の痕跡がないかと。だけど、相変わらず室内はしんとして、部屋を空けてた一日半分の空気が淀んでいるだけだった。

佑亮がさっさと部屋に入り、まず窓を開けて換気した。こういうとこ、すごく几帳面っていうか、神経質なんだよな。その割に、こんな古いアパートによく入り浸れるって感心するけど。

几帳面な男は、今度は着ていた上着を脱いでブラシをかけ（これは彼が自分で買ってきた）、ついでに、俺のも脱がせて同じように手入れすると、きちんとハンガーに掛けて鴨居に下げた。間違っても、すぐにクローゼットに仕舞ったりしない。一日着た服は身体の水分を吸ってるから、しばらく干しとかないとダメなんだって。ほんと、奥さんみたいだよな。

二人とも部屋着に着替えて、うちのリビング……すなわち、ちゃぶ台前の座布団に腰を落ち着けた。淹れたばかりのコーヒーが、お揃いの柄で色違いのマグカップの中で湯気を立てている。

不安が封印されてるような封筒を、俺は指で端っこを千切って開けてみた。愛想のない社用箋が一枚、三つ折りにされて入ってた。いい予感は、やっぱりしない。

ドキドキしながら殺風景な紙を広げると、「ご入居者様へ」いう文字が目に飛び込んできた。

ご入居者様へ

前略

日頃は一方ならぬご愛顧をいただき、厚く御礼申し上げます。

さて、突然ですが、このたびこの〇〇〇ハイツは、老朽化のため解体することと相成りました。

つきましては、ご入居の皆様には、本日より三ヶ月以内のご退去をお願いしたく、お知らせ申し上げます。

なお、お預かりしております敷金は、転居費用として、来月ご指定の口座に振り込ませていただきます。

急なお願いで誠に恐縮ですが、何卒ご理解ご協力のほど、宜しくお願い申し上げます。

草々

手紙の最後には、ここの管理をやってる不動産会社の社長と家主が、連名で記名している。つまり、本気の立ち退き命令だ。日付は昨日。にしても、これから三ヶ月って……。

「三か月って、またずいぶん急だね。敷金ってどれくらい？　それだけで引っ越せなんて、ひどいよねえ」

呆然としてる俺の横で、手紙を覗き込んでいた佑亮がつぶやいた。わりと他人事っぽく。

いや、マジ困る。俺貯金ないし、ここの家賃って破格に安かったから、敷金ったって、たかが知れてる。今さら相場のとこに引っ越せったって……。

「どうせ引っ越すんならさ、正式に一緒に暮らさない？　二人で、新しい部屋探そうよ。ね？　友城」

固まってる俺の横から、まるでこの時を待ってましたとばかり、佑亮が提案した。

「え？　二人で？」

耳を疑った。期待してなかったわけじゃないけど、佑亮がここに入り浸ってるのは、単に自宅へ帰ってから出勤するより、こっちの方が楽だからなんだって思ってたから。まさか、本気で同棲……同居しようって言われるなんて。

「俺もさ、そろそろ実家出て、独り立ちしなきゃって思ってたんだ。いい機会だしさ、ね、一緒に住もうよ」

嬉しそうに言う佑亮の目がきらきらしてる。そんな顔見てると、さっきまで沈んでた気持ちが、浮袋をつけたみたいに浮き上がってしまうから不思議だ。けど……。

「あのさ……俺、再就職したばっかで金ないんだけど……」

佑亮には、こんな情けない話したくない。したくないけど、事実は事実だ。そこんとこははっきりさせとかないと、後々揉めるだろ？

「二人の部屋を探すんでしょ？　当然、俺も半分……友城が構わないって言ってくれたら、三分の二だって、五分の四だって持つよ？　俺の方が年上だし」

俺のプライドを傷つけないように気を遣ってくれたんだろうけど、年上だしって言われても……。

「いいよ。ここにも書いてある通り、敷金は戻るっていうから、それも使えるし。そんな広いとこじゃなかったら、折半でやってけると思う」

それを聞いて、しばらく何か考えるようにじっと俺を見てた佑亮が、突然ぱっと顔を輝かせて俺の肩をぽんと叩いた。

「俺は、どっちかっていうと狭い方がいいな。友城がどこにいるか、すぐわかる方がいいもん」

本気なんだかリップサービスなんだかわからなかったけど、嬉しかった。最近、つくづく思うんだ。やっぱ、誰かが側にいてくれるのっていいなって。俺の味方になってくれる人がいるのってさ。

「うん。ありがと、佑亮。じゃあ……一緒に探そうか、新居」

「俺の方こそありがとな、友城」

ぎゅって抱きしめてくれる腕が、こんなに頼りになるって思えるなんて。そんな日が来るなんて、一年前の俺には想像もできなかった。長年沈んでた沼底から恐る恐る水面に顔を出してみたら、空は青くて高かったってことか。

でも、心残りはある。ポプリが言ってた、特別な古い木から作られてるっていうこのアパート。壊してしまったら、あいつは二度と、ポプリの姿で俺の前に出てくることはできなくってしまうんじゃないか。

（ポプリ……）

胸がちくりと痛んだ。あれから一度も姿を現してくれないってことは、もう何か結論が出たんだろうか。なら、このアパートが残ってる必要もないってことか。

そこはかとないやるせなさが、胸の中を漂う。それを傍らの男に気づかれないよう、俺はわざと、その肩に顔を埋めた。

その晩。夕食の後片付けを二人で終えてから、佑亮がアルバムを見たいと言うので、部屋の隅に置いてあった段ボール箱をちゃぶ台の脇にどんと置き、

「はい、好きに見ていいよ」

そう言って、俺は箱の中身を全部ちゃぶ台の上に並べた。おお、実に五冊もある。

「古いのから見ていい？」

興味が湧いてきた時のおきまりで、瞳に星を出現させた佑亮が聞いた。どれが一番古いんだろう？　わかんないんだよな……と思いながら一冊を手に取ってみたら、表

紙にちゃんと、年代が書かれたシールが貼ってあった。さすがかあちゃん、その几帳面さに感謝です！

雪里の写ってる写真って注文出してあったから、始まりは当然十六年前。俺が中学に入学してからのだ。

「えー、もっと古いのないの？　友城が赤ちゃんの時のとか、幼稚園のとか」

アルバムを繰りながら、佑亮が文句を言う。

「ごめん。俺が雪里の写真って頼んどいたから、そんなに昔のはない」

別に謝る必要はないのだが、つい申し訳なくて言い訳すると

「じゃあ、今度は友城んちで見せてもらおっと」

などと、さりげなくどきりとするようなことを言われた。つまり、俺の家族に佑亮を紹介しろってこと？

実家では涙で途中棄権してしまったアルバム鑑賞だけど、今度は大丈夫そうだ。もう泣いたりしない。根拠は希薄だったけど、なんとなく自信はある。それに、雪里の写真見て涙を見せたりしたら、隣の男がまたやきもち焼くだろ。

「これが雪里君？」

別に教えてないのに、佑亮の指は迷わず雪里を見つけ出した。入学式から少し経った体育大会の時のだ。この時は雪里とはそんなに話したこともなかったけど、同じクラスだったもんで、俺を撮ってた親父のカメラの射程内には、何度かあいつの姿が入ってたわけだ。

（雪里、やっぱかわいいや）

思わず、胸がほっこり暖かくなる。そういえば、実際に本人を見てた時も、毎回こんな感じになったっけ。十六年前の感覚がまざまざと甦ってきて、なんだか不思議な気持ちだった。

「へえ。ほんとに頭がブロッコリーだね。にしても、ちょっと見ない美少年だ」

「でしょ！」

雪里を褒めてもらった嬉しさに、勢い込んで身を乗り出した俺は、佑亮の横顔を見て凍りついた。

この表情、目。いったい何？　嫉妬？　それとも……。

「あ、あれ？　佑亮、もしかしてこういう子も趣味？」

わざとおどけて言ってみたけど、返事がない。

「佑亮？」

横から顔を覗き込むと、佑亮はやっと息を吹き返した。

「どうしちゃったんだよ？　なんか変なもんでも写ってるの？」

俺を振り返った佑亮の顔は、まるで、今夢から覚めたみたいにぼんやりしてた。

「いや」

一言つぶやくと、佑亮が何かを振り払うみたいに強く頭を振った。

「なんだよ。おかしな佑亮」

俺は、隣の男から写真の雪里に目を移し……固まった。

「あ……あれ？」

どういうことだ？　さっきまで確かにそこに写ってた雪里が消えてる。人一人抜けた跡はどこにもなくって、彼が写ってた場所には、別の生徒が笑ってた。

（そんな……だって、確かにさっき、ここにあいつがいたじゃないか。見間違い？　いいや、そんなはずは……)

俺の顔からは、佑亮よりもっと血の気が失せてたに違いない。けど、そんなことはどうでもいいんだ。それより——。

「ほ、他の写真、他の写真見よう。夏から先は、もっとたくさんあるはずなんだけど……」

俺は広げてたアルバムを放り出し、別の一冊を取って適当なページを開けた。ちょうど、夏休みの頃らしい写真がいっぱい出てきた。ここにならきっとある。ちゃんと、雪里の写ってる写真が……。

「ない……」

俺はちゃぶ台いっぱいに広げた五冊のアルバムを前に、呆然とへたり込んだ。目の迷いなんかじゃない。家で見た時には、ちゃんと雪里は写ってた。ねえちゃんとかあちゃんだって、きゃあきゃあ言いながら一緒に見てたじゃないか。

だけど、何度ページをめくってみても、どこにも雪里はいなかった。

「どういうことだよ……」

隣を見ると、蒼白な顔でアルバムを凝視してた佑亮が、ふと顔を上げて言った。

「友城。もしかしたら俺たち、すごいことに巻き込まれてるのかも」

「すごいこと？」

いやいやいや。もしかしなくても、これって十分すごいことなんじゃない？　ことって言うか、現象？　それとも事象？

「友城。確かポプリ君は、もう時間切れになる、みたいなこと言ってたんだよな？」

「う……うん、なんかすごく焦ってた」

「それって、これのことだったんじゃないのか？　なんの時間が切れるのか知らないけど、とにかくタイムリミットが来て、その……雪里君は消えてしまったんじゃあ……」

「消えた？」

なんとなく、佑亮の言いたいことはわかる。でも、そんなことあるわけない。あるわけないって信じたい。

だけど、そもそもポプリの出現だって、あるわけない現象だ。ありえない存在と、俺は数ヶ月間同居してたじゃないか。

「成仏したって……こと?」

こんな言い方したくない。だけど、結局そういうことなんじゃないのか。火事で雪里を失ったショックで心を塞いだままだった俺を心配して、あいつは、あの世へ行く途中で引き返してきてくれたんじゃないか。俺を叱咤激励するため、なんだかよくわかんないものに憑依して、雪里そっくりのポプリになって、俺の前に現れてくれたんだ。だって、そう考えれば辻褄が合うだろ。あいつが来てから、俺の人生、ここまで変わったんだから。

そう納得したつもりだったのに——。

指の腹で頬を撫でられ、はっとなる。俺……泣いてた?

「泣くなよ」

「ごめん」

「なんで謝るの?」

佑亮の声と瞳は、限りなく優しい。ああ、やっぱりこの人がいてくれてよかった。

俺一人で写真から雪里が消えるのを見たら、きっと頭がどうにかなってる。自分で自分が信じられなくなって、泣きわめいてる。

「だけど、不思議なことってあるんだね」

感無量って感じで佑亮がつぶやいた。

「確かにこの部屋、初めて来た時から、なんだか独特の空気を感じてたけど。怪現象を目の当たりにしたのって初めてだよ」

怪現象ですか。

「佑亮は怖くないの?」

彼の表情が強張ったのは一瞬だった。すっかりいつものクールな顔に戻った男に感心して尋ねると
「怖い気持ちになれない」

と言われた。そういえば俺もだ。卵とポプリが登場した時も、びっくりしたけど怖くはなかった。まあ、ポプリはあんなにかわいかったし。

「だから、きっと悪い現象じゃないんだと思う」

まるで自分自身を納得させるみたいに、佑亮が続けた。

「友城には、何も悪いことは起きないよ」

「え」

そっち？　佑亮、俺のこと心配してくれてたの？

「この家も壊すことになったし。すべてが新しく始まるんだよ、きっと」

ちょっと無理してるような笑顔。俺もつられて、口の端っこだけで笑った。

「そう考えたら、引っ越しするのって必然なのかもな」

「そう……なの？」

いまだポプリに後ろ髪引かれてる俺は、納得しきれず曖昧に返した。そんな俺を見ると、佑亮は励ますみたいににこっと笑ってから、部屋の中をぐるっと見回して言った。

「というわけで、ポプリ君。いや、雪里君？　友城のことは俺に任せて。君がもう心配しなくていいよう、これからは、俺がずっと一緒にいるから」

『だから、もう成仏しなよ』

そんなふうに、俺には聞こえた。

（成仏……したのか？　雪里。おまえ、ちゃんと納得してあっちへ行くんだよな？　そうだよな？）

違う。納得したかったのは俺自身だ。そんなのわかってる。ほんとは、ぜんぜん納得なんかできてないのも。

（なんでいなくなっちまったんだよ、ポプリ。俺、寂しいよ。結局、何も説明してくれず仕舞いだったたじゃないか。もう一度、もう一度だけでいいから出てこいよ。俺、聞きたいことがあるんだから。それを聞いたら……そうだな、そしたら、おまえの好きなところへ行ってしまっていいよ。なあ、雪里？）

（雪里……）

（おまえ、俺といて幸せだったたか？）

第十六章　曲がり角

I・巡る時間

あれから五年が経った。

そう、俺の部屋からポプリが姿を消し、中学時代のアルバムから雪里が消え――俺はどうしようもなく、現実を受け入れて生きていくしかなかった。まあその「現実」って、傍から見たら「超現実」、いわば超常現象だったわけだけど。

雪里の姿がアルバムから消えたことは、俺は家族には話さなかった。最初からそんな奴いなかったって言われるのが怖かったし、もしかしたらまた息子がおかしくなったんじゃないかって、心配されるのも困るし。

代わりと言ってはなんだけど、俺はついにカミングアウトを果たした。これだって、佑亮がいなかったら決してできなかった。それこそ、一生押入れの中だったと思う。

一生分の勇気を振り絞って家族に打ち明け、佑亮を紹介して、一緒に暮らしてるって話した時。両親と姉貴は、予想してたほど驚かなかった。怒られたり、失望されたり、信じてくれなかったりしたらどうしようって、握りこぶしの中に水溜まりができるくらい緊張してたのに。

まず姉貴が、ふう～って大きな溜息なんか吐いて、かちかちになってた俺をほぐしてくれた。

「やっぱりそうだったか。怪しいと思ってたんだよね、あたし」

「え？」

知られてたのか？　いつから？

「だってあんた、いくつんなっても女っ気ないし、そういう話にも興味示さないし。かと思ってたら、再就職した職場の先輩のことばっかり、やたら嬉しそうに話すし」

「そうなの？」

隣にいた佑亮が、瞳に星を瞬かせて俺を見た。やめてくださいよ、家族の前でそんな星飛ばすの。

たちまち真っ赤になった顔が、そのまま答えになってしまった。姉貴はさておき、親の方の反応が不安で顔を上げると、難しい顔をした親父と目が合ってしまった。

「まあ、あのまま引き籠もって社会から逃げているより、今の方がよっぽど安心だ。孫の顔はもう拝ませてもらってるしな。樋口君もしっかりした男のようだし、おまえも大人だ。自分の責任で、好きなように生きるといい」

まさかのお言葉に唖然としてると、かあちゃんが苦笑いしながら打ち明けてくれた。

「おとうさんってば、まさか息子を嫁に出すとは思わなかったとか言って、夕べ一晩、悶々としてたんだから。ねえ？　あなた」

「知らん！　そんなこと」

親父が膨れてそっぽを向いた。こういう時、腹の中が言葉と裏腹なのは昔から変わんない。でも、ちょっと待て。ってことは、俺と佑亮のことは、前から二人にバレてたの？

疑問符が顔に貼りついてたんだろう。かあちゃんが、相変わらず笑いながら教えてくれた。

「親の直感を甘く見るんじゃないよ。おまえが、この人連れて挨拶に来たいって電話してきた時、ピンときたんだよ。妙子も前々から言ってたしね。いい人がいるみたいだって」

ドッカン！

本日二発目の爆弾が炸裂した。なんだなんだ、なんだってみんな、そう何もかもお見通しなんだよ！

見てくれ、この顔。再起不能なくらいのゆでだこだ。二度と元に戻んなかったら、どうしてくれるんだよ！

それでも俺は、すごくすごく嬉しかった。幸せだった。今まで、誰にも理解してもらえないって、一人いじけてたのはなんだったんだろう？　開けてみれば、何もかもうまくいった。信じられないくらいに。後でそのことを佑亮に言ったら、「なんで？」って不思議がられた。

「だって、友城の家族でしょ？　息子の幸せを邪魔するわけがないじゃない」

でも、そう言った佑亮自身は、なかなか家族に打ち明けることができないみたいだった。俺と同居することが決まった時も、家を出るのに、ずいぶんすったもんだしたらしい。いい歳の男が独り立ちするのに、なんでそんなに抵抗があるのか、俺にはさっぱりわからなかったけど。もしかしたら彼の両親も、息子の相手が男だって薄々気づいてて、同居を阻止したかったのかもしれない。佑亮曰く、「うちの親、俺のことより世間体を優先するからさ」だそうだ。だったら佑亮から見たら、俺の家族なんて物分かりよ過ぎて、信じられないんだろうな。

「俺、ずっと結婚を強要されてたんだよね」

今頃になって、佑亮がそんな打ち明け話をしてきた。思わず胡乱な目を向けたら、申し訳なさそうに言われた。

「俺、今まで結構いろんな女と付き合ってきたからさ。親にしてみれば、当然そのうちの誰かとくっついてくれるんだろうって期待してたわけ」

「ああ、そうなの」

なんだかやりきれない。そういうつもりじゃないんだろうけど、俺、その女たちと比較されてたような気がして。

「黙っててごめん。けど、今は友城しかいないから。これから先も、友城としかしないから」

何を？　てか、そういうセリフ、浮気の言い訳によく聞くよね。

胸の中にもやもやが発生しかけたけど、俺は心の窓を全開にして、そのもやもやを強制的に追い払った。

そうだ、俺はずっと見てきたはずじゃないか。この男がどんな人間なのか。嘘を吐いたりする奴なのか。ちゃんと知ってるはずだろう？

(自分で選んだ男だ。俺が信じなくてどうする)

そう思った。そしてそれは、間違ってなかった。

今も佑亮は、いつも一番近くにいて、一番わかり合える相手だ。

俺の他に誰かいるようでもない。毎朝一緒に家を出て、同じ職場で働いて、多少のずれはあるけれど、ほぼ同じ時間に帰宅して、一緒にご飯を食べて、風呂に入って、一緒の布団にくるまって眠る。そんなありふれた毎日が、五年間ずっと続いてる。

引っ越しが決まった時、二人の住所が同じになる理由を、所長と総務の担当者にはちゃんと話した。最近は、世間でもそれを普通だと認める風潮が広がってるし、もし何か障害があるようなら、その時は二人で一緒に戦おうって決めてたんだけど、ここでもあっさり容認されてしまって、なんだか肩すかしに遭った気分だった。

「まあ、案ずるより産むが易しだったたってわけだね」

そう言って笑った佑亮の顔がほんの少し寂しそうだったのは、やっぱり、肝心の自分の親には、いまだに打ち明けられないでいるからだろうか。

だったら、その分俺が佑亮を大事にして、愛してやろうと思った。俺なりに一生懸命頑張った。

つもりだったんだけど——。

実は最近、佑亮がよそよそしい……気がする。俺を嫌いになったわけでもなさそうだし、以前と変わらず、大事にはしてくれるんだけど。

「佑亮、今晩何時に帰れる？　なんか食べたいもんある？」

ある日。夕食当番だったんで、仕事中こっそりＬＩＮＥで聞いてみた。そしたら
「ごめん、今日は遅くなるからいい。吉村先生に、仕事終わったら付き合えって言われた」

て、がっかりな返信が来た。

そうそう、あれから藤ノ木先生は退職していった。体調崩して入院してから、なんか気力も体力も落ちちゃったみたいで、俺が入所した当時のちょっとギラギラした感じは抜けて、今ではすっかり好々爺になっちゃったって、この間吉村先生が言ってた。先生にしてみれば、事務所が自分一人のものになってよかったんじゃないかって思ったけど、やっぱり、長年のパートナーがいなくなるってのは大変らしい。

(パートナーがいなくなるって……)

ふと考えた。俺と佑亮はまだ五年の付き合いだけど、もう五年だ。自分でもよく続いたなって思う。佑亮はどうなんだろう？　このまま、一生側にいてくれるんだろうか？

なんだか、未練がましい女みたいだな、俺。まあ、女と付き合ったことないから（いや、男だって佑亮以外ないけど）わかんないけど。

けど、今俺の生活から佑亮がいなくなったら——。

そんなの、考えたくもない。想像する余地なんて、これっぽっちもない。

それほど、佑亮は俺の生活に沁み込んでた。俺の一部みたいになってた。

「吉村先生に付き合うって、一緒に呑んでたの？」

十一時を回ってやっと帰宅した佑亮を、玄関で出迎えながら聞いてみた。なんだか、気になってしかたなかったから。

「え？　ああ、うん。相談に乗ってくれって言われて」

スーツを脱いで部屋着に着替えると、佑亮はリビングのソファに腰を下ろして、肩と首をぐるぐる回し始めた。相当疲れてるみたいだ。

「酔い覚ましになんか飲む？　それともマッサージしようか？」

最近四十肩だって言って、しょっちゅう湿布薬を張ったり、マッサージに行ったりしてる佑亮。きっと藤ノ木先生がいなくなった分、仕事も責任も増えたんだろう。五年経ったけど、職場での俺は、まだまだ佑亮の足元にも及ばない。弁理士とはいかないまでも、何か資格を取ればと勧められたのに、いまだ生返事のままだ。いいかげん諦めたのか、最近は何も言われないけど。

「濃くて熱いコーヒーが飲みたい」

俺に肩を揉んでもらいながら、佑亮が答えた。

「こんな時間に？　眠れなくなるよ」

明日だって早いのだ。なるべく早く寝かせてあげたい。なのに佑亮は、こめかみを指で挟みながら首を振った。

「眠っちゃだめだから」

「え？　なんで？」

思わず背後から顔を覗き込んだら、佑亮の頬がずいぶんこけてるのに気づいてしまった。頬骨が浮き出て、その下にくすんだ影が見える。目の下にも、くっきりと隈がでてた。なんだか、一日で十歳くらい年取ったみたいだ。

「明日までにやっとかなきゃならない仕事があるんだ」

そう言って立ち上がろうとする身体がゆらりと揺れた。俺は慌てて支えてやると、

「佑亮、働き過ぎだよ。少しは仕事セーブしなよ」

そう諭してみたけど、この人が俺の忠告なんか聞くわけがない。

まだやらなきゃならないことがあるって言ってたくせに、俺がコーヒーを淹れてる

間に、佑亮はそのままソファに伸びて、いびきをかき始めた。

「佑亮……」

とっても心配だ。くたびれてくしゃくしゃに丸められた紙屑みたいなパートナーを見下ろしながら、俺は、彼のために自分ができそうなことを考えてみた。

仕事の手助けなんか、ほんの、スズメのご飯粒くらいなもんだ。あ、違った。スズメの涙か。

戦力って言うんなら、笹谷さんの方が何倍も頼りになるだろう。今ではあの人、課長補佐なんだもの。

じゃあ、家のことは？　分担制にしてる家事も、佑亮の分を代わってやろうとすると、さっと横から持ってかれてしまう。元気そうにしてるけど、疲れが溜まってるのは見てたらわかる。どうしてそんなに無理するんだかわからない。俺に気を遣うことなんかないのに。

ソファで寝落ちしてしまった佑亮に毛布をかけてやり、俺は先にベッドに入った。

最近は、一人で朝を迎えることがたびたびある。もちろん寂しいには違いないけど、佑亮の意思をなるべく尊重したいから、あまり口出しはしてこなかった。だけど、黙って見てるのもそろそろ限界だ。病気になったりしたら元も子もないじゃないか。

次々と湧いてくる心配事になかなか寝付けなかった夜も、明け方近くになってようやくうとうとできた。半分寝てたんでよく憶えてないけど、夜中に佑亮が寝室の入口に立って、じっとこっちを見てたような気がする。細い光とそれを塞ぐ黒い人影。入ってくるかと思ったのに、影はそのまま、ドアの向こうに消えてしまった。

翌朝。目が覚めると佑亮はいなかった。ダイニングテーブルの上に置手紙があって、夕べ寝落ちして仕事ができなかったから、早朝出勤するって内容だった。結局、あのままソファで寝ちゃったのか。

律儀にも、テーブルの上には俺の分の朝食が用意してあった。疲れてるんだから、そんな気を遣わなくっていいのに。

佑亮に遅れること一時間。定時に出勤すると、彼はもう、自分のデスクでパソコンを睨んでた。やっぱり精気がない。朝食、ちゃんと食べたんだろうか?

自分の席に腰を下ろして仕事の準備を始めていると、後から出勤してきた笹谷さんが、俺の上着の袖を引っ張った。

「なんですか?」

「あのさ、あなたたち今どうなってるの?」

「は?」

この人が不躾なのも、話が唐突なのもいいかげん慣れたけど、今のは意味がわからない。だいいち、朝っぱらから職場で聞くようなこと?

「あれ? なんにも聞いてない?」

しまったという顔で、笹谷さんはじっと俺を見た。観察してるってとこか。いったい何を探りたいわけ?

「すみません、なんのことかさっぱりわかんないんですけど」

今度こそ、彼女はやっちまいましたって顔を全開にして、「あー……」と口籠った。

「ごめん、だったらいいわ。よけいな口出しして悪かったね」

そう言うと、笹谷さんは突如立ち上がってどこかへ消えてしまった。おおかた、トイレか給湯室だろう。よくあそこで女性陣が噂話に花を咲かせてるって、前に佑亮が教えてくれたから。じゃあ、今朝のネタは俺ってこと？

午前中いっぱい、笹谷さんの言葉がずっと頭に引っかかってて、仕事が手につかなかった。佑亮に聞けば何か教えてくれるかと思ったけど、なんだかいつにも増して忙しそうで、昼食もまともに取ってないみたいだったし、声をかけるどこじゃなかった。

それにしても、去年までは、お互い忙しくても時間を合わせて食事に行ったり、一緒に帰ったりしてたのに。

（佑亮、どうしちゃったんだよ……）

心の中で不満が幅を利かせてくるにつけ、佑亮への不信感も大きくなってく。そんな自分が嫌で、だから物分かりのいいパートナーを演じようとすると、それはますます空回りして、俺はなんだか、回し車の中で永遠に走り続けてるハムスターになった気分だった。

（倦怠期……なのかな？）

五年も一緒にいるんだ。恋愛初期の情熱が薄れてきてたって不思議はない。だけど、俺は今でもまだまだ佑亮が大好きだし、一緒にいたい。でも彼の方は、もうそんな気持ちはなくなっちゃってるんだろうか？

　最近では、気がつくと涙が頬を濡らしてる、なんてことがよくある。女々し過ぎて嫌だけど、無意識なんだからしょうがない。事務所のみんなと飲みにいった時に（佑亮はいなかった）、ふいに魂が抜けたみたいになって、両目からはらはらと涙をこぼしてる、なんて失態が何度かあって、それ以来、俺はみんなと出かけるのを避けるようになっていた。

　だから笹谷さんの疑問も、それほど唐突ではないんだ。だけど今朝のは、なんとなくいつもの心配とは違ってる気がした。「何も聞いてない？」ってどういうことなんだよ？

　どういうことかわかったのは、それから数時間後。午後のミーティングの時だった。

「えーところで、本日は皆さんに大事な報告があります。あーそこ、ちゃんと注目して」

　隅っこの方でこそこそしゃべってた新人二人に吉村所長が注意し、全員の視線が所長に集まったところで、不意に佑亮が呼ばれた。

「樋口君。じゃあ、ちょっとこっち来て」

俺から五人離れた席にいた佑亮が、すっと立ち上がる。もうこの時点で俺の心臓は停止寸前だったけど、かろうじて耐えた。ちゃんと聞かなきゃ、ちゃんと見てなきゃっていう思いだけで、なんとか正気を保ててたって感じだ。

期待を裏切って、佑亮は一度も俺の方には目を向けなかった。所長の後ろに背筋を伸ばして立つと、黙って会議室の中をぐるっと見渡してから、大きく一つ深呼吸した。きっちり着込んだ背広の肩が上下して、そんなものにも、俺の目は釘づけになってしまった。

佑亮がしゃべるのかと思いきや、所長が立ち上がって、また「えー」と声を上げた。おのずと、全員の注目が二人に集まる。

「急な話なんですが、実は、樋口君が今月いっぱいで退所することになりました」

(ええっ!?)

かろうじて、俺は悲鳴を呑み込んだ。その代わり、まばたきするのも忘れて佑亮を凝視したまま、視線が外せなくなってしまった。

(なんのことだよ? 俺、なんも聞いてないぞ、佑亮! なんでそんな大事なこと、俺に言ってくれなかったんだよ！）

辞めるか辞めないかは佑亮の自由だ。俺が口出しすることじゃない。けど……けど、それならそうって、なんで一言も教えてくれなかったんだよ！

笹谷さんが言ってた「何も聞いてない」って、これのことだったのか。

「えー皆さん、突然このようなご報告をすることになり、非常に心苦しく、また残念でもあるのですが……」

呆然と固まってる俺を無視して、佑亮が口を開いた。なんだよ、心苦しいって。残念ってどういうことだよ！

「実は、長年の友人が新しく事務所を開きまして、そちらに来ないかと前々から誘われていたのですが……わたしはここが気に入っておりますし、皆さんと別れるのも忍びなく、再三断っておりました。ただ、今回……」

なんだか言い訳めいて聞こえるその挨拶は、もうほとんど俺の耳に入ってこなかった。

（長年の友人？　そんな奴の話、聞いたことないぞ。誘われてたって？　いったいいつから？）

佑亮の話をまとめると、親しい友人の弁理士（大学の同期だって話だ）が、新しく開く特許事務所のパートナーとして佑亮を誘ってて、さんざん迷ったあげく、結局その友人の誘いに乗って、そっちの事務所に行くことに決めたんだと。

夕べ吉村先生と話してたっていうのもそのことで、もちろん先生は引き留めたらしいんだけど、最終的にはお互いにクライアントの取り合いにならないようにするって条件で、先生が折れたらしい。

だけど——。

その話のほとんど、いや全部が、俺には初耳だった。他の所員たちと同じく。

なんで？　俺って佑亮のパートナーなんじゃないの？　特別なんじゃないの？　こんなに大事なこと、俺にはまったく打ち明けてくれないまま勝手に決めちゃうって、いったいどういうつもりなんだよ！

職場にいる間中、周囲の視線が痛かった。みんな、笹谷さんとおんなじこと考えてたんだ。かわいそうに三上君、なんにも聞かされてなかったみたいだねって。

そう、傍で見てても声をかけづらいくらい、俺は意気消沈してた。そんな俺を避けるみたいに、佑亮は終日、デスクから目も上げず、「超忙しい」オーラを出しまくってた。

俺はといえば、悲しくて悔しくて、ついでにメチャクチャ腹が立って、集中力なんかバラバラに飛び散っちゃって、その日一日、散々な仕事っぷりだった。

それでも終業時間が近くなると、おおかたの仕事は終わってしまった。子供を保育園に迎えに行く人なんかは、さっさと片付けを始めている。

俺は、それとなく佑亮の様子を伺ってた。彼の側には一日中、仕事を引き継ぐことになった弁理士と吉村先生がくっついてて、とてもじゃないけど、話しかける隙なんて一ミリもなかった。

午後五時を回った。俺はでっかい溜息を吐くと(自覚はなかったけど、吐いてたんだって。笹谷さんに指摘されて知った)、最後に一度だけ、佑亮の方をちらっと見てから席を立った。

「お先に失礼しま〜す」

気の抜けた挨拶と共に退社する俺の背中に、今日初めて、「お疲れ様」と、遠くから佑亮の声がかかった。

嬉しさに舞い上がって振り返ったけど、佑亮は、相変わらず俯いて書類と睨めっこしてた。

腑抜け状態の俺を気遣って、何人かが呑みに行かないかと声をかけてくれたけど、とてもそんな気になれなくってすべてお断りし、俺は一人とぼとぼと、東京メトロの駅まで歩いた。

ホームでぼんやり電車を待ってたら、ＬＩＮＥの着信があった。どうせたいした相手からじゃないだろうと放っておいたら、今度はメールが届いた。これも無視してたら、連続して十回も届いたんで、さすがに、職場に何か忘れ物でもしたのかと心配になってスマホを見ると――。

――佑亮

――佑亮

――佑亮

――佑亮

――佑亮

―佑亮
―佑亮
―佑亮
―佑亮
―佑亮

（うそっ！）

急いで本文をチェックすると、どれも同じ内容だった。俺が無視するのを想定して、大量送信攻撃をかけてきたらしい。

「ここんとこ、いろいろごめん。きょうはちゃんと言い訳（笑）したいので、夕食は一緒に食べてください。家がいい？　外がいい？　外だったら、もうすぐ出られるからどこかで待ってて」

俺は震える指で、速攻返信した。

「家がいい。先に帰ってご飯作ってる。何食べたい？」

送信。まだ職場なら、そんなすぐには見ないだろうと思ってたら、秒で返事が来た。

「わかった。できれば一緒に作れるのがいい。冷蔵庫に野菜がいっぱいあったから、豆乳鍋？」

「了解！」

野菜、何があったっけ？　夕べ見た冷蔵庫の中身を思い出しながら返信した。帰る前に、ちょっと買い物もしなきゃだな。

深海の砂に埋もれてた心が急浮上する。佑亮と意思疎通できたことが、こんなに嬉しいなんて。

思えば付き合いだしたきっかけは、佑亮の猛アタックだった。それまで交友関係もろくにない更地みたいだった俺の内側に、「佑亮」という存在はなんの障害もなく入ってきて、この五年間で、隅々にまで根を張ってしまった。

だから、最近のちょっと斜め向こうを向いたような彼に対して、俺は対処の仕方がわからなかった。一度だけねえちゃんに相談してみたけど、「ほっとけば？」という、あっさり過ぎるお言葉しかもらえなかった。つくづく、自分の対人免疫の低さに辟易して今に至ってる。

だから逆に、ちょっとしたことで舞い上がれる。安上がりに天国までひとっ跳びだ。

俺はスマホをそっとポケットに仕舞うと、足取りも軽く、ホームに滑り込んできた電車に乗り込んだ。

2. 旅人

家に帰って、意気揚々と夕食の準備を始めてると、三十分も経たずにピンポンが鳴った。玄関まですっ飛んでってドアを開けると、待ち焦がれていた相手が、俺を見てちょっとぎこちなく微笑んだ。

「おかえり。まだご飯炊けてないんだ。ちょっと買い物してて……」

思わず言い訳っぽいセリフが口を突いてしまう。だって、できれば完璧に食卓の準備を整えてから、佑亮を迎えたかったんだもの。今日くらい、佑亮にいいとこ見せたかったのに。

だけど佑亮は、柔らかく笑いながら「じゃあ、続きは一緒にやろう」なんて、最近ではめったに聞けなくなった優しい言葉をくれたもんで、俺は、もうちょっとで泣きそうになってしまった。

久々に二人で囲む夕食は、あったかくておいしかった。胸が詰まってる時は、胃袋もいつもの半分しか食べ物を受け付けてくれないけど、今晩は違った。佑亮はちゃんと向かいで微笑んでくれてるし、このところ小食気味だったのに、おかわりまでしてくれた。

だから、ほんとは話なんか聞きたくなかった。このまま、平和な夜が過ぎていってくれればいいのにって思った。

だけど――。

「友城。今さらだけど、ちゃんと話がしたいんだ」

食事の片付けも終わり、夜も更けてきた頃。とうとう、佑亮にそう切り出された。正直、俺は耳を塞いで逃げ出したかった。

「……うん……」

渋々頷いた俺の横顔を、視界の隅で佑亮がじっと見つめてた。

「きっと……じゃなくて間違いなく、友城は俺のこと怒ってるよね。信用できなくなってるかもしれない」

佑亮は手にしたウィスキーグラスをじっと見つめたまま、ぽつりぽつりと話し始めた。

「怒ってはいない。けど、悲しい」

正直な気持ちを打ち明けると、黙って肩を抱き寄せられ、髪の毛にキスされた。彼の口が近くに寄ると、モルトウィスキーの甘い香りがした。

「事務所を変わることは、いつ打ち明けようかずっと悩んでた。いやそれより、本当に変わるのかどうか、自分でもよくわからなかったんだ」

「……」

(嘘だ。そんなギリギリまで悩んでたんなら、それこそ、もっと早くに相談して欲しかった。それとも何？　相談相手としては、俺は役不足ってこと？)

腹の中では控えめな抗議の声がぐるぐるしてたけど、俺は黙って続きを待った。

「相手の弁理士は俺の大学時代の同期で、先に、自分の事務所を持つって夢を叶えてたんだ。それで……仕事が軌道に乗ってきたんで、俺に来て欲しいって言われた」

「それ、いつ？」

ちょっと意地悪な質問をしてみたら、俺にくっついてた佑亮の肩が微かに揺れた。

それから二秒くらいして、「去年の夏頃」という答えが返ってきた。

「どうして、半年も俺に言ってくれなかったの？」

「それは……」

　佑亮が口籠もる。ここは、なんでもいいから即答して欲しかった。迷う素振りなんか見せないで。

「佑亮、前に言ってたよね？　いつか独立して、自分の事務所を持ちたいって」

　その友人とは、共同経営になるんだろうか？　そうしたら、いろいろ経済的なことで不安定になったりしないんだろうか？　ちゃんと、クライアントの確保はできてるんだろうか？　赤字経営になんてなったら、俺たちの今の生活はどうなるの？

　山のような疑問が、不安でコーティングされてぞろぞろ湧いてくる。佑亮のことだ、その辺はしっかり考えてはいるんだろうけど。

「これって、佑亮の夢が叶うってことなの？」

　だったら、喜ぶべきことなんだろう。私生活のパートナーとして。でも、返ってきたのは気まずい沈黙。俺の不安がまた一個、カランと音を立てて目の前に転がった。

「正確に言うと……違う」

やっと佑亮が口にした答えは、事務所で聞いた話とはちょっとズレがあった。俺の前で、昼間の発言を否定するのは悔しいんだろうか？　それとも恥ずかしいんだろうか？

真実が知りたくて、俯きかげんの顔を観察してみた。とってもつらそうだったんで、俺は、これ以上この人を追い詰めるのはよそうと決めた。

佑亮は、しばらく逡巡するようにウイスキーグラスを手の中で回してたけど、やがて諦めたように口を開いた。

「奴とは共同経営じゃない。俺は単に、従業員として雇われるだけだ」

そんな自虐的な言い方しなくていいよ、佑亮。俺はむしろ、ただの雇われ弁理士でいてくれた方が安心だから。

「だったら断ればよかったのに。今の事務所、不満があるわけじゃないんでしょ？」

こんな言葉で彼の決心が翻るとも思わなかったけど、どうしても言いたかった。少しでも引き留められるなら。

「奴には……今、俺が必要なんだ」

　ざくっと音がして、俺の胸の深いところが、大きく抉られた。二人の友情に立ち入るつもりはさらさらないけど、一緒に暮らしてる俺にはなんの相談もなしに、そのセリフってどうよ？

「つまり、単純に人手不足だから、声がかかったってことなんだね？」

　かなり皮肉っぽく返してやった。でも、これくらいは勘弁して欲しい。俺の精神的ダメージに比べたら、かわいいもんだと思うよ。

「それもある。あるけど……」

「あるけど？」

　佑亮が身体を離した。その仕草が、そのまま彼の気持ちみたいに思えて泣きそうになったけど、弱みを見せるのは嫌なので、こっちも、わざと少し距離を置いて座り直した。

「奴は野心家で、猛烈な努力家なんだ」

　それが何か？　確かに俺は野心もないし、努力だってそこそこしかできない半端もんですけど。

心の中で悪態を吐き散らしてみたところで、今この人には届かない。それはわかってる。

「今の事務所でずっと吉村先生の下にいても、将来の展望は開けないと思う」

「……」

「俺は自分の手で、自分の仕事を掴みたい」

「今だって、佑亮の担当してるクライアントはいるでしょ」

無駄だってわかってるのについ口を突いて出た言葉に、佑亮は激しく反応した。

「違うんだ！　そうじゃなくって、俺は……俺は……」

強くかぶりを振った後、がっくりうなだれた佑亮の口から、決定的な一言がこぼれた。

「きっと、友城にはわかってもらえないだろうって……思ってた」

佑亮！　それ、君が言うの？　俺が佑亮のことをわかってないって？　理解できないって？

「友城。君さ、なんで自分は一緒に行こうって誘われなかったんだって、思ってる？」

「そこまで自分を過大評価してないよ。今誘われたって、俺なんかなんにもできないもの」

「ほら、そういうとこ」

　即座に指摘した佑亮の目が、まっすぐに俺を射た。痛くって、とても見返せない。

「俺はさ、もっと君に食い下がって欲しかったんだよね」

「どういうことさ？」

　佑亮が、身体ごと俺の方を向いた。

「友城と付き合い出した頃、確かに俺は思ってた。友城をパートナーにして、一緒に事務所を開きたいって。でも、五年間ずっと見てたけど、君はいつも、途中で努力するのを諦めてしまってたよね」

「弁理士試験のこと？　あれはさすがに無理だよ」

　君とは頭のできが違うからね、っていうセリフは、かろうじて呑み込んだ。でも、たぶん佑亮には聞こえてたんだ。

「弁理士は無理でも、せめて行政書士の資格でも取っておけばって言ったのに、君、それも拒否したよね？」

「だってあの職場にいる限り、特に必要ないもの。それに、資格取ったからって、これからまた転職するつもりもないし、役に立つとも思えないし」

ああこれ、ただの言い訳だよな。わかってる、君がこういうの大嫌いだっていうのも。

「じゃあ、もし俺が独立したとしても、今のままでいいって言う君に、友城はついてくる気はないってことなんだね？　仮に一緒に働くとしても、今のままでいいって言う君に、俺はなんの仕事を任せられる？　ただの事務？　データ入力？　今やってる以上のこと、君はやるって言ってくれるの？」

「……」

言い返せなかった。そうだ、確かに俺は、佑亮が勝手に職場を変わって、俺のことを置いてけぼりにすることに腹を立ててた。俺を連れてってくれるんじゃないの？　俺、あんたの特別じゃなかったの？　って。でもそれ、単に俺の驕りっていうか、勘違いだったんだね。

確かに俺は佑亮のパートナーだけど、それは彼にとって、あくまで私生活の域を出ないものだったんだ。タッグを組んで仕事するには、力不足だったんだ。

「五年待ってたけど……友城にはもうこれ以上望んじゃいけないんだって、わかったんだ」

鉄の塊みたいな言葉がガンガン降り注いてくる。避けるものなんかなんにもなくて、頭蓋骨がぼこぼこになってく。痛い、痛い、痛い……！

「友城のことは今でも好きだよ。一緒に暮らすのは心地いいし、楽しい。そういう意味では、君は最高のパートナーだ。だけど、俺にはそれだけじゃ足りないんだ。人生で大切なのは、平和で穏やかな生活かもしれないけど……そう考える人もいるかもしれないけど……」

俺は、固唾を呑んで最後通告を待った。

「俺は物足りない」

『君じゃ物足りない』

そう言われたんだと思った。とたんに、俺っていう自我が行き場を失くしてしまった。せっかく、生きる意味みたいなものが見つかったのに。せっかく、押入れの中から出てこられたのに。

「勘違いしないで、友城」

俺の様子を見て心配になったのか、慌てて佑亮が言い添える。

「君はとても魅力的だし、大事だよ。仕事に関して言うんなら、今のところで頑張ってく分には、なんの問題もないと思う。あそこにはちゃんと君の居場所があるし、君がいてくれなきゃ困る人たちもいっぱいいる」

それってさ、俺がそこまでだってことでしょう？　佑亮。下衆な言い方をすれば、セックスの相手としては申し分ないけど、佑亮の人生の、一番大事な部分は共有できない。その度量は俺には期待できないから、諦めたってことだよね？

「俺……、佑亮の奥さんなんかじゃないけど」

「奥さんだなんて言ってるわけじゃ……」

「俺……俺、あんたと一緒に住んで、身の回りのこといろいろやって……まあ、交代にだけど。ちゃんと気持ちのいいねぐらを作ってあげて、それでもって、時々気持ちいいこともしてあげて……それだけしてればいいってこと？　そりゃ、俺は女じゃないから、佑亮の子供は作れないし、たいした役には立ってないけどさ」

「友城。別にそんなこと言ってるわけじゃ……」

「俺、そこまでってことだよね？　なんとなく側にいるけど、佑亮と一緒の方角を向いて、同じ目標に向かって歩く資格はないってことなんでしょ？　俺じゃ役不足なんでしょ？　悪かったね！　期待に添えなくてさ」

「友城。それでいいって、俺は言ってるんだよ。何も、無理して俺の夢に付き合う必要なんかないんだ」

　そのセリフが、俺を打ちのめした。そうか。そうだったんだ。それでいいんだ、佑亮には。俺は君にとって、ただ傍に置いてかわいがるだけの、ぬいぐるみみたいなもんで構わないってことなんだ。

「でも、あんたの友達って奴は、一緒の道を歩けるんだよね？　佑亮と同じ夢を見られるんだよね？」

　こんな言い方をするもりはなかったのに。でも、尖った言葉を吐き出せば吐き出すほど、俺は自虐的になり、惨めになっていった。

「友城。わかって欲しいんだけど……」

「わかんないよっ！」

この人を追い詰めるのはよそうって思ってたら、自分が追い詰められてた。かわいそうに、俺の佑亮を想う気持ちは、もうどこへ行けばいいんだかわからなくなってた。行く先を見失って、永遠にあちこち彷徨わなきゃなんないんだ。

「友城、友城お願いだ、落ち着いてよ」

おろおろしながら伸びてきた腕に、俺は自分から捕まえられた。強く抱きしめられれば、それだけで、少しは不安が軽くなる気がして。

もう今は、この身体にしがみついていることしかできない。佑亮がそれでいいって言ったんだ。だから、どんなに役立たずで期待外れでも、こうやって物理的に捕まえてる間は……少なくともその間だけは、この男は俺のものだ。俺だけの佑亮なんだ！

必死になって、俺はその考えにしがみついた。そうしてないと、自分が崩れてしまいそうな気がしたから。

そんな俺の行動をどう取ったのか、佑亮はそのまま俺をソファに押し倒すと、ここのところなかったくらい、本気で俺を求めてきた。

構ってもらえなかったのが寂しかっただけじゃない。佑亮があまり俺に関心を示さなくなったような気がして、不安だっただけでもない。何かが決定的に変わってしまったのを認めるのが怖くて、俺は——俺たちは、互いに触れ合うのを避けてたような気がする。

それが何か知りたくて、俺は必死で佑亮を抱いた。持てる愛情のすべてを注いで。いつになく熱くなる俺にちょっと戸惑ったようだった彼も、いつの間にか夢中になって、快感を貪ってくれた。それだけが、今の俺たちを繋いでおける唯一の方法なんだって、二人ともわかってたから。悲しかったけど、それが最後の解決策なんだって感じてたから。

そうやって、考えたり話し合ったりすることをやめてしまった俺たちは、ただの盛りのついた猫みたいに、いつまでも粘ついた声で啼き合っていた。

第十七章　メビウスの輪

１．アゲハ蝶の飛翔

あの日以来、俺たちはあることを避けて会話するようになっていた。それはつまり、俺の向上心についてだ。

遠くまで飛ぼうとする努力が恋愛関係の中でそんなに重要だなんて、考えてみたこともなかった。だけど、少なくとも佑亮にとっては、それは必須だったらしい。つまり佑亮って、ものすごく上昇志向の強い人間だったんだ。知ってはいたけど、俺にまでそれが求められるなんて、想像もしてなかった。

だから五年一緒に暮らしてみて、佑亮は俺に、少なからず失望しただろう。勝手に期待されても迷惑だけど、彼の理想はそういうことだったんだ。

付き合いが始まった頃は、二人の目標みたいな、夢みたいなことを語り合ったりもしたもんだ。俺としては、佑亮の大き過ぎる未来像にちょっとタジタジしながらも、一生懸命彼に合わせてた。

だけど、無理してたってじきにめっきは剥がれてきて、安物の中身が顔を出しちゃうのが現実ってもんだ。

そう、佑亮は金無垢(もうちょっと控えめに18金程度でもいいか)、俺は……名前なんか付けられない、すぐに錆が出る質の悪い合金ってとこなんだ。長く一緒にいればいるほど、その違いがはっきり見えてくる。

佑亮はいつまでもぴかぴか。ますます磨きがかかって、光り方も半端じゃない。

それに比べて俺は……あちこちめっきが剥がれてぼろぼろ。剥き出しになったところには、緑青なんか生えてきてる。

いや、そこまで自分を卑下することもないだろうけど。とにかく、俺は年月が経つほど、佑亮の隣を歩くのがしんどくなってきた。きっと、向こうもそれを感じてたんだと思う。

だからなのかな? 最近の佑亮は、ものすごく優しい。俺を甘やかす。気を遣ってくれる。

でもそれって、もともと二人が望んだ関係じゃないんだよな。ちっとも対等じゃない。新しい事務所に移っていった佑亮は、最近、ますます生き生きしてる。忙しそうではあるけれど、きっと心が充実してるんだ。

そして、彼は決して、俺に仕事の話はしなくなった。事務所が違うんだし、お互い守秘義務もあるから、一緒の時みたいに大っぴらに話ができないのは当然だけど。

今までだったら、あっちが先輩ってこともあるし、仕事で何かわからないことがあったり躓いたりした時、俺はほとんど躊躇なく、佑亮にアドバイスを求めてた。今思えば、ずいぶんと甘えてたもんだな。

佑亮にしても、最初の頃は、俺に頼られるのが嬉しかったんだろう。それが、何年経っても同じ質問をし、ちっとも進歩を見せないのがわかってくるにつれて、心の中には諦めが生まれたんだ。

だから、もう俺の成長は期待しないことにして、ただかわいがるだけの相手だって割り切ったんだ。つまり、俺は彼のペットってこと。

かわいがられるのはまんざらでもないけど、やっぱり寂しい。もう佑亮は、自分の隣に俺を置いてはくれなくなったんだから。俺は彼の足元にうずくまったり、纏わりついたりしながら、構ってくれるのを待つ猫か犬なんだ。

だけど、俺は人間だ。少なくとも俺自身はそう思ってる。だから、どんなに優しくされても甘やかされても、今の立場は不本意だった。

頭のいい佑亮が、そんなことに気づかないはずがない。それでも態度を変えないのは、きっと、彼もどうしていいかわからないんだ。

俺たちは互いにすっきりしないもやもやを抱えたまま、それでも一緒にいた。未練がましいけど、別れるのは嫌だった。思い切って彼と手を切って、また一人で生きていく勇気はない。だって、まだ好きだから。俺が未熟なのを脇に置いとけば、とってもうまくいってると思うから。それはたぶん、佑亮も同じだ。

＊＊＊

佑亮が事務所を辞めてからひと月ほどした頃。昼休みに、自分のデスクでお弁当を広げてた時のことだ。

最近は、こんなふうに昼休みを過ごすことが多い。みんなと外に出かけて並んで店に入り、あんまり気乗りしない会話になんとなく相槌を打ちながら、忙しなく料理をかっ込み、テイクアウトしたコーヒー片手にオフィスに戻る。そんな昼休みの過ごし方がどうにも性に合わなくて、節約もできるし、弁当持参で来ることにしたんだ。

佑亮の分も作ろうかって聞いてみたら、「朝が早いから無理しなくていいよ」って、やんわり断られた。もしかして新しい職場では、俺と同居してることは秘密なんだろうか？　そう考えたら、また少し、寂しさのメーターが上がってしまった。

ところで、そう、昼休みのことだ。隣で、やっぱり持参したお弁当を広げてた笹谷さんが、しみじみ俺の弁当を眺めてつぶやいた。

「きれいなお弁当だなあ」

「え？」

思わず振り返り、それから彼女の視線を追って自分の弁当を見、その勢いで彼女の弁当箱を覗いてしまった。

「それ、三上さんが作ってるの？　それとも樋口さん？」

いきなりそんなことを聞かれ、赤くなってしまう。俺と佑亮が同棲してるのは、みんなとっくに知ってることだけど。

「い、いや。ゆう……樋口さんは朝早いから、俺は自分の分だけ作ってます」

「へえ」

「なんで？　なんかおかしいですか？」

人様に自慢するほどの作品ではない。味は悪くないと思うけど、まあそこそこだ。弁当なんて食えりゃいいやって、自分の分だけ作るって決定してから、投げやりに考えてる。それでも一応、栄養とか彩りとかには、少しだけ気を使うけど。

「ぜんっぜん！　その逆！　なんでそんなにかわいく詰められるの？　あ、ねえ、それパンダ？　パンダでしょ？」

　笹谷さんが嬌声を上げながら、人の弁当を突つきそうな勢いで箸を伸ばしてきた。

「あ、わかります？　ご飯にゴマかけすぎちゃったから、どうせなら遊んじゃおうっかな〜って……へへっ」

　ウソのような、本当のような。実は、ポプリの顔を作ってみようと思って大失敗した結果なんだ。頭に乗せるはずだった茹でたブロッコリーは、パンダの顔の下に配置が変わって、笹になってしまった。でもまあ、お褒めに預かって光栄です。よかったな、ポプリ。パンダに変身できて。

「あ〜、あたしだったら、全体にゴマ振りかけて終わっちゃうわよ。なんにでも才能あんのね、三上さんって」

「才能って……」

　たかが弁当だ。それも、大の男が自分のために作ってるだけの。誰かに食べてもらおうって、愛情込めて作ってるわけじゃない。

　しまった。そんなこと考えてたら、また涙が出そうになった。まったく、涙腺が緩み過ぎだぞ、俺。

「仕事もそつなくこなすし、説明も丁寧でわかりやすいって、お客さんからの評判もいいし。ルックスだって、とても三十半ばのおっさんには見えないし」

「ちょっと。三十半ばっておっさんなんですか？」

思わずツッコミを入れてしまう。それを言ったら笹谷さん、あなたなんて立派にベテランのおばさんでしょうが。

と言いたいのは胸に仕舞っておいて。俺は改めて、彼女に言われたことを反芻してみた。「おっさん」の箇所を除けば、どれも褒め言葉のように聞こえる。素直にそう聞いたら、ご飯粒のくっついた箸を振り回して「褒めてるに決まってんでしょーが！」と呆れられてしまった。頼むから笹谷さん、もっと小さい声でしゃべって。

「三上さん、どうしてそう自覚が足らないかな？　自己評価低過ぎるのも考えものだよ？　ここだけの話、三上さんのこと狙ってた女子、結構いたんだからね。相手があの樋口さんじゃなかったら、奪ってやろうって思ってた子、ぜったい何人かいたはずだよ」

「それは……残念でした」

こういう時、いつもどう反応していいかわからない。相手に悪気はないんだろうけど、もうちょっと、当事者の気持ちを察してくれると嬉しいんだけど。

苦笑しながら曖昧に返事をすると、おしゃべり大好きおばさんは、さらに意外なことを口にした。

「その樋口さんがいなくなっちゃってさ、次のホープは三上さんだって言われてるの、知ってる？」

「はあっ？」

びっくりし過ぎて、危うく口に入れた里芋の煮っころがしを吹き出すとこだったじゃないですか。いったい何を言い出すのやら、この人は。

「何言ってるんですか。俺なんて、なんの資格も持ってないし、そんな……佑亮と比べるなんて……」

「あ、『ゆうすけ』だって。きゃはっ」

しまった、つい油断した。職場では、ぜったい名前で呼ばないって決めてたのに。

嬉しそうにきゃっきゃいってた笹谷さんは、急にまじめな顔になって言った。

「資格なんてさ、取りたくなったら取ればいいのよ。その気になれば、三上さんになら楽勝だと思うよ。そうじゃなくってさ。なんてーのかしら……あなたって、すごく回りの人に寄り添ってくれるんだよね」

「寄り添う？」

「うん、気持ちが。新しく入所した子たちもみんな言ってるし、お客さんからもリピ来るし。次の案件も、ぜひ三上さんに担当して欲しいって。知ってた？」

「あ、いえ……」

初耳だ、そんなこと。俺、人嫌いだし、職場のみんなとの付き合いもいい方じゃないし。なんでそんなふうに思われてるのか、さっぱりわからん。

「だっからさー。やっぱ、仕事は人だって思うんだよね、あたし。いっくら資格があったって、頭がよくったってさ。肝心の『人間力』のない人はダメだよ。うん」

なんとなく、誰のことを指して言っているのかわかってしまった。入所したての頃、俺に嫌味をふっかけてきて、そのうち辞めてっちゃったあいつだ。そういえば、今頃どうしてるんだろ。

笹谷さんの突然のうんちくはしばらく続き、俺の貴重な昼休みは、半分ほど彼女に奪われてしまった。

でも、「ごめんね。ご飯の邪魔して」なんてあっけらかんと謝られたら、文句も言えない。おまけに、なぜだかさんざん持ち上げてもらった後とあっては。

それにしても、俺ってそんなふうに思われてたのか？　ほんとに？　笹谷さんだけの私的感想じゃなくって？

昼休みが終わって、俺の心はなんだかふわふわ軽くなってた。ここしばらく、じっとり濡れ雑巾みたいな気分だったのに。ああ、他人から自分の知らなかった美点を教えてもらうのって、いい気分なんだな。これ、今の佑亮とかに言われたら、ぜったい素直に聞けないと思うけど。

(そうか。資格なんて、取りたくなったら取ればいいのか)

そう言われてみると、今まで何度かチャレンジした試験って、どれも佑亮に勧められてとか、彼によく思われたいからっていう下心から受けたんだった。自分から進んで挑戦したことじゃ、決してなかった。

(佑亮、ちゃんと見抜いてたんだろうな)

今頃気がつく俺も俺だけど、きっと佑亮は、言いたくても言えなかったんだろう。そこがあいつの優しさっていうか、結局、俺にとっては残酷な結果になっちゃったわけだけど。

ほんの少し成長できた芋虫の気分だった。もうちょっと栄養のある葉っぱを食べて、大きくなって……いずれは、さなぎから蝶々に変われるんだろうか？　俺でも？

でも、浮き立った気持ちで家に帰った俺を待ってたのは、もっとずっと華麗なアゲハ蝶だった。

玄関のドアを開けたら、佑亮の靴が三和土にあった。あれ、もう帰ってたんだ。

リビングに続くドアを開けると、部屋中にいい匂いが充満してた。

「ただいま。あれ、今日佑亮の当番だっけ？」

漂う匂いは俺の好物、佑亮特製ビーフシチューだ。びっくりしてキッチンに立ってる背中に声をかけると、エプロン姿も堂に入った男が振り返った。

「おかえり。珍しく今日は早く上がれたから、ちょっと料理したくなってさ。ごめんね、何か予定してた？」

「ううん」

　極上の笑みで迎えてくれた同居人をじっと見つめてから、俺は首を振った。

「でも、なんでビーフシチュー？　何かいいことあったの？」

　彼がこれを作ってくれるのは、だいたい、何かお祝いごとがあった時って決まってる。

でも、今日は誰の誕生日でもないし、何かの記念日でもない。

「べつに。ただ、時間があるからちょっと手の込んだものにしようかなって思って。手洗って、着替えといでよ。これ、もうちょっと煮込まなきゃ味が染みないから」

「うん……」

　なんだかすっきりしないまま、俺は洗面所に送り出された。

　戻ってみると、もうテーブルセッティングまで終わってた。何か手伝おうとしたら、大人しく座って待ってろって言われ、俺は失業状態になった。

　なんとなくテレビをつけ、見るともなしに眺めていると、「準備できたよ～」と声がかかった。

テーブルの上は料理で満載だった。それも俺の好きなもんばかり。これ、ちょっと脂肪の取り過ぎじゃない？　って思ったけど、まあいいか。俺も佑亮も、「おっさん」のわりにはスリムだし。

　俺たちは豪華なディナーを挟んで食卓に着いた。

「最近、仕事どう？」

「え？」

　予想外の質問に、口に運ぶ途中だったスプーンが止まる。顔を上げると、佑亮が優しげな微笑みを浮かべて俺を見てた。いったいいつから、そんな目で見られてたんだろう？　そう思うと、ちょっと恥ずかしくなった。いいかげん長い付き合いなのに。

「友城って、話しかけると、いつも最初に『え』って言うよね」

「え。俺、そんなに『え』って言う？」

「うん。ほら今だって言ったし」

「え……」

ほんとだ。自覚した時には、佑亮が我慢できないみたいにくすくす笑ってた。

「ご、ごめん……」

「なんで謝るの」

「ごめん……」

指摘された言葉をつい繰り返してしまうのは、俺の癖なんだろうか？　追い詰められて、スプーンを持ったまま宙ぶらりんになっていると、「それ、早く口に入れちゃいなよ」と言われ、慌てて肉の塊を口に放り込んだ。数回咀嚼し、中途半端なまま無理して呑み込む。食道をゆっくりと下りていくビーフを胃袋に追いやろうと急いで水を飲んだら、今度は派手にむせてしまった。

ゲホゲホやってると、佑亮が立ち上がって背中をぽんぽん叩いてくれた。

「友城って、ほんと、見てて飽きないな」

「人をパンダみたいに言わないでください」

胸を擦りながら抗議すると、昼間笹谷さんに褒められた、ポプリ崩れのパンダ弁当を思い出してしまった。

「ごめん、ごめん。だってほんとに飽きないいんだもん。ずーっと見てたい。二十四時間三百六十五日、永遠に眺めてたい」

ゴホ、ゴホ、ゴホホッ！

久々の大好き攻撃に、反撃する間もなく再びむせてしまった。どうしちゃったんだ？

今夜の佑亮。

「お褒めに預り光栄です」

やっとそれだけ口にすると、「いや、褒めてるんじゃないし」と返された。なんだよっ！

「でさ、どうなの？　事務所の方は」

いきなり話を戻された。こいつの話についてくのは、時々結構難しい。

「どうって……いつも通り？」

仕事のことなんて、あまり聞かれたくない。なんで今さら、そんな話題持ちだすんだ？

「所長と亀田先生がさ、友城のこと褒めてたよ」

「え？」

あ、しまった。またやっちゃった。

「なんで？　佑亮、あの人たちと会ったりするの？」

意外な名前が出たんでびっくりした。あ、亀田先生っていうのは、藤ノ木先生が辞めてから入ってきた、吉村所長の旧知の弁理士だ。

「うん、わりとね。実は、友城のことそれとなく聞くために、いろいろ理由つけて呼び出してるんだ」

「呼び出す？」

首を傾げると、佑亮が笑いながら教えてくれた。

「呑み仲間って言うか、わりと仲良しなんだよね、俺たち」

知りませんでした。てか、なんで俺は外されてるわけ？　そう文句垂れようとしたら、先回りされた。

「君を仲間外れにしたわけじゃないよ？　だって、本人がいたらいろいろ聞けないじゃない？　俺さ、あそこ出てから、毎日君がどうしてるか、知りたくってしょうがないんだよね。監視カメラと盗聴器つけときたいくらい」

「じゃあ、辞めなきゃよかったじゃん！」

勢い込んで抗議したら、あっさり跳ね返された。

「それとこれとは別。もしかして友城、俺があそこ辞めて、新しいとこで心機一転、楽しくやってると思ってた？」

「……違うの？」

てっきりそうだと思ってた。忙しくて大変そうだけど、佑亮は、やりたい仕事を思い切りやってるんだって。

「まったく違うわけでも、違わないわけでもない。そりゃ、いろいろあるよ。今度の事務所は、あんまりお金が潤沢ってわけじゃないしね」

そこで佑亮は、ふうーっと大きく息を吐いた。ああそれ、俺が拾ってやることができないやつ？　俺、やっぱり佑亮の役には立ててない？

「けど、毎晩家に帰って友城の顔見たらさ、それまで抱えてたものがみんな、すーって抜けてっちゃうんだよね。友城の機嫌がよくても悪くても。つまり、君がいてくれたらそれでいいんだ、俺には」

「佑亮……」

なんなんだ、今夜の佑亮。いつもは、忙しさにかまけて俺のことなんか構ってくれないのに。すれ違いばっかなのに。

「友城。俺、君のこと大好きだよ。五年経ったけど、前よりもっとずっと好きだ」

「そ、そう。それは……どうもありがとう」

やっぱりなんかおかしい。何か隠してる。佑亮がほんとに言いたいことは、この言葉の裏っかわに、息を潜めて出番を待ってるに違いない。

「友城は？」

相手の出方をじっと窺ってたら、またじわじわと、佑亮が間合いを詰めてきた。もう長い付き合いなんだから、そんな助走をつけなくたって、言いたいことはストレートに言って欲しいのに。

「聞かなきゃわかんない？　好きに決まってるでしょ。もう人生捧げちゃってるんだから。今さら何言ってるの」

わざわざこんなこと言わされたのに腹が立ったのと、自分の吐いたセリフがこっぱずかしくて、俺は俯いたまま、せっせと佑亮の手料理を口に運んだ。それをじっと見つめられているのがわかって、さらにいたたまれなくなる。

「じゃあさ……ちょっと俺がいなくなっても……待っててもらえる？」

しばらくして降ってきた言葉に、俺の動きがすべてストップした。

「また、わがまま言うことになるけど……」

今度は何？　職場が変わったと思ったら、「ちょっといなくなる」ってどういうこと？

「いなくなる？」

俺は、渋々顔を上げた。佑亮が食事の手を止めて、訴えかけるようなまなざしを俺に向けていた。こういう時、彼はもうとっくに全部決めていて、俺にはただ、事後承諾を取るだけなんだ。相談なんかじゃなく、結果報告なんだ。

「佑亮、今度はどこへ行くつもり？」

やっぱりアゲハ蝶は、まだ葉っぱをモソモソ食べてる芋虫なんか置いて、好きな所へ飛んでいってしまうんだ。

その晩佑亮に告げられたのは、一年間アメリカへ留学するって話だった。まさか海外に行っちゃうなんて予想してなかった俺は、それから先、まったく食欲が失せてしまった。

「なんで？　だって新しい事務所、人が足りないいんでしょ？　今佑亮が抜けたら、困るんじゃない？」

　必死で問い詰めてみたけど、空しいだけなのはわかってた。佑亮は、こうと決めたら絶対曲げないんだ。そこが好きでもあるんだけど。

「それはそうなんだけど……。俺がいない間の穴を埋める人員は、もう確保してあるんだ。それより、この話はさ、所員全員一致で決まった計画なんだ」

「計画？」

「詳しいことは言えないんだけど、実はうちのクライアントが、ある国で知的所有権の侵害で訴えられててさ。相手が相手なんで、どうもこっちが負けそうなんだよ」

「ふうん……」

　まんざら嘘でもなさそうだ。それで最近、かなり憔悴してたのか。あまり眠れてないみたいだったし。

「でも、所長が……って、俺のダチなんだけど、先方に妥協案を提示して、なんとか収められそうなとこまで持ってけたんだけど。やっぱり、今後はもっと外国法に詳しくないとってことになって……。だから、俺が勉強に出されることになったんだ」

「お金は?」

ついつい、しょーもない質問が口を突いて出てしまった。だって、今の事務所は資金繰りが厳しいって、佑亮、言ってなかったっけ?

すると彼は、苦笑いしながら言った。

「友城との生活に支障は出ないから、心配しないで。いない間、ここの家賃もちゃんと振り込むから」

それはありがたいけどね。でも、聞きたかったのはそんなことじゃない。

「やっぱりアメリカって、知的財産権に関しては先進国だからさ。今度の件で嫌ってほど思い知らされたんだ、俺も、所長も。もっと勉強して、海外の事情もちゃんと見てこいって言われて」

「佑亮、白羽の矢が刺さったんだ」

「立った、でしょ」

またくしゃりと笑われた。この顔。俺に呆れた時に見せる顔。俺のこと、ちょっと上から見下ろしてる時の顔。

ついてきて欲しいとは言われなかった。言われるわけがない。俺は佑亮の奥さんじゃないし、家族でもない。無理矢理ついていくとしたら、渡航費用もあっちでの生活費も、俺の分は自分で出さなくちゃならない。それに、俺には俺の仕事があるし。そんなことわかってるし、納得もしてる。してるけど……。

「許してもらえる？」

「許すも許さないも、もう決めちゃってるんでしょ」

とんがった口調で答えてから、俺は横を向いて黙ってしまった。佑亮の顔が見れない。見たらまた、あの憐れむみたいな目に遭ってしまう。遥か彼方へ飛び去っていく彼を、自分は地上で見上げているだけの存在なんだって、思い知らされてしまう。

「ごめん」

佑亮が立ち上がり、テーブルを回って俺を背後から抱きしめてきた。そんなことしたって、俺の気持ちは癒えない。このやり切れない思いはなくならない。

「友城。時々会いにきて？」

「わかんない。俺だって結構忙しいもん」

　悔しまぎれに放った言葉も、一瞬で振り落とされてしまった。

「そうだね。君も、あの事務所では重要な戦力なんだもんね」

　取ってつけたような、そうでもないような。でも、今の俺には、どんな慰めも効かないんだからね、佑亮。

「一年なんてあっという間だよ」

「そう？」

　そりゃ、自分から進んで行ってしまうあんたにとっては、あっという間でしょうよ。でも置いてかれる方には、一年って言われたら、もう永遠みたいな気がするんだけど。

「友城。離れてても愛してるから」

「歯の浮くようなこと、言わないでください」

　つんとして答えたけど、正直嬉しかった。「愛してる」なんて言われたのは、初めてだったから。そんな言葉で懐柔されるのは不本意だったけど、そのまま首筋にキスされたりしたら、もう敵の思う壺だ。

その晩、久し振りに抱き合った。

佑亮はいつもみたいに意地悪したりせず、とっても優しく抱いてくれた。もうちょっとしたら、こんな時間もしばらくなくなってしまうんだと思うと、不覚にも涙が出そうになった。けど、もういいや。今だけは、気持ちよくって泣いてることにしよう。

「友城……ありがとう」

一緒に一番高いところから下りてきて、佑亮の身体の重みを受け止めた時。耳に届いた囁きは、なんだかさよならと言われてるみたいで、俺は今度こそ、佑亮の胸に顔を埋めて泣いてしまった。

2. 依頼人

それから二ヶ月後。佑亮はアメリカへと旅立っていった。

出発までの数週間は、佑亮だけじゃなく、俺もいろいろ大変だった。新しい生活のための準備もだけど、佑亮のいない間、彼の代わりにやらなきゃならないことは結構あった。特に彼宛ての郵便物なんかは、どれをどういうふうに処理するか、あっちまで転送するのはどれか。結構細かく指示された。

彼がいなくなってみると、マンションの部屋はやたらだだっ広くて寒々しいので、観葉植物の鉢を幾つか買って置いてみた。それでもなんだか物寂しくて、犬猫はダメだけどこれならいいかと、亀を一匹飼うことにした。

毎朝毎晩、水槽の中の物言わぬそいつに声をかける。

「行ってきます、佑亮」

「ただいま、佑亮」

そうだ。いじましい自覚はあるけれど、いつの間にか亀は、俺に「佑亮」と呼ばれるようになっていた。

人間の佑亮とは、毎日のようにメールやスカイプで連絡を取り合った。時差があるんでそうそう長話はできないけど、それでも顔を見て話ができるのは、何より元気の源になる。やっぱり、亀より人間の佑亮がいい。

「三上さん、最近落ち着いてきたね」

相変わらず人を観察するのが趣味の笹谷さんに、今朝、そんなことを言われた。

「俺、浮わついてるように見えました?」

もう、しゃべり出しに「え」はつけなくなっていた。そんなふうに聞き返さなくても、相手の言ったことにスムーズに反応できるようになった。つまり、自信がついたってことだ。

「う〜ん。浮わついてるっていうか、ちょっぴり無理してるみたいに見えたから」

このおばちゃんは、今ではすっかり俺の面倒見役になってる。そんなに頼りないのかと落ち込んだ時期もあったけど、逆なんだと。「誰かに気を配ってあげてるっていう自己満足」なんですと。

佑亮がアメリカに行っちゃたってことは、とっくに吉村先生や亀田先生から漏れてるから、俺が独りぼっちになってしまったことも、当然ながらみんなに知られてる。かわいそうに思ってか、あまり詮索してくる人はいなかったけど。笹谷さんを除いては。

でも彼女、今や俺にとっては、わりと気軽にいろいろ話せる、稀有にして唯一の存在だ。

「樋口さんさ、向こうでちゃんとやってるの？　あっちも一人なんでしょ」

たとえばこんなふうに不躾に聞かれても、俺はもうあたふたしたりしない。

「何言ってるんですか。一人に決まってるでしょ。だいたい、あの人はなんでもそつなくこなせるから、俺なんかいなくても大丈夫なんです」

そう答えたら、笹谷さんがなんとも微妙な顔をした。

「だって……三上さんにしかできないことがあるじゃない？」

ちょっと何言い出すんですか！　ここ、職場なんですよ？

「笹谷さん、他人にばっかり構ってないで、ご自分の将来の心配でもしたらいかがですか？」

そう返してから、ちょっと言い過ぎたかと思ってひやりとしたけど、当人は「余計なお世話ですよ～」と、軽く受け流してくれた。

昼休み。例によってデスクで一人弁当を食べてから、給湯室で弁当箱を洗い、コーヒーメーカーで淹れたコーヒーを持って席に戻った。喫煙習慣のない俺は、タバコを吸いに席を立つ必要がない。

読みかけだった新聞を広げたり、スマホでちょこっと暇つぶしのゲームをしたり、時にはデスクに突っ伏して仮眠を取ったり。もうすっかり板についてしまった一人で過ごす休み時間は、俺にとっては結構安らぎの一時だ。

だけどその日。事務の女の子たちの会話が眠りに落ちようとしていた俺の耳にするっと飛び込んでくると、すっかり目が覚めてしまった。

「ねえ、あの書類見た？　あれってほんとなのかな？」

「ああ、〇〇〇コスメティックスの出願でしょ？　ベニクラゲの細胞から採取した物質を使ってるっていう」

化粧品会社の名前はよく聞き取れなかった。ただ、「ベニクラゲ」という単語が、俺の記憶を刺激して覚醒させたんだ。

「皮膚の再生を促して若さを保つって。そんなことできたらノーベル賞もんでしょ」

「だけどさ、優先権証明書にはそう書いてあったよ」

「え、中味読んだの？　ホントに？」

俺はむくりと起き上がるとデスクを離れ、おしゃべりしている彼女たちに近寄っていった。

「その話、面白そうだね。誰の担当？」

脇からいきなり話しかけられて、賑やかなおしゃべりは逃げるように消えてしまった。あまり口をきかない俺なんかに声をかけられたもんだから、若い彼女たちは委縮してしまったんだろう。

「あ、ごめんね。ちょっと興味があったもんだから。ベニクラゲを化粧品に配合するの？」

女の子たちが、気まずそうに顔を見合わせた。同じ事務所なんだから、別に話してくれたって構わないのに。それとも、俺にはあまり聞かれたくなかったんだろうか？

「浜田先生の担当です。昨日もらった書類にあったんですけど」

「H大との共同研究なんですって」

「化粧品だけじゃなくて、広範囲の応用が見込めるって話ですよ？」

突ついてみると、結構いろいろ教えてくれた。H大？　その単語も、なぜか俺の郷愁を刺激する。なんだろう？　この不思議な感じ。

俺はほとんど何も考えず、引き寄せらせるように浜田先生のデスクまで行ったけど、先生はまだ昼食から戻ってなかった。どうしよう？　帰ってきたところをいきなり捕まえて話を聞くってのも、なんだか不自然だ。うまいきっかけはないか？

そんなことを考えながらも、頭の中では別の俺が忠告してくる。

(何やってんだおまえ？　ベニクラゲがどうしたって？　いくら昔のダチが好きだったからって、なんでそんなにそわそわする理由がある？　だいいち、あの子が生きてた証なんて、もうどこにもないんだぞ？)

俺は、もう一人の俺を無視した。すると三人目の俺が先に立って俺自身を先導し、足は勝手に喫煙所へと向かっていた。

浜田先生は、昼食後にタバコを吸う習慣がある。最近の飲食店は、特に昼時はタバコが吸えない。だから食後の一服を楽しむため、早めに戻っている可能性がある。

ビルの喫煙所は、一階の隅にある隔離スペースだ。エレベーターを降りて店舗の並ぶフロアを直進し、突き当たりで右折。ガラスのドアがきっちり閉じられたそこは、心なしか白く煙って見えた。

息を詰め、思い切ってドアを開ける。とたん、煙が染みて目がチカチカした。

「あれ、三上君？　珍しいね。君、吸わないんじゃなかったっけ？」

煙の向こうから聞き知った声がした。亀田先生だ。その名前に、前に佑亮が言ってたことを思い出した。まさか浜田先生まで、俺を酒の肴にしてるんじゃないよね？

「あ……ちょっと、浜田先生に伺いたいことがあって」

亀田先生の隣に立つ目的の人物に向かって、俺は声を張り上げた。

「僕に？」

俺の言葉に、煙をもうもうと吐き出してた浜田先生が、自分の鼻先を指で差して聞いた。この仕草、若い連中が面白がって真似してるから、止めた方がいいと思うけど。

「あ……でも、後でお時間のある時に伺います。お休みのところ失礼しました」

俺はそう言って頭を下げると、早々にその場を退散した。

表に出るなり、詰めてた息を思い切り吸った。身体全体がタバコ臭くなった気がする。腕を上げてくんくんと匂いを嗅ぐと、やっぱり、煙の匂いがしっかり付いてた。

一息ついていると、だんだん頭がすっきりしてきた。俺、なんであんな行動をとったんだろう？　まるで誰かに操られたみたいに。浜田先生に会って、いったい何を聞こうとしたんだろう？

正体不明の衝動は、午後の仕事を始めた頃には消えてしまった。女の子たちに聞いた話も、いつの間にかきれいさっぱり忘れていた。

その後、浜田先生が俺を捕まえて、さっきの話ってなんだと聞いてきたけど、本人が忘れてしまったものは答えようがない。

「すみません。あれは解決したんで、もう大丈夫です」

俺は愛想笑いで答えると、さっさと先生の前から退散した。

それからしばらくは、いつも通りの毎日が過ぎていった。多少の問題が持ち上がったりはするけど、そんなものは、想定内の日常茶飯事だ。

佑亮とは相変わらずメールとスカイプで、その日の出来事やらアメリカでの生活のことを、何くれとなく報告し合った。佑亮は元気そうだ。それに、とても楽しそうだ。もしかしたら、彼にはあっちの水の方が合ってるのかもしれない。

そう思った側からやりきれない気持ちがじわじわと湧いてきて、それが顔に出ちゃったんだろう、ディスプレイの中で佑亮が眉をひそめた。

「友城？　具合でも悪いの？　なんだかしんどそうに見えるけど」

そりゃしんどいですよ。最愛のあんたは地球の裏側に行っちゃって、会えるのはもどかしい動きしかしてくれない、二次元の佑亮だけなんだもの。でも「早く帰ってきてよ」なんてセリフは、死んでも言わない。そんなに弱虫じゃない。恋人の夢や将来を、自分のわがままで潰してしまうほどバカじゃない。

ないけど――。

やっぱり、寂しいものは寂しい。置いてかれた空しさは消えない。

（違う。空しいのは、俺がいつまでたっても佑亮に追いつけないからだ）

いろんな思いが一瞬で身体の中を一周してから、微笑みという形になってディスプレイに向けられた。

「ちょっとね。うちも今、結構忙しいんだよ。佑亮のいない穴を埋めるのって、なかなか大変なんだから」

「嘘ばっかり」

三秒ほど俺の顔を見つめてから、佑亮が苦笑しながら言った。そうだよな。もう、あんたがいなくなってずいぶん経つもんな。そんな理由は通用しないか。

「とにかく、俺は大丈夫だから。佑亮こそ、知らない土地で病気したりしないでよ」

「そうなったら、友城に飛んできて看病してもらう」

即答されて、心が大きく揺らいだ。行っていいの？　心のどこかで佑亮がそうなるのをちょっとだけ期待して、慌てて恐ろしい考えを振り払った。

「なんてね。大丈夫、身体には気をつけてるから。でも、ほんとに今度遊びに来なよ。案内するよ」

案内するよ。

その一言が、また俺の心に引っ掻き傷を作っていった。気にするほどじゃない。ほんの小さなかすり傷だ。でも……

ここでもまた、あっちの優位を思い知らされる。佑亮の知っている町。俺の知らない場所。俺はまた、佑亮の後ろをついてかなきゃならないんだ。

それでも職場に行けば、こんな俺にもやることがある。頼ってくれる人たちがいる。

数年前の自分を思うと信じられないけど。今では、家にいるより仕事をしてる時の方が充実してるし、楽しい。人としゃべるのは今でもちょっと苦手だけど、クライアントと話をしてる時なんか、自分でも信じられないくらいすらすらと言葉が出てきて、おまけに、にこやかに微笑んでたりする。人当りがいいって評判は、まんざら笹谷さんだけが言ってるわけじゃないみたいだ。


「三上君、ここにいたのか」

そんなある日の午後。浜田先生に呼び止められた。ちょうどいつものクライアントが帰っていったところで、時間があれば、このまま書類を持って特許庁まで出向こうと思ってた時だ。

「はい。どうしたんですか先生。こんなところで」

先生は、普段別のフロアにいる。こんなところでうろついてていいんだろうか？

「いや、君を探してたんだよ。ちょっと時間ある？」

浜田先生は五十代初めのベテラン弁理士で、この事務所にはもうずいぶん長いこと籍を置いてる。物腰が穏やかで、所員からもクライアントからも慕われてて、信頼も厚い。できればこんなふうになりたいと、密かな目標にしている人だ。

「あ、はい。なんでしょう。二十分くらいなら構いませんが」

そう返すと、先生は俺の抱えていた封筒に目を留めて、「ああ、出かけるとこだった？」と聞いた。

「それなら、帰ってきてから僕のとこまで来てくれる？　悪いね」

にっこり笑ってそれだけ言うと、先生は踵を返してどこかへ行ってしまった。

（なんだろう？　俺に話って）

まさか異動？　でなかったら昇進とか？

（ありえないだろ）

俺はまだそこまでじゃない。そんなことちゃんとわかってる。だったら、いったいなんの話だ？

（佑亮……のことか？）

嫌な予感が頭をもたげる。いやいや。今のあいつに、悪いことなんか起こるはずない。夕べだってスカイプで話した。元気そうだったし、勉強も順調だって言ってた。

（でも……そんなのわかんないじゃないか）

佑亮はいつも、俺によけいな心配をかけまいとして気を遣う。だけど、それを見抜けない俺でもないはずだ。

悪い考えと期待とが、歩くたびに腹の中でぐちゃぐちゃに混ざる。佑亮が側にいなくなってからは、とかく不安に襲われることがあるんだけど、今感じてるのは、それとは少し違ってる。なんだか、やたらそわそわする。

それでも、外出から戻った頃には不安は適当に均されて、俺はなんとか平常心を取り戻してた。

「失礼します」

浜田先生の在席を確認してから、俺は先生の部屋のドアをノックした。

「ああ、君か。入って入って」

細めに開けたドアから顔を覗かせると、先生はいかにもウェルカムな笑顔を向けて、肉圧の手で俺を招いた。

先生のデスクの上には、分厚い書類の束が山脈を作ってた。あれ、全部目を通すのか？凶暴な紙の山を横目に見ながら近づくと、デスクの前にある椅子を勧められて腰を下ろした。

「悪いね。忙しいとこ」

手と同じくよく肉のついた丸い顔に人懐っこい笑みを浮かべて、先生がまず一言。いやいやいや、忙しいのはあなたの方でしょ、先生。

「どう？　仕事は……っていうか、生活は」

「生活……ですか」

おかしなことを聞く。苦しいんですって言ったら、お給料上げてくれるのかな？　いや、それ決めるのこの人じゃないし。

「ああ……つまり、樋口君があっち行っちゃってさ。寂しくない？」

　こんな質問にも、もうだいぶ慣れっこになってる。けど、こんな場所でこんな人から言われたら、なんて答えたらいいのかわからない。俺は耳まで真っ赤になって、あたおたと答えた。

「いえ。単身赴任なんて、世間じゃよくあることですから」

　なんかおかしなこと言っただろうか？　先生がくつくつと笑ってから、ずいぶんと優しげなまなざしを俺に向けて言った。

「そうか。なら安心した。彼も頑張ってるみたいだし、まあ、大きな心で待っててあげなさい」

「はあ」

　なんだこれ。親心？　別に心配されるような歳でもないのに。

　俺が答えに窮していると、おもむろに話題を変えられた。

「ところでね。ちょっと君に見て欲しいものがあるんだけど」

そう言うと、浜田先生は書類の山の一番上から結構厚めの一束を取って、俺の方に差し出した。特許の登録証明書だ。表紙に載っている出願人の名前を見て、「あ」と思った。と同時に、この前、この人に何を聞こうとしたんだか思い出した。この名前。昼休みに女の子たちが話してた化粧品会社だ。

俺は、受け取った書類をぱらぱらとめくってみた。そこに出てくるいろんな化学式は俺にはさっぱりわからないけど、「ベニクラゲ」の単語だけは、早々に目に飛び込んできた。

そして――。

「発明者　橋野雪里」

(えっ……?)

思わず目を疑った。何度も目を擦って見直したけど、間違いなく「橋野雪里」と書かれている。

(いやいや、同姓同名の別人に決まってるだろ。あいつは、ずっと昔にこの世からいなくなってるんだ。もう、どこにもいないんだ)

それでも、遺伝子が原始時代から受け継いできた本能が、そうではないと叫んでいた。いくら不合理に思えることでも、ぜったいにないとは言いきれないんだと。

(だって見たじゃないか。中学時代の写真から、雪里だけ消えてしまったのを。まるで背景に溶けてなくなっちゃったみたいに、後には別の生徒が、素知らぬ顔でちゃっかり収まってたのを)

(ポプリだってそうだ。あんなのと一緒に暮らしてたなんて、今となっては夢を見てたみたいだけど、夢なんかじゃない。あの子はぜったいに存在した。ちゃんと服だって買ってやったし、ご飯も食べてた。甘いものが大好きで、俺が買ってきたチョコクッキーに、歓声を上げてかぶりついてたじゃないか)

胸の中でざわざわと風が立ち始める。心臓が忙しなく動き出す。そのせいだろうか？　やたら暑くて、俺はネクタイを少しだけ緩めると、書類を先生のデスクに返して言った。

「おもしろそうですけど、わたしには内容はちょっと。何せ端から文系なもんで」

「僕もだよ。専門は物理だからね。でもさ、面白いよね。クラゲから化粧品なんて。このベニクラゲって、成長してから何度でも子供に返るんでしょ？　いいなあ。僕も戻りたいよ、若い頃に」

「かたつむりを配合した化粧品もあるらしいですよ」

これは笹谷さん情報だ。聞いた時はぐえって思ったけど、クラゲとどっちがマシだろう？

「まあ、それはさておき」

浜田先生が切り出した。クラゲの話ではないらしい。

「これ、これから各国に出願するんだけど」

「はい」

「君の部署の仕事だと思うんだけど」

「そうですね」

話がまどろっこしい。早く本題に入ってくれないと、神経がすり減ってく一方だ。

「ちょっと面倒なことがあって」

「面倒なこと？」

ここで、先生がはあ～っと溜息を吐いた。

「そこに名前の載ってる発明者の一人がね」

とたんに、心臓がぼわって膨らむ。なんだか冷や汗まで出てきた。

「H大の准教授らしいんだけどさ。申請するための書類に、判を押したくないって言うんだよね」

「はい？」

日本で特許を取得しても、海外にも登録しておかないと、外国で類似品を製造販売された時に法的措置が取れない。そのために必要な手続きには、ここに名前の出てる発明者や会社からの協力が不可欠だ。一人がわがままを言って手続きができなかったら、会社は膨大な損害を被ることになり兼ねないのだ。

「どういうことでしょうか。もしかして、こちらの説明不足でご理解いただけないということでは？」

こんな言い方をしたら、浜田先生の元で働く事務方を悪く言っていることになる。

失言に気づいて訂正しようとしたら
「違うんだよ」

と先を越された。

「必要書類はちゃんと準備するけど、個人情報もあるんで、第三者には見せたくないって言うんだ」

「はあっ？」

つまり、うちの事務所はコンプライアンス面で信用できないってことか？　それなら、勝手に自分でやればいい。くそ面倒な手続き、全部自分で。

胸の内で毒づいていると、先生が苦笑した。きっと、同じことを考えてたんだろう。

「でも、それじゃ申請できないんだって説得したら、条件を付けてきてね」

ごくり。その条件のために、俺が呼ばれてるってこと……だよね？

「直接の担当を、君にお願いしたいって言うんだ」

「はい？　でもわたしは、先生のクライアント担当では……」

「わかってるよ。でも、その条件じゃなきゃ書類出さないって言ってるんだから。あまり頑なになって、よそに持ってかれるのも困るし」

「それって脅しですよね？」

おたくがこっちの条件を呑んでくれなきゃ、この話はよその事務所に頼んじゃうからね～と、あかんべーをされてるってことか?

「う～ん……そういうわけでもないらしいんだけどねえ」

先生が両手で胸をぽんぽん叩いた。きっと、無意識にタバコを探してるんだ。ってことは、この人も今、結構悩んでるってことか。

「どういうことでしょうか?」

煮えきらない説明に苛立ちを感じ始めると、先生は太い眉をかたんと下げて言った。

「自分が必要書類持ってこっちまで来るから、手続きには君に同行して欲しいって言うんだよ」

「同行?」

おうむ返しに尋ねると、先生は机上の書類をポンポン叩いて頷いた。

「うん、つまりね。これ持って、役所関係から大使館まで、全部一緒に行って欲しいんだって、君に」

「そんな効率悪いこと……」

呆れて言葉が出なかった。餅は餅屋に任せてくれればいいのに。ド素人と一緒に俺が動いてたんじゃ、効率悪くて仕事になんない。人一人動かすのが、タダだとでも思ってるんだろうか？　これだから理系は……おっと、この発言はマズイよな。

「そんなわがまま言ってるの、誰なんですか？」

「だから、H大の准教授」

「ですから、どの発明者なんですか」

苛立ちを隠しきれずに、ついつい失礼な言い方をしてしまった。すかさず「すみません」と謝ったものの、出てしまった言葉は元には戻らない。

でも、先生はそんなことは少しも気にしてない様子で、手にした書類のページを繰ると

「この人」

と、一つの名前を指差した。

（あ……）

それこそまさに、さっき俺の目に留まった名前だった。今度こそ、何かがごそりと

動き出す気配を、俺ははっきりと感じた。

「橋野雪里。まだ若いな。君くらいじゃないか。でも、再生医療の分野では第一人者らしいよ」

「でもこれ、化粧品ですよね？」

「技術を応用すれば、なんにでも利用できるってことらしいんだけど。へたすりゃこの人、数年後にはノーベル賞候補って噂もあるみたいだよ」

「そんな頭のいい人が、なんでこんな理不尽な要求突きつけてくるんですか！」

何怒ってるんだ？　俺。いや、怒ってるんじゃない。胸がざわついて、落ち着いていられないんだ。攻撃的な言葉でも撒き散らしてないと、じっとしていられないんだ。

雪里。橋野雪里。これが本当にあの雪里なら、この無理難題を吹っかけてきた理由は、もしかして――。

「さあねえ。頭の良過ぎる人たちの考えることは、さっぱりわかんないよ。こっちの常識はあちらの非常識。逆もまたありってことなんじゃないのかな」

「はあ」

先生の持論に曖昧に相槌を打ちながらも、俺の頭の中は、この変わり者の准教授でいっぱいだった。

「先方の会社も、おいそれとは断れないらしいよ。何せ、ここでへそ曲げられて手続きが滞っちゃ、困るのは会社の方だから。なんとか呑んでくれって、あっちの知財部長が頭下げてきてさ」

「でも、なんでわたしなんでしょう?」

一番確認したいのはそこだ。仮にこれがあの雪里だとして、あいつが俺に会いたがってるんだとしても、なんでこんなまどろっこしいことをする必要がある?

「う〜ん……それもよくわかんないんだよね。他の担当を当てようとしたら、三上君じゃなきゃダメだってんだわ。君、よっぽど評判いいんだねえ」

何呑気なこと言ってるんだ。おかしいだろ、どう考えても。でも、おかしいといえば、これがあの雪里だって考えること自体、本当はおかしいんだ。期待し過ぎちゃダメだ、論理的に考えろ、俺。会ってみたら似ても似つかない他人でしたってのが、常識的に一番ありえるんだから。

「で、どうする？　受けてくれる？」

浜田先生が八の字眉で聞いてくる。だってそれ、もう受けちゃってる話なんでしょう？

「受けるも受けないも、うちが断れる話じゃないじゃないですか」

溜息を呑み込んで答えると、アンパンマンみたいな顔についた目が、三日月よりも細くなった。

「はあ〜助かった〜。三上君に嫌だって言われたら、どうしようと思ってたんだよ」

何言ってる。上の命令を断れるわけないでしょうが。俺、そんなにおっかないのかな？　そりゃ、言うべきことは言うっていう方針だから（これは佑亮の影響だ）、間違ってると思ったら上司にだって意見するけど……なんか複雑だ。

そんなこんなで、俺は橋野雪里に会うことになった。抱えてる仕事のいくつかを笹谷さんや他の所員に回し、向こうが東京に出て来られるスケジュールに合わせて身体を空けておく。

（札幌から出てくるなんて、出張費は誰が持つんだろ？）

なんて下世話なことを考えながら、俺は必要な書類を準備しつつ、その日を待った。

第十八章　繭とアイアンマン

１・来訪者

その日は、朝からどうにも落ち着かなかった。

そう、今日なのだ。あの「橋野雪里」が北海道から上京してきて、俺と仕事を始めるのは。

俺はこの話を、さんざん迷った末、やっぱり佑亮に報告した。ていうか相談？

「ねえ、どう思う？　佑亮。やっぱりただの同姓同名なのかな？」

パソコン越しの佑亮は、ちょっと思案するように目を泳がせてから答えた。

「それが一番現実的な結論だけど……正直わかんないね。友城の回りって、しょっちゅう不思議なことが起こるから」

薄く笑った口元は、決して俺をバカにしてるわけじゃない。彼にだって、わからないことはあるんだ。

「そうしょっちゅうでもないと思うけど。オカルティックなことなんて、佑亮と見た写真の時から、ずっとご無沙汰だよ」

　反論すると、また目が泳いだ。まさか佑亮、あの事件忘れたわけじゃないよね？

「友城。もし……もしもだよ、その人が本当に、君の雪里君だったとしたらさ」

「うん？」

「友城はどうする？　雪里君の方に行っちゃうの？」

「な……っ！　なんてこと言うんだよ、佑亮！」

「そんな話をされたら、俺だって心穏やかではいられないよ。怪奇現象でも奇跡でも、友城を持ってかれちゃうのは嫌だ。でも、友城にとって雪里君は……人生を曲げちゃうくらい大切な人なんでしょ？」

「そんな……佑亮だってそうだよ。俺をここまで引っ張ってきてくれたのは、佑亮じゃないか。なんでそんなこと言うのさ」

　なんだって俺、こんなにムキになってるんだろう？　これじゃまるで……まるで、佑亮の心配が本当みたいじゃないか。俺の心、そんなにぐらついてるのか？　そんなことない。そんなことあるはずない。

「友城、約束して。万が一、その人があの雪里君だったとして――その時は、友城の本当の気持ちを正直に教えて。どんな結果だったとしても、俺はちゃんと聞くし、聞く権利があると思うから」

「佑亮……」

その言葉が、泣きたくなるほど嬉しかった。佑亮がここまで思ってくれてるのに、俺ってば、心のどこかで考えてなかったか？　雪里をもう一度取り返したいって。そうなったら、佑亮のことはどうするつもりなんだよ？　仲良く三人で恋人ごっこする気か？　この「橋野雪里」はポプリじゃないんだぞ？　れっきとした人間なんだぞ？

曖昧な微笑みとおやすみの言葉を送ってから、俺はパソコンの電源を落とした。一日の締めくくりの仕事を終え、脱力感と共にベッドに倒れ込む。微かに残る佑亮の匂いを求めて枕に顔を押しつけながら、同時に、ここに雪里が横たわってたらって想像してしまい、慌ててその絵を頭から追いやった。

おかげでその晩は、朝までほとんど寝付けなかった。

翌朝。洗面所の鏡を覗いて愕然となる。腫れぼったいまぶたにとろんとした目。なんだよ、これ。最悪だ。

（この顔で客と会うのかよ）

クライアントだけど、昔の親友かもしれない訪問者。どっちにしても、このご面相はないだろう。

俺は冷たい水を何度も顔にかけ、最後にまぶたの上に数分間保冷剤を置いて、応急処置を施した。

こういう時、女の人だったら、化粧を厚くしたりしてごまかせるんだろうな。今度、笹谷さんに相談してみよう。

緊張してる時の常で、胃がちっとも食べ物を受け付けてくれず、しかたなしに薄めのコーヒーとヨーグルトだけを口にすると、いつもより早めに家を出た。

駅まで十五分ほど歩いたのと、電車で揺られた効果なのか。職場に着いた頃にはまぶたの腫れは概ね引いて、エントランスのガラスに映った顔は、いつも通りの俺だった。

「おはよう、三上さん。あらっ、泣いた？」

いつも通りと思っていたのは自分だけだったらしい。さすがに笹谷さんの目を素通りすることは叶わず、デスクに向かう途中ですれ違った時に、さっそく指摘されてしまった。

「やだな。泣いてなんかないですよ。ちょっと眠れなかっただけ」

目を擦りながら答えると、

「え〜、樋口さんと喧嘩でもしたの？」

なんて、呑気な声で聞かれてしまった。ほんっとおせっかいなんだから、このおばさん！

「笹谷さん。あんまり他人のプライバシーに首突っ込んでると、そのうち痛い目に遭いますよ！」

俺にしては珍しく強めの口調で言い返したら、「え〜、誰からあ？」と、やっぱりのんびり返されてしまった。もう、いいや。

朝のミーティングが終わると、早々に浜田先生に声をかけられた。

「三上君。今日の十時だけど、大丈夫？」

「は？　はい、大丈夫ですが、何か」

浜田先生が、もの言いたげなまなざしを向けてくる。丸い顔につぶらな瞳を一生懸命見開いてるのが、妙にかわいい。

「いや。ちょっと目元が赤いから。熱でもあるんじゃないかなって」

またかよ。そんなに俺、いつもと違う顔してるのか？　端が口出したくなるほど変なのか？

「いえ、熱はありません……でも、ちょっと確認してきます」

そう言うが早いか、俺はトイレに直行した。洗面台の鏡を覗く。確かに目が真っ赤だ。さっきより悪化してるかも。もしや結膜炎にでもなったのだろうか？　だとしたらまずい。あと一時間で来客だ。仕方ない。ちょっと外に出て、目薬を買ってくるか。

周囲に断って、俺はエレベーターで一階に下りた。ドラッグストアってどこにあったっけ？

自動ドアをくぐって表に出ると、空調とは違う自然な風が顔を撫でてきた。気持ちいい。思わず深呼吸して空を見上げると、並んだビルに切り取られた四角い空に、薄く白い雲が流れていた。

（あれ？）

それはほんの一瞬だった。ビルの間の空を、何か白っぽいものがふわりと横切っていった。

（なんだ？　あれ）

まるで空飛ぶクラゲのような物体は、あっという間にビルの陰に姿を消してしまったけれど、それと同時に、身体の中が何か不思議な気分で満たされた。あの空のように青い……いや、エメラルドグリーンっていうのかな？

その色はシュワシュワ～って泡を立てながら、俺の中に居座ってた灰色を一掃し、ドラッグストアの袋を下げて職場に戻ってきた頃には、なんでこんなものが必要だったんだろうと首を傾げるほど、体調は回復してた。

もう一度トイレに行って身だしなみをチェックし、髪の毛に櫛を入れ、マウスウォッシュでうがいをしてから持ち場に戻る。隣の席から「今日でしょ？　例の変人さんが来るの」と、笹谷さんの声がかかった。

「はい。しばらく外出が多くなりますけど、後をよろしくお願いします」

頭を下げると、「あら。顔、元に戻ったね」と、しっかりチェックが入った。

午前九時五十分。パソコンの時計をちらちら見ながら仕事をしてたら、受付から内線が入り、待ち人来訪の旨を告げられた。

「ちょっと失礼します」

椅子の背から上着を取って立ち上がると、「あ、来たんだ」と笹谷さんが興味津々の目で俺を見上げ、周囲からも好機の視線が集まった。

接客用の部屋へ急ぐ間も、心臓は勝手にバクバク騒いで、足はもつれそうになる。いいかげんにしてくれよ、俺の身体。

「お待たせしました」

深呼吸をしてから、思い切ってドアを開けた。六畳ほどのスペースには、テーブル一つを囲んで四脚の椅子が並んでいて、そのうちの三つが既に埋まっていた。

手前に浜田先生。その隣は空いてる。先生の向かいには、四十がらみの、スーツ姿の男性が座ってる。たぶん化粧品会社の担当者だろう。そしてその隣、真正面にいるのは――

（雪里……！）

　雪里だった。間違いなく、俺の知ってる橋野雪里だ。ただ、ちょっと大きくなってるだけで。

「はじめまして。今回ご指名いただきました、担当の三上友城と申します」

　つっかえないで言えたのが奇跡だ。名刺を差し出しながら深く下げた頭を再び元に戻した時。まっすぐにこちらを見つめてくる、薄茶色の瞳と目が合った。

「久しぶり、友城」

「あ……」

　声が出なくなってしまった。相手を知ってるのは俺だけじゃない。目の前で微笑んでいる訪問者も、確かに俺を知ってるんだ。あの、雪里なんだ。

「あれ？　三上君のお知り合いだったの？」

　隣に座ってる浜田先生が、呑気な声で尋ねた。化粧品会社の担当者も、俺と雪里を交互に見ながら、「そうだったんですか。先生ったら、お人が悪いな」などと、金魚みたいに口をパクパクさせている。

（そうか。雪里、先生なんだ）

明らかに異常事態なのに、俺はそんなことに感心していた。まるで、十数年振りに再会した幼馴染みの出世に驚いてるみたいに。

「すみません、黙ってて。彼は中学時代の同級生なんですけど、つい懐かしくて」

正体不明の人物はにこやかに笑いながら、驚きを隠せない二人に説明している。一番驚いてるのは俺だってての！

結局、雪里のわがままは昔馴染みの俺に会いたかったからだってことに話が落ち着いて、それから先は仕事の説明に入った。

必要な書類一式は、会社の分は雪里と一緒に来たスーツの男が、大学の方のは雪里自身が用意してきてくれていた。俺はひと通り中身をチェックし、不備がないことを確認してから、会社の人には先に帰ってもらった。ちなみに、その会社は東京のど真ん中に本社がある、誰でも知ってる老舗の化粧品会社だ。

「じゃあ、早速出かけますか」

書類をまとめて立ち上がると、雪里もならって席を立った。

(げ。でかっ!)

今まで座ってたんでわからなかったけど、雪里は見違えるほど背が伸びてた。もっとも、これが俺の知ってる雪里かどうかはわからないけど。いや、少なくとも俺の知ってた雪里の肉体は、あの火事で消滅してしまったはずなんだ。じゃあ、今目の前にいるこの雪里は、いったい何者なんだ?

「では橋野さん、後はこの三上がご案内しますので」

と言って、浜田先生も席を立った。俺は、雪里を先導して部屋を出た。

事務所の中を雪里を連れて歩いていると、すれ違う所員やお客さんが、皆振り返る。中には、立ち止まって見てる奴までいる。そりゃそうだろう。俺が二十年前に一目惚れした美少年が、そのまま大人になってるんだ。

背丈は百八十をゆうに超えてる。すらりと手足が長くて、とってもかっこいい。昔、チビなのを気にしてたのがウソみたいだ。まあ、あくまで、これがあの雪里だってことならだけど。

(んなこと、ありえないだろ)

考える側から、もう一人の自分が冷静に否定する。そうだ。ありえないんだぞ、友城。

俺たちはまず、事務所から歩いてすぐのところにある公証役場へ向かった。聞き慣れない名前だけど、遺言書を作ってもらったりするところって言えばいいかな。ここで、雪里と化粧品会社の人が持ってきてくれた書類を出して、公証人の認証をもらう。いわばお墨付きだ。これがないと、次の手続きに進めないんだ。そのために必要な印鑑証明なんかの書類を、個人情報が記載されてるから他人には見せたくないと、雪里はごねたわけだ。

書類の認証が済むまで、俺と雪里は受付前のソファに腰かけて待った。手持ち無沙汰で時間を持て余してると、雪里の方から声をかけてきた。

「友城、変わってないね」

「変わってないって……いつから？」

俺は、雪里からちょっと視線を外して答えた。

きっと雪里は、なんてよそよそしい奴だって呆れてるに違いない。だって仕方ないだろ。こいつがいったい何者なのか、まだわからないんだもの。本当に、あの雪里が成長して現れたのか。それとも、人の振りをしたクラゲなのか。さっきからずっと考えてるけど、さっぱり答えが出ないんだから。

そんな俺の戸惑いをよそに、この謎の生き物は、澄ました顔で普通の人間みたいにしゃべり続けた。

「そうだな。あのアパートで一緒に暮らしてた頃。五年前だっけ？」

「ってことは……おまえ、やっぱりポプリなのか？」

びっくりした拍子に声を張り上げてしまった。手前のデスクに座ってた書記さんが「怪訝＋迷惑」な顔でこちらを見たので、俺は小さくなって俯いた。

「友城。ほんとに会えて嬉しいよ。ねえ、今日仕事が終わったら、どこかで会おうよ。俺、話したいことがいっぱいあるんだ」

俺にだけに聞こえるよう、囁きよりも微かな声で雪里が誘う。なんでちゃんと聞き取れたのか不思議なほどその声は小さく、まるで耳の中で聞こえてるような気がした。

「うん、いいよ。俺もおまえに聞きたいこと、山ほどあるし」

囁き声で返すと、雪里がぱっと顔を輝かせた。なんだか笑顔までバージョンアップしたみたいで、俺は眩しくて目を細めた。

雪里は、二十年前と同じく美しかった。誰にも似てなかった。二十年前と同じく、俺は彼から目が離せなくなっていた。

(雪里!)

思わず、その手を取って握りしめそうになった時。

「吉村特許事務所様。お待たせしました」

受付の人に呼ばれて、はっと我に返った。俺は慌てて立ち上がると、カウンターへ書類を取りに行った。背中に雪里の視線が貼りついてくるのを感じながら。

さて、今日はこれでお仕舞い。もう俺たちがやることはない。

「じゃあこれは明日、こっちで大使館に持ってくから」

書類を鞄に仕舞いながら言うと、雪里が名残惜しそうな目で俺を見た。昔と変わらず、吸い込まれそうに澄んだ瞳だ。じっと見つめられると、抵抗できなくなる。

「俺も一緒に行っちゃだめ?」

やっぱりそうきたか。見世物じゃないんだから、まったく。

「この先は自動的に手続きが進むから、もう印鑑もサインもいらないんだよ。雪里がついて来る必要はないから」

ちょっと言い方が冷たかったかな。そりゃ俺だって、一緒に行けたら嬉しいけど。そう反省してたら、

「あ、雪里って呼んだ」

なんて、嬉しそうに言われた。ごねられると思いきや、そんな顔でそんなセリフ。ずるいよ、おまえ。

喜色満面の顔をなるべく見ないようにしながら、俺は苦しい説得を試みた。

「だって、北海道から来てるんだろ？　そんなにこっちにいてもいいのか？　滞在費だってかさむしさ」

「い〜んだ、自費だもん」

「え？　おまえ、自腹で来てるのか？」

「出張費いらないから、東京に行かせてくださいって言ってきた」

「マジ……？」

開いた口が塞がらない。大学の研究室って、そんなに自由なのか？

「俺、ほんとはおまえに会うために来たんだもん」

あっけらかんと言い放つ天心爛漫さに、呆れるを遥かに通り越して、逆に尊敬してしまう。

「会うためって。なんでおまえ、俺がここで働いてるの知ってるの？　って、そうか」

そうだ。こいつは、雪里だけどポプリなんだ。つい五年前まで同居してた不思議生物なんだ。

「友城の再就職が決まったとき、俺、ちゃんとおめでとうって言ったよね？」

「雪里……」

ポプリと雪里の合成人間が、またにこりとした。こいつ、こんなにきれいに笑う奴だったっけ？　まあ、天使の微笑みはよく見せてくれたけど。

「あの頃の話もしたい。俺、いっぱいいっぱい、友城に教えてあげたいことがあるんだ」

「教えて……？」

「ねえ。俺、今の友城んちにいきたい」

すっかりポプリそのものの口調で、雪里が言った。いったいどっちなんだ？

「おまえ、雪里？　それともポプリ？」

「それも話したいんだよ。ちょっと話が複雑だからさ、ゆっくりできる場所でしゃべれたらなあって」

「俺んちはダメだぞ」

速攻釘を刺すと、登りかけてた梯子を外されたみたいに、雪里が身体をぐらりと揺らした。

「なんで？」

「だって……」

「樋口さんと一緒に住んでるから？」

「なんでおまえがそれ知ってんだ？」

なんだよ。俺のプライバシーって、おまえに丸見えだったの？　ムッとして返すと、雪里が呆れたように答えた。

「知ってるに決まってるじゃん！　あの人、ずっと友城にご執心だったじゃないか。俺、邪魔すんの大変だったんだからね」

そういうこともあったっけ。あの頃の佑亮の反応、おかしかったよな。

「あ、今あいつのこと考えたでしょ？」

ちょっと思いついたことに即座に反応され、驚くっていうより、腹が立ってきた。いったいこいつは、俺の何を知ってるんだ？　どこまでわかるんだ？

「だからさ、そういうのも全部、話したいんだよ」

また心の中を覗いてたみたいに返されたんで、なんだか気味が悪くなった。だってそうだろ？　俺はこいつについて何も知らないのに、こいつは全部の駒を手にしてて、俺にはそれを見せてくれないんだから。

「だーかーらー、それもぜんぶ教えてあげるって！」

俺の気も知らないで、ポプリそのものの雪里は無邪気に続けた。

「それにさ、今はあの人、いないじゃん。アメリカ行っちゃったんでしょ？」

「だからよけいダメなの！　佑亮の留守に、勝手に他の男を家に入れるなんて……」

思わず口を突いて出たセリフに、自分で赤くなる。何、この設定。旦那の留守に、浮気相手を家に呼んじゃうみたいな？

しばらくすったもんだしたあげく、どうしても俺が譲らないんで、雪里が折れた。

結局、雪里の泊まってるホテルならＯＫってことで、話がまとまった。ほんとは、そうダメでもなかったんだ。正直言うと、ちょっとうちに来てほしかった。だってポプリの時のこいつは、あのぼろアパートで一緒にいたんだから。あの頃はこいつが同居人で、佑亮が邪魔しに来てたんだから。本来、俺と一緒にいる権利は自分にあるんだと、雪里が考えていてもおかしくはないんだ。

でも、あれから五年が経ってる。俺のいる環境だってそれなりに変わったんだよ、雪里。

俺の複雑な胸中を知ってか知らずか（知ってるはずだよな）、雪里はうきうきしながら
「じゃあ、部屋で待ってるから。仕事終わったら早くきてね～」

なんて小学生みたいに手を振りながら、一足先に帰っていった。その後ろ姿を見送りながら、俺は心底ほっとしていた。

正直、へとへとだった。五年振り？　いや、二十年振りの奇跡の再会って、こんな

もんなのか？　俺としては、もっとこう……胸に迫るような感動を予想してたのに。

それって、あいつがちっとも変わってなかったからか？　俺の前からいなくなってからの続きをしに、帰ってきたみたいだったからか？　それとも、中学の頃みたいに、じゃあねまた明日って別れた翌日に、普通に顔を合わせたみたいだったから？

俺の中で雪里がいなくなってからの時間っていうのは、大きな穴が空いた袋からぼろぼろ中身がこぼれてくのを、必死で食い止めようともがいてた年月で、できれば思い出したくないことばっかりなのに。雪里にとっては、そうじゃないんだろうか？

死んでしまったはずのあいつが確かに目の前にいたっていうのに、俺は感動するより不安だった。こいつは、本当にあの雪里なんだろうか？　あいつに化けた、クラゲの妖怪かなんかじゃないんだろうか？　って。

だからその日俺は、仕事が終わらなければいいのに、なんて考えてた。終業時間が来るのが怖かった。また、あの雪里のような、雪里でないようなものに向き合うのが怖かった。

きっと二十年前の俺だったら、一も二もなく、この奇跡を喜んだろう。でも、人は歳を取るんだ。年月を積み重ねて、ちょっとずつ変わっていくんだ。そうやって脱皮しながら、世界に自分を適応させていくものなんだ。

そんなふうに考えてる間にも、俺の頭の中にはずっと佑亮がいた。彼の横顔や後ろ姿を、横目でちらちら見ていた。決して、正面からその顔を見ることはできなかった。たとえ想像の中だとしても。

佑亮、俺が雪里の泊まってるホテルに行ったなんて知ったら、いったいなんて言うだろう？　もしかしたら何も言ってくれないかもしれない。

そうだ、俺はそれが怖いんだ。今の俺は、雪里より佑亮に見捨てられることの方が、遥かに怖いんだ。

2. 不思議なトンネル

恐れていた五時が来た。いつもだったら多少の残業があるのに、その日に限って期待は裏切られた。終業後も俺が来客の相手をするもんだと考えてた周囲の根回し(?)で、俺の仕事は残されていなかった。優秀な後輩たちが、さっさと片付けてくれていた。思わず、俺なんかいなくたって仕事はちゃんと回るんだって、いじけた根性が顔を出しそうになった。

「三上さん、今日はこの後、あの人と会うんでしょ？　昔話に花が咲くのかあ。いいなあ」

書類の山から顔を上げた後輩が、にやにやしながら聞いてきた。おまえ、ちっとも羨ましそうな顔してないじゃないか。

俺が佑亮と付き合ってるのは知ってるだろうから、今のはきっと、単純な「いいなあ」じゃないはずだ。俺と変わり者のクライアントが昔馴染みだって、浜田先生が事務所中にバラしたもんだから、みんな興味津々なんだ。おまけに雪里はあのルックスだ。気にならないはずないよな。

みんなの、羨望だか興味だかがごっちゃになった視線を背に受けて、俺は渋々職場を後にした。

雪里が泊まってるのは最近開業したばかりのおしゃれで今っぽいホテルで、俺なんか、エントランスを見ただけで萎縮してしまいそうな代物だった。

そりゃ俺だって、佑亮に連れられて結構いろんなとこに行ったことはあるけど。それと今度とは、そもそもまったく意味が違う。いや、どこがどう違うのかと問われれば、なんと答えていいのかわからないけれど。

(あいつ自腹だって言ってたけど、大学の准教授って、そんなに給料いいのか?)

下世話なことを考えながらフロントに向かう。品のいい顔立ちのクラークが、これまた上品な笑顔で迎えてくれた。

名前を告げるとすぐに雪里に取り次いでくれ、今度は別の場所から現れたホテルマンが、部屋まで案内してくれた。

ドアの前まで来て、やっぱり尻込みしてしまうのはどうしてだろう？　ノックをするのを戸惑っていると、ドアがさっと開いて雪里が顔を出した。

「いらっしゃ～い」

まるで自宅に招くみたいに俺を部屋に入れると、雪里がドアをバタンと閉めた。なぜだか閉じ込められた気がしたのは、神経質過ぎるだろうか？

「早かったね。忙しいんじゃなかったの？」

そう言って笑う顔は、確かに歳は食ってるけど、紛れもなく、俺の知ってるあの雪里だ。仕事中はあまりちゃんと顔を見れなかったので、と言うより、見るのを避けてたのでわからなかったけど、あの透き通った薄茶の瞳は今も健在で、真正面から見つめられると、心が裸にされてしまうような気がする。

「いや。俺、今日はお前の接待係りだから、早く帰れって追い出された」

正直に説明すると、「そうなんだ？」と言って、雪里がもの言いたげな視線を向けてきた。なんだか見えない網にかかったような、落ち着かない気分に襲われる。

「雪里。あのさ……」

言いかけた言葉は、雪里の胸に埋もれて終いまで言えなかった。

頭ごとギュッと抱きしめられて息ができない。それより何より、直接鼻孔に入ってくる雪里の匂いに、俺はもうちょっとで気を失いそうになった。

「友城、俺、やっと帰って来れたよ！」

ずっと昔、俺の肩のあたりで聞いていた声（もちろん、さすがに声変わりはしてるけど）が、今は頭のすぐ上から聞こえてくる。雪里の身長がすっかり俺を追い越したんだって、実感した瞬間だった。

「俺……俺ね、あの火事で死んでからのこと、全部憶えてるんだ。ポプリだった時のことも、友城のアパートを出てからのことも、全部」

「……」

つまり、やっぱりこいつは、あの世から甦ってきたってことか？　そんなことできるのか？　していいのか？

人は、死んでしまったらそれで終わりだ。そりゃ、無念のうちに死んでしまったんだったら、もう一度元いた世界に戻って、やり直したいと思うのは当然のことかもしれない。

誰だってそう願うさ。俺だって、雪里がいなくなって十年以上も、その現実を受け入れられなかったんだから。生き残った俺でさえ。

けど……けどな、雪里。それってだめなんじゃないのか？　大勢の無念な人たちを差し置いて、おまえだけ生まれ変わるなんて。いったいどんな特別な理由があって、おまえはここに来られたんだ？

そうだ、俺は考えてた。もしかしたらこいつの命は、誰かのそれを奪って得たものなんじゃないかって。

「友城」

雪里が身体を離して、まっすぐに俺を見た。ダメだ、この瞳。逆らえなくなる。こいつがこれから俺に何をしようと、逆らえない。きっと。

蛇に睨まれたカエル状態の俺に向かって、雪里が静かに片手を上げた。目の前に雪里の手のひらが迫る。血の色がそのまま映っているような赤い皮膚に薄く刻まれた皺が、なんだか海を渡る船の航跡のように思えた。

「友城に見せてあげるよ。俺がたどってきた時間と空間を。俺があの火事の現場からここまで、どうやって来たかを」

雪里の静かな声が耳に届く。赤い手のひらがまぶたに軽く触れた。それがすっと下ろされると、俺の回りから、世界が消えてなくなった。雪里の姿も消えていた。それどころか、俺自身の身体もどこにもなかった。

俺は、雪里になっていた。

正確には、雪里の意識に俺の意識が融合して、一つになってるんだろう。目を開けると、自分の身体は見えない代わりに、俺を取り巻くすべてが見え、聞こえ、感じられた。

熱い。ものすごく熱い。そして喉が痛い。焼けるみたいに。

ちがう、みたいなんじゃなくて、本当に焼けてるんだ。俺の身体が、髪の毛が、皮膚が！

隣でもう一人、火に囲まれてゆらゆらうごめいている。誰？　助けて！　ここから出して！

叫んだとたん、開けた口の中に熱い塊が飛び込んできて喉が焼き切れた。

遠くで、俺を呼んでる声が聞こえる。返事をしなくちゃ。でもごめん、もう声が出せない。呼んでる声も、だんだん聞こえなくなる……。

気がつくと、暗いトンネルのような場所を、スーパーマンみたいなポーズで飛んでいた。もしかしたら、吸い込まれているのかもしれない。すごい勢いだ。

俺はびゅんびゅん飛んだ。遊園地のコースターじゃない、ほんとに飛んでるんだ。ちょっと怖いけど、どこかにぶつかるっていう心配はしてなかった。そんなへまはするわけないって自信があった。円筒形の筒の中を、スーパーマンは迷いもなく飛んでいく。

そのうちに、周囲が明るくなってきた。明るいだけじゃない。赤く色がついてきた。おまけに、筒の中にいるのは俺だけじゃなかった。いろんな形や大きさのものが、やっぱりすごい勢いで同じ方向に進んでゆく。なんの形なのかわからない。動いてるから生き物なのかも。でも、少なくとも俺の知ってる生き物じゃない。生き物じゃないものでも……ない。強いて言えば、曲線の多い幾何学模様みたいだ。おかしな比喩だけど、そうとしか表現できないんだ。

しばらくすると、赤いトンネルも不思議な形の何かも、どこかへ消えていた。俺は、スーパーマンではなくなっていた。相変わらず自分のことは見えないんだけど。

どこからか音が聞こえた。コーンと、遠くで竹を叩くような音。それとは別に、高い鈴の音みたいなのが、ずっと側で聞こえてる。

それから、なんだかいい匂いがする。花みたいな甘い香りが、辺り一面埋め尽くしている。植物じゃないのかもしれないけど、とにかく初めて嗅ぐ匂いだ。それを嗅ぐと、身体の深いところから誰かに呼ばれてる気がしてくる。誰が？　誰が呼んでるの？

俺は座っていた。百年も前からそうしていたように、ごつごつした岩場に正座していた。相変わらず、遠くと近くで、竹を叩くような音と、鈴のような音が鳴っている。

それからあの匂い。あの、まるで意思を持ってるみたいな匂いに包まれると、なぜだか身動きできなくなる。

「雪里」

厳かな声が俺を呼んだ。声の方を見ると、目の前に、いつの間にか痩せこけた坊さんが一人、座っていた。お釈迦様みたいに足を組んで、落ち窪んだ眼窩の奥に、きらりと光る目が見えた。

「なぜここへ来たのだ」

坊さんが尋ねた。ちょっと待って。そんな理不尽な質問されたって答えらんない。こっちこそ聞きたいよ。なんで俺、こんなとこにいるんですか？　って。

「もう来るなと言ったのに」

？？？　確か俺、あんたとは初対面ですよね？　って考えた瞬間、俺は、この坊さんに会ったことがあるのを思い出していた。

「報告にきたんです」

口が勝手にしゃべった。報告？

「最後の最後で間に合いました。もう一度、あのトンネルを抜けて戻ります。ほら、これが今の俺です」

そう言って、俺は坊さんに向かって両腕を広げてみせた。坊さんの顔が一瞬笑ったように見えたと思ったら——

俺はまたスーパーマンになって、トンネルの中をすっ飛んでいた。

3．ポプリ

そこは、よく知ってる場所だった。ばあちゃんちと同じ匂いがする。何かに守られてるみたいな感じがする。そこで、俺は安心して身体を丸めた。これから、小さく小さくなるんだ。小さくなって、時が来るのを待つんだ。

丸めた身体は、どんどん縮んでいった。やがて周囲に薄い膜が何層もでき、俺を優しく包んでいった。だんだん外のことはわからなくなり、俺は膜に包まれた小さな世界で、ゆっくりと目を閉じた。

光！　久しぶりに感じる明るい光が、俺を囲む膜のすぐ向こう側にある。なんだかわくわくする。嬉しくてたまらない。もうすぐ、俺が俺を見つけるんだ！

俺は、人そっくりの身体を持ってた。小さくて軽い身体。それを見つけた俺が、びっくりしてこっちを見てる。変な友城。そんなに驚かなくってもいいのに。

友城が、俺をポプリって呼んだ。違うのに。俺はポリプなのに。これから成長して、また友城の一番になるのに。そのために来たのに。

そのために来たのに、あの男はなんだよ？　友城、俺のこと忘れちゃったっていうの？

俺が俺を忘れるのか？　俺は雪里じゃないのか？　友城って誰だ？

「三上君」

よく知ってる声に呼ばれた。すると、鋼鉄のアームがビューンと飛んできて、俺を呼んだ誰かをつまむと、遠くへ放り投げた。

「三上君」

ビューン。

「三上君」

また、ビューン。

声の主は、なかなか俺に近づけない。ちょっとかわいそうで、ちょっと滑稽だった。

俺は笑った。俺って？　雪里？　友城？

それとも……三上君？

灰色の中で、俺はゆらゆら漂ってた。友城も一緒だ。どう、びっくりした？　ちょっと面白い場所でしょう？　友城。

友城が、困った顔で俺を見てる。そうだよな。普通、生きてる人間はこんなとこに来れないもの。ここは、精霊の住処になってる木の中だよ。今俺は、ここの住人に寄生させてもらってるんだ。そうやって、前の身体を作り直してるんだ。そう、おまえに会うために。もう一度、おまえを取り戻すために。

俺たちのいた世界に穴を開けて、そこからいったん外に出た。それからもう一度狙いを定めてプツンと穴を開けると、その穴からまた戻ってきた。そしておまえを捕まえた。

おまえは俺で、俺はおまえ。

もう離れない。

もう放さない。

「友城友雪城里雪里雪友里城……」

二つの声が、同時に二つの名前を呼んだ。

二色(ふたいろ)の声がハモッてる。おかしいだろ、そんな名前。

おかしくない、おかしくなんかない。

俺は雪里。

俺は友城。

どっちも俺で、どっちもおまえなんだ。

そう、ずっとそうだった。

初めておまえを見た時から――

第十九章　選択

１・摩天楼と小鳥の巣

樋口佑亮は、三方に開いた広い窓から外の景色を眺めていた。

目の高さには同じようなビルがそびえ、同じような大きな窓があり、ガラスの向こうは光で溢れ、人々がうごめいていている。きらびやかな人工の光は、地上に迫る闇を押しやろうと、どこまでも天を目指している。あたかも、この世に夜があることなど忘れてしまおうとするかのように。

頭上に星はなく、やはり人工の光が、時折ビルとビルの間をよぎっていく。

美しいといえば美しく、寂しいといえば寂しい眺めだった。

「どうだろう、佑亮。この間の話、考えてみてくれたかい？」

背後から声がして振り返ると、樋口と同年配の颯爽とした男が、本物なのか偽物なのか判別しがたい笑顔を向けて、こちらを見ていた。

「どうと言われても……僕が勝手に決められることでもないですし」

相手とは反対に、樋口の口振りは強張っていた。

「そうやってお茶を濁すのも今夜までだよ、佑亮」

「……」

「大学時代の友人に十八年振りに会えたっていうのに、舞い上がってるのは僕だけだって、思いたくはないんだけどな」

「友人……」

男の口から出た言葉に、樋口の胸の中では、複雑な感情が絡まり合ってうごめき出した。

その「友人」を前にして、樋口はまるで、ハツカネズミのように非力だった。いつもの自信は消え失せ、怯えた視線が、逃げ場所を探して部屋の中を彷徨っている。

「こんなにいい条件を出せるのは、僕らをおいて他にないと思うけどな?」

そう言って振り返った男の背後には、エラが張った顔に赤茶色の頭髪を短く刈り上げ、ラガーマン張りの体格をした男が立っていて、夏空のように青い瞳を鋭く光らせて樋口を見ていた——というより、見張っていた。

「もっと勉強したいと言ってたのは君じゃないか、佑亮」

ラガーマンの方に目配せしながら男が畳みかける。困惑する樋口の目の先で、赤髪のラガーマンが取って付けたような笑顔を見せた。

「あなたがどれだけ優秀かは、かねがね平さんから聞いてますよ。それはもう、耳にタコができるくらいにね」

その言葉に樋口が平を睨むと、彼は飄々として言った。

「おや心外かい？　まあこんな評価、君にとってはべつだん珍しくもないだろうがね」

樋口の心にちくりと棘を刺してから、その効果を確かめるように平が目を細めた。

「ここには、君が共に働くのに不足のない人材が揃っているよ。それも世界各地からね。日本人は君が初めてだから、とても貴重なんだ」

「皆、母語の他に三ヶ国語は自在に操ります。ヨーロッパ言語だけでなく、アラビア語にペルシャ語、トルコ語やギリシャ語、中華圏の言語すべて、タイ語に韓国語、それから……」

「もうそのへんでいいよ、エド。樋口君がびっくりしてるじゃないか」

平が鷹揚に手を振ってエドと呼ばれたラガーマンを遮ると、大男ははっとしたようにひゅっと息を吸い、その拍子に、こんもりとした胸筋がスーツの下で盛り上がった。それを目にして、樋口はなんだか脅迫されているような気分になった。

「そんな優秀な方ばっかりなら、僕なんか居場所がありませんよ」

とにかくここはなんとしてでも逃げきろうと、樋口は謙遜の言葉を口にしてみたが、内心では、少なからず平の提案に興味を持ち始めていた。

樋口の心中を見透かすように、平が返してくる。

「何を言ってる。君はたしか、ドイツ語、フランス語、それからロシア語もちょっとできるはずじゃなかったっけ？」

しまった。過去のしくじりを思い出し、樋口は心の中で舌打ちした。平とは大学一年の時に知り合ったが、その頃の自分は何かに付けて己を大きく見せようとし、平に対しても、クジャクのように飾り羽根を広げて見せていたものだ。今思えば若気の至りだが、当時は、自分なりに必死だったのだ。だからちょっとかじっただけのロシア語も、さも、そこそこできますというような顔をしていたのだろう。忘れてしまいたい過去なので、記憶は曖昧になってはいるが。

「今はどれも忘れてしまってますよ。何せ、ほとんど使う機会がありませんからね」

もう一度、ダメ押しの謙遜をしてみる。けれど平とエドは、顔を見合わせて含み笑いを浮かべただけだった。

「またまた。謙虚なのはあなたの国では美徳かもしれないけれど、ここではマイナスにしかなりませんよ」

エドが口の端を吊り上げて言った。笑顔を作ったつもりなのかもしれないが、その瞳は冷たい光を湛えたまま、少しも笑ってはいなかった。

平が続ける。

「使う機会のなかった言葉も、ここでならおおいに出番があるよ。勤勉な君のことだ、すぐに思い出せるさ。その能力をこのまま朽ちさせるなんて、もったいないと思わないか？　だいたい、なんで君があんなちっぽけなところに固執するのか、まるでわからないよ。友人の開いた事務所なんだって？　どんな条件で入ったの？　うちだったらたぶん、今の君の給料の三倍は出せるけどね。あ、給料もらってるんでいいんだっけ?」

まるで、樋口の職場を頭から見下しているような言い方だった。恐らくわざとなのだろうが、ここで挑発に乗ってはいけない。彼らの企みは見えている。どんな手を使ってでも、樋口を仲間に引き入れたいのだ。でもなぜ? 平の真意が今ひとつわからない。昔から大風呂敷を広げたがる奴だったが、彼がやっている事業というのは、いったいどんなものなんだろう?

樋口は、少しやり方を変えることにした。

「わかりました。それでは熟慮してみますので、一晩だけ時間をくれませんか」

いかにも前向きに、しかし慎重に、でも、一応関心はあるように見せかける。成功するかどうか自信はないが。

案の定、平とエドは意味深な目を見交わして微かに頷き合った。

「そう言ってくれると思ってたよ、佑亮。君は昔から頭のいい奴だったもんな。自分の未来のためにはどの道を選択すべきなのか、ちゃんとわかっている。いいよ、こっちも少しだけ譲歩しよう。今夜一晩猶予を上げるよ。その間に、日本のお友達に相談したいんならすればいい。かわいい彼氏にはなんて言う？　そうか、これはまだ内緒にしておいた方がいいかもな。きっと引き留めるに決まってるから。せっかく傾きかけた君の気持が、つまらないことで揺らぐのは困る」

「つまらないかどうか、決めるのは僕でしょう。あなたにどうこう指図されるいわれはない」

日本に置いてきた友城のことを思うと、心が大きく波立った。無理を言って留学したのだ。きっと毎日首を長くして、自分の帰りを待っているはずだ。それがまた伸びるとなったら、あいつはいったいなんて言うだろう？

（友城……）

心臓が搾り上げられるように痛んだ。会いたい。今すぐ。できるならテレポートでもなんでもして、瞬時に彼の元へ飛んで行きたい。

「それじゃあ、今夜の話はここまでってことで。後はゆっくり酒でも酌み交わさないか。何しろ、十八年振りに会えたんだ。積もる話もあるしね」

平の声にはっと顔を上げると、エドの姿が消えていた。酒の用意でもしに行ったのだろうか？

「いえ。今夜はこのまま帰って、職場の人間に話をしておかないと」

ここで酒なんか飲んで、時間を無駄にしたくない。事務所に引き抜いてくれた友人に相談するのはもちろんだが、今、無性に聞きたいのは友城の声だった。怒られても、拗ねられてもいい。泣かれてもなんとか宥めるから、どうしても声が聞きたい。それより何より、これ以上この二人と同じ部屋にいるのは、そろそろ我慢の限界なんだ。一分一秒でも早く、ここから脱出したい。

では、なんと理由をつけて酒を辞退しようかと考えていると、部屋のドアが静かに開いて、エドがワインボトルとグラスの乗ったワゴンを押して入ってきた。

「無粋なことを言わないで、ちょっとだけ付き合えよ。今夜は、君を僕らの仲間として迎える記念日になるんだから。エド、じゃあ準備を頼むよ」

樋口の申し出はあっさり却下された。平は、まだ何とか逃げ道を探そうとする彼を無視してエドに命じると、自分は、部屋の真ん中に置かれた広いソファにゆったりと身を預けた。

エドがワインクーラーからボトルを取り上げ、栓を抜いて三つのグラスに注ぐ。普段なら心地いいはずの音が、今はやたらと耳障りだった。

樋口は巨大な鏡と化した窓の方に顔を向けたまま、この危機をどう乗り切ろうか必死で頭を巡らせていた。

目の前の夜景に重なって、背後からじっと自分を監視している四つの目が視界に入る。エドがワゴンからグラスを二つ取って、こちらに歩き出すのが見えた。

「さあ、樋口さん」

大男が樋口にグラスを差し出すのと同時に、平がソファから立ち上がって言った。

「グラスを取りたまえ、佑亮。乾杯しようじゃないか」

樋口を挟んでエドの反対側に立った平が、自分のグラスを掲げると言った。抗う術もなく樋口がエドから酒を受け取ると、三人はそれぞれのグラスを上げ、カチンと合わせた。

「君の門出を祝して」

「まだ出るって決まったわけじゃありませんよ」

「君もわりとしぶといね。もうここまで来たら、いいかげん腹を括んなさいよ」

平が笑って、酒を口にした。エドもそれに続く。

「まだ八時間ほどありますから」

ささやかな抵抗を試みてから、樋口は諦めてグラスに口を付けた。

「どうだい？　君のために開けたロマネコンティの味は」

平が顎を上げて樋口を見た。確かに味は極上だった。でも、何か引っかかる。

樋口は違和感の正体を確かめようと、もう一口、グラスの中身を口に含んだ。

（あ……あれ？）

一瞬、部屋がぐにゃりと歪んだように見えた。目を擦って何度も瞬きをしていると
「彼には強過ぎたんじゃないですか」

耳に滑り込んできたエドの声も歪んでいた。

「大丈夫かい？　きっと昼間の疲れが出たんだろう。君はいつも、頑張り過ぎるきらいがあるからね。昔からちっとも変わってないな」

平の声が近づいてくる。落ちそうになるまぶたをこじ開けてそちらを見ると、それまでの心配そうな顔がぺろりと剥げて、その下から、真っ白なのっぺらぼうが現れた。

（やばい、やられた！）

身体から抜けていく力と、反対に異様に増していく五感。床に屈み込む樋口の手からグラスが滑り落ち、カーペットに赤い染みが広がった。

「おやおや、意外に不甲斐ないんだな。おいエド、樋口君を休ませてやろう」

頭の上で平の声が聞こえたと同時に両脇に太い腕が差し込まれ、そのまま絨毯の上を引きずられた。

（やめろ、放せ……俺を帰せ！　俺は帰る、日本へ帰るんだ！）

抗議の叫びを上げたつもりだったのに、一言も声にはならなかった。引きずられていく先には、さっき入ってきたのとは別のドアがあった。

「めんどくさいな」

エドの声だろうか。舌打ちと共にそんなつぶやきが聞こえたかと思うと、いきなり身体が床から浮き上がり、視界が反転した。

「おいおい、エド。乱暴に扱うのはやめてくれよ。傷でも付いて、使い物にならなくなったらどうするんだ」

この声は平だ。

(使い物?)

どういう意味だ? 考えようとしたが、どういうわけか頭の使い方がわからなかった。脳の中に綿を詰め込まれたようで、すごい勢いでシナプスが消えていく。もはや、言語を理解することさえ不可能になっていた。

(友城……)

それでも、その名前だけはまだ樋口の胸に残っていて、雲間から時折きらりと光っては、彼を目覚めさせようと呼びかけてきた。

(友城!)

＊＊＊

どさりと、荷物のように乱暴に下ろされた。

視線を巡らせると、回り一面光沢のある白いシーツの海だった。スプリングが押し返してくる感触が、異常なほど生々しい。

身体がいうことをきかないので、シーツ以外のものが視界に入らない。その代わり、自分の周囲でざわざわと人が動き回る音が、異様に大きく聞こえた。いったい何人いるのだろう？

それだけじゃない。男たちのしゃべる声が、頭の中でぐわんぐわんと反響している。何重にも重なって、何を言っているのかわからない。

「……と、捕まえ……」

「わりと……ですね……」

「見ろ……おもしろ……だな……」

「クスクスクス……」

なんだ？　こいつら、何を話してる？　ざわざわしてよく聞き取れない。言葉が重なってぶれる。それに合わせて、見えるはずのない人物たちの影も、ぶれてうごめいていた。

目がちかちかする。眩しい。明かりを落としてくれ。眩し過ぎて目が潰れる！

「服を脱がせてやろう。暑そうだ」

「結構汗かいてますね。一度きれいにしますか」

「いいよ、このままで。脱がせてからちょっと拭いてやれば」

忍び笑いが聞こえたかと思うと、両腕が後ろに引っ張られた。関節がおかしくなってしまったのか、ずいぶん無理な方向に曲げられたようなのに、ちっとも痛みを感じない。それどころか、ちょっと触られただけで、身体中に甘ったるい痺れが電流のように走った。

「おい、震えてるぞ。大丈夫なのか」

「心配ありませんよ。きっと感じ過ぎて、脳が感覚を処理しきれないんでしょう。ほら」

（っ！）

いきなり、硬い手のひらでスラックスの上から勃ち上がりかけたそこを握られ、魚のように身体が跳ねる。包み込まれた身体の一部が、一気に成長した。

「ほんとだ。すごいな、こいつでもこんなになるんだ。いつも取り澄ました涼しい顔してるくせに」

別の手が伸びてきて、さっきの手と交代した。もっとしなやかな動きが、意地悪く樋口を追い上げる。

息が苦しい。酸素が欲しい。口を開けて喘ぐと、唇の端から涎が流れ落ちた。

「なんか、全体的にすごいことになってるな」

うつ伏せの身体から上着が去っていくのがわかった。ついでワイシャツ、アンダーシャツが消えていく。それでも暑くて、それでも身体の震えが止まらない。

スラックスが足から抜けていった。下着にも手がかかったのがわかってもがこうとしたが、うまくいかない。あっさりそれも抜き取られ、素っ裸にされた。

身体の内側からマグマが噴き出てくるようだ。熱い……！

じっとしていることができなくて、樋口は敷布の上で寝返りを打った。それでも奥から突き上げてくる何ものかに翻弄され、逃げることができない。苦しい、苦しい、苦しい！

「つらいかい？」

顎をつかまれ、上を向かされた。天井の明かりが眩しくて目を閉じると

「佑亮、こっちを見ろ」

平の低い声が命令した。

「つらいんだろう？　かわいそうに、こんなに汗をかいて。大丈夫、じきに楽にしてやるよ。ちょっと待っておいで」

言葉は優しいけれど、その声は針のように、ちくちくと全身を刺してくる。

「どうします？　手首だけでも拘束しときますか」

「いや、大丈夫だろう。この状態じゃ抵抗しようにもできないだろうよ。それに、仮に反撃してきたって、エド、君なら片手でねじ伏せられるだろう？」

「お安いご用で」

また、クスクスという忍び笑いが聞こえ、二人が離れていった。

この隙に逃げられないかと目を眇めると、視線の先で、大男と平が上着を脱いでいた。タイミング悪く、こちらを振り返った平と目が合ってしまう。

「どうした？　そんな顔して。ああ、待ち遠しいのか。ちょっと待っておいで。そんなに焦らなくたって、まだ時間はたっぷりあるんだ。朝まで楽しもうじゃないか」

ワイシャツとスラックスだけになった平がにじり寄ってきた。後からエドも続く。

こちらは、いつの間にかすっかり裸になっている。鎧のような腹筋と丸太のような腕が、そのまま凶器のようだった。ただしもっと恐ろしい凶器は、平の陰になって見えなかったが。

三人分の重さがかかって、マットレスのスプリングが大きくたわんだ。

背後から、大きな手が両脇にかかって身体を持ち上げられる。樋口は胡坐をかいた大男の膝に抱え上がられ、まるで人間ソファのように、分厚い胸に背中を預ける格好で座らされ、両腕ごと羽交い絞めにされた。背中にごわついた体毛が当たる。その感触が気持ち悪くて身もだえすると、背後から首筋を噛まれた。

「うう〜、ううっ！」

自分は言葉を忘れてしまったのだろうか？　言うべきことがあるはずなのに、頭には何も浮かんでこない。獣のような呻き声が、何度も喉から絞り出されるばかりだ。

「おい、傷はつけるなよ。僕は、処女雪みたいなこいつの肌が好きなんだから」

平がエドを牽制すると、首筋に食らいついていた口がしゃべった。

「雪原に真っ赤な花が散るっていうのもオツじゃないですか」

恐ろしいセリフの後に、下卑た笑いが続いた。もう一度逃げようともがいたが、二本の丸太はびくともしない。

「それをやるのはこの僕だ」

そう言った平の指が伸びてきて、エドがつけた噛み痕にそっと触れた。とたん、全身に電流が走る。

「ほうら、なんて感じやすい肌をしてるんだ、君は。これを、なんの取柄もないつまらない奴に触られてるのかと思うと、虫唾が走るよ、まったく」

（友城はつまらない奴なんかじゃない！）

自分はともかく、友城のことを悪く言うのは許せない。湧き上がってきた怒りが血管に油を注いだが、残念ながら、それは樋口の思い通りには作用してくれなかった。

「ほう。傷つけられるって聞いて興奮してますよ、こいつ。ほら、ここもこんなになってる」

面白そうにエドが言うと、両手が太ももに移動して、平の目の前で樋口の両足が大きく広げられた。その中心で勢いよく天を突いている自分のものが、物欲しそうにだらだらと汁をこぼしているのを目にし、おぞましさに、樋口はきつく目を閉じた。

「ほんとだ。ねえ佑亮、ちゃんと見なさいよ。これが君の正直な気持ちなんだろう？　これに触って欲しいかい？　それとも……」

言葉が終わると同時触れてきたのは、指ではなく、平の舌だった。飴を舐めるように、根本からざらついた柔らかいものが裏筋を這い、先端をくるりと一周してから離れていった。

「うう～っ……！」

中途半端に与えられた刺激に、身体中の熱がさらに上昇し、逃げ場を求めて荒れ狂う。

膝頭ががくがく震え、立ち上がったものはもっと欲しいと涙をこぼし続けた。

「よしよし、いい子だ。素直にしてれば気持ちよくしてやるよ。エド」

平の呼びかけに、大男の腕が太ももから外れた。押さえがなくなった両足の震えが激しくなったところを、今度は平が押さえつけ、両手首と足首が、あっという間に互いに縛られ、固定された。

やめろ、解け、と言いたいのに、身体の方はそれを望んでいなかった。これから何が起こるのか、二人に何をされるのか、どこかで期待している自分がいた。

それが証拠に、広げられた足の間、黒い茂みから頭を覗かせた樋口自身は、せつなげに涙を流しながら震えている。

再び背後からエドの両手が伸びてきて、今度は胸の尖りをつまみ、すっかり勃ちあがって赤く腫れているそれを、更に大きくしようとこねくり回し出す。

耐えかねて頭を左右に振る樋口を正面から見下ろし、平は満足そうに舌なめずりした。

「さて、どこから食べてあげようか。佑亮、リクエストはあるかい？」

近づいてきた顔に、さらに強く頭を振って抗ったが、本当は、どこでもいいから今すぐ食らいついて欲しかった。熱を孕んだ薄い皮膚に牙を立て、食いちぎり、赤い肉を外気に晒して冷やして欲しい。それが叶うなら、この肉も血も内蔵も、その奥でかたかた鳴っている骨までもくれてやる。

彼の望みををちゃんとわかっているかのように、平はゆっくりと顔を落とすと、まず耳朶を甘噛みし、舌先を耳に入れて器用に掻き回し、それから首筋に唇を移動させていった。

鎖骨の窪みを丁寧にたどり、骨に歯を立て、それから下へ下りてゆくと、エドの太い指が、見計らったように両の乳首から離れていった。

代わってカタツムリのような感触がそこを包む。しばらく乳輪に添って這った後、舌は引っ込み、変わりに唇がそこをきつく吸い上げ、前歯が立てられた。甘い悲鳴が樋口の口から漏れる。

「痛いかい？　ちょっと血が出てる」

一度顔を離した平が、自分のつけた傷跡をしげしげと眺め、それからもう一度唇でその血を吸い上げた。

（ああ……こんなだったんだ……）

乳首を吸われ、その快感に恍惚として身を任せながら、樋口の頭に奇妙な閃きが走った。

（友城は俺に食われながら、いつもこんなふうに感じてたんだ。あんな蕩けそうに潤んだ目をしてたのは、こんなに気持ちがよかったからなんだ……）

男共に蹂躙されながら、恋人の快感の元を知り、納得する。自分はなんて愚かで醜いんだろうかと嫌悪する側から、そんな考えは、二人から与え続けられる怒涛のような感覚に、あっという間に押し流されてしまう。もはや理性など、邪魔なだけの長物だった。

行き場を失くしていた身体の中の熱は、平とエドに引き出される快感と共に少しずつ放出され、大きな窓の外が白みだした頃には、泥のような疲労と節々の痛みに取って代わられていた。

何かに呼ばれた気がして意識が泥の中から浮上し、やがて樋口は目を開けた。

視界に入ってきたのは、皺の寄ったシーツの海に投げ出された赤黒く変色した手首と、そこに繋がって溺死体のように横たわっている自分自身。

やがて伸びきったゴムのような脳味噌が嫌々動き出し、自らの身に起きたことがだらだらと再生され始める。

手足を拘束され、平に身体の隅々まで暴かれ、舐め回され、侮蔑の言葉を浴びせられた。それなのに、異様に興奮した。

空にまで駆け上がれそうなくらい高まっていた興奮は、いまや跡形もない。それどころか、感覚を追っていればよかった時には忘れていた嫌悪と恥辱が、渦を巻いて襲いかかってきた。

エドに背後から羽交い絞めにされ、四つの、いや、自分も含めて六つの目が凝視する中、正面から、生まれて初めて男に貫かれた。

そんな自分の姿から目を逸らそうとすると、エドの大きな手で顎を押さえつけられ、自分で自分の様子を見ているよう命令された。

醜い自分が世にも恐ろしい姿で、二人の男に挟まれ、がくがくと揺れていた。身体中に汗とも唾液ともつかない液体、それとも、もっと卑猥なものを塗りたくられ、全身がぬらぬらと光っていた。

醜悪な光景だった。なのに、興奮した。飲まされた薬のほか、平は何か塗り薬のようなものも使っていたように思うけれど、既にそんなことはどうでもよくなっていた。

それから身体を裏返され、今度はエドの逞しいものに後ろから責められた。とても受け入れられないように見えた立派な一物を、あろうことか、自分に開いた穴はなんのためらいもなく貪欲に呑み込み、自分から食らいついて、エドが根を上げるまで離そうとはしなかった。

そこは今、腫れぼったく熱を持って痺れている。そっと手を伸ばして確かめてみると、驚いたことに、いつもはきつく閉じているはずの肉の扉が、ぽっかりと口を開けている。試しに指を差し入れてみると、三本まとめてもまだ隙間が空いていた。

そこからドロリと生温かいものの溢れ出てきて、樋口は慌てて指を引き抜き、シーツに擦りつけた。

できることなら、皮膚を裏返して内臓も擦りつけたい。アルコールで消毒し、記憶も拭い去ってしまいたい。

でも——。

そんなことをしても、起こった事実は変えられない。身体が元に戻るわけじゃない。

(友城……)

一番恋しくて、でも今は一番思い出したくない名前を、胸の中で呼んでみる。

(友城……俺はきっと、君の元には戻れない……戻らない。もう、前みたいに君を抱くなんて……できないよ……)

遠く地球の裏側で自分を信じて待ってくれている、かわいい恋人と過ごしたあの部屋。幸せな小鳥の巣。

それがもう手の届かないものになってしまったという現実を、再び閉じたまぶたの裏側に追いやって、樋口は思考を停止した。

第二十章　光の道

1・朝露

ぴちゃん。

ほっぺたに冷たいものが落ちてきて目が覚めた。

覚めた……んだろうか？　別に、寝てたわけじゃない気がするけど。

「ここ、どこだろう？」

発した言葉は声にならず、頭のなかでぐるんと一回転した。

感覚はあるのに、身体が見当たらない。それらしきものが、どこにあるのかわからない。

「俺って……誰？」

今度の声はちゃんと聞こえた。じゃあ口はあるのか？　耳も？

「友城にきまっててんじゃん」

聞き慣れた声が教えてくれる。

「え？」

　声の方を見ると、これも見慣れたくるくるの髪の毛が、すぐ目の前で弾んでた。

（ポプリ？）

　違う、目の色が薄緑じゃない。薄めた紅茶みたいな明るい茶色だ。髪の毛の色も違う。小さくて丸い顔の真中に、指でつまんだみたいな鼻。そのちょっと下に、苺色の小さな口。柔らかそうな唇は、上だけ、少しめくれたみたいに反り上がってる。キスして欲しいって誘ってるみたいに。

「友城、見て」

　その唇が動いて、お守り袋についた鈴みたいに澄んだ声が、空に向かってコロコロと昇っていった。

　声を追いかけていくと、視界は明るい空色でいっぱいになった。白い綿くずみたいな雲が、気持ちよさげに散歩してる。

　乾いた風が、優しく皮膚を撫でていく。視界の斜め上で、淡い色の巻き毛がさわさわと揺れてた。

さわさわさわさわ

思わず手を伸ばしたら、指の間をつるつる滑って逃げていった。あ、この感触は知ってる。その奥に隠れてる頭蓋骨が、両手にすっぽり収まりそうなくらい小さいってことも。

「雪里」

名前を呼ぶと、薄い紅茶色の瞳が細まった。

真っ白な肌を青空に晒した天使が、俺を見て微笑んでた。背中に羽こそないものの、頭の上には金色の輪っかが見える。

「友城、帰ってきてくれてありがとう」

微笑みの天使が言った。違うだろ。帰ってきたのはおまえの方じゃないか、雪里。

苺色の唇がハート型に開いて、俺の上に落ちてきた。甘くもしょっぱくもないけど、とてもとても柔らかだった。

俺は、なんだか気恥ずかしくなって目を閉じた。天使に抱きしめられながら。

2．再びの旅路

「あ……」

今度のは、本当に「目が覚めた」って言うべきだろう。

ぱっちり開いたまぶたの向こうは、確かに現実の世界だ。視界に入ってきたのはどこまでも広がる青い空なんかじゃなく、唐草模様の浮き出た高い天井。頭の方から射しこんでくるのは、眩しい朝の陽射し。

そして俺は、広いシーツの平原に横たわっていた。気持ちのいいリネンの肌ざわりと、緩やかな空気の流れ。目に入ってくるのは、優しい色と形ばかりだ。

あんまり気持ちよくて、すぐに起き上がってしまうのが惜しかった。ちょうど、ぐっすり眠れた休みの日の朝みたいな気分だった。

半分目を閉じて幸せな感覚を味わっていると、頭の方にちょっと影が射した。首を巡らせると、窓辺に背の高い人影が立っていた。

すらりと伸びたほっそりした身体。肩の上には小さくて丸い頭。それを覆う淡い色合いの髪の毛が、朝日にふわふわと踊ってる。

それはまるで、さっきまで見ていた夢の中の天使みたいで、俺は思わず、その背に大きな白い羽を探してしまった。

「よく寝てたね、友城」

聞こえてきたのは雪里の声だった。そこでやっと、俺はここがどこで、自分がなぜここにいるのかを思い出した。

逆光の中に浮かぶ雪里は、何も身に着けていなかった。それが何を意味するのか、俺は奴に確認する勇気がない。

とりあえず身を起こし、自分を見下ろしてみた。クラゲでも透明人間でもなく、ちゃんと人の肉を持った見慣れた身体が、こちらも生まれたままの姿で、広いベッドの上に座っていた。

「ふふ。友城って、あの頃とあんま変わってないね。まあ、これはポプリの頃から知ってたけど」

　俺の焦りになんか微塵も気づいてない様子で、雪里が機嫌よく笑う。こっちはそれどこじゃないってのに。

「おまえはずいぶん変わったよな」

　それだけ言うのが精いっぱいだった。この状況をどうとらえるべきなのか、脳みそがフル回転してる。試しに頭に触ってみたら、充電中のスマホみたいに過熱してた。

　雪里は自分の身体を見回してから、涼しい顔で答えた。

「そうかな？　俺はそんなに変わってないと思うけど」

「変わったろ。昔はそんなデカくなかった。いつの間に、俺より背え高くなりやがったんだよ」

　照れ臭くて、つい乱暴な物言いになってしまった。だって、なんだか癪に障ったんだ。

中学の頃のこいつは、ちっこくて、食べたくなるほどかわいらしかったのに。今のこいつは――眩し過ぎて、とてもまともに見れない。なんてんだろ……キューピッドが成長して、大天使様になって降臨したみたいな？

「だってほら、俺前に言ったじゃん。もっと大きくなって、今に友城を追い越すからって」

俺の思いとは裏腹に、雪里が得意げに言う。

「そんなこと言ったたか？」

「うん、言った。だから俺、いっしょうけんめい食べて、いっぱい運動して、頑張ったんだよ？」

やっぱりこいつには、どっかで外国人の血が混じってるんじゃないだろうか？　呆れるくらい成長してしまった雪里を横目で盗み見ながら、俺はこっそり考えてた。

「そういやおまえ、運動なんてできんのか？　その……病気は？」

ここにいるのは、生まれ変わった雪里だ。だから、病気なんかとは無縁のはずだ。

そう思ったけど、聞かずにはいられなかった。

俺の問いに、雪里はちょっと首を傾げた。何をしゃべって、何をしゃべるべきじゃないか、考えてるように見えた。

「俺、病気にはかかってないんだ」

たっぷり十秒ほどしてから、雪里は予想通りの答えをくれた。俺はほっとすると同時に、ちょっと不安になってきた。

俺が好きだった小さな雪里は、病気だったせいもあって、いつもどこか儚げで、ちゃんと捕まえとかないと、どっかへふわふわ飛んでいってしまいそうだった。

だけど今目の前にいる彼は、見るからに健康そうで、儚げなとこなんかどこにもない。

これはこれでとてもきれいだけど、少なくとも、二十年前に俺が知ってた少年じゃない。

これは本当に、あの雪里なんだろうか？　やっぱり、クラゲの妖怪が化けてるだけなんじゃないだろうか？

「何見てるの？　友城」

何を勘違いしたのか、雪里が嬉しそうに、そしてちょっと照れ臭そうに微笑んだ。朝日を浴びた健康な花が、露を含んで生き生きと輝くみたいな笑顔だ。眩し過ぎて、まともに目を開けていられない。

俺はちょっと視線をずらすと、思い切ってその名前を呼んだ。

「雪里」

「なあに？」

ああ、なんて顔するんだよ。そんな期待に満ちた顔で俺を見るな。おまえ、俺が今どんな気持ちでいるのかわかってる?

「雪里」

もう一度呼んでから、俺はちょっと口をつぐんだ。何かを察したのか、雪里の表情がほんの少し曇る。そんな変化にも、心臓がきりりと引き絞られて苦しくなる。

「二つ……いや、三つ、聞いてもいいか?」

素っ裸で言うにはバカみたいだけど、俺はやっぱり聞きたかった。これは俺にとっても、今目の前にいる雪里にとっても、地球の裏側にいる佑亮にとっても……すごく重要なことだから。

「うん……いいよ。なんか、あんまり聞きたくないことみたいな気はするけど」

苦笑しながら答えた雪里は、ほんとはもう、俺が何を言い出すのかわかってるんじゃないだろうか? ある種の決意みたいなものが、その薄い皮膚の裏に透けて見える気がした。

俺はベッドの上で居住まいを正すと――つまり、正座なんかして雪里を見上げると、意を決して切り出した。

「俺とおまえ……その、夕べ……その……や、やっちまったのか？」

　言っちまったよ。まるで、朝目を覚ましたら自分の置かれた状況にびっくり仰天、気が遠くなってる、昨日までバージンだった女の子みたいにおろおろしながら。

　なのに雪里ときたら、まるで予想外のことを聞かれましたって顔で俺を見た。見開かれた薄茶の目が、なんとなく痛々しく見えるのはなぜ？

「なあ、黙ってないで教えろよ。ってか、この格好で聞くのもバカかもしんないけど。でもさ、俺、なんの記憶もないんだよね、夕べのこと」

　そしたら雪里は、ものすごくがっかりした顔で言った。

「なんの記憶もないって……じゃあ友城、俺が見せてあげたもの、一つも憶えてないの？」

　そんな悲しそうな顔するなって。おまけに「見せてあげたもの」なんて、生々しい言い方すんなよな。

「夢は……見てた気がする。とっても不思議な夢だった。俺がおまえになって、おまえが俺になってる」

目の前の白鳥みたいな雪里の首に、喉ぼとけが浮き上がってる。決して少年や女のものではない、成人男子の首だ。ああ雪里、おまえも大人になったんだな。なんて、こんな状況なのに、俺はそんなことに感動してた。

「夢じゃないよ、友城」

きっぱりと、雪里が言った。

「え？　どういうことだよ。おまえ、俺が見てた夢がわかるって言うのか？」

俺は怖かった。本当のことを知って、それを受け止められるか自信がない。だからなんだろうか？　雪里に対して、ずいぶんきつい言い方ばっかりしてしまうのは。

「だから、夢じゃないんだよ。友城が見たのは俺の半生。十四歳で一度死んでから、闇魔さまのお情けで生まれ直してここまでたどり着いた、俺の二十年間だ。信じてくれないかもしれないけど」

少し寂しそうに、雪里が笑った。それから自分自身を鼓舞するみたいに、ちょっと声のトーンを上げて続けた。

「そんなに簡単に信じてもらえるとは思ってないよ。俺だってわけわかんないもん。でも、ほんとのことなんだよ。俺、ポプリになって友城の部屋に住んでから、友城が昔の記憶を取り戻してくれるのを待ってた。もし約束の日までに友城が思い出してくれなかったら、俺はあのまま閻魔さまに連れ戻されて、今度こそ、あの世に送り出されることになってたんだ」

「約束の……日？」

聞き返すと、雪里がこっくりと頷いた。

「閻魔さまが俺にくれた、執行猶予期間が切れる日。だから俺、すごく焦ってた」

そうだったのか。そういや、姿を消す少し前あたりから、こいつ（いや、あいつ？）、やけにそわそわしてたもんな。

「閻魔さまって……あの、目の怖い爺さんってか、坊さんみたいな奴のこと？」

記憶に生々しく残っている恐怖の対面を思い出して聞くと、

「かどうかはわかんないけど。あそこって、地獄に落ちるか天国に行くか、審判を下す場所みたいだったから、きっと閻魔さまなんじゃない？」

肩をすくめて雪里が答える。その言い方に、俺はちょっと感心してしまった。この適当な判断。だからさしもの閻魔大王も折れて、雪里に二度目の生をくれたのかもしれない。

「でさ。結局、友城がギリギリで思い出してくれたんで、俺はビューンって感じで、あそこに連れ戻されたのね」

「……」

「そして、もう一回やり直していいって言われた。もう一回、友城に逢える人生をくれるって。ただし、そこで友城が俺を忘れちゃってたり、もうおまえなんかいらないって言ったら」

「言ったら？」

「それでお終い。俺の人生から友城はいなくなって、かわいそうに俺は、せっかく生まれ変わったのに、友城のいない人生を送んなきゃならなかったってわけ」

「……」

「友城が、俺のこと憶えててくれてよかった」

「雪里……」

「それでね、さっきの質問の答えだけど」

あ、忘れてた。ついうっかり、雪里の摩訶不思議な蘇りの話に気を取られてて。

「やってないよ」

「へ?」

思わず間の抜けた声が出た。きっと顔の方も、相当まぬけだったに違いない。雪里の奴、俺を見て小さく吹き出したから。

「どっちも裸で、おんなじベッドの上で目覚めたんだから、そう考えちゃっても無理ないけどさ。けど俺、友城の同意もなしにそんなことしないから。こう見えて俺、紳士だもん」

「紳士って……」

いまだアホ面全開で、ついでに口まで開けっ放しにして雪里を見ると、奴は、年下の(事実年下だ)子を見るみたいな優しげな目をして、ゆっくりと近づいてきた。

「信じられないんだったら、自分の身体を確かめてみれば?」

からかうように言われ、思わず赤くなる。そりゃ、もうバージンじゃないんだから、自分がナニしたかどうかなんて、聞かれるまでもなくわかるけど。

それでもなんとなく不安で、俺は自分の身体を眺め回してみた。もう佑亮と離れてずいぶん経つから、彼が残していった痕跡なんか跡形もない。その後は誰ともしてないから、何の変化もないってことは……。

「わかった、信じる。おまえの言うこと」

納得して宣言したけど、まだ疑問は残ってる。じゃあ、なんで二人とも裸なんだ？それとも何か？　雪里はその気まんまんだったのに、土壇場で俺が拒んだってこと？だとしても、そんな記憶もない。何もない。憶えてないんだ。あの夢以外。

「やりなおした俺の時間を、友城に見せてあげるためだよ」

まるで俺の心の声がすっかり聞こえてるみたいに、雪里が即答した。

「皮膚と皮膚を合わせて完全に一つにならないと、俺のたどった道を友城にも経験させてあげることができなかったんだ。ごめんね、誤解させるようなことして」

「そう……だったのかよ」

そんな魔法が使えるのか。やっぱりこいつ、クラゲ人間なんじゃないのか？

「俺はもう一度、この世に生まれるところからやり直した」

雪里は、俺の不審に満ちたまなざしを払うように頭を一振りすると、そっと隣に腰を下ろし、シーツの上に放り出されてた俺の手を取った。

「最初から、前とはずいぶん違った環境に生まれた。変だろう？　赤ん坊なのにそれがわかったんだよ。前世の記憶がちゃんと残ってたんだ」

「両親は同じだった。とうさんもかあさんも、ちゃんと俺の知ってる二人だった。とうさんは死んだりしなくて、だから、弟も同じ親から生まれた。でもおかしいんだ。俺の知ってる弟と同じ顔だったんだから。まあ、あいつはもともと母親似だったけど」

「病気には……ならなかったんだよな？　おまえ」

もう一度確認すると、雪里が大きく頷いた。

「そのために生まれ変わったってところもあるから。健康じゃなかったら、もう一度友城とやり直すなんて、できないでしょ？」

それを聞いて、俺は複雑な気持ちになった。それって、ずいぶんずるいんじゃないか、おまえ。病気で若くして死んじゃうなんて、誰だって嫌だ。それなのにどうして、おまえだけやり直しが許されたんだ？

そりゃ俺だって、おまえに会いたかったよ。目の前でおまえに死なれて、ショック過ぎて、どうしても事実を認めることができなかった。だから心に穴を掘って、自分の記憶を埋めてしまったんだから。

「俺のやり直しは、いわばイチかバチかの賭けだった。もし失敗したら、俺は人として成仏できなかったかもしれない。もしかしたらクラゲの妖怪みたいなもんになってしまって、人間の命の連鎖には、二度と戻れなかったかもしれない。それでも、俺は賭けに出た。ほんと言うと、失敗するなんて思ってもいなかった。そうだよ、友城。俺は、おまえがちゃんと俺をわかってくれるって、自信があったんだ」

確かに雪里はうまくやった。狙い澄ましたみたいに、ちゃんと俺の前に現れたんだから。

「俺は知ってた。友城がどういう人生を歩んでて、いつどこで何をしてるか」

「ちょっと……キモイかも」

思わず正直に漏らしてしまうと、雪里が苦笑した。

「だよね。究極のストーカーだ。でも俺、それだけ友城に会いたかったんだよ?」

そうだったのか。でも……ま、そんな顔で白状されたら、赦すっきゃないけど。

「どこで友城に追いつけるのかはわからなかった。ほんとは、もっと早く捕まえたかったんだけどね。できれば、あのアパートで暮らしてた頃とかに」

意味深なまなざしを向けられてぎくりとする。そうか、佑亮より早くって意味なんだろうな。あれ? でも……。

「ちょっと待て、雪里。おまえが人生やり直してる間、俺は何やってたんだ? 病気しなかったんなら、おまえが札幌から出てくることもなくて、俺にも会ってないんじゃ?」

雪里が黙った。まるで、痛いところを突かれたって顔をして。

「友城は俺に会ってない。生まれてから一度も。今度の仕事で、俺がおまえの職場に来るまでは。憶えてる? 俺が写真から消えていなくなったの。あの時点で、俺は友城のいる世界から一旦飛び出したんだ」

「飛び出した……って?」

「似てるけど、ちょっとだけずれた世界に生まれ直したってこと。急いでやり直して、元いた世界に戻ってきて……やっとこうして、おまえのこと捕まえることができたってわけ」

「じゃあ今回こっちに来たのは、最初から計画してたってことか？　担当を俺にしろってだだこねたのも、わざと？」

「まあね」

雪里が肩をすくめてみせた。こんな仕草、前ならぜったいにしなかった。大人になったからか？　それとも、ちょっとずれた世界でやり直してきた雪里だから？

「もっと他にやり方があったんじゃないのか？　それに、もっと早く……できれば、中学の頃に逢えなかったのか？　だいいち、おまえの写真がアルバムから消えたからって、俺は、おまえのこと忘れたりしなかったぞ？」

ほとんど恨み節だった。だって、ほんとに恨めしかったんだ。なんでもっと早く来れなかったんだよ？　俺が、佑亮とこんなになる前に。

「俺だってそう思ったよ。でもね、俺が友城のいる世界に乗り換えるには、両方の時空が交差するタイミングが大事らしいんだ。こっち来るのが遅れたのは、それがなかなか掴めなかったからなんだと……思う」

「思う？」

雪里は困ったように頷いた。その動きに合わせて、寝起きの髪がスプリングみたいに跳ねる。

「本当のところ、俺にもわかんない。誰も教えてくれないんだもん」

雪里が赤い唇を尖らせた。こんなところは俺の知ってる雪里なんで、少しほっとする。

「あの坊さんは？」

「閻魔さま？　あれ以来会ってない」

「そうか……」

おかしな会話だった。でも、目の前の現実に比べたらへでもない。俺は大きく息を吸い込むと、次に言うべきことを考えた。

（で、おまえはこれからどうしたいの？）

（雪里、おまえは俺にどうして欲しいの？）

（今から俺は、どうしたらいいの？）

どれも同じか。

ほんとは、もっと感動すべきなんだろうな。「雪里、お帰り！」って、こいつを抱きしめて。きっと雪里だって、そんな感動の場面を期待してたはずなんだ。

でも――。

これがもし十年前だったら、俺だって一も二もなくそうしてた。ただ素直に嬉しくて、躊躇なくこいつに飛びついてた。

仮に、今ここに現れたのがポプリだったとしたら――やっぱり俺は、同じ反応をしそうな気がする。「ポプリ、会いたかったよ！」って、あいつを抱きしめるだろう。

どういうことだ？　本物（と、本人は言ってる）の雪里よりも、あの小さなかわいい妖怪の方に、より愛着があるだなんて。

（小さな……かわいい……？）

（！）

閃いた。そうか、キーワードはそれだ。俺は、ちっこくてかわいらしいあいつが好きだったんだ。中学生の頃の雪里って、俺より頭一つは背が低くて、細くて、性格は別として、太陽の光に溶けてっちゃうような儚さがあって……俺は、そんなところにドキドキしてたんだった。

それにポプリ。そもそも、幼児から小学生くらいの体格だった。子供（じゃないかもしれないけど）特有のわがままをぶつけてきて、俺は右往左往しながらも、その状況を結構楽しんでた。

だけど、今目の前にいる現実の雪里は——ちゃんと成長して（し過ぎたくらいだ）、成人して、背がぐんと伸びて、俺を追い越して……それに、なんだかやけに自信満々な男になってる。

もし……もしもだよ、俺がこいつの子供時代を知らないで、ほんの昨日今日知り合ったばっかりだとしたら……果たして俺は、こいつに惚れるだろうか？

俺は考えた。物問いたげな雪里のまなざしを横目に、答えを求めて必死に駆けずり回った。

「友城？」

黙り込んでしまった俺に痺れを切らしたんだろう、小首を傾げて雪里が呼んだ。そんな仕草は昔のまんまだ。俺の知ってる雪里の癖だ。

「どうかしたの？」

だけど、俺は見つけてしまったんだ。不安げに覗き込んできた雪里の、鼻の下と顎の辺りに、信じられないものを。

（いや、成人男子にはあって当然なんだけど。今じゃ、俺にだって人並みにあるし）

でも、できれば見たくない。俺の天使に、そんなものあってはいけないんだ。

「雪里。おまえ……髭生えてる」

つい口が滑った。なんで今！　って思ったけどしょうがない。だって、衝撃がハンパなかったんだもの。なのに雪里ときたら、

「え？　ああ、起き抜けだからね。後で剃るよ」

なんて、顎を撫でながら言ったんだ。さも、なんでもないことみたいに。

そう、なんでもないことだ。大人の男にとっちゃ、あたりまえの現象だ。俺だって佑亮だって、そんなにわしゃわしゃ生えてはこないけど、ちゃんと毎朝、剃刀を当て

てる。社会人の身だしなみだ。でも……でもこいつは……。

「に、似合わねー！　おまえに髭なんて！」

それだけ言うと、俺は雪里に背を向けた。とにかく、いつまでもこんな格好のままでいるわけにはいかない。ちゃんと服着て、ちゃんと顔洗って、ちゃんと髪の毛とかして、ちゃんと……髭剃らないと。

「友城？　どうしたの？」

あたふたと服を拾い集め、身に着けだす俺の背中から、少し焦ったような声がかかった。

俺は頑なに雪里に背を向けたまま、言い訳がましく答えた。

「え？　だってさ……ほら、そろそろちゃんと起きないと……」

起きて、身支度整えて。それから……どうする？

そんな俺の態度に、雪里は不満そうに聞いてきた。

「なんで？　だって友城、今日はオフなんでしょ？　一日、俺の相手してくれるんじゃないの？」

そうだった。二十年振りの旧友がはるばる津軽海峡を越えて（演歌かっ！）会いに来てくれたんだから、一日ゆっくり旧交を温めてきなさいと、皆に半ば強制的に休暇を取らされたんだった。まあ、雪里はうちのお客だから、接待みたいなもんだけど。

「う……うん、それはそうなんだけどさ。なんか、何も着てないってのは……やっぱ、落ち着かないじゃん？　恋人同士でもないのに」

しまった。ついうっかり、本音がポロリしちゃった。雪里に向けた背中に、何とも言えない沈黙が覆いかぶさってくる。

「そう……そうだよね。俺と友城、そんな関係じゃないもんね。ごめんね、勝手に突っ走っちゃって」

寂しそうな声。そりゃ俺だって、嬉しさ百パーセントでおまえを迎えてやりたかったよ。両腕でおまえを抱きしめて、これから先はずっと一緒だよって、感動の涙を流したかった。

だけど、できないんだ。なんでかなんて、俺にだってわからない。ただ、心が硬直しちゃって動かないいんだ。きっと、ありえない現実を前にして、対処不能に陥ってるんだと思う。だから……だから、もうちょっと時間をくれないか？　この状況をよく考えて、いったいどうしたら一番いいのか、どうやったらみんなが幸せでいられるのか、答えを探す時間をくれないか？

「みんな？」

またた。また俺の心の中を読んだみたいに、雪里が聞いてくる。これ以上知らんぷりできなくなって、俺は奴に尋ねた。

「雪里。おまえさ、もしかしてテレパシー使えんの？」

「テレパシー？」

聞き返されて、恐る恐る頷く。

「さっきからおまえ、俺が何か言う前に先回りしてしゃべるから。なんか……ちょっと怖い」

「怖い……の？　友城、俺のことが怖いの？」

雪里の声は少し震えて、なんだか泣き出しそうだった。

おおかた服を着終わって振り返ると、雪里が切なげな目でこっちを見てた。俺は、怖いなんて言ったのを激しく後悔した。

「雪里、えっと……」

返事に窮しておろおろしてると、奴は突然立ち上がった。

「俺も服着る」

そう言うと、脱いであった服を拾い始める。そのてきぱきした動作からは、彼が少なからず気分を害してる気配が伝わってきて、俺はいたたまれなくなった。

「とにかく、服着たら下で飯食おう。ブドウ糖が不足してると、物事を正しく判断できないからね」

いかにも科学者っぽい言い方をすると、雪里はさっさと身支度を終わらせ、先に顔を洗いに行ってしまった。

(はあ……)

奴の姿が視界から消えると、俺はどっと疲れを感じた。あいつと一緒にいて、こんなに緊張したのは初めてだ。っていうか、予想外だ。昔はしょっちゅう一緒にいたのに。一番、側にいるのが楽しかったのに。

（成長したんだよ。俺もおまえも）

　俺は自分を納得させるように、心の中でつぶやいた。これだって、もしかしたら雪里には間抜けなのかもしれないけど。

（たとえばおまえが死んだりしないで、ただ、転校かなんかしちまって会えなくなって、それで、二十年ぶりに再会したとしても——やっぱり俺の反応って、こんな感じなんじゃないかな？　身体や心がいちばん変化する成長期にいなくなられたんだぞ？　再会したおまえがすっかり大人になってて、まるで別人に思えたって……それって、しょうがなくないか？　なあ、雪里）

　考えれば考えるほど、やりきれない気分になってくる。

（そりゃ、おまえの記憶はずっと続いてて、しかも、おまえがいなかった俺の二十年間も知ってるんだから、おまえにとっての俺っていうのは、中学生から連続した「三上友城」なのかもしれないけど……。俺にしてみたら、ある日いきなり、俺よりでかくなったおまえが現れたんだぜ？　俺の知ってる二十年前のおまえと今のおまえ、どうやって繋げたらいいのか、わっかんねーつーの！）

心の中でぶつぶつ言いながら服を着終え、ベッドの上をちらっと見てから、シーツの皺を伸ばして枕をヘッドボードに並べて置き、最後にきっちりカバーをかけると、少しだけ気持ちが落ち着いた。

雪里がバスルームから戻って来るのを待ちながらドレッサーの前にぼんやり座っていると、突然俺のスマホが鳴り出した。

（佑亮！）

このメロディ。これは、あいつが勝手に俺のスマホに設定した『テネシーワルツ』だ。ダンスパーティーで引き合わせた友人に恋人を盗られてしまうという悲しい曲を、なんで着信なんかに使うんだって聞いたら、「友城がこれを聞くたびに、自分が俺のもんだって、思い出してくれるように」と、わけのわからない説明をしてくれた。

でも、今ならわかる。俺には佑亮がいるんだ。いくら生まれ変わってまで俺に会いにきてくれたからって、今さら佑亮を捨てて雪里を恋人にするなんて、俺にはできない。ぜんぜん、思いもよらない。

ゆったりとした優しいメロディーは、いったいどこから聞こえてるんだろう？　必死でスマホの居場所を探すと、それはベッドの足元の床に転がって、一人プルプル震えてた。

慌てて拾い上げ、すがるような思いで画面をタップすると、俺は遥か彼方の救い主に呼びかけた。

「もしもし、佑亮っ⁉」

俺の気迫に気圧されたのか、電話の向こうで一瞬息を呑む気配がしてから、泣きたくなるほど懐かしい声が、そっと俺の名前を呼んでくれた。

「おはよう、友城」

気のせいか、なんとなく生気がないように感じる。佑亮のことだ、勉強に根を詰め過ぎてるんじゃないだろうか？

「どうしたの？　なんか元気ない声だけど。佑亮、ちゃんと寝てる？　無理してない？」

思わず質問責めにしてしまった。正直、この時俺の頭からは、さっきまでの悩みなんてすっかり消し飛んでいたんだ。

「うん……まあまあ。ちょっと寝不足かな？　そっちはどう？　ごめん、もう出るとこだった？」

俺は鏡の横にある時計を見た。八時ちょっと前だ。そっか、佑亮は、俺が仕事に出かけるとこだと思ってるんだ。

「えっと……今日は休暇もらったんだ。だから、時間は大丈夫」

そう、まだ時間はある。まだ話していられる。だからお願い、電話を切らないで。

そんな俺の気持ちを裏切るように、電話の向こうがまた数秒沈黙した。

「佑亮、佑亮？　どうかした？」

「え？　あ、ううん、なんでもない。ごめん、ちょっと血圧が下がってるみたいで」

「大丈夫なの？　今まで、朝が苦手なんてことなかったじゃない。病院へは行った？」

急き込んで尋ねると、くすりと笑う声が聞こえた。

「友城。こっちは今、夕方六時だよ」

「え？　あ、ああ、そうだったね。ごめん、ついこっちにいるようなつもりでしゃべってた」

ははは……と、空虚な笑い声が聞こえた。ほっとしたのも束の間、俺はなんだか不安になってきた。佑亮、なんだってこんな時間にかけてきたんだろ？　俺が出勤前ってわかってたら、いつもの彼なら電話なんかしてこない。何か急用だろうか？　それとも、単に俺の声が聞きたくなっただけ？　ホームシックなんて無縁そうなのに。

「友城は元気そうだな」

疲れたような声が言った。

「え？　そ、そう？」

電話だと、俺の声は元気そうに聞こえるんだろうか？

「仕事はうまくいってる？　何か困ったことない？」

「うん……」

困ったことならある。まさに、今ここに。答えが欲しい。佑亮……俺、もうすぐその答えを出さなきゃなんないんだよ。

佑亮ならなんて言うだろう？　そうだ、彼は、俺の近くで起こった数々の怪異を見てるんだ。雪里が生きて戻ってきたって言ったって、信じてくれるかもしれない。そうして、俺より優れた頭脳でもって、俺なんかが考えもつかない答えをくれるかもしれない。

「あ……あのさ、佑亮、実は……」

「実はさ、友城」

二人同時に、同じ言葉を口にしてた。さっきから気になってた、いつもとなんか違う佑亮の様子。そうか。あっちにも、俺に聞いて欲しいことがあったのか。

心もとない気持ちは佑亮もおんなじなんだってジンとなってたら、先を越された。

「友城、実はね……」

ごくん。俺は唾を呑み込んだ。息を詰めて次の言葉を待っていると、数秒間の沈黙の後、珍しく佑亮が言い淀んだ。

「あ、いや。やっぱり君が先に話して」

「え、なんで？　そっちが先にしゃべったんじゃない。そのまま続けてよ」

「うん……」

「佑亮？」

おかしい。こんなの、いつもの彼じゃない。こんなにはっきり物を言わないなんて、俺の知ってる佑亮と違う。いったいどうしたんだろう？　なんとなく、電波に乗って切迫した雰囲気が伝わってくる。

　俺は、自分の悩みなんかすっかり忘れて聞いていた。

「佑亮、何かあった？　困ったことがあるんじゃない？　俺で少しは役に立つなら、なんでもするよ？」

「なんでも……」

　言葉の意味を反芻するみたいに、佑亮が俺の言ったことを繰り返した。こんなことも始めてだ。こんな……煮え切らない佑亮なんて。

「うん。だって俺、佑亮が世界中で一番大事だもん。なんでも言うこときくよ。だから言ってみて。何か困ったことがあるんでしょう？」

　俺は、思わず口を突いて出た重大な一言に微塵も気づかないまま、スマホに耳を押し当ててた。そう、「世界中で一番大事な」相手の言葉を、一言一句聞き漏らすまいと。

　それでも電話の向こうの佑亮は、なかなか次の言葉をくれなかった。微かに、息をしてる気配があるだけだ。それはまるで、俺に感づかれないように、何度も深呼吸を繰り返してるみたいだった。

「佑亮、どうしたの？　何か言って」

だんだん不安が膨らみ始める。彼の第一声を聞いた時に生まれた、ほんの針の先ほどだったそれは、今や、はっきりと目に見えるくらいにまで育っていた。

「友城。言わなくちゃならないことがあるんだ」

「……」

その一言、その声色でわかってしまった。よくない報せだって。少なくとも俺にとっては。

「友城？　聞いてる？」

「あ、ああ、うん、聞いてる。それで？　言わなくちゃならないことって何？」

務めてなんでもないふうを装おうとしたけど、最後の方で声が震えてしまった。

「あのさ。ちょっと当初の予定が狂っちゃって……」

ああ、そういうこと。まあ、予想はしてたけど。佑亮の性格なら、そうなるんじゃないかって思ってた。あっち行く前から。

俺は少しほっとしながら「そうなの？」とだけ答えた。このくらいなら許容範囲だ。きっとまた、帰国が伸びるとか言うんだろう。

そう考えてたら、少し予想が外れた。

「その……こっち来てさ、今の俺なんかぜんぜんダメだってわかったんだ。こんなんじゃ世界で通用しないって」

「世界……」

俺はちょっと気を呑まれた。でも、わからなくもない。だって、佑亮だもん。

また置いていかれる——そんな焦りはあったけど。でもこの思いは、彼が留学したいって言ってきた時から、いや、そもそも付き合い始めてから、ずっと俺を苛んできたものだ。大丈夫、慣れてる。

「す、すごいね。やっぱ、そんな上を目指すんだ、佑亮」

「そりゃね。せっかくここまで来たんだし……でね、友城」

佑亮がまた言い淀んだ。俺の焦りが一歩進む。

「何？　留学が伸びるの？　どのくらい？　クリスマスには帰ってこれる？」

先を越される前に言いたいことは言っとこうと、俺は立て続けに言葉を並べた。だけど返ってきた答えは、俺の予想を遥かに超えてた。

「友城。俺、このままこっちに住むことになった。今いる日本の事務所にも、退職願いを出してる。受理してもらえるかどうかはまだわからないけど」

「ちょ……ちょっと待って！　住むことになったってどういうこと？　俺……俺、まだなんにも聞いてないけど？」

なんで過去形なんだよ！　それって、もう決めちゃったってこと？　パートナーの俺にはなんの相談もなく？

「だから、今こうして電話してる」

「だって！　だってさっき、『住むことになった』って言ったじゃん！　もう決めちゃったんでしょ？　佑亮、俺に相談なんてする気、最初っからなかったんでしょ！」

「友城、落ち着いて。何も、一生帰国しないって言ってるわけじゃないよ。ただ……」

「ただ？　ただ、ただ、なんなのさ！」

いやだ、これじゃまるで、独占欲丸出しのヒステリー女みたいじゃないか。でも、そのヒステリー女の気持ち、今は嫌ってほどわかるけど。

別に、今まで彼にしてきてあげたこと（ほとんどないけど）の代償が欲しいってわけじゃない。そもそも、愛は無償だと思ってるから。

けど……けど、これはあんまりだ。勝手過ぎる。佑亮が帰ってきてくれるのを、一人でずっと待ってた俺の気持ちはどうなるの？　無視なのか？

それとも——。

ひとつの可能性が、ぽっかりと頭に浮かんだ。まさか……でも……。

「佑亮……、誰か好きな人ができたの？」

一瞬、空気がピリッて裂ける音が聞こえた気がした。

「なんで黙るのさ？　もしかして図星？」

声が震えそうになるのをごまかすため、早口で畳みかける。そしたら、細くて長い溜息が聞こえてきて、俺をよけいにイラッとさせた。

「友城。俺、浮気なんかしてないよ。今だって友城が一番好きだ。そうじゃなくって、俺はただ、もっと自分を試したいんだ。こっち来て、ほんとに自分なんかまだまだだって思い知ったからさ。友城には、また我慢させちゃうかもしれないけど。でも、こんなチャンス、もうそうはないと思うんだ。ぼんやり過ごしてたら、あっという間に四十のおっさんになっちゃうからさ。だから、試せるうちにチャレンジしたいんだよ、自分がどこまで行けるか。それでダメだったら……」

「待ってないよ」

口が勝手に宣言した。俺の脳は考え出すとよけいにこんがらがってくるってのを、口の方はちゃんとわかってるらしい。それに……佑亮の言葉の中に嘘が見え隠れしてるのに、俺は感づいてしまったから。

「俺のこと一番好きって言うけど、佑亮は、それよりもっと自分が好きなんだ。俺には我慢させても、自分が我慢するのは嫌なんでしょ」

「友城、そういうわけじゃ……」

「ないって言える？　じゃあ、じゃあさ、俺が、そんなのやだ、今すぐ戻ってきてって頼んだら……佑亮、帰ってきてくれる？」

「友城。そんな試すようなこと言うの、やめろよ」

「試してるんじゃないよ。ただ聞いてるだけ。じゃあ、質問変えようか？」

（待て、俺。それは言うな。今それを知らせるのはまずい。とんでもなくやばい。一回深呼吸しろ。それからもう一度考えろ。早まるな！）

冷静な俺が必死で止めたのに、俺の口はしゃべってしまった。取り返しのつかないことを。

「雪里がさ、また俺の前に現れたんだ。今度は人間になって、ちゃんと成長してさ。俺に会いに来てくれたんだよ。それって、どういうことかわかるよね？」

「友城？　何バカなこと……死人が生き返るわけないじゃないか。それより、まじめに俺の話聞けよ」

「俺の話も聞いてって言ってんだよっ！」

自分で自分の声にびっくりした。俺、こんな声出せるんだ。っていうより、こんなにストレートに、怒りをぶつけたりできるんだ。一番好きな人に。

「友城、いったいどうしたんだ？　いいから少し落ち着けよ。わかった、友城の頭が冷えるまで、この話をするのはよそう。またあとで電話するから、ちゃんと、いつもの友城に戻っててくれよ」

「ちょっ……！　待って、佑亮、まだ切らないで！」

プチッ。

電話が切られた。なんの躊躇もなく。佑亮は俺に背を向けて、地球の向こう側へ去っていった。

俺の軽はずみな言動が、事態を最悪の方向に進めてしまった。けど、もう取り返しはつかない。転がり出した石は、どんどん加速しながら奈落に向かって転がっていくんだ。

もはや誰とも繋がっていないスマホの画面が、まるで俺の気持ちそのままに、目の前で暗転した。ただのバッテリー節約なのに、俺にはそうは思えなかった。急いでスマホを叩き起こし、佑亮の番号にかけ直してみたけれど、なぜだか電源が切られていた。

佑亮に拒絶された——。

そうじゃないって、心のどこかではわかってても、もう一人の、ひねくれもんの俺が主張するんだ。

（ほらみろ、いつかこうなるってわかってたろ。あいつはいずれ、おまえとの関係を切り捨てるだろうって。無駄な付き合いに費やす時間を、節約するだろうって）

俺って、もう佑亮にとっては、ほとんど要らない人間なんだ。一緒に借りてる部屋だって、もうじき出てかなきゃなんないのかも。

そうしたら、またひとりぼっちだ。今より小さな部屋に引っ越して、たった一人で暮らさなきゃなんない。

そう考える側から、俺の中で、懐かしい感情が鎌首をもたげた。そいつに目をつけられたが最後、俺の気力がみんな吸い取られてしまうんだ。朝起きる気力。食事をする気力。誰かと会話する気力。外に出る気力……。

（いいじゃないか、それで）

俺の中でずっとうずくまってた奴が、暗い目を上げて笑いながら囁く。

（もともと、そっちの方がおまえの本質なんだから。五年間の日の当たる生活なんて、しょせん夢だったんだ。さあ、元の居場所に戻ろう。結局、おまえもそれが一番落ち着くんだろう？）

俺は床にへたりこんで、両手で顔を覆った。何も見たくなかった。こうやって、両手の陰に一生身を隠していたかった。

ひたり。

何かが触った。どこに？　俺の心に。すると、ひねくれもんの俺が、まるで天敵を見つけたヘビみたいに、シュルシュルッといなくなってしまった。

代わりに、あったかい光が心に沁み込んでくる。俺はそっと手の平をずらして、外界の様子を窺ってみた。

「雪里……」

いつのまにそこにいたんだろう。雪里が、とっても心配そうな顔で俺の前にしゃがみ込み、そっと頭に手を乗せてくれていた。

「友城、何かあった？」

俺は顔を上げて雪里を見た。

「悲しいこと？　今の電話、樋口さんからなんでしょう？」

「……」

俺は、雪里の顔を見返しながら考えた。どこかに嘘が潜んでないか、真実は何パーセントくらい含まれてるのか。俺のことを心配してるのか、それとも、自分の利益を計算してるのか。

ああ、俺ってホントに嫌な奴。俺を大好きだって言って、わざわざあの世から引き返してきてくれた相手を、こんな疑いのまなざしで見るなんて。少なくともこいつは俺にとって、世界中で一番大事だった奴なんだ。佑亮に会うまでは。

でも——。

「彼に何か言われたの？　友城がこんなに悲しそうな顔をするほど、ひどいことを言われたの？」

雪里にとっては、今の状況は好都合なはずだ。恋人に捨てられた俺を慰めて、自分の方を向かせる絶好のチャンスなんだから。

「もう帰ってこないって言われた。もっと勉強するんだって。このまま、アメリカに住むって決めたんだって」

「……」

　雪里は何も言わなかった。俺が目で訴えても、どんな言葉もくれなかった。雪里、どうして？

　なんでもいいから何か言って欲しくて、整い過ぎて人形っぽい顔をじっと見つめていると、雪里は、諦めたみたいにふっと表情を緩めて言った。

「なんで友城は追っかけていかないの？」

「え？」

　思ってもみなかった言葉に、俺は一瞬言葉を失った。なんて答えていいのかわからなくてぽかんとしてると、トンッと肩を叩かれた。

「会いたいんでしょ？　世界中で一番大事なんでしょ？」

「あ……」

　さっきの話、聞いてたんだ。じゃあ……じゃあ俺、雪里を傷つけちゃったろうな。俺にとっての一番は、もうおまえじゃないって言ったも同然なんだから。

「どうしたの？　友城らしくないよ。俺の知ってるおまえって、いつだって強くてかっこよかった。いつだって俺のヒーローだった。いつだって俺を守ろうとしてくれた。

あの友城はどこ行っちゃったの？　樋口さんのことが心配なら、なんでその目で確かめてこようって思わないの？」

「雪里、俺……」

「向こうから来るのを待ってるだけ？　自分から動いて、確かめに行かなくっていいの？」

「だって……なんでおまえ、そんなこと言うんだよ？」

今がチャンスなんじゃないか。今の弱った俺に付け込めば、もしかしたら俺は、またおまえのもんになるかも知れないんだぞ？　雪里、なんでおまえ、そんな、自分から俺を突き放すようなことするんだよ？

また心の声が聞こえたみたいに、雪里がふっと微笑んだ。ああ、この顔。確かに、俺の知ってるあの雪里だ。でっかくなちゃって、髭まで生えるようになっちゃったけど、間違いなくこれは、俺の雪里だ。

「なんで？　だって俺、友城が世界中で一番大事だもん。友城が悲しいのは嫌だから。俺のせいでおまえがずっと心を塞いだままだったから、俺は戻ってきたんだよ？　けど、ちょっと遅かった。友城の心の鍵は、今では樋口さんが持ってるんだね。でも今、それがどっかにいっちゃったんでしょう？　だったら、探しに行けばいいじゃない。俺、応援するよ。だから行きなよ、アメリカ」

「何バカなこと言って。だっておまえ、俺と佑亮の邪魔ばっかしてたじゃん」

おまえの姿が見えない佑亮が、おまえに悪戯されるたびに不思議そうに辺りを見回してるのを、おまえ、面白がって見てたじゃないか。

「あれはあれ。これはこれ」

「何、それ」

「いいから。それより、樋口さんはアメリカのどこにいるの？　教えてよ。俺も考えるから」

「考える？　何を？」

ぼけっと返事したら、バシンと背中を叩かれた。

「しっかりしなよ、友城。樋口さんに会って友城がどうしたいのか、どうするのが一番いいのか、一緒に考えようって言ってるの！」

ああ……そうなのね。

「会いに……行けばいいんだろ？」

ふてくされ気味に答えると、雪里があっさりと言った。

「一緒に行こうか？」

「えっ……！」

認めたくないが、この時の俺の顔、めいっぱい期待に溢れてたと思う。なんだよ俺、典型的ダメ男じゃないか。彼氏に冷たくされたってママに泣きついて、あげくに、一緒に抗議しについてってもらおうだなんて。いや、抗議しに行くわけじゃないけど。

「嬉しそうな顔しちゃって。いいの？　俺、ほんとにくっついてっちゃうよ？　もしかしたら、あっちで友城たちの邪魔しちゃうかもよ？」

「え？　っとそれは……」

もごもごしてたら、またバシンとどやされた。今度のは本気で痛かった。

「どうするの？　ちゃんと自分で決めなよ、友城」

「ちょっと……考える」

「何を？　無駄なインターバルは認めないからね」

「う……わかった」

俺は渋々約束すると、叱られた子供みたいに萎れてしまった。

それからどうしたかっていうと、俺も雪里もちゃんと仕度を整えてチェックアウトし、外へ食事をしに出かけた。

雪里はその晩のフライトで札幌へ帰ることになったんで、俺は羽田まで奴を見送りに行った。

「いい？　ちゃんと決心がついたら知らせてね。俺、なんとかスケジュール調整して一緒に行くから」

空港へ向かう道すがら何度も念を押されたことを、搭乗手続きが終わっていよいよさよならする真際、もう一度繰り返された。

「わかってるよ。けどおまえ、そんなに簡単に休めるの？」

「友城のためだったら、どうにでもするよ。そこんとこは心配しなくていいから」

にっこり笑って答える顔を、ついまじまじと見つめてしまう。大学の研究室ってそんなに暇なのか？　いやいや、そんなはずない。じゃあ、雪里はやっぱり俺のために、無理して休みを取ってくれるつもりなんだろうか？

　結局、二日間一緒に過ごした「橋野雪里」がいったい何者だったのか、腑に落ちないまま俺たちは別れた。

　雪里を乗せたジェット機が夜空に駆け昇ってゆくのを見送りながら、俺はぼんやり反芻してた。めまぐるしく過ぎたこの二日間のことを。それはある意味、あのボロアパートでポプリと暮らしてた時よりも、もっと摩訶不思議で濃密な時間だった。

　いったい、俺の知ってた雪里って何者だったんだろう？　そもそも、人間だったんだろうか？　初めて会った時からここまでのすべては、実は、雪里の仕組んだ計画だったのかも。だったら俺は、最初っから騙されてたわけか。あの可愛らしい妖精に。

（もしかして俺、クラゲの妖怪に見初められたのかな？）

　そんな考えが浮かんで、思わず苦笑する。それならそれでもいいや。人間とうまくいかないんなら、もうそっちの世界に行っちゃっても。案外、その方が楽しいかも。彼氏の心を疑って、こんなどろどろした感情を持たなくってもいいんなら。

いつしか俺の心の中は、遠い国で何をしているのかわからない恋人のことよりも、ついさっきまで隣にいた雪里で占領されていた。

と。夜空に向いていた目が、見慣れないものを捕えた。

(なんだ……？　あれ)

星のない空を横切って、細く光る筋が伸びていく。それはちょうど、青空に浮かぶ飛行機雲によく似ていた。

(まさか、ＵＦＯ？)

ならば、すっごいみっけものだ。不思議なものには多々遭遇したけど、ＵＦＯは初めてだ。

(写真撮らなきゃ！)

そう思って、慌ててスマホを取り出してから気がついた。回りの誰も、あれを見上げていない。誰も、夜空を指差して騒いだりしていない。俺だけが、焦ってスマホを構えようとしていた。

(みんな、あれが見えないのか？)

きょろきょろしてるのは俺だけだ。そうこうするうち、光の筋は空の果てまで伸びていって、最後に、先端がピカッと光って消えてしまった。

（花火？　それとも、離陸した飛行機が爆発した？）

わけじゃなさそうだ。相変わらず俺の周囲の人たちは、旅立つ人と別れを惜しんだり、楽しい旅行に胸を膨らませたり、ビジネスの予定をタブレットを見ながらチェックしたりしてる。なんてことない空港の一場面だ。

キツネにつままれた気分で、俺はもう一度夜空を見上げた。光の筋は、もうどこにも見えなかった。

第二十一章　ワルツ

１．敵地にて

「わあっ……」

　飛行機を降りたとたん、ここは日本じゃないんだって実感が、じわじわと身体中に浸みてきた。

　ここは、ジョン・Ｆ・ケネディ国際空港。

　つまり、ついに俺は来ちゃったんだ。佑亮の陣地に。彼の現状を確かめるため、乗り込んできたんだ。ただし、まあ……一人じゃないけど。

　俺はお上りさん丸出しで、辺りをきょろきょろ見回してしまった。日本から一歩も出たことのない俺にとっては、何もかもが物珍しくて新鮮だった。目に入るもの、耳に聞こえてくるもの、皮膚が感じる空気。何よりまず、匂いが違った。

　それから、回りで聞こえる会話が、ほとんど意味を持って頭に入ってこない。鼓膜を震わすのは騒々しい音であって、言葉ではなかった。

（こんなことなら、もっと英会話の勉強しときゃよかった）

しょっぱなから猛省してると、傍らにいる背の高いのが、しばらくあちこちに向けてた視線を止めた。そっちに目をやると、こちらも随分とでかい人物が、こっちに向かって手を振っている。

「雪里、あの人？」

俺が唯一自由に使える言語で聞くと、雪里は自分も相手に手を振り返しながら、「うん、そう」とそっけなく答えた。そんな相方の様子に不安が増してきたところへ、遠くで手を振っていた人物が駆け寄ってきた。

「おかえり、ユキリ。久しぶりね。あら、またきれいになったんじゃない？」

満面の笑顔で俺たちを迎えてくれたその人は、近くで見るとでかいのがさらに拡大されて、俺は思わずすくんでしまった。身長は二メートル近く。太ってはいないけど、骨格が違うのか、とにかくごつい。全身どこ触っても硬そうだ。

その巨人（あくまで俺目線で）の口からまったく訛りのない日本語が飛び出したんで、

緊張して構えてた俺は、いきなり拍子抜けしてしまった。

「ハリケーンが来るっていうんで心配してたんだけど、みごとに外れたわね。ユキリ、やっぱりあなたって晴れ男なんだわ。でも、とにかく無事に着いて安心した」

きつく癖のついた長いブルネットの髪を片耳にかけながら、巨人族の彼女（？）は、真っ赤なルージュを引いた大きな口をかぱっと開けて笑った。そこから覗いた前歯が異常なほど真っ白なんで、俺はまた目を剥いた。まったく、この人には驚かされることばっかりだ。

「さあ、行きましょ。下に車停めてあるの」

巨人女がくるりと踵を返すと、派手な水玉模様のスカートの裾がひらりと翻り、やっぱり頑丈そうな脚が覗いた。まるでスプリンター並みに筋肉が付いてるそれを、俺は意外にも美しいって感じてしまった。

「ねえ雪里、あの人女？　それとも……」

先を行く彼女から少し間を空けて後ろを歩きながら、俺はこっそり相棒に囁いた。

「何言ってんの。女性に決まってんじゃん」

呆れたように雪里が答える。あれ？　そういえば、すれ違う誰も、彼女に好奇の視線なんか向けてない。こっち来て俺、目がおかしくなっちゃったのかな？　それとも、みんな何か特別なコンタクトでも付けてるの？　疑問に感じてるのって、俺だけ？

俺を驚かせた彼女は、雪里がこっちの大学にいた時に一緒だったんだそうだ。京大と九州大の大学院にいたこともあるとかで、どうりで日本語がうまいはずだ。俺がそう言ったら、雪里は

「そんなことないよ。十年いたってしゃべれない人はしゃべれないし。彼女は努力家なんだよ。すっごく勉強してたんだから」

と反論してきた。やっぱ、俺の語学力ないのは努力不足か。

ところで。俺がやっと、佑亮に会いにアメリカまで行くって決心した時。冗談かと思ってたのに、雪里は本気でついていくと言ってきかなかった。

「だって友城、海外は初めてなんでしょ。地理だって不案内だし、だいいち、英語しゃべれないじゃん」

と、断じて俺の一人旅を許してくれなかった。今思うと、会いに行くのが佑亮だっ

たからなんだろうな。

ついでに、あっちに住んでる親友がいるから、いろいろ下調べをしてもらうとかって言ってたのが、今、俺たちを乗せたセダンのハンドルを握ってる彼女だ。名前はデナリなんとかって言うんだけど、何度聞いても覚えられない。

「それにしても、こっちでこんな友達作ってたなんて、なんだか俺、おまえにも置いてかれた気ぃするよ」

溜息を吐きながらぼやくと、雪里が不思議そうに俺を見て言った。

「なんで？　俺、三年もこっちにいたんだもん。そりゃ、友達くらいできるよ」

さもなんでもないことみたいに返されて、さらに落ち込む。

「三年もって。俺なんか、きっと十年いたってダメだと思うよ。おまえは相変わらず社交的だな」

こいつは俺と一緒に子供時代を過ごした雪里じゃないんだから、性格が同じとは限らないんだぞ、と思いながらぼそぼそ返すと、

「ダメって言わないの」

と、ぴしゃりと言われた。

「ダメかダメじゃないかってのは、最初の気持ちで決まっちゃうんだから。友城はさ、自分のこと卑下し過ぎだよ。もう引き籠もりでもニートでもないんだからさ。職場でだって、みんなに信頼されてたじゃない。もっと自信持ちなよ」

ああ……引き籠もりだのニートだのって、彼女の前で言わないでください。これだけ日本語堪能だったら、もちろん知ってるよね？　引き籠もりの意味。

そう危惧する側から、運転席のデナリが、興味津々の目をしてバックミラー越しにこっちを見た。

「あら、ユキの彼って引き籠もりだったの？　ぜんぜんそうは見えないけど」

ほら見ろ、やっぱわかってんじゃん！　って、ちょっと待て。彼？

「でしょ？　こいつはさ、自分のこと過小評価するの得意なんだ。ちゃんと鏡見てみなよって、いっつも思ってるんだけど」

「いっつも？」

いっつもっていつだ。俺が今のおまえに会ったのは、ついひと月ちょっと前だぞ。

その前はおまえ、ポプリだったんじゃないか。でもって、さらにその前は……

「だめ、友城」

雪里が、そっと俺の膝に手を置いた。まただ。やっぱり心の中を読まれてる。もしかしてこいつ、生まれ変わってエスパーになったのか?

「また要らないこと考えようとしたでしょ。よけいなこと考えないで、ありのままの俺を受け入れてよ。今の橋野雪里をさ」

そのままぎゅっと手を握られると、デナリが「あ〜あ」と、わざとらしい溜息を吐いた。

「なんだか暑くなってきちゃった。窓開けていい?」

そう言って、本当に運転席側のウィンドウを開けた。冷えた外気と共に、外の騒音も車内に流れ込んでくる。俺は雪里に取り囲まれたような気分から、少しだけ解放された。

「本当にユキは、トモキにぞっこんなのね。こっちにいた時も、あなたの話ばかりしてたんだから。結構モテてたのに、誰の誘いにも乗らなかったのよ? 自分にはもう、決めた相手がいるからって」

「え……」

驚いて隣の男を見ると、色白のほっぺたがリンゴみたいに赤くなってた。

「なんて……なんて話してたんですか？　俺のこと」

俺は運転席の方へ身を乗り出すと、勢い込んで聞いてしまった。

「そりゃあもう、聞いてるこっちが恥ずかしくなっちゃうようなことばっかり。ユキにとってあなたって、子供の頃からヒーローだったのねえ？」

「子供の頃……」

いったい、いつの話をしてたんだ？　俺の知らないおまえは、俺の知らないとこで、俺の知らない俺と過ごしてたってことか？　いや、戻ってきてから俺に会ったのは、この間が初めてだって言ってたよな。

「デナリ、もうやめようよ、そんな話。本人が困ってるじゃない」

こっちを横目で見ながら、雪里が窘める。「あら、ごめんなさい」と肩をすくめるデナリの背中を眺めながら、俺は、どこか知らない世界に紛れ込んでしまったような心もとなさを感じていた。

それは、ここが外国だっていうことよりも、雪里の支配する世界に閉じ込められてるような、非現実的な感覚に由来するものだ。ここは俺の知ってる世界じゃない。誰の陣地かは知らないけど、少なくとも俺のじゃない。

そう感じる側から、俺は日本が、東京が、丸の内にある自分の所属するあの場所が、猛烈に恋しくなってきた。

そう、そんなふうに感じるくらいまでには、俺はあの職場に馴染んでたんだ。自分の居場所だって感じてたんだ。そしてそこで出会った佑亮は、俺にとって一番大切な心の拠り所なんだ。だからこそ、彼に会いに遥々ここまで来たんだから。

でも、それだけじゃない。会うだけじゃなくて、俺は佑亮を取り返したいんだ。俺の居場所を形作ってる重要な一ピースとして、どうしても彼が必要なんだ。

佑亮がいて、二人で暮らす部屋があって、そして、俺を必要としてくれる職場があって。それらが全部そろわないと、俺は落ち着かない。幸福な気持ちにはなれない。

だから、早く佑亮に会いたい。会って、直接事情を聞きたい。それから、もちろんこう言うんだ。

「一緒に帰ろう、佑亮」

2．光の中の影

デナリが連れていってくれたのは、ホテルではなく、どう見ても誰かが住んでるようなフラットだった。

「ここ？」

中に案内されてきょろきょろしてると、デナリと雪里はすっかり話がついてるらしく、何日までいていいとか、家具や寝具は自由に使っていいとかなんとか……途中から英語になっちゃってよくわかんなかったけど、要するに、俺がいたいだけ、ここで生活していいということらしかった。

「じゃあね。また明日の朝」

そう言い残して、彼女が大きな身体を音もなくドアの向こうへ消してしまうと、俺はなんだか、身体中のエネルギーを吸い取られたような気がして、へなへなとソファに倒れ込んでしまった。

そのソファは、ちょっとアンティークっぽいシンプルな縞柄の布張りで、身を預けると、微かに遠い時代の匂いがした。

「疲れた?」

　雪里も隣に腰を下ろすと、俺を見て柔らかく微笑んだ。

「初海外だしな。気が張って肩凝った」

　答えてから肩と首を回し、ついでに部屋のなかをぐるっと目で偵察する。ワンフロアだけど、たぶん二十畳くらい……いや、もっとありそうだ。今座ってるのと合わせて、ソファが三つとベッドが二つ、部屋の反対側にオープンキッチン。床のあちこちに、パーテーション代わりみたいに、大振りの観葉植物が置いてある。その緑のおかげで、部屋の空気がずいぶんと心地いいものになってる気がした。テラスに向いた窓の高さは、今借りてるマンションの窓より、たぶん五十センチは高い。天井も高くて、頭の上ではスモーキーグリーンのレトロなシーリングファンが、ゆったりと回っていた。

「どう?　この部屋」

雪里が期待に満ちた顔で聞いてきたので、「ここ、あの人の部屋?」と聞き返したら、雪里は笑って首を振った。

「違う、デナリの友達の部屋。彼女、今長期で海外出張に出ててさ。その間ここを空けとくのもなんだからって、知り合いに貸し出すことにしたんだって。それを俺が借りたの」

「あ……そ、そう。じゃあ、家賃日割りで払うから」

宿泊先も含めて、こっちへ来てからのことは全部任せてくれって雪里に言われて、俺は素直にお任せしてしまったんだけど、まさか、部屋借りちゃうなんて。

「あ、でも俺、一週間しかこっちにいられないよ? そんな短期でもいいの?」

立て続けに所帯じみた質問を浴びせかけられて、雪里が吹き出した。

「だから、俺に任せてって言ったじゃん。部屋代は日割りの折半ってことで、ちゃんと後から請求するから」

やっぱそうか、そうだよな。けど、こんな立派なとこ、いったいいくらくらいかかるんだろう?

にわかに不安になって預金の額なんか計算してると、雪里が「あ、ホテル取るのの半分以下だから。二人で」と、またしても、俺の心の声に答えてくれた。

「だって、ボランティアみたいなもんだもん。ちゃんと掃除はするし、防犯にもなるでしょ？　家って、放って置くとどんどん傷むからさ」

そう言ってからふと遠い目をして見てたのは、もしかしたら、あのばあちゃんちだろうか？　この雪里にも、あの優しかったばあちゃんがいるかどうかは不明だけど。

ひとまず俺の不安要素を取り除いてくれた後、雪里は俺を連れ出すと、少し街中を案内してくれた。そのままイタリアンレストランで夕食を食べ、八時過ぎに部屋に戻った。

シャワーを浴び、持ってきた寝間着に着替えた時には、もうまぶたがくっつきそうだった。

「友城はパジャマ派なんだね」

向かいのベッドでこっちを向いて寝そべりながら、雪里がふと言った。

「うん。なんで？　おまえだってそうじゃん」

雪里は、彼の髪と肌の色によく合う、若草色をしたコットンのパジャマを着てる。よく見ると、小さな四葉のクローバーがストライプになってて、なかなかかわいい。

「樋口さんってさ、パジャマ着てなかったじゃん」

「！……」

いきなり心臓をど突かれたみたいな気がした。なんだよ。何も今、そんなこと思い出させなくたっていいだろ。

「佑亮は、パジャマは窮屈だからって……」

「浴衣だとすぐはだけちゃうから、脱ぐの楽だしね」

にやにやしながら、雪里が意地悪く言う。このヤロ、やっぱポプリの時見てたな！

もじもじして目を伏せてしまった俺に、ベッドを下りた雪里がそっと近づいてきた。

「ごめん。けど、明日は本物に会えるんだからさ。もうちょっと辛抱して？」

優しく髪に触れてくる手の感触は佑亮のそれとは違うけど、俺の気持ちを慰めてくれるのには十分な効果があった。

「友城に教えてもらった樋口さんの住所、デナリが調べておいてくれたから。ここから車で二十分くらいだって。結構いい場所みたいだよ?」

優しく言う声のどこかに、なんだか違和感を感じるのはなぜだろう? 俺は、眠りに滑り込みたがる頭を必死で引き留めようとしたけど、だめだった。ゆるゆると撫でられる心地よさも手伝って、思考はどんどん流れていってしまう。もういいや。考えるのは明日にしよう。

「樋口さんには、友城が来るって伝えてあるの?」

まるで子供を寝かしつけるみたいに俺の頭を撫でながら、雪里が聞いた。既に俺の周囲は薄い膜で覆われていて、声はその向こう側から聞こえてくる。なんだか、現実の声じゃないみたい。

「ううん。教えちゃったら、あの人きっと逃げちゃうから。ふいを突いてびっくりさせてやるんだ。いいんだよ、俺をないがしろにした罰だ。ぜったい逃げ隠れできないようにして、捕まえてやるんだ。捕まえて……」

「捕まえて?」

雪里の声が遠くて優しい。なんだか、おかあさんのお腹の中で聞いてるみたい。

「捕まえて……二度と逃げないように、ぎゅってして……」

「ぎゅってして?」

「キスして……」

半分蕩けた脳みそのどこかで、誰かの唇が髪にそっと触れたのを感じて――そのまま俺は、深い眠りの渕に滑り落ちてしまった。

＊＊＊

翌朝。部屋で簡単な朝食を作って（なんと部屋の冷蔵庫には、そこそこ暮らせるだけの食料が詰まってた）二人で食べてたら、ドアチャイムが鳴ってデナリが現れた。

今日のいでたちは、ぴっちぴちの真っ赤なスリムパンツに、豊かなバストに嫌でも目がいっちゃう、襟ぐりの大きく開いたあでやかなグリーンのセーター。その上に、丈の短い白いダウンジャケットを羽織ってて、見てるとなんだか目がチカチカする。

「おはよう、二人とも早いのね。時差ボケでまだ寝てるかと思ったのに」

白い歯を覗かせて彼女が入ってくると、まるで真夏の太陽が雲間から顔を出したみたいに、部屋の中が一気に明るくなった。

「あら、ちゃんと食事作ったんだ？　どうせユキのことだから、ろくなもん食べてないんじゃないかと思って、これ買ってきたのに」

デナリが手にしていた紙袋を掲げると、いい匂いが空気を揺らした。

「ベーグル？　中身何？　あ、ブルベリークリームチーズだ！」

デナリの手から紙袋をもぎ取ってがさがさと口を開け、雪里が歓声を上げた。こういうとこ、ポプリのまんまだな。

「せっかくだから、こっちも食べようよ。デナリも座って。今、コーヒー淹れるから」

「サンクス」

軽く言って、デナリがダイニングの椅子に腰かける。心配したほど窮屈じゃなさそうだ。

それにしても、この人と雪里って仲いいよな。親友とかって言ってたけど、彼女みたいだ。じゃあ俺は？　俺も親友？　それとも……。

「でね。せっかくだから車出したの。案内するわ。ミスターヒグチの住んでるとこまで」

はっと我に返ると、二人の間で話が勝手に進行してた。

「案内って……デナリさん、仕事は？」

今日は月曜だ。それとも、土日が休みじゃない職業？　心配になって聞くと、すかさず雪里が答えた。

「彼女は大丈夫。フリーランスだから」

「フリーランス？　何やってるんですか？」

てっきり、雪里と同じ研究畑かと思ってたのに。

「サイエンスライター。専門を生かして、主に生命科学関係の記事を書いてるんだよ」

本人の代わりに、また雪里が答えた。

「そう。ほんとは研究室に残りたかったんだけど。でも、わたしやユキなんかがやってきた研究を、一般の人にも興味を持ってもらうよう尽力するのも、わたしの役目だって目覚めたの」

デナリが説明すると、横合いから雪里が「彼のためじゃないの？」と、意味深な目をして太い脇腹を肘で小突いた。

事情がよくわからない俺は、なんだか仲間外れにされた気分で居心地が悪かった。外国で、知らない人。日本語は話すけど、見た目は俺らとかけ離れてる。そりゃ、日本にだって外国人はたくさんいるけど……つまりなんだ、猛烈なアウェー感っていうか……あ、そうか！　こっちじゃ、俺が外国人なんだった！

また一人で取り留めのない思考の海に漂ってたら、腕を抓られた。振り向くと、雪里がちょっと怖い顔でこっちを見てた。

「何？」

「何？　じゃないでしょ。どうして友城は、そう一人になりたがっちゃうのかなあ。悪い癖だよ？　昔から」

「え……そ、そう？」

昔っていつだ。おまえ、俺のどこまで知ってるんだ？　だいいち、ずるいじゃないか。

いっつもそうやって、俺のことならなんでも知ってるみたいに振る舞うの。俺の持ち札の方が、おまえよりずっと少ないんだぞ。

ぶすっとしてコーヒーカップに顔を埋めると、向かいからクスリと笑う声が聞こえた。

「ほんっと、ユキってトモキが好きなのよねえ。そうやって面倒みてるとこなんか、まるでおかあさんみたい」

「おかあさん……ですか」

俺はカップから顔を上げると、デナリを見た。俺に向けられた瞳が妙に優しい。

「子供の頃のユキを知ってるなんて、なんだか羨ましい。きっと、すっごくかわいかったんでしょうね」

デナリが大きな黒い瞳を輝かせて、俺と雪里を見比べた。そうか。彼女からすれば、自分の知らない雪里を知ってる俺が羨ましいのか。

そう考えたら、俺はなんだか溜飲が下がった気がした。なんだ、この気分。まるで、デナリと俺とで雪里を取り合ってるみたいじゃないか。

三十分ほど談笑してから、デナリは俺たち二人を車に乗せると、佑亮が住んでる場所まで連れてってくれた。

「ここよ。あなたに教えてもらった住所は」

そう言って、デナリが車を止めた。先に様子を見てくるからと、一人で表へ出ていく。

俺は車の中からおずおずと周囲を見回してみたけど、想像とのあまりの落差に愕然としてしまい、雪里にせっつかれるまで車から降りるのを忘れていた。

「出よう」

雪里に腕を取られて外に出ると、先に降りていたデナリが、心配そうにチラリと俺たちを振り返った。

「ここ……」

目の前の建物を呆然と見上げる俺の隣に立つと、雪里が、守ろうとするみたいに肩に腕を回してきた。

「ほんとは長居したくないんだけど。車のエンジンはかけておくから、部屋に行きたいんなら上がってみたら？」

あまり気乗りしない様子で、デナリが言った。

「友城」

デナリの言葉に無反応だった俺は、雪里に身体を揺すられて我に返った。

「雪里……これ、どういうこと？　俺の聞いてた住所、間違ってたのかな？」

そういえば、佑亮とは電話やメールのやり取りはしてたけど、部屋の様子を見せてもらったことはなかった。だからちっとも考えなかった。彼がどんなとこで暮らしているのか。勝手に想像はしてたけど。

「留学先の仲間と、部屋をシェアしてるって聞いてたんだ……」

やっと俺の口から出てきたのは、ほとんど独り言みたいなつぶやきだった。

「少なくとも、シェアハウスじゃないみたいよね。どう見ても」

腰に両手を当ててその建物を見上げながら、デナリが断言した。

「友城、どうする？」

心配そうに聞く雪里の声も、ほとんど耳を素通りしていく。

（佑亮……ほんとにここに住んでるの？）

今目の前にある八階建てのビルは、およそ俺の知ってる佑亮のイメージじゃない。むしろ正反対だ。築何年くらいだろう？　煤けた壁一面、なんでこんなとこまでっていう高さまで、スプレーの落書きが覆っている。通りに向いて並んだ小さな窓は、壊れたブラインドがかかっていればいい方で、嵌ったガラスが割れているのや、そもそも人なんか住んでなさそうな窓、開けっ放しで騒々しい音楽が漏れてくる窓やらで、どれも個性的なんだけど……やっぱりここは、俺の知ってる佑亮が選びそうもない場所だ。

それでも、あの窓のどれかに彼がいるのかもしれないと思うと、俺は矢も楯もたまらなくなり、薄暗い入口の階段に足をかけた。

入ってすぐのところに年代物のエレベーターが一基あり、俺が乗り込もうとボタンを押しかけると、後を追ってきた雪里に止められた。

「エレベーターは使わない方がいい」

「なんでっ？」

前のめりな気持ちに水を差されて思わず怒鳴ったら、「危ないだろ」と、そっけなく返された。後から俺たちを追ってきたデナリも同意する。

「って言うより、そもそも長居しない方がいいわ。だいいち、あなたのお友達がここにいるとはとても思えない」

同情と心配がミックスされた大きな瞳で見つめられると、彼女の言葉がより真実味を帯びて聞こえる。

俺はエレベーターとその向こうの階段を見、蛍光灯がバチバチと瞬きしている天井を見上げてから、力なく頷いた。きっと、彼女の言うのが正しい。だって、ここは彼女の国だから。

3．ねじくれた謎

さすがアメリカと言おうか。勉強のため、佑亮が一時的に籍を置いていたという法律事務所のロビーに立った俺は、正直溜息も出なかった。

「やっぱ、ぜんぜんスケール違うよなあ」

傍らの相棒にこそっと囁くと、彼は「大きいばかりがいいわけじゃないよ」なんて、慰めてくれたつもりなんだろうが、逆に凹むようなことを言ってくれた。

デナリは、かなり色々調べてくれてたらしい。おまけに、この事務所にも予めアポイントを取っておいてくれ、おかげで俺たちは、門前払いを食わずに済んだわけだ。

俺は、佑亮が直接世話になっていたという弁護士と会えることになった。これ、ほとんど奇跡に近いらしい。俺みたいなどこの馬の骨ともわからない外国人が、いきなり話を聞かせて欲しいって言ったって、普通じゃ歯牙にもかけてもらえないんだろう。

そこを、デナリが職業柄持ってる人脈をフル活用して、アポを取り付けてくれたんだとか。なんでそんなに親切にしてくれるのって聞いてみたら、

「だって、ほかでもないユキリの頼みだもの」

なんて、なんのためらいもなく答えてくれた。

「おまえ、ずいぶん人望厚いんだな」

半分やっかみを込めて言うと、雪里は「まあね」と、軽く肩をすくめてみせた。

十分ほども待ってると、シュッとした若いアジア系の男が現れた。デナリが俺を紹介すると、彼は絵に描いたような笑顔で俺の手を握ってきた。同じ平たい顔をしてるけど、仕草やたたずまいはやっぱりアメリカ人だ。

「ようこそ、ミスターミカミ。ハロルド・ヤマダです。ユウスケ・ヒグチのことをお聞きになりたいとか?」

通された応接スペースで、ハロルドは単刀直入に聞いてきた。俺は英語に不自由なんで、そこは、デナリと雪里が通訳してくれる。ほんと、持つべきものは友達だな……って、デナリも?

「そうです。お電話でもお話しした通り、この三上友城氏は日本での樋口さんの親しい友人なのですが、ひと月ちょっと前、樋口さんが突然彼に電話してきて、日本で籍を置いていた職場を辞める、帰国する気もないと伝えてきたきり、音信普通になってしまったというのです。その後どうなったのか何の手掛かりもないので、郷を煮やして、こうしてアメリカまでやってきたというわけなのです」

デナリが、まるで原稿を諳んじるみたいにすらすらと事情を説明してくれた。細かい内容はわからなかったけど。

ここを訪ねたら何をどう聞くか、予め三人で話し合って決めてある。デナリの次に、雪里が口を開いた。

「彼はどうしてここを辞めたんですか？　予定では、年内はこちらでお世話になるはずだったと伺っていますが。辞める前に、何か変わったところはありませんでしたか？」

ハロルドがちょっと考えるように、細く開いたまぶたの向こうで、小さな目玉をぐるりと回した。

「変わったというか……そもそも、彼はちょっと変わってましたね。他人の人格をどうこう言うのは、好きではありませんが」

「変わってる」なんて、およそ佑亮には縁遠い評価だ。でき過ぎて煙ったがられることはあったけど、彼を変わり者呼ばわりする奴なんて一人もいなかった。少なくとも、一緒に働いてた頃は。

「変わってた……って、どういうふうに?」

思わず日本語で聞いてしまったら、ハロルドが少し当惑気味に、デナリと雪里を交互に見た。

「日本では、彼はまじめで仕事のできる優秀な男だって、評判だったんですよ」

横から雪里がフォローすると、ハロルドが相槌を打った。

「ああ、それはそうでしょうね。その点は、みんな認めてましたよ。でもね」

「でも?」

デナリと雪里が、同時に同じ言葉を言った。もちろん英語で。俺だけ、バカみたいに口を開けてハロルドの顔を凝視してた。

「彼にはどこか、どうしても馴染めないところがあった。なんて言うか……わざと馴染ませないように、自分から仕向けているというか……ああ、うまく説明できないな。とにかく、違和感があったんです」

「違和感？　佑亮に？」

間髪を入れず通訳してくれるデナリの言葉を受けて、俺は思わず聞き返してた。

「いったいどんな？　佑亮が日本人だから？　それとも、特別待遇で入ってきたから？」

立て続けに口から飛び出す俺の質問を、ほぼ同時に英語に変換してくれるデナリの言葉を聞くうちに、ハロルドの眉間にはだんだん深い皺が寄ってきた。

「特別待遇？　それはどういうことですか？」

ハロルドが驚いたように聞き返した。その反応に、俺の不安はいよいよ本格的になってくる。

「ロースクールの先生の紹介で、勉強のためにここで働くことになったって聞いてたんですが」

俺の日本語をデナリが通訳し終えると、ハロルドが難しい顔で黙り込んだ。やばい。俺が必死で抑え込んでた佑亮への不信感が、せっかく被せた土を持ち上げて芽を吹き、双葉を広げた。

「そんなふうに説明してたんですか、彼は。残念ですがミカミさん」

ハロルドが、今までにない厳しい顔を俺に向けた。

「そんな甘い話、この国のどこにも存在しませんよ。それに、失礼ですがミカミさん、あなたは我が国のビザについて、ほとんど何もご存じないようですね」

「え……」

「少なくとも、彼は留学していたわけではありません。このオフィスに来た時、彼はちゃんと就労ビザを取得していましたから。仮に留学生だったとしても、学生ビザで就労する条件を、彼は満たしていなかったはずです。それにね、ミカミさん。ここにいるのは、第一線で戦うために自分で実力を身に着けてきた者ばかりなんです。いくら勉強のためだからって、中途半端な未熟者の世話を焼いてる暇なんて、誰にもありませんよ」

「え。でも……だって、さっきあなたは、佑亮……樋口さんは、優秀だったたって言ったじゃないですか！」

思わず喧嘩腰で聞き返した俺の袖を、雪里がそっと引いた。それを見たハロルドの瞳が、ほんの少しだけ優しくなる。

「ですから。ヒグチさんは、決して未熟者ではなかったということですよ」

その言葉に、俺も雪里も、それからデナリも、ハロルドの顔をまじまじと見た。

「彼は、とある人物の紹介でここに来たんです。その人物は日本の方で、樋口さんとは旧知のようでした」

「友城、心当たりある？」

雪里が俺を見て囁いたけど、そんなもんあるわけない。俺は、負けた感満載で首を振った。

「じゃあ……じゃあ、学校へ通ってたっていうのは……嘘……だったんですか？」

うなだれたまま、俺はハロルドに尋ねた。

デナリが通訳し終わると、彼はきっぱりと答えた。

「わたしの知る限りそうなりますね。だいいち、うちであれだけ仕事をしていたら、学校へ通う暇なんてなかったでしょうから」

俺は、コンクリートの塊を頭に投げつけられた気がした。

佑亮は俺に嘘を吐いてたんだろうか？　いったいなぜ？　どんどん膨らんでくる疑念に圧し潰されそうになっていると、気の毒に思ったのか、ハロルドが付け足しみたいに言葉を継いだ。

「ただ……」

「ただ？」

雪里とデナリが即反応したけど、俺の頭には、こんな単純な英語も入ってこなかった。

「彼のプライベートなことは、誰も知らないんです。仕事以外では誰とも付き合いがないようでしたし。むしろ、そういうことすべて、自分から避けていたように見えました」

それはわかる。あの事務所でもそうだった。彼が親しく付き合ってたのって、たぶん俺くらいだ。

「それがなぜなのか、理由はわたしにもわかりません。ただ、彼は優秀な人材だったので、些細なことをほじくり返して居心地を悪くさせるようなこともないと……わたしたちはそう考え、詮索はしませんでした」

「じゃあ、佑亮……樋口さんは、なんで唐突にここを辞めちゃったんですか？」

日本にいた時もそうだった。佑亮は、なんの前触れもなく俺といた事務所を辞めて、友人のやってるっていう特許事務所に移り、それからまた、アメリカに行きたいって言い出して……。

「きっと、もっといい条件のところを見つけたんでしょうね」

なんでもないことのように、あっさりとハロルドが答えた。

「よくあることです。彼のような人材なら、欲しいというところがあってもちっともおかしくない。それに、ユウスケはかなりの上昇志向でしたから」

ハロルドがいきなり佑亮のファーストネームを呼び捨てにしたので、俺は面食らった。なんなの？　もしかして佑亮、この男となんかあった？

俺の邪推なんか知る由もないハロルドは、ちょっと難しい顔になって続けた。

「それでも、彼の辞め方はちょっと常識外れでした。ある朝突然、自分の仕事をわたしに押し付けて、自分はもうここにはいられない、と言ったのです」

「ちょっと待って。もうここにはいられないって？　そう言ったんですか？」

驚いたデナリが、通訳するのも忘れて叫んだ。

「そうです。そして、そのままデスクの私物をまとめると、挨拶もそこそこに出ていきました」

「あの……お給料は？」

やだやだ、俺ってば。つい聞いちゃったよ。だって、俺ならそれが一番気になるもん。もらえるものはもらっとかなきゃ。けどこの場合、逆に違約金みたいなの請求されたりするんだろうか？

すると、ハロルドは肩をすくめて言った。

「働いた分は、彼にももらう権利がありますから。けれど、給与分の小切手を渡そうとしたら、届けのあった住所に彼はいなかったのです。携帯電話も、その日を境に通じなくなっていました」

「解約してたってことですか？」

雪里が尋ねると、ハロルドが大きく頷いた。

「おそらく。ほぼ、ここを辞めたと同時に。まるで逃げ出すように、ヒグチさんはいなくなりました」

「小切手？」

俺が首を傾げると、雪里が「こっちでは、給料の支払いは会社が小切手を切るんだよ」と教えてくれたけど……佑亮、それも受け取らないでどこ行っちゃったんだよ？

俺たち三人は、言葉を失ってハロルドを見た。もちろん、彼がでたらめや嘘を言ってるんだとは思わなかったけど、彼の顔のどこかに真実が隠されてるんじゃないかって——三人とも、同じことを考えてたんだと思う。

「皆さんの考えてらっしゃることは、だいたいわかりますよ」

先回りするように、ハロルドが言った。

「でも、違います。わたしたちも、最初、彼がスパイだったのではないかと疑い、事務所中のパソコン、書類、その他すべての機密資料を調べ直しました。けれど、彼はシロだったんです。彼のパソコンはロックもかけずに放置されたままで、データが失われた形跡もありませんでした」

俺たちは顔を見合わせた。

「だったらなぜ樋口さんは、そんなに突然ここを辞めてしまったんでしょう？　その後姿を暗ます必然性も、まったくないように思えますが」

デナリが、もうすっかり自分の興味からって感じで、勝手に質問する。

「さっぱりわからないのです」

ハロルドが頭を振って答える。その顔には、彼こそが一番ダメージを受けているんだと、かなりはっきりと書かれていた。

「逃げるみたいにっておっしゃいましたよね？　ハロルドさんから見て、樋口さんは、何かに怯えているようでしたか？」

今度は雪里が、身を乗り出して質問した。

「わかりません。彼が、仕事以外では自分を職場の仲間から遠ざけようとしていたこと自体が、そもそも何かを隠そうとしていたのかも知れませんし」

腕組みしながら難しい顔で下を向いてしまったハロルドを見て、俺は佑亮に腹が立ってきた。そんな奴じゃないだろ、佑亮。いったいおまえ、こっちで何やってたんだ？

「あ」

何かを思い出したように、突然ハロルドが顔を上げた。

「もしかしたら……あれのせいかもしれない」

「あれ？」

「なになに？」

日本語と英語のごちゃまぜで聞き返すと、ハロルドが、全員の顔を見回して言った。

「ある時、彼に荷物が届いたんです。ちょうど彼は出かけていて、事務所にはいませんでした。私物を職場で受け取るなんてあまり例がないんで、きっと何か急ぎの用なんだろうと思い、デスクの上に置かれていた荷物の送り状を、何の気なしにちらっと見てしまったんですが……」

「それ、どんな荷物だったんですか？」

前に一度、俺は佑亮に国際郵便を送ったことがある。彼の誕生日だったんで、会えない代わりに、ずっと欲しがってた日本映画のブルーレイをプレゼントしたんだ。こっちで見られるのかどうかなんて調べもしないで送ってしまったけど、彼からは「ありがとう」ってメールが来た。

　でも……。

　送った先は、あの怪しいアパートの住所だ。だとしたら、やっぱり彼はあそこに住んでたんだろうか？　少なくともかつては。

「そうですね。ごく薄い……厚みが一インチもないくらいの封筒でした。ちょっと持ってみたんですが、とても軽くて、何か固いものが入っているようでした」

　ハロルドが、今まさにそれを持って重さを量っているみたいに、上に向けた手のひらを上下に動かした。

「ＣＤとか？」

　思わず確認してしまった。それって、もしかしたらあのアパートに送った俺の郵便物が、こっちに転送されてきたんじゃないかって思って。

「そうそう、ちょうどそんな感じでした」

　ハロルドが相槌を打つと、舞い上がって身を乗り出した俺を制して、雪里が冷静に尋ねた。

「で、誰からだったんですか？　送り状をご覧になったんでしょう？」

「見るつもりはなかったんですが……」

ハロルドは、いたずらを見つけられた子供みたいに、きまり悪そうな上目遣いで雪里を見ると答えた。

「とある大手ネットショップからでした」

「アマ○ンみたいな？」

それなら別にどうってことない。アパートにいることが少ないから、ネットで買った物を職場で受け取ろうとしたのかもしれない。

「それが、その……」

なぜか、急にハロルドが口ごもった。心なしか、頬にわずかな朱が差して見える。

「知っている人なら知っている……と言うとおかしな表現ですが、つまり、その……非常にマニアックな趣味の人たちがよく利用している……ああ、もちろん、差出人を見ただけではわかりません。ただ、なんと言いますか……」

「つまり、あなたも利用したことがある、と」

雪里が遠慮会釈もなく爆弾を投げつけたので、俺もデナリも青くなって彼を見た。

でも、雪里は涼しい顔して「実は僕もなんですよね」と、にっこり微笑んでみせた。

デナリは口をあんぐり開けて雪里を見、さっぱり状況が呑み込めない俺は、雪里とハロルドの顔を交互に見比べるだけだった。

「ははは……それなら話が早い」

ほっとしたように、ハロルドの肩から力が抜けた。雪里に向けるまなざしが、さっきよりぐっと柔らかくなったのはなぜ？

「ちょっと雪里、話が見えないんだけど？」

俺が雪里の袖を引いて文句を垂れると、「シッ！　詳しいことは後で教えてあげるから」と一蹴されてしまった。

「けれど、それくらいのことで、あたふたと退職する必要がありますかね？　まあ、樋口氏がとてつもなく見栄っ張りで、たまたま職場に届いたものが皆の目に入ってしまったことを恥じて……というか、気に病んだとして、それが、そんなに重大な失態でしょうか？　だいたい人目に付くのが嫌なら、わざわざ配達先を職場にするはずがないでしょうから」

「そこなんです」

　雪里の意見にハロルドが同意する。さっきのやり取りで、この二人の間に、なんだかちょっとした絆が生まれたみたいな感じがする。

「ではやっぱり、その荷物が直接の原因ではないと……」

　雪里が言いかけると、ハロルドが片手を上げてそれを制した。

「原因なのではなく、きっかけだったのではないかと――今考えると、そう思えるんです」

「きっかけ？」

「合図……とでも言いましょうか。つまり、それが届くことでヒグチさんが何かを知り、そして慌ててここを去った。つまり、あれは彼にとって、時限爆弾のスイッチが入ったことを知らせるものだったんじゃないかと……」

「時限爆弾!?」

　叫んだのは俺だ。もうデナリの通訳を待たなくても、彼の言うことはあらかた理解できた。そして、俺の佑亮が何かとんでもない危機に晒されてるんじゃないかってことも。

「彼はその荷物をどうしましたか？　それを見て、どういう反応を？」

　さすがプロのライターだ。デナリは、まるでハロルドにインタビューしてるみたいに、冷静な口調で質問を繰り出していく。

「さあ？　その後は見てませんので。気づいた時には、それはデスクから消えていました。恐らく、ヒグチさんが自分のロッカーか、デスクの引き出しに仕舞ったのでしょうね」

「その後の樋口さんの様子は？」

　まるで警察の取り調べみたいだ。俺は感心してデナリを見つめながら、彼女が俺の聞きたいことをすべて代弁してくれてるのに感謝しつつ、成り行きを見守っていた。

「う～ん。その日は、いつもと変わらなかったように思いますが」

「彼が辞めたのは、それからどれくらいたってからです？」

「二日後です。それははっきり憶えています。その日に、彼とクライアントに会うことになっていましたから。ほんと、焦りましたよ。それに信じられなかった。あのユウスケが、そんな大事な要件を放り出して辞めてしまうなんて」

「三日……」

デナリが硬そうな赤い爪のついた大きな手を顎に当てて、難しい顔をした。それからちらっと目を上げて、雪里の方を見た。

「ユキ、あなたどう思う？」

「時限爆弾は、遅くとも三日以内には爆発するってことだったんだろうね」

そう言って、雪里はまっすぐにハロルドを見た。

「そう思いませんか？　ハロルド」

「う〜ん……それはなんとも」

「引っかかってこないか」

ハロルドの答えに雪里が日本語でつぶやいたんで、俺はびっくりして彼を見た。こいつ、いったい何考えてるんだろ？

結局、怪しい荷物の他にはたいした情報も得られないまま、俺たちは三十分ほどでそこを出た。

「しょげるな友城。収穫は結構あったぞ」

しょんぼりとデナリの車に乗り込んだ俺の背中を叩いて、雪里が励ましてくれる。

「収穫？　どんな？」

なんだか、子供の時と立場が逆になってる。今では俺よりでかくなっちまった雪里は、守られる側から守る側に、完全にシフトしてた。

「あの荷物だよ。それから、樋口さんを紹介してくれたっていう日本人。案外彼、今その人と一緒にいるのかもよ？」

「一緒？」

その言葉は、俺の中で「佑亮の浮気」と自動変換された。

「その人に引き抜かれたんじゃない？」

これはデナリ。滑らかなハンドリングは、ここが車の中だっていうのを忘れてしまいそうになる。

「だって、あのオフィスに佑亮を紹介しといて、わざわざまた引き抜くの？　なんでそんなこと……あっ！」

俺が叫ぶと、バックミラーの中でデナリが真っ赤な唇の端を吊り上げた。

「おまえもそう思った？」

俺が何か言うより早く、雪里が聞いた。もう、この超能力にもいいかげん慣れたけど。

「そうか……そういうことか」

俺は、二人の存在も忘れて考え込んだ。佑亮は旧知だという日本人に、意図的にあそこに送り込まれたんだ。それは、あそこの情報を盗むためじゃなくって、佑亮の能力を試すためだ。つまり、佑亮は初めから、その日本人に雇われてて……って、いったいいつから？

もしかしたらアメリカに行くって言い出した時から、それはもう決まってたのかもしれない。あの汚ないアパートは、佑亮が俺に怪しまれないため適当に教えてくれた住所で、本当は、初めからあそこにはいなかったのかもしれない。いや、そう考える方が自然だ。あのきれい好きな佑亮が、あんなスラムみたいな場所に住めるはずがない。まあ、俺が前いたアパートも、決してきれいとは言えなかったけどさ。けど、なんで佑亮は、何もかも俺に隠してたんだろう？　俺って、そんなに信用されてなかったの？

もしかして佑亮、俺が邪魔だったの？

　考えれば考えるほど悲しくなってくる俺の隣と前では、勝手に話が盛り上がってた。

「その日本人って、いったい何者なんだろう？　昔からの知り合いって、いったいいつ頃からのだろうね？」

「名前は聞いといたから、後で調べてみるわ。まあ、本名かどうかわからないけどね」

「本名でしょ。だって、紹介者のバックグラウンドなんか、あそこが調べないわけないもの」

「なんでも、大口のクライアントから紹介された人らしいってことだけど」

「紹介の紹介？」

　俺が口を挟むと、デナリが「こっちはコネ社会だから」と肩をすくめながら答えた。

　俺は、何がなんだかわからなくなってきた。もうなんでもいい。とにかく、今は佑亮に会いたい。会って無事を確かめたい。

　その後、俺たちはそれぞれの思いを胸に、俺と雪里は借りてる部屋へ、デナリは自宅へと帰っていった。

4．白い犬の正体

せっかくだから気晴らしに観光でもしないかと雪里に誘われて、翌朝、俺たちは繁華街へと繰り出した。

クリスマスまでにはまだだいぶ日があるけれど、街の中はすっかり華やいで、ホリデーシーズンに向けて浮き足立ってるように見えた。もっとも、ニューヨークなんていつも忙しないんだろうけど。

「何がしたい？　美術館巡り？　ブロードウェイで芝居見物にする？　それとも……」

この街をよく知ってるらしい雪里が、初心者向けのメニューをいろいろリストアップしてくれたけど、俺はどれにも気分が乗らなかった。

「なんでもいい……ってか、何も見たくない。芝居なんて言葉わからないし、絵にも興味ないし」

せっかく雪里が誘ってくれたのに、俺は子供みたいな仏頂面で、彼の提案をことごとく蹴ってしまった。

それならただ街中を散策してみようかと、雪里は勝手知ったる様子で、あちこち俺を連れ回した。歩き回って疲れれば、きっと余計なことを考えないいんじゃないかって、気を遣ってくれたんだろう。

「心配しなくても、デナリがちゃんと調べてくれてるよ。ここは彼女に任せてさ、友城はちょっと気を抜いた方がいいよ」

街角のカフェで、俺はコーヒー、雪里はホイップクリームのたっぷり載ったカフェラテを前に、道行く人たちを見るともなしに眺めながら座っていた。

「おまえ、どうしてそんなに親切にしてくれんの？　だいいち、佑亮っておまえの恋敵じゃん……って、自分で言うのもなんだけど」

白い厚手のカップの縁に唇をくっつけたまま、俺は、隣に座った端正な顔を横目で見ながら尋ねた。

そう、俺たちは昔、横に並んで座るのが好きだったっけ。向かいじゃ遠い。身体の片面をくっつけ合って相手の体温を感じてると、なぜかすごく安心したんだ。学校のトイレから雪里を救い出し、初めて二人っきりで裏庭の木の根元にうずくまってた時も、こいつの熱が直に俺の皮膚から浸み込んでくるのが、ものすごく嬉しくてドキドキしたっけ。

今また、成長したこいつとこんな場所で、あの頃みたいに並んで座ってるのが不思議でならない。もっとも、死んだはずの人間がこうして生きてここにいること自体、不思議以外の何ものでもないんだろうけど。

「だって、友城が悲しそうにしてるの見るの、いやだもん、俺」

シンプルな回答に、思わず目を瞠る。

「それだけ?」

もう一回聞くと、雪里が不思議そうな顔でこっちを見た。

「それだけって? じゃあ友城は、好きな人が泣きそうな顔してるのに、平気でいられるの?」

「それって、佑亮のこと? それともおまえのこと?」

ちょっと意地悪な聞き方だったか。雪里が小さく息を吐いて、生クリームの山に唇を付けた。

「まあ……俺も入ってたら嬉しいけど」

そんな寂しそうに答えるなよ。俺は、「入ってるに決まってんじゃん」と、邪険に返した。

本当にそうだろうか？　たとえば雪里がいなくなった時。俺は、心底雪里を憐れんだのだろうか？　彼を失った自分自身がかわいそうだと、泣いただけなんじゃないのか？

しばらく気まずい沈黙が流れた。それを破ったのは、雪里のスマホの着信音だ。

「もしもし？　ああ、どうだった？」

ポケットから素早く出したスマホを耳に当て、雪里は流暢なアメリカンイングリッシュでしゃべり出した。相手はデナリらしい。

「うん、そうか。わかった、ありがとう」

何度か頷きながら短い会話を終えると、雪里はスマホをテーブルに置いた。

「今のデナリでしょう？　なんて言ってた？　何かわかったことあるの？」

待ちきれなくて立て続けに質問すると、雪里はちょっと難しい顔をして、スマホの表面を指でなぞりながら言った。

「友城、行こう」

「えっ、どこへ？　ねえ、ちょっと、雪里！」

何の説明もなく立ち上がると、雪里はさっさと店を出て歩き出した。後を追うしかなくて俺も立ち上がったけど、いつになく足早に先を行く連れの背中が、なぜだかひどく怯えているように見えてしかたなかった。

交差点で赤信号に足止めされてた雪里にやっと追いつくと、俺はとりあえず苦情を言った。

「おまえ、足長いな。じゃなくて！　なんで置いてくんだよ！」

「それは悪かった」

雪里は俺に背中を向けたまま、通りの向こう側で点滅し始めた信号を睨みながら答えた。

「何それ。悪いって思ってるんなら、なんで待っててくれないんだよ！　だいいち、なんの説明もなしってどういうこと？　俺、聞く権利あると思うんだけど！」

言い終わったところで信号が切り替わったので、雪里はそのまま歩き出した。結局、また追いかけっこだ。

「雪里！」

日本語でわめきながら足早に歩く、というより走ってく俺を、すれ違う誰も気に留めない。みんな、自分の目的地にまっしぐらって感じで歩いてく。その誰もが、雪里みたいに足が速い。人種や性別に関係なく、みんな同じ。

俺の質問はことごとく無視したまま、雪里は十分ほども歩き続け、俺は彼の競歩につき合わされた。

いいかげんへとへとになったところで、雪里がピタリと足を止めた。でかいビルの前だ。ガラス張りの正面玄関の向こうは商業施設になってて、外からはよくわからなかったけど、華やかなディスプレイを競い合う店が、ずっと奥まで続いてるようだった。

雪里は一度そのビルを見上げ、というより睨むと、俺についてくるよう目で合図してから、自動ドアをくぐった。

「雪里！　なあ雪里、いったいどこ行くつもりなんだよ？　いいかげん教えてくれてもいいんじゃねえの？」

腕を掴んで無理やりこっちを向かせると、振り返った雪里は、びっくりするほど怖い顔をしてた。

「友城。これから何を見ても、何を聞いても驚かないで。ううん、驚くのはしかたないとしても、動揺しないで。もし、それもできそうになかったら、俺の手をぎゅって握って。ね？　約束してくれる？」

「な、なんだよ。脅かすつもりか？　何を見るのかわからないのに、そんな約束できるわけないだろ」

多少、いや、結構むっとしてそう答えると、雪里はじっと俺の顔を見つめてから、無表情に答えた。

「そうか。なら、よそう。それで、明日日本に帰ろう」

「な……なんで！　せっかくここまで来たのに！　まだ何もわかってないのに、なんでこのまま帰んなきゃなんないの？　ちゃんと説明しろよ！　なあ、雪里！」

さすがに今度は、フロアを行く人たちが皆、胡散臭そうに二人の東洋人を振り返って見ていく。雪里は怖い顔で俺の腕を掴むと、エレベーターの前まで引っ張っていった。

「わかった。じゃあ、このままついてきて。何かあったら、俺が友城を守るから。だから俺を信じて」

「なんだよ。最初からそう言えばいいじゃん」

俺が唇を尖らせると、雪里は「ごめん」とだけ言って、地階から上がってきたエレベーターに俺を押し込んだ。

中に入ると彼は無言のまま階数ボタンを押し、エレベーターは五、六人の人を載せて、音も立てずに急上昇した。

雪里に促されて降りたフロアは、ドアが開くとすぐ広いフロントになってて、正面のカウンターには、三人の肌の色の違う女性と、アラブ系かインド系（俺には区別がつかなかった）の若い男が一人座ってて、さらにもう一人——いや一匹、白くて毛がモフモフのデカい犬が、カウンターの横に座っていた。

（なんでここに犬？）

確かこれ、サモエドとかっていう種類だ。犬には詳しくないけど、嫌いじゃない。むしろ、こんなデカいのは好きだ。けどこれって、会社のフロントとしてどーよ？

そんなことを考えならカウンターの後ろの壁を見ると、この会社（？）の名前らしきものを見つけた。

「サモエド・インターナショナル」

なんだこれ。なんて安易な命名なの？　でもまあ、この絵面を見れば、納得できなくもないか。それにしてもここ、法律事務所？　……には見えないけど。

きょろきょろしてる俺を置いて、雪里が迷わずカウンターに近づいていくと、フロントに並んだ四人が、にこやかな笑みで俺たちを迎えた。

「いらっしゃいませ。お客様、お名前をお伺いしてよろしいですか」

中ほどに座ってるアジア系っぽい女の人が雪里に声をかけると、彼は微塵も動じることなく答えた。

「坂本杏璃（さかもとあんり）です。十一時に、樋口佑亮さんとお会いする約束をしています」

「えっ……」

俺は絶句して雪里を見た。なのに奴は澄ました顔で、パソコンを操作しているフロント嬢の手元を見つめている。

しばらくして彼女は顔を上げると、

「坂本様、お約束の確認が取れました。ただいま樋口が参りますので、そちらにおかけになってお待ちください」

と言って、優雅な手つきで皮張りのソファを指した。ソファの前に寝そべっていたサモエドが、心得たようにさっと立ち上がって脇に移動する。

「ちょっと雪里！　今のなんなんだよ？」

俺は、勧められたソファに足なんか組んで座った雪里に噛み付いた。英語の苦手な俺にだって、さっきの会話はなんとなくわかった。特に「樋口佑亮」って名前が出た時なんか、もうちょっとで心臓が止まりそうになったんだから。

そんな俺の脇腹を、雪里が「シッ！」と鋭く言って思い切り小突いた。

「いてっ！　何すんだよ」

「むやみに口を開かないの！　ここには、日本語がわかる奴なんてざらなんだから」

怖い顔で雪里が囁いたので、俺はびっくりして奴を見返した。

「え？　そ、そうなの？」

そりゃ、外国にだって日本語のできる人間はいるだろう。ましてここは、人種のるつぼニューヨークのどまんなか。おまけに、この会社の名前は「サモエド・インターナショナル」だ。

それにしても、本当に佑亮は出てくるんだろうか？　雪里ってば、まるで最初から用意してたみたいに、偽名なんか使うし。

てか、いったいここ、何やってる会社なんだろう？　雪里、いや坂本なんとかは、なんの用件で佑亮にアポを取ったんだろう？

溢れそうな不安と千切れそうな心臓を抱えて五分ほども待ってたら、カウンターの横手のドアがすいと開いた。

（佑亮……！）

そこに、佑亮が立っていた。彼は客の隣に座っている俺に気づくと、ドアのノブに手をかけたまま、驚愕の表情で固まった。そりゃそうだろう。こんなところにいるはずのない人物を見ちゃったんだから。

けれど、それも一瞬だった。彼は表情筋を総動員して営業用マスクに付け替えると、俺なんか見えてないみたいに、微笑みながら雪里の方に歩み寄り、握手を求めて右手を差し出した。

「ようこそ、坂本様。お待ちしておりました。では、どうぞこちらへ」

佑亮の営業スマイルなんて何度も見てるけど、今のこの顔は初めてだ。こいつって、こんな笑い方したっけか？　相変わらずスマートでクールで男前なんだけど、何か違う。なんだか、でき過ぎたアンドロイドって感じだ。もしかしてこれ……ほんとは佑亮じゃないのかも。まさかとは思うけど、ほんとのほんとにアンドロイドなのかも。

「ところで、同伴していらっしゃるのが今回の？」

俺の夢想なんかよそに、雪里扮する坂本杏璃と、佑亮っぽく見える男が会話を進めてた。佑亮が顔色も変えずに手で示した「今回の」とは、どうやら俺のことらしい。ただ、その先の言葉を濁してしまったのはなぜだろう？　それにしてもこの佑亮、いつまで俺を無視する気なんだ？　それとも佑亮、記憶喪失になっちゃったの？　だから、俺のこと見ても知らんふりするの？

（佑亮！　佑亮、俺だよ！　おまえの友城だよ！　気づかないのかよ！　それとも、俺のことを忘れちゃったの？）

じわりと、目尻に熱いものが滲んできた。と、目敏くそれを見つけた雪里が、さっと前に出て俺を隠した。それから、後ろ手に俺の右手を掴んでぎゅっと握ってくる。何かを伝えようとするみたいに。

ああ雪里、おまえテレパシー使えるんだろ？　いっつも俺の心を読むくせに、なんでこんな時にだんまりなんだよ？　俺、頭ん中でおまえの声が聞こえてくるのを、この状況がどういうことなのかちゃんと説明してくれるのを、ずっと待ってるんだけど？

俺の心の叫びをガン無視して、雪里は、にこやかに佑亮の手を握り返すと言った。

「そうです。お気に召すといいんですが」

その言葉に、佑亮の黒目が微かに動いて俺を見た。思わず前に出ようとした俺を、雪里の背中が有無を言わせず制止した。

（だめ！　今は何も言わないで！　黙って俺に従って）

聞こえた！　やっぱ使えるじゃん、テレパシー！

興奮して雪里を見たけど、背中しか向けてくれなかった。でも、そこに書いてある。

俺にはわかる。

「ここからは俺に任せて」

俺たちが通されたのは、壁も天井も床も真っ白に塗られた、二十メートル四方くらいの部屋だった。窓はなく、壁には装飾品も何もない。シーリングライトは機能一点張りだし、殺風景なことこの上ない。

ドアの反対側の壁は一面大きな鏡になってて、そこに映ってる俺たち三人は、箱詰めされた等身大のフィギュアみたいだった。

ドアの内側も白かったんで、それが閉められると、すっかり壁と一体化してしまう。なんだか圧迫感があって居心地悪い。

部屋の真中には丸いテーブルがあって、その回りに等間隔で置かれた椅子に、俺たちはそれぞれ腰を下ろした。

佑亮は手にしていたタブレットをしばらく操作してから、軽く頷いて顔を上げた。

「それでは、今からテストを始めます。坂本様は、わたしと一緒に退室していただけますか」

（えっ……？）

驚いて雪里を見ると、彼は黙って頷いてから、佑亮の後についてさっきのドアから出ていった。俺の方を振り返りもしなければ、テレパシーで話しかけてくれることもなかった。

「え？　ちょ……ちょっと待って、置いてくなよ！　雪里！　佑亮！」

俺の訴えは完全に無視され、鼻先でドアが閉じられた。慌てて開けようと飛びついたドアには、恐ろしいことに、ノブや取っ手の類が一切付いていなかった。これじゃあ、どうやって開けたらいいかわからない。そう、ここはまるで冷蔵庫の中だ。内側からは絶対開けられないんだ。開けられちゃダメなんだ、きっと。

恐怖に襲われて、俺はドアをめちゃくちゃに叩いた。蹴とばしてもみた。昔の体験を思い出してパニックになりかけ、大声でわめいて助けを呼んだけど、何の応答もない。雪里のテレパシーもこの部屋の中までは届かないのか、いくら呼びかけても返事はなかった。

絶望に囚われかけた時、ふと、ポケットに入れたスマホの存在を思い出した。急いで取り出し、スリープモードを解除したところで――俺の希望は潰えた。

(圏外かよ……)

予測はしてたんだ。この状況で、電話やインターネットが繋がるはずがないって。ここが何をやってるとこなのかわからないけど、こんな部屋が用意されてるんだ、そこは抜かりないだろう。

(だって、佑亮がいるんだもん)

こんな時に感心するのがそこかよって思ったけど。でも、確実にわかった……っていうより、感じたことが一つある。昨日訪ねたオフィスで、佑亮がやろうとしてたのはこれだ。誰かを選んで連れて来て、何だかわかんないけど、「テスト」とやらを受けさせて――それで、どうしようっていうんだろう？　俺はどうなっちゃうんだろう？

(ってことはこの会社、優秀な人材をスカウトしてるのか？)

頭に浮かんだ考えを、俺は即座に否定した。人材を集めるにしたって、こんなやり方はおかしい。完全にぶっとんでる。それとも何か？　アメリカの会社って、こんなおかしな部屋に人を押し込んで面接すんの？

（面接じゃないだろ）

ちょっとだけ冷静なもう一人の俺が、パニック寸前の俺に囁いた。

（だって佑亮は、さっき『テスト』って言ってたじゃん。てことは、これからテスト用紙抱えて、あいつが戻ってくるってこと？　だったらチャンスだ。今度こそ佑亮を引っ掴まえて、ほんとのことを吐かせてやる！）

「佑亮！　俺のこと無視してんじゃねーよ！」

気がつかないうちに声が出てた。うそ、やばいじゃん。誰かに聞かれてるかもしれないのに。敵陣でひとりぼっちにされて、俺、少し頭がおかしくなってきたのかも。

そう考える側から、俺は変な唸り声を上げながら、部屋の中をぐるぐる回り始めた。壁を撫でさすり、何か聞こえないか耳を押し付け、ちょっときょろきょろしてから軽く蹴ってみたりした。

結果はただの壁みたいだった。吸音材を使ってるようでもなく、歩く音や蹴りつけた音は、普通に耳に届いた。

それから、壁の一面を覆う鏡に目をやった。ああこれ、きっとマジックミラーだな。よく刑事ドラマで見るやつだ。犯人と、犯行をゲロさせようとする刑事を、他の連中があの鏡の裏から見てるんだ。け、ちょろいぞ。

「おい、おまえら！　そこからこっち見てんだろ。ちゃんとわかってんぞ。俺なんか観察してどーすんだよ？　見ての通り、中年一歩手前のショボい男だよ。佑亮みたく優秀でもなんでもない。スカウトされる要素なんてな～んもないぞ。だからとっととドア開けろよ！　ここから出せ！」

感情にまかせて思いっきり鏡を蹴る。もちろん、割れるどころかひび一つ入らなかった。むしろ、こっちの骨にひびが入りそうだ。

それならと、俺は椅子の一つを引っ張ってくると、鏡の向こうを睨みつけながら思いっきり叩きつけた。

「イッテテテ……」

すごい衝撃がもろに腕に返ってきて、肘の関節がジンジン痺れる。振り下ろした椅子はみごとに跳ね返され、俺の頭上を飛び越えると、派手な音をたてて床に転がった。

もちろん鏡は無傷だ。澄ました顔して、真っ赤になった俺のバカ面を見せつけながら、

「無駄なことしましたね」って嘲笑ってる。

「く、そ……！」

悔しくて、脳みそが沸騰しそうだった。

「くそ！　くそ！　くそっ！」

俺は唸りながら地団駄を踏み、拳で鏡を叩き、それから自分の頭を叩きつけた。

「雪里！　どこ行ったんだよ！　いったい　これ、どういう仕打ちだ⁉　佑亮っ！　佑亮、聞こえてんだろ？　見えてんだろ？　返事しろよ！　おまえら、揃いも揃って俺を嵌めたのか⁉　雪里！　雪里〜〜〜っ！」

＊＊＊

「もうそろそろ、やめさせてやってもいいんじゃないの？　ねえ樋口さん」

　ミラーガラスの向こうで暴れ回る友城をじっと見つめながら、雪里が隣の男に尋ねた。だが、返事はない。

「だんまりかい？　無駄だよ。俺にはあんたの考えてることなんか、手に取るようにわかるんだから」

　雪里が言うと、樋口が胡乱げなまなざしを向けて言った。

「さすが化け物だな」

「どういう意味だ？」

　怒気を含んだ問いに、樋口は淡々と答えた。

「友城が言ってた。中学の時火事で死んだはずのおまえが、生きて目の前に現れたって。あの時は、何をバカなこと言ってるんだって思ったけど……本当だったんだな」

「……」

今度は、雪里がだんまりを決め込む番だった。この男に、自分たちのことを教えてやる気など毛頭ない。冷めた目で見返してやるだけで十分だ。

雪里が答えないとわかると、樋口は焚き付けるように続けた。

「おまえ、ポプリとかいう化け物だろ？　それとも何か？　本物の橋野雪里だって言うのか？」

「おや。俺の名前、憶えててくれたんだ？　さすがは樋口さん」

雪里が皮肉を投げつけると、樋口が嫌そうに顔を歪めた。

「くだらない会話はやめにしよう。おまえ、いったい何しに来たんだ？　なんでわざわざあいつを連れてきた？」

そう尋ねる樋口の目は、確かに正気の人間のものだ。だとすると、友城に対するさっきの態度はやはり演技か。雪里はそう判断すると、隣の部屋で暴れまわる友城に目をやりながら答えた。

「あんたを諦めさせるために決まってるだろ」

その言葉に、樋口が目を見開く。

「なんでわざわざ？　あのまま放置しておけば、いずれ諦めただろうに。俺はあいつに偽の住所を教え、こっちで何をやってるのかも、本当のことは知らせなかった。いろいろ理由をつけて、滞在が長引くと伝えた。なのに、まさかここまで追ってくるなんて……おまけに、おまえまで一緒に」

「あんた、ぜんぜんわかってないな」

わざと派手な溜息を吐いてみせてから、雪里は樋口の方に向き直った。

「あいつは、俺の死を十五年も認めようとしなかったんだぜ？　諦めきれずに自分で自分を閉じ込めて、現実からずっと避難してたような奴なんだぜ？　そんな奴が、そうやすやすとあんたのこと放すと思うか？」

「……」

「俺もそうだった。自分が死んだなんて信じられなかった。認めたくなかった。だから、こうして戻ってきたんだ」

「戯言を。それとも、本当に化け物なのか？」

そう言った樋口の瞳の奥には、微かに怖れのようなものが浮かんでいた。

「俺はただの人間だよ。どうやって戻れたのかは、実は俺にもよくわからない。だけど、俺はもう一度生まれ直して、ようやくここまで来た。友城に追い付いた。そしたら、あんたがいたんだ」

「悪かったな、邪魔して」

「そう、邪魔だったよ。この上もなくね。おまけに、友城はあんたに夢中になってしまった。その正体も知らずに」

それを聞いたとたん、樋口の人相が変わった。暗く燃える目で雪里を睨みつけたが、口を開くことはなかった。

「樋口佑亮。なんで友城に近づいた？　本当に惚れたってのか？　それともやっぱり、最後はこんなふうにあいつを裏切って……」

「違う！」

雪里の言葉を遮って、樋口の鋭い声が部屋に響いた。さしもの雪里も、ほんのわずかたじろいだ。

「それは違う。そんな腹はなかった。単純に……そう単純に、中途採用で入ってきたあいつがかわいかったんだ。純真で真っ白で、世の中の汚れってやつをまったく付けてなくて。自分に自信がなくて、いつもおどおどしたウサギみたいなところが、俺のような人間から見たら、たまらなく魅力的だったんだ」

「それを汚してみたいって……そう思って近づいたのか？」

　ちくりと刺すと、樋口はぶるっと震えてかぶりを振った。

「そんなこと考えもしなかった。ただ、俺とは違う道を歩んできた……俺とは違う世界に住んでるあいつが羨ましくて……あいつがいつも纏ってる優しさ……こう言ってよければ、愛情みたいなものに、ちょっと触れてみたくなったんだ、俺は」

「きれいごと言うな」

　雪里が睨むと、樋口は疲れたように小さく息を吐き出した。

「そうかもな。だから、いつまでも縛り付けておく気はなかったんだ。だから、こうして自分から離れたんだ。なのに……」

「だから、ぜんっぜんわかってないよ、あんた。あいつは思い込んだら最後、そんなに簡単に方向転換できるような奴じゃないんだ。あいつがどんな思いで、ひとり日本であんたを待ってたか、どんなに寂しさを堪えて、一日一日をやり過ごしてたか、あんた、少しでも想像してみたことあるか？　ここまで追いかけるよう、友城を焚き付けたのは俺だよ。俺が背中を押してやらなかったら、あいつは忠犬ハチ公みたいに、毎日毎日、大好きなあんたの帰りをじっと待ってるつもりだったんだ。あんたを疑うなんて、思いつきもせずに」

「おまえ……いったいどこまで知ってるんだ？」

ああこの顔。友城が見たらなんて思うだろう？　雪里は悲しい気持ちで、樋口のもう一つの顔を見返していた。

いったいいくつの仮面を付け替えながら、この男は生きてきたんだろう。それを知ったのは、新しい生を受けてから、友城と再び巡り合うための準備をしていた頃だ。

まず仮の身体をもらい、ポプリとして友城の部屋で同居していた時。この男は、自分と友城の間にずかずかと侵入してきた。もちろん、大いに気に食わなかった。邪魔もした。けれど、友城が本気でこの男を好きなんだと、大切に思っているんだと知ってからは、少し考えを変えた。

いいだろう。もし、こいつが友城に見合う人間ならば、それがわかった時には……身を引いてもいいかもしれない。もともとは死んでしまってる身だ。生きてる者同士の仲を、敢えて裂くこともないだろう。

血を吐く思いでそう決心した……しようとした。けれど、人間になってから調べまくった樋口佑亮という人物は、思っていたのとはまったく違っていた。少なくとも、恋に溺れて視界不良気味になっていた友城が見ている「樋口佑亮」とは。

だが、そんなことはもうどうでもいい。自分の目的はただ一つ。友城が樋口に愛想を尽かして、こいつから離れるようにすることだけ。そして、あわよくば自分のところに戻ってきてくれれば、それはそれで、こんなに嬉しいことはないのだけれど。

「どこまでだっていいだろう」

胸に渦巻く感情を押し殺し、雪里は冷たく答えた。

「とにかく、俺はあいつに、あんたの正体を見せてやるつもりでここまで連れてきたんだ。俺が説得するくらいじゃ、耳も貸さないからね、あいつは」

「それで、坂本杏璃なんてふざけた偽名まで使って、ここに入り込んだのか？　友城を危険に晒してまで？」

　雪里は肩をすくめて答えた。

「だって、そうでもしなきゃ入れてもらえないでしょ？　あんたの居場所はわかんないしさ。大丈夫、友城は俺が命に代えても、無事に日本に返すから」

「命に代えても……か。いったい、いくつ命のスペアを持ってるんだ？　おまえ」

　投げ付けられた皮肉を黙ってかわすと、雪里はゆっくり右手を上げ、人差し指を樋口の顔に突きつけて言い放った。

「樋口佑亮。今すぐ、おまえの正体を友城に見せてやれ。やり方はわかってるだろう？」

「何言って……」

　雪里の指先を凝視する樋口の瞳が、初めて狼狽えるように揺らいだ。その隙を突いて雪里の両手が素早く動き、樋口の首を締め上げた。

「ぐっ……このバケモンが……うぐっ！」

　雪里は人間離れした力で樋口の首を締め上げ、上背を利用して身体を持ち上げる。

樋口の顔がみるみる真っ赤になって、苦痛に歪んだ。

「ここでおまえを殺してもいいんだけど。でも、そんなことしたら後々面倒でしょ。それに、友城に恨まれるのは嫌だしね」

「その通り」

雪里の言葉を受けて、第三の男の声がした。

「佑亮、彼の言った通りだ。君の子猫ちゃんをちょっと遊んでおやり。坂本さん、悪いが、彼を放してやってくれませんか」

振り向くと、笑みを浮かべた長身の東洋人が、悠然と部屋に入ってくるところだった。その後ろから、こちらも怪しい笑みを湛えた赤毛の大男が続く。雪里が樋口を解放すると、最初に入ってきた方が樋口の手を取り、ドアの方へと導いた。

「さあ、あの子に見せておやり。わたしたちが踊る美しいワルツをね」

最後の言葉に、樋口の頬が微かに引き攣る。それを満足げに見ながら彼を送り出すと、日本人らしき男は雪里に向き直った。男の目の高さは雪里とほぼ同じで、日本人にしてはかなり背が高い。図らずも身構えた雪里に向かって、男は厳かに告げた。

「坂本さん、あなたもここに来たことを後悔しないように。我々のもてなしは、あなたとあなたのお友達が考えているより、遥かに盛大ですから」

雪里は無表情で男の顔を見返すと、ミラーガラスの方に顔を向けた。そこには、今まさにドアを開けて白い部屋に入ってきた樋口佑亮と、それを涙顔で迎える愛する男の姿があった。

＊＊＊

突然、ドアが開いた。空気の流れが生まれたんで気づいたけど、音も気配もしなかった。

そして、振り向いた先には——佑亮がいた。佑亮しかいなかった。今度は。

「佑亮っ！」

俺は迷わず飛びついて、その両腕を掴んだ。ぜったいに放すもんかと、がっちり爪を立てて。

「佑亮っ！　佑亮、どうしちゃったんだよ？　ねえ、なんとか言えよ！　なあ、佑亮ってば！」

感情にまかせて、俺は佑亮の身体を揺さぶった。でも彼はぐらぐら揺れただけで、決して口を開かなかった。まるで、魂が抜けちゃったみたいに。

「佑……亮……」

俺は膝から床にへたりこんだ。掴んだ腕はそのままだったんで、一緒に佑亮もしゃがみ込む。

俯いたまま白い床を見つめていると、自分がひとりぼっちなんだって思いが、じわじわと胸に沁みてきた。俺の味方は誰もいない。雪里もいない。ここにいるのは、心のない佑亮形のアンドロイドだけだ。

それでも俺は、彼を放せなかった。たとえ心がどっかへ行っちゃってても、外見は佑亮だ。ちゃんと体温だってある。だから、ここに心が入れば――この空っぽの人形は、俺の佑亮に戻るはずなんだ。

どうすれば、これに心を入れてやれるだろう？　元の佑亮に戻してやれるだろう？

俺は、ゆっくり顔を上げた。

目が合った。佑亮がじっと俺を見てた。

(あ……さっきと違う)

瞳の中に命が宿って見えた。心の振幅に合わせて揺らぐ、淡い焔が。

「佑亮、俺がわかる?」

彼の腕を掴んでいた右手を放し、そっと頬に触れてみた。少しひんやりしてる。そう、佑亮のほっぺたって、いつもこんなふうだった。ちょっと冷たくて、でも一緒に気持ちよくなってくると、火照ってピンク色になってくるんだ。瞳が潤んで、すごく色っぽいんだ。

予期せぬ洪水が俺の両目で発生した。身体のどこかに溜まりに溜まってた涙が、文字通り堰を切って溢れだし、頬を伝い、ぼとぼとと音を立てて床に落ちる。次から次へ、とめどなく。

向き合った瞳の中で俺が揺れてる。黒目が細かく震えて、佑亮が何度も瞬きした。

「友城……」

「……！」

　呼んでくれた！　佑亮が俺の名前を。やっと、やっと……！

「そうだよ、友城だよ。わかるよね？　俺が誰だか。佑亮のなんなのか」

　舞い上がった勢いで、俺は佑亮に掴みかかった。

「佑亮、もう一回呼んでみて。友城って呼んで」

「と…も…」

　アンドロイドの枯れた瞳に、感情の小川がちろちろと流れ始めた。瞬きが増えて、まぶたが開くたび、その向こうに、俺のよく知ってる男が姿を見せ始める。

　もうちょっとだ。もうちょっとで、佑亮は帰ってくる。俺の佑亮になる。

　俺は佑亮を掴んでいた両手を放すと、そっと彼の顔を挟んだ。なんだかちょっと痩せたみたいだ。頬骨が、前はこんなにはっきりわかったっけ？

「佑亮……」

　戦地から戻ってきた息子を迎える母親って、こんな気持ちなんじゃないだろうか？

　皮膚の薄い頬を撫でさすりながら、俺はそんなことを考えてた。そうだ、今の彼は、長いこと離れていた故郷に、やっと帰ってきた兵士なんだ。こんなにやつれて、心まで失くすほど疲れ果てて。

だから俺が慰めてやらなきゃ。つらい思い出や怖い体験をみんな忘れさせて、もう一度、穏やかな暮らしの中に戻してやらなきゃ。そしてそれができるのは、この地球上で俺だけしかいないんだ！

なぜかそう確信した俺は、両手で挟んだ青白い顔を、自分の方に引き寄せた。

佑亮の唇が、声のないまま縦と横に動いた。俺の名前を呼んでくれたんだって、すぐにわかった。うん、そうだよ。俺だよ、佑亮。おまえの友城だ。おまえを連れに来たんだよ。

（と　も　き　）

もう一度動きかけた唇に、俺は迷いなく自分の唇を押し付けた。佑亮の身体がぶるって震えたけど、かまっちゃいられない。ごめんな、すぐ慣れるから。ちゃんと心が戻ってきたら、こんなの日常茶飯事だったんだって、思い出すから。

俺は、何度も乾いた唇を吸った。舌で湿らせてやり、そこがまた赤く柔らかくなって、ぷっくりと膨らんでくるまで、甘く噛んでやった。

そうしているうちに全身に血が巡り出し、毛穴が開いて体温が上昇してきた。佑亮のじゃない。俺の方の。

そりゃそうだ。ずっと会えなかったんだから。ずっと、佑亮不足に耐えてきたんだから。こんなふうになったって当然じゃないか。

俺は一旦唇を放すと、照れ隠しにちょっと笑ってみせた。見下ろしてくる顔が、困ったように少し弛んだ。

ああ、もう大丈夫だ。こいつは、ちゃんと自分の身体に戻ってきた。

そう確信すると、俺は佑亮の上着に手をかけた。前ボタンを外し、襟を摑んで両袖から腕を抜いてやると、彼は抵抗もせずに身を任せてくる。

嬉しくて、今度はネクタイの結び目を緩めながら、もういっぺん唇を吸った。ちょっとだけ反応があったんで、恐る恐る舌を入れてみたら、佑亮はちゃんと口を開けて、俺を迎え入れてくれた。

それからは、夢中でネクタイを解き、もどかしい動きしかしてくれない指を叱咤しながら、シャツのボタンをひとつひとつ外し、だんだん露わになってくる佑亮の肌に、いっぱいキスを落としていった。

「友城……ここ、見られてるんだよ」

それまでされるがままになってた佑亮が、俺がベルトに手をかけると、耳に唇を寄せてきて囁いた。

「え。何?」

佑亮を味わうのに夢中だった俺は、声は聞こえたけど、すぐには意味がわからなかった。だからそのままベルトを外そうとしたら、いきなりパシッて手を叩かれた。

「ゆう……すけ?」

なんで? 佑亮、怒ったの? 俺がはしたなくむしゃぶりついたから? でも俺、もう待てないんだよ。

やっと見つけたのに。やっと、生身の佑亮が目の前にいるのに。それなのに、お行儀よく片手を差し出して「やあ、久しぶり。元気だった?」なんて、涼しい顔して言ったりできないんだよ、俺。

「なんでだよ、佑亮。俺に会えて嬉しくないの？」

そういえば、よく見ると嬉しそうじゃない。それより、ひどく困った顔してる。なんで？　ああそうか、忘れてた。ここって、佑亮の職場だったもんな。そりゃ、気安くいちゃいちゃなんてできないよね。でも……でも、日本にいた頃は、同じ事務所で働いてた頃は、佑亮、ちょくちょく俺にちょっかい出してきたくせに。

「佑亮……ごめん。俺、ここに来て迷惑だった？」

大人しく身体を離して謝ると、佑亮は小さく溜息を吐いてから、俺の肩に手をかけて回れ右をさせた。そこには例の鏡があって、乱れたスーツを中途半端に纏った佑亮と、赤い顔をした俺が映ってる。なんだかやだな。あっちの俺たちが、こっちの俺たちを観察してるみたいで。

「あれ、向こうから見てるんだよ。そういうテストなんだ」

佑亮が教えてくれた。そうか。ほんとに見られてたんだ、俺たち。

「そういうテストって？　佑亮、俺、別に構わないよ、見られてたって」

うん、そうだ。見られてたって構わない。そんなことどうだっていい。そんなことより、今ここに、手が届くとこにいる佑亮を捕まえることの方が、俺にとっては大事なんだ。ちっさいことなんか、いちいち気にしてられないよ。

気にしてないんだってことを行動で示そうとしたら、佑亮は、困ったような怒ったような顔で俺をじっと見つめてから、いきなり抱き寄せて、噛みつくみたいにキスしてきた。

(佑亮……!)

帰ってきた……戻ってきたんだね。そう、これでいいんだ。俺の欲しかったのは、この佑亮なんだ。

腰を掴まれ、押し付けられる。佑亮がちゃんと俺を欲しがってる証拠が、そこにあった。俺はキスしながら、夢中で下半身を彼にこすり付けた。

「友城……なんで来た」

キスの合間に、半ば独り言みたいな声が聞こえた。なんでって……なんでって……

佑亮、なんでそんなこと聞くのさ?

「どうなっても……知らないぞ」

うん、いい。どうなったって構わない。佑亮と一緒なら。佑亮が側にいてくれるなら。

後で気づいたけど、この時、雪里のことは完全に頭から抜けていた。あいつがこの部屋を出てどこへ行っちゃったのかとか、もしかしたら、あの鏡の向こうからこっちを見てるのかもしれないとか、なんにも考えなかった。俺の全細胞が、佑亮しか受け入れようとしてなかったんだ。

白い床に押し倒された。久々に感じる馴染んだ重み。ああでも、やっぱりちょっと痩せたみたいだ。

少し骨っぽくなった身体を抱きしめる。大丈夫、俺の生気を分けてあげるから。早く元の佑亮に戻してあげるから。そうして、一緒に日本へ帰ろう。二人で借りてる、気持ちのいいあの部屋へ。

佑亮のキスが顔から首筋へ下りてきて、俺の気に入りの長いしなやかな指が、器用にシャツのボタンを外してくる。待ちきれなくって、自分でも残りのボタンを下から順に外してたら、佑亮の手が俺の手をつかんだ。

そのまま一緒に下ろされた手で、彼の昂ってるものを握らされる。固くなったそこに触れたら、なんだか泣きたくなっちゃった。ああ、感じてくれてるんだ。俺のこと、欲しがってくれてるんだって。

あとはもう夢中で、握らされたものをこすり上げ、もう片方の手で彼の腰を掴んで自分の方に押し付けると、俺はほとんど無意識に腰をうねらせてた。

(佑亮、佑亮、佑亮……!)

と突然、それまで忙しなく俺の身体をあちこちを探りまわってた手と口が、ぴたりと動きを止めた。それに合わせるみたいに、佑亮自身が急に元気を失くして、シュウッて感じで萎んでしまった。

(え……? どうしたの、佑亮。どっか痛かった? 俺、力入れ過ぎちゃった? 大丈夫?)

佑亮は、自分のものから俺の手を強制的に追いやると、時間切れですと言わんばかりに、冷たく俺の身体を引き剥がした。

「ゆう……すけ?」

いきなり天国から下界へ突き落されて、縋る思いで名前を呼ぶと、彼はそれすら振り払おうとするみたいに顔を背けて、ゆっくりと立ち上がった。スラックスの膝をはたく仕草ひとつにも、なんだか自分が埃扱いされた気がして、泣きそうになる。

俺は、上半身だけ起こして佑亮を見上げた。でも、向こうを向いて身づくろいする背中は、完全に俺を拒絶していた。

このまま出てってしまうんだろうと思ってたら、なぜか彼はそのまま立ち尽くして、鏡の方をじっと見つめてた。その時——。

場違いに朗らかな笑い声がして、白い壁にぽっかり口が開いた。ドアから入ってきたのは、初めて見る男二人。一人はやけに背の高い東洋人（たぶん日本人）で、もう一人は——国籍不明でガタイのいい赤毛の西洋人。二人を見るなり、俺は本能的な恐怖を覚えた。

二人に道を空けるみたいに、佑亮がさっとドアの脇へ移動する。その顔はもう、最初に見たアンドロイドに戻ってた。

「どうだった？　佑亮。僕の言った通りだったろう」

やっぱり日本人だった。先に入ってきた男がなんの訛りもない日本語をしゃべったので、俺は少しだけほっとした。少なくとも、意思疎通はできそうだ。

でも雪里がいない。どこへ行っちゃったんだろう？　まさかあいつ、ほんとに俺を売ったんじゃないだろうな？

こうなったら、もう頼れるのは佑亮しかいない。アンドロイドに戻っちゃったこの男しか。

俺は、絶望的な気分で三人を見た。佑亮の目はこっちを見てたけど、その瞳にはさっきまでの人間っぽい熱はなくて、なんだが凍りついたビー玉みたいだ。

「試せと言ったのはあんただ」

冷えた唇から、氷点下の言葉が吐き出された。試す？　試すって何を？　もしかして俺のこと？　そういえば、さっき「テスト」なんだって言ってた。あれ、ほんとだったのか。だったら俺、何を試されたわけ？

「まあね。だけどこれではっきりしただろう。君はもう、完全にこっち側の人間なんだって」

「……」

意味がわからない。この男、いったい何をしゃべってるんだ？　日本語のはずなのに、さっぱり理解できない。佑亮が何も言い返さないのも解せない。おまえ、こんな男じゃなかっただろ？　納得できないことには、たとえ相手が上司だって、きっちり自分の言いたいことをぶつけてたじゃないか。だから、職場でもちょっと煙ったがられてた。でも俺、そんな佑亮が好きだったんだよ？　簡単に人に媚びたりしないとこが。

それとも何か？　おまえ、ここでこいつらに洗脳されちゃったの？　本当に、こいつらのプログラム通りに動く、アンドロイドにされちゃったの？

だったら今すぐ返せ！　俺の知ってる佑亮を、昔の佑亮を返せよ！

俺の悲痛な望みを裏切って、佑亮が口を開いた。

「わからないな。俺はとっくに、あんたの側にいるのに。それを確かめさせるために、わざわざこいつを巻き込む必要はないだろう」

「佑亮……」

ほんの針の先ほどだけど、佑亮が俺を気遣ってくれたような気がして、思わず胸が熱くなった。けど、次に謎の日本人が言ったセリフに、俺は愕然となった。

「そう言われてもね。彼は一応、客が推薦してきたんだ。一通りの手順は踏まないと」

そこで初めて思い出した。雪里とフロント嬢のやり取りを。俺は、背の高い日本人に噛みついた。

「おい、客って雪里のことか？　雪里はどこへ行ったんだ？　まさかおまえら、あいつにもおかしなことさせてるんじゃないよなっ！」

姿が見えないのがそういう理由だったらどうしよう。俺のせいで、雪里まで巻き込んでしまったら。また、あいつがいなくなってしまったら——。

「わめくな」

鋼鉄を思わせるような、固くて冷たくて、心なんかこれっぽっちも入ってない声と共に、襟首をグイッと掴まれた。

「ゆう……すけ……？」

抗議しようとして開きかけた口は、鋭い一瞥を食らって動かせなくなってしまった。

どうして？　佑亮。なんでそんな冷たい目で見るのさ？　なんで、命令するみたいな言い方するのさ？　さっきまで確かにここにいたおまえは、いったいどこ行っちゃったんだよ？　こんな扱いをされるくらいなら、いっそ、目の前にいるのが本物のアンドロイドだったらいいのに。それならこんな仕打ちも、納得できないこともないのに。

「雪里というのは誰のことかな？　坂本さんだったら、別の部屋でテストの結果を待ってもらっていますよ。もっとも、この分だと君が合格する確率は、限りなく低いけれどね」

　知らない日本人が教えてくれた。なんだか、彼の方がよっぽど優しそうに見えるのはなぜだろう？

「雪里をどこへやったんだよ！　今すぐ返せ！　おまえ……あいつのことも、佑亮みたいにするつもりなんじゃないだろうなっ！」

　アンドロイドを指差してわめくと、光のない目で見返された。さっきみたいに叱咤されるより、よっぽど気味が悪かった。

「ですから、雪里というのは誰のことですか」

　日本人がまたシラを切る。もういい、こいつはほっとく。それより、早くここを出なくちゃ。雪里を探して。佑亮を連れて。

俺は立ち上がると、開いたままのドアに向かおうとした。それを、赤毛の大男に片手で止められる。

「放せよっ！」

逃れようとじたばたもがいたけど、丸太みたいな腕はびくともしない。なるほど、こいつはこういう時のための要員なんだなと、緊急事態だってのに、変なところで納得してしまった。

「エド、乱暴はよくないよ。不合格で商品にならなかったとしても、提供者には元のまで返さなくちゃ。傷をつけたりしたらクレームがくる」

「なっ……商品？」

やっぱり雪里に騙されたのか？　みんな敵なのか？

目の前の景色から、急激に色が失せていった。佑亮も、知らない日本人も、赤毛の大男も、みんな白い部屋に溶けて見えなくなっていく。

膝が抜けたかと思うと、身体がぐにゃりと床に落ちた。まるでクラゲみたいに。

赤毛が、俺の身体を引き上げようと手を伸ばす。怖い……来るな、おまえはやだ。

触るな、俺に触るんじゃねーよ！

「エド」

知らない日本人に呼ばれると、赤毛はピタリと動きを止めた。エドっていうのか、こいつ。そういや、こいつもアンドロイドみたいだ。きっと、あのえらそうな日本人が操ってるんだろう。

「佑亮、おまえ行ってやれ」

えらそうな日本人が命令すると、黙って成り行きを見守ってた佑亮がさっと動いた。ほらやっぱり。みんな、この男のプログラム通りに動いてるんだ。

絶望に打ちひしがれてると、赤毛と入れ替わりに佑亮が側に来て、手も差し伸べずに言った。

「立て。立てるんだろう」

極北の海水よりも冷たい声。クラゲの身体も凍りつく。

俺は言われた通り自力で立ち上がると、佑亮を真正面から見据えて言った。

「帰ろう、佑亮。俺と一緒に日本へ」

何か言ってくれるかと思ったけど、佑亮の唇は閉じたままだった。その目がじっと俺を見つめたかと思うと、ふいっと逸らされ、今度は主人の方に向けられてから唇が開いた。

「どうしますか、これ」

佑亮！　どれだけ俺のこと他人扱いしたら気が済むんだよ？　いやこれ、人間扱いでさえないよな？

それとも、これって演技なんだろうか？　主人の前では従順にしてないと、後でお仕置きされるとか？

俺がうろうろ考えてると、佑亮のご主人様はなぜだか嬉しそうに答えた。

「そうだね。せっかくだから、帰る前にあれを見ていってもらおうか。どうだい？　佑亮」

男の提案に、一瞬、微かに……微かにだけど、佑亮の顔に苦々しげな表情が浮かんだ。あっと思ってよく見ようとした時には、まるで慌てて隠したみたいに、それはさっと消えてしまった。

（これだ！）

俺は閃いた。これにすがれば、なんとかこいつを連れ出せるかもしれない。もういっぺん、もういっぺんでいいから、佑亮、ほんとの顔を見せてくれないかな？

そんなことを考えてると、いきなり部屋が暗くなった。暗闇は、本能的に恐怖を呼び起こす。魂が抜けていかないよう、毛穴が閉じる。俺は今、まさにその状態になった。全身に鳥肌が立って、寒気まで襲ってきた。

しばらくすると、鏡がぼんやり光りだした。何かが映ってる。ここにいる三人じゃない。音声も聞こえる。がやがやと複数の人の声や、物音がする。映画？

そうこうするうち、だんだん鏡の表面が明るくなってきて、そこに映っているものが姿を見せ始めた。照明を落とした部屋の中みたいだ。何かが動いてる。人……だろうか？

くぐもっていた音声がはっきりしてきた。なんだか苦しそうな声がする。あ……でも、これって……。

思う間もなく画面が明るくなって、鏡だった場所に映ってる光景が、さっきよりはっきりと見えてきた。

(!!……)

まさか――俺の目、おかしくなったのか？　それとも頭がバグった？　でなきゃこれ、トリック映像だよな。だって……だって、こんな……

「ああっ！」

画面の真中にいた人間が、ひときわ大きな声をあげた。聞き慣れた声。嫌だ、聞きたくない。こんな……こんな声。

(ウソだろ……違うよな？　これ、おまえじゃないよな？)

俺は、無表情で立っている佑亮を見た。その、神経が通っていないみたいな眼球は、画面からの光を反射してちらちら光っていたけれど、どこも見てはいなかった。

彼から視線を画面に移すと、カメラのレンズが真中で固まってうごめいてる三人の男たちにフォーカスされ、ズームインした。

(うっ……)

アップになった映像に、俺は思わず口を押さえた。目を逸らしたかったけど、身体がいうことをきかない。見たくもないものを、見ろと強制する。

佑亮がいた。一糸纏わぬ姿で、大きなベッドの上で仰向けになり、こちらに向かって両足を開いて——違う、開かされてるんだ。背中に張り付いてる、今目の前にいる赤毛の大男に。

反対側から佑亮を見下ろす格好で、カメラの方を気にしながら膝立ちしてるのは、あのえらそうな日本人だ。

赤毛は素っ裸だけど、こっちはワイシャツだけ羽織ってる。つまりこれ……3P？けど、佑亮一人が一方的に嬲られてるみたいに見える。赤毛の腕から逃れようともがいてるし、頭を振って行為を拒否してるし……。

「どうだい？　佑亮。こういうのもいいだろう？　君は本当はこっちの方が好きなんだって、僕は、ずっと前から知ってたけどね」

日本人が、カメラを振り返りながらにやりと笑って言った。まるで、俺がこれを見てるのを知ってるみたいに。違う、そうじゃなくって、これは……これは最初から、俺が見るのを想定して撮られてるんだ。

「プライドの高い君がだんだん従順になってくところを、ちゃんと記録しておいてあげるよ。将来君がそれを忘れそうになったら、これを見て思い出せるようにね」

男の声は、肌の上に粘液の痕を残していくような気持ち悪さがある。その声を吐きだす口が、佑亮の足の間にゆっくりと潜っていって、餌を漁る飛ばない虫みたいな動きをし始めると、佑亮の身体が痙攣し、苦しげな喘ぎ声がひっきりなしに漏れ出す。

(やめろ、嫌がってるじゃないか！　なんでこんな……こんな……)

叫ぼうとしたけど、声が詰まって出てこない。喉に蓋をされたみたいに。目を逸らそうとしたのに、動けない。まぶたを閉じようとしたら、乾いた眼球に貼り付いて閉じられなかった。

だから、嫌でも見なきゃならなかった。俺の佑亮が、二人の男にレイプされてる光景を。

そのうち、日本人が何か取り出した。それから、またこっちに見せつけるみたいに、手にしたものを掲げてみせる。それは、胸糞悪くなるようなグロテスクな色と形をした、恐らくはバイブだ。実物は見たことないけど、こんなえげつないのもあるのか。

いぼがいっぱい生えたレンコンみたいなものが、男がスイッチを入れると振動音と共に動きだした。それを、佑亮の太ももの内側にマッサージ器みたいに当てて滑らせると、あろうことか、佑亮の足の間にあるものが、いきなり大きく天を突いて切なそうに涙をこぼし始めた。

「ふうん、これが欲しいのか？　やっぱりそうだ。佑亮、君にはこういうのが似合ってるよ。子ウサギ相手に無理してオスのフリをするより、こっちの方がよっぽど好きなんだろう。わかったよ、もう遠慮しなくていいからね。僕たちが存分にかわいがってあげるから、好きなだけ気持ちよくおなり」

粘着質な声が直に耳に吹き込まれたような気がして、俺は思わず首をすくめた。でも、画面の中の佑亮は、まったく逆の反応をしてた。

カメラが彼の顔をアップで捉える。その目はとろりとして、どこを見てるのかわからない。もしかしたら、何も見えてないのかもしれない。半開きの口の端からはだらしなく唾液が垂れ、顎を伝って首から鎖骨まで細い川を作ってる。開いた口の隙間から、時々舌の先が突き出されて震えるさまは、完全に正気とは思えなかった。

やがて、男が手にした電動の凶器を、佑亮の中へゆっくりと沈めていった。

それから先は、俺の全部が、目の前の映像を拒絶した。感覚器官は、ちゃんと佑亮の激しく喘ぐ声とか、むせび泣く声、カメラに向かって大きく広げられた足の間に潜っていく不気味な道具や、二人の男のえげつない会話や、下卑た忍び笑いを感知してはいたけれど、脳細胞がそれを認識する前に、神経回路が情報を遮断した。

俺は、なんにも見なかった。なんにも聞かなかった。なんにも――感じなかった。

知らないうちに、俺自信もアンドロイドにさせられてたんだ。

そして、心のない人形（ひとがた）の目がその先写した光景は、さっきよりもっとひどいものだった。

場面が変わって、どこか広いホールのような場所が映し出された。大勢の人がいた。男ばかりだ。パーティかなんかだろうか？　みんな正装してる。人種もさまざまだ。年齢は……そんなに若くないように見える。

カメラは、人の波を縫うようにして進んでいく。

と、突然開けた空間が現れた。そこだけ少し高くなってて、たぶんステージなんだろう。他より照明が強く当たってて、若くてきれいな男たちが十人ほど並んでいた。まだ子供みたいに見えるのもいる。

その中に佑亮がいた。やっぱり黒のタキシードで、髪をきれいに撫でつけて、ちょっと化粧してるのか、いつもより眉がきりっとしてて、唇がいやに赤い。まるで、血を吸ったばかりの吸血鬼みたいだ。

英語のアナウンスが流れて、皆が一斉にステージの方を見た。なんて言ってるのかは聞き取れないけど、見てりゃわかる。フロアで何本かの手が上がると、ステージの端に立ってた司会者としばらくやり取りがあって、ステージ上の男たちが、一人、また一人とフロアに下りていく。

何人目かに佑亮が動いた。艶然と微笑んでフロアに下りる。カメラが彼を追っていくと、佑亮は金髪の背の高い壮年と、頭の禿げあがった、黒いサングラスで顔が見えない中背で小太りの男、それからゆったりした裾の長い、恐らくは民族衣装を着て帽子をかぶった男に連れられて、別の部屋へと移動して行った。

そこから先は、もう見なくたっていい。見るまでもない。だけど、カメラは執拗に、その先を俺に見せてくる。

広い寝台の上に、三人の男たちが輪になって座っていた。その真中には、ちょうど彼らへの捧げものみたいに、生贄の佑亮が横たわっている。

男の一人が佑亮を跨ぐように膝立ちになった。手に何か持っている。刃渡り三十センチはありそうな大型のナイフだ。まさか、生きた人間を切り刻むつもりか？

切り刻まれてたら、ここにこうして佑亮はいない。それとも、やっぱり彼は殺されちゃってて、ここにいるのは彼そっくりの人形なんだろうか？　もう、何がなんだかわからない。

男が、振りかざしたナイフを佑亮の首元に突き立てた——かと思うと、すっと下ろした。

怖くて思わずつぶっちゃった目をおそるおそる開けてみると、切られたのは佑亮ではなく、彼の身に着けてた赤いタイと白いドレスシャツだった。その下から、シャツと同じくらい白い肌が現れ、男たちの口から、一斉にほうっという溜息みたいな声が漏れた。

その後は……生贄の行く末なんて知れてる。捧げものは三人の男たちに好きなだけ嬲られ、しゃぶりつくされたってわけ。その間に起きたことなんか、いちいち記憶には留めておけない。でも、最初に見せられたのなんか子供の遊びかってくらい、想像を絶してた。あれが佑亮の身に本当に起こった事なんだとしたら——今、彼がアンドロイドになっててよかったとさえ、俺は思う。

ふっと画面の光が収束して、俺が目を向けていた場所は、元の鏡に戻った。そこには、ここと同じ白い部屋と、こっちを見てる三人の男がいた。

俺は実物を直視するのが怖くて、鏡に写った佑亮を見てた。相変わらず心のないアンドロイドは、鏡の中で俺と目が合っても、感情のかけらも見せてくれない。そりゃそうだ、あんなことがあってなお、人間のままでいるなんて無理だ。

それなら俺のこの気持ちは、怒りは、どこにぶつければいいんだろう。佑亮は言った。なぜここに来たんだって。

(来なきゃよかった……)

何も知らないで、ただ、彼の帰りを空しく日本で待ってればよかった。こんなことになってるなんて、知らなきゃよかった。

(でも……)

まだ、手はあるんじゃないか。非力な俺だけど、なんとかして、こんな世界から彼を救い出す方法があるんじゃあ……。

「どうでしたか？　なかなか見ごたえがあったでしょう？　よかったら、感想をお聞かせ願えないかな？」

必死でフル回転させてる俺の脳みそに櫂を突き立てたのは、例の日本人だった。

「それとも、子ウサギちゃんには刺激が強過ぎたかな？　でも、君の知らない佑亮は、とんでもなく魅力的だったと思わないかい？　これが、僕たちが掘り出してあげた彼の才能なんだよ。素晴らしいだろう？」

「何が……」

男を睨み返した視線の端で、佑亮がこっちを見てた。あろうことか、その顔にはうっすらと笑みが浮かんでた。

「佑亮はね、日本のケチな職場で終わるには、もったいない人材なんだよ。僕は彼を大学の頃から知ってるけど、その時にはもう、今の彼をちゃんと予測してたんだ。こいつは、きっとこの手で花開かせてみせる。その能力を最大限に引き出して、一緒に世界の頂点に立ってやるんだってね。なあ、佑亮？」

男はそう言うと、佑亮の腰に手を回して引き寄せ、唇を吸った。あの、翅のない虫の口が、俺の佑亮の……。

「佑亮に触るなっ！」

二人に飛びかかろうとしたら、またもや赤毛の腕に取り押さえられてしまった。それでも必死にもがきながら、俺は佑亮に向かって叫んだ。

「佑亮！　なあ、おまえ何やってるんだよ？　目ぇ覚ませよ！　きっとおまえ、この男の催眠術にでもかけられてるんだ。俺が元に戻してやるから。もう、起きたことには何も言わないから。だから……だから佑亮、一緒に帰ろう。ゆう……」

わめき続ける俺のことを、佑亮の目が、はっきりと意思を持って見た。それから気の毒そうに口元を歪め、ゆっくりとかぶりを振って言った。

「友城。目を覚まさなきゃならないのは君の方だ」

「え……どういうこと？」

アンドロイドが言うならいい。でも今の佑亮には、確かに血が通ってた。ちゃんと人の心が入ってた。けど……けど、こんなのやだ。こんな心なら、いっそない方がいい。

佑亮は言った。自分の口で、はっきりと。

「友城。さっき君が見たのが本来の俺だ。受け入れられなくても、信じられなくても、あれが俺の本性なんだよ」

「嘘だ……だって俺、五年もおまえと一緒に暮らしてきたんだよ？　知り合ったのはもっと前だし、一緒の職場で働いてたことだってある。だから、おまえのことならなんだって知ってる。誰よりわかってる。そうだろ？」

最後の方で、声が尻すぼみになってしまったのは不覚だった。えらそうな日本人が、そら見ろと言わんばかりに、俺を見てふんと鼻を鳴らした。

「知り合った時期で競うつもりなら、こっちに分があるんだけどね、三上君。だいたい付き合いの長短なんて、相手を知るのには関係ないでしょう？　何十年も相手の表皮だけ見てきたあげく、何も知らずにそのまま終わるというのも、人生にはままあることだよ」

「そんなことないっ！」

言い返したけど、心はますますぐらついてきた。もしかして……もしかして佑亮は、敢えて見せないようにしてただけで、俺がまんまと騙されてたんだとしたら——。

踏みしめてたはずの地面が、急にずぶりと沈み込んだ気がした。上半身が揺らいで倒れそうになったけど、差し伸べてくれる手はどこにもない。

「もう、そのくらいにしといてくれないか」

重苦しい空気を切り裂くように、凛とした声が響いた。はっとして声の方を見ると、開いたドアのところに雪里が立っていた。

「雪里！　いったいどこ行ってたんだよ！　なあ、これどういうこと？　おまえ、もしかして知ってたのか？　何もかも知ってて、こんなとこに俺を連れて来たのか？　え？　答えろよっ！」

「友城……」

すまなそうな顔で、雪里が俺を見た。口を開きかけたままじっとこっちを見てたけど、結局何も言わずに目を逸らし、今度は佑亮の方に向き直った。

「騙してたわけじゃないって、言ってたよな」

こんな怖い顔の雪里、見たことない。でも、いったいなんの話だろう？　雪里、やっぱり知ってたのか？　予め、佑亮と話を付けてでもいたってのか？

佑亮の目が、しばらく雪里を見返していた。その横顔に何かの感情が隠れてないか探していると、結んでいた唇がゆっくりと開き、すぐにまた閉じてしまった。首を巡らせ、今度は俺の方を見る。ドキリとする間もなく、彼はまた雪里に視線を戻し、はっきりと頷いた。

「そうか。ならいい」

佑亮の反応を見て、雪里も頷いた。なんだこれ。なんの儀式？

わけがわからないまま俺が交互に二人を見てると、雪里が俺に向かって一歩踏み出し、手を差し伸べた。

「友城、さ、帰ろう」

「やだ」

雪里が踏み込んだ分後ろに下がって、俺はかぶりを振った。

「ぜったいに、やだ」

雪里が、困ったような、気の毒そうな顔で俺を見た。透き通った紅茶色の瞳が揺れて、赤い唇がへの字になる。

「なんで」

「佑亮と一緒じゃないとやだ」

子供みたいにだだをこねると、佑亮が目だけ動かしてこっちを見た。その視線を捕まえて口を開きかけたら、それはさっと逃げてしまった。

「佑亮！　騙してたんじゃないんなら……いや、仮に騙してたとしても、俺は別に構わない。おまえのこと、怒ったり嫌いになったりなんかしてないから。だから……だから戻ってきてよ。なあ、俺と一緒に日本へ帰ろ？　また一緒に暮らそ？」

もう必死だった。ここで諦めたら、きっと、彼は二度と戻ってこない。このわけのわからない会社に、こいつらに取り込まれて、完全に魂のない人形になってしまう。ただの人形ならまだいい。静かに飾っておいてもらえるなら。

けど、ここの人形は違うんだ。佑亮だけじゃない。いったい何人いるのか知らないけど、みんなあんな……あんなことのために……。

さっき見せられた映像や、聞きたくもない声が甦りそうになって、俺は慌てて感覚を遮断した。そうでもしないと、真っ黒な感情の渦に呑み込まれてしまいそうだったから。

「われわれの仕事は、別に、さっきお見せしたものだけではないのですよ」

聞いてもないのに、あの胸糞悪い男が妙に澄んだ声で説明し始めた。

「お客様のいかなる要望にもお応えするため、ありとあらゆる人材を確保しているのが我が社の自慢なんです。人種、容姿、各方面に特化された、またはマルチな能力。これらを有する優秀な人材を、世界各地から集結させているのです。特に、樋口君は優秀だ。弁理士としての能力は申し分ないし、もうじき弁護士の資格も取れる見込みだ。それから容姿は見ての通りだし、言うまでもなく、その他の特殊な要望にも、彼ならすべて応えられる。クライアントからの評判もいい。再発注がかかる率は、うちのトップクラスだ」

「もういいっ！」

滝のように流れる男の言葉を遮って、俺は叫んだ。

「おまえの話なんか聞かなくていい！　どうせ……どうせ、自分たちに都合のいいように作ってるんだろう。おまえらがやってることは犯罪じゃないか！　何が人材の確保だよ！　こんなの……こんなの、ただの人身売買だろーが！」

子供みたいにわめき散らしたところで、こいつらには蚊が刺したほどのダメージもないだろう。蚊ならまだいい。皮膚の下に毒を注入して、刺された奴に、しばらくは不快な思いをさせてやれるから。

「友城、もうよせ。こいつらには何を言っても無駄だよ」

それまで黙って成り行きを見守ってた雪里が、ここぞとばかりに割って入った。

「残念だけど、これが現実なんだ。樋口さんは、おまえといるよりこっちの生活の方が好きなんだよ。性に合ってるんだって。だからもう諦めな。割れちゃった壺は元には戻んないんだよ。こぼれた中身は、とっくにどこかへ流れてっちゃったんだ。そうだろう？　樋口さん」

雪里の挑戦的なまなざしが、まっすぐ佑亮に向けられた。紅茶色に透き通った、天の住人が放つビーム。それを浴びた佑亮が、ひどく眩しそうに目を細めた。

「さよなら、樋口さん。友城は僕が引き取るから、心配しなくていいよ。その代わり、もう二度とこいつに近づくなよ」

「雪里！　勝手に決めるなよ！」

　もう、誰が敵だか味方だかわからない。信じてきたものが、次から次へと崩れていく。きれいだって思ってた景色が、淀んだ灰色に変わってく。これが現実だっていうんなら、俺が今まで見てきたものはなんだったんだろう？　クラゲの夢か？　それともここは、死んじゃった雪里の作ったまぼろしの世界なんだろうか？　ああ、そうか、違う。あの時死んじゃったのは、実は雪里じゃなくて俺だったんだ。だったらぜんぶ辻褄が合う。不思議なことなんて何もない。もともと存在しない世界なんだから。

　俺は回りを見回してみた。俺の方を見てる四人の男たちを。知ってる奴も知らない奴も、今じゃみんな同じに見える。この部屋に溶け込むように色のない、石膏像みたいな奴ら。そうだよな、彫像にしゃべったって空しいだけなんだよな。

　ひたひたと、恐怖が足元から俺を侵食し始めていた。それに合わせて、俺の自己防衛本能が発動する。すべての感覚器官が最低レベルまで感度を下げ、半冬眠状態に入ろうとした。

もうちょっとで聞こえなくなるはずだった耳に、すっと入ってきた声があった。

「友城」

佑亮の声だ。今、はっきり聞こえた。優しくはないけど、ちゃんと血の通った人間の声。目をしばたたくと、声の主に焦点が合ってきた。輪郭のはっきりしない石膏像は、いつの間にか、俺の知ってる男になっていた。

「帰ったら銀行口座を確認してみろ」

「え?」

期待してたのとまったく違う事務的なセリフに、色づきかけてた世界が、一瞬でモノトーンに戻ってしまう。

「今のマンションを買い取って住んでもいいし、どっかよそへ引っ越してもいい。そのくらいの額はあるから、あとは君の好きにしろ。俺の持ち物は……手間かけるが、捨ててくれないか」

「ゆう……」

声をかけようとしたら、「悪いな」と言う言葉を最後に、佑亮は向こうを向いてしまった。そして、

「平さん。僕の用はこれで済みましたから、もう引き取らせていただいていいでしょうか」

と、感情のかけらもない声で長身の男に言った。

あの嫌味な日本人は、平という名前なのか。にしても佑亮、俺に言うことはそれだけ？それでおしまい？

部屋から出ていく佑亮を一瞥してから、平と呼ばれた男が俺の方を向いて言った。

「というわけなので。本当に残念ですが、これでお引き取りください、三上友城さん」

それから、道化師みたいな仕草でドアの方を差し示す。その顔に張り付いている笑顔も、まるでピエロのお面みたいだった。

「行こう、友城」

雪里が、これ以上長居はしたくないって調子でそう言うと、俺の背中を押して出口に向かわせた。もう抵抗する気力も失せた俺が、彼についてドアをくぐろうとした時。

平が素早く近寄ってきて、耳元に短い囁きが吹き込まれた。

「気が向いたら、またいつでもどうぞ」

　雪里が振り返って平を睨むと、彼は大仰に肩をすくめてみせ、それから慇懃に腰を折ると
「では、お気をつけてお帰りください」

なんて、閉店間際のデパートの店員みたいに、俺と雪里を送り出した。あの赤毛の大男も、同じように頭を下げる。こっちはまるでホテルマンだ。

白い部屋を出ると、廊下にはさっきの受付嬢が待機してて、俺たちを出口まで案内し、やっぱり丁寧に見送ってくれた。サモエドは、最初に見た位置に戻ってうずくまってた。

佑亮の姿は、どこにもなかった。

第二十二章　消失世界

Ⅰ．友人の向こう側

友城を抱えるようにして一階まで降りると、エントランスでデナリが待っていた。

グッドタイミング！

「ユキ、遅かったわね。ものすごく心配したわ。その……場所が場所だから」

駆け寄ってきたデナリが、胸に手を当てて心底ほっとしたように言った。

「ごめん。思ってたより手間取った。でも、とにかく帰してくれてよかったよ。あのま
ま拉致されたらどうしようかって思ったから」

「怖いこと言わないで。冗談じゃすまないわよ」

「悪いね、心配かけて……っていうより、すっかり君を巻き込んじゃって」

「とにかく、早く車へ」

そう言ってから、デナリが俺の腕の中で放心状態になってる友城を見て、表情を曇

らせた。

「トモキ、大丈夫なの？」

とても大丈夫そうには見えないだろうに、デナリは敢えて騒ぎ立てたりせず、片側からさっと友城を支えると歩き出した。こんなところは彼女のいいところだ。他人の領分にずかずか踏み込んだりしないで、近くでそっと見守っててくれる。必要とあらば、手を貸してもくれる。

だから、今度の件では彼女を選んだ。自分よりよっぽど人脈があるし、何よりここは彼女の国だ。そして、その選択は間違っていなかった。

デナリの車に正体不明の友城を押し込むと、隣に寄り添ってシートに身を沈めた。そっと抱き寄せても、魂の抜けた男は何の抵抗も反応もせず、詰め物の足りないぬいぐるみみたいに、ふにゃりと崩れて身を預けてくる。堪らなくなって、俺はデナリがいるのも気にせず、冷たい頬に唇を寄せた。もちろん、彼女は知らんぷりしててくれた。

借りてるフラットにたどり着くと、二人で友城を抱え上げるようにして部屋に入れ、取り敢えずベッドに寝かせた。何も言わず大人しくされるがままになってるところは、本当に人形になってしまったみたいだ。ならば今の彼には、俺の心なんか、これっぽっちも届いていないってことだ。

「デナリ、今日はほんとにありがとう。もう俺一人で大丈夫だ。君も疲れただろう、帰ってくれても構わないよ」

そう言うと、デナリが眉をひそめてじっと俺を見た。

「わたしは何もしてないから。あなたこそ倒れそうな顔だわよ、ユキ。ほんとに一人で大丈夫なの?」

「うん……正直言うとさ、友城と二人きりになりたいんだ。ごめん、勝手なこと言って」

正直に打ち明けると、デナリが少し寂しそうに微笑んだ。

「そうね、わかった。今はそっとしといてあげるわ。その代わり、おかしな気を起こしちゃダメよ」

「おかしなって、どんな?」

ちょっとドキッとして聞くと、デナリはじっと俺の顔を見つめてから、何も言わずに肩をすくめてドアに向かった。ノブに手をかけたところでふと振り返り、思い詰めたようなまなざしで赤い唇を開いた。

「ユキ、あそこを訴えるの？」

「サモエドなんとかってふざけた名前の会社のこと？　だったらノーだね」

「なぜ？　どうみてもまともじゃないでしょ？」

デナリの問いに、俺は首を傾げて聞き返した。

「なぜって……なんでそんなこと聞くのさ。だって、俺も友城も、実際に被害に遭ったわけじゃないでしょ。そりゃ友城にしてみれば、恋人があんなになってて、ショックだったには違いないだろうけど。でも、あれはあの男が自分で選んだ道だ。それに、あの会社だって合法なんだろう？　別に、法に触れるようなことをしてるわけじゃないみたいだし」

あれでも……と、俺は、ベッドで放心状態になってる友城が見せられた映像を想像しながら考えた。

あの時、自分は同じものを見てたわけじゃない。でも、何が写っているのかは概ね知っていた。そして、ハロルドが言っていた樋口佑亮の元に届いた物というのは、恐らく同じ内容のＤＶＤだろう。あれを最後通告として、平は、樋口を自分の元に完全に引き寄せたのだ。つまり、あの事務所へ樋口が送り込まれたのは、彼に対する平の「テスト」だったのだ。彼がどれだけやれるのか、平は試してみた。もちろん、申し分のない結果が得られることは、最初からわかっていたのだろうけど。

樋口佑亮は、平が喉から手が出るほど欲しがっていた人材だった。いや、それだけではない。恐らくはプライベートな嗜好から、彼は樋口を狙っていたのだ。それは、彼らが大学生だった頃からに違いない。

「わたしは……もうちょっと突っ込んで調べてみるわ」

そう言ったデナリに、俺は静かに首を振った。

「やめといた方がいい。だいいち、君の専門じゃないだろう？　これ以上、危ないことに首を突っ込まないでくれよ……って、さんざん巻き込んでおいて言うのもなんだけど」

デナリには本当に世話になった。彼女がいなかったら、ここまでたどり着けなかったろう。あんな組織が樋口のバックにいたなんて、想像もしてなかった。もっとも、日本で調べてみただけでも、樋口には後ろ暗い過去がいくつも出てきたのだから、いずれこういう道に足を突っ込むのは、時間の問題だったのかもしれないけど。

かわいそうな友城。純真で人を信じやすい柔らかな彼の心を、ここまで踏みにじった樋口は許せない。許せないけれど、いずれ必ず、彼がその代償を払わなければならない時が来るだろう。でもそれは、自分たちの知らないところで、知らない時に起きればいいのだ。俺は、友城さえ取り返せればそれでいい。

「ありがとう。ほどほどにしとくわ。けどユキリ、あなたの方はほんとにそれでいいの？あの樋口って男に、一矢報いてやりたいって思わないの？」

難しい日本語を使ってみせたデナリに、俺は思わず苦笑してしまった。

「俺は、友城が無事に戻ればそれでいいんだ。早くこいつを日本に連れて帰って……そして、俺があいつを忘れさせてやる。あいつの記憶を、全部俺で塗り替えてやるんだ」

胸を張って宣言すると、デナリは「あらまあ」と呆れ顔で笑った。

「なら、もう何も言わないわ。お幸せにね、ユキ」

「ああ、ありがとう。今回はほんと世話になったね。この埋め合わせは、いつかきっとするから。それと、君の時間を奪っちゃってごめんって、彼に謝っといて」

「何言ってるの」

デナリが、まるで少女みたいに頬を赤らめた。そんな初心なところも、自分が彼女を好ましく感じる理由の一つだ。彼女には幸せでいて欲しい。願わくば、友城のような目には遭わずに。

静かにドアを閉めてデナリが出ていった後。俺はベッドで寝息を立て始めた友城の側に行き、半日で一気にやつれてしまった顔を複雑な思いで見つめた。

本当にこれでよかったんだろうか？　荒療治が過ぎたんじゃないだろうか？

昨日までは自信を持っていたはずの計画が、今になって、この世でたった一人の、大事な人の心をズタズタにしてしまっただけなんじゃないかと不安になる。

「友城……」

柔らかな頬に指を滑らせると、眠っているはずの身体がぴくりと動いて、俺は慌てて指を離した。なんだか友城に拒絶されたような、触れようとした心がむしり取られたような、そんな痛みが胸に走った。

「友城、ごめんな。ここまでひどいことになってるなんて、さすがの俺も予想してなかったんだ。今さら言い訳したってしょうがないのはわかってる。わかってるけど……友城、頼むから戻ってきて。俺のところへ」

頭に触らないように、髪の毛だけそっと撫でながら囁く。囁くというより懺悔だな。「頼むから戻ってきて」なんて、つい数時間前、こいつが自分を棄てた恋人に縋って、泣きながら言ってたセリフだ。でもきっと友城の方が、俺より百倍つらかったに違いない。

「友城、知らないだろうけど……もう一生知らなくていいけど……あいつがおまえといた事務所を辞めたほんとの理由、俺知ってるんだ。それから、いい大人のくせに自宅に門限があったこととか、所長の持ってきた結婚話が立ち消えになったこととか……」

「立ち消え？　佑亮が断ったんじゃなくて？」

眠っていたはずの男がいきなり返事をしたんで、俺は飛び上がって手を引っ込めた。

「とも……起きてたの？」

今しがたまでシーツに同化してたとは思えないほど素早く、友城が起き上った。

「ねえ、それってどういうこと？　なんで雪里がそんなこと知ってるの？」

さっきまで生気の抜けてた両目が、爛々と燃えて睨んでくる。俺は恐怖に慄いた。

目の前の男が怖いんじゃない。今まさに、自分が彼の攻撃の対象になろうとしている恐怖。もっと言えば、一番好きな相手に嫌われる、憎まれるっていう恐怖に、打ちのめされたんだ。

「友城……、そんなに興奮しちゃダメだよ。まだ横になってなよ」

「ごまかすなっ！」

宥めようと伸ばした手をはねのけられた。弾かれた手より、心が痛くて悲鳴を上げた。

「知ってるなら話せよ、雪里。全部話せ。俺には聞く権利があるんだから」

「友城、落ち着いて。話すから。ちゃんと理解できるように、きちんと順番に教えるから」

頑是なくわめきちらす子供を宥めようと、ふわりと言葉を被せてみる。それくらいで鎮火できる怒りとも思えなかったけど。

「ごまかしたり、隠したりするなよ。そんなことしたってすぐ見破るからな。おまえまで俺に嘘を吐いたら、俺、もう自分で自分を壊すから」

「友城、そんな怖いこと言うなよ。わかったよ。嘘なんか吐かないし、隠し事もしない。俺の知ってること、みんな話す。だから……頼むから、自分を壊すなんて言わないで。そんなことされたら俺……俺、せっかくここまで来たのに……」

言いかけて口をつぐんだ。今は自分のことを話してる場合じゃない。友城が好きなら、本当に失いたくないなら、ここは彼の感情を最優先すべきなのだ。

「何から話す？　何を聞きたい？」

全然乗り気になれなかったけど、それでも話さなきゃならない。聞けば、きっと友城は、今よりもっと傷つく。ぼろぼろになる。そんなの見ていられないけど、彼が聞きたいというのなら、俺に選択肢はないのだ。

「一番最初から。一番昔のことから教えて。おまえが知ってること、全部」

今やすっかり起き上がった友城は、シーツの上に正座し、両手を膝の上で握りしめてる。その拳が震えているのを、俺は見てしまった。

「わかった。でもその前に、何かあったかいものでも飲むか？」

そういえば朝ここで食事をしてから、二人ともほとんど何も口にしていない。空きっ腹で聞かせるにはつらい話なんじゃないかと思って聞いたんだけど、友城は黙って首を横に振った。しかたなく、俺はこのまま話すことにした。ずっと腹に抱えていたものを、一つずつ彼の前に広げてやる決心をした。

「俺が……」

口を開いたものの、何からどう話していいかわからない。できるだけ友城を傷つけないように、刺激しないようにとは思うものの、どうしたって彼は傷つくだろう。それなら俺は、目を瞑って友城を現実に放り込むしかない。

「俺が第二の人生をもらってからも、前世の記憶が残ってたってのは話したよな？」

一言も聞き逃すまいと、瞬きもせずにこちらを見ながら、友城が大きく頷いた。

「だから、自由に動けるようになってから……つまり、大人になってからっていう意味だけど」

ちょっと言葉を切ると、早く先に行けというように、友城の細い顎がつんと上がる。

俺は溜息を呑み込んで続けた。

「俺は、おまえがまだあの男……樋口さんと付き合ってるのかどうかが、一番気になった。ポプリとして一緒に暮らしてた時から感じてたけど、彼には……ごめんな、どうしても信用しきれないところがあったんだ」

「どんなところ？」

すかさず飛んでくる鋭い質問に、俺は怯みそうになるのを堪えて答えた。

「はっきり言うとわからない。ただの勘？　……だったのかもしれない。けど、しつこくおまえにつきまとう男が、なんだかそれ自体が目的で、そうしてるみたいな気がしてた」

「そんなことない」

即座の否定。まあ無理もないだろう。ここは聞き流しておこう。

「俺はもう一度人間になってから、あの家で見聞きした彼の言動が気になって、おまえには悪いけど、いろいろ調べてみたんだ。娘を嫁にやるには適当な相手かどうか、心配する親みたいな気持ちかな」

「やな奴」

吐き捨てられた言葉が胸に刺さる。でも、進まなきゃならない。積もった雪をかき分けて。

「最初に引っかかってきたのは、おまえが務めてる事務所での、奴の評判だ。仕事はできるしルックスもよかったから、評価はまっぷたつだった。憧れて尊敬する奴。おまえみたいにな。それから、これは同年輩の男に多かったんだけど、彼をやっかんで煙たがる奴。何かマイナス要素がないかって、いっつも探してるような輩」

「知ってる。いたよ、そういう奴ら」

ぼそりと友城がつぶやいた。きっと、いい思い出じゃないんだろう。

「けど、佑亮はそんなの気にしてなかった。仕事さえちゃんとやってればいいんだって、誰がどんな噂を立ててようが、気にしてなかった。だから俺……」

「好きだったんだろ？」

先回りして言ってやると、友城は怒ったように睨んできたけど、何も言わなかった。

「樋口さんが優秀なのは、俺だってちゃんと認めてるよ。だけど、どうしても認められない性癖が……彼にはあったんだ」

「性癖？」

俺は頷いた。これが一つ目のハードル。これを飛び越えれば、後はずっと楽になるかもしれない。

「あの人さ、所長にひどく気に入られてたんだって？」

そう聞くと、友城は少し誇らしげに頷いた。かわいそうな友城。その気持ちは、もうすぐ粉々になってしまうのに。

「すごく信頼を置いてたみたいだね。それで、クライアントの娘さんと一緒にさせようって考えたんだろう？　これって、所長にしてみたらおいしい話だよね」

「……」

当時のことを思い出したのか、友城が急に神妙な顔になって黙り込んだ。

「けど、急転直下、話はなかったことになった。そのクライアントからの新しい仕事も来なくなった。違う？」

「……」

返事はない。俺は構わず先へ進んだ。

「あれね、相手の方で樋口さんのことを調べたんだって。一応信頼はしてたけど、万が一ってこともあるから念のためって。そしたら、ほとんど話がまとまりかけてた土壇場になって、その『万が一』が見つかっちゃったってわけ」

友城の瞳が揺らいだ。彼の心にさざ波が立った証拠だ。

「そしたら、大学時代の友人……なのかな？　あの平って男が、樋口さんの背後に見え隠れしてたんだ」

「あいつ、佑亮のなんなの？」

不快そうに顔を歪めて、友城が聞いた。俺は、自分がそれを知った時のことを思い出していた。あの時の自分も、きっとこんな顔をしていたに違いない。

「大学が一緒だったっていうだけの知り合いなのか、親しい友人なのか。ほんとのところはわからない。でも、二人が一緒にいるところを見かけたっていう証言は、結構あったらしい。一年の秋頃には、かなり頻繁に行動を共にしてたみたいだ」

「それって……ただのダチってこと？」

俺は首を振った。

「わからない。なぜかって、二人が一緒の時は、他に誰も側にいないことが多かったたんだって。今思うと、当時から平の目的は樋口さんだけで、故意に、他の奴が近寄らないようにしてたんじゃないのかな？」

「目的って？　結局、あいつ何者なの？」

「それが、ほとんど何も出てこないんだ。東京近郊の県出身ってことだけで。これと言った問題もなくて、強いて言えば、問題がなさ過ぎるって言うか、特徴がなさ過ぎた。大学でも目立たなかったし、成績は悪くないけど、突出してるわけでもない。それに、なぜか途中でいなくなってるんだ。大学に問い合わせても、退学や休学の届け出はなかった。ただ、いなくなったんだ。だから彼がいつから大学に来なくなったのか、覚えてる人を探すのは大変だったみたいだ」

「みたいだって……誰かに調べてもらったってこと？」

鋭いまなざしで聞かれると、思わずたじろいでしまう。

「うん……まあ。俺一人じゃ無理だもん」

「エスパーのくせに？」

これは皮肉だろうか？　それとも、本気で聞いてるんだろうか。

「そんなもんじゃないよ、俺。普通にお金払って、探偵雇っただけ」

今度は、思い切り呆れた顔をされた。

「浮気の調査ってわけか」

溜息まじりに吐き出された言葉は、俺の心をざっくり抉っていった。

「かわいそうな佑亮。そんなふうに嗅ぎまわってる奴がいるなんて、想像もしてなかったろうな」

「……かもな」

今は、そうとしか答えられない。それでもいい。友城には、俺を攻撃する権利がある。

俺が変にほじくり返したりしなかったら、あのまま、平凡で平和に暮らせたかもしれないのに。あいつを忘れられさえすれば。

だから俺は、友城から向けられるすべての感情を、黙って全部呑み込んでしまう覚悟だった。

「それで？　結局何がわかったの？」

つまらなそうな顔を装って聞いてくるのが痛々しい。俺はつい、ここから先は作り話でごまかそうかと考えてしまった。

「平は、ある意味天才だった」

「天才？」

怪訝そうに、友城が首を傾げる。無理もない。これを聞いた時、自分も同じ反応をしたっけ。

「人たらし。それから、他人を意のままに操る天才。魔法使い。これは、平を比較的よく知ってた奴らの感想だって」

「じゃあ……じゃあ佑亮も、あいつに操られちゃったってこと？」

虚しい望みだ。残念ながら、彼の場合はそうじゃない。恐らく樋口は、もともと平と同類だったのだ。けれど、それをここで友城に納得させようとしても、どだい無理というものだ。

「まあ、その話はおいおい。ただ、平は早くから樋口さんに目をつけてたんだ。そして、ことあるごとに自分の方に引き寄せようとしてた」

「どういうこと？」

「平は、起業家になりたいって豪語してたそうだ。でも、彼を見ていたらそれもまんざら大言壮語でもないって、彼を知ってる人間は思ってたみたいだね」

「あんなことをやりたかったわけ？」

　友城の顔が苦しそうに歪んだ。

「さあ、どうだろう。けど、人をびっくりさせるようなことをやりたがる性格ではあったみたいだ。自信家で、他人を見下すようなところもあったらしい。まあ、この感想は人にもよるけど」

「そんな奴が、なんで佑亮に目をつけたの？」

　不満そうな口振りは、自分を棄てた恋人にまだ夢を抱いている証拠だろう。かわいそうに、現実はもっとずっと残酷なのに。

「起業とやらの仲間にしたかったんじゃないか」

「なんで？　なんで佑亮を選んだのさ」

　今度ばかりは、俺も溜息を隠すことができなかった。

「はっきり言うけど。平は樋口さんに、自分と同じ匂いを感じ取ってたんだと思う」

「なんでっ！　だって、だって佑亮は……」

　言いかけて、急に友城が口籠った。

「だって……だけど……それとは違うよ。そんなこと、誰だって考えるもん」

「友城？」

「佑亮……自分の事務所が欲しいって言ってた。いつか独立したいって」

　力なくそう言ってから、友城は、右手の甲で自分の両目をぐいっと擦った。

「そうか」

　今度の溜息は、吐き出す代わりに呑み込んだ。この話を進めるのは、友城にとってはもちろん、俺にとってもすごく苦しいんだ。

　樋口が口にしていたのは、表向きの本音だろう。本当は、そんなきれいな話じゃない。あの男の中には、もっと本質的な、拭い去ってもまた湧いてくる、淀んだ欲望が棲んでいたのだ。恐らくは、生まれた時から。

　それを、平は見抜いていた。そしてこれは想像だが、おそらく彼は、樋口に個人的興味を抱いていたのだろう。端的に言えば、見初めたといったところか。

「樋口さんは、平に、一緒に起業しようと誘われたのかもしれない。それ自体は別に問題じゃない」

「じゃあ、何が問題なの」

拗ねたように友城が聞いた。その顔についキスしたくなったのを、俺はなんとか我慢した。

「平は、違法なことを好んでやりたがる傾向があったらしい。それがいとも簡単にできてしまう自分自身に、酔ってたっていうか……」

「注目を浴びたがってたってこと？」

赤い目をして、友城が俺を見た。そんな目で見るなよ。つらくて先を話せなくなるだろ。

「まあ……本当に浴びたらまずいんだろうけど」

「雪里！　はっきり言ってよ！」

すごい剣幕に本気でびびった。もっと話が進んだら、こいつ、いったいどうなっちゃうだろう？

「平は学生の頃、合法だと偽って、自分で合成したドラッグを売ってたんだ」

　たちまち、友城の目が吊り上がる。

「それのどこが合法なんだよ！」

「もちろん違法だよ。今ほどネットが発達してなかったから、商品はほとんど手渡しでさばいてたらしい。で、その時に相手を見定めてたんだって」

「意味わかんないんだけど」

「だから。彼の狙いは薬を売ることじゃなくって、そこに集まってくる人間たちの中から、自分の必要とする奴がいないか探してたんだよ。まあ、今やってることと基本大差ないね」

　友城の顔が、絶望一歩手前まで曇った。

「そんな奴に、なんで佑亮が……」

　さっき言ってやったことを、友城はもう忘れてしまったようだ。彼の考えているのと現実はだいぶ違う。あの二人は、自然と引き寄せられたんだ。最初の頃こそ、樋口には幾分抵抗もあったかもしれないけど、結局は結び付く運命だったんだ。だけど、そんなことは友城には言わない。

「大学時代にね、平は樋口さんに、自分で売ってた薬を試してみたらしい」

「えっ……」

「危うくそっちに手を出しそうになったところを彼の父親が気づいて、なんとか平とは手を切らせたらしいよ。それが原因で、息子に対する親の監視が厳しくなった。いい歳した彼に門限があったのは、そういうわけ」

「平って……許せない」

「うん、そうだね。で、その一件があってから、平は姿を消した。大学も中退して、ほとぼりが冷めるまで、たぶん海外にでも逃げてたんだろう。」

本当のところ、これを調べるのにはかなり骨を折った。少々汚い手も使った。でも、そんなことは友城には関係ない。

「その後、佑亮はあの男に会ったの？　俺の知る限り、そんなやばいのと付き合ってるようには見えなかったけど」

「おまえの言う通りだよ。少なくともその後は、まっとうな人生を歩もうとしてたんだろうね。卒業してからの樋口さんって、人付き合いはよくないけど、悪い噂は出てこないもの」

それを聞いた友城の顔が、すっと明るくなった。逆に、俺の心は重くなったけど。

「だから、所長さんは彼に期待してた。嫁の世話まで焼こうとしてたくらいにね。でも、そこで発覚しちゃったんだ。昔の疵が」

また、友城の顔がつらそうに歪む。ごめんな。でもこれ、おまえが聞きたいって言ったんだぞ。

「相手の両親は、もちろん縁談はなかったことにした。まとまりかけた取引がキャンセルになったのが、そのせいかどうかはわからないけど」

「憶えてる。佑亮、ロッカー室でぼんやりしてた」

その頃、二人は急速に接近した。もしかしたら物思いに耽るところを友城に見せたのも、樋口の作戦だったのかもしれない。

「でさ、あの人事務所を辞めたでしょう？　あれ、ほんとは所長が彼を切ったんだよ」

「あ」という形で、友城の口が開いたまま固まった。何か思い当たる節でもあるんだろう。

「俺……あの時、あいつらが佑亮をやっかんで言ってるのかと思ってた」

「あいつら？」

聞き返したけど、答えはなかった。友城は今、必死で探してるんだ。樋口の疑惑を打ち消せる証拠を。

「でも……でもそれって、佑亮がいなくなる何年も前だし……。それに佑亮は、友達のやってる事務所に行くんで辞めたんだよ。つまり、その人は佑亮を買ってたってことでしょ？　仮に所長が佑亮をクビにしたんだとしても、それ自体は、彼が何か悪いことをした証拠にはならないでしょ」

藁にも縋る思いなんだろう。自分の幻想を必死で守ろうとする姿は、つらくて見ていられない。俺は、曖昧に微笑んで頷いた。

「そうだね。少なくともその友人は、樋口さんを欲しがったんだろう。けどそれは、所長にとっては渡りに船だったんだよ。いくら気になるところがあるからって、正当な理由もなしに人を切るなんて、普通できないからね。それに、確かに樋口さんは優秀だったから、手放したくない人材でもあった。所長は悩ましかっただろうね。でも実は、その頃にはまた、平の手が樋口さんに伸び始めてたんだ。所長が彼を切ったきっかけは、それだよ」

「どういうこと？」

「事務所にさ、樋口さん宛ての国際電話が、頻繁にかかってくるようになってたんだって。友城、知らなかった？」

「知らなかった……佑亮は何も言ってなかったし」

その頃、樋口はもう友城とは別の部署で、リーダーとして働いていた。だから、誰かが教えでもしない限り、彼の情報はあまり入ってこなかったんだろう。

「あの人が留学するきっかけになった訴訟ってさ、たぶん平の差し金だよ」

「まさか……」

そりゃ、まさかって思うよな。俺だってびっくりした。でもあの平って男は、自分の欲しいものは、どんな手を使ってでも手に入れる奴なんだ。デナリにも手伝ってもらってあいつの人脈を洗おうとしたけど、あんまり広範囲過ぎて、とてもじゃないけど調べきれなかったよ。

蒼ざめていく友城の顔を眺めながら、俺は考えてた。あの当時、自分がこいつの側にいてやれたら、事態は変わってただろうかって。あの頃、自分は何をしていただろう？大学院を出て、研究室に入って、日々友城のことを考えながら生きていた。樋口の身辺調査に本格的に手をつけたのは、それから少し後のことだ。もっと早く始めていれば——。

「平が、いつ頃からこっちに足場を置いていたのかはわからないけど。いずれにせよ、大学時代から十数年経って、ようやく奴は、樋口さんを捕まえることができたってわけだ。そういうとこはなんだか俺と同じで、ちょっと気持ちはわかるけど」

「わかんなよっ！」

怒鳴られた。失言したのは俺だけど、なんともやるせない気分になる。

「ごめん。で、平は、最初は日本で樋口さんを捕まえておいて、それから徐々に、本拠地——つまりあの会社に、引き込もうとしたんだと思う」

「やっぱり佑亮、騙されたんじゃない」

その言葉を、俺は否定も肯定もしなかった。今にもバラバラになりそうな心を必死で守ろうとしてるこいつに、かける言葉なんかない。少なくとも今は。

「それでも最初の頃は、樋口さんも、平の誘いにだいぶ抵抗してたみたいだ。友城の存在が、彼をギリギリのところで繋ぎ止めてたんだろうね。だけど……」

嵌められたと言えば、まあそうなんだろう。あのひどいビデオが、まさしくその証拠だ。だけど、樋口だったらそんなものに屈するとは思えない。法的手段に訴えてでも、平を退けることができたはずだ。それをしなかったのは、彼がそれを望まなかったからだ。大学で一緒にいた頃から、少しずつあの男の毒に慣らされて、最終的にはそれなしでは生きられないように、仕向けられていったのかもしれない。でもそれだって、樋口の素質あってのことだ。何もかも見抜いていた平は、それをうまく利用しただけなんだ。

従順でかわいい、けれどちょっと向上心に欠ける恋人は、樋口にとっては物足りなくなっていた。それより平がちらつかせてくる新しい世界の方が、樋口のような男にとっては、たとえ多少なりとも危険な匂いがしようとも……むしろそんな匂いがするからこそ、強烈に惹きつけられるものがあったんだろう。

（友城……樋口さんはさ、おまえには荷が重過ぎる相手だったんだよ、最初から）

悔しそうに唇を噛んで俯いている友城に、心の声で呼びかけてみる。けれど、固く閉ざされてしまった扉は開く気配もなくて、俺は、ますますやるせない気分に追い込まれた。

（友城、お願いだからわかってよ。樋口さんは、もうあっちの世界へ行っちゃったんだよ。あの人にとって友城は……言わば、一時のオアシスみたいなもんだったんだ。だけど旅人ってのはさ、喉の渇きが癒えたら、すぐにまた出かけたくなっちゃうもんなんだよ。彼は放浪者で、おまえは定住民なんだ。いつまでも一緒にいられるわけなかったんだよ。わかる？　友城）

俺は動かなくなってしまった友城の肩を抱き寄せると、そっとその髪に唇をつけた。恋しくて愛しくて、ここまで追ってきた男。なのに、彼の心はとっくに別のところにあった。そしてそれは今、行き場を失って迷子になってる。元の道に戻してやれるのは俺だけなんだって、自信を持ってここまで来たけど……それって間違いだったの？　ねえ友城、返事をしてよ。

「友城」

　軽く揺さぶっても反応はない。もう一度、今度は冷え切った頬に口づけると、彼はいやいやをするように首を振り、俺の顔を手で押しやった。パリパリと、心が割れる音がした。

「佑亮じゃない」

「え？」

　背けた顔から、ぼそぼそつぶやく声が聞こえた。

「おまえは佑亮じゃない。だから触るな」

「友城……」

　彼に向けていた心が、根っこからごっそり引き抜かれた気がした。縋りつこうと伸ばしかけた手は、ものすごい勢いで振り払われた。

「おまえは佑亮じゃない！　おまえなんか知らない！　おまえは……おまえは、なんだってあの世から生き返ってきたんだよ！　俺から佑亮を奪うためか？　本当は、何もかも最初っから、おまえが仕組んだことだったんじゃないのか？」

「友城……」

むしろ、その方が話は簡単だ。自分がそれを認め、こいつに謝れば済むことだ。おまえのことは大好きだけど、そんなにあいつがいいんなら、わかった、二人でお幸せにって身を引けばいい。あの坊さんには、やっぱりダメでしたって言って、元の運命に戻してもらうまでだ。

だけど、現実はそうはいかない。俺は、おまえを守らなきゃならない。おまえまであいつらの世界に引きずり込まれてしまうのを、おめおめと見過ごすわけにはいかないんだ。平が、最後に友城の耳に吹き込んだセリフ。獲物を狙う蛇のような目。友城が樋口に未練を残している限り、彼はいつでも、あの男の手に落ちる危険を孕んでいる。たとえ日本に連れ戻したとしても、もしまた樋口が、心を翻すような素振りでも見せようものなら――無防備なウサギは、あっという間に獣らの餌食になってしまうに違いない。

「友城、俺はそんなことしない。もし、おまえが俺のことなんか嫌いになって、もう顔も見たくないって言うんなら……俺は大人しく北海道に帰るよ。もう二度とおまえの前には現れない。だけど、これとそれとは話が違うんだ。俺はおまえに、樋口さんにはこれ以上近づくなって言いたいんだ。あの人は危険なんだよ。友城みたいな奴が、関わっちゃいけなかったんだよ」

　言い終わったとたん、友城の両目から大粒の涙が溢れ出た。

「まだそんなこと言うの？　雪里、そんなに佑亮のことが嫌いなの？」

　大好きな奴に、こんな目をしてこんなことを言われるのはつらい。でも、友城が傷つけられるのはもっとつらい。だったら――

　俺は素早く友城を抱き寄せると、有無を言わせず唇を合わせた。ものすごく抵抗されたけど、放してやるつもりは毛頭なかった。

「んんっ！　ん～……！」

　もがく友城をシーツの上に抑えこんで身体を乗り上げれば、今ではこっちの方がデカいんだ、細身な上に、たいして鍛えてもないこいつなんか、簡単に意のままだ。

　俺は友城の両手を押さえつけ、今度は首筋に唇を這わせた。噛みつかれないように口は避けたんだけど、のけぞって嫌がる様に狂暴な気分が高まってきて、思わず、白くて薄そうな皮膚に歯を立ててた。

「痛い！　やめろ雪里、痛いって！」

　こんなふうに抵抗されると、そんなつもりはなかったのに、逆にそそられる。少々痛めつけてやりたくなる。俺は友城の抗議を無視して、滑らかな肌に次々と歯型を付けていった。

「やだっ！　雪里、やめっ……！」

　胸の尖りを咥えると、たぶん、いつもあいつがそうするんだろう、友城の反応が急に激しくなった。首を左右に振り、背をのけぞらせる。

（バカだな。そんなことしたら、もっと俺にくっつくのに）

　弱味に付け込んでいるという自覚はある。だけど、自分の下に組み敷いた、今では俺よりずっと小柄になってしまった身体がだんだん熱くなってくるのを感じると、もう堪らなくなった。

　舌と歯で丁寧にかわいがってやると、小さな塊は真っ赤になって膨らんでくる。樋口がいつもこんなものを見ていたのかと思うと、嫉妬と怒りが身体の中で混ざり合って、どろりと下腹の方まで下りてきた。

密着している友城のそれに手を伸ばす。もう抵抗する気力も失せてるらしく、手を放してもなんの攻撃も受けなかった。

(友城……友城、俺じゃダメか？　俺のこと、ずっと待っててくれたんだろ？　十五年も忘れないでいてくれたんだよな？)

うっかりすると読み取られ兼ねない心の声。思ったことがなぜおまえに伝わるのか、本当は、俺も不思議なんだ。テレパシーなんかじゃない。そうじゃなくて、まるで自分が思ったみたいに、おまえの考えてることがわかるんだ。俺が頭の中で考えたことも、おまえはちゃんと受け取ってくれた。これこそ、俺たちの繋がりが特別だっていう証なんだって、俺、信じてたのに。

それなのに、おまえは、耳に届くまやかしの言葉の方を信じるのか？　人の皮を被った獣の姿を恋しがるのか？

自分でも気づかないうちに、俺の目からも涙が次々こぼれ落ちて、組み敷いた男の胸を濡らした。

「雪里……泣いてるの？」

少しだけ優しい声が聞く。やめてくれ、そんな声。爛れてひりつく心には、すごく沁みて痛いんだ。

だから無視した。今は、おまえの労りなんかいらない。欲しいのはおまえの肉だ、熱く流れているその血だ。やっとそれを取り戻せたんだって、今こそ実感したいんだから。

濡れた顔をがむしゃらに友城の胸にこすりつけ、もう一度唇を寄せると、すごい力で押しのけられた。

「何すんだよ」

思わず険悪な声が出てしまった。きっと、目付きも険しくなってたに違いない。友城が、怯えたような、それでいて憐れむような目で俺を見上げていた。それが俺の癇に障った。

「俺に触られるのは嫌なのか？　俺がもうチビでなくなって、おまえよりデカくなったのが気に入らないのか？　それともやっぱり、あの男じゃなきゃダメなのか？　あの男がするみたいにかわいがってやれば、満足するのか？」

「雪里……」

　見下ろした瞳の中に、しかめっ面の自分が写っている。その顔が、見当はずれのセリフばかり吐き出しながら自滅していくのを、こちら側から眺めている自分が嘲笑う。違う、こんなこと言いたいんじゃない。そう思っているのに、口は勝手に険悪な言葉を製造し、吐き出し続ける。

「俺はずっとおまえのこと忘れなかったのに、おまえはもう、俺のことなんてどうでもよくなったんだろ。こんなにボロボロになっても、あいつがいいんだろ。俺なんか、死んじゃったまんまの方がよかったんだろ！」

「……」

　醜い俺の姿を写しているその目は、瞬きするのを忘れてしまったように開きっぱなしだった。黒目を浮かべた海は、血の色に染まっている。まるで、恐怖に閉じられなくなってしまったようなそれを見たくなくて、俺は組み敷いた身体に、強引に食らいついていった。

2. 空っぽの目覚め

肌寒さを感じて目を覚ますと、くしゃくしゃになったシーツの上には自分しかいなかった。

(友城……?)

重い身体を無理やりシーツから引きはがして起き上がり、辺りを見回す。視界の届く範囲には誰もいなかった。

「友城、起きたのか?」

開けっ放しのブラインドからは、眩しい光が部屋の中まで射し込んでいた。

長い一日だった。ずっと大切にしてきたものが離れていってしまうのを食い止めようと、無我夢中でもがくうちに夜が来て、知らないうちに日が変わり、今はきっと、朝と呼ぶには遅過ぎる時間なんだろう。

俺はのろのろとベッドから下りた。気分は最悪だった。身体は鉛が詰め込まれたみたいだったし、心の方は、それより遥かに重たかった。

(俺……ブラックホールになっちゃったみたい)

裸足のまま床を歩いてみる。沈み込んでしまうかと思ったけど、そんなことはなかった。

「友城?」

夕べさんざん蹂躙した相手を探して部屋の中を一巡りしてみたけれど、その姿はどこにもなかった。

「友城。怒ってるのか?」

一夜明けて気持ちがいくらか落ち着いてみると、自分がいかに心ないことをしてしまったのか、激しい後悔と共に自覚する。せめて一言謝りたいと思っても、その相手は忽然と消えてしまっていた。

何度呼びかけても答えのない状況に、俺は少しずつ焦りを感じ始めた。

「友城っ!」

大声で呼んでみたけれど返事はない。一人には広過ぎるフラットは、寒々として空しかった。

俺は急いで服を着ると、コートを羽織って部屋を出た。デナリに電話を入れようかと一瞬迷ったけど、これ以上彼女の時間を奪うのは気が引けたので、スマホと部屋の鍵をジーンズのポケットにねじ込むと、そのままポーチの石段を駆け下り、表へ飛び出した。

3．吸い込まれる世界

眩しい。ただただ、眩しい。なんだってこんなに明るいんだろう？　もうちょっと絞れないのか？　この明かり。

それにうるさい。いろんな音がごっちゃになって、汚い色で塗りつぶした画用紙みたいだ。え？　音に色なんかないって？　だって、はっきり見えるんだもん。不協和音しか出さないオーケストラみたいな色がさ。

ところで、いったいここはどこだろう？　ちゃんと目が開かないんでよく見えないけど、まぶたの隙間から見える景色、東京みたいだけどなんか違う。耳に侵入してくる無数の声は、何を言ってるのかさっぱりわからない。

俺……今、歩いてるんだろうか？　よくわからないけど、足の裏がやけに痛い。何か踏んだのかな？

片足を上げて確かめてみる。ああ、やっぱり。靴を履くのを忘れてた。

そういえば俺の靴、どこにいったんだろう？　ていうか俺、どこから来たんだろう？

まあ、いいや。このまま行こう。少しくらい痛くたって構うもんか。

あれ？　でも、行くってどこへ？　俺、どこへ行こうとしてたんだっけ？

思い出そうと頭を振ってみる。急に血が下がったのか、一瞬視界が暗くなったけど、記憶は戻ってこなかった。っていうか、そもそも、俺ってなんだっけ？

辺りを見回してみる。なぜか、通り過ぎる顔がみな、ちょっとびっくりしたようにこっちを見てく。どうしてだろ？　俺、どこか変なのかな？　もしかして、ここにいるのが不思議な存在なのか？　たとえば、陸を歩くクラゲみたいな。

でもほら、ちゃんと人の手があるよ。足だって二本ある。何もおかしいとこなんてないのに。

二本の足で、俺はどこかへ向かって歩いている。身体がゆらゆら揺れて、なんだか不安定だな。ってことは、やっぱりこの足、まがいものなのかな？　ほら、尾びれのついた下半身の代わりに、人魚姫がもらった二本の足みたいに。

ああ……きっと俺、ほんとは深海のクラゲなんだ。だからうまく歩けなくって、光が眩しくって、音がうるさ過ぎるんだ。なるほどね。

じゃあ俺、海に帰ろうとしてるのかな？　暗くて静かな、深い海の底へ。

そこに行けば、誰かが待ってるんだろうか？　遠い昔会ったことのある誰かが……。

いきなり、ものすごく苦手な音が耳をつんざいた。黒板にチョークをこすり付けるみたいな、首の長い鳥が、くちばしを空に向けて出す声みたいな。

それからすぐ、ドンっていう音と同時に何かが体当たりしてきて、視界が一回転したかと思ったら、固いものに叩きつけられた。ぐしゃりと潰れたクラゲが、形を失くしてびろびろと広がってく。それが俺自身なのか、そうでないのか……よくわかんないけど、やっぱり俺なんだろう。だってほら、どこもかしこもこんなに痛い……。

たくさん、たくさんの顔が集まってくる。平たくなって広がってく俺を見て、何か言ってる。わかんないよ、クラゲ語でしゃべってよ。

いろんな音やいろんな動くものが、どんどんこっちに向かって集まってくる。どんどんどんどんどんどんどん……。

それが一気に一塊になって、俺の中にシュッと入ってきたかと思うと——
俺は、ビューンって飛んでいた。
そう、ちょうど巨大な掃除機に吸い込まれるみたいに。

4. 消失

ピピーッという笛の音と共に、集まっていた野次馬が追い払われた。救急車のサイレンに引き寄せられるようにして俺が現場に着いた時、友城の身体は、幾つかの肉の塊になって道路に貼りついていた。

それでも彼だとわかったのは、頭の部分が奇跡的に無事だったからだ。俺が、警察官たちの後ろから必死で首を伸ばしてその顔を確認しようとしたら、わずかにこちらを向いていたそれは、笑っているようにも見えた。

「友城！　友城ーっ！」

止めようと押さえつけてくる警官の腕を掴んで、俺は叫んだ。

「放して！　あれは俺の身内なんです！　世界でたった一人の、俺の大事な片割れなんです！」

警察署を出てからタクシーを拾ってフラットへ戻り、そのままベッドに倒れ込んでから、どれくらい経ったんだろう？　コツン、コツンという固い音が近づいてきて俺の前で止まった時。俺は重い身体をなんとか起こして、その人を見上げた。

「デナリ……」

「ユキ……ああ、なんてこと」

デナリはそれだけ口にすると、俺の隣に静かに腰を下ろし、そっと肩を抱き寄せてくれた。

「デナリ……俺……俺……」

「いいの、何も言わなくていいの」

大きくてぶ厚い手のひらが、この上なく優しく背中を撫でてくれる。そうやって、俺の心に溜まっているものを、吐き出させてくれようとしているんだ。

「デナリ……俺……友城っ……！」

背中の手に押されるように、嗚咽が溢れ出した。とめどなくこぼれ落ちる涙に胸を濡らしながら、デナリは繰り返し慰めてくれた。

「ユキのせいじゃない。あなたのせいじゃないわ」

「だって……だって俺……」

「自分を責めないで。もしかしたら、トモキは今やっと、自由になれたのかもしれないでしょう？　そうじゃなくって？」

「とも……」

最後に目にしたその顔を思い出す。確かに、びっくりするほど穏やかだった。苦しまないで逝けたんだとわかって、それだけが救いだった。

涙が止まらない。いったいどこから湧いてくるのかと思うほど。両目がふやけてなくなりそうになるまで、それは際限なく溢れ続けた。

5．メビウスの輪、再び

アメリカなんかに来なきゃよかったと、何度も寄せては返す後悔の念を土産に、俺は日本へ向かう飛行機に乗った。

悲しみは決して癒えないけれど、一つ、わかったことがある。

（友城もこの苦しみを味わったんだ。味わわせてしまってたんだ……俺は）

最愛の友を失った痛みを想像してみたことは、思えば一度もなかった。

自分だけが、後にしてきた世界に戻りたいともがき、わがままを通し、世界に逆らって、もう一度彼を捕まえた。

けれど、それはやっぱり、人の世の理（ことわり）に反していたのだ。だから、今度は自分が、彼を失う羽目になってしまったのだ。

あの坊さんは、きっと、こうなることをわかっていたんだろう。それでもなお、俺をこちらに送り返してくれた理由は――俺が今思った通りだ。自分自身で痛い目に遭わなきゃ、決して目を覚まさないだろうとわかっていたからだ。

友城の遺体を引き取るのには、いろいろと手続きが必要だった。俺は彼の身内じゃない。だから、彼を日本に連れ帰ってやることができない。

知らせを受けて海を越えて来たのは、友城の姉貴、妙ちゃんだった。もちろん、俺は彼女のことをよく憶えているし、俺がポプリだった時よりちょっと老けてたけど、すぐに彼女だってわかった。懐かしくて駆け寄ると、まったくの初対面みたいに挨拶された。

「この度は、弟が大変ご迷惑をおかけしまして……」

そうじゃないだろ、妙ちゃん。あんたの弟は車にはねられて死んじゃったんだろ。なんで迷惑なんて言うんだよ！

自分の感情を押し殺してひたすら頭を下げる妙ちゃんを、俺は掴みかかって揺さぶりたい衝動に駆られた。

けれど、俺が打ちのめされたのはそれだけじゃなかった。こっちが名乗ったのに彼女はなんの反応もしなかったばかりか、自分の弟が俺と一緒にアメリカに来ていたことすら、知らなかったんだ。それどころか、耳を疑うようなことを口にした。

「あの子ったら、突然外国に行くなんて言い出して、いったいどうしたのかと思ったら……まさか、こんなことになるなんて……」

妙ちゃんは一旦言葉を切ると、我慢していた思いを吐き出すみたいに続けた。

「なんだか変だと思ったんです。あの子がたった一人で旅行なんて。何か悩んでいるようにも見えたんですが、あの時止めていれば……」

一人？　友城はそう言ったのか？　俺の存在は隠しておきたかったってことか？

愕然としていると、妙ちゃんは追い打ちをかけるようにこう言った。

「橋野さん……ですか？　たまたま日本人の方が現場にいらしゃったって聞いて、ほんとに助かりました。あなたがいてくださらなかったら、お恥ずかしいことに、弟の宿泊先すらわからなかったでしょうから」

俺の驚きには気づく様子もなく、彼女は、さらにとんでもないことを口にした。

「もしかしたらあの子……ほんとは、死にに来たんじゃないかって……」

「なんですって⁉」

ちょっと待ってよ、妙ちゃん。なんでそうなるの？　確かに、友城は意気消沈してたけど、死ぬためにわざわざアメリカまで来たんじゃない。恋人を取り返そうとして来たんだ。結果的にひどく傷つくことにはなってしまったけど、出発前には、そんなこと何も知らなかったんだ。死のうとする理由なんてない。これっぽっちも。

妙ちゃんとの噛み合わない会話に疲れ果てた俺は、なんだか見棄てられたような気分になって、一足先に帰国の途についた。

成田に到着してから、どうしても気になって、俺は北海道に帰る前に、東京の友城の実家に寄ってみることにした。

事故現場を目撃した本人だと名乗って彼の両親に会い、話をしてみた。結果わかったことは、彼らもまた、橋野雪里という人物を知らなかったということだ。丁寧に挨拶してくれて、息子の死を知らせてくれたこと（実際に知らせたのは外務省だったけれど）にお礼を言ってくれ、俺のたっての頼みで、彼の部屋を見せてはくれたけど――そこに、自分の影はどこにも見つけられなかった。三上家の記憶から、俺は完全に消去されていた。

予測はしてたけど、実際に直面してみるとかなり凹んだ。今の自分は、彼らにとってなんの接点もない赤の他人なんだ。それはそうだろう。自分は一度、彼らの時間の輪から外れてしまったのだから。

このまま帰る気になれなかった俺は、友城との思い出の痕跡を求めて、かつて俺たちが通ったあの学校へと足を向けていた。

火事で焼けてしまったのだから、行ってみたところで、そこに自分の記憶にある校舎はない。だけど足は勝手に動いて、俺を思い出の場所へと運んでいった。

あの中学は、確か友城の家からそんなに遠くではなかったはずだ。公立の一般校だったから、学区内の子供たちはみな、歩いて登校してたんだ。

当然ながら、町並みはずいぶんと変わっていた。それでも、微かに記憶に残る建物や、古びた店の看板などを頼りに、たびたび道に迷いながらもようやくそこにたどり着いた時——現れた光景に、俺は我が目を疑った。

俺と友城が通っていた中学の校舎は、あの頃のままそこにあった。焼けた痕跡などどこにもなく、校門のペンキの剥げ具合や、校庭にひときわ高く立っている三本の楠木も、枝振りひとつ変わらず、あの時のままだった。

(そうか……あの火事はなかったんだ)

自分が、以前とは違う時間軸にいることを思い出した。あの時死んだはずの自分が今こうして生きているということは、あの火事もまた、起きなかったのかもしれない。

(じゃあ、もしかしたら友城は、この学校には通ってなかったのかも)

一抹の失望が胸に浮かぶ。けれども、すぐに思い直した。

(友城の家があそこにあったんだ。だからあいつは、やっぱりここに通ってたはずだ)

俺は校門の向こうに目をやった。そこには、今現在を生きている子供たちがいる。授業中なのか校庭に人影はなかったけれど、校舎の窓には制服姿の生徒たちが見える。それに引き寄せられるように、俺は校門をくぐって中へ入った。

誰にも会うことなく校庭を横切り、広い玄関の敷居を跨ぐ。ずらっと並んだ靴箱をひとつひとつ眺めていくと、自分が使っていた場所には、知らない誰かの名前があった。

友城のだった靴箱の前に立った。もちろん、名札は「三上」じゃない。けれど、どうしても中を確かめてみたくなって、俺は周囲を見回してから、そっと手を伸ばした。

小さな運動靴が入っていた。ショッキングピンクの靴紐が目に眩しい。持ち主はきっと女の子だろう。

俺はほっと息を吐くと、靴箱の蓋を閉めた。

振り返ると、校舎をまっすぐに貫く廊下が目に入る。ここを抜けると非常口があって、その向こうが裏の林だ。そう、初めて友城と親しくなった晩、二人で寄り添って体温を分かち合い、寒さを凌いだ思い出の場所。

俺は吸い寄せられるように、そちらへ向かって一歩踏み出した。

廊下の両側には、社会科準備室、調理実習室、掃除道具置き場なんかが並んでいるはずだ。調理実習室からは、教師の声と、それに呼応して上がる生徒たちの笑い声が漏れてくる。

それを懐かしく聞き流しながら、俺はリノリウムの床を踏みしめて進んだ。なぜだか、校舎に入ってからも誰にも会わなかった。だから不法侵入を見咎められることもなく、俺は自由に歩き回れた。

それをいいことに、欲を出して、今度は二階に上がってみることにした。元来た方へ戻り、玄関ホールの正面にある階段まで来る。手すりに手をかけて上を見上げると、二階の踊り場から、十三歳の友城が顔を出して、こっちに呼びかけてきそうな気がした。

一段一段、階段を登る。壁の染みやボールの当たった跡を手のひらでなぞっていくと、いつの間にか、当時の自分が隣を歩いていた。

そいつはだんだん近寄ってきて、やがて、すいっと今の俺に重なった。とたん、あの頃の感情が——幼い欲望や、遠ざかっていく子供時代への哀切が、それらから遥かに離れてしまった身体中に満ちてくる。

(友城……)

そうだった。あの頃、この胸の中には、親友に対して抱くには熱過ぎる想いが溢れていて、動くたびにぽちゃぽちゃと音を立て、それに気づかれないように、いつも気を張ってなきゃならなかったんだ。

階段の折り返しまで来ると、見上げた先に高い窓があって、これもボールでも当たったのか、少しひび割れている。あまり手入れの行き届いていないガラスは曇っていて、それがいい塩梅に、真夏の陽射しを和らげてくれてたっけ。

けれど、今の季節は太陽の光も淡く柔らかく、雲間からこぼれ射すそれは、曇ったガラス越しに踊り場に薄い影を作っている。

あの頃も、これと同じ優しい光が、踊り場に立ってこちらを見下ろしている大好きな親友の髪の上に、金色の輪を作っていた。それはまるで、天国へ続く階段の上から、神様が手招きしているように思えたものだ。

今、そこに彼の姿はないけれど、俺はどうしても、すぐ近くに友城がいて、俺を呼んでいるような気がしてしかたなかった。

声なき声に導かれ、俺は階段を登って二階へ上がった。そこには一階と同じく、校舎の裏手に向かってまっすぐに廊下が伸びている。床のリノリウムが、周囲の景色を鈍く反射していた。

ここにも誰もいなかった。教室に詰まった生徒や教師たちは、覗き窓の付いた箱の中で動く３Ｄ画像のようで、俺はまるで、誰かの作ったジオラマに放り込まれたような気分になった。

廊下のどん詰まりには理科準備室がある。忘れもしない、あの終業式の日。友城と二人でこっそり中に忍び込み、水槽のベニクラゲに見入ってた。暗幕を引いた暗い教室の隅、ほのかな明かりに漂う不思議な生き物たちと、すぐ隣にある体温。なんとも言えない危うい気分に、もうちょっとで溺れそうになったっけ。

俺はもう何も考えていなかった。考える必要なんかなかった。俺の足は、迷うことなく理科準備室を目指した。

扉は閉まっていたけれど、隙間から光が漏れている。間違いない。自分の手はこの扉を開けることができる。俺はそう確信した。

扉の前に立って手を伸ばすと、それはおのずから開き、中から溢れ出てきた光の大洪水に、俺はたちまち呑み込まれた。

（友城……！）

第二十三章　君の呼ぶ声

１．永遠のともだち

「ほら、きれいでしょ？　これが不死のクラゲだよ」

　薄暗い理科準備室の隅っこで、紅茶色の瞳をきらきらさせながら説明してくれる親友の横顔を、だけど俺は、クラゲよりずっと魅力的だと思って見蕩れてた。

　水槽を覗く雪里の目を真横から見ると、大きな目が透き通ったガラスのドームみたいで、ただでさえ色素の薄い瞳は、ほとんど色が付いてないみたいに見える。

（なんか、こいつらに似てるかも）

　水槽の中でお気楽そうに漂う小さな生き物とその目を見比べながら、俺はそんなふうに思ってた。

　クラゲみたいだなんて言われたら、こいつは気を悪くするだろうか？　それとも、大好きな生き物に似てるなんて光栄だって、喜ぶんだろうか？

「身体の中に透けて見える赤い部分が胃袋。クラゲってさ、脳も心臓もないんだ。だから泳いでるみたいに見えるけど、実はこいつらの意思で移動してるんじゃないんだよ」

「ふうん……」

俺が上の空だってことは、幸い雪里は気づいてない。大好きなクラゲを目の前にして、すっかり夢中になってる。だから俺は、この暗さにも助けられて、こいつのことを思う存分観察することができた。観察なんて言ったら、きっと怒るだろうけど。

けど雪里、おまえがこの小さな生き物に夢中になるのと同じくらい、いや、もっとずっと、何千倍も何万倍も、俺、おまえに夢中なんだって……わかってる？

一緒におんなじ高校へ進学しようって約束したから、俺は今、死ぬ気で勉強頑張ってる。来年は一緒に受験して、一緒に同じ制服着るんだって、もう決めちゃってるんだからな。それくらい俺、おまえとずっと一緒にいたいって、本気で思ってるんだからな。

「でさ、これの飼育担当、俺とおまえにしてって島田先生に頼んだんだ」

「え……何？」

しまった。ぼんやりしてたら聞き漏らしちゃった。

「だからさ、俺とおまえで、こいつらの面倒見るの。きっと、すごいの見れるよ。こいつらが大人になってから、また若返ってポリプに戻って……」

「え？　俺とおまえだけ？　他の奴らは？」

雪里の説明を無視して、俺は聞き返した。だってこういうのって、クラスのみんなで交代でやるもんじゃないの？　二人だけって、他の奴らから苦情が出たりしないのか？

俺が戸惑ってると、雪里が得意そうに答えた。

「だって他の奴らに任せたりしたら、きっと殺しちゃうもん。デリケートなんだから、こいつら」

いや、それは他のクラスメイトに失礼じゃないかと思ったが、黙っておく。こいつのクラゲラブは半端じゃないんだ。きっと、誰にも邪魔されたくないんだろう。

俺も邪魔されたくない。今一番近くにいる、世界中で一番好きで、一番大切な友達とのこんな時間を。

雪里が、俺の中ではもう「友達」っていうカテゴリーには嵌らなくなってるのを、俺はずいぶん前から気づいてた。

それがなんなのか、今はまだはっきりしない。けど、もうすぐ答えは見つかるはずだ、きっと。

その時、俺と雪里は、どこにいて何をしているだろう？　一緒の高校に通ってるってのは……たぶん現実になる。いや、たぶんじゃなくて、絶対そうなってみせる。

そして、その先は――。

「ねえ、友城」

いきなり名前を呼ばれて、心臓がぼわんと跳ねた。跳ねてから、そのまま駆け足になる。

「何？」

「約束して欲しいんだけど」

「だから、何」

駆け足が全力疾走になった。ダメだ雪里、その先は言うな。言ったら……きっと俺、死ぬ。

「あの……さ」

雪里が急にトーンダウンした。こいつが言い淀むとこなんて、めったにお目にかかれない。だからよけいに不安になる。なんだか、とんでもない爆弾が落ちてきそうで。

しばらくドキドキしながら待ってたのに、雪里はその先を言わなかった。じっと、水槽のクラゲたちがふわふわ漂うのに目を奪われてる振りをして（そう、振りだ）、どんな言葉を選んだらいいのか、迷ってるみたいだった。

ガラスドームのような目の上を、長い睫毛を載せたまぶたが、何度か行ったり来たりした。それから雪里は、ふっと顔をこちらに向けると、さっきまでクラゲを見つめてた瞳で、まっすぐに俺を見た。

「雪里？」

怖いくらい真剣なまなざし。圧倒されそうになったところで、雪里の顔が前触れもなしに近づいてきたかと思うと。

（！！！）

キスされた。俺のファーストキス。最初っからこいつにやるって決めてはいたけど、こんな不意打ちってないだろ。

「ごめん……」

自分からしといて、雪里はそっけなく俺の胸を突くと、身体を離した。行き場を失った俺の心が、プルプルと震える。

「なんだよ、謝んなよ」

ぶすっとして言うと、雪里は、照れたような、怒ったような複雑な顔で、また水槽に目を向けた。

「……好きなんだ」

ぼそりと、赤い唇から漏れた言葉。俺は、じたばたする心臓を押さえつけて聞いた。

「クラゲが？」

そうじゃないことくらいわかってたけど、照れくさくてわざとボケたら、「バカ」と胸を小突かれた。あれ雪里、顔真っ赤じゃん。

それでも、雪里は言ってくれた。そっぽを向きながらだけど、ちゃんと告げてくれた。

「友城に決まってんじゃん」

「ごめん……」

知ってる、そんなの。ずっと前から。俺だっておんなじだもん。名前のわからない感情は、もうずっと前から俺の中でとぐろを巻いてて、最近じゃ、勝手に身体の外に飛び出してきそうな時があって。もう、自分でも制御できなくなりかけてるんだ。

でも……雪里、おまえもおんなじだったのか？　おまえもこの感情を、ずっと持て余してたってことなんだな？

心の中でぶつぶつ言ってたら、雪里が期待の籠もった目で聞いてきた。

「友城は？」

「え？」

すぐに反応できなくてあたふたしてると、もう一度「ねえ、友城はどうなの？」と聞かれた。薄い紅茶色の瞳がきれい過ぎて、なぜだか俺は泣きそうになった。

「好き……だ」

かろうじて答えたけど、こんな恥ずかしいこと、聞かれなかったら一生口にしてない。いや……いつかは言うかもしれないけど。

ほっとしたように、雪里の顔に笑みが広がった。ああ、やっぱきれいだな。いつもきれいだけど、今のは、今までの中で一番きれいだ。大事に箱にしまって、俺だけの宝物にしておきたいくらい。

きれいな雪里が、俺だけを見て言った。

「じゃあ、約束して」

「う…うん」

どきどきしながら頷くと、雪里の手が伸びてきて俺の手を取った。もうすかっかりへとへとになってる心臓が断末魔の叫びを上げ、中の血液がざぶんと揺れた。

「高校に入ったら、俺と付き合って」

「も……もう付き合ってんじゃん」

どもりながら答える。雪里の言いたいことはわかってるけど、素直に「はい」なんて言うのは恥ずかしいから、ちょっととぼけて答えると、雪里が「そうじゃなくて！」と、掴んだ手をぶんぶん振って睨んできた。

「友城、まじめに返事して！」

「雪里……」

　怖かった。真剣過ぎる雪里の顔も、こいつの決意も。

　俺のずっと欲しかったものは、きっと雪里の欲しがってるものと同じで、そして、それはもう、すぐ手の届くところにあるんだ。でも俺は、それに手を伸ばすのが、すごくすごく怖かった。だけど、雪里は容赦ない。

「俺は友城に、特別な相手として付き合ってって言ってるの。特別っていうのは……」

「ストップ！　わかった、わかってるから、その先は言わないでいい！　言ったらコロス」

「なんだよ、ころすって。ひってえ」

　雪里がほっぺたを膨らませる。そんな顔もかわい過ぎて、俺、もうどうしていいかわかんないよ。

「あ、いや。それは単なる言葉のあやで……ごめん」

　ショボンとして謝ると、雪里が俺の肩を叩いて「わかってるよ」と笑った。おい、俺よりちっさいくせになんだよ、その態度。あ、でも、年はおまえの方が上だったっけ。

「俺だって同じだよ。いつだって、おまえの特別になりたいって思ってんだから」

　ぶすっと返すと、雪里は「もうなってるよ」と言って、にこっとした。ああ、この笑顔。俺だけに向けてくれる特別の顔。それをもらえるってだけで、俺、もうなんにもいらないって思えてくるんだ。

「雪里」

　だから、俺も返さなくちゃならない。おまえにもらってる幸せを俺の中で何倍にも膨らませて、今度はおまえに渡すんだ。

　俺はまっすぐに雪里を見ると、俺を捕まえてる小さな手を取った。

「好きです。雪里、俺の彼女になってください」

　しまった。選ぶ言葉を間違えた。そういうとこ、こいつすごくこだわるのに。見ろ、目つきが険しくなってきちゃったじゃないか。

　失言に気づいた俺が蒼ざめかけてると、案の定、雪里が俺を睨んでぶっきらぼうに言った。

「なんだよ、彼女って。俺、女じゃないし」

「いや、だから……」

いきなりべしんってほっぺたが鳴って、俺は目をつぶった。痛くはなかったけど、雪里の顔を見るのが怖かった。

恐る恐る目を開けてみると、奴は俺を見上げて笑ってた。

「おまえが彼女になれよ」

これが雪里だ。ちゃんと反撃してくる。

「え。やーだよ」

俺は口を尖らせて答えた。それから、二人で顔を見合わせて笑った。

雪里の後ろで、小さな透明の生き物たちがゆらゆら動いてる。俺と雪里、そしてクラゲだけの世界。静かな海の底で、俺たちは厳かに未来を誓い合った。

2. クラゲ、空を飛ぶ

底なしかと思うほどに青い空と、影を帯びた入道雲。魔物みたいにむくむくと膨らんでく。

太陽は地上に向かって暴力的に熱線を照射し、隣で寝そべってる奴の白い背中を、みるみる赤く変色させていく。

「雪里、背中熱くない？」

「熱いよ」

「おまえ、やけどしてんじゃね？　真っ赤になってんぞ」

ビーチパラソルもない砂の上に寝そべって、雪里は、無防備に紫外線に素肌を晒してた。

「いーの、焼いてんだから」

「色黒にすんの？　やめろよ」

俺がそっと背中に触ってみると、雪里はぎゃっと叫んで身を引いた。

「バカッ、触んな」

「だからなんか着ろって。無理して焼くのよくないぞ。おまえ肌弱いんだしさ」

「ちゃんとローション塗ったからだいじょーぶ」

「それって、日焼け止めじゃないだろ」

「だから、焼いてんだって！」

雪里はなかなか強情だ。頑として主張を曲げない。そうは言っても、真っ赤にただれた背中は見るからに痛々しくて、俺は近くに転がしてあったリュックからタオルを引っ張り出すと、雪里の背中にふわりと広げた。

「せめて、それくらい掛けとけ。今夜眠れなくなるぞ」

「ん～、寝ないからいい」

答えてから雪里は、肩越しに俺を見上げて意味深に笑った。

冗談なのはわかってるけど、その目つきがなんだか生々しくて、俺は爪先で軽く奴の脇腹を蹴った。イテテ、と雪里がエビみたいに身体を曲げて悶える。そんなに身を捩ったら、きっと、脇腹より背中の方が痛いだろうに。

ここの砂浜は特に海水浴場というわけじゃなく、おまけに、夏と呼ぶにはまだ早過ぎる時期だったので、こんな場所でのんきに寝そべってるのは俺たちくらいだ。ちなみに、甲羅干しなんて大胆なことをしてるのは雪里だけで、俺はちゃんと服を着てる。日に焼かれて熱いのは、首筋と腕くらいだ。

「おまえ、なんでそんなに黒くなりたいの？　似合わねーし」

率直に意見してやると、

「男っぽくなりたい」

なんて大まじめな返事が返ってきて、俺は吹き出しそうになった。

雪里はとてもきれいだ。高校に上がってからは身長もぐんと伸びて、ついに俺を追い抜いた。丸かった顔の輪郭は少しずつ縦長になって、今ではほとんど完璧な卵型。もともと整った顔立ちだったけど、大人になるにつれて全体のバランスが取れてきて、色白な肌に色素の薄い大きな瞳、軽くウェーブのかかった明るい色の髪の毛というパーツがそろうと、もう、まんま王子だ。けれど、本人はそれが気に食わないらしい。事あるごとに大人の男を強調しようとする。

「もてなくなるぞ」

冗談のつもりで言ったのに、すごい目で睨まれた。

「友城、それ本気で言ってるの」

「だってさ、おまえ女子に人気あんじゃん。色黒のムキムキになったら、きっとみんながっかりするだろ」

雪里は身体も鍛えている。小学生の頃病弱だったせいもあって、健康には気をつけてるんだとか。だからって、何もそんなにマッチョ目指さなくてもよさそうなものを。

「俺、おまえはスレンダーな方が似合うと思うな」

遠慮がちに言うと、雪里は眉間に皺を寄せて考え込んだ。しばらくしてから、諦めたように小さく息を吐くと
「友城がそっちの方が好きなら、適当なとこでやめとく」

と言って身体を起こし、砂の上に畳んで置いてあったTシャツに袖を通した。

「イテテッ」

首を突っ込んでシャツを下ろしたとたん、雪里は悲鳴を上げた。

「だから言ったじゃん。もう行こうぜ。これ以上ここにいたら溶けちゃいそうだ」

俺がリュックを取って立ち上がると、雪里も顔をしかめながら立ち上がり、身体についた砂を払った。

「うえ〜、ざらざらだわ。気持ち悪い」

「早く身体洗おうぜ」

そうは言ったものの、ここは海水浴場じゃないし、海開きもまだ先だ。俺たちが砂を洗い流せるのは、ここから歩いて十五分ばかりのとこにある、雪里のばーちゃんちだ。

俺と雪里は、同じ高校に進学した。雪里はともかく、俺は親にも先生にも渋い顔をされたけど、無理矢理志望校のレベルを上げて、雪里と同じ進学校を選んだ。回りが呆れるほど猛勉強して、なんとか同じ高校に滑り込むことができたけど、きっと、大学はこうはいかないだろう。

だから、こいつと一緒に学生生活を送れるのは、この三年間で最後だ。それから先は、それぞれの道に進むことになるんだろう。正直、まだそんな先のことは想像もできないし、考えたくもない。今はただ、これからの三年間、一日、一時間、一分一秒を大事にしながら、こいつと一緒に過ごすことだけを考えてる。

頑張った俺へのご褒美にって、雪里が今度の小旅行を計画してくれた。幸い、雪里のばーちゃんが伊豆の方で一人で住んでるから、そこに泊まっていいっていう、大人たちからのお許しが出た。ガキ二人だけではちょっと心配だけど、ばーちゃんちならオッケーだって。それに、あっちも孫の顔を見れて喜ぶだろうからってことで。

炎天下、俺と雪里は汗まみれになって歩いた。晴れたとは言え、梅雨間近の空気は、どこか湿ってて身体に貼りついてくる。途中に自販機の一つも見当たらない田舎道は、都会育ちの俺たちには結構堪えた。

やっと目的の家が見え始めると、どこかに雲隠れしてた力が急に盛り返してきて、どちらからともなく早歩きになった。

生垣の緑が濃い庭先で、雪里のばーちゃんが俺たちを待っててくれた。なんでこの時間に帰ってくるってわかったんだろう？

「ただいま～！」

雪里が両腕を振り回しながら叫んだ。

「おかえり～、暑かったろ～？」

ばーちゃんも同じように、両腕を振り回して迎えてくれる。

二人はよく似てた。顔の感じもそうだけど、仕草がおんなじで、時々見てて笑いそうになる。じーちゃんの方はどんな人だったんだろうって思うけど、残念ながらもうだいぶ前に亡くなってて、俺は写真でしか顔を見ることができなかった。

雪里のじーちゃんは、父親がポーランド人だったそうだ。なるほど、写真で見るその人は、背がとても高くてかなり外人っぽい。雪里と髪の毛がおんなじだ。外交官っだったっていうひいじいちゃんは、じーちゃんが生まれて間もなく、国に帰っちゃってそのままになったという。なんだか悲しい話らしいんだけど、ばーちゃんが笑いながら話すと、ぜんぜん悲劇っぽくならないから不思議だった。

「なんだおまえ、やっぱ外国人の血が入ってんじゃん」

その話を聞いた後で雪里に言うと、奴は不満そうに唇を突き出して

「八分の一なんて、ないのとおんなじ」

と切り捨てた。容姿のせいで、小さい頃から何かと弄られてたのが苦い思い出なんだと。俺から見ると、背は高いわ、顔は小さいわ、手足は長いわ……と、羨ましいの三連発なんだけど。まあ、中学まではちっさくて天使みたいで超かわいらしかったんで、俺としては、ずっとそのまんまでいて欲しかった気もするけどさ。

「あっついよ～。ばあちゃん、風呂貸して」

「はいはい、用意できてるよ」

「喉渇いた～。なんか冷たいもんない？」

「麦茶冷えてるよ。スイカもあるよ」

「えっ、スイカ？　もうあんの？」

雪里が手放しで甘えてるとこを見るのなんて初めてだ。結構なおばあちゃんっ子だな。

「あ、何友城、何にやにやしてんの」

微笑ましい祖母と孫のやりとりを眺めてたら、つい口元が緩んでたらしい。気づいた雪里がこっちを見て、少しだけ口を尖らせた。

この家は、雪里のばーちゃんが嫁に来る時建てたってことだから、もうかなり古い。しっかりした平屋の日本家屋で、柱も太く丈夫にできてるんで、大きな地震でもない限りあと五十年くらいは住めるだろうって、雪里が家の中を案内しながら教えてくれた。

俺んちとは違い過ぎるその家は、昼間でも廊下や天井の隅に暗がりが残ってて、正直、ちょっと怖かった。空気の中にしんみりと滲むすえたような匂いは、この世ではない世界と通じる穴がどこかにあって、そこから少しずつ漏れてきているような感じがした。

クーラーもないのに涼しいのは風通しがいいからだってばーちゃんは言うけど、それだけじゃない気がするのは、俺だけだろうか？

「おまえのばーちゃんってさ、この家に一人で住んでるの、怖くないのかな？」

夜になって、中庭に面した部屋に布団を敷いてもらい、障子の向こうで得体の知れない虫が鳴くのに耳を澄ませながら聞くと、雪里は不思議そうに俺を見て言った。

「なんで？　もう何十年も住んでる自分の家なんだぜ？」

「だって……なんだか出そうじゃん、この家」

気を悪くすると思って我慢してたけど、二人きりになってから、俺はついに本音を吐いてしまった。そしたら
「うん、出ることは出るし」

なんて、あっさり言われた。

「ぴええ〜〜っ！」

悲鳴を上げて、俺は雪里に抱きついた。頭の上でくすりと笑う声が聞こえて、優しい手が背中をそっと叩く。

「大丈夫、怖くないって。俺がいるし。それに、知らない人じゃないんだって。じーちゃんとか、そのまたじーちゃんとかが、時々会いに来るんだってさ」

「会いに来るって……」

「俺は会ったことないけどな」

「おまえ……怖くないの？」

「ぜんぜん」

そう答えて、雪里は首を傾げた。

「だって、俺の親族じゃん。前に、ばーちゃんがじーちゃんと俺のこと話してるらしいの聞いたことあるけど、向こうは俺が見えてるのに、俺にはなんにも聞こえないし見えなかったから、じーちゃんが残念がってたよって、ばーちゃん教えてくれた」

さもなんでもないことのように雪里は言うけど、それって、ばーちゃんの頭を疑うべきなんじゃないだろうか？

でも俺の見た限り、ばーちゃんは普通のばーちゃんで、おかしいとこなんかどこにもない。俺たち二人をとてもかわいがってくれて、いっぱい料理を作って食べさせてくれた。とってもいい人だった。

でもその晩、俺は怖くて、ずっと雪里の手を握りながら眠った。

こんなふうに身を寄せ合って眠る日々が、いつか来るんだろうか？

あの日。闇に漂うベニクラゲの前で、高校生になったら特別な友人になろうと誓ったけれど、俺たちはまだ、すごく仲のいい友人から踏み出せてない。

焦らなくても、いつか時が来たらちゃんとそうなれるんだろうか。言葉にしなくても、頭の中で考えるだけでも、なんだかとんでもないことに思える今だけど。

でも、俺は知ってる。大好きな人が側にいて、体温を分け合いながら眠ることの心地良さを。安心感を。

いつの日か、それが二人の日常になってくれますように。俺と雪里が、永遠に一緒にいられますように。

神様がどんな人なのか（そもそも人じゃない）知らないけど、世界中の神様にそうお願いしたい。

祈る言葉も方法もわからないながら、俺は祈った。俺たちが、いつまでも二人でいられますようにと。いつかどちらかが死ぬ時が来たら、俺は迷わず、一緒に飛ぶ覚悟があります、と。

飛ぶってどこへ？

一瞬考えてから、すぐに、俺はそれを知ってるんだってわかった。説明できないけど、俺も雪里も、そこへ行ったことがあるんだって。

じゃあ俺たちは、生まれる前から一緒だったのかもしれない。これって……運命？なのかも。

つないだ手を絡め直す。眠ってる雪里のまぶたがぴくぴく動いて、長い睫毛が震えた。

俺の雪里。誰よりもきれいで、誰よりも強い心を持ってて、誰よりも大好きな——

世界でたった一人の、俺の宝物。

「雪里」

耳元で囁やいてから、半分開いた花のつぼみみたいな唇に、俺はそっと口をつけた。

3. それから

「た～だいまあ」

おっとりした声とともに、玄関のドアがばたんと閉まり、がちゃがちゃと鍵とチェーンをかける音が聞こえた。雪里は座っていたソファから立ち上がると、急いで玄関まで駆けつけた。

「おかえり」

腕を伸ばして帰宅した友城を抱きしめ、お帰りのキスをする。その唇は、乾いて冷たくなっていた。

「外、寒い？」

一日中家にいた雪里は、指先までぽかぽかしている。やっぱり床暖房の部屋にして正解だったと、冬が本格的になってくると、とみに思う。

「寒いよう。今日の最高気温、十度いかなかったんだぜ?」

その言葉通り、抱き寄せた身体はすっかり冷え切っていた。駅からこのマンションまでは、チャリで十五分余り。真冬にはちょっとつらい通勤路かもしれない。

「おまえはいいよな。出かけなくても済むんだから」

ぶつぶつ言いながらダウンジャケットを脱ぐ友城の顔は、それでも笑顔だ。

「俺だって、ふだんはもっと寒いとこにいるんだぞ」

雪里が言い返すと、友城が呆れたように雪里の鼻先をつついた
「そんなこと言って、家ん中は北海道の方があったかいじゃん。だいいちおまえ、外歩かないだろ」

確かに友城の言う通りだ。雪里は、勤務しているH大の研究室へは車で通勤しているし、自宅のマンションもセントラルヒーティングが完備していて、トイレまで暖かい。

高校までは雪里も東京に住んでいて、友城とずっと一緒だった。さすがに大学までは同じところというわけにもいかず、雪里は第一志望だったH大学の理学部へ、友城は東京にある私大の法学部へ、それぞれストレートで入学し、別れて暮らすことになっ

た。

友城はきっちり四年で卒業すると、都内の商社に就職した。入社一年目は独身寮に住んでいたけれど、二年目からはそこを出て、一人暮らしを始めた。最初は1DKのアパートだったのを、雪里が泊まりにくる時のため、少し広い部屋に引っ越して数年。今ではすっかり、雪里の東京の別宅となっている。

離れて暮らす恋人たちにとって、たまの休みにどちらかの部屋で一緒に過ごす時間は、この上なく貴重だ。だからこの部屋もちょっと背伸びして選んだのだけれど、今や、友城には楽勝で払える家賃になっていた。

一方、雪里はまだ大学の研究室に残っている。就職してもよかったのだが、自分にはやはり、好きな研究を続ける方が合っていると判断しての選択だった。友城からは、就職してこっちへ出てこないかと何度も誘われたけど、こればっかりは譲れなかった。

そういうわけで、大学卒業からかれこれ十年。二人は絶賛、遠距離恋愛継続中だ。途中、友城が二年ほど地方に転勤などという試練もあったけど、そんなことは、この先いくらでもあるだろう。

だから雪里は、いつかは研究室を出て、友城と一緒に暮らそうと思っている。その時いったい何をして生きていくのかは、実は何も考えていなかったが。

今月は雪里が休暇をもらい、東京まで出てきている。恋人が暮らしているこの部屋に、一週間泊まれる。ただ友城は仕事なので、彼が留守の昼間、雪里は家事全般を引き受けている。あまり得意ではないけれど、友城のためなら苦にはならなかった。

「俺さ、今度昇進すんの」

部屋着に着替えてリビングに戻ってきた友城が、「帰りに雨に降られちゃってさ」と言うような調子で報告してきたので、雪里は危うく聞き逃すところだった。

「え、昇進？　ってことは友城、役職付きになんの？　えらくなるの？」

友城の帰宅に合わせて温めておいた料理を皿に盛り付けていた雪里は、思わずキッチンカウンターから身を乗り出した。

「で、なんになるの？　課長？」

急き込んで聞くと、友城が失笑する。

「なんになるって……化けるみたいに言うなよ。それに、課長なんてまだ早いよ」

「じゃあ……何？」

大学の研究室しか知らない雪里には、会社組織のことはいまいちピンとこない。いずれは、自分もそこに所属する日が来るのかもしれないけれど。

「チームリーダー」

友城の答えに、雪里は目をぱちくりさせた。

「チームリーダー？　うちの研究室みたい」

恋人の仕事がちょっと近くに来た気がして、雪里は嬉しくなった。

「課の中にある班みたいなもののまとめ役……かな。正式には、昇進とは言わないんだろうけど」

「よかったじゃん！　お給料上がるの？」

目を輝かせて尋ねると、「そっちかよ」と苦笑いされた。でも雪里は真剣だった。お給料は大事だ。これから先、いつか一緒に暮らす時のためにも。

「羨ましいな。俺なんて、ほとんど給料ないもん」

雪里がぷうっとほっぺたを膨らませる。友城は、雪里のこの顔が好きだった。子供の頃のままの無邪気な顔。世間ずれしていないのは、まだ研究室にいるせいなのかもしれないけれど。

できれば、ずっとこのままでいてほしい。たとえ社会の荒波にもまれなければならなくなっても。友城は切にそう願うのだ。

「けどさ、ほんとは俺、あと何年かしたら転職するつもりなんだ」

「えっ！　なんで？」

雪里は持ち上げかけていたスープ皿を取り落としそうになって、慌ててカウンターの上に戻した。

「なんでさ？　せっかくいいとこに入ったのに。昇進もするのに」

やっぱり、雪里にはよくわからない。友城は、今の会社に望んで就職したのではなかったか？　内定をもらった時は、確かに喜んでいたはずじゃあ……。

「俺さ、今の仕事、すごく面白いって思うようになったの」

「じゃあ、なんで辞めるの？」

「今の会社だと、もしかしたら……ってか、しなくても、数年ごとに別の部署に移動になるんだ」

「うん。で？」

「そしたら、営業とかもやんなくちゃならなくなるだろ」

「そうなの？」

　恋人の横顔がいつになく真剣だ。雪里は、作業を中断して聞き入った。

「俺、営業には向いてないし、あんまり転勤が多いのも困る。おまえと会える時間が少なくなるしさ」

「そんなの俺の方で調整するよ！　たとえ友城が地球の裏側に行っちゃったって、ちゃんと会いにいくから！」

　そうは言ったものの、友城の場合、本当にこの星のどこにでも、行かなければならない可能性はあるのだ。むしろその方が、彼の将来のためにはいいことなんだろう。強気なセリフとは裏腹に、雪里は心細くなってきた。

「うん……でもさ、それって現実にはかなり厳しいぜ？　あ、だからって、別れるなんてことはないけどさ」

「あ……あったりまえだろ!」

雪里は、自分の身体がずぶりと沈み込んだ気がして思わず下を見た。スリッパをはいた両足は普通に床の上にある。何も変わっていない。

「じゃあ、どうするつもりだよ? 転職ったってさ、なんか当てはあんの?」

「う~ん」

雪里の質問に、予想に反して友城は歯切れが悪かった。ということは、転職はまだ先の夢だということか。どちらにせよ、彼の出した答えに異を唱えるつもりなど、雪里にはなかったが。

「俺ね、今の部署でやってること、結構好きみたいなんだ。性に合ってるっていうか」

「うん」

雪里はただ頷いた。友城が所属しているのは、親会社であるメーカーの、知的財産管理をやっている部署だという。よくはわからないけれど、自分たちも研究成果を特許出願したりすることがあるから、なんとなくは理解できる。もっとも、事務的な手続きは全部特許事務所に任せているのだが。

「だからさ、この仕事を専門的にやりたいなって。ちゃんと弁理士の資格も取る。転職は……その後かな」

雪里は、正直ちょっと驚いた。彼を見くびっていたわけではないけれど、友城がそこまで考えていたなんて思わなかった。

「すごいじゃん、友城。なんか、かっこいい」

なんだか先を越された気がしたけれど、とにかく、今は彼を褒めてやりたい。ぼーっとしているように見えて、結構いろいろ計画しているんだなと、雪里は、いつにも増して恋人が誇らしく思えた。

「すごかないけど。う～ん……でも、やっぱちょっと不安かな。今の会社にいれば収入も安定してるし、親も安心してるみたいだし」

確かに、友城の就職が決まった時、彼の両親も姉の妙子も、すごく喜んでいた。中学の頃の友城は、マイペースであまり勉強しなくて、家族には悩みの種だったそうだ。それなのに、高校を受験する頃から急に頑張り出して、奇跡でも起きたのかと思ったらしい。

それが自分のためなのだとは、雪里は、言いたいけれど言えなかった。雪里自身、友城の頑張りは予想外で、正直、ここまでやるとは思っていなかった自分が、恥ずかしくなったほどだ。

「そっか……でもまあ、友城なら大丈夫だよ。俺は信じてるから。おまえなら夢を叶えられるって」

「サンキュ。でさ、実はもう一つ夢あんの」

いたずらするチャンスを伺うように、友城の瞳がきらりと光る。

「え、何？」

雪里が聞き返すと、「わかんない？」と言って、友城がじっと雪里の顔を見た。

「えっとお……」

「雪里だって、おんなじこと考えてるはずなんだけどな」

答えを探していると、友城はちょっと恨めしげ言った。

「友城と同じ……夢？」

夢ならある。夢というより、永遠に終わらない願いが。何度も繰り返し望んでは手にし、手に入ったと思ったとたん、指の間からすり抜けてしまうそれを、もうずっと、雪里は追い続けてきた。でも、それを彼に語ることはできない。

「友城と結婚したい」

だから、一番現実的に思える答えを言ったのに、友城はプッと吹き出した。

「な……なんだよっ！　何がおかしいのさ。そもそも、おまえと同じ夢って言ったらこれしかないだろ。それとも、友城は違うのか？」

急に恥ずかしくなって睨みつけると、友城は「ごめん」と謝ってから、また少し笑った。

二人ともまだ少年だった頃。暗い教室の中、小さなクラゲが漂う水槽の前で誓い合った思い。永遠に忘れることのない時間。それこそが、雪里の生の原点とも言えるのだ。

雪里の赤くなった顔を優しげに見つめながら、友城は言った。

「違わない。だから、ちゃんと将来の計画を立てようって思うんだ。家も持って、ずっと一緒に暮らしていけるよう、二人で考えよ」

「俺に、こっちに出て来いってこと？」

上目遣いで聞くと、友城は「う～ん」と唸ってから答えた。

「いいよ、俺がそっち行っても。そうだな。札幌で特許事務所開くってものいいかも」

「えっ？」

雪里は目を瞠った。まさかそうくるとは。今までだったら、雪里の方が東京に出てこいと言われてきた。だから、また同じ要求をされるかと思っていたのに。

「自営業になるわけだからさ。そういうとこ、融通が利くでしょ」

呆気に取られている雪里の顔を見て、友城が苦笑しながら付け足した。

「俺の……ため？」

そんなふうに考えるのは自意識過剰だろうか？　恐る恐る聞くと、友城が困ったように頭を掻いた。

「まあ……需要があるかどうかは、わかんないけどな」

その時は自分がこっちに出てくればいいんだと、雪里は密かに決心した。研究も大事だけれど、友城はもっと大事だ。彼がここまで考えてくれているのなら、自分だって譲歩できるんだって見せてやりたい。

「わかった。なら、とにかく頑張れよ。俺、いつだって応援してるから。でもって、友城の一番いいようにするから」

「ありがとう。でも、俺の一番いいこととおまえのそれと、同じじゃなきゃダメなんだからな」

「わかってる」

そう言ってから、カウンター越しに互いの拳をがっちり合わせた。恋人どうしというより、男と男の約束だ。中途半端な思いじゃないという証なんだ。雪里は、胸をいっぱいにしながらそう思った。

夕食後。雪里はいつものように、二人分のコーヒーを淹れた。友城にはちょっと濃いめのブラック。自分の分には砂糖を二杯入れ、たっぷりホイップクリームを浮かべると、リビングのソファでくつろいでいる友城のところへ持ってゆく。雪里の手にしたカップにちらりと目をやった友城が、「それ、甘過ぎだろ。糖尿病になるぞ」と苦言を呈した。

「大丈夫。太ってないから」

「痩せててもなるの！」

毎度繰り返される言い争いが、今夜もまた勃発する。半分はじゃれ合いだが、残り半分は本気だった。少なくとも友城の方は。

「おまえ、学者のくせにそういうとこ疎いっていうか、無頓着だよな。じゃあ飲んでもいいけど、ぜったい俺より先に死ぬなよ」

怖いくらい真剣な目で言われ、雪里は手にしたカップに浮かんだ生クリームの山をじっと見つめてから、「じゃあ、これで最後にする」と名残惜しげにつぶやいた。

夕食が済んでから寝るまでの間は、こうしてコーヒー片手に、二人でいつものテレビニュースを見る時間だ。

友城は仕事がら、いろいろなニュースに関心を持っている。新聞も二紙取っているし、夜半に始まる各局の報道番組は、ザッピングしながら全部見ている。雪里も付き合って見るようにはしているのだが、自分の興味があること以外、あまり集中できなかった。

今夜も甘ったるいコーヒーを堪能した後、雪里はクッションを枕にしてソファに寝そべり、伸ばした手を隣に座った友城の太ももに置いただらしない格好で、見るともなしにテレビ画面を眺めていた。

「なお、この文書で明らかになった法人の中には、ここ数年急速に頭角を現している米国のコンサルティング会社、サモエド・インターナショナルの名前も上がっており、この会社の代表取締役は日本国籍とのことです。まだ詳細は不明ですが、サモエド・インターナショナルには脱税以外の違法行為が多数あるようで、米国および日本の当局が協力して捜査中とのことです」

(え?)

キャスターの読み上げた原稿に、うとうとしかけていた雪里の脳が秒で覚醒した。すぐさま身体を起こし、座り直してテレビ画面に見入る。そこには先ほどの女性キャスターに替わって、当局が捜索中という人物が映っていたが、その顔を見るなり、雪里は戦慄した。

(平……)

どこで撮られたものだろう。その画像の平は、凶悪犯そのもののひどい人相で、それに、雪里が知っている男より遥かに老けて見えた。

(待てよ……こいつが、俺が前に会ったのと同じ男だとは限らないもんな。俺が会ったのは、前のループにいた平だ。今俺がいるこの時間は、似てはいるけど、別のループなんだ。だから……)

けれど希望的観測は、次に画面に現れた顔を目にしたとたん、消し飛んだ。

(樋口……!)

あの男だった。だいぶやつれて肌の張りがなく、髪の毛も彼にしてはぼさぼさだったが、確かにその顔は、かつて見た「樋口佑亮」その人だった。

キャスターの解説が続く。

「サモエド・インターナショナルは、コンサルティングと人材派遣という表向きの業務の裏で、不法な人材の斡旋、人身売買や違法薬物の取引にも手を広げていたようで、そこで得た莫大な利益は、タックス・ヘイヴンにある複数のペーパーカンパニーに……」

この世界にもデナリがいるのどうかわからないけれど、きっと彼女のような正義感を持ったジャーナリストたちが、彼らをここまで追い詰めたのかもしれない。そう考えると、雪里はひどく感慨深かった。

現在、平と樋口は行方を暗ましていると、キャスターは告げている。いったいどこに隠れてるのだろう?

　雪里は、静止画像の後に流れた、隠し撮りされた動画を凝視した。大きなビルの自動ドアから出てきた二人が、タクシーを拾ってどこかへ去って行くところで映像は終わっていた。キャスターの解説はまだ続いていたが、もう雪里の耳には入ってこなかった。

　雪里はそっと隣を見た。友城が彼らを憶えているはずがない。この世界では、彼は樋口とは出会っていないのだから。けれど、画面を凝視する恋人の口から「あ……」というつぶやきが漏れた時。雪里は、指先が急速に冷たくなっていくのを感じた。

「何、どうかした?」

　なんでもないふうを装って尋ねたが、友城は、心ここに在らずといった体で返事をしなかった。

「友城?」

　もう一度呼びかけると彼はようやく振り返り、たった今夢から覚めたような顔で「ああ」と言った。

「どうしたの？　このニュース、興味あるの？」

　さりげなく聞いてみると、友城は、まだ霞がかかったような目をして答えた。

「さっきの人……なんだか知ってるような気がして」

　心臓を撃ち抜かれたような衝撃に、息が止まる。トレーナーの胸の辺りを握り締めながら、雪里はやっとの思いで口を開いた。

「知り合い？　なわけないよな。おまえが犯罪者と知り合いだなんて、あるはずないもんな。それとも、誰か知ってる人に似てるとか？」

　とにかく、友城の気をあいつから逸らさないと。雪里は必死だった。

「う〜ん……よくわかんないけど、ちょっと懐かしいっていうか……」

　眉間の辺りを摘まみながら、友城が答える。そこまでだ、友城。前世のことなんか思い出すな！

　雪里は自分に言いきかせた。あれは、ここにいる友城の前世ではない。まったく違う時間軸で起こったことだ。今隣に座っている彼は、このループでは雪里の幼馴染みで、ずっと自分と一緒にいた。あんな男が入り込んでくる余地なんか、微塵もなかったはずだ。

「なんで懐かしいのさ？　おまえの知り合いに、あんな奴いたか？」

いかに雪里だって、友城の交友関係をすべて把握しているわけではない。けれど、前の世界で彼が出会った要注意人物なら、ちゃんと憶えている。そういう連中が、今度こそ友城に近づかないよう、できる限り注意してきたのだ。

「いない……と思う。けど、なんか思い出せそうな気がするんだよな」

雪里はいきなりテーブルのリモコンに手を伸ばすと、急いでチャンネルを変えた。ニュースではなく、バラエティ番組をやっている局に。

「おい、何すんだよ！　俺、見てたのに！」

友城が怒ってリモコンを取り上げようとするのをかわしながら、雪里は言った。

「ごめん。ちょっと、好きなタレントが出てる番組やってるの思い出して」

「タレント？　って誰だよ」

「え……っと……」

胡乱げなまなざしに、焦ってテレビ画面を見る。お笑い芸人なのかタレントなのか、十人ばかりの男女が下世話な話題を大声でしゃべり、バカ笑いしている。雪里が知っているタレントは一人もいなかった。

「あ、ごめん。違った。この時間じゃなかったみたい」

「なんだよ」

険しい目をして友城が雪里の手からリモコンを奪うと、チャンネルを戻した。幸いなことに、画面は既に、別のニュースに変わっていた。

「ちぇ。おまえのせいだぞ」

不満げに言ってから、友城は派手に溜息を吐いた。

「あ〜あ、いいよなあ。隠さなきゃならないくらい金が余ってるなんてさ」

友城らしくない発言だ。雪里はなんだか心配になって、隣の男を見た。

「何、おまえ羨ましいの？　金持ちになりたいの？」

その質問に、友城は、ふう〜っと大きな溜息を吐いた。

「金は、ないよりある方がいいだろ」

それを聞いた雪里の胸に不安が広がる。樋口佑亮が、今度は別の形で、大事な人に近づいてくるような気がして。

するとと雪里の視線に気づいた友城が、慌てたように手を振った。

「別にヤバいことしたいってんじゃないよ。ただ さ、開業するとなると、やっぱ先立つものが必要だろ?」

「ああ……そういうこと」

雪里の肩に終結していた力が、今の言葉でストンと抜けた。

「そうか、そうだね」

「ま、しがない庶民は、地道に働いてコツコツ貯めるっきゃないけどな」

「俺、友城が独立してもしなくても、とにかく近くにいられるようにするよ。だから焦ることないって」

大事な人が悪い奴らの方へ引き寄せられてしまわないように、雪里は友城の肩に腕を回すと強く言った。

「そうは言ってもさ、俺はジジイになるまで待つのはやだぞ。早く一人前になって、おまえのこと迎えに行くんだから」

「どういうこと?」

雪里が少し身体を離して友城を見ると、彼はバツが悪そうに視線を外し、もごもごと口を動かした。

「つまりさ」

俯きかげんの横顔が、心なしか赤い。雪里の胸に、小さく期待の火が灯った。

「つまり……ちゃんと、正式に、一緒になろう、雪里」

「え……?」

すくっと顔を上げて言ったその瞳の中には、樋口佑亮の影など、もうどこにもない。

「これが男女だったら、結婚してくださいって言うんだろうな。けどまあ、それは無理だから。でも俺、俺たちのこと、ちゃんと親や姉ちゃんに説明して、わかってもらって、できれば認めてもらいたいんだ。今は仲のいい友達っていう立ち位置を、本来の形に戻したいんだ」

「友城……」

胸に灯った火がどんどん大きくなる。熱く燃え盛りだす。

「で、おまえの家族にも、俺のこと、生涯のパートナーだって紹介して欲しいんだ」

「生涯……の……」

ピーッという音がして、胸の中でやかんの口が蒸気を噴き出した。でも、実際に噴き出してきたのは大粒の涙で、やかんの口は雪里の目、甲高い笛の音は、しゃくりあげる声だった。

「友城、俺……俺……」

嬉しいと告げたかった。ありがとうとも言いたかった。けれど、口からこぼれ出てくるのはぶつ切りの言葉と、大好きな人の名前ばかり。

「雪里……雪里、どうしたの？　俺、なんかまずいこと言ったか？」

「バ……バカヤロ……！」

雪里は涙目で恋人を睨んだ。

そんな大事なこと、こんな時に言うな。二人ともくたびれたトレーナー姿で、テーブルの上には、飲みかけのコーヒーが入ったマグカップ。それも片方のカップには、縁に生クリームがこびりついてる。だいたいプロポーズってのは、しゃれたレストランでシャンパンを前にしてとか、海の見える高台で、きらめく海面をバックにして……とか、そういうシチュエーションでやるもんじゃないのかよっ！

雪里は、胸の中でさんざん毒づいた。でも、声に出したりはしない。言いたいことはたくさんあったけれど、とにかく嬉しかった。子供の頃、彼がままごとみたいな求愛をくれたのは、薄暗い理科準備室の、なんとクラゲの入った水槽の前だった。あれから十数年。二人とも、あんまり成長してないな。

「おまえって、ほんっとムードねーな！」

言葉にできたのはそれだけだった。でも、恋人の首に思いきり抱きつきながら、雪里はそっと囁いた。

「けど……愛してる」

4．約束

あまり男っぽさのない、滑らかな皮膚を指でたどる。女みたいというわけじゃない。そうだな……きっと、中学の頃からあまり成長しなかったんだ。そんなことを考えながら、日に焼けていない肌に唇をつけた。

本当に、まだ少年みたいだ。自分が十六を過ぎたあたりから急激に育ってしまったせいで、余計にそう感じるのかもしれないけど。

中学の頃の俺はクラスでも一、二を争うチビで、声変わりも遅かった。そんな俺を、友城はナイト気取りで、周囲の悪ガキから守ろうとしてくれてたっけ。

それが、いつの頃からか逆転した。俺は先祖の血のせいもあってか、とんでもなく背が伸びてしまった。反対に友城の背は、中学三年をピークに伸び悩んだ。本人はそれがコンプレックスらしいけど、俺は、中途半端に成長が止まってしまったようなその容姿が、結構好きだったりする。

大人になった今、今度は自分が友城を守る番なんだと意気込んでみたけれど、中身の方はちゃんと大人になった彼は、夢見がちな自分なんかよりよっぽど思慮深くて、ともすれば置いていかれそうに感じることも、ままある。

そのたびに友城は足を止めて振り返り、俺が追いつくのを待っていてくれた。時には、研究に明け暮れて世間知らずの俺の手を、そっと引いて道を示してくれた。

(そういえば、前の友城とはずいぶん違うよな)

以前のループにいた友城は、大人になるにつれ自分に自信がなくてなっていき、マイナス思考に陥ってしまった。それがもとで引き籠もりになり、一度は自殺まで考えてた。俺がポプリになって現れなかったら、本当に死んでいたかもしれない。せっかく戻ってきた俺を置いて。

今度の彼は、どうして違ってるんだろう？　ああ、そうか。俺が死んでないからだ。途中で友城を放り出して、いなくなったりしなかったからだ。

俺は、目の前にある小さなピンクの実を口に含んだ。それに呼応して友城の背が魚みたいにしなり、甘い吐息が唇からこぼれる。

「ここ、気持ちいい？」

舌先でくるりと舐めると、それは嬉しそうに赤く膨らんだ。

「気持ちいい……雪里、もっと舐めて」

今の友城は快楽に積極的だ。自分の欲しいものを、ちゃんと言葉で伝えてくれる。だから俺は、その通りにしてやる。友城が俺にしか見せない姿を晒して、俺しか聞くことのできない声で啼いてくれるように。

しばらく二つの果実を弄んでから、ゆっくりと顔を下ろしていく。両手で細い腰を掴み、それから後ろへ廻って肉付きの薄い、けれどきれいな筋肉のついた丸い尻を撫でると、友城の全身が期待にうねり出した。

「あんまり動くなよ。ちょっとくらい我慢しろ」

わざと意地悪な注文をつけると、「だって……」と、甘い声で不平を漏らす。その口を何度も吸って大人しくさせてから、俺はもう一度顔を落とした。

「あ……あっ……」

友城の下腹にはほとんど下生えがない。ちくちくするのが嫌だからと俺が抜いているうちに、あまり生えてこなくなってしまった。こんな格好じゃ社員旅行にも行けないと文句を言われたが、「生まれつき薄いんだって言えば」と取り合わなかったら、観念したのか、その後は何も言わなくなった。どう対処しているのかは知らないけど。

真っ白な下腹から、少し色のついた友城のペニスが上を向いて自己主張している。早く触って欲しいのだと訴えている。それを眺めながら、わざとそこを外してキスを続けた。柔らかな太ももの内側は、俺が自分の印を残してもいい数少ない場所だ。薄い皮膚を吸い、痛みを訴えるギリギリの強さで噛み、入念にマーキングしていく。

その間に、尻を揉んでいた手をその間にもぐり込ませ、今では成長してよかったと思える長い指で閉じた菊のつぼみを割る。すっかりこの指を覚えてしまったそこは、少し弄ってやると、待っていたように口を開けた。

「ん……もっと奥……いって」

掠れていつもより高くなった声でせがむと、友城が自ら膝を立てて腰を浮かせた。

目の前で涙をこぼし始めたそれを口に含んでやる。とたんに大きくなったそれは、喉の奥まで届きそうなほど成長した。

「ああ……ん、雪里、雪里、もっと……もっとして」

ねだられて、中に入れた指を増やしていく。三本目をすっかり銜え込むと、友城の腰が大きくうねり出した。

「気持ちいいんだろ？」

わざと友城を銜えたままの口でそう聞くと、「しゃべっちゃやだっ！」と、髪の毛をぐしゃぐしゃに掻き回された。

ゆっくりと、じらすように中をかき混ぜてから指を抜き。銜えていたものから顔を上げると、友城の両腕が助けを求めるように伸びてきた。

「早く……早く来て……、もっと気持ちよくして」

昼間の友城しか知らない連中がこれを見たら、なんて言うだろう？　どちらかというと、まじめで品行方正で通っているらしい彼が、こんなに貪欲に愛撫をねだる姿を見たら。

だけど、これは誰にも見せない。誰にも教えない。俺だけの、とっておきの友城だ。

自分は、これを追ってここまで来たんだから。

「友城、いくよ」

細い両足を抱えあげる。さっきまで指を食んでいたそこがぽっかり口を開けて、俺が来るのを待っている。

俺の先が触れると、待ち構えっていたみたいに括約筋が収縮し、奥へと迎え入れてくれる。皮膚をこすっていく柔らかくて熱いうねりに、俺は目を閉じた。


宇宙が広がっている。

暗いけれど、明るい宇宙。

息がつまりそうだけど、ちゃんと呼吸できる。

星雲の回転。ガスのうねり。

死んでいく星。生まれる星。


その空間を、あてどなく漂う。

引き合う力に翻弄されながら。果てのない海に放り出された小舟のように。

けれど、それは知っている場所、いつも来る場所、来たことのある場所だ。

いつかここから放り出されることがあったとしても、必ず自分は戻ってくる。

なぜなら、ここは友城の宇宙だから。

最初からわかっていた。

自分はこの中で生み出され、生きて漂い、その果てを見ようとし、何かに呼び戻されて——

また、生まれる。

始まりも終わりもない、俺と友城の宇宙。

ただ、あるだけ。

ただ、自分と友城がいるだけ。

それでいい。

だって、それしか望んでいないから。

友城と自分の物語は、最初からここにあった。

どこにもいくわけがない。


「ゆきっ……！」

友城に呼ばれたと同時に、俺はひときわ強く、自らを友城の身体に打ち付けた。

「あんっ……！」

甘い悲鳴と一緒に、友城の両足が俺の腰を引き寄せる。二人の腹の間が暖かく濡れていく。

さらに二度三度、力の抜けていく身体を穿った。それから、自分の中から出ていくもので友城の内側を満たすと、静かにその身体の上に身を落とした。

「あつい……」

脱力したまま荒い呼吸を繰り返していると、波打つ胸の下で、苦しそうにつぶやく声が聞こえた。

「うん、おまえん中、すっごい熱い」

まだ自分自身を埋めたままそう返すと、「違う」と、もそもそした声が否定した。

「え？」

「この部屋、暖房効きすぎ……暑くって死ぬ」

なんだそれ。せっかくいい気分だったのに。俺は身体を起こすと、文句を垂れた顔を見下ろした。ほんとに暑そうだ。真っ赤に上気してて色っぽい。もうちょっと虐めてやりたくなる。

苦情を無視して額にキスをする。ぷっくり膨らんだ唇を食み、名残惜しくて鼻の頭をぺろりと舐めてから顔を上げると、充血した目が軽く睨んできた。

「だから、あっついんだって。ちょっと離れろよ。それにおまえ、イッた後しつこいんだよ」

「だって、まだ終わってないもん」

もう一回その口をついばんでから唇を舐めてやると、腹の下でしんなりしていたものがピクリとうごめいた。

「まだやる気かよ」

そうは言っても、期待しているのは見え見えだ。ちょっと休ませてやれば、またすぐにかわいい声で啼いてくれるだろう。

「だって、明日休みだろ」

「そうだけど……」

「何か不満？」

「あんまりすると、明日の朝動けなくなる……」

そういえば、せっかくの休みだから二人でどこかへ出かけようかと、今朝話したんだっけ。

俺は少し考えた。どうせなら、こうやって一日中抱き合ってべたべたしてたっていいじゃないか。今度はいつ会えるのかわからないんだから、今のうちに友城を味わい尽くしておきたい。

でも、友城がそういうけじめのない過ごし方を嫌うのも知っている。セックスする時はする。でもお日様が顔を出したら、ちゃんと昼間の顔に切り替えたいのだ。

だけど、朝までにはまだだいぶある。俺が友城から奪える時間は、まだたっぷり残っている。

「いいよ。おまえが動けなくなったら、俺が抱っこして車に乗せてやるから。どこでも好きなとこ連れてってやるよ」

だからいいでしょ？　という言葉は、その唇に吹きこんだ。観念したのか、友城がまた両腕を回してくる。

緩く抱き寄せられ、耳朶を甘噛みされて囁かれた。

「好きもん」

そう言った友城だって、しっかりその気になっている。遠慮なく、俺は素直な身体に手を這わせた。

「うん、大好き」

囁き返すと、友城が目を瞑ったまま微笑んだ。

5．海の向こう世界のはじまり

「俺さ、死なないの。知ってた？」

ある日突然、雪里がそんなことを言った。

時々、凡人には理解できないようなことをさらっと口にする奴だけど、きっと学者肌だからなんだろうと、いつもは適当に流してた。けど、今度のはちょっと……。

「死なないってどういうこと？　まさか、肉体は滅びるけど魂は永遠……みたいな、宗教っぽいこと言うんじゃないだろうな？」

「宗教じゃないよ」

むすっとして答える奴の目は、やけに真剣だ。

どうでもいいけど、いつ見てもきれいだなあ、この目。普段は薄い紅茶色なんだけど、怒ると瞳孔が広がって、全体的に濃い色に変わる。それが面白くて、ついからかって怒らせてみたりする時もあるけど。

「じゃあなんだよ？　あ、わかった、あれだ。おまえの好きな赤クラゲ。なんだ、おまえクラゲの生まれかわりだったの？」

　雪里は海の生物が好きだ。よく水族館にも付き合わされた。そんな時のこいつって、まるで小学生なんだから。

「違う！　赤クラゲじゃなくってベニクラゲ！　いいかげん覚えなよ」

「ごめん」

　八割方本気で怒られて、ショボンとなった。覚えが悪いのはあまり興味が持てないからなんだろうが、それを雪里に知られるとまずいので、なるたけ頑張ってはいるんだけど。

「友城。おまえさ、ベニクラゲになってみたいと思ったことない？」

　またもや大まじめに、変なことを聞いてくる。この場合、なんて答えたら正解なのかな？

「クラゲに？　いや、気持ちよさそーだなーとは思うけど。見てると」

雪里の視線が、俺の目の奥に集中する。井戸の中を覗き込むみたいに。

「俺はさ、なったことあるよ」

「へえ……そう」

この返事はお気に召さなかったようだ。露骨にがっかりした顔をされた。

「比喩じゃなくって、だよ？　ああ、正確に言うと、クラゲに似た何か……かな？」

さっぱりわからない。こいつの難解語録の中でも、ぴか一かも。

「雪里君。もっとわかりやすくしゃべってよ。俺、学者じゃないんだからさ」

おっと。これも禁句だった。学者先生ってからかうと、雪里の奴、本気で嫌がるんだった。

「友城。これ、憶えてる？」

そう言うと、今度は何を思ったか、雪里はいつもテーブルの上に待機させてるメモパッドとボールペンを取り、何やら絵のようなものを描き始めた。

メモとボールペンは、雪里が何か閃いた時に、すぐに書き留めておくために置いてあるものだ。だいたいはなんかの化学式か数式で、とにかく、俺には意味不明のものばかりだ。

けど、今度のはまるで違ってた。明らかに「絵」だってわかる。わかるんだけど
……。

「雪里、これ何？」

できあがった線画を指差して聞くと、またもや不満そうな顔と出っくわす。

「おまえの描いたやつよりか、上手いと思うけどなあ」

「俺が？」

狭苦しい紙の上でおっとっととよろけてる、ボンバーヘッドの案山子みたいな奴を眺めて、俺は首を傾げた。こんなもの描いた憶えはない。そもそも絵心なんかないから、何かを描きたいとか、見たものを写し取りたいなんて考えたことはない。絵なんか描いてたのは、美術の授業があった中学生までだ。

「で？　これはなんなわけ？」

へたくそな絵が描かれた紙を返して聞くと、雪里はそれを自分の顔の横に持ってきて言った。

「どう、似てない？」

「……似てない」

素直に答えたら、雪里は、はあ〜っと溜息をついて絵を下ろした。

しばらく自分の作品をじっと見つめてから、奴はそれを思い切りよくびりびりと破いて、屑籠に捨ててしまった。

「いいのか？　自信作なんだろ」

屑籠を覗き込んで聞くと、「別に自信なんかないし」と、ふてくされて答える。

「で、なんだったんだ？　あの、ひょろい宇宙人みたいなやつ」

改めて聞くと、奴はまた派手に溜息を吐いた。

「やっぱ、ぜんぜん憶えてないんだな」

「だからなんの話だって！」

ちょっといらついて声を荒げてしまったら、雪里は突然「友城、死ぬなよ」と、怖いくらい真剣な顔で言った。

「な、なんだよ、急に。縁起でもない。死ぬわけないだろ。健康診断だってオールAの俺様だぞ。あ、そうか。おまえ、なんかおかしな夢でも見たのか？」

　そう言うと、なぜか雪里は黙り込んでしまった。しばらくして、独り言みたいにぼそりとつぶやく。

「夢……なのかな」

「なんだよ。変な奴」

　それから何を思ったのか、雪里は、研究室の片隅で飼っているベニクラゲの話を始めた。唐突過ぎてリアクションに困っていると、彼は途中で諦めたみたいに小さな溜息を漏らしてから、「なんでもいいや」と、やけにさばさばした顔でにこりと笑った。

ほんと、変な奴。

「俺、友城の側にいられて幸せ」

　そう言いながら寄せてくる身体が温かい。

「俺さ……、信じらんないかもしれないけど、何回もおまえと生きてんの。似てるけど、違う人生で」

「雪里。話が見えないんですけど」

「そうだよね……うん、でも、友城はわかんなくていいんだ。憶えてなくても構わない。ただ、俺の側で生きてくれたら」

そう言って、雪里は軽くついばむみたいにキスしてきた。そのまま抱き寄せられ、長い両腕の中に閉じ込められる。ぴったりとくっついた胸から、奴の心臓が俺のドアをノックする。

「友城、友城、友城」

俺のドアはいつだって開いてる。雪里に向かって。出入りは自由だ。いったいいつから、俺たちはこんなに近くにいるんだろう？ たぶん、初めて会った時からだ。あれは小学校？ それとも中学だったっけ？ 浮世離れしてきれいだったクラスメイトのこいつに、一瞬で目を、心を奪われたのは。

「おまえこそ、ちゃんと元気で俺の側にいろよ。だから、甘いもんはそこそこにしとけ」

超がつく甘党に釘を刺してやると、「うるせー」という声が、頭の上から聞こえた。

「わかった。でも俺、たとえ死んでも、生き返って戻ってくるから。おまえと一生添い遂げられるまで」

「何言ってんだか……」

雪里の発する不思議言語は、時々俺をドキッとさせ、不安に駆り立てる。その向こうに、俺が忘れている真実があるような気がして。

雪里は俺が戸惑うたび、何も考えなくっていいと言う。ただ、側にいてくれればいいんだと。

もしかしたら、こいつは俺にないしょで、一人で背負っているんじゃないだろうか？俺の知らない何かを。

時々、そんなふうに感じる瞬間がある。そのたびに、俺は雪里をたまらなく不憫に、だからこそ、よけいに愛おしく思う。一生守ってやりたくなる。

「雪里……ずっと一緒にいような」

今さらだけど、そう言わずにはいられなかった。いつまでこうやっていられるかなんて、本当は誰にもわからないのだ。今この瞬間、大地震が起きるかもしれないし、明日、どっちかが交通事故に遭うかもしれない。今は若いけど、二十年、三十年経ったら、お互い病気にもなるかもしれない。

それでも――。

できる限り、俺はこいつの隣で生きていたい。最後の瞬間まで、この体温を身近に感じていたい。

そして、もし来世なんてものがあるとしたら――。

俺はやっぱり、おまえと出会いたい。また一緒に生きていきたい。

声には出してないはずなのに、「俺も」って、雪里が返事をした。

＊＊＊

雪里は夢を見ていた。遠い昔の夢。もうどのくらい、同じ夢を見続けているだろう？

高い高い空の上から、自分は地上を見下ろしている。人の営みが見える。かつて自分もそこにいた世界。無性に帰りたくなり、高みから急降下した。

ぐんぐん近づいてくる地上に、誰かがいる。こちらを見上げて、驚いたように目を瞠っている。

唐突に、雪里は思い出す。なぜこんなに急いでいるのかを。

雪里はまっすぐに滑り込んだ。こちらを見上げている少年の、ぽかんと開いたその口に。


目を開けると、自分には身体があった。二本の足で地面に立っていた。

見回すと、自分と同じような年頃の少年少女が、制服姿でひしめいている。

と、すぐ後ろから肩を叩かれた。振り返ると、不思議そうにこっちを見てる、少年の目とかち合った。

「どうしたんだよ、きょろきょろしてさ。ちゃんと校長の話聞いてないと、あとで叱られるぞ」

そう言いながら彼が目で示した先を見ると、壇上に立った初老の男が、マイクに向かって何かしゃべっていた。その背後には、一面に薄ピンクの花が広がっている。

春だった。

校庭に並んだ生徒たちの頭上に、枝から離れた花弁が雪のように舞っている。

「またおんなじクラスでよかったな」

廊下に張り出されたクラス分けの表を見上げていると、背後から聞き慣れた声がした。

「腐れ縁ってやつ？」

振り返って答えると、少し高い位置から、優しげな瞳が見下ろしていた。

「腐ってたって構わないよ、俺。雪里と一緒ならさ」

臆面もなく言ってから、彼はちょっと恥ずかしそうに横を向いた。

土手に生えた木の根っこに腰をかけ、俺たちは一緒に川面を眺めていた。

隣に座った友達の横顔を、そっと盗み見る。凛々しくて、でも、ちょっとだけ気の弱そうなところもあって。何度見ても、好きだなあって思う。

「俺、おまえとなら永遠にこうしてたいかも」

流れ続ける水の面に目をやったまま、友城がぽつりとつぶやいた。

「恥ずかしい奴」

憎まれ口を叩いてから、その肩に頭を預ける。俺だけの特等席に。

何があっても、何度失っても、自分はきっと、ここに戻ってくる。もう何度、そうやってここに帰ってきただろう。新しく生まれては、途中で分かれてしまった流れに足を止められて。だったら、何度でもやり直す。最後は一緒に手を繋いで、この世界を去ることができる日まで。

「ねえ、友城」

俺は手近にあった小石を拾うと、川に向かって力いっぱい投げた。本当に言いたかったことは、小石に乗って流れに呑まれ、見えなくなった。

「何?」

振り向いた親友に、俺はただ微笑み返した。

「なんでもない」
「変な奴」
くすっと笑ったその顔に、釘づけになる。

そうだ友城、おまえはいつだって、どこからだって俺を呼ぶ。だから俺は、どこにいても、何をしていても、おまえの元に駆けつける。たとえ、おまえ自身が憶えてなくたって。

ここにいるのが何度めなのかなんて、もうどうだっていい。俺たちが永遠に繰り返されるループに捕らわれているのなら、終わることのない喜びと悲しみを、俺はずっと味わい続けるだけだ。そのすべてを記憶の襞に畳み込み、俺はどこまでも連れ歩く。何百人もの、何千人もの、何万人もの「友城」を。

ふすまの隙間から光が射し込んでくる。俺は、息を潜めてその瞬間を待つ。友城が俺を見つけてくれる、最初の一瞬を。
「っ……！　おまえ……なに？」

【完】

※作者注
作中、マイクロアグレッション的表現が出てきますが、登場人物の主観として書かれています。ご了承ください。

解説

A文学会

「押入れの三上君」という、ややコージー感のあるタイトルからはおよそ想像もつかない、ダイナミックかつ時空を超えたラブストーリーが本作だ。たぶん、ラブストーリーと呼んで差し支えないと思う。

野心や向上心、冒険心という点でははなはだ心もとないものの、そのぶん平穏を好み温和な、性格円満青年・三上友城が主人公だ。その彼の、一人暮らしの部屋に、ある日人間の子どもと思しき生き物が忽然と現れる。この、座敷わらしめいた、ぽんと投げ込まれたファンタジー要素が、奔流のような人間関係と愛憎の物語の幕を切って落とす。

当初「ポプリ」と名乗る謎の座敷わらしもどきの正体は、時々カットインする友城の過去の描写でだいたい想像がつくのだが、長の時を経た再会がなぜ特異な設定を伴っているのか、その理由はなかなか明かされない。友城のいささか優柔不断な性格に、「ポプリ」の何かを恐れているかのような逡巡が重なり、物語序盤はいくぶんもどかしい流れが続く。だが、ニートだった友城が職を得てからというもの、地平が広がったかのように話が活発に動き出す。

ここで描かれているのは男性同士の恋愛、端的に言えばＢＬの物語である。だが、そう定義して短絡的な思い込みを誘いたくはない。異性愛に比べての同性愛、といった弱腰な姿勢には、はなから見向きもしない堂々たる作品であるし、何よりサービス精神が満載である。

豊饒な印象を受けるのは、エネルギッシュな言葉の奔流のせいでもある。特に、お互いが求めるものの明確な差異が、長く続いた親密な関係に影を投げかけたときの、恋人たち二人の「言って言って言いまくる」やりとりには圧倒される。恋愛感情が先立つからこそ、時間による変遷のシビアさからは目を背けられない。嫌いになったわけではないのに気持ちがうつろう、時の流れに逆らえない苦さは、身につまされる読者が多いだろうと思われる。

一方で、男性同士の物語ならではの醍醐味もある。見た目のイメージと中身のギャップがそれで、一見儚げに見えるほうがじつは度胸があって機転もきき、主導権を握っているとわかったときのほくそえみたくなる気持ちはなんだろうか。また、相手によって一人の人間の能動・受動が自在に変化することもある。こういった風通しのよさも、ＢＬ作品を読む楽しみではないか。

主要人物の紆余曲折を大河ドラマのごとく追いかける物語は、時間の流れをアクロバティックに使うことにより、急カーブの連続を見るかのような先の読めない展開を迎える。捕まえたのは、捕まったのはどちらだ、という人間関係のミステリーとしても読める作品だ。

押入れの三上君

2023 年 9 月 1 日　第 1 刷発行

著　者　千島　千鶴
発行社　A 文学会
発行所　A 文学会
〒 181-0015　東京都三鷹市大沢 1-17-3（編集・販売）
〒 105-0013　東京港区浜松町 2-2-15-2F
電話 050-3333-9380（販売）FAX　0422-31-8164
E-mail：info@abungakukai.com

ISBN978-4-9911311-5-8